Para mis padres, que me lo han dado todo

ÍNDICE

PRÓLOGO

En la pequeña ciudad en que nací y viví hasta mi adolescencia se hablaba en voz baja de la Guerra Civil. Por mi casa, que en los años cincuenta y sesenta tenía jardín, cuadra, gallinero y gorrinera, aparecía cada año el tío de mi amigo Juanito. Era el matarife encargado de acabar con la vida del cerdo que mi madre alimentaba a diario con pienso y las sobras de las comidas. Aunque su nombre oficial y público era Esteban, su madre –represaliada de la guerra– le llamaba de vez en cuando Lenín; dicho así, con acento. Yo pensaba que tenía un segundo nombre, Helenio, con el diminutivo Helenín, y por eso lo de Lenín. ¡Bendita inocencia! Pero no, según supe después se llamaba exactamente como el líder de la Revolución rusa, algo que se hizo costumbre al nombrar a bastantes niños españoles hijos de izquierdistas, y su padre lo era. Ella, la madre de Lenín, a quien se le escapaba en la vejez aquel nombre verdadero y prohibido, había perdido a su marido, muerto de hambre y frío en el penal de Chinchilla, y ella misma había sido castigada al término de la contienda a beber aceite de ricino y dar un vejatorio paseo purgante por la plaza del pueblo serrano donde vivían. Era nuestra familia vecina más cercana, por más que mi madre fuera hija de guardia civil. Otro vecino de aquella calle nuestra había sido todo lo contrario: un inspector de la Benemérita, descubridor y torturador de quienes tenían conductas poco afines con el régimen, pero amado en la senectud por los suyos, que eran cumplidores con la Iglesia y buena gente. Otros vivían con alegría la nueva situación después de soportar la represión de una retaguardia movilizada por el conflicto y muchos más disimulaban, porque ¿para qué? Nadie hablaba de nada, o eso parecía, y el dolor, que existía, se vivía por dentro. Para muchos había comenzado el tiempo del perdón, o algo parecido.

Mi madre, que había pasado la guerra en Barcelona, me enseñaba catalán en casa. Unas cuantas frases, unas cuantas canciones y el consabido «esto no lo sueltes por ahí». Era un mundo de silencio en el que, sin embargo, íbamos conociendo retazos de un periodo del que no se puede presumir. Un día escribí una historia de la guerra no para publicar, solo para mi madre, que ella tenía indefectiblemente en su mesita de noche y leía y releía por capítulos sueltos. Me preguntó cómo sabía tanto de aquello, de su vida en la calle Verge de Monserrat en el Guinardó, de sus amigas en Cataluña, del padre de Nuria –el del colmado–, tenor en el coro del Liceo, de los bombardeos y las carreras por una ciudad temerosa y valiente a la vez. Le dije que todo me lo había contado ella en la voz baja de los silencios. Poco antes de su muerte, le faltaban unas horas para expirar, me dijo con una sonrisa inolvidable: «Pedri, ¿por qué no me haces un bocadillo con pan, tomate y jamón y nos vamos a Barcelona?». Y con ese recuerdo de las meriendas de niña en su ciudad, porque Barcelona era la suya de corazón más que ninguna otra, se fue en Albacete cuando entraba el Año Nuevo.

Mi buen amigo Luis Expósito ha escrito este libro, *Nadie puede cambiar el pasado* –en el que hay mucho de la guerra que le precedió, de su idea de la guerra–, en el que hace un enorme ejercicio de equilibrio porque, como dice uno de sus personajes: «Pensar diferente no es como para matarse». Pero en aquel tiempo lo fue. Basta con crear las suficientes condiciones para que germine el odio más brutal.

Estamos ante una novela histórica plagada de conocimiento, investigación, sensibilidad y seguro que de relatos que le han llegado en la discreción de ese mundo del silencio. Se trata de las aventuras de Agustín Lobo, que no voy a desentrañar demasiado por respeto al autor y a ti, lector, que deberás descubrir poco a poco sus vivencias, que son muchas. Sí quiero decir que he vivido su lectura con pasión porque Luis nos lleva con un relato vigoroso a través de los distintos estadios de la Guerra Civil, desde que se inicia con el levantamiento militar en Marruecos hasta las consecuencias de la misma, la prisión o el exilio. Se trata de una obra documentadísima; es evidente el gran trabajo del autor a la hora de trazar el recorrido personal de Lobo desde la Extremadura represaliada por el General Yagüe, pasando por su ingreso en las fuerzas de la defensa de Madrid y las operaciones en las que participa como agente secreto a las órdenes de la República en los dominios de Queipo de Llano. Pero no se trata solo de una obra de contenido bélico. Es la narración de una vida marcada por los sentimientos maltratados, los amores destruidos... con dos escenarios paralelos: el de Lobo allá donde quiera que esté, y el mundo familiar y sentimental que deja en Extremadura y Madrid. Todo para llevarnos ante la sinrazón de una guerra de la que la que todos, absolutamente todos, podemos sentir algún tipo de vergüenza...

Luis cuenta la historia de Agustín Lobo, personaje central de su novela, como si el narrador fuera una especie de testigo oculto de todo lo que acontece en estas páginas. Es imposible abandonar el relato de un libro que, aunque extenso, se lee de un tirón. Es como si escribiera al dictado de alguien que vivió todo aquello en primera persona, como si las teclas del ordenador corrieran despiadadas para crear centenares de páginas emocionadas. ¿Es eso la pasión?

Hay mucho en esta novela de las grandes lecturas de aquellos que hablaron de la guerra desde la sabiduría. Es evidente que el autor es además un lector enfebrecido de la Historia y el Periodismo con mayúsculas. Por aquí surgen sensaciones de un Foxá, por allí las de Chávez Nogales o el espíritu de Unamuno tan rebelde, tan poco proclive a creer en la verdad de nadie porque antes se había creído las de todos... Y en medio mucha enciclopedia, muchas páginas subrayadas, mucho estudio para enfocar con ánimo explicativo las claves del porqué y cómo pasaron las cosas.

Pero, además, el libro que empiezas a leer es una advertencia contra la polarización política y contra la guerra. Si me permite Luis, diría que su novela es antibelicista. Todos pierden en un mundo en que la confrontación de las ideas, desde el fascismo al comunismo, es capaz de llevar a un país a la destrucción y el atraso. Nadie cede un centímetro en sus posiciones. Nadie tiene la razón y todos resultan ser víctimas y verdugos, aunque los autores del golpe de Estado que derivó en el conflicto tengan la mayor responsabilidad en esta furia destructiva. Por estas páginas se deslizan la traición, el valor y el señalamiento, la falsedad y la honra como un retrato de aquella sociedad que vivía la guerra y la posguerra como si estuviera en una especie de eterno fingimiento. Lo que tienes en las manos es un relato de algo que fue muy real y que, según vemos, sigue marcando la vida presente y diría que futura de nuestro entorno. Ojalá un día podamos leer estas historias sin que nos hielen el corazón.

Pedro Piqueras
Periodista

I. 15 DE SEPTIEMBRE DE 1936

La habitación estaba oscura. Agustín Lobo entró en silencio y encendió el candil de latón. El pequeño Mateo dormía confiado, ajeno a la tragedia que se cernía sobre su vida. Su padre observó con ternura sus negros cabellos, el bracito y las piernas delgadas que emergían de la sábana revuelta, incorporando esa imagen a su banco de recuerdos.

Agustín era consciente de que no tenía alternativa. ¿Cómo aventurar a su hijo en la huida? Percibía en las sienes el retumbar de sus latidos y la sensación de impotencia tensaba su cuerpo como la cuerda de un arco. La mirada de su esposa, aunque invisible, le pesaba; el niño ni siquiera tendría el consuelo de las caricias maternas. Se inclinó sobre él, aspiró con fuerza su aroma para no olvidarlo y le besó la frente con suavidad. Luego, apagó la luz y salió sin girarse.

En la puerta lo esperaba Simona, su madre, una mujer curtida por las fatigas de una vida de escasez continua. Tras la pérdida de su marido, dos años antes, había envejecido deprisa: su moño perenne encaneció, se le achicaron los ojos y solo vestía de negro. Ya no acompañaba sus tareas con el canturreo de coplas, como solía antes.

–Madre, no sabe lo que me duele dejarla en esta situación. –Le cogió las manos–. Pero los fascistas están al caer y vendrán a por mí. Apóyese en Reme –se refería a su hermana mayor–, y no se signifique.

–Descuida, hijo, nos apañaremos. Cuídate y vuelve cuando no haya riesgo. ¡Ah! Si llegas a Madrid, busca a tu hermano. –Simona se esforzaba por ocultar el desánimo que la embargaba.

A madre e hijo les costó deshacer el postrer abrazo. Sus ojos húmedos se miraron unos segundos interminables, sin palabras, con una efusividad sincera. Se despidieron con un hasta pronto, que ambos suponían improbable.

Las primeras luces del alba proyectaban la sombra de Agustín Lobo contra las paredes mientras atravesaba las calles angostas hacia la estación de tren del pueblo. Caminaba deprisa, con el morral a la espalda; entre la ropa y los víveres iban ocultas la pistola y algunas balas. El relente no hacía presagiar el martillo candente que golpearía los campos durante la jornada.

A pesar de su aplomo notó la debilidad en las piernas y una presión en el pecho, barruntando que quizás no volvería a pisar su pueblo ni a ver a los suyos.

De las casas emergían sombras que se incorporaban en silencio al caudal humano que comenzaba a anegar las calles. Se podía escuchar el murmullo de letanías y el rumor del llanto de las despedidas. El canto de los gallos anticipaba puntual el fin de la noche.

Los ojos enrojecidos de Agustín distinguían hebras de humo elevándose sobre los tejados pardos. Procedían de las fogatas del campamento improvisado que, desde hacía días, albergaba a la multitud de fugitivos llegada a Fregenal de la Sierra. Era gente sencilla procedente de pueblos de Badajoz, Huelva y Sevilla. Compartían la desesperación y el miedo por el avance del ejército sublevado, que los había empujado como una mano gigantesca hasta aquel refugio de tránsito.

Camino de la estación se desvió al «Cinema Bravo», el edificio modernista asentado entre las columnas porticadas de la plaza del Ayuntamiento. En el balcón de forja de su fachada flameaba la bandera tricolor y en su interior se hallaban recluidos derechistas y oligarcas del pueblo desde finales de julio. Entre ellos, Manuel Barrero, El Gacho, su mejor amigo, y don Rogelio, el padre de este. Así lo había decidido el Comité Local de Defensa de la República constituido tras el alzamiento militar.

Al pensar en su amigo rememoró travesuras infantiles, como la de aquella mañana de verano en la que el tío Basilio los sorprendió bañándose en su alberca y tuvieron que huir semidesnudos, o las escaladas furtivas a la tapia de los toriles de la plaza para ver las reses. Le vinieron a la mente aquellas tardes de invierno en la casa de El Gacho, el sabor a bizcocho y chocolate: «Vamos, chicos, que se enfría», les decía la madre. Y la lectura de las aventuras de su héroe compartido, el conde de Montecristo: Manuel era Edmundo y él Dantés. Luego, ya con el pantalón largo que marcaba el fin de la niñez, los domingos de baile y escarceo con las mozas del pueblo, las peleas y otros alardes de hombría. Siempre juntos, compartiéndolo todo, hasta que él se fue a la Guerra de Marruecos, de la que se trajo el chirlo en la barbilla.

Se habían sucedido conatos de linchamiento a los inquilinos del «Cinema»: las noticias sobre las masacres de las tropas rebeldes en la provincia enervaron los ánimos en el pueblo e hicieron aflorar odios largo tiempo larvados. Solo la actuación decidida de Victoriano Cordero, el alcalde, y otros izquierdistas templados, impidió que se reprodujera la carnicería acaecida en otros pueblos de la provincia.

El Gacho nunca se significó en política; su estigma de culpabilidad consistía en ser una persona de orden, asidua a la iglesia y con un negocio próspero. Lo suficiente para correr peligro en aquel tiempo de incertidumbre y brutalidad. Lo que más temía, sin ser ni mucho menos cobarde, eran las posibles represalias contra su familia: «Por favor, protege a mi mujer y a mi madre de esos exaltados» –era hijo único–; así se lo había dicho a Agustín en su última visita.

Cuando el miliciano de guardia le franqueó el acceso al «Cinema» se topó con una vaharada de olor nauseabundo, una mezcla de sudor rancio, detritus y tabaco, macerada por la calorina estival. Decenas de hombres se hacinaban en el suelo del vestíbulo, entre colillas y restos de comida. Enseguida lo distinguió, acurrucado en los peldaños de una escalera, y se abrió paso hacia él sorteando cuerpos doblegados. Cuando estuvo frente a El Gacho lo encontró más delgado de lo habitual, con su pelo cano revuelto y el rostro inclinado sobre las manos entrelazadas en las rodillas. Le tocó un hombro con suavidad a modo de saludo.

Manuel separó las manos y elevó la vista despacio, lo que permitió a su amigo apreciar las ojeras violáceas, la palidez de su rostro y el azul turbio de su mirada. Eran las marcas de la desesperación y el cautiverio.

–¡No sé cómo te atreves a venir aquí después de lo de mi padre! –le espetó El Gacho con la voz entrecortada por la emoción.

–¿Qué pasa con don Rogelio, Manuel? –expresó Agustín con sorpresa.

–Murió ayer en esta sucia ratonera –respondió seco El Gacho.

–¿Tu padre? Pero si me garantizaron que...

Manuel no le dejó terminar.

–No le han matado con balas: se ha muerto de pena y miedo. Su corazón no pudo resistir tanto odio, ni la vergüenza de las humillaciones, ni el temor por la familia. Te juro, por lo más sagrado, que esto no lo voy a olvidar.

–Cuánto lo siento, amigo –dijo mientras bajaba los párpados–; ya sabes el aprecio que le tenía y lo mucho que lo respetaba. Desde que perdí al mío lo consideraba un poco mi padre.

Sin decir más ayudó a levantarse a El Gacho y le dio un abrazo, al que este respondió sin poder contener el llanto reprimido. Luego fumaron juntos, en silencio.

–Manuel, me voy del pueblo hoy mismo. –Hizo una pausa–. Las columnas rebeldes están cerca y no puedo arriesgarme. Mateo se queda con mi madre; es demasiado chico para llevármelo. ¡No te tengo que decir nada! –Posó sus manos en los hombros del amigo mientras lo miraba a los ojos.

–Ya sabes que puedes contar conmigo. –Buscó los ojos de Agustín–. Joder, ¿cómo hemos podido llegar a esta situación? Guárdate, amigo, esquiva la muerte como supiste hacerlo en la Legión. Dame otro abrazo, joder –se despidió, sin certeza alguna sobre su propio destino.

Antes de salir, Agustín le aseguró que su padre tendría un entierro decente.

Los aledaños de la estación estaban ocupados por miles de figuras desorientadas y taciturnas: familias completas, campesinos, políticos, mineros y milicianos que dejaban atrás a los suyos. Los acompañaban decenas de bestias de carga que componían una sonata estrepitosa con el repicar de sus cascos y el entrechocar de los enseres amarrados a sus lomos.

Entre voces de adultos, llantos de niños y órdenes de mando apresuradas, la multitud legañosa se preparaba para la partida. Ese quince de septiembre era el día elegido para escapar del cerco inminente, tal y como se había decidido en la concurrida reunión de autoridades republicanas celebrada en Valencia del Ventoso.

Mientras atravesaba con dificultad el laberinto humano, Agustín podía observar a madres que alimentaban a sus hijos, algunos todavía de pecho, a hombres y niños que acarreaban agua o ajustaban las cinchas de las bestias y los corrillos de milicianos que engrasaban sus armas mientras charlaban. Olía a comida, ropa sucia, desesperación y miseria.

De repente se topó con los ojos marrón verdoso de esa mujer delgada. El lunar de su mejilla derecha le pareció más oscuro; sus marcadas ojeras hablaban de dolor y melancolía. A pesar de su andar cansino, pensó que iba a unírseles.

–Lola, qué alegría. ¿Y tus cosas? –La miró dudoso.

–Me quedo. Solo he venido a despedirme. –Sobre las palabras de la mujer flotaba el reproche.

–¿No te llegó mi mensaje? Aquí corres peligro; lo sabes.

–Hay sentimientos que duelen más que los golpes. –El semblante de Lola se clavaría en la memoria del que fuera su amante como un aguijón.

Agustín no consiguió que cambiara de idea y, pesaroso, vio perderse su figura entre el gentío. La Caraba –que así la llamaban– era consciente de que algo había cambiado en el corazón del hombre al que amaba. La alegría y la esperanza de esta mujer madura se marchaban con él.

***

Como secretario local del sindicato socialista de los trabajadores de la tierra, Agustín formaba parte del grupo que coordinaría la columna, por lo que se unió a la reunión en la oficina del jefe de estación. Apiñados en la pequeña sala, entre carteles y utensilios con el distintivo de la ferroviaria ZH se encontraban compañeros del sindicato, políticos, militares y expertos de la geografía de la región. El ambiente estaba cargado de humo de tabaco y los rostros reflejaban la tensión del momento. El capitán Serrano, un militar profesional magro de carnes, impuso silencio con su mirada y tomó la palabra.

–Nuestra única posibilidad es llegar a Azuaga, todavía en zona republicana. Son algo más de cien kilómetros, de cuatro a cinco jornadas con la gente que llevamos –hizo una pausa e inclinó la cabeza sobre el escritorio–. Hay dos puntos críticos: el cruce de la Vía de la Plata por Fuente de Cantos y la estación de Fuente del Arco –les dijo, y señaló los mismos con un lápiz en el mapa desplegado frente a él.

Serrano explicó con ademanes enérgicos que la vanguardia de la marcha la ocuparía una sección de milicianos en descubierta, mientras que otros se situarían en los flancos y la retaguardia. Los guías se destacarían de la columna para seleccionar los caminos; entre otros contaban con un tal Peñas, de Fuente de Cantos, que había trabajado como medidor de tierras en la comarca. Los elegidos como enlaces de órdenes, con un brazalete distintivo, transmitirían las instrucciones a los diferentes tramos de la columna.

–Aunque haya rezagados, no podemos parar, ¿entendido? –El capitán se colocó la gorra, en la que brillaban las estrellas de su rango, miró a los presentes y los invitó a preguntar.

–¿Qué hay de la comida y el agua? –planteó un concejal de Jerez de los Caballeros con barba de varios días y unas gafas redondas de cristal grueso.

–Llevamos mulas cargadas con comida y agua; también algunas reses requisadas. Aunque no les engaño: llegado el caso cada grupo tendrá que apañárselas por su cuenta.

Agustín levantó el brazo y pidió la palabra:

–¿Habéis observado a la pobre gente acampada ahí fuera? Hay mujeres, niños y ancianos. Conozco la dureza del terreno y os aseguro que, con este calor y mal calzados, la mayoría no lo conseguirá. Puede que si los dejamos aquí tengan más posibilidades de sobrevivir. –Escuchó el murmullo ocasionado por sus palabras.

–Puede que tengas razón, compañero –contestó un miliciano anarquista con pistola al cinto–. Pero están muy asustados por lo que han oído contar de otros pueblos y, aunque nadie los obliga, creo que la mayoría prefiere seguir la suerte del cabeza de familia.

El capitán eludió la polémica y, tras otro par de intervenciones, dio por terminada la reunión:

–¡En media hora salimos! ¡Avisad a todos! –Lo que no contó es que se había decidido liberar al día siguiente a los recluidos en el «Cinema» para evitar represalias cuando los rebeldes ocuparan el pueblo.

La columna se desperezó y se puso en marcha con lentitud, adentrándose en el camino viejo de Fregenal en dirección este, con el objetivo de alcanzar Segura de León al anochecer.

Muchos vecinos se agolpaban a las afueras para despedirlos; gritaban palabras de ánimo, vivas y proclamas. Algunos les entregaban pan, otros leche o tabaco. Mientras unos los compadecían por su destino incierto, otros los envidiaban, pues temían lo peor cuando la zona fuese ocupada. «¿Qué será de nosotros?», conjeturaban los que no habían tenido el valor de acompañarlos.

No menos de tres horas transcurrieron hasta que los últimos salieron en pos de la estela de polvo que levantaban miles de pies sobre la tierra seca. El estruendo producido por el desplazamiento de hombres y bestias se podía escuchar desde lejos. Despobladas sus calles, Fregenal se sumió después en un silencio tenso. En muchas de las casas se destruían papeles comprometedores y sus moradores entretenían el miedo a base de charla y alcohol. En otras se rezaba por la liberación que supondría la entrada de las tropas rebeldes.

Incluso a sabiendas de que se la jugaban, buena parte de la corporación municipal permaneció en su puesto, mientras que la mayoría de los policías municipales se había unido a la columna que se dirigía a zona republicana. Por orden del Gobierno, las fuerzas locales de la Guardia Civil habían sido concentradas en Badajoz al poco de estallar la sublevación. El contingente militar que ocuparía el pueblo tres días después no encontraría resistencia.

La columna había dejado atrás la finca de «Los Arales» y avanzaba a marchas forzadas bajo un cielo huérfano de nubes; las únicas sombras eran las de los propios caminantes. El sol quemaba como el hierro de marcar reses y el agua había de racionarse, pues los arroyos estaban secos y todavía quedaba lejos el río Ardila. Los guijarros del camino castigaban contumaces las plantas de los pies, apenas protegidas por calzados toscos. Las ampollas y las rozaduras no tardarían en aparecer.

La gente dosificaba también sus palabras; no les quedaba saliva ni humor para conversar. Su silencio se rompía solo por el canto rechinante de las chicharras y el llanto de los niños. Por el momento no se observaban elementos sospechosos en el horizonte, por lo que, tras unas tres horas de marcha, se ordenó una parada para reponer fuerzas; los más frágiles estaban exhaustos.

En su función de enlace, Agustín se movía sin descanso por el espacio que abarcaba su tramo de la columna. Solucionaba problemas menores, brindaba palabras de aliento y acudía en busca de los sanitarios cuando era preciso. Aunque su mente estaba muy ocupada recordó las despedidas del día anterior: la de su hermana y su cuñado, que no temían a la ocupación; la de Marcelino, su mentor sindical y amigo, que había optado por dirigirse a la frontera de Portugal con su familia.

Tras comer pan y un trozo de queso duro, que a la postre aumentaría su sed, atravesó la dehesa en la que habían acampado y se dirigió al puesto de mando para solicitar órdenes.

Encontró al capitán Serrano bajo la exigua sombra de una encina. Se había desprendido de las botas de cuero y de su guerrera, oscurecida por el sudor. Acompañado de dos de sus hombres cortaba una porción de sandía con la navaja.

–Capitán, ¿a qué hora reemprendemos la marcha? –Agustín hizo una pausa–. Si la gente se acomoda luego costará moverla.

–Tiene razón, pero vamos a dejarles respirar un poco. No recuerdo su nombre –dijo Serrano en forma de pregunta.

–Agustín Lobo, de la FETT. Nos presentaron en la estación.

–Por su forma de moverse apostaría a que ha estado usted en el Ejército.

–Claro, como la mayoría –contestó sin aportar más información.

Su experiencia castrense impulsó al ex legionario a interesarse por el armamento de que disponían en la columna y la comunicación con la posición de Azuaga. Le contestó un subordinado de Serrano, el que ostentaba el distintivo de brigada en la gorra. Tenía las trazas típicas de los suboficiales chusqueros y su rostro estaba congestionado por el calor.

–Con su permiso, mi capitán –dijo antes de dirigirse a Agustín–. Tuvimos el último contacto con Azuaga esta mañana; la radio no funciona. En cuanto a lo otro, contamos con algunos fusiles de los carabineros y la casa cuartel de Fregenal; unos dos centenares de escopetas de caza y algunas bombas caseras –respondió el brigada Tendilla con gesto de resignación.

–Basta –cortó el capitán al lenguaraz brigada–. Sabremos defendernos si llega el caso. Usted vuelva a su grupo; nos vamos en quince minutos –le ordenó a Agustín.

La columna reinició la marcha en dirección a Segura de León que, según un vecino huido de allí, había sido ocupado el día anterior: «Han *metío* presos a los partidarios republicanos en el castillo de la Orden de Santiago», informó al mando. Al conocer esa circunstancia, los guías recomendaron desviarse por la cañada real leonesa para evitar el pueblo. El lazo iba cerrándose alrededor de los miles de personas que formaban esa procesión desesperada.

El sol comenzaba a ocultarse por la raya de Portugal cuando llegaron a una vaguada propicia para acampar. Tras más de veinte kilómetros de grava y calor, el agotamiento había hecho presa en la mayoría. Las úlceras en los pies, los dolores musculares y las quemaduras en la piel mortificaban a los menos curtidos y hasta los más habituados a la intemperie ansiaban la parada. Se establecieron guardias de milicianos armados en el perímetro y se dio la orden de acampar.

Las gentes se movilizaban hacia la cabecera de la columna con la esperanza de conseguir agua y alimento. Se formaron largas colas en las que los enlaces se esforzaban por poner orden, pues el hambre y la sed generaban tensiones difíciles de contener. Matarifes improvisados despiezaron parte de las el ganado confiscado y algunos voluntarios repartían agua y pan sobre unos carros. Al poco aparecieron centenares de fuegos en los que las mujeres apañaban la cena de los compañeros de viaje. La quietud de los campos se había quebrado y los aromas que desprendían centenares de pucheros comenzaban a atraer a las alimañas hacia el campamento.

El cansancio y la cena trajeron el sopor colectivo, y después llegó el sueño en los duros lechos duros de paja y mantas, acariciados por la brisa nocturna. Conocían la exigente prueba que los aguardaba al día siguiente; la esperanza y la voluntad de sobrevivir eran sus únicas armas para afrontarla.

La hoguera iluminaba un corro de jugadores, en cuyos rostros las llamas proyectaban sombras caprichosas. Estaban exhaustos y, con los naipes gastados en las manos, compartían vino, picadura y charla. Sobre la medianoche Agustín comenzó a bostezar y apenas seguía ya las jugadas, de manera que se sacudió la tierra del pantalón y, tras recoger su morral, dejó la partida.

–¡Salud, compañeros! Voy a dar una cabezada –se despidió.

Una vez se alejó del grupo, Mariano «El Cepas», yuntero de Fregenal, dio una calada larga y se dirigió al resto.

–¿No le notáis raro? Creo que no ha vuelto a ser el mismo desde lo que le pasó con aquel guardia civil. –El Cepas miró a los compañeros de partida antes de proseguir–. Joder, hizo lo que tocaba.

Tras un silencio breve, uno de Higuera la Real que no conocía a Agustín se atrevió a preguntar.

–¿Y qué pasó? Si *puei* saberse.

–Oye, ¿tú no serás de los que se van de la lengua no? –dijo El Cepas mientras echaba un vistazo al entorno.

Tras los gestos de protesta del higuereño, El Cepas bajó la voz y los situó en la acción de ocupación de fincas de marzo de ese año.

–Apenas hubo amanecido, estábamos marcando las lindes en una finca de Llerena cuando aparecieron dos camionetas de la Guardia Civil. Venían a echarnos y nos amenazaron con sus armas, de manera que se lió la trapatiesta. Entre gritos y azadas en alto, uno de los guardias le abrió la cabeza a un chaval con el fusil e hizo ademán de ensañarse con él. Al verlo, Agustín, que estaba al lado, hundió su faca en el costado de ese cerdo; allí quedó, desangrándose.

Tras una pausa expectante, habló de nuevo el higuereño:

–¡Hostia puta! Más vale que no lo agarren los fascistas. –Se pasó el canto de la mano por el cuello.

Se sirvieron el resto de la garrafa de vino de pitarra, ese de sabor recio que calentaba la garganta y espesaba la voz. El viento fresco de la noche dejaba sentir su presencia y el corro se estrechó junto a la hoguera.

–Eso no fue así, ¿acaso lo viste tú? –dijo con su voz ronca Gregorio «El Cachorro», un sindicalista de Fregenal de nariz prominente y una mirada que imponía respeto–. Ten mucho cuidado con lo que hablas, Mariano; son tiempos de medir las palabras.

–Coño, Cachorro, ¿me llamas mentiroso? Quizás no estuviese cerca, pero sí vi caer al guardia y el resto me lo contaron los compañeros –respondió El Cepas alterado.

–Entonces muérdete un poco la lengua. Yo lo presencié todo –afirmó El Cachorro–. Agustín golpeó al guardia con el mango de una azada y cuando cayó a tierra le quitó el fusil. Luego lo miró a los ojos y al de la Benemérita le faltaron *güevos* para levantarse.

En realidad, cuando Agustín informó en el sindicato sobre las ocupaciones, solo habló de algunos forcejeos con la Guardia Civil que finalizaron sin sangre.

Tras dejar la partida, Agustín encontró acomodo bajo un alcornoque. Tras descalzarse se tendió vestido sobre los hierbajos, apoyó la cabeza sobre el morral y se cubrió hasta el pecho con una manta tosca. Colocó la pistola a la altura de la cintura; en el sindicato le dijeron que el arma procedía del saqueo de la casa de un cacique. Encendió un cigarrillo y se puso a contemplar las infinitas estrellas que regalaba la noche a los campos. Su cerebro se pobló de pensamientos: «No hemos tenido suerte. Parecía demasiado fácil», se decía. Tras la reforma agraria había vislumbrado un futuro para él y su familia, sin estrecheces ni humillaciones, con posibilidades de educación, progreso y, una vida digna. La ilusión duró pocos meses y ahora ni siquiera estaban juntos. «Si no logro regresar, ¿qué imagen tendrá Mateo de su padre? ¿Recordará que le enseñé las primeras letras? ¿Y los paseos por el campo o las coplillas que le cantaba para que se durmiese?», se removió inquieto.

Andrea, su mujer, se había perdido todo eso. En una sola noche su vida se extinguió como una vela sin cera. Recordó que fue ella la que lo remansó al volver de Marruecos; la Legión no había sido buena escuela para la vida civil. Tenía unos ojos negros a los que nada se les ocultaba, la piel morena, el temperamento vivo y aquellas descaradas ganas de vivir. Aún cargaba con la culpa de su muerte. «¿Podría haber hecho algo más?», se preguntaba sin encontrar la respuesta que lo tranquilizara.

Con el segundo cigarrillo le vino a la mente el que le enseñó a liarlos, su padre, otorgándole patente de fumar cuando consideró que tenía edad. Álvaro, que así se llamaba, murió tan analfabeto como digno. Le transmitió los secretos de la tierra y lo introdujo en el camino del esfuerzo. Fue duro con él, tanto como requería la supervivencia en sus etapas de minero y campesino. La enfermedad se lo llevó antes de tiempo; sus pulmones llevaban la sentencia por su trabajo en las explotaciones de Río Tinto.

El sueño lo venció cuando rondaba su mente la imagen de aquella señorita burguesa que meses atrás conoció en Llerena; suponía una ráfaga de esperanza tan imposible como placentera. «Si yo pudiera...». Se durmió con ese pensamiento.

El 16 de septiembre los rayos tímidos del sol comenzaban a iluminar el campamento, que estaba en plena actividad desde hacía una hora. Los enlaces cumplían la orden de movilizar a las gentes para iniciar la marcha cuanto antes; tenían más de treinta kilómetros por delante. Otra prueba de fuego.

Cada grupo apañaba su desayuno; desconocían cuándo volverían a parar. Algunas madres amamantaban a sus bebés, otros calentaban gachas, migaban pan duro en la leche o masticaban higos secos; los menos disponían de café. En el ambiente se mezclaban voces de mando, conversaciones, llantos y lamentos. También expresiones animales: rebuznos, relinchos, mugidos y los ladridos de los perros que seguían a la columna. Las mujeres tenían prioridad en las cabalgaduras y colocaban a sus pequeños en serones de esparto a los lados de las bestias. Del campamento emanaba un olor espantoso; esa noche no se cavaron letrinas ni se alejó a los animales, de manera que el lugar se contaminó con las huellas fisiológicas de aquel ejército casi inerme.

El capitán Serrano apuraba una taza de café junto a José Sosa, diputado socialista, extremeño de origen humilde que había conocido los rigores de la guerra, pues su servicio militar coincidió con el desastre de Annual. Sus rostros, ojerosos y somnolientos, reflejaban la responsabilidad sobre este pedazo de humanidad que parecía reproducir el Éxodo. «No me gustaría estar en su pellejo», pensó Agustín. El objetivo para esa jornada era llegar hasta Fuente de Cantos y cruzar de noche la Vía de la Plata, que coincidía con la carretera de Sevilla a Madrid. La suponían muy vigilada, dado que los rebeldes mandados por el capitán Navarrete habían ocupado ese pueblo el cinco de agosto. Sabían que la represión en Fuente de Cantos había resultado brutal; así tomaron cumplida revancha tras la quema de su iglesia con una docena de elementos de derechas en su interior.

Amparada por el frescor matinal, la columna se desperezó y comenzó a estirarse con brío. Por encima del temor a las patrullas rebeldes empezaba a preocupar la falta de agua. Esa misma mañana había partido un avión de reconocimiento de la base sevillana de Tablada. A esas alturas, el general Queipo de Llano conocía la existencia de la columna, a la que consideraba un objetivo militar.

–¡Que no quede uno! –dijo con la mayor frialdad a su Estado Mayor.

El piloto, tras unos treinta minutos de vuelo impune, observó la polvareda y una hilera larga que a vista de pájaro asemejaba una procesión de hormigas. A fin de amedrentarlos realizó una pasada a menos de doscientos metros de la tierra seca. El ruido del motor al acercarse produjo el mismo efecto que el rugido de un depredador sobre una manada de rumiantes, precipitando órdenes angustiosas:

–¡A tierra, todos a tierra! ¡Avión fascista! –gritaron algunos.

–¡Apartaos de la senda! –le voceó Agustín al grupo más cercano.

Todos temían el ametrallamiento, que no llegó a producirse. Unos se lanzaban al suelo, otros buscaban el cobijo de los carros, las madres cubrían a sus hijos con el cuerpo y algunos milicianos disparaban sus armas con frustración.

Tras un par de pasadas, en las que el piloto verificó la ausencia de armamento pesado, el aparato se alejó en dirección sur. Cuando desapareció el avión la marea humana apresuró el paso en condiciones cada vez más penosas, estirándose en una línea de varios kilómetros. El número de rezagados aumentaba a pesar de los esfuerzos de los enlaces para evitar la dispersión. Algunos optaron por desandar sus pasos y regresar a los puntos de origen. «No *sos* vayáis», les gritaba aquella joven anarquista que recorría incansable las filas con la melena castaña al viento. Procedía de la serranía de Huelva y la fuerza que irradiaba de sus ojos de fuego logró detener a algunos.

El resto de la jornada discurrió sin incidentes por la vía pecuaria que durante siglos utilizaron los rebaños trashumantes del «honrado Concejo de la Mesta». Se detuvieron a unos tres kilómetros al sur de Fuente de Cantos y aguardaron a que anocheciera para cruzar la Vía de la Plata. Eligieron un lugar llano y comenzaron a atravesar la carretera en grupos pequeños. Caminaban en silencio; habían envuelto en trapos las pezuñas de las cabalgaduras y las mujeres se ocupaban de silenciar el llanto de los niños. Casi cuatro horas tardó en pasar toda la columna, que se detuvo a hacer noche a pocos kilómetros de allí. «¡No encendáis fuego!», «¡silencio!», transmitían los enlaces. La gente caía rendida en cualquier parte. Desde la salida de Fregenal habían fallecido seis adultos y un niño por insolación severa; los sanitarios no pudieron hacer nada.

El sol estaba en lo más alto cuando Simona salió de casa de su hija Reme, donde acababa de dejar a Mateo. Habían pasado dos días desde la marcha de Agustín y se dirigía a cumplir su encargo. Apenas encontró vecinos por las calles, solo algunos perros huérfanos guarecidos en las sombras y un par de mujeres viejas que, con silencio huraño, llenaban sus cántaros en la fuente de los Grifos, junto a la casa de Agustín. Las calles del pueblo olían a ausencias y miedo.

La fachada de la vivienda, ayuna de encalado, exhibía desconchones grises. Tras echar un vistazo a derecha e izquierda sacó de la faltriquera la pesada llave, que tenía los dientes cariados por la herrumbre. La cerradura se resistió hasta el tercer intento. Ya no había visitas; a todos les daba mal fario ir a la casa desde que había pasado aquello. Los cercos de la entrada acumulaban telarañas y una capa gruesa de polvo ocre.

Al empujar las dos piezas de la puerta maciza aspiró un olor espeso a cerrado, a excremento animal, quizás de gatos y ratas, a humedades no atendidas y a vacío. Abrió la única ventana de la planta baja –había otra en el *doblao*–, y enrolló con dificultad la madera reseca de la persiana, dando paso al aire y al sol. Al iluminarse la alcoba marital pudo ver esa fotografía, la de la boda. Tras limpiar con un paño el polvo del cristal observó a Andrea, sentada con las manos en el regazo y ataviada con el vestido negro de novia. Su expresión era alegre y de sus orejas pendían unos aretes de media luna, tan comunes en el pueblo. A su lado, de pie, un Agustín de expresión solemne apoyaba una mano en el hombro de la novia y la otra en el respaldo de la silla. Sobre el fondo oscuro destacaban la camisa blanca de este, abotonada hasta el cuello, la cicatriz curva de su barbilla y un brillo especial en los ojos. Bajo la fotografía reposaba, como un esqueleto metálico, el cabecero de bronce que fue testigo mudo de su amor y sus sueños.

En la pared del fondo colgaba un calendario de 1931 de «Unión Española de Explosivos», en el que amarilleaba una belleza morena de las de Julio Romero de Torres. Frente a la ventana, sujetos por clavos gruesos, podían verse el *chapiri* legionario con su borla roja y una gumía de hoja oxidada. En la única estantería acumulaban polvo algunos libros que la mujer analfabeta no pudo identificar. Entre ellos un ejemplar de *El origen de la familia, la propiedad privada y el Estado*, de Engels, otro de discursos de Julián Besteiro y, el más voluminoso, *El conde de Montecristo*, con el sello borroso de la biblioteca local en la tapa.

Avanzó por el pasillo que terminaba en el corral, al que daban las pocas piezas de la casa, y se paró en el hogar. Las paredes estaban ennegrecidas por efecto de guisos antiguos, al igual que el techo. Encendió un fuego, al que arrojó los libros, tal y como le había pedido su hijo. La alacena, de techo bajo, estaba tan sucia como vacía, a excepción de un cajón cubierto con una manta vieja. Allí guardaba Agustín los papeles del sindicato y algunas cartas que quizás habría fisgoneado Simona si hubiese sido capaz de entender esos extraños garabatos: de Amalia Esquivel, de la Comandancia Militar y del Juzgado, entre otras. El contenido al completo fue víctima de las llamas, llenándose la estancia del humo que revocaba la chimenea, puede que por exceso de hollín o por algún nido.

Al abrir la puerta del corral, que rechinó por el polvo y la hojarasca del suelo, pudo aliviar el escozor que la lumbre le producía en los ojos. El pequeño cuadrilátero aparecía descuidado y en silencio; se echaba en falta el cacareo de las gallinas y el chirriar de la polea del pozo. La higuera, sin embargo, estaba gozosa y plena de higos maduros, mientras que las brevas, ya pasadas, yacían por el suelo o picoteadas en las ramas. Sus manos se pringaron al probar el fruto dulce, recordando lo mucho que le gustaban a su marido. Al asomarse al pozo arrojó una piedra pesada, que produjo un chapoteo profundo.

Compuso un hatillo de tela de saco para guardar la fotografía, los recuerdos de Marruecos y algunos higos. Su mirada recorrió de nuevo las estancias y no pudo contener las lágrimas. Salió con el presagio de un adiós definitivo.

Sin ella saberlo, el comandante Álvarez y el capitán Navarrete se dirigían al pueblo al frente de dos columnas de unos 3.000 hombres; lo ocuparían la madrugada del día siguiente. Desde Fregenal les habían informado de que tenían el camino expedito.

II. Masacre

El 17 de septiembre, tras rebasar la Vía de la Plata, la columna de huidos tomó dirección sudeste hacia Montemolín, antiguo enclave musulmán con una alcazaba ruinosa en la loma más alta. Ese pueblo estaba ocupado desde agosto por los soldados del capitán Navarrete, por lo que habrían de evitarlo.

–¡Agustín! –lo llamó Petra, una mujer de su pueblo que tenía dos hijos pequeños.

Este se giró y contempló la escena. A su paisana le caían regueros de sudor por el rostro, sus ropas negras estaban cubiertas de polvo y calzaba unas zapatillas deshilachadas. Portaba al menor en la cadera y el que llevaba de la mano no tendría más de seis años. Conocía que el marido de Petra había participado en la batalla de Badajoz y que no se había vuelto a saber de él.

–¿Qué quieres, chacha? –se interesó Agustín.

–*Cucha*, paisano, no *pueo* más. A ver si tienes algo de comer y agua para los *chiqueninos*. Que se me van a morir en el camino –le expresó suplicante.

–*Pa* los míos también –dijo una mujer rubia a la que el sindicalista no conocía.

Les dijo que no podían parar, que había que aguantar un poco más. Sabía que las reservas de provisiones y agua comenzaban a agotarse. El mando decidió realizar una incursión en el cortijo de Gallicanta, en el camino entre Montemolín y Llerena, donde encontraron la resistencia timorata de guardas y criados; los señores se habían marchado en julio. Requisaron algunas cabezas de ganado vacuno, cerdos, varias decenas de gallinas, patatas, grano, chorizos, morcillas y quesos. Llenaron cántaros y todo tipo de envases con el agua de los dos pozos. También se hicieron con un par de escopetas de caza y cartuchos que había ocultos en la casa principal.

En el salón de la vivienda permanecían intactos los objetos de valor, tal y como lo dejaron los dueños: los candelabros y la cubertería de plata, los muebles de roble macizo, un reloj de pie con péndulo de bronce y multitud de fotografías de familia que revelaban el origen social de sus moradores. El capitán Serrano aprovechó para celebrar una reunión con los responsables y enlaces de la columna. Desenrolló el mapa sobre la mesa de comedor y sujetó los extremos con jarrones de cerámica; luego se dirigió al grupo heterogéneo de uniformes, ropas de civil y monos de miliciano.

–Señores, vamos a continuar hacia el sur. Deberíamos rebasar Puebla de Maestre al atardecer, a una distancia prudente de las fuerzas que lo ocupan. Desde allí giraremos en dirección a Fuente del Arco para cruzar esta noche la línea ferroviaria Sevilla-Mérida. Más o menos por aquí. –Señaló el punto con su fusta–. Por lo que sabemos, el pueblo y la estación están en poder de los sublevados.

Los que entendían de mapas trataban de calcular distancias e identificar obstáculos; la mayoría fumaba y todos sudaban por el calor y la tensión.

–Desde Fuente del Arco tendremos el camino despejado hasta Azuaga. Una jornada de marcha y ¡a tomar por culo los fascistas! En medio está Valverde de Llerena, que aún permanece leal –añadió el brigada Tendilla, ansioso por intervenir.

–Entonces no hay tiempo que perder –intervino el diputado Sosa–. Hay que pasar al mayor número de gente posible. Me temo que van a quedar atrás mujeres, niños y viejos, aunque si los cogen no se cebarán tanto como con los hombres. –Repasó con la mirada a los presentes y se secó el sudor de la frente con un pañuelo.

Al dejar Gallicanta la columna avivó el paso ante la esperanza de una salvación cercana. Pocas horas después se detuvieron para aguar en el cortijo del Puerto del Águila, donde sacrificaron a algunos animales para la comida; sería la última en condiciones.

Agustín se sentó a descansar junto a El Cepas y El Cachorro, cuya poderosa nariz semejaba un pimiento rojo por efecto del sol. Los tres se desprendieron del calzado y los calcetines. Sus pies doloridos mostraban la hinchazón y las gruesas venas; se podría afirmar que las uñas de los dedos de los pies de El Cepas desconocían las tijeras. Bajo las volutas de humo de tabaco se apreciaban los cabellos apelmazados por el sudor y los efectos de la intemperie sobre las partes descubiertas del cuerpo. Ese día no los habían sobrevolado; todo estaba demasiado tranquilo, lo cual más bien los inquietaba.

–Ahora llega lo difícil, compañeros: hay que atravesar lomas y terreno plagado de guijarros; muchos no lo van a aguantar –dijo El Cachorro, que conocía bien la zona.

–Esos cabrones saben por dónde andamos. ¿Crees que atacarán, Agustín? –preguntó El Cepas.

Agustín, recostado sobre la hierba, salió por un momento de sus pensamientos. Tras incorporarse, agarró sus rodillas con las manos y miró a sus compañeros con ojos sombríos, los mismos que mostraba en la víspera de sus combates en Marruecos:

–Tengo un mal presentimiento –dijo con sequedad.

El capitán Gabriel Tassara había dado ya pruebas de su manera de proceder en la represión de Cazalla de la Sierra, donde se contaron más de 50 mujeres asesinadas. Llevaba quince años en el Ejército y se había unido sin titubear a los sublevados, entrando a Llerena en agosto bajo las órdenes del comandante Gómez Cobián. Cuando el jefe regresó de Sevilla a mediados de septiembre, fue claro: «Capitán, tiene que hacerse con la maldita columna de rojos, la que viene de Fregenal», le encomendó el militar falangista.

Tassara formó un contingente con una compañía del Regimiento Granada, los guardias civiles de Llerena del teniente Miranda y algunos voluntarios de Falange. Poco más de quinientos hombres bien pertrechados: morteros ligeros Valero, ametralladoras pesadas Hotchkiss, fusiles y munición abundante. En base a la información recibida, el capitán supuso que resultaría una empresa fácil: «Como cazar conejos en un campo pelado», les dijo a sus subordinados. A media mañana del 17 de septiembre, la tropa multicolor emprendió la marcha hacia el sureste en camiones militares, automóviles particulares y caballos. Al poco atravesaron Casas de Reina, siendo jaleados a su paso por adeptos al alzamiento, que les ofrecían vino y viandas. En menos de una hora llegaron al punto de concentración elegido: la estación de Fuente del Arco.

Bajo un sol inclemente tomaron una comida de campaña fría, dejando en la estación a un par de secciones para controlar las vías y la carretera que conducía a Azuaga, por la que suponían iba a cruzar la columna de Fregenal. La mayoría eran soldados de reemplazo e ignoraban su objetivo; no tanto así los guardias y los voluntarios civiles.

–Oye, Curro, ¿tienes idea de adónde nos llevan? –le preguntó el soldado Márquez a su compañero mientras rebañaba el aceite de la lata de sardinas.

–El sargento Estepa ha insinuado que vamos al encuentro de los milicianos de Fregenal de la Sierra, a los que acompañan un montón de rojos de la comarca. «Hay que hacer una buena limpia de hijos de puta», me dijo.

–Ahora me lo explico. Fíjate en esos chulos de camisa azul, con los correajes pulidos y las pistolas relucientes. Como si fueran a una fiesta –escupió con desprecio Márquez.

Si los dos soldados hubieran sido de Llerena no les habría costado distinguir a Lorenzo Almenares y Diego Correa entre los falangistas voluntarios.

Tras la comida se dio la orden de partir por la carretera angosta que unía Fuente del Arco con Puebla del Maestre. Se adentraban así en el territorio abrupto de la sierra de la Jayona, que daba nombre a una milenaria mina de hierro cuyos escombros rojizos destacaban sobre el verde agostado de las montañas. Durante años, el fruto de sus entrañas fluyó entre la estación de Fuente del Arco y las fundiciones de Peñarroya. A pocos kilómetros, los hombres de Tassara se toparon con la cañada real del Pencón. Allí se detuvieron a esperar a las mulas que transportarían las armas pesadas y los pertrechos al emplazamiento previsto, el conocido como cerro de la Alcornocosa. Desde sus alturas se dominaba el tramo de la vía pecuaria por la que se esperaba que llegara la columna. Los guerreros de color caqui, verde y azul se movían silenciosos entre matorrales y terraplenes resbaladizos. El sudor salpicaba sus ropas en la ascensión hacia aquella cumbre cubierta de alcornoques, peñas y riscos. Las grajillas y los abejarucos alzaron el vuelo ante el ruido de pisadas y el rechinar metálico de armas y equipos. El contingente ocuparía en breve un territorio señoreado por jabalíes, tejones y gatos monteses.

Los oficiales distribuyeron a los hombres entre las posiciones más guarecidas y estos acogieron con alivio la sombra de los árboles y el viento templado que limpiaba las alturas. Los aguardaba una espera tensa y monótona. «Prohibido hablar y fumar», les repitieron. Los de la columna no debían distinguirlos antes de que aparecieran el plomo y la metralla. Los emboscados cubrían con tela las partes metálicas de sus armas para evitar destellos inoportunos.

Ya declinaba la tarde cuando la multitudinaria columna dejó la senda para internarse en la cañada real del Pencón; de esta manera evitaban la carretera de Fuente del Arco. La vía no tendría más de cuatro metros de ancho, por lo que se formó una línea apretada de más de una legua. Los guías que precedían a la columna no presagiaban que la nube de polvo y el estrépito de pasos, herraduras y cachivaches eran observados por cientos de ojos desde las alturas cercanas.

En la vanguardia, el capitán Serrano avanzaba despacio a lomos de un caballo castaño. Escrutaba el horizonte con ojos fatigados por el sol y el polvo. Calculó que en pocas horas alcanzarían las vías férreas y confiaba en que las tropas rebeldes estuvieran concentradas en objetivos de interés militar. Dio una última calada al cigarrillo y lo lanzó a un lado, después extrajo los prismáticos de campaña de la funda de cuero negro. Ajustó las lentes con pericia en dirección a los cerros que aparecían por su izquierda y barrió las cimas con lentitud hasta llegar a la que tenía frente a él. Algo inusual había llamado su atención; no sabría explicar qué: una piedra al caer, un destello sutil, la vibración de unos matorrales. Paró al equino, se restregó los ojos y volvió a enfocar al mismo lugar. De repente lo divisó entre unas peñas: el cañón era delgado y negro, un peine de balas brillaba en el lateral. En una décima de segundo comprendió todo y una espoleta invisible accionó su cuerpo.

—¡Atrás, los fascistas, todos atrás! ¡A cubierto! —gritó Serrano con toda la energía de que fue capaz, mientras volvía grupas y hacía gestos ostensibles con la mano derecha.

Los milicianos de la vanguardia salieron de su modorra y se giraron confundidos para repicar la orden, que corrió entre las hileras estrechas como una ola en busca de la orilla. A la derecha de la senda había barrancales profundos y a la izquierda, como una barrera natural, lomas suaves pobladas de zarzas y arbustos.

Ante el inicio de la desbandada y los gritos desesperados de los emboscados, en el cerro se coreó la orden táctica: «¡Fuego! ¡Fuego a discreción!». Las estrías de los cañones de las cuatro Hotchkiss vomitaron un plomo mortífero a razón de 450 balas por minuto. Casi medio millar de cargadores de fusil se vaciaron contra la masa, poblándose de humo y órdenes las alturas de la Alcornocosa: «¡Recargad! ¡Que no escapen!». Cuando los tiradores recuperaron la visión panorámica, las hormigas humanas se habían dispersado como barridas por un huracán. En el firme de la cañada cayeron decenas de hombres situados en las filas de la vanguardia, otros rodaron barranco abajo y el resto de la gente corrió sin orden en busca de salvación. Víctimas del pánico, los integrantes de la columna se empujaban y chocaban entre sí. No había contemplaciones para los que perdían el equilibrio, pisados como simples objetos por la masa en el fragor de la huida.

Desde la cumbre de la Alcornocosa se podían escuchar los gritos de angustia y las órdenes confusas. Las cabalgaduras se movían y coceaban sin control; algunas derribaron a sus jinetes y otras agonizaban tras ser alcanzadas por los disparos. Los pocos hombres armados disparaban hacia el cerro a bulto, sin detenerse para apuntar.

Agustín se desplomó aturdido por el balazo que acababa de recibir en el brazo izquierdo. Su mente se inundó de pensamientos confusos: «Me cago en mis muertos; me han *dao*. ¿Dónde estoy? ¡Aj! Tierra amarga en los labios. No veo. *¡Uff!* Cómo quema el puto brazo. ¿Y esos gritos? Voy a moverme. Me pesa todo. Disparos. ¿La pistola, dónde está? Agua, qué salada la boca. ¿Quién llora? ¡Ay! Las piernas. Me pisan. *¡Brrr!* Cómo duele. Mala suerte, mala suerte. ¡Madre, madre! Las bestias están locas, me van a patear. Piensa, piensa; tranquilo. Qué sed. ¡Ay! La cara». Una voz se destacó entre la confusión:

–Abre los ojos, Agustín –dijo El Cachorro tras abofetearlo–. Arriba, compañero; hay que salir de aquí. –Agarró de los sobacos al herido para incorporarlo.

Los dos paisanos iniciaron una carrera ciega hacia delante, ajenos al dolor, a las nuevas descargas desde el cerro, a los gritos y sollozos de las víctimas. El instinto de supervivencia los impulsaba a alejarse de aquel volcán de pólvora y plomo. Tropezaron con otros supervivientes, saltaron sobre bultos inertes; no sentían los golpes de sus objetos contra el cuerpo ni atendían las peticiones de ayuda angustiosas. A sus espaldas dejaban un buen número de cadáveres; el capitán Serrano yacía con una herida mortal bajo su caballo. Ninguno se detuvo a mirar atrás.

Tras el ataque desapareció cualquier atisbo de organización en la columna, que se deshizo en centenares de grupos. Ahora prevalecía el irracional sálvese quien pueda y en medio de la confusión se producían escenas desgarradoras: la madre que acurrucaba a su hijo muerto, el asesinato de un miliciano a manos de sus compañeros por negarse a seguir sin su familia y los viejos que, con la mirada perdida, se arrastraban exhaustos.

Una minoría escapó en dirección a Azuaga y, una vez oscureció, los más afortunados consiguieron cruzar la vía del tren. Aquellos que lo intentaron por la estación de Fuente del Arco se vieron sorprendidos por los disparos de soldados parapetados en un par de vagones inmóviles, perdiendo algunos la libertad o la vida cuando ya tocaban la salvación con la mano. Algunos vecinos de Valverde de Llerena, a unos trece kilómetros de la estación, al ver cómo llegaban los primeros fugitivos, hambrientos, deshidratados y con los pies como masas sanguinolentas, salieron con carros y cabalgaduras para socorrer a los rezagados.

Los supervivientes que se dispersaron por la zona de la emboscada sufrieron el acoso de las patrullas y el cerco de los incendios que provocaron sus perseguidores. Caminaban en solitario o en grupos pequeños, martirizados por la sed y el hambre. Se ocultaban durante las horas de sol y deambulaban de noche con rumbo incierto. Un grupo de fugitivos encontró la solidaridad de un pastor, compadecido por su estado penoso, que los condujo hasta zona republicana a través de trochas y veredas incógnitas.

Poco a poco fueron detenidos, cuando no ejecutados, allí donde los encontraban, como a aquellos a los que sorprendieron los guardias civiles en el río Ardila, a los que de nada sirvió el encomendarse a la Virgen de los Remedios. La mañana siguiente caerían prisioneros unos dos mil de ellos víctimas de una añagaza del capitán Tassara. Disfrazado de miliciano y megáfono en mano los convenció para que lo siguieran hasta Fuente del Arco. Una vez desarmados descubrirían en la plaza del pueblo el fatal ardid y serían trasladados en ferrocarril hasta Llerena. En ese mismo municipio, a primeros de agosto, un centenar de milicianos fue víctima del engaño de un teniente de la Guardia Civil. Antonio Miranda, que acababa de prometer fidelidad a la República, dijo conducirlos al encuentro de las tropas sublevadas que se aproximaban. En cuanto se distanciaron lo suficiente de Llerena ordenó a sus guardias abrir fuego contra ellos, para acabar entregando a los supervivientes al comandante de la columna enemiga.

Tras la emboscada de la Alcornocosa, la autoridad militar requirió a los vecinos de Reina, el pueblo más cercano, para que enterrasen a los caídos; las alimañas se estaban dando un buen festín. A otros los incineraron en cortijos de la zona, mientras que gran parte de los restos terminó en el pozo de San Antonio, lugar de extracciones mineras.

La noche del dieciocho de septiembre, don Rafael escuchaba junto a su familia la alocución radiofónica de Queipo de Llano: «En Badajoz se ha efectuado limpieza de focos constitutivos por gente huida de Sierra Morena. Tales operaciones han sido llevadas a cabo por la columna del comandante de Infantería Gómez Covián, que guarnece el sector de Llerena...».

–¡*Chss*! –Al escuchar el nombre del pueblo, pidió silencio a su mujer y sus hijas.

«Habiendo tenido noticias de una concentración enemiga, la atacó brillantemente, haciendo 80 muertos, 30 heridos y 2.200 prisioneros, con armas y caballos».

El relato ponderaba la valentía de las fuerzas rebeldes y la derrota humillante de los milicianos, superiores en número, para finalizar con una referencia a los prisioneros: «Se les está arrojando en los corrales de las casas y se procede a darles de comer, pues se hallan extenuados y en situación lastimosa».

–Menos mal que los han parado –expresó doña Teresa con alivio.

–Según me han dicho, hay que tener cuidado. Todavía quedan fugitivos por las sierras y se están dando batidas. Hasta que esté controlada la situación ¡no se sale del cortijo! ¿Estamos? –Paseó la mirada el patriarca por los tres pares de ojos femeninos.

III. La gran ocasión

En marzo del treinta y seis, tras las elecciones legislativas del mes anterior, la primavera había llegado al suroeste extremeño. Estaba en el aire, en las aguas de arroyos y ríos, en los nidos de los campanarios y los corazones de los agricultores. Los campos, hasta ayer teñidos de marrón y ocre, explotaban en diversidad de colores; era tiempo de cortejo y apareamiento. Los días se estiraban luminosos y la esperanza había regresado para los progresistas y los humildes tras el triunfo del Frente Popular. Sin embargo, en los casinos de los señores y las tabernas del pueblo reinaba la inquietud. Un rumor sordo se filtraba por las encaladas casas de Fregenal como preludio de acontecimientos cruciales.

Agustín Lobo, como secretario de la FETT (Federación Española de Trabajadores de la Tierra), estaba convocado esa tarde a la Casa del Pueblo. A su cuerpo fibroso, moldeado por las faenas del campo y una alimentación parca, le correspondía un rostro curtido por la dureza del clima extremeño, coronado por un cabello negro y recio. Sus orejas, algo despegadas, le daban un aire juvenil. La ropa era el espejo de su condición, como un uniforme oficioso: pantalones de lana basta con algún remiendo discreto, camisa blanca sin cuello, chaleco pardo y alpargatas gastadas. Le abultaba un bolsillo la petaca de tabaco y el chisquero asomaba por el cinturón de cuero viejo.

Al llegar saludó a los compañeros que aguardaban entre humo de tabaco y se encargó de abrir el local. La decoración y el mobiliario eran escasos: algunas sillas de enea, una mesa rústica, armarios antiguos y ficheros de madera sobre los que se apilaban ejemplares de *El obrero de la tierra*. En las paredes retratos de Largo Caballero y Pablo Iglesias con la bandera republicana entre ambos, además de proclamas y pasquines diversos. Sobre la estantería más ancha reposaba el aparato de radio y frente a este la multicopista que les enviaron de Badajoz. Agustín depositó en la mesa los útiles para el ejercicio de su función. Junto a él se sentó Marcelino Rodríguez, presidente de la agrupación, hombre de baja estatura que ya pasaba de los cuarenta y yuntero desde la niñez.

El local estaba repleto de delegados, la mayoría elegidos por la inusual circunstancia de saber leer y escribir, algunos con dificultad. La reunión se inició con la intervención del presidente.

–Compañeros, no os voy a engañar, ¡pintan bastos! Ruiz Funes, el nuevo ministro de Agricultura, parece remolonear con la aplicación de la reforma agraria. Hace dos semanas, en su visita a Badajoz se comprometió a dar tierra en ocho días a más de cuarenta mil yunteros. ¿Y qué ha *pasao*? Pues nada. ¡Ya está bien! Los del Consejo Provincial han *aterminau* pasar a la acción; lo que no consigamos nosotros *naidi* nos lo va a regalar. –Hizo una pausa para dar énfasis a lo que venía a continuación–. ¡El veinticinco de marzo ocuparemos fincas en toda la provincia! A ver si así se enteran esos politicastros de Madrid. Agustín, hazme el favor de leer la circular del sindicato –le indicó con un gesto de la mano.

Seguido por las miradas expectantes de los compañeros, la mayoría de pie, Agustín comenzó la lectura de las hojas con sello oficial, fechadas el 20 de marzo de 1936:

«A las 5 de la mañana del 25 del actual, los campesinos de cada localidad se concentrarán sigilosa y rápidamente en diversos puntos de las afueras del pueblo, procurando ir todos provistos de azada y demás instrumentos propios para efectuar el deslinde».

El secretario se aclaró la voz y prosiguió. En la circular se indicaba que, tras los amojonamientos de las fincas, los campesinos habrían de dirigirse a los ayuntamientos para levantar acta de las ocupaciones. También debían celebrar asambleas en las casas del pueblo para aprobar los repartos de tierras y la forma de trabajarlas. Se recomendaba utilizar la explotación colectiva y que, al día siguiente, terminaran los deslindes e iniciaran los cultivos.

En cuanto a la previsible oposición de propietarios y agentes de la autoridad, la instrucción era clara: solo debían obedecerse las órdenes de estos últimos, siempre y cuando no fueran contrarias a los intereses de la República y de los trabajadores que, según la FETT, eran los mismos en ese momento.

Para finalizar, se pedía evitar daños en las fincas incautadas y en el resto, «las primeras porque serán de los campesinos, y las otras porque habrán de serlo algún día».

Tras concluir la lectura de la circular, Marcelino repasó las caras de los presentes para calibrar el efecto de lo que habían escuchado.

–¿Qué tenéis que decir, compañeros? Por fin nos ponemos en marcha. ¡Joder! Es el momento de dejar de hablar y actuar –dijo el presidente, remarcando sus palabras con un golpe seco en la mesa–. Esta vez no podemos fracasar como en el treinta y cuatro.

Los asistentes se miraban y la sala se pobló de murmullos, hasta que el de la verruga en el párpado alzó la mano y se atrevió a hablar.

–Oye, Marcelino, ¿pero esto es legal? ¿Cómo reaccionarán la Guardia Civil y los amos?

–Mira, Justino, en nuestro Consejo Provincial están los diputados Nicolás de Pablo y Juan Sosa; digo yo que sabrán lo que se hacen. En cuanto a los terratenientes, esos están *acojonaos*; sin los fusiles de los guardias no son nadie –respondió con seguridad.

–Si tú lo dices, compañero... Mira que también irán mujeres y muchachos.

Destacando sobre la nube de humo que flotaba en la sala, Mariano «El Cobrizo», alto como un chopo, tomó la palabra con su voz atiplada, que para nada se correspondía con su envergadura.

–¿Y qué pasará con los yunteros y los peones que no quieran participar?

El presidente se subió un poco el pantalón, que había resbalado por su barriga prominente, y contestó:

–No se va a obligar a nadie; ahora bien, que después no se quejen si no consiguen tierras ni trabajo –dijo ceñudo. Insistió en que era el momento de pringarse y quedó entendido que los tibios no tendrían su porción de la tarta.

–De todas maneras, algunos compañeros se van a desplazar por los pueblos para animar a la gente y despejar dudas. Esta oportunidad no se nos puede escapar –añadió Marcelino.

Antes de finalizar la reunión señalaron las fincas a ocupar y organizaron los grupos de acción. También se habló de la manera de realizar los amojonamientos y la asignación de parcelas. Terminaron con los puños en alto y repetidos vivas a la República. Antes de volver a sus casas, como de costumbre, fueron a echar un trago a la taberna del tío Benito. Cuando tuvo oportunidad, Agustín, que había callado durante el debate, cogió del brazo a Marcelino y se lo llevó a un extremo de la barra. Necesitaba expresar lo que venía rumiando sobre lo tratado.

–¿No te parece que a los de Badajoz se les ha ido la mano? Imaginarás que esto puede terminar en sangre.

El presidente, que sentía un aprecio sincero por Agustín y le consideraba su mano derecha, lo miró desde sus ojos pequeños, los mismos que habían sido testigos de tantas injusticias y promesas incumplidas.

–Amigo, nadie dice que vaya a ser un paseo de romería; los amos no se van a cruzar de brazos mientras les quitan sus tierras; los guardias tampoco. La diferencia es que ahora manda al Frente Popular. ¿Cuándo habrá mejor ocasión? Como dice Margarita Nelken, «ha llegado la hora de actuar más como revolucionarios que como sindicalistas». Si no apretamos, la reforma agraria se hará tarde y mal.

–No me menciones esa demagoga sin escrúpulos. ¿Ya has olvidado la sarracina del treinta y uno en Castilblanco y la brutalidad de la huelga del treinta y cuatro? Te respeto, Marcelino, eso te consta, y haré lo que me toque. Me preocupa que se desate la violencia; los ánimos están exaltados y si prende la chispa será imposible dar marcha atrás.

–Para eso estamos nosotros, para controlar la situación. Por cierto, me gustaría que te unieras al grupo de Llerena; parece que allí hay mucho paniaguado. Anda, vamos a tomar un chato con los compañeros –zanjó Marcelino, llevándose a su hombre de confianza hacia el grupo.

Agustín pasó por su casa y le dijo a su madre que no lo esperase a cenar y, tras despedirse de Mateo, se dirigió a las afueras del pueblo. Horas después gozaba de un sopor dulce, tras la cena y una sesión de sexo con Lola La Caraba, la de la cooperativa de aceite. Quizás no merecía la suerte de esa mujer atractiva, muy cerca de los cuarenta, que hacía pocos reproches y pedía menos explicaciones. Agustín conoció al marido de Lola, un pobre hombre al que se lo llevó la cirrosis por las fechas en que él perdió a su padre. Ella parió dos hijos sin que ninguno sobreviviera para darle consuelo.

–Eres fuego puro, Lola; consigues que me olvide de todo –le dijo mientras le acariciaba el cabello con dulzura.

Al incorporarse en la cama, La Caraba dejó a la vista sus pechos pequeños y duros, de pezones pronunciados. Tenía el cabello revuelto y miraba a Agustín con una mueca risueña pintada en sus labios de arco. El cuarto olía a pasión, sudor y tomillo. Aunque no era lo acostumbrado, ella le pidió que se quedara a dormir. Agustín estiró los brazos; en el derecho lucía su tatuaje legionario. Se sentó en el borde de la cama y encendió la luz. Luego comenzó a liar un cigarro con la destreza necesaria para no derramar las hebras por las sábanas.

–Otro día, Lola; mañana saldré temprano. No creo que pueda volver esta semana –encendió el cigarro.

La Caraba, que se había enfundado en una bata de franela, intuyó algo por el tono empleado por Agustín.

–¿Ha pasado algo? –se retiró el flequillo de la cara.

–Bueno, en los próximos días habrá movimiento; nada que deba inquietarte. Ya te contaré.

–Ve con cuidado, que te conozco –le susurró Lola.

El sindicalista alargó la mano encallecida y acarició la mejilla de la mujer, tras lo cual le dijo que le apetecía una copita de cazalla, «de esa que guardas para mí».

El rumor de la movilización campesina había corrido por toda la provincia y llegó a oídos del nuevo gobernador civil, don Miguel Granados. Se trataba de un almeriense de Izquierda Republicana que, aun sabedor de que asumía el cargo en tiempos de agitación, no podía imaginar lo que el destino le reservaba para los próximos meses. Desde Madrid le ordenaron impedir las ocupaciones de tierras, pero era consciente de que muchos alcaldes estaban a favor y cualquier acto de firmeza de las fuerzas del orden le pasaría factura. La postura del presidente Azaña era clara: no se podían tolerar las invasiones de fincas, aunque a duras penas podía contener las actitudes más radicales de otras fuerzas del Frente Popular.

El veinticuatro de marzo amaneció soleado y Agustín se demoró un poco en la cama, en la habitación que compartía con su hijo. Mateo dormía sereno, abrazado a la almohada, a pesar de que la luz que se filtraba por la ventana le hería la cara. El pueblo se desperezaba y ya se podían escuchar los ecos de las pisadas y los cascos de las bestias; cada cual a su labor.

De la cocina llegaba el aroma del café de puchero y de las migas que humeaban en la sartén. Simona trajinaba desde hacía un buen rato con cuidado de no hacer ruido.

Agustín se levantó despacio, se puso los pantalones y recogió el orinal de loza. Luego salió de la habitación en silencio y fue a vaciarlo al pequeño patio interior. Echó agua en la palangana, se refrescó la cara y se atusó el cabello con las manos húmedas, tras lo cual se abotonó una camisa limpia.

–Buenos días, madre, las fragancias de la cocina me han despertado el hambre. Ande, pare un poco y siéntese a desayunar conmigo.

–¡Ea! Ahora mismo lo pongo, Agustín. ¿Y el niño?

–Dormido como un ceporrillo. Pobre; hoy tampoco podré ocuparme de él. Salgo de viaje, madre, y no volveré hasta mañana a la noche o pasado.

Al escucharle, Simona hizo un mohín y se acomodó el moño con las pinzas. Luego sirvió café en los tazones de barro y vació en un cuenco las migas, con su poquito de pimiento y sardinas. Se sentó frente a su hijo y lo miró con sus ojillos color canela.

–¿Y a dónde vas, si puede saberse? Mira que están los tiempos revueltos y siempre te las apañas para meterte en *fregaos*.

–¡Madre!, que ya pasé de los treinta. No se preocupe; se trata de labores del campo. Por cierto, ayer me pagaron unos jornales atrasados; le voy a dejar algún dinero y pasaré hoy mismo por la tienda de El Gacho a liquidar lo pendiente.

En la calle Marqués de Riocabado, noble del siglo XVIII casado con una descendiente de Colón, se alzaba orgulloso el «Comercio Barrero», con su rótulo de cerámica, la fachada pintada de un blanco cegador y el escaparate bien surtido. Allí se podía encontrar de todo: comestibles, artículos de limpieza, aperos de labranza, semillas, telas y ropa. Lo fundó a comienzos de siglo Rogelio Barrero, un onubense emprendedor que emigró a Fregenal tras casarse. A base de tesón había hecho prosperar el negocio y tenía fama de brindar su ayuda a los vecinos más necesitados, lo que consideraba de buen cristiano. De un tiempo a esta parte se ocupaba en pasarle el testigo a su único hijo, Manuel, al que llamaban El Gacho por ser zurdo de mano, que no de ideas.

Por su amistad con Manuel, Agustín había frecuentado en su infancia la casa de los Barrero, situada encima del negocio. Allí compartieron juegos, meriendas y tareas escolares.

Cuando Agustín entró en el comercio, su dueño atendía en el mostrador a una mujer de edad, cubierta con el usual pañuelo negro. El tendero vestía su chaquetilla blanca, siempre impoluta, y en ese momento aplicaba la vara de medir sobre un rollo de tela de algodón.

–Buenos días, don Rogelio, ¿anda Manuel por ahí?

–¡Hombre, Agustín! Búscalo en la trastienda, hijo. –A veces empleaba con él ese cariñoso término.

Conocía bien el camino y se adentró en la estancia espaciosa que servía de despacho y almacén. Manuel estaba sentado a su mesa de trabajo, donde humeaba un pitillo en el cenicero de metal, enfrascado en albaranes y estadillos. Olía a loción y la brillantina daba forma a su cabello rubio. Trabajador honesto y católico practicante, como sus padres, era un amigo en el que se podía confiar, casi un hermano. El Gacho creía en el progreso mediante la educación y tenía un cierto sentido de justicia social, aunque no le interesaba la política.

–Descansa un poco, que tienes visita –lo saludó Agustín con un toque en el hombro.

–Anda, siéntate y coge un cigarrillo de esos. –La sonrisa mostró las paletas algo separadas de El Gacho.

Los amigos se pusieron al día en asuntos de familia y con la cuenta pendiente, luego comentaron los rumores que corrían por el pueblo.

–Manuel, a ti no te voy a engañar. Mañana se va a liar una gorda; vamos a ocupar fincas en toda la provincia. A ser posible por las buenas y, si no, por cojones. Me voy a Llerena por cuenta del sindicato; parece que allí andan un tanto indecisos.

–Joder, ¿así por las bravas o tenéis apoyo del Gobierno? –El Gacho estaba preocupado, pues siempre había sido hombre de orden.

Agustín argumentó que el Gobierno del Frente Popular se parecía a los anteriores

–Mucho prometer y luego se para todo con la burocracia o por las argucias de la derecha –dijo. En su opinión, los políticos de izquierdas no acababan de decidirse a meter mano a los amos de siempre.

–La gente no puede aguantar más, Manuel; tú lo sabes. Es muy duro deslomarse en el campo para volver con las manos casi vacías y aguantar la mirada de los tuyos mientras los ves consumirse por la necesidad. Es cuestión de supervivencia, ¿entiendes?

En ese momento entró el dependiente a buscar algo del almacén y la conversación se interrumpió. Agustín aprovechó para levantarse; ya iba con algo de retraso al punto de la cita.

–Acuérdate de lo que dejas aquí y dame un abrazo, leche –se despidió El Gacho.

Los dos tenían puntos de vista diferentes sobre la forma de resolver los problemas: el uno por la vía corta de la acción y el otro por el camino pausado de la reforma legal; no obstante, su amistad estaba por encima de todo.

La Plaza de la Fontanilla lucía animada esa mañana; la céntrica y popular fuente estaba muy concurrida. Los paisanos llenaban cántaros y tinajas. A su lado, las cabalgaduras abrevaban en las aguas frescas de la sierra de San Cristóbal. Las piedras húmedas que guarecían la imagen de la Virgen de la Guía contemplaban silentes esa escena desde hacía siglos. De los naranjos que custodiaban la plaza se desprendía el olor sedante del azahar.

Ya habían dado las once y el camión Chevrolet aguardaba en el lugar convenido. Marcelino Rodríguez, apoyado en la ventanilla de la cabina, charlaba con los compañeros del sindicato que iban a desplazarse. Agustín se llegó hasta ellos a través de la plaza, intercambiando saludos con los muchos conocidos, y depositó sus cosas en la caja entoldada.

–¡Ya es hora, coño! –le espetó el presidente con una mueca de reproche.

–Venga, solo me he entretenido un poco –contestó el aludido.

Marcelino sacó unos papeles de una carpeta muy oscurecida por el uso y se los entregó a los delegados.

–Aquí tenéis los planos de las fincas elegidas en cada término y los nombres de los propietarios. Pasaréis por Zafra y allí se quedará El Cobrizo, Matías en Usagre y el resto a Llerena. Mañana, cuando finalicen las ocupaciones, os llegáis a la centralita del pueblo y me dais novedades. Mucha suerte y ¡viva la República! –dijo a modo de despedida.

–¡Viva la República! –respondieron todos a coro, mientras el gentío de la plaza los miraba con curiosidad y simpatía, pues no eran pocos los que estaban al tanto de lo que se fraguaba.

Los separaban de Zafra unos 40 kilómetros de carretera estrecha y curvas, con un solo pueblo en el trayecto, Valverde de Burguillos. Dionisio, el conductor, se había agenciado el camión con el que a diario transportaba pescado desde el puerto de Huelva. Era afiliado de la FETT, de los antiguos, y no le hacía ascos a una gresca si se presentaba la ocasión. Todos mostraban una actitud decidida y, alegres, compartían charla, porrón y tabaco. Creían que por fin había llegado el momento de sacudirse los agravios y la miseria acumulada durante generaciones. Cuando tenían jornaleros a la vista, saludaban puño en alto y agitaban las banderolas del sindicato. Agustín iba sumido en sus pensamientos; quería ser optimista y soñaba con trabajar su propia tierra, aunque su instinto barnizaba el sueño de realismo. Se decía que aquello no podía resultar tan sencillo.

Al llegar a su destino dejaron el camión cerca de la Casa del Pueblo y, junto a algunos compañeros de la agrupación local, se dirigieron a una tasca incrustada en uno de los soportales pétreos de la Plaza Chica. El local estaba muy concurrido y despedía un olor penetrante a fritanga y guiso. Ocuparon dos bancos corridos del fondo y, entre risotadas y conversaciones cruzadas, dieron buena cuenta de una caldereta y algo de bacalao frito. En la sobremesa, Esteban, el presidente de la agrupación, un tipo rubicundo y un poco *morrúo*, bajó la voz y les comentó:

–Los amos y los guardias están muy inquietos y andan preguntando por ahí; se huelen algo. Se han realizado registros en busca de armas, así que id con cuidado.

–Descuida, vamos limpios; no queremos dar excusas a los de gatillo flojo. Somos labradores, no pistoleros –lo tranquilizó Agustín.

Después de la comida, los del camión reemprendieron la marcha tras despedirse de sus compañeros con abrazos y palabras de ánimo.

Agustín viajaba ahora junto al conductor y el traqueteo del camión comenzaba a resultarle insufrible; debía hacer años que no parcheaban el firme. Además, un fuerte olor a pescado flotaba en la cabina y no lograba disiparlo ni con la ventanilla bajada. A Dionisio no parecía afectarle, el tufo de la mercancía formaba ya parte de su rutina. Hablaba por los codos y no paraba de fumar, lo que aumentaba la sensación de mareo del copiloto.

La carretera discurría entre dehesas y campos de cereales teñidos ya de verde. Se distinguían piaras de cerdos y ejemplares de ganado bovino que al paso del camión lanzaban miradas vacuas. Nada hacía presagiar la jornada histórica en ciernes.

El camión redujo la velocidad al llegar al cruce donde se indicaba que estaban a veinte kilómetros de Llerena. «Otra media hora de suplicio», pensó Agustín. Optó por cerrar los ojos para reducir su malestar y le pidió a Dionisio que sellara un poco la boca. No habrían pasado ni diez minutos cuando notó que el vehículo se detenía. Miró a su izquierda. «Qué quieres, los *d'atrás* tienen necesidad», aclaró el que iba al volante.

Agustín salió de la cabina y aspiró el vivificante aire que portaba el aroma limpio de los campos. Al poco, notó que la claridad y el equilibrio volvían a su cuerpo. Caminó unos metros y aprovechó para aliviarse junto a una encina. De repente divisó, a no mucha distancia, un grupo de jinetes con garrochas y se abrochó con rapidez la pretina. Sin duda se dirigían a conducir reses bravas de las que se criaban en la región, esas que proporcionaban corridas tan emocionantes en el coso del castillo de Fregenal.

Al regresar, los compañeros le ofrecieron el botijo y escanció un trago largo que acabó de recomponerlo. Secó su boca con la manga de la camisa y aspiró otra bocanada de aire antes de subir. Había pensado en cambiarse al remolque, pero supuso que aún sería peor; allí tendría que dar conversación. Cuando Dionisio se acomodaba en el asiento, Agustín observó que la culata de una pistola asomaba por la parte izquierda de su chaquetilla, lo que no le hizo maldita la gracia, aunque no dijo nada.

Continuaron por la carretera de Córdoba, deteniéndose en Usagre para dejar a Matías. «Enséñales cómo las gastamos, paisano», lo animó el conductor. Poco después, cuando se aproximaban a Villagarcía de la Torre, distinguieron unas siluetas que cortaban el paso. Se cubrían con un casquete inconfundible y eran dos, como de costumbre.

–No hagas tonterías –le ordenó Agustín al conductor.

Cuando paró el camión, el del bigote más poblado, con distintivo de cabo, caminó hacia ellos. Portaba el máuser al hombro, mientras su pareja lo mostraba en posición de prevengan. Se detuvo a la altura del conductor y, tras efectuar el saludo militar, le habló:

–Buenos días –el acento era andaluz–. ¿Hacia dónde se dirigen?

–Vamos a Llerena –respondió Dionisio con una expresión tensa.

El cabo avanzó hasta la caja posterior, desde cuyo interior le observaban dos pares de ojos de hombres con apariencia de jornaleros. Al uniformado no le llamaron la atención las azadas y los otros aperos de labranza, ni las banderolas con las siglas del sindicato apoyadas en un rincón, pues ya estaba sobre aviso. Las instrucciones del sargento habían sido claras: «Solo observar y dar sensación de control».

–¿Y esos dos de atrás? –le preguntó al conductor.

–Me han pagado por traerlos desde Zafra; al parecer vienen a faenar –mintió.

La tensión había espantado hasta el tufo a pescado que mortificaba a Agustín, que ahora pensaba en la pistola de Dionisio; temía que les hicieran bajar. Era probable que el control y la revisión de los guardias no durasen ni tres minutos, pero que a él le parecieron eternos.

–Pueden continuar –dijo el del bigote poblado. Después movió la mano diestra hacia adelante y se apartó de la cabina.

Don Rafael Esquivel y Figueroa había regresado a la Vega Ancha desde Mérida la noche anterior. Allí ejercía como director médico del hospital San Juan de Dios. Ahora se encontraba reunido en su despacho del cortijo con Ernesto Sayas, su capataz, Andrés Tolosa, teniente comandante de la Guardia Civil de Llerena y varios de los hombres más poderosos de la comarca. Una vez que Camila, la sirvienta más antigua de la casa, retiró los cubiertos del desayuno, el teniente se compuso la guerrera y tomó la palabra:

–Señores, esta reunión es extraoficial; usen lo que les voy a decir como les convenga, pero no mencionen la fuente.

–Al grano, Tolosa –lo inquirió el impaciente Diego Correa, un terrateniente joven que lucía una insignia de la Falange en la chaqueta.

–Bien; hemos sabido que mañana se van a producir ocupaciones ilegales de tierras en toda la provincia. Están promovidas por el sindicato FETT y otras organizaciones agrarias, incluidas las anarquistas. El Gobierno Civil nos ha puesto al tanto; incluso tiene prevista la movilización de guardias de asalto si fuera necesario.

Los reunidos lanzaron expresiones de indignación mientras se removían inquietos en sus asientos.

Don Rafael se levantó y dio unos pasos por el despacho, jalonado de piezas de caza disecadas, libros y pinturas paisajísticas. Tras mesarse los cabellos grises se dirigió al teniente:

–¿En qué van a consistir esas ocupaciones? ¿Cómo debemos responder?

–Al amanecer, miles de yunteros y peones se internarán en las fincas elegidas, efectuarán deslindes y se repartirán parcelas. Su intención es comenzar a trabajar las tierras de inmediato. Por lo que sabemos, el Gobierno no aprueba estas acciones, aunque su postura es un tanto ambigua, pues no quieren estallidos de violencia ni defraudar a sus votantes –respondió Tolosa.

Se produjo un inmediato murmullo de desaprobación entre los asistentes, que no podían creer lo que oían.

–O sea, que esos desgraciados nos van a quitar las tierras y encima tenemos que aplaudir, ¡no te jode! Pues yo no pienso estarme quieto –volvió a intervenir Correa.

Tras diversos comentarios, aspavientos y amenazas subidas de tono, la reunión se dio por terminada.

–Mantengan la calma e infórmenme de cualquier novedad. Mis hombres permanecerán en alerta –dijo por último el teniente. Don Rafael salió a despedirlos junto a su capataz, un salmantino corpulento y desabrido que gozaba de su confianza; como otros ricos pacíficos, empleaba un mastín fiero para inspirar miedo en su nombre.

En ese momento se oyeron cascos de caballos y don Rafael dirigió la mirada al sendero de acceso al cortijo. Enseguida distinguió entre el polvo a su hija mayor. La seguía uno de los peones de la finca. Amalia montaba un bayo de pura raza española de gran alzada, y su cuerpo ligero se acompasaba con gracia a los movimientos del equino; sin duda dominaba el arte de la hípica. Se detuvo a la altura de su padre y desmontó con agilidad; el peón se llevó el animal a las caballerizas.

Amalia se despojó del sombrero, exponiendo al sol de mediodía los rizos de su pelo castaño, su cutis fino y unos ojos verde limón heredados de su madre. Se echó en brazos del padre y le estampó dos besos sonoros en las mejillas.

–Hola, papá; ayer no te oí llegar.

Don Rafael la cogió de una mano y dio un paso atrás para contemplarla mejor, pues hacía semanas que no se veían.

–Qué guapa estás, hija; te sienta bien el campo.

–Tú tampoco estás mal –le dijo Amalia risueña, pasándole las manos por las sienes plateadas–. ¿Qué tal por Mérida?

–Bien, hija, muy ocupado con el hospital. La llegada del nuevo Gobierno ha traído muchos cambios y hemos de adaptarnos, por eso me costó tanto venir.

Era cierto que don Rafael, médico vocacional, se entregaba a fondo a su trabajo, aunque no lo era menos que cada vez soportaba peor la convivencia con su mujer, por lo que desde hacía un tiempo prolongaba sus ausencias. Esta, doña Teresa García-Torres y Ortiz, era una dama linajuda natural de Cáceres, que gustaba de la vida en el cortijo familiar y de estar tan cerca de las capillas como lejos de las clases bajas.

Como de costumbre, la familia se reunió a comer en el salón principal, junto al enorme ventanal que iluminaba la sala con el tamiz de los visillos artesanales. Presidía la mesa don Rafael, acomodándose en los laterales su mujer y sus hijas, Amalia y Beatriz. Solo faltaba el primogénito, Rafaelito, también médico, que se había desplazado a Berlín para un curso de especialización. La figura menuda de Camila rondaba la mesa para que todo se ajustara al estricto ritual marcado por la señora.

A los postres, el patriarca informó a su familia de los planes de ocupación de fincas.

–Mañana no se sale del cortijo; puede haber incidentes. ¿Está claro? –Sus ojos oscuros repasaron los de las tres mujeres.

–¿Pero que se han creído esos muertos de hambre? ¿Acaso nos van a arrebatar lo que nos pertenece desde siempre? –intervino crispada la señora.

–Cálmate, Teresa; al final no será para tanto. Hay un Gobierno y leyes; los campesinos solo quieren hacer una demostración de fuerza para forzar la reforma agraria –templó el marido.

–¿Y qué haremos al respecto? ¿De verdad te crees que esa gentuza del Frente Popular va a defender lo nuestro? Ya nos lo dijo el padre Amador en la reunión parroquial: «O nos movemos o nos mueven».

–Pues mira, no vamos a utilizar la violencia. Yo soy médico, no político, y hay que adaptarse a los nuevos tiempos. Nuestros peones y yo estaremos pendientes de lo que ocurra, lo mismo que las fuerzas del orden. Ah, y ten cuidado con esos curas de salón, que deberían ocuparse más de los necesitados y menos de la política.

Las hijas habían permanecido en silencio y sus rostros se ensombrecieron por la situación creada. Beatriz, la pequeña, estaba muy influenciada por su madre, a la que secundaba. Amalia gustaba más del trato con la gente sencilla y se le podría calificar de católica moderada. Por sus lecturas y amistades estaba más al tanto de la situación política e intuía que algo debía cambiar en la sociedad del momento.

–Papá, ¿de verdad pueden quitarnos las tierras con esa reforma agraria? –se interesó .

Don Rafael explicó que las cosas eran algo más complicadas. Las expropiaciones tenían que ver con tierras poco explotadas y se preveían compensaciones para los propietarios. Les recomendó no preocuparse más de lo necesario y, tras consultar el reloj prendido a su chaleco por una cadena de oro, añadió:

–Ea, ya está bien, que tengo que disponer las cosas para lo de mañana.

***

En Llerena había un movimiento inusual; a lo largo del día habían llegado forasteros por tren y carretera. De una parte, sindicalistas y jornaleros de la región y, de otra, elementos de la patronal agraria y políticos de derechas. El cóctel de las dos Españas estaba servido.

Esa misma noche se celebraba una reunión en la casa palaciega de don Vicente Almenares, notario de Llerena venido a menos por su afición al juego y su mala mano para los negocios. Su hijo Lorenzo presidía el encuentro de la Falange local, apenas una decena de jóvenes de buena familia y algún burgués conservador. Pocos días antes la Policía había irrumpido en la sede de Falange en Madrid para detener a su líder y a los principales dirigentes, decretándose la ilegalización del partido. Lorenzo había concluido sus estudios de Derecho en la capital y fue uno de los militantes de primera hora de ese partido. Desde entonces mantenía una estrecha relación con el jefe provincial de Badajoz, Eduardo Ezquer.

En la biblioteca de la casa, espaciosa y bien surtida de licores, el anfitrión se dirigió a los asistentes en su condición de jefe local:

–Camaradas, la situación es grave. Este Gobierno infame nos ha descabezado y a partir de ahora deberemos actuar en la clandestinidad. Esta mañana hablé con Ezquer y las instrucciones fueron claras: «Nada de uniformes ni otros símbolos externos; moveos con cautela y esconded o destruid los documentos comprometedores». Por supuesto, las armas a buen recaudo.

–Seguro que esto se resuelve pronto; no creo que los republicanos tengan redaños para mantener en prisión a José Antonio. Los militares están calientes y presionarán –se expresó con optimismo Julián Orduño, el hijo del veterinario.

Diego Correa, el más veterano de los presentes, embutido en un traje cruzado que apenas disimulaba el bulto de su barriga, dio una calada a su habano y pidió la palabra.

–Camaradas, lo de escondernos me parece una cobardía, aunque tampoco quiero acabar en la cárcel para dar gusto a esos republicanos. De manera que, muy a mi pesar, saldré de aquí sin el yugo y las flechas en la solapa. Dicho lo cual me gustaría que habláramos del asalto a fincas previsto para esta madrugada.

Les refirió la reunión mantenida en la Vega Ancha y solicitó consignas de actuación. Se produjo un intercambio de opiniones interesadas; casi todos pertenecían a familias terratenientes. Lorencito no había recibido instrucciones de la desarticulada Jefatura Provincial, por lo que estaba confuso.

–Que cada uno haga lo que tenga que hacer, pero no en su condición de falangista; lo último que necesitamos en estos momentos es visibilidad. Hasta nueva orden no habrá reuniones y nos comunicaremos con suma discreción.

La reunión concluyó con un «Arriba España» acompañado de un levantamiento enérgico de brazos. Luego abandonaron la casa, de uno en uno, por la puerta de la cochera, que daba a la iglesia de Santiago. Correa se sentía defraudado; pensaba que a Lorenzo le venía grande la situación: «Buena planta, rostro fino y olor a colonia, pero le falta lo que hay que tener», se decía.

Lorenzo, amigo de Rafaelito y su familia, estaba preocupado por la situación y telefoneó a don Rafael. Siempre aspiró a emparentar con los Esquivel, a los que conocía desde niño; de hecho, ejercía como pretendiente oficioso de Amalia desde hacía años.

–Don Rafael, ya sabe que puede contar conmigo para lo que necesite, sobre todo estando fuera Rafaelito. ¿Quiere que lo acompañe mañana con alguno de mis camaradas? –se ofreció vehemente.

–Lorenzo, te lo agradezco de corazón. Pienso que no será necesario, y además no quiero comprometerte.

Don Rafael apreciaba al joven, aunque no le agradaba su afiliación a la Falange, de cuyos métodos desconfiaba.

–Bueno, si me necesita llámeme a cualquier hora y, por favor, salude a doña Teresa y a sus hijas de mi parte –se despidió el joven falangista.

El aire nocturno transportaba fragancias de tomillo y romero, que se mezclaban con el olor de las caballerías de los campesinos concentrados a las afueras del pueblo. También se podía olfatear el miedo, la incertidumbre y el afán de revancha. El hambre y la humillación habían dejado su poso amargo en las entrañas de yunteros y peones durante generaciones. La mayoría venía convencida; a otros fue necesario encenderlos con arengas y apelaciones a su orgullo proletario y su responsabilidad de cabeza de familia. También pesaba la preocupación de quedar fuera del reparto de tierras. Las acciones de ocupación se coordinarían por la FETT, el principal sindicato nacional, y una sociedad obrera de Llerena llamada «La Fraternidad».

Sobre un cielo sin nubes, las estrellas observaban al grupo de parias que compartían nervios, pitanza y vino mientras aguardaban la hora de partir. La mayoría eran varones, aunque también acudieron algunas mujeres y niños. La luz de la luna arrancaba reflejos de las azadas pulidas, los rastrillos y otros aperos. Las hogueras de madera de encina y las mantas ásperas ayudaban a combatir el relente de la madrugada. Los que podían descabezaban un sueño en esteras de esparto o sobre los carros.

Las labores de la tierra se habían paralizado por las lluvias profusas que las habían anegado las últimas semanas, lo que hizo crecer el desamparo y encrespó los ánimos. La desesperación se adueñó de los labradores, que sobrevivían gracias a la solidaridad del pobre y a base de escatimar sus reservas pírricas.

Agustín se sentó en un corro de braceros y compartió su cena escueta. Eran de la más humilde condición, la mayoría analfabetos que nunca habían salido de la región, salvo quizás para el servicio militar. Cuando se sintieron más confiados con la presencia del sindicalista, alguno se atrevió a preguntar:

–Compañero, ¿y la *jolliza* que padecemos aquí es igual en otras provincias? –inquirió Damián, al que apodaban «El Mulo».

Por sus años de experiencia sindical y sus lecturas, el forastero estaba más informado de la situación y los orígenes de sus males.

–Verás, compañero; tanta pobreza e injusticia se dan mucho más en Extremadura y Andalucía, tierras de grandes latifundios. En otras regiones la tierra está más repartida y los trabajadores del campo tienen mejores condiciones –respondió mientras sacaba sus útiles para fumar.

–Y eso de los latifundios, ¿de dónde viene, chacho? –bisbiseó el Mulo desde su boca casi huérfana de piezas.

El interpelado miró al grupo mientras prendía el cigarro con su chisquero. No estaba seguro de que lo entendieran del todo, pero merecían una explicación.

–España estuvo ocupada cientos de años por los moros, sobre todo la parte sur. Los reyes cristianos avanzaban desde el norte y las tierras recuperadas las repartían entre la Iglesia, los nobles y sus vasallos. –Aquí hizo una pausa breve para que asimilaran sus palabras. Luego prosiguió:

–Durante mucho tiempo la reconquista fue lenta, pero en los últimos siglos se aceleró y en las comarcas del sur los reyes premiaron a los nobles que los ayudaron con extensiones de tierra jamás imaginadas. Del reparto también se beneficiaron las órdenes militares, como la de Santiago y la de Calatrava. En ellas había guerreros medio monjes.

El más joven del corro, todavía lampiño, pasó un vaso de vino a Agustín, para que no se secara le dijo, y se atrevió a mostrar su curiosidad con la expresión de un colegial aplicado.

–¿Y no repartieron *na* a la gente sencilla?

Agustín agradeció la bebida y dedicó un guiño cómplice al chaval. Luego dio un trago corto y contestó.

–Qué va. En Extremadura empezaron a utilizar la mano de obra ajena y el arriendo de tierras, un sistema muy parecido a lo de ahora. Además, dedicaron mucha extensión para pastos, sobre todo para la trashumancia del ganado del norte –se fijó en que apenas pestañeaban–. La lana era más importante que los cultivos y los ganaderos se unieron en una organización que llamaron La Mesta. Los reyes les dieron mucho poder porque sacaban tajada, de manera que los ganaderos movían sus rebaños por donde querían. Fue entonces cuando se crearon las cañadas reales que conocéis –añadió.

Otros se habían acercado al corro, pues intuían que allí se trataba algo importante. Eran gentes iletradas que consideraban su pobreza como una maldición poco menos que insalvable. Su visión del mundo era estrecha; pensaban que las cosas eran como eran, sin mayor argumentación.

–¿Y los reyes y los curas no hicieron nada para ayudar a los pobres? –inquirió el lampiño con apetito de saber más, lo que saciaría de paso la curiosidad del resto. Agustín no se hizo de rogar.

–Apoyaron a los suyos, los poderosos, como ahora. Por eso, cuando se descubrió América muchos de nuestros paisanos viajaron al Nuevo Mundo en busca de fortuna, jugándoselo todo, pues tenían poco que perder. –Acompañó sus palabras con un guiño.

También les contó que, en el siglo pasado, hubo algunas iniciativas para repartir tierra a los desposeídos a costa de las fincas de la Iglesia y los predios comunales de los pueblos. Aunque la intención no era mala, los braceros no tenían dinero, así que los pudientes compraron la mayoría de las fincas, se hicieron más poderosos y continuaron con la explotación del campesinado.

Los del corro mostraban con su silencio y expresión facial asombro y admiración por los conocimientos del sindicalista. No estaban habituados a que les hablaran así. Agustín había tenido lo justo de escuela, aunque superó sus carencias por la afición a la lectura, alimentada por los libros de El Gacho y de la biblioteca municipal; el resto lo aprendió en el Ejército y en el sindicato.

***

Sobre las cinco, un par de horas antes de amanecer, Agustín encendió el quinqué de parafina. Luego despertó a Dionisio con un puntapié leve en el costado.

–¡Arriba, compañero! Ha llegado la hora.

Los dos sindicalistas se movieron entre hombres y bestias hasta reunir a los responsables de cada grupo para darles instrucciones.

–A partir de ahora, cada uno a su objetivo. Recordad que debéis deslindar la totalidad de la finca y no hacer reparto de parcelas; eso vendrá después. A media mañana nos vemos en el Ayuntamiento para lo de las actas. Evitad la violencia y mantened la sangre fría, aunque os provoquen –les dijo Agustín con la firmeza que requería la ocasión.

–¡Salud, compañeros! –gritó Dionisio, brazo en alto y puño cerrado, lo que fue repetido por todos con entusiasmo.

Las cuadrillas, cual procesión nocturna, comenzaron a desplazarse entre luces titilantes, mezclándose el vaho de hombres y animales. Sobre el ruido de las pisadas y el rechinar de ruedas de carros se elevaba el rumor de voces que al unísono entonaban estrofas de la Internacional y otros himnos. Era su forma de animarse para alejar el temor ancestral a las fuerzas del orden y a los esbirros de los amos, siempre prestos a aplastarlos.

Tras unos kilómetros de marcha el grupo que encabezaba Agustín llegó a «La Cigüeña», una parcela de unas veinte hectáreas integrante del cortijo «La Vega Ancha». Era tierra de cereales, sin explotar desde hacía demasiado tiempo, cuajada de malas hierbas y cuyos terrones húmedos prometían fertilidad. Desde una loma cercana al camino rural, ojos de cancerbero los observaban; los del capataz del cortijo y un par de criados de confianza. El sol a su espalda comenzaba a dibujar las siluetas de los centauros armados: «Ahí tenemos a esos muertos de hambre», masculló Sayas y escupió al suelo.

Iluminados por los candiles que portaban mujeres y niños, los braceros hundieron sus azadas para perfilar los surcos delimitadores, en los que clavarían los mojones de madera con las puntas rojas. Después habrían de barbechar las tierras para ponerlas en sazón, de manera que estuvieran listas para el momento de la siembra. Comenzaron silenciosos y precavidos, más al ver que nada sucedía, las risas y los cánticos acompañaron los trabajos.

Comenzó a clarear pasadas las siete, elevándose la gran bola roja por las colinas del este. Las tres decenas de campesinos habían entrado en calor por el esfuerzo; la humedad fluía por sus poros. Agustín ayudaba a descargar mojones de un carro, cuando alguien lo avisó: «Se acercan caballos». Se enjugó el sudor del rostro con un pañuelo raído, más pardo que blanco, y dirigió la mirada hacia donde le señalaban. Con una mano dando sombra a sus ojos distinguió tres jinetes al trote. Llevaban sombreros de ala ancha, chambergos de piel y las escopetas desenfundadas. De inmediato olfateó las complicaciones.

Detuvieron las cabalgaduras a escasos metros del carro y el que parecía estar al mando, que tenía la cabeza como una bigornia, se dirigió a ellos:

–A las buenas. ¿Se puede saber qué hacéis aquí? –los tuteó con suficiencia desde la altura de su silla.

Agustín se adelantó un par de pasos, seguido de Dionisio, y asumió de forma natural la representación del grupo; para esto lo destacaron a Llerena.

–Buenas las tengan. Hemos venido aquí en paz, así que hagan el favor de guardar las armas. ¿Con qué autoridad actúan ustedes?

–Vaya, el destripaterrones nos ha salido respondón –elevó la voz el de la cabeza poderosa para que lo escucharan todos–. Soy Ernesto Sayas, capataz del cortijo al que pertenece esta finca. ¿Te parece suficiente autoridad? –le espetó mientras apuntaba los dos cañones de su arma hacia el de Fregenal.

Todos los braceros habían suspendido las labores y se acercaban expectantes a la escena. Agustín advirtió que Dionisio se echaba la mano al costado de la chaqueta y lo frenó en seco con un brazo. Tras amonestar a su compañero con la mirada se encaró de nuevo con Sayas.

–¡Capataz! Estoy aquí como delegado de la FETT. Esta ocupación es legal y si sabe lo que le conviene aparte esa escopeta y déjenos seguir con nuestra labor. –Hizo una pausa deliberada–. ¿No querrá que su patrón se signifique por ir contra el sindicato? –dejó caer la sombra de la duda en la mente del jinete.

Agustín mantuvo la mirada firme; no era la primera vez que se enfrentaba a tipos de esa calaña. Se mostraban tan serviles con sus amos como déspotas con los inferiores; todo a cambio de unas briznas de poder y algo de seguridad económica.

Tras unos segundos tensos e interminables, Sayas volvió grupas e hizo un gesto a sus acompañantes para que lo imitaran.

–Nos volveremos a ver –le dijo al sindicalista a modo de despedida, mirándolo con rabia contenida.

La euforia se apoderó de los campesinos, que comenzaron a aplaudir en un gesto instintivo. Habían conseguido un primer triunfo y miraban a Agustín con gran respeto; algunos le estrechaban la mano y otros palmeaban su espalda. Él intuía que era demasiado pronto para celebrar, y no le faltaba razón.

A media mañana hicieron una pausa para almorzar, sin que faltaran migas y queso, ni vino clarete para empujar. En charla animada miraban las tierras con la perspectiva de futuras cosechas, cuando escucharon el rumor de motores y vieron aproximarse una nube de polvo. Instantes después, salieron de las camionetas una docena de uniformes verdes con sus Maúser reglamentarios. Los guardias civiles se desplegaron con rapidez a las órdenes de un oficial.

–¡A ver, ¿quién es el responsable aquí?! –gritó el teniente Tolosa, plantado con los brazos en jarras y las piernas arqueadas frente a los comensales.

El miedo atávico a la autoridad paralizó a los ocupantes, que dejaron de comer y se pusieron en pie a escasos metros de los guardias. Agustín se situó frente al teniente. El viento agitaba su cabello, y sus ojos, enrojecidos tras la noche en vela, se clavaron en los del oficial.

–Yo soy el representante sindical –dijo Agustín con firmeza.

–Han ocupado ustedes sin permiso una propiedad privada. Recojan sus aperos, retiren los mojones y abandonen de inmediato la finca –expresó enérgico el teniente, a la vez que señalaba con la mano el camino de salida.

Al oír un murmullo a su espalda, Agustín se volvió y, con un movimiento de las manos, pidió calma. Al percatarse de la expresión decidida de los campesinos se dijo que había que plantar cara; se jugaban mucho en el envite.

–De aquí no se mueve nadie hasta que acabemos lo que hemos venido a hacer –respondió con la determinación en su voz y su mirada–. Hable con sus superiores; estamos aquí en nombre de la República –dijo el sindicalista de Fregenal.

–¿Se da usted cuenta de que hay mujeres y niños? Le haré responsable de lo que suceda si no se cumplen mis órdenes –amenazó Tolosa, en una muestra de autoridad ante sus hombres.

–Mire a estas personas, ¿no ve que solo quieren trabajar la tierra para ganarse la vida? Usted está al servicio de la República y no de esos terratenientes que dejan los campos baldíos y hacen que los campesinos malvivan como animales –trató de razonar Agustín.

Tolosa dio por finalizado el diálogo, tras lo cual ordenó a sus hombres que hicieran salir a los ocupantes por las buenas o a la fuerza. Estos avanzaron con los fusiles extendidos. Al llegar a la altura del grupo empujaron a los remisos con las armas. Algunos les hicieron frente con las herramientas en alto, en especial los más jóvenes. La tensión aumentaba y se oyeron los primeros gritos contra la autoridad. En la confusión, uno de los guardias empujó con su arma a un adolescente desgarbado, que cayó al suelo profiriendo insultos. El agresor hizo ademán de golpearlo con la culata cuando, de repente, unas manos recias le arrancaron el Maúser y un cabezazo impactó en su cara, derribándolo. Agustín pisó el pecho del uniformado y lo miró a los ojos con tal resolución e ira que le dejó inmóvil. Otro de los guardias se acercaba ya a auxiliar a su compañero, frenándolo Dionisio con su pistola.

Cuando ya se mascaba la tragedia, retumbó una detonación. Se detuvo la acción y todos miraron en dirección al disparo. Todavía humeaba la escopeta de don Rafael Esquivel, que se aproximaba a lomos de un caballo soberbio; lo seguían su capataz y algunos jinetes, incluida su hija Amalia.

–¡Basta ya! –gritó con autoridad y la fusta en alto.

–Don Rafael, con todo respeto, aquí se ha producido resistencia a la autoridad y debo detener a los agitadores –dijo Tolosa para mantener el tipo, aunque sin demasiada convicción.

–Sé que cumplen con su obligación, teniente, y se lo agradezco; no obstante, me atrevo a pedirle que olvide el incidente. La finca es de mi propiedad; yo me ocuparé de resolver el asunto por la vía legal. No quiero sangre en mis tierras –sentenció el dueño.

Tras mirar un instante al colectivo de campesinos y guardias, el teniente devolvió su pistola a la funda. Luego hizo un gesto a sus hombres para que se retiraran, despidiéndose del terrateniente con el saludo militar.

Agustín, con sangre de una brecha en la ceja, se acercó a don Rafael, que ya estaba pie en tierra. Amalia, que se había empeñado en acompañar a su padre, observaba a aquel desconocido de cabello negro con atención.

–En nombre de mis compañeros quiero agradecerle esa sensatez, que ha evitado desgracias mayores. Las cosas mejorarían si más propietarios actuaran así. –El tono era respetuoso.

–¡Es usted un irresponsable! ¿No ve que ha puesto en peligro a toda esta gente? Les meten fantasías en la cabeza y luego llegan las desgracias –le dijo Amalia con desdén.

Agustín, que hasta ese momento no había reparado en la joven, elevó la mirada y se detuvo a observarla. El sol clareaba sus ojos verdes y hacía brillar los rizos que escapaban de su sombrero. Los pantalones, las botas de montar y la chaqueta de ante pardo denotaban la alta cuna de Amalia.

–Señorita, se puede morir de hambre o en la lucha. Usted no entiende de eso, porque seguro que no ha conocido nunca la necesidad. Solo buscamos salir adelante con la dignidad del trabajo –le respondió con el aplomo del luchador.

–¡Ya está bien, Amalia! –terció el padre con autoridad–. Espero que se ocupará de que no se causen destrozos en la finca –ahora se dirigía al sindicalista–. Y más vale que se haga mirar esa herida en el dispensario.

La hija se sentía humillada; no estaba acostumbrada a que le hablasen así. Las palabras de Agustín seguirían en su cabeza, obligándola a su pesar a la reflexión. En un segundo plano, el capataz hacía esfuerzos para contenerse; rumiaba su venganza para cuando se presentara la ocasión.

Al alejarse los jinetes, los campesinos se sintieron tan aliviados como eufóricos por la victoria. Dionisio se acercó a estrechar la mano de su compañero, pero lo que no esperaba era la bofetada sonora y humillante que este le propinó en el rostro, semejante a alguna de las que él había recibido en la Legión. El otro, aturdido, refrenó un amago tímido de responder al observar la ira que reflejaba la mirada del agresor.

–¡Estás loco! ¿Cómo se te ocurre sacar la pistola. Sabes la que podías haber liado? Quedamos en que nada de armas –lo reprendió Agustín.

***

Aquella jornada de marzo se convirtió en un éxito: cerca de ochenta mil campesinos movilizados y unas tres mil fincas ocupadas sin víctimas que lamentar. El Gobierno de la República, desbordado por los acontecimientos, decidió frenar la intervención del ejército y acelerar el proceso de reforma agraria. De inmediato hizo intervenir a los ingenieros del Instituto de Reforma Agraria para cubrir con un manto de legalidad los hechos consumados. Ahora debían atender las demandas de semillas y financiación para poner las tierras a producir y garantizar el sustento de los agricultores hasta la recogida de las cosechas.

La acción de las ocupaciones tuvo eco internacional, tanto por el grado de coordinación como por la ausencia de violencia. Las derechas y los grandes propietarios temían que cundiera el ejemplo, dando paso a una marea incontrolable. Solo los más ingenuos pensaban que los perjudicados se iban a cruzar de brazos; los más realistas sabían que, en cuanto tuviesen oportunidad, les pasarían una factura dolorosa.

De vuelta al cortijo, Amalia no dejaba de pensar en los sucesos que acababa de vivir. Estaba impresionada por el baño de realidad cruda y, aunque sabía que su padre era un hombre razonable, le sorprendía su actitud permisiva.

Al llegar a casa, camino de las cuadras, hizo un aparte con don Rafael, expresándole su deseo de comprender la agitación social desatada.

–Verás, hija, ahora tengo trabajo. –Hizo una pausa reflexiva–. ¿Por qué no te acercas a ver a nuestro apicultor y le pides que te explique cómo funcionan las colmenas? Cuando vuelvas continuaremos la conversación.

Amalia quedó intrigada por esa especie de acertijo y, sin cambiarse de ropa, caminó hacia los dominios de Ezequiel, el hombre que se ocupaba de las abejas desde siempre. Vivía solo en una cabaña de madera, no demasiado lejos de la casa principal. Ella gustaba de la miel del cortijo, aunque nunca se había detenido a pensar en cómo se producía.

El apicultor vestía un mono de trabajo cuyo color original resultaba difícil de descifrar, se protegía la cara con una máscara extraña y las manos con unos guantes que llegaban hasta los codos. Al verla llegar cerró el cazapolen de madera y se quitó el protector que ocultaba un rosto agrietado, en el que destacaba la mirada azul bajo unas cejas grises.

–Buenos días, señorita. –El apicultor inclinó con respeto la cabeza.

–Hola, Ezequiel. ¿Me picarán si me acerco? –saludó Amalia a cierta distancia.

Este negó con la cabeza y le advirtió que debían evitarse los perfumes, pues atraían mucho a las abejas. Ella mostró interés por el funcionamiento de la colmena, lo que alegró al sorprendido apicultor, pues le encantaba hablar de ese reducido mundo que era la razón de su vida. Luego carraspeó un par de veces, como si necesitara impulso para hablar.

–Mire usted, entre las abejas las hay reinas, obreras y zánganos. La más grande y la que más vive es la reina, algunas hasta cinco años. Cada abeja tiene sus tareas –prosiguió Ezequiel con un tono cálido.

–Háblame de las reinas –inquirió Amalia, acomodándose en un taburete de madera.

El apicultor le refirió que las reinas eran obreras a las que habían criado con jalea real, reservada solo a ellas, lo que las preparaba para ser las únicas capaces de procrear.

–Esta es su misión principal, aunque tienen otras –apostilló.

–¿Y las obreras? –El brillo de la curiosidad iluminaba los ojos de Amalia.

El criado, con pedagogía sencilla, le contó que estas hacían todo el trabajo pesado: recolectaban polen, agua y néctar, que masticaban para crear la miel. Además, mantenían la temperatura de la colmena con sus aleteos y hacían de nodrizas para la progenie de la reina, a la que protegían.

Después, sin esperar a que ella le preguntara, le habló de los zánganos.

–Esos se dan la buena vida; su única tarea es fertilizar a las reinas vírgenes, lo que ocurre muy de cuando en cuando –dijo el apicultor un tanto azorado–. Los muy puñeteros ni tienen aguijón para enfrentarse a los intrusos; de eso también se ocupan las obreras.

La señorita se enteró también de lo mucho que Ezequiel apreciaba a don Rafael.

–Cuando mi mujer cayó enferma, su padre se portó muy bien, aunque la pobre no sobrevivió. –El apicultor bajó los párpados al recordar.

Amalia, tras agradecer la charla instructiva, regresó a la casa, ansiosa por rematar la conversación pendiente. Encontró a su padre en su mesa de despacho; hablaba por teléfono con el abogado de la familia, según le contó después.

–Papá, la charla con Ezequiel ha resultado muy interesante; lo que no comprendo es la relación que tienen las abejas con las ocupaciones de tierras.

Don Rafael se quitó las gafas de montura negra y las depositó en la mesa. Miró a su hija con ternura e hizo un gesto con las manos que daba a entender que la conclusión era obvia.

–Pues niña, lo que ocurre es que las obreras han descubierto que también quieren ser reinas o zánganos, y comer jalea real. Creen que ha llegado el momento de cambiar el orden de la colmena –expresó el padre con una media sonrisa.

IV. Cortejo y sentimiento

Desde el breve encuentro en la finca «La Cigüeña», pensó a menudo en aquel agitador de pelo negro y ojos desafiantes. Era muy diferente a los varones de su círculo: no tenía sus maneras ni vestía como un señor, aunque en ninguno de los otros había percibido una hombría tan nítida. Amalia Esquivel rememoraba las duras palabras que aquel hombre le dirigió sin atisbo alguno de pleitesía.

No se atrevió a desvelar su deseo de volver a ver a ese sindicalista sin nombre ni siquiera a Marta, su mejor amiga. También ocultó que, mientras escuchaba baladas tiernas en la soledad de su cuarto, cerraba los ojos para recordar el rostro de aquel desconocido, que asociaba a la fragancia de los campos y la fuerza del caballo que montaba aquella mañana.

***

El siguiente mayo, Llerena acogió con puntualidad las fiestas de San Isidro. La noche era clara y tras las lluvias recientes el aire repartía con generosidad los aromas de las flores de balcones y patios. El ambiente desprendía calidez y por las calles se filtraba la música que tocaban junto al Ayuntamiento. En las celebraciones de la festividad las diferencias de clase se acortaban y resultaba usual la mezcla de paisanos de toda condición; en ese lapso se dejaban a un lado prejuicios y querellas.

Los padres de Amalia ocupaban la mesa principal de la plaza acompañados de autoridades y prohombres. Conversaban y reían junto a la pista de baile improvisada mientras consumían refrescos y caldos selectos. Allí se acercaban a cumplimentarlos gentes humildes y jóvenes con aspiraciones. En otro rincón se concentraban los entusiastas del Frente Popular, exhibiendo con generosidad flores y pañuelos rojos como bandera de su condición.

La cantante de la orquestina desgranaba con sentimiento su repertorio de coplas y pasodobles. Para la ocasión, la veinteañera Amalia lucía un vestido azul celeste salpicado de florecillas blancas y llevaba recogido el cabello con dos pasadores de nácar. Sus ojos chispeaban alegres y sus mejillas se habían encendido tras los primeros bailes con Lorenzo Almenares y otros señoritos, engalanados esa noche con sus mejores trajes.

Se iniciaban los compases de otro pasodoble cuando la joven notó un toque ligero en el hombro y, al girarse, se encontró con unos ojos pardos sombreados por pestañas negras. De repente, el rostro borroso de sus pensamientos se hizo nítido y cobró forma la cicatriz que recordaba con claridad; al súbito rubor le acompañó un hormigueo en el estómago.

–¿Quiere bailar, señorita? –dijo con acento de la tierra el de la mirada desafiante, que vestía camisa blanca sin cuello y pantalón gris claro.

Amalia, sorprendida, notaba la aceleración de su corazón. Echó un vistazo rápido en derredor para constatar que la plaza rebosaba de gente y que cada cual parecía estar a lo suyo.

–¿Y quién es usted, si puede saberse? –fingió, como si fuera la primera vez que le veía.

–Me llamo Agustín Lobo y, aunque no lo recuerde, hablamos en su finca una mañana azarosa de marzo, señorita Amalia.

–Vaya, así que conoce mi nombre. Pues, una vez presentados, no veo inconveniente. –La joven le ofreció la mano derecha dedicándole una sonrisa pícara.

Sus manos se entrelazaron; la de él tosca y cálida, delicada la de ella, y sus cuerpos se dejaron llevar ajenos a todo, embriagados por la música y la noche. Al acercarse a Agustín ella percibió la fragancia mentolada de la loción que le había aplicado el barbero y hasta él llegó, sensual y directo, el olor del agua de rosas desde el cabello y las mejillas de Amalia. Como marcan los cánones del pasodoble, la mujer se dejó llevar por el varón, que dominaba los pasos y los giros, transmitiéndole una sensación agradable de seguridad, de saber lo que se hacía.

Él, atrevido, la miraba directo:

–Esos ojos tuyos no he podido olvidarlos desde que te vi –le dijo, adoptando el tuteo. Amalia sonreía ante sus galanteos y lo miraba de soslayo, apretaba su mano y, milímetro a milímetro, acortaba la distancia de sus cuerpos. Al finalizar cada baile se paraban frente a frente; ella atisbaba el entorno pendiente de los conocidos y los dos aguardaban impacientes la siguiente canción. De los roces sutiles, el cruce de miradas y los susurros al oído emergió esa magia dulce que en un instante fugaz obra su embrujo entre hombre y mujer. Los aromas de sus cuerpos y sus respiraciones se mezclaban; latían ya al unísono y lo que comenzaban a experimentar no exigía palabras. Hubieron de pasar más de cuatro piezas para que alguien los sacara de aquel ensimismamiento placentero.

–¡Ya está bien, Amalia! –dijo con brusquedad su hermano Rafaelito, agarrándola del brazo–. ¡Estás dando la nota!

–Oiga, ¿cómo se atreve? –se encaró Agustín con el joven desconocido.

–Pare, Agustín; es mi hermano –dijo su pareja mientras se separaba de él.

El de Fregenal se quedó paralizado en la pista viendo alejarse a los hermanos. Ya se perdían entre la gente cuando Amalia giró la cabeza y le dedicó una sonrisa. Ese gesto le dijo más que cien poemas.

Tras esa noche, el sindicalista se convirtió en una obsesión para Amalia. Se repetía que era imposible ir más allá; su distancia social y las agitaciones de la época se le representaban como muros insalvables. A pesar de ello, el deseo de volverlo a ver crecía sin pausa y tenía su reflejo en el corazón de Agustín.

***

Fregenal, 17 de mayo de 1936

Apreciada Amalia:

Espero que estés bien al recibo de la presente y que en tu cabeza y tu corazón haya quedado una miajita de mí. Desde la noche del baile te imagino a todas horas y solo ansío volver a estar contigo, oírte, oler tu perfume y saber más de ti.

Dirás que estoy loco, pues no nos conocemos. Quizás pienses que no soy digno de ti, pero mi corazón no atiende a razones ni conveniencias sociales, pues ya es preso de tus ojos, tu nombre y tu recuerdo.

Ya sabes lo que soy, un trabajador de la tierra que lucha por una sociedad más justa. Y también debes conocer que soy viudo y padre de un hijo, Mateo, mi mayor tesoro.

Sé que aspirar a tu atención es como un sueño imposible y entenderé que no respondas a esta carta escrita desde el respeto. Si quisieras hacerlo, utiliza a la misma persona. Es de confianza.

Afectuosamente,

Agustín

Amalia, refugiada en la intimidad de su cuarto, sintió que un rubor súbito trepaba hacia sus mejillas desde la letra pulcra del papel rayado. Bebió un sorbo de té y releyó la misiva que uno del pueblo le había entregado a la doncella del cortijo. Olió el papel en busca del aroma de Agustín. Después, con mimo, introdujo la carta en el sobre y la guardó en su secreter.

A partir de ese momento rememoraba las palabras de Agustín, su cara, sus ojos, el calor de su cuerpo y la dureza de sus manos. Necesitaba contárselo a alguien, pero no se decidía, como si al hacerlo se rompiese la magia. La duda en responder se convirtió en su particular tortura; le quitaba el sueño y hasta el apetito. Tardó diez días en hacerlo, en el momento en que su corazón triunfó sobre el corsé de la educación y la conveniencia.

Las siguientes semanas cruzaron cartas apasionadas, en las que escribían sobre sus sentimientos y su vida, por lo que se fueron conociendo a sorbos. En los dos meses que habían transcurrido desde su encuentro no lograron verse de nuevo; la distancia y su condición social no lo facilitaban. Ninguno de los dos podía imaginar los sucesos que se desatarían ese mes de julio y la manera en que afectaría a sus destinos.

No había luna ese diecisiete de septiembre, cuando Agustín, Gregorio y dos milicianos supervivientes de la emboscada se detuvieron para cortar el resuello; sus pulmones y piernas no daban más de sí. El Cachorro observó la ropa ensangrentada de su paisano, tras lo cual sacó una camisa de su morral e hizo tiras con ella. Le examinó el brazo, limpió la herida con agua y le hizo un torniquete con los jirones de tela.

–¡*Uff*, duele, coño! –se quejó el paciente.

–Tengo que apretarlo bien, compañero; hay que cortar la sangría.

Bebieron de las cantimploras y El Cachorro lió dos cigarros, poniendo uno en la boca de Agustín. Tras unas caladas se atrevió a expresar sus pensamientos.

–¿Crees que podrás aguantar? Estás demasiado flojo. Quizá sea mejor que te entregues y te curen ese balazo –le propuso al herido.

–No seas ingenuo; me matarían como a un perro. Esos no hacen prisioneros. Tengo que salir de esta, aunque solo sea por mi Mateo; no le puedo dejar huérfano. –El rostro de Agustín estaba anegado por el sudor y su mirada mostraba firmeza.

Los cuatro fugitivos comentaron las circunstancias del ataque, preguntándose por la suerte de los compañeros de la columna. Compartieron la comida mientras discutían sobre las posibles rutas de escape. Iluminados apenas por las brasas de los cigarros, los milicianos miraban al herido de soslayo y luego lo hacían entre ellos con gestos de preocupación e impaciencia. El Cachorro y Agustín lo percibían. Este último lo cogió de un brazo y se encaró con él:

–Gregorio, sigue tú con ellos; yo voy a ser un estorbo. Ya me apañaré –lo animó. Su compañero se resistía a abandonarlo a su suerte; lo apreciaba mucho y admiraba su determinación.

–¡Que se vayan ellos! ¿Cómo vas a salir de esta sin compañía?

–No estoy tan solo; esta viene conmigo. –Agustín señaló la pistola que llevaba al cinto–. Tengo un amigo en Llerena; si logro llegar hasta allí habrá una posibilidad –expresó, una verdad a medias.

De repente escucharon lejanos relinchos de caballos, después los disparos; intuían que los fascistas habrían dado caza a algún fugitivo de la columna. Agustín agitó con la mano el hombro de su compañero.

–¡Marchaos! No hay tiempo que perder; ya los tenemos encima. –Sonó como una orden.

Se despidieron con el puño en alto y el herido los vio alejarse en dirección este, hasta que las tres siluetas se perdieron en la oscuridad. Agustín se encaminó hacia el norte. Sentía el dolor lacerante en el brazo izquierdo y una debilidad febril; solo la voluntad impulsaba su cuerpo. Le vino a la mente aquella canción tantas veces entonada en situaciones pretéritas de riesgo: «*Soy un hombre a quien la suerte hirió con zarpa de fiera, soy un novio de la muerte*» y tararearla le infundió valor. Ahora solo tenía un propósito: encontrarse con Amalia en la Vega Ancha.

Al amparo de la oscuridad cruzó las vías ferroviarias en las proximidades de Reina, a solo seis kilómetros de Llerena. A sus espaldas se perfilaban las ruinas de la alcazaba sobre el monte que dominaba el pueblecillo. Procuraba evitar las casas de campo, donde acechaban sus canes delatores, avanzaba con lentitud y se detenía con frecuencia. Los temblores y los escalofríos eran continuos. Ya se insinuaba la aurora cuando topó con un chamizo de adobe, de los que usaban los agricultores.

Se sentía extenuado y para refugiarse hubo de forzar el candado herrumbroso con un canto duro. La puerta rozaba con la tierra del piso; le costó abrirla. Por eso y por las telarañas blanquecinas que se pegaron a su cara intuyó que esa especie de cubil no se usaba desde hacía tiempo. Encontró un candil de bronce con la base cubierta de pegotes de cera y apenas un muñón de vela; al encenderlo pudo ver un travesaño de madera en la pared. De los garfios sujetos al mismo colgaban herramientas: una hoz, una zoqueta, una guadaña y una zuela; todas familiares para él y la mayoría salpicadas de óxido.

Atrancó la puerta con una azada y, no sin dificultad, volteó el trillo para que los pedernales quedaran contra el suelo. Luego se tendió sobre la superficie lisa y dejó de pelear contra el sueño.

Ya se había cenado en la casa principal de la Vega Ancha, cuando Miguel, uno de los criados de confianza del cortijo, tocó en la puerta del cuarto de Amalia y la abrió al escuchar su permiso.

–Señorita, camino al pueblo, en el desvío de la finca, un hombre me ha entregado esta carta para usted. Dijo que era urgente –manifestó el criado con los ojos muy abiertos.

–¿Para mí? ¿Lo conoces? –Su gesto era de sorpresa.

–No, debe ser forastero. Parecía muy fatigado.

Amalia reconoció su propia letra en el sobre; se trataba de una de las cartas enviadas a Agustín. El papel, con marcas de dobleces, tenía manchas ocres, como de sangre seca. Una ola de alegría chocó con otra de preocupación. Solo podía tratarse de él; ya había perdido la esperanza de verlo y ahora se sentía confusa. «¿Qué hacer?», se preguntó agitada.

–¡Rápido, Miguel! Coge un par de lamparillas y llévame hasta ese desconocido. De esto ni palabra a nadie –ordenó, con un tono que no dejaba resquicio a la duda.

Mientras recorrían el camino de tierra seca en silencio, Amalia comenzó a sentir vértigo y miedo, aunque no tan intensos como para frenar la fuerza de su deseo. ¡Había imaginado tantas veces este reencuentro! Junto a la verja de la entrada, medio oculta tras un árbol, distinguieron una sombra. Ella se aproximó con la luz en alto y lo vio con claridad; tenía el pelo encrespado, la barba crecida y el desamparo en los ojos. Le pasó la lamparilla al criado y avanzó el paso que la separaba de Agustín. Al abrazarlo percibió su calidez febril, el olor a sudor y fatiga. Apenas pudo contener las lágrimas y él emitió un quejido por el contacto con la herida.

–Agustín, ¿qué te ha pasado? –Lo miraba a los ojos.

–¡Amalia! Estoy herido. Perdóname, no se me ocurrió otro sitio a donde acudir –respondió con un hilo de voz.

A ella le invadió una ternura infinita; pensó que debía salvar a ese hombre al que apenas conocía. Sobraban palabras y argumentos; un sentimiento irracional dirigía sus acciones.

–De momento hay que curarte; ya hablaremos luego de eso. Apóyate en él –le dijo, sin pararse a considerar los riesgos de su decisión.

El herido echó su brazo sano sobre el hombro del criado y Amalia comenzó a andar hacia la casa iluminando el camino. Se acordó de repente de la cabaña de Ezequiel. «¿A quién se le ocurriría buscarlo en el territorio de las abejas?», pensó.

El apicultor cenaba cuando tocaron a la puerta. Se sobresaltó; no estaba acostumbrado a visitas, y menos a esas horas. Desplazó la cortinilla de la ventana y sus ojos azules se pegaron al cristal hasta distinguir a la señorita, luego se precipitó a abrir. Iba descalzo y llevaba fuera los faldones de la camisa; en otras circunstancias no hubiera osado presentarse así.

–Hola, Ezequiel. ¡Necesitamos tu casa; se trata de una emergencia! –le dijo Amalia con decisión y pesar a la vez.

Introdujeron al herido en la cabaña, que en una sola pieza concentraba dormitorio, sala y cocina. Lo acomodaron en el sillón de la chimenea, el mueble favorito de Ezequiel y el más gastado por el uso. Amalia pidió unas tijeras para cortar el torniquete ensangrentado, tras lo cual empleó su pañuelo para limpiar la herida. Le pareció que no tenía buen aspecto, aunque una costra de sangre taponaba el orificio.

Jamás se había enfrentado a una situación tan grave; ella era la primera sorprendida con su claridad de ideas. Los hombres la miraban expectantes en espera de las siguientes instrucciones. Intuyó que si no se actuaba rápido Agustín tenía las horas contadas y le vino a la mente su padre; él no se negaría a atender a un enfermo.

–Voy a buscar un médico, pero antes necesito saber algo. –Amalia miraba a los ojos de Agustín para calibrar la sinceridad de su respuesta–. ¿Tienes sangre en las manos? ¿Has matado a alguien?

–Puedes estar tranquila; solo me persiguen por mis ideas –respondió sin asomo de duda en los ojos, tampoco en sus gestos ni en la voz.

Ella se sintió reconfortada; necesitaba creerle, confiar en él. Vio preocupación en los rostros de los criados.

–No temáis; yo asumo toda la responsabilidad. Solo cumplís órdenes –les dijo. Antes de salir les pidió que dieran algo de comer al herido y que no se movieran de allí.

De camino a la casa, con el corazón encabritado y el viento agitándole el cabello, se imaginó frente a su padre. ¿Sería capaz de entender la situación o daría parte a las autoridades? No tendría más remedio que explicarle su relación con el sindicalista; no había alternativa: la vida de Agustín corría peligro. Rezaba por encontrarle solo y por no cruzarse con su madre o su hermana.

Tras la sublevación militar, la familia Esquivel había huido con precipitación a Lisboa. Durante las semanas de julio y agosto que permanecieron allí, Amalia fue testigo de la consternación de su padre por el enfrentamiento fratricida, que seguía a diario por la prensa. Don Rafael se consideraba patriota y liberal; pensaba que en España cabían todos sin importar las ideologías. Sabía en el bando que le situaba su posición social, aunque no dejaban de repugnarle ciertos comportamientos de los suyos, que justificaba en gran parte por el temor a las masas obreras.

A la ocupación de Llerena por la columna del comandante Castejón le siguió una represión terrible, con numerosos fusilamientos de izquierdistas en las tapias del cementerio y el arroyo Romanzal. Una vez se consolidó el dominio del pueblo y conquistada Badajoz a mediados de agosto, los Esquivel regresaron de Portugal. A don Rafael incluso le ofrecieron formar parte de la nueva corporación municipal, lo que declinó, optando por reincorporarse al hospital de Mérida. Sí tuvo la precaución de responder a la demanda de fondos para «el ejército salvador»; las cien mil pesetas aportadas lo cubrían de cualquier insinuación de tibieza.

En este nuevo contexto, don Rafael se sentía fuera de lugar. Su mujer, sin embargo, vivía momentos de gloria por la vuelta del orden y el renovado poder del clero. Rafaelito, su hijo, se alistó como médico en las columnas rebeldes y el capataz Sayas fue reclutado por los grupos de caballistas que combatían a los republicanos de la comarca. Por su parte, el falangista Almenares chuleaba por Llerena con su camisa azul, los correajes y el pistolón, dedicado al trabajo sucio de la retaguardia.

Amalia recorrió los últimos metros con sigilo. La casa estaba en silencio; solo se escuchaban sus pasos por el corredor. Su padre leía en el despacho, su particular santuario, mientras degustaba una copa de brandy; la requisa realizada en el cortijo pasó por alto la bodega. Cuando entró la hija alzó la vista y al percatarse de la expresión de su cara supo que algo grave ocurría. Don Rafael dejó el libro sobre la mesita de roble macizo y aguardó a que hablara.

Amalia expuso la situación con un temple insospechado, tras lo cual imploró a su padre que curase a ese hombre.

—¡Basta, hija! ¿Tú sabes lo que me pides? Si nos descubren puede ser la ruina para la familia. —El médico estaba algo confundido por las revelaciones de Amalia.

—Papá, te lo pido por lo que más quieras. —Las lágrimas resbalaban por sus mejillas—. No tiene por qué enterarse nadie.

Don Rafael abrazó a su hija; no soportaba verla así. Ella se desahogó sobre su regazo, lo que le hizo titubear mientras recordaba el juramento de Hipócrates. Ni de niña la había visto llorar así; debía ser muy importante para ella. El padre hizo un postrer intento por disuadirla.

—No sabemos nada de ese hombre… ¿Quién te dice que no es un criminal? Uno de esos que han quemado gente en las iglesias. –Su índice la apuntaba a la cara; intentaba medir su firmeza.

–Yo sí lo sé. Además, me lo dice el corazón. ¿Le vas a dejar morir? –lo retó.

Su determinación derrumbó los últimos restos de resistencia. Don Rafael la asió de los hombros y miró sus ojos húmedos.

–Lo voy a atender, sí. Pero abandonará el cortijo en cuanto pueda valerse. Nadie, ¿me escuchas?, ni tu madre, ni tus hermanos; nadie debe enterarse de esto –la advirtió muy severo.

Amalia besó a su padre y lo miró agradecida.

–Nunca lo olvidaré –le dijo con un gimoteo.

Al poco estaban en la cabaña, que don Rafael no visitaba desde que murió la mujer del apicultor. Al entrar vio al herido en la cama y tras ordenar a los criados que esperasen fuera se acercó a Agustín, cuyo cuerpo estaba contraído por el dolor. El médico apenas recordaba el rostro del hombre que conoció en «La Cigüeña». Ahora se mostraba macilento, sin signo alguno de rebeldía. Le explicó a Agustín lo que iba a hacer, le dio un trago de licor y le aconsejó morder un paño; él lo miraba agradecido mientras Amalia le cogía una mano con fuerza. El médico extrajo el plomo con la pericia acumulada en tantas intervenciones; en ese momento solo veía al paciente. Tras coser y vendar la herida, le administró un calmante.

–Ha tenido usted suerte: la bala no ha tocado el hueso. Ahora necesita descanso y que baje la fiebre –le dijo.

Amalia hizo pasar a los dos criados, que enseguida notaron el olor a desinfectante y vieron las gasas manchadas en el suelo. Don Rafael les advirtió sobre la reserva que debían guardar:

–Ni mi familia, ni mucho menos los extraños, deben enterarse, o todos resultaremos perjudicados, incluso vosotros ¿estamos? –concluyó.

Su hija pretendía quedarse junto al convaleciente, pero el padre le hizo desistir para evitar sospechas. Ezequiel se ocuparía de velar al herido; el señor le tenía mucha confianza.

Agustín se durmió enseguida; tras unas jornadas agotadoras por fin gozaba del privilegio de un colchón. La fiebre le produjo pesadillas y alucinaciones. Tenía a su hijo en la cabecera de la cama y de repente unas manos lo alejaban con brusquedad. Veía a su madre frente a un féretro sombrío; estaba rodeada de gente del pueblo. De cuando en cuando alguien le ponía un paño húmedo en la frente. La noche se hizo muy larga para el convaleciente y el apicultor.

Amalia se removía inquieta en la cama; no dejaba de pensar en Agustín y en las palabras de su padre. «De cualquier manera tendremos que separarnos. ¿Qué será de él?», se decía, y solo encontraba consuelo al pensar que por el momento estaba fuera de peligro. Durmió a ráfagas y en cuanto las primeras luces penetraron en su habitación se vistió con premura. Ansiaba visitar al herido antes de comparecer en el desayuno familiar.

Se detuvo a coger algunas piezas de fruta de la cocina; también llenó una lechera de latón. Al salir de la casa se cercioró de que no había nadie por los alrededores, tras lo cual cubrió los doscientos metros escasos que la separaban de la cabaña. Ya se escuchaba el trino madrugador de los pájaros y hubo de arrebujarse en el chal al sentir el relente en retirada. Tocó la puerta con suavidad y al poco aparecía el apicultor en el umbral; llevaba las canas revueltas y sus ojos denotaban la falta de sueño.

–La fiebre ha bajado, señorita –dijo, mientras le franqueaba la entrada.

Agustín, aunque adormilado, estaba consciente. Amalia se aproximó para tocarle la frente. Su rostro parecía más relajado.

–¿Cómo te encuentras? –le susurró, y él hizo un esfuerzo por incorporarse. Ella le pareció una especie de ángel; la miraba embelesado. Desde luego había conocido otras mujeres en el pasado, pero ninguna tan atractiva y deseable a sus ojos.

–Amalia, yo...–intentó hablar con dificultad.

–Calla, no te fuerces. Voy a calentar un poco de leche –lo silenció, mientras acariciaba con dulzura una de sus mejillas.

Poco después llegó el médico, que había salido de la casa por una puerta trasera. Tras mirar a su hija con aire de reproche deshizo el vendaje y revisó la herida con atención.

–Creo que hemos llegado a tiempo; no veo muestras de infección –comentó sin perder el tono circunspecto. Tras aplicarle sobre el brazo una de las gasas que traía en el maletín, dio instrucciones a Ezequiel para que quemase la ropa del herido y lo aseara.

–Gracias, don Rafael; sé lo que arriesga. En cuanto pueda retomaré mi camino. –Expresó sus intenciones para despejar dudas.

Amalia le dijo que lo primero era recuperarse, que luego ya se vería. Después caminó hasta la casa prendida del brazo de su padre.

Lorenzo Almenares llegó a casa agotado y sucio. Él y su escuadra de falangistas habían estado esa noche por las tierras cercanas al lugar de la emboscada. A lomos de sus caballos rastrearon la zona en busca de supervivientes. A la mayoría de los fugitivos que detuvieron les quitaban la vida sin dilación; de nada les valían excusas ni súplicas en ese trance. Después se apoderaban de su documentación para justificar su eficacia ante la autoridad militar. Diego Correa, miembro de la partida, se divertía con los civiles indefensos, como si necesitara demostrar algo.

–Si eres capaz de cantar el Cara al Sol te dejaremos vivir –le dijo a uno de los pobres desgraciados que había capturado. Este entonó la primera estrofa con dificultad y se mojó los pantalones de miedo.

–Venga, sigue; yo te ayudo –lo animó el falangista con una sonrisa falsa, y el hombre se echó a llorar. Algunos comenzaron a jalearlo, hasta que Correa le destrozó la cabeza de un tiro y sus flujos vitales los salpicaron. Los otros detenidos miraban horrorizados e inmóviles, sin esperanza alguna.

Los falangistas peinaron el cerro de Santa Cruz y la linde de las vías del tren entre Fuente del Arco y Casas de Reina, pueblo en el que entregaron a las mujeres y niños capturados. Estos mismos jóvenes de correajes bruñidos hubieron de esconderse o fueron detenidos cuando estalló el alzamiento militar. Tras la toma de Llerena, las tropas rebeldes se ensañaron con los calificados como elementos desafectos. Allí los de azul mahón comenzaron a perder su humanidad y el idealismo del que presumían, convirtiéndose en el ejército de retaguardia.

El hijo del notario se había transformado con rapidez; ya no era aquel señorito atildado que defendía con entusiasmo la revolución de José Antonio. Tras catar el poder y la sangre se consideraba una especie de héroe redentor, aunque algunas noches, en la soledad de su dormitorio, se le aparecían los rostros de sus víctimas y recurría al alcohol para nublar su memoria. Se tornó ambicioso; creía tener derecho a todo en esa nueva España que propugnaban los sublevados. Ese todo incluía a Amalia. «Esa familia necesita un hombre fuerte y yo su patrimonio», se decía.

La criada, vieja como la casa señorial, preguntó si preparaba el desayuno y le hizo saber que había recibido una llamada de un sirviente de la Vega Ancha.

–Dijo que lo intentaría más tarde, señorito. –A Lorenzo la información le causó extrañeza, pero estaba muy fatigado para pensar. Tras el café con tostadas tomó un baño y se fue a la cama; su padre dormía aún.

Miguel estaba inquieto desde que usó el teléfono de la casa de los Esquivel; pensaba que había llegado su oportunidad. Servía desde niño en el cortijo. «¿Y qué he conseguido?», se preguntaba. La casucha en los arrabales de Llerena y una familia mal alimentada y peor vestida le parecían corto pago por su lealtad a la familia. Algunos conocidos del pueblo prosperaban en la nueva situación. Su cuñado, por ejemplo, consiguió un carguillo municipal y sabía de otros que se habían hecho con las tierras de vecinos republicanos, mientras que él se sentía excluido del reparto. «A fin de cuentas, don Rafael cobija a un fugitivo y eso no está bien», se justificaba.

Miguel acudió esa tarde a realizar unos encargos en el pueblo, donde pudo ver a los militares que conducían recuas de presos a la Maltería, como llamaban a los almacenes de la fábrica de cerveza local. Tras pasar junto al palacio de los Zapata y la elegante mansión de doña Mariana ya estaba frente a la casa del notario y golpeó la puerta principal con la aldaba de bronce, esa argolla que colgaba de una cabeza de león. Al poco abrió la puerta una doncella de uniforme negro y mandil blanco que lo inquirió de palabra y mirada sobre el objeto de su visita.

–Necesito tener unas palabras con el señorito Lorenzo. –Se quitó el sombrero de paja con respeto.

–Aguarda un momento aquí –le respondió con el tuteo reservado a los criados.

Minutos después franqueó la entrada al visitante y lo condujo al cuarto del señorito a través de las escaleras de madera noble y del corredor que recibía la luz vespertina de los altos ventanales. La mujer tocó la puerta y, tras dar paso al criado, la cerró tras de sí. Lorenzo lo recibió con un batín de terciopelo encarnado y en la mano un cigarrillo con boquilla.

–A ti te he visto por la Vega Ancha. –Lo miró con curiosidad–. ¿Qué te trae por aquí?

–Sí, señor. Soy Miguel Chamorro, para servirle. Verá usted, tengo que referirle un sucedido del cortijo. Me cuesta mucho hacerlo; solo espero que el sacrificio se me tenga en cuenta. –Mostró su propósito.

Lorenzo lo urgió a proseguir, lo que el criado aprovechó para hablarle de su simpatía por la causa nacional y de su ilusión «por trabajar su propio pedazo de tierra».

–¡Déjate de preámbulos, coño! Si lo que me cuentas merece la pena, yo me ocuparé de lo tuyo.

El criado, que creía haber obtenido un compromiso por parte del señorito, le relató lo acaecido la noche anterior con el herido republicano, exagerando sus escrúpulos a intervenir en aquello y sin ahorrar detalles sobre la participación de Amalia y su padre.

–Solo sé que se llama Agustín; me pareció que la señorita lo conocía de antes –fue su respuesta a Lorenzo sobre la identidad del desconocido.

–¿Alguien más sabe de esto o que has venido a verme? ¡No se te ocurra mentirme! –La mirada de Lorenzo casi hería.

–Ni siquiera mi mujer –respondió con aplomo Chamorro.

–A partir de este momento, ni una palabra a nadie. Aguarda fuera mientras me visto –ordenó el falangista.

Una vez a solas se puso el uniforme recién planchado, metió un cargador en su Astra 400 semiautomática y la introdujo en la funda. Estaba consternado por la revelación; lo sucedido implicaba a su pretendida y al padre, lo que hacía peligrar sus anhelos de emparentar con familia tan ilustre. Aunque, bien mirado, esa desafortunada situación le podía colocar en una posición ventajosa. Se preguntó por la relación del tal Agustín con los Esquivel.

Salieron de la casa evitando al servicio; a esas horas don Vicente estaría en el casino, como de costumbre. Lorenzo hizo saber al criado que se dirigían al cortijo y le pidió que se recostara en el asiento posterior del coche. Partieron en dirección sur para recorrer los tres kilómetros escasos que los separaban de la Vega Ancha; ni siquiera tuvieron que parar en el control militar a las afueras del pueblo: el uniforme de Lorenzo lo eximía.

Minutos después tomaban el desvío hacia Trasierra, internándose por una carretera estrecha que discurría entre barrancos abruptos y vegetación densa. Miguel, sudoroso en la trasera, comenzaba a extrañarse por la tardanza y el traqueteo. El automóvil se detuvo en un repecho solitario.

–Hay un problema con la rueda trasera; baja a echarme una mano –le pidió Lorenzo.

El criado intuyó el engaño en cuanto estuvo en el exterior. Al darse la vuelta solo acertó a fijarse en la fría expresión del señorito y en la pistola que lo apuntaba; jamás volvería a abrir los ojos. La detonación retumbó en el paraje agreste, precipitando el vuelo de las abubillas y los estorninos de los árboles cercanos. El agresor se aseguró de que no quedaran elementos identificativos en la ropa de la víctima. Al empujarlo con la bota, el cadáver rodó por las matas hasta el fondo del barranco; los carroñeros se ocuparían de hacerle irreconocible en pocos días. Lorenzo tenía que pensar en la forma de abordar a la familia Esquivel y en el silencio de la criada de la casa; lo haría más tarde. Ahora debía unirse a su partida de falangistas para iniciar una nueva búsqueda de fugitivos de la columna.

Ese mismo día, los Esquivel desayunaban en el comedor de la Vega Ancha. Solo faltaba Rafaelito, unido a las columnas del teniente coronel Yagüe que avanzaban hacia Madrid. Doña Teresa y su hija Beatriz no podían imaginar que a pocos metros de allí se ocultaba un enemigo de su causa. La señora comentó lo que había oído en el pueblo sobre la escabechina de la columna de Fregenal:

–Según el padre Amador, esos rojos se lo tenían bien merecido –dijo.

–Menos mal que aquí estamos seguros. –Beatriz se persignó.

Don Rafael estaba sorprendido por la frivolidad de su familia frente a sucesos tan trágicos, pero las circunstancias lo obligaban a ser cauto, por lo que se abstuvo de manifestar su opinión, aunque no así una advertencia.

–Al parecer hay muchos supervivientes huidos por la comarca, así que no os alejéis del cortijo hasta que se tranquilice la situación. Me ocuparé de organizar rondas armadas con los criados.

La señora se fijó en las ojeras y la palidez de Amalia, que no sabía muy bien a que atribuir. Le sugirió descansar y reunirse más tarde con ella y su hermana en la capilla del cortijo.

–Tenemos que rezar por Rafaelito y por la salvación de la patria.

Amalia volvió a visitar al herido en cuanto pudo zafarse de su familia, lo que el apicultor aprovechó para salir a ocuparse de sus colmenas. Los ojos del convaleciente se iluminaron al verla entrar; ella se sentó junto a la cabecera y comprobó que la fiebre había cedido. Cogió su mano con ternura y lo observó unos instantes en silencio. A pesar de su aspecto demacrado le encontraba atractivo; esa fuerza en reposo la atraía fuera de toda lógica.

–He pensado que, cuando te recuperes, podrías quedarte en el cortijo confundido entre el servicio. Según he sabido, militares y civiles están purgando los campos en busca de fugitivos. –Agustín estaba hipnotizado por el movimiento de esos labios que anhelaba.

–Te lo agradezco de corazón, pero los dos sabemos que eso no puede ser. Estaríais en peligro; cualquiera podría reconocerme: el capataz, algún criado o gentes del pueblo. No olvides que estuve por aquí cuando lo de las ocupaciones.

Ella lo comprendió; ni siquiera había consultado con su padre la posibilidad de ocultarlo allí. Tenía miedo de perderlo ahora que sus sentimientos se le revelaban tan nítidos.

Agustín le habló de Mateo:

–Es un niño despierto y alegre, está muy apegado a mí y a su abuela. Lo imagino sentado en el poyete de la puerta, donde me esperaba cada tarde a la vuelta del trabajo. Le echo tanto de menos, Amalia. –Su mirada era sombría. Ella se puso a acariciarle el pelo y trató de animarlo:

–Seguro que pronto podrás reunirte con él. Tengo ganas de conocerlo; también a tu madre. –Amalia aprovechó para comentarle detalles del resto de su familia y expresó su preocupación por Rafaelito; lo ignoraban casi todo el uno del otro.

Cuando llegó el momento de regresar a la casa, Amalia se atrevió a despedirse del herido con un beso en la mejilla. Él la retuvo con las manos, miró el dulce verdor de sus ojos y aproximó su boca a la de ella con lentitud. El beso, suave al principio, aumentó de intensidad al desinhibirse ambos. Saborearon sus labios y sus lenguas jugaron a encontrarse sin prisa, saltándose las fases de un cortejo formal. Aunque iba en contra de su educación, a ella le supo a malvasía y regresó a su casa henchida de felicidad.

Por la tarde volvió a visitarlo con don Rafael, quien confirmó la mejoría. Le llevaron alimentos frescos y ropa limpia. El apicultor, que parecía entenderse bien con Agustín, les pidió dormir en el cortijo:

–Estoy molido –dijo y miró de soslayo a la señorita.

Al volver a la casa se encontraron con Camila.

–Llamó el señorito Lorenzo. Dejó *recao* de que mañana a la tarde vendrá a visitarlos –les dijo a padre e hija, y volvió a sus quehaceres. Aunque el anuncio les produjo cierta inquietud, optaron por aceptar el encuentro para despejar cualquier sombra de sospecha. Don Rafael ya no veía al joven como un amigo de la familia, sino como a un fanático de la causa nacional. Pidió a Amalia que lo acompañara a su despacho.

–Hija, ese hombre tiene que irse de aquí cuanto antes. Si mañana se mantiene su mejoría lo prepararemos todo para que salga al anochecer –expresó con firmeza y un velo de preocupación en el rostro.

–Lo entiendo, de verdad. Nunca olvidaré lo que haces por mí. –Amalia titubeó unos instantes antes de proseguir, tomó aire y procuró mantener la serenidad–. Debes saber que quiero a Agustín con todo mi corazón. Cuando todo esto pase me gustaría contar con tu consentimiento para nuestra relación. –Apeló a su comprensión.

El padre respondió con el silencio; no quería disgustar a su hija. Dada la situación consideraba improbable que el sindicalista pudiera sobrevivir, aunque tenía intención de darle dinero y víveres para facilitar su huida.

Ezequiel cenó con Agustín, quien se había levantado con esfuerzo de la cama. Las viandas y el vino que llevó el señor eran excelentes. En la sobremesa, tras la dosis adecuada de tinto, el apicultor habló sobre sus simpatías por la causa republicana:

–Aunque ya me siento viejo para movilizarme y mi vida está con los Esquivel y las abejas –confesó. Antes de marcharse a su alojamiento nocturno, el apicultor le dejó algo de tabaco y un balde de agua para el aseo.

–Cierro las contraventanas; así podrás encender la lámpara sin cuidado. Que pases buena noche –se despidió.

El de Fregenal se sentía mejor; al retorno de sus fuerzas lo acompañaba la esperanza de sobrevivir para recuperar a su hijo y la ilusión por el enamoramiento. Al pensar en Amalia, mientras saboreaba su primer cigarro desde el inicio de la convalecencia, se dijo que esta vez tenía la fortuna de cara; no encontraba otro argumento para explicar el comportamiento de la señorita hacia él.

Aprovechó su estrenada intimidad para despojarse del pijama prestado y lavarse el cuerpo con el agua tibia de la palangana; la herida le escoció un poco. Al terminar se enrolló la toalla a la altura de la cintura y, mientras observaba en detalle la estancia, comió algo de fruta. Le llamó la atención la única fotografía, en la que pudo reconocer a un Ezequiel más joven en compañía de una mujer morena, pequeña de estatura. El resto: un armario ropero, los útiles de cocina colgados junto al fogón, una tina de agua y otra de aceite. En una percha, al lado de la puerta de la cabaña, el mono de trabajo, la mascarilla y una garrota de madera. Como si fuera una abeja más de la colmena, el apicultor vivía solo para trabajar. Agustín comenzaba a liar el segundo cigarro cuando sintió golpes en la puerta; los puntos de sutura le tiraban. Tras apagar la lámpara se acercó en silencio.

–Soy yo –escuchó al otro lado. El de Fregenal sintió acelerarse sus latidos y se puso la chaquetilla que colgaba de una percha; luego descorrió el pasador y abrió despacio. En la penumbra estaba Amalia, con un brillo especial en la mirada y el cabello cubierto por un pañuelo oscuro.

Él no era consciente de que tendría que abandonar el refugio de inmediato, tampoco de los titubeos de la mujer amada, que mantenía una lucha intensa contra los prejuicios de su educación católica y la moralidad de su estrato social. Varias veces rechazó la idea, pero sabía que quizá no tuviese otra oportunidad de estar a solas con el hombre que ocupaba su corazón. Al final triunfó el amor teñido de deseo carnal; temía arrepentirse el resto de su vida si no daba el paso.

Agustín cogió su mano, la introdujo en la cabaña y encendió la lámpara antes de pedir disculpas por su aspecto. La joven se rio con ganas al ver su aspecto de mamarracho.

–Mi ángel, gracias por venir. No sabes cómo te he añorado –dijo mientras la rodeaba con el brazo sano.

Amalia temblaba de timidez y deseo; carecía de experiencia con los hombres. Su escaso conocimiento era fruto de cuchicheos de mujeres casadas y de las escenas que su imaginación fraguaba con los amoríos literarios. En un acto nada reflexivo apagó la luz y estrechó con fuerza el cuerpo cálido de Agustín. Él sí estaba avezado y, como el metal se pega al imán, abordó su boca con apetito, sin prisa, como si el tiempo no existiera. Ella percibió el contacto jugoso de la lengua que se movía en busca de la suya. Se sentía embriagada por sensaciones nuevas y pronto notó la dureza viril contra su pubis, lo que le produjo una excitación tan desconocida como brutal.

–Ven –le susurró el hombre al oído y ella obedeció dócil. Ya en la cama, entre caricias y besos, se desprendieron de la ropa con furia; la pasión concedía una tregua al dolor de la herida del amante. Amalia le dejaba hacer y conducida por Agustín con suavidad tuvo un viaje de descubrimientos: del cuerpo de su amante y del suyo, de cavidades y rincones de placer. Él la penetró con delicadeza; suponía que era su primera vez y se recreó en su interior. Pensaba en ella al escuchar sus gemidos delicados y notaba sus espasmos, hasta que no pudo demorar más la explosión dulce. A pesar de las molestias de primeriza, el acto condujo a Amalia a un espacio ingrávido y gozoso, en el que sentía que el universo le acariciaba las entrañas.

En la penumbra del lecho se envolvieron con palabras tiernas y promesas:

–Jamás sentí así; te querré siempre, pase lo que pase –se decían casi al unísono. Se amaron durante y después. El rostro ardiente de Amalia se apretó contra el pecho de Agustín; ella intuía que ahora la separación sería más dura. Volvieron a saciar el deseo de sus cuerpos húmedos y dormitaron hechos un nudo, como si el resto del mundo les resultara ajeno.

Antes de que clareara el alba, Amalia se vistió despacio y besó a su amado antes de abandonar la cabaña con sigilo; nadie debía verla. Le faltó valor para decirle que en pocas horas habrían de despedirse.

A la mañana siguiente llegó con retraso al desayuno familiar; le había costado trabajo levantarse. Su madre la reprendió y su hermana hizo un mohín de contrariedad, mientras que don Rafael no supo cómo interpretar el brillo de sus ojos y la lozanía de sus mejillas. Las tostadas de pan amasado en la casa, las rosquillas de aceite y la fruta variada tenían un olor especial esa mañana; así lo percibió la joven, que sentía un apetito desacostumbrado.

Camila, la criada para todo, se acercó al señor, susurrándole algo al oído. Él se disculpó antes de dejar la mesa, lo que aprovecharon las mujeres para comentar la inminente visita del señorito Lorenzo.

–Ahora tiene mucho poder, Amalia –dijo la madre con una sonrisa interesada. Lejos estaba de imaginar el estado de las cosas.

–El otro día lo vi por el pueblo –intervino Beatriz–. Está guapísimo con su uniforme, parece más hombre.

La hija mayor se mostraba indiferente.

–No sé, hace mucho que no le veo. –Rellenó de café su taza. El sol de septiembre penetraba en el comedor y se podían escuchar los sonidos matinales del cortijo: cascos en movimiento, ruedas de carros, el trajín de los criados y la algarabía de los niños que vivían allí.

Poco después regresó el padre y, antes de que su mujer le preguntara, habló:

–Ahí fuera me esperaba la mujer de Miguel, el que se ocupa de las cuadras. Anoche no fue a dormir a su casa; nadie sabe dar cuenta de él. Le he dicho que ayer por la mañana le vi por aquí –concluyó con tono serio.

Serían las seis de la tarde cuando el Hispano Suiza Torpedo paró ante la puerta principal. Lo conducía Lorenzo y lo acompañaban dos falangistas de su escuadra armados de fusiles. Mientras estos aguardaban en el automóvil, el jefe se dirigió a la casa. Llevaba las botas altas embetunadas y la funda de la pistola pulida; su camisa azul mahón lucía impoluta. Al abrir la puerta la criada se fijó en eso y en su pelo brillante peinado hacia atrás con esmero. También lo vio Amalia, asomada con discreción a la ventana de su cuarto tras escuchar el ruido del motor.

Don Rafael lo esperaba en su despacho; hacía tiempo que no veía a Lorenzo y se preguntaba por el motivo de su visita. Sospechaba que no se trataba solo de cortesía.

Al verlo entrar le encontró cambiado, más hecho, como si el joven que tanto se prodigara por su casa se hubiera transformado. Contribuían a ello, desde luego, el uniforme, el arma y el bigote fino; aunque no solo era eso. Se dieron un apretón de manos viril y el anfitrión le señaló el sofá, mientras él se acomodaba frente al señorito. Le ofreció algo de beber, pero este rehusó con educación.

Tras un diálogo introductorio sobre la estancia de los Esquivel en Portugal, la toma de Llerena por los nacionales y otros acontecimientos recientes, Lorenzo se decidió a plantear el tema que justificaba su presencia en la Vega Ancha. Había preparado su argumentación al detalle; no estaba dispuesto a perder la oportunidad que le brindaba el azar y llegaría hasta donde fuera necesario.

–Don Rafael, usted conoce mi sincero aprecio por Amalia, que creo ella corresponde a su manera. Corren tiempos inciertos, lo que nos fuerza a apresurar las decisiones. De hecho, tengo la intención de incorporarme al frente en breve –dijo el joven a modo de introducción, con un brillo extraño en los ojos.

El señor de la casa comenzaba a sentirse incómodo; le parecía entrever lo que venía a continuación, aunque ignoraba el as que ocultaba el falangista. Con un gesto de la cabeza animó al joven a continuar.

–Pues bien, he venido para comunicarle mi intención de casarme con Amalia, y me gustaría contar con su beneplácito. Dadas las circunstancias desearía que la ceremonia se celebrase cuanto antes, previas las capitulaciones matrimoniales, claro.

Una inquietud física se adueñó del patriarca. No es que Lorenzo le pareciera mal pretendiente para su hija, a pesar de que su beligerancia política no era de su agrado. Para él resultaba primordial la conformidad de Amalia, de la que dudaba por lo que esta le había manifestado sobre el herido. Por otra parte, no entendía ni la premura ni la arrogancia mostradas por Lorenzo. Se removió en el sillón y encendió un Montecristo antes de contestar.

–Honras a esta familia con tu proposición, aunque has de saber que para mí lo esencial es lo que decida mi hija. ¿Se lo has comentado ya? Además, no acabo de entender tantas prisas –don Rafael expulsó una vaharada de humo.

Lorenzo ya había previsto las posibles resistencias que, si bien razonables, consideraba incompatibles con sus ambiciones. Por eso decidió jugar su mejor baza; a fin de cuentas, ya había matado, y el chantaje quedaba en un escalón inferior. De manera que se concentró para inocular el veneno con tino.

–Todavía no he hablado con ella. Si lo hiciera tendría que interrogarla sobre el fugitivo que oculta en el cortijo, como ahora le pregunto a usted. ¿Conoce el precio de la traición en estos tiempos? –soltó a bocajarro.

Las palabras le provocaron un estremecimiento a don Rafael, el Montecristo le tembló en la mano y sintió que se le escapaban las fuerzas, que todo se derrumbaba. El miedo y la indignación casi le hacen convulsionar. En ese momento hubiera estrangulado con sus propias manos al que ahora percibía como una alimaña taimada.

–¡Eres un canalla! Jamás hubiera esperado algo así de ti. ¡Sal de aquí ahora mismo! –expresó con desprecio el señor de la casa, indicándole con un gesto la puerta.

Aunque las palabras de don Rafael habían hecho mella en él, Lorenzo le sostuvo la mirada, y en el mismo tono de amenaza velada le dijo a su potencial suegro que lo esperaba a la mañana siguiente en la notaría de su padre para arreglar los papeles.

–No falte y traiga a Amalia si sabe lo que le conviene; no es tiempo para dudar. ¡Ah! Y que ese rojo abandone el cortijo hoy mismo; mañana ya no podrá –añadió antes de que la estela del taconeo de sus botas resonara en el enlosado rojizo del pasillo de salida.

Amalia vio alejarse el Hispano Suiza y bajó rauda al encuentro de su padre. Al cruzarse con Beatriz, esta la miró extrañada; la cara y el ademán de urgencia de su hermana expresaban que no se iba a parar. Al acceder al despacho encontró al médico en el sillón del escritorio; tenía los codos apoyados en el cartapacio de cuero y la cabeza inclinada sobre las manos. Era la viva imagen de la derrota.

Tras el llanto, el verde de los ojos de Amalia adquirió una tonalidad más clara; esa fue su primera reacción al contarle don Rafael lo sucedido. Jamás había experimentado un odio tan intenso; sentía miedo y estaba defraudada en lo más hondo por el proceder de Lorenzo. «¿Cómo puede estar mi futuro en manos de ese miserable?» pensaba en voz alta.

–Me pregunto si se atreverá a cumplir sus amenazas. Sabes lo que te quiero y no te voy a obligar a nada. –El rostro del padre mostraba consternación e ira–. Si por mí fuera acabaría con ese Judas sin importarme las consecuencias –añadió con tono sincero.

–Papá, no imaginas lo que me duele haberte colocado en esta situación; haré lo que sea con tal de sacarte de ella. Agustín tiene que irse cuanto antes, su vida corre peligro –dijo la joven, que ya había tomado conciencia de la cruda realidad.

Los giros críticos de la vida suelen llegar sin previo aviso. La sobrevenida felicidad de Amalia se esfumaba, también la sólida posición de su familia. El estado de guerra había despertado el valor y la solidaridad de la gente, a la vez que su mezquindad y otros bajos instintos. El marco de seguridad en que vivieron los Esquivel se había trocado por la incertidumbre más oscura.

Después de la cena Amalia fue a la cabaña del apicultor. Había decidido no contarle nada al refugiado; solo conseguiría aumentar su pena o forzarlo a alguna acción descabellada. Le llevaba ropa y calzado de Rafaelito, comida, tabaco y las quinientas pesetas que le entregó su padre. Agustín la esperaba impaciente; aún paladeaba el recuerdo meloso de la noche anterior, por lo que el día le resultó interminable sin su presencia.

–¡Mi vida! No he podido venir antes. Las cosas se han complicado y mi padre insiste en que te marches esta misma noche. –La tristeza estaba pintada en la cara de Amalia.

Cogiéndole las manos con ternura, la joven le transmitió las indicaciones de don Rafael. Debía caminar hacia el norte y evitar los pueblos hasta llegar a la Zarza. Desde allí dirigirse a Guareña, todavía en zona republicana.

–Procura que la herida esté seca; te he puesto unas vendas. En una semana deben quitarte los puntos. –Amalia colocó la bolsa del equipaje sobre la mesa.

–No te preocupes, mi ángel; comprendo que es lo mejor. Ya habéis arriesgado demasiado por mí; no sé cómo podré corresponderos. Tengo que sobrevivir por ti, por mi hijo, porque lo nuestro no puede acabar así. Dale las gracias a tu padre. ¡Ah! y también a Ezequiel. –Sus ojos se humedecieron por la emoción de la despedida.

La ropa de Rafaelito le venía un poco holgada; ató los cordones de las botas de piel y se ajustó el morral. Cuando Agustín estuvo listo se besaron como si lo hicieran por última vez; quizá fuera así. Luego él caminó hacia la salida del cortijo girando cada poco la cabeza, hasta que la figura de ella se perdió en la oscuridad. Notaba la debilidad en las piernas y algo de dolor en el brazo, nada comparable con la pena por separarse de Amalia. Ella, inmóvil, no pudo impedir que sus lágrimas brotaran sin freno y comprendió en un instante lo que significaba el amor verdadero, el que la había llevado a jugárselo todo por él sin esperar nada a cambio, incluso evitándole el pesar de conocer la magnitud de su sacrificio.

Después, en la soledad de su dormitorio le invadió el dolor de la pérdida. No se atrevía a desahogarse con nadie; habría de afrontar en silencio esa boda humillante que la alejaría aún más del hombre amado.

V. La soledad del camino

El viento nocturno ya venía envuelto de otoño, aunque Agustín lo sorteaba desde la calidez de la cazadora forrada de Rafaelito Esquivel. De igual manera apreció el privilegio de las botas de piel y suela gruesa con las que le parecía flotar sobre los guijarros y desniveles del camino. Andaba despacio para dosificar fuerzas y evitar tropiezos en la oscuridad; no quería alertar oídos indiscretos. Estaba lejos de suponer el drama de familia que se fraguaba en la Vega Ancha.

Tras marchar una hora entre olivares y campos de cereal escuchó descargas de armas de fuego en la lejanía. Le pareció que procedían de Llerena, ignorante de que todas las noches se fusilaba en el cementerio del pueblo y de que la mayoría de las víctimas eran de la columna de Fregenal. Por instinto avivó el paso para alejarse del sonido sombrío, deteniéndose al distinguir una mancha oscura y maciza en el horizonte. En torno al bloque pétreo aparecían tenues pinceladas blancas, sin duda casas. Se trataba del castillo de Villagarcía de la Torre, que quedó arrasado en una de las guerras carlistas. Ya le pesaba el cansancio, de manera que se ocultó en la oquedad de un barranco poco profundo. Comió algo de fruta y, con la humedad del jugo en la boca, saboreó el cigarrillo con una sensación reconfortante de libertad. Tras el reposo saltó una cerca de piedras para sortear el camino principal. No se topó con ganado ni con persona alguna; el pueblo era pequeño y ni siquiera debía tener guarnición.

Se proponía atravesar Usagre antes del amanecer y cuando el gran disco anaranjado asomaba por su derecha logró vadear el río que regaba las vegas del pueblo. Ese mismo cauce que más de un siglo atrás fuera testigo de un choque brutal: coraceros y caballería ligera del ejército de Wellington frente a dragones de Napoleón, que se llevaron la peor parte. El treinta y seis no era el primer año en que la tierra extremeña se regaba con sangre y brutalidad. Hizo un último esfuerzo para superar las ondulaciones suaves que circundaban Usagre y buscó refugio para descansar unas horas.

***

Don Vicente Almenares, ilustre notario de Llerena y viudo desde hacía una década, estaba tan avejentado como fofo a sus cincuenta y pocos por su afición excesiva al alcohol, las comidas sin tasa y el sedentarismo. En ese momento sostenía pensativo una copa frente al balcón de su despacho. Lorenzo le había expuesto la situación en toda su crudeza esa misma tarde, repugnándole la conducta de su único hijo, al que le costaba reconocer de un tiempo a esa parte.

En los últimos años el fedatario vio menguar el patrimonio familiar debido a su ludopatía de casino pueblerino. Aprovechándose de su ingenuidad con los naipes, los más avispados del tapete se disputaban las tajadas de su capital. Era consciente de las ventajas del matrimonio con la mayor de las Esquivel: ayudaría a salvar la casa-palacio y las finanzas de los Almenares. «Sin dinero es difícil mantener el prestigio y la enjundia», le había dicho su hijo. El notario se mostraba reticente al principio; habló de honor, de deontología profesional y otras cosas banales a los oídos de Lorenzo. Su resistencia se ablandó como la mantequilla ante el calor de los argumentos y los reproches de este por haber dilapidado su herencia. Su hijo se ocupó de que estuviera despierto y sobrio esa mañana, también de instruir al oficial de la notaría.

Las actas registraban la dote de trescientas mil pesetas para Amalia, a administrar por el esposo, así como el usufructo vitalicio de «La Cigüeña» y «Tierraplana», las fincas más extensas del acervo patrimonial, sin perjuicio de la herencia que le correspondiese en su momento. En una semana oficiaría la boda el padre Amador que, aunque extrañado por las prisas, allanó los trámites en cuanto Lorenzo mencionó la cuantía del donativo. «A fin de cuentas se trata de un matrimonio patriótico», se dijo el cura.

En la Vega Ancha, la familia se hallaba en torno al desayuno. Don Rafael había tenido unas palabras con Amalia; quería confirmar su decisión antes de comunicarlo a la madre y la hermana. Ella, tras una noche de inquietud y pesadillas, asintió con tanta decisión como pena, pues era consciente de lo que había en juego.

El padre solicitó atención:

–Lorenzo Almenares me pidió ayer la mano de Amalia y, como ella está de acuerdo, vamos a aceptar su propuesta –dijo solemne. La madre mostró extrañeza e indignación hacia su marido por no haberle anticipado nada. Beatriz dedicó una sonrisa cariñosa a su hermana, cuya cara era más bien de funeral. Don Rafael pretextó que Amalia le había comunicado su decisión esa misma mañana y la señora se destensó; a fin de cuentas, Lorenzo y su nueva posición política le agradaban. Ahora le preocupaba la premura de la boda; apenas había tiempo para preparar la ceremonia y el ajuar de la niña.

Ni Amalia ni su padre probaron bocado y, tras escuchar los parabienes y deseos de felicidad de las otras dos mujeres de la familia, se llegaron hasta la notaría en el Ford familiar, sin decir palabra en todo el camino. La secretaria los condujo al despacho de don Vicente, una sala amplia con estanterías de nogal repletas de anuarios y códigos. Bajo el diploma del Ilustre Colegio de Notarios estaba la mesa de estilo neoclásico que se utilizaba para las firmas, donde los esperaban el notario y su hijo, ataviado con traje civil para la ocasión. Los Esquivel se mostraron fríos ante el saludo de los Almenares y don Rafael pidió que se ahorraran preámbulos y cortesías:

–Todos sabemos para qué estamos aquí –expresó con sequedad.

Lorenzo preguntó si el rojo seguía en la casa y su futura mujer le respondió desabrida.

–¡Ya se fue, repugnante rufián! ¿Cómo puedes hacernos esto? –masticó cada palabra con la mirada fija en él.

–No te ofusques, Amalia. Sabes que siempre te he querido y voy a esforzarme por hacerte feliz, aunque todavía me pregunto por qué has ocultado a un enemigo. Solo pretendo protegeros y la mejor manera de hacerlo es convertirte en mi mujer –expresó Lorenzo con cinismo.

–Vayamos a lo concreto –los interrumpió el padre de Amalia, tras lo cual don Vicente le entregó el acta de las capitulaciones. Don Rafael comenzó a revisarla en silencio; de cuando en cuando levantaba la vista de los papeles y se expresaba con gestos de sorpresa e indignación. «Esta sanguijuela, además de a mi hija, quiere llevarse una buena tajada de mi patrimonio», pensó al finalizar la lectura del documento.

–Ya sabes que firmamos en contra de nuestra voluntad. Ahora, ¡escúchame bien!, señorito fascista. –El agraviado se dirigía a Lorenzo–. Y que tu padre deje constancia si lo desea. Como te atrevas a hacerle daño a mi hija me ocuparé de que lo pagues con sangre.

Lorenzo sintió un escalofrío interno, esforzándose por aparentar temple para ocultar su naturaleza cobarde. «No podré estar tranquilo mientras viva don Rafael», pensó.

Para distender la situación, don Vicente anunció que el matrimonio viviría en su casa-palacio, que constituía la heredad de Lorenzo:

–Estoy muy feliz de acogerte como hija. Como respuesta, recibió las miradas de desprecio de los Esquivel. Más tarde, el notario ahogaría su vergüenza en alcohol.

***

El sol había penetrado en la depresión elegida por Agustín; el calor y las moscas lo despertaron. Su espalda acusaba la dureza del lecho y su estómago emitía señales de oquedad, lo que le impulsó a saciarse de manera frugal. Después de sacudirse el polvo acumulado en la ropa se caló el sombrero de paja. Tras orientarse por la posición del sol marchó hacia Hinojosa del Valle, en dirección contraria a la formación de vencejos que lo sobrevolaban rumbo al sur. El terreno era agreste; estaba poblado de herbazales y matorrales que aún amarilleaban. Anduvo un buen trecho en paralelo al curso del Rivera de Usagre, que bajaba con el caudal menguado, lo justo para refrescarse de tanto en tanto. A media tarde bordeó las cercas de un cortijo que parecía abandonado y, un poco más adelante, se adentró en una zona de dehesas. De repente escuchó ruido de motores a su espalda, lo que lo indujo a lanzarse al suelo ardiente; desde allí observó alejarse la escuadrilla de bimotores rebeldes.

El fugitivo, sin ser consciente, se había internado en el vértice sur de Tierra de Barros, esa comarca cubierta de la arena rojiza que moldeaban los artesanos desde hacía generaciones. Por ariscas sendas de monte bajo rodeó Hinojosa y al anochecer, mermadas sus fuerzas, hizo un alto; no debía estar lejos de Puebla del Prior. Apenas llevaba una semana fuera de su casa, que a él se le antojaba una vida. Hizo mil cábalas sobre la situación de su familia en Fregenal y pensó con intensidad en Amalia; todo eran conjeturas que su mente cubría con un halo de fatalidad. Comenzaba a pesarle la soledad; se repetía que lo primero era ponerse a salvo y después, después ya se vería. Tras comer una tajada de carne seca se acomodó con la manta entre unos matojos y, con la pistola al alcance de la mano, pudo enlazar algunas horas de sueño teñido de sobresaltos ocasionados por ruidos reales e imaginarios. En cuanto comenzó a clarear se puso en marcha y enseguida se topó con el río Matachel; eso indicaba el rótulo medio oculto por los juncos del puentecillo de piedra. A lo lejos, en dirección sur, se distinguía una mancha blanquecina y una torre gris; había rebasado La Puebla.

Unas nubes grises forzaron la tregua del sol matinal atenuando la fatiga del fugitivo. Agustín avanzaba junto al río, ajeno a los ojos verde oliva que lo observaban desde una distancia prudencial. A media mañana, ante el más que presumible riesgo de lluvia, Agustín decidió parar a comer. Se quitó las botas para sumergir los pies en la corriente suave; enseguida notó el efecto reparador del agua. Solo se oía el rumor del viento y el chapoteo de las ranas agazapadas junto a la orilla; se sentía seguro.

El de Fregenal lo vio al girarse. Era tan chaparro como ancho, tenía el cabello rizado y la barba de días. Vestía ropa humilde y debía ser de su edad; su gesto era hosco y los cañones de su escopeta lo apuntaban.

–¡Sal del agua despacio y con los brazos en alto! –dijo el extraño con un marcado acento de la provincia.

–Tranquilo, compañero; soy de los tuyos. Baja el arma y hablemos. –Agustín trataba de dominar los nervios.

–¿De los míos? ¿Y esas botas y la cazadora? Dime quién eres y qué haces por estas tierras –inquirió desconfiado el de la escopeta.

El encañonado le habló de su procedencia, de su filiación sindical y de la emboscada a la columna. Evitó toda referencia a la familia Esquivel.

–La herida de bala me la curó un médico a punta de pistola; de él obtuve las botas, la ropa y el contenido del morral –le dijo. Debió resultar convincente porque el otro bajó el arma y al poco le confiaba su propia peripecia.

–Me llamo Ciriaco Carrasco y López por mi madre, que en paz descanse. Ayer escapé de Villafranca de los Barros, mi pueblo, y tengo más hambre que miedo, compañero. –Ya confiado, le tendió la mano al otro fugitivo.

Compartieron el tabaco y la comida de Agustín; el de Villafranca lo hacía con ansia pues no había probado bocado desde su fuga ni recordaba su último cigarro. Repuesto y agradecido le relató que las tropas del teniente coronel Asensio tomaron su pueblo en agosto.

–A pesar de que el alcalde y el jefe de UGT salvaron del linchamiento a los de derechas, no han parado de *afusilar* desde entonces –se lamentó. A él lo detuvieron por el simple hecho de estar afiliado al sindicato.

–Como *tos* mis compañeros. Aunque yo no andaba en política –aclaró.

–*Antier* noche me subieron a uno de los camiones junto a otros presos. Para un traslado nos dijeron, aunque todos barruntábamos que era el final, que no veríamos otro amanecer.

Ciriaco encendió otro cigarro antes de proseguir.

–Fuera ya del pueblo, por el encinar del Ventoso, las ruedas delanteras se atascaron en una zanja y uno de los soldados que nos vigilaban bajó a echar una mano. –El de Villafranca se detuvo y miró a su interlocutor con la duda reflejada en los ojos.

–¿Y qué pasó después? –lo animó Agustín.

–No sé si debería seguir. Aunque, ¡qué leches! Yo te voy a referir solo lo que vi y escuché. –Dio una calada corta.

Con el rostro serio y un tono de voz íntimo, a pesar de que no hubiese nadie por los alrededores, Ciriaco retomó el relato.

–Al reducirse la guardia, los tres pares de presos amarrados con cables intuimos que podía ser nuestra ocasión. De repente escuchamos rugidos tremendos en el exterior, como de bestia. A estos les siguieron alaridos humanos y disparos. Aprovechamos la confusión del otro soldado para abalanzarnos sobre él y arrebatarle el fusil; uno le pateó el pecho sin piedad antes de abandonar el camión. –Tiró la colilla y continuó–. Al saltar perdí pie y rodé junto a mi pareja. Me di una buena hostia contra el suelo y me arañé la cara con las zarzas. Cuando pude levantarme miré en derredor y lo que vi a la claridad de la luna me paralizó al instante. Esa fiera, tan erguida como un hombre, le daba dentelladas al cuello de uno de los presos, que ni pudo gritar, mientras su compañero lo hacía como una mujer. Entre charcos de sangre se apreciaban los cuerpos de los soldados caídos. La fiera nos miró al volverse; entonces pude ver sus ojos amarillentos, el pelo lacio que le cubría el rostro y la tira de carne sanguinolenta que colgaba de sus colmillos. Me lo hice encima de miedo, tras lo cual eché a correr con mi compañero Matías, que temblaba más que yo.

Agustín lo miraba con una expresión de incredulidad en los ojos; no sabía muy bien qué pensar.

–Cuando creímos estar a suficiente distancia escuchamos el aullido salvaje, limamos nuestra atadura en un peñasco afilado y decidimos separarnos. No comentamos nada de lo que habíamos visto. Desde entonces no he parado de esconderme; seguro que nos buscan –expresó Ciriaco con el rostro sombrío, y aún añadió algo para anticiparse a las preguntas de su interlocutor–: Seguro que era un *lobisome*; no sé si los habrá en tu pueblo. Cuando aparecen traen desgracias y sangre –dijo con la mayor naturalidad, como si se tratara de un fenómeno usual.

–¿Un qué?

El de Villafranca le explicó que era como un cruce de humano y lobo. Cuando en una familia nacían siete varones consecutivos, el último sufría esa maldición.

–De chico me contaron que, años atrás, una mujer del pueblo tenía a su hijito a la puerta de casa, en su canasta, y entró un momento a hacer algo. Volvió a salir al escuchar su llanto y pudo ver como un lobo enorme se lo llevaba con la mantilla entre las fauces. Lo persiguió un buen trecho con una estaca, hasta que al animal se le cayó el pequeño alejándose de allí. Cuando su marido regresó a casa esa noche, la mujer se dio cuenta de que tenía unos hilos prendidos de un diente y, horrorizada, reparó en que eran como los de la mantilla de su bebé. –Ciriaco se persignó como un autómata.

–Eso son cuentos de viejas –le espetó Agustín, que también había escuchado historias del estilo en Fregenal–. ¿Y la escopeta?

–La encontré en un establo; ni siquiera tengo cartuchos, chacho. –Soltó una carcajada contagiosa.

–¿No tienes miedo de lo que puedan hacer con tu familia? –Agustín dejó el otro tema.

–Mis padres murieron y mis dos hermanos se marcharon del pueblo hace años. Tampoco tengo mujer. Ni hijos, que yo sepa –añadió con sorna.

Ciriaco, conocedor de la región, asumió la dirección de la marcha. Iba mal vestido y peor calzado, por lo que las gotas gruesas que comenzaba a caer le calaron enseguida; Agustín escuchaba con preocupación los chapoteos de las alpargatas de suela de caucho.

Ese día cruzaron a la margen derecha del Matachel camino de Palomas y cuando la lluvia arreció buscaron refugio en un chozo de pastores. Confiados en la soledad del paraje se atrevieron a encender una lumbre con lo que encontraron en el interior: un banco, una silla de madera tosca, un poco de ramaje y trapos sucios. Aunque algo atufados por el humo, pudieron secar sus ropas y, al arrullo del crepitar de las llamas, se expresaron con sinceridad.

Ciriaco reconoció que debería haberse marchado del pueblo antes.

–La verdad es que nada me retenía allí. Comencé a sufrir presiones de mis amigos y de los compañeros del taller de alfarería cuando me negué a alistarme como miliciano. Pero es que nunca me gustaron las armas ni la violencia y tras el alzamiento vi demasiados abusos contra los señores y los curas. –Hizo una pausa y miró a los ojos de su compañero–. Las tornas cambiaron al llegar los militares, y todavía fue peor. Jamás imaginé que se pudiera matar por tan poco y con tan mala baba. Aquello fue para verlo –dijo con los ojos enrojecidos, tanto por el humo como por el recuerdo doloroso.

–La violencia y el miedo han despertado a la fiera que todos llevamos dentro. También he conocido brutalidades que me han revuelto las tripas. Supongo que, nos guste o no, habremos de tomar las armas si queremos recuperar nuestra vida. –La inclinación de las cejas y la mueca de la boca expresaban el fatalismo de Agustín.

El yuntero habló de su actividad sindical, de su familia y de la salida precipitada de Fregenal. Los dos fugitivos acabaron con las últimas provisiones y, como la lluvia persistía, decidieron pasar la noche allí; se turnarían en el sueño para evitar sorpresas. Aunque el viento húmedo se filtraba entre las piedras, los rescoldos del fuego y la ropa seca formaban un escudo aceptable contra la inclemencia.

A la mañana siguiente bordearon Palomas con intención de dirigirse a la Zarza de Alange, donde calculaban llegar al anochecer. No muy lejos de esa localidad desembocaba el Matachel en el Guadiana, que tratarían de cruzar en dirección a Guareña. Agustín notaba pinchazos en la herida del brazo y los dos hombres los sentían en el estómago, ya que no probaban bocado desde la tarde anterior.

En un paraje próximo a la carretera comarcal escucharon ruido de motores y, escondidos tras unas peñas, vieron pasar el convoy rebelde: un coche descubierto, nueve camiones con soldados y dos remolques de cañones. Ignoraban que corrían contra reloj; más al norte se estaban concentrando las tropas que asaltarían Guareña.

Negros como cuervos, los nubarrones que venían del oeste arrojaron por fin su contenido. Las ropas se empaparon con rapidez mientras las gotas impulsadas por el viento azotaban sus rostros. Caminaron más de una hora hasta encontrar una casa de campo aislada. Desde la misma se divisaba el perfil urbano de Alange y la silueta del castillo de la Culebra. Se acercaron con sigilo, Agustín con su pistola y su compañero con la escopeta en alto. La porqueriza estaba embarrada y el único marrano visible se guarecía bajo la sucia cornisa del gallinero, que parecía estar vacío.

El de Villafranca bordeaba la casa despacio y, cuando pegó la cara a una ventana lateral, distinguió a la vieja; parecía estar sola. Le hizo una seña a Agustín y este golpeó con la culata la puerta de dos piezas; tras unos tensos segundos se abrió la superior. Al otro lado estaba la mujer vestida de negro, con bolsas azuladas bajo los ojos acuosos y el rostro cubierto de finos surcos. Pelillos hirsutos pespunteaban bajo su nariz y otros emergían de su barbilla flácida. Ciriaco apareció tras su compañero.

–¡No me hagan daño, *siñoles*! Ya no queda *naita* en la *majá* –les dijo temblorosa.

–No se preocupe, mujer; solo queremos guarecernos. ¿Hay alguien más en la casa? –Agustín mantenía la pistola en la mano.

–La niña *namás* –dijo la vieja y les franqueó el paso.

Al adentrarse en el interior vieron a la pequeña; tendría unos ocho años y estaba acurrucada junto al hogar. Sus ojos negros los contemplaban, sus manos retorcían las trenzas de pelo castaño y sus delgadas piernas temblaban. Ciriaco le dirigió palabras tranquilizadoras casi en un susurro y su compañero acomodó el arma en el cinto.

La mujer enlutada les dijo que la pequeña Sara era su nieta. A sus padres se los habían llevado los militares, «que también arramplaron con las gallinas y casi tos los *guarrus*», añadió. Agustín no pudo evitar el recuerdo de su madre y su hijo; un escalofrió recorrió su cuerpo mojado. Barruntó que esa niña no volvería a disfrutar de sus padres ni de la inocencia infantil: «Así las cosas, pronto habrá de cuidar de su abuela y quién sabe si no terminará en cualquier orfanato. Su destino se ha quebrado en mil astillas, como el de tantos otros», profetizó en su mente.

Con las ropas secas y los estómagos calientes, gracias al caldo que compartieron con la abuela y la nieta, los dos hombres retomaron su camino. Ellas permanecieron en la puerta hasta que sus figuras se perdieron en el horizonte.

Cuando llegaron a su destino la noche parecía impenetrable, las nubes cubrían las estrellas y la luna menguante era un débil brillo sobre la masa de agua. Tras dos jornadas de compartir fatigas, ocultos entre los juncos de la ribera del Guadiana, se preparaban para atravesar el majestuoso cauce que los separaba de la salvación. El puente ferroviario de la Zarza había sido ocupado por las tropas de Yagüe; esos quinientos metros de estructura metálica constituían un punto estratégico de la línea Badajoz-Ciudad Real-Madrid. Desde su posición distinguían el resplandor del puesto de guardia situado a menos de cien metros; casi podían escuchar la conversación de los regulares apostados allí.

Aunque ambos sabían nadar, con su ropa y la carga necesitarían apoyarse en la decena de pilares del puente. Agustín temía que su herida se abriese; la travesía, como mínimo, resultaría dolorosa. Del otro lado les restaban unos quince kilómetros hasta la estación de Guareña, que confiaban siguiera en manos republicanas. Tras descalzarse ataron sus bultos a la altura del pecho.

–Pégate a mí y no me pierdas de vista –susurró Ciriaco.

–Pase lo que pase, ha sido un honor conocerte. Vamos allá –lo alentó Agustín.

En silencio comenzaron a reptar con ayuda de los codos; unos quince metros los separaban del agua. Las piedrecitas provocaban dolor en brazos y rodillas, la vegetación rozaba sus caras. De repente, Ciriaco percibió un siseo leve unido al movimiento en la arenilla y la vio junto a su cara; casi seguro, la culebra de río estaba más asustada que él. No logró contener el respingo súbito y un «*cagüen* todo», ni impedir el choque de su morral con el de Agustín; suficiente para despertar los oídos aguzados de los guerreros procedentes del Rif.

–*¿Quieni* va? –gritó el que estaba de guardia y a continuación enfocó su linterna hacia el lugar del que procedía el ruido. Enseguida se escucharon voces y cerrojos de fusil, a los que se sumaron haces de luz sobre la ribera. Al incorporarse los fugitivos para llegar más rápido a la orilla sonaron los primeros disparos. Dos regulares corrían ya cuesta abajo.

El alfarero cayó como un fardo tras emitir un grito de dolor. Agustín, con un pie ya en el agua, se volvió para arrastrar al compañero hacia el río, aunque casi podía sentir el aliento de los centinelas. El disparo de su pistola acertó al primero, que rodó con estrépito. Tenía al segundo encima y antepuso los brazos por instinto, sin poder evitar el choque ni que su arma cayera. Al iniciarse el forcejeo se activaron en su cuerpo los automatismos de defensa inculcados en la Legión. Agarrado al fusil de su contrincante se tiró hacia atrás y con el impulso de sus piernas lo lanzó por encima suyo. Este se golpeó contra el suelo y quedó desarmado.

–¡Vete, vete! Me han *dao* –gritó Ciriaco con desesperación.

Agustín le echó una mirada fugaz, se desprendió de sus bultos y se introdujo en el río sin mirar atrás. La diferencia térmica le provocó un escalofrío y, a continuación, escuchó a su espalda un chapoteo y los insultos del hombre que le agarraba un pie; el soldado con el que mantuvo el forcejeo lo perseguía. Con el agua por el cuello se trabaron de manera confusa y pugnaron en la oscuridad. Agustín percibió el corte en su mano, de arma blanca, como aquel que le marcó el rostro para siempre. De un cabezazo rompió la nariz del otro y aprovechó el desconcierto para trabar su cuello y sumergirlo con fuerza. El regular pataleaba y se resistía brioso, hasta que comenzó a tragar agua sin freno y sus fuerzas lo abandonaron.

Tras la lucha, Agustín comenzó a bracear con desesperación mientras las dentelladas de los proyectiles lo seguían. Pronto cesaron los disparos; ya solo escuchaba sus jadeos y las salpicaduras que provocaba su avance. Notaba dolor en la herida del brazo, es posible que abierta, y le escocía la mano tajada por el metal. Alejado de los pilares del puente no tendría apoyo alguno; ahora peleaba contra la corriente y ponía a prueba su resistencia. Le vinieron a la mente Mateo y Amalia: «Tengo que vivir por ellos, cueste lo que cueste». Apretó los dientes y dejó de pensar.

Había perdido la noción del tiempo y al vislumbrar la cercanía de la otra orilla forzó las últimas brazadas hasta alcanzarla. Al salir del agua se tumbó despatarrado; estaba exhausto. El frío húmedo amplificaba el dolor de sus heridas y la sensación de soledad. El aliento de la muerte le había rozado y se dijo que ahora no podía flaquear. Reparó en que sus pertenencias quedaron al otro lado del río, donde se desprendió hasta del calzado. Se frotó brazos y piernas para encender su llama vital, y luego caminó hacia el este, con las plantas de los pies expuestas a piedras y hierbajos.

«¡Qué perra suerte! Si sobrevive al disparo esos cabrones lo fusilarán». Agustín pensaba en el compañero caído. Se sentía sucio, no tanto por su penoso estado físico, como por haberles quitado la vida a esos dos soldados. Ya había visto y provocado demasiada sangre en Marruecos, de donde regresó con el propósito de no volver a matar.

Envuelto por la oscuridad decidió no perder de vista la vía férrea; esa lo conduciría a Guareña. Le vino a la memoria que el autor de *El miajón de los castúos* era natural de ese pueblo, aunque no lograba recordar su nombre. Más que hambre o sed sentía unas ganas tremendas de fumar. Al menos llevaba encima el dinero que le hizo llegar don Rafael. «Mientras quede gente así, no todo está perdido», pensó.

El silencio de la noche solo se alteraba por el croar de las reinas de las charcas y el ulular tétrico de las lechuzas, que podía helar la sangre de los menos avisados. De repente le pusieron en guardia unos ladridos y se paró en seco frente a la finca de la que procedían; la casa estaba a oscuras. Dudó si acercarse y pedir ayuda. ¿Y si se equivocaba? No estaba armado, ni en las mejores condiciones, de manera que se alejó sin probar suerte.

Aunque había comprobado que la sutura de la herida aguantaba, los latidos punzantes en su brazo persistían. El tajo de la mano se había hinchado y el dolor de pies resultaba ya insoportable, pues los accidentes del camino castigaban las plantas a placer. Entre esa tortura y el frío optó por solucionar lo primero, de manera que se rasgó la camisa, apelmazó unas hojas gruesas y se las ató con las tiras a modo de suela vegetal. «Mejor eso que nada», se dijo mientras contemplaba su obra.

Imaginó que debía tener una facha horrible, preguntándose qué pensarían su madre y Mateo si lo vieran así; seguro que a esas alturas lo daban por muerto. En Guareña vería la posibilidad de enviarles un mensaje, también a ella. «Ay,

Amalia, ¿podré abrazarte de nuevo? Espérame; ya encontraré la manera», se sorprendió hablando solo.

Comenzaba a sentir fatiga y hambre cuando distinguió aquellas luces. Confiaba en que fueran las del pueblo y que este siguiera en poder de los suyos; no se veía con fuerzas para proseguir la huida. Tras preguntarse lo que haría al llegar, concluyó que con ropa seca y algo caliente en el estómago vería todo más claro.

Cruzó un arroyuelo y, al salir de la arboleda que lo bordeaba, distinguió una construcción poco iluminada. Según se aproximaba a lo que supuso la estación ferroviaria pudo ver la silueta de un soldado, inconfundible por el perfil del fusil y la gorra, aunque podía corresponder a cualquiera de los dos bandos. «Venga, un poco más», se dijo y anduvo el último trecho con los brazos en alto.

En el vestíbulo de la estación los milicianos del retén entretenían la madrugada con naipes; ninguno esperaba visita a esas horas. Al centinela del andén le pareció escuchar ruido en el camino lateral y enseguida pudo distinguir la figura solitaria que se aproximaba.

–¡Quién va! –Le dio el alto.

–Estoy desarmado, compañero –respondió Agustín.

–Acércate y no bajes las manos. Sin tonterías o te pego un tiro –advirtió el miliciano en voz alta.

Alertados, sus compañeros de armas salieron al exterior. Agustín podía ver ya sus uniformes, por lo que su respiración se tranquilizó. Esa vez lo acompañaba la baraka; volvía a estar entre los de su bando.

Luis Chamizo; Agustín recordó de golpe el nombre del escritor local. Ese veintinueve de septiembre, la confusión reinaba en Guareña ante la proximidad de las columnas rebeldes. Tras aclarar su condición a los del retén, le dieron de comer y de fumar. El sargento, además de prestarle algo de ropa y unas alpargatas, le indicó cómo llegar a la sede de la FETT:

–Allí te auxiliarán, compañero. –Le deseó buena suerte.

Al entrar en el pueblo, Agustín se cruzó con un grupo de milicianos que lo abandonaban en dirección a la estación. Lo miraron con extrañeza desde sus ojos pintados de incertidumbre.

–El sindicato está en aquella casa de la bandera, al final de la cuesta –le indicó el que tenía más cara de niño. Al llegar la puerta estaba abierta y se identificó al único hombre que se movía en aquel desorden de sala.

–Hay que marcharse de aquí cuanto antes, compañero. Se hizo mucha escabechina con los de derechas y los suyos se lo van a cobrar con intereses. –El solitario sindicalista se ocupaba en hacer una pira con los papeles comprometedores.

–¿Ha sido para tanto? –se interesó Agustín, mientras se apretaba con un cinto de cuero el pantalón que le habían conseguido.

El otro se aseguró de que estaban solos y bajó la voz:

–El mes pasado, en una jornada de locura, mataron a sesenta y tres. No se respetó ni a mujeres ni a viejos –añadió.

–¿Y no se puede resistir aquí? Sé que en Medellín lo consiguieron.

–Allí contaban con las murallas del castillo y el Guadiana de por medio. Además, tuvieron apoyo de la aviación. –Se interrumpió un instante–. Te digo que no hay nada que hacer; la batalla de verdad se dará en Madrid.

Curro, que así se identificó el sindicalista, le facilitó un salvoconducto para el tren que salía esa noche hacia Ciudad Real. Se despidieron con el puño en alto.

Camino de la oficina de correos Agustín pudo ver el éxodo de civiles que, cargados con sus exiguas pertenencias, se dirigían al camino de Valdetorres y Medellín. Las escenas le recordaban lo vivido en Fregenal dos semanas atrás: las mismas lágrimas, idénticos semblantes tristes y la angustia por la supervivencia.

–¿Qué quieres? –lo paró el miliciano de la puerta. Era muy joven y parecía llevar el cigarrillo cosido a los labios.

El de Fregenal extrajo de la camisa el deteriorado carnet de la FETT y le comunicó su deseo de utilizar el teléfono. Su gesto determinado expresaba que no iba a aceptar una negativa.

En el interior, un capitán daba instrucciones al cabo que operaba el telégrafo. Aunque se fijaron en él cuando entró, continuaron a lo suyo. El funcionario postal tenía un rostro anodino; sus lentes habían resbalado hasta la punta de su nariz. Preguntó a Agustín si tenía dinero y no le garantizó la conexión con la oficina de Fregenal.

–Quiero hablar con Tomás. Sí, soy un familiar. –Agustín notó que su interlocutor dudaba, tras lo cual pudo escuchar: «Tú, ven aquí».

–Sí, ¿quién es?

–Tomás, soy yo.

–¡Estás loco! No puedo hablar contigo. –El cuñado susurró nervioso–. Di lo que sea y corta.

–Mi hijo, mi madre, ¿estáis todos bien?

–Todos, ¡cuelga ya!

Agustín sintió alivio por la ausencia de malas noticias.

***

–¡Billete! –Lo despertó el revisor en la estación manchega de Brazatortas-Veredas. Frente a Agustín, una mujer amamantaba a su bebé y la que por el parecido debía ser su madre sostenía a una niña sobre las piernas. A su lado dormitaba un joven con brazalete de la CNT. Ya se había descorrido el velo de la noche cuando sesenta kilómetros después entraban en Ciudad Real.

Agustín bajó a estirar las piernas, la herida del brazo le dolía. En la abarrotada cantina escuchó comentar que decenas de civiles llegaban cada día en busca del refugio que ofrecía la provincia controlada por la República. Por unos instantes dudó si permanecer allí.

Dos veces piafó la locomotora antes de partir rumbo a Madrid. En las paradas que jalonaron el camino hacia la capital de la República grupos de jóvenes se incorporaban a los vagones atestados. La emoción iluminaba sus rostros ante la victoria sobre el fascismo que prometía la propaganda; no querían perdérsela. Horas después, el tren en que viajaba Agustín entraba con lentitud en uno de los andenes de la estación de Atocha. Aún tendría que sortear dos controles antes de respirar el aire templado que regalaba la última tarde de septiembre.

VI. 1921 Bautismo de fuego

Los cuatro adolescentes acordaron que sería esa noche de mayo, la primera de luna llena. Felipe, al que apodaban El Junco, soñaba desde niño con trajes de luces y tardes de gloria en el coso de albero. Con insistencia y apelaciones al valor logró alistar a los otros tres en su particular aventura. «El temple se mide frente a un astado de verdad», se repetía el aspirante a torero mientras plegaba en el hatillo el trapo bermejo y raído.

La noche eclipsaba la mancha blanca y parduzca que semejaba Fregenal y el aleteo sonoro de los grillos era un anticipo de la estación de la canícula. El Gacho extrajo del armario su aportación a la noche taurina: las lámparas de queroseno que había distraído del comercio familiar. Mientras se deslizaba por el patio trasero notó el sudor en las manos, las mismas con las que acarició la cabeza de «Tostao» para evitar sus ladridos.

Julito Arroba, gordo como un tejón, y Agustín aguardaban ya en el huerto del tío Pascual; las ascuas de sus cigarros delataban su presencia. Tras una espera tediosa, solo amenizada por los picotazos de mosquitos insomnes, El Junco y El Gacho llegaron al lugar de la cita. Como dos sombras silentes habían atravesado las calles dormidas, esquivando gatos y posibles ojos delatores. La excitación del peligro brillaba en las pupilas del cuarteto juvenil que de seguro temía más a sus padres que a los toros.

–Aquí llega el pasmo de Triana y su *apoderao* –bromeó Agustín y todos rieron, incluso el novillero bisoño.

–¡Vamos, chachos! No hay tiempo que perder –los azuzó El Junco, ansioso ya por probarse.

A las alpargatas de esparto de los muchachos les aguardaba algo más de una hora por sendas de grava arcillosa. Tras distribuir El Gacho las luminarias de cristal y latón recibieron el cucurucho de higos maduros de manos de Julito. Todos vestían ropa vieja en previsión de posibles caídas y revolcones.

Entre traspiés, canciones y risotadas sonoras, los amigos caminaron junto a bosquecillos de encinas y alcornoques, algunos ya descorchados. La brisa les traía la fragancia sensual de las jaras y el aroma de las abundantes matas de romero. En la quietud de la noche se podía escuchar el ulular de búhos y lechuzas, los chillidos de los pequeños mamíferos y el movimiento amenazante de algún depredador.

Agustín resbaló en una piedra húmeda y fue a dar con sus huesos en el lecho de un arroyo, embarrándose la camisa y provocando las chanzas de sus amigos. Cuando por fin sortearon la alambrada de la finca escogida, Julito se mostraba sofocado y con síntomas de flato. En ese momento estaban lejos de suponer que habían traspasado un umbral decisivo para sus vidas, tan imprevisto como irreversible.

La dehesa apareció a sus ojos en su plenitud, con el reflejo de la luna sobre los pastizales generosos que, junto a las bellotas que alfombraban el suelo, nutrían a las reses bravas. La naturaleza de esos animales de cuello y testuz poderosos era tan arisca como desconfiada. Su crianza en libertad y al margen de las hembras preservaba su fiereza legendaria.

Colocaron los faroles en semicírculo, según les pidió El Junco. Este, serio y parsimonioso, se avió con las zapatillas de faena y un pantalón ajustado. Como parte del ritual se palpó la medallita de la Virgen de los Remedios que pendía de su cuello, tras lo cual desplegó el remedo de capote a la vista de la manada. Sus amigos escrutaban la dehesa con ansiedad, pues no compartían su arrojo frente a esas moles. De oídas sabían cómo se las gastaban los mayorales de las ganaderías; no hacía tanto que otro torerillo del pueblo había acabado entre rejas por furtivo.

El amigo novillero les señaló dos ejemplares separados de la manada que, atraídos por las luces, los miraban indolentes. Este mostró su pericia a los otros tres.

—El zaino es todavía un eral, muy *chiquinino pa* la faena. En cambio, el mohíno de piel *tié* trazas de ser ya cuatreño; ese servirá. —El resto apenas entendía esa jerga.

Tras adelantarse un poco, El Junco citó al morlaco con expresiones del oficio. Sus amigos veían menguar su figura de lagartija según se aproximaba al ejemplar de cuernos astifinos que, con una mirada torva bajo el morillo alto, parecía haber aceptado la invitación. Saltaron briznas de hierba y polvo cuando su antebrazo derecho pateó la tierra como preludio del arranque.

Con un rictus hierático, el novillero retrocedió hacia el semicírculo iluminado, adoptando una pose de chulería taurina para recibirlo por la izquierda. De pronto sintieron el temblor de la tierra y un sonido de tambores acercándose; el producido por media tonelada de carne a la carrera. Los tres menos diestros se apartaron con rapidez y el susto en los rostros. No eran los únicos testigos de la faena; otros ojos nada amigables se acercaban al trote.

El Junco recibió al astado con una verónica, para seguir con una chicuelina, lo que arrancó aplausos y olés de sus amigos. Estaba entusiasmado y tan seguro de sí que se atrevió con una larga cambiada, en la que uno de los pitones le rozó el muslo. El toro daba juego; respondía vehemente a cada cita.

No se dieron cuenta hasta que escucharon esa voz:

–¡Hijos de puta, no os mováis de ahí! –gritó uno de los jinetes, mientras el otro guarda se dirigía a separar al toro. Cuando los intrusos comenzaban a correr en dirección contraria sonó la primera detonación y enseguida la otra. Agustín y El Gacho no se atrevieron a volver la cabeza hasta pasar la alambrada.

Los dos amigos estaban solos y a sus oídos llegaba una lejana letanía de gritos y lamentos. Sudorosos y asustados se detuvieron unos instantes sin saber qué hacer; sus corazones latían con fuerza y los amigos no acababan de aparecer. Barruntaban que los habrían detenido; lo que no imaginaban es que Julito yacía en el suelo en medio de un charco de sangre.

Amparados por la oscuridad iniciaron silenciosos el regreso al pueblo. No se oía más ruido que el de sus pasos sobre la grava y el del temblor de las ramas que agitaba el viento. Cuando consideraron estar a suficiente distancia se detuvieron al pie de una acequia.

–Manuel, yo no puedo volver a casa. –Hizo una pausa–. Julito o El Junco hablarán y mañana vendrán a buscarme los guardias. –El Gacho percibió la angustia en los ojos de su amigo.

–¿Qué dices, Agustín? Como mucho nos caerá una multa –trató de calmarlo.

–Tu familia tiene posición y capital; a lo mejor tú te libras con eso. A mí de seguro me espera la trena. No puedo volver hasta que no se calmen las cosas; explícaselo así a mis padres.

El amigo intentó disuadir a Agustín, hasta propuso acompañarlo, pero todo resultó inútil. Se despidieron allí mismo con un abrazo y El Gacho, compungido, le entregó el poco dinero que llevaba encima. De golpe, sus caminos se separaban, algo que ninguno de los dos había previsto.

Agustín anduvo por caminos agrícolas en dirección sur. Se le ocurrió que quizás pudiera trabajar en las minas de Río Tinto, donde había pasado parte de su infancia. «¿Qué hará mi familia? ¿ ¿Saldrán a buscarme? A lo mejor me he precipitado». Los pensamientos y la duda se agolpaban en su cabeza. Sentía confusión y miedo; nunca había salido solo del pueblo.

El amanecer lo sorprendió en las cercanías de Cumbres Mayores, ya en la provincia de Huelva. Agotado y hambriento buscó refugio en una casa derruida y carente de techumbre. Desde allí observó el castillo de Sancho El Bravo y la bandada de vencejos que evitaba a los milanos como él a los guardias. Mientras liaba un cigarrillo le sobresaltaron los pitidos del tren, «el de la línea Zafra Huelva», se dijo. Luego cayó rendido en un rincón resguardado.

Cuando despertó, no se observaba movimiento alguno por el pueblo; debía ser la hora de la comida, lo que aprovechó Agustín para desplazarse con cautela hasta la estación, una casa de ladrillo visto y tejas pardas, sombreada por unos pocos árboles. Aunque pudo calmar su sed en un abrevadero de aguas limpias, sentía ya la debilidad del ayuno. De una de las ventanas de la casa le llegaba el aroma a guiso y las voces de la familia del jefe de estación, lo que aumentaba su padecimiento. No podía dejar de pensar en su familia ni en la suerte que habrían corrido sus amigos.

Le pareció que aquella pareja de guardias venía hacia la estación, por lo que se ocultó en una caseta que almacenaba señales y otros efectos ferroviarios. Con más miedo que cansancio se acurrucó intranquilo y no espabiló hasta escuchar el silbido estridente que anunciaba la llegada del tren; estaba anocheciendo.

Intuía que era su ocasión, por lo que avanzó a hurtadillas hasta el final del convoy, del que emanaba un olor fuerte y desagradable. Distinguió el uniforme oscuro del ferroviario local; charlaba con el maquinista mientras instalaban una rampa para el embarque de ganado. Aprovechó el momento para subir al estribo del último vagón y quitar el pasador de la puerta. Después se introdujo en la oscuridad pestilente, lo que provocó los gruñidos de los animales hacinados, colocándose junto a uno de los respiraderos. Al arrancar el tren se golpeó la nariz contra la sucia pared de madera, lo que le provocó una pequeña hemorragia.

Torturado por el hambre y la sed se mantuvo en vela y pudo contar una docena de estaciones hasta que, a primera hora de la mañana, el convoy entró en Huelva. Descorrió la puerta con sigilo para asomar el perfil de la cara al exterior. La estación lucía majestuosa entre una guardia de altas palmeras; apenas se veía gente a esas horas. El joven saltó del vagón y se puso a correr hacia un callejón lateral que parecía conducir a la salida.

Aunque su pueblo no era ni mucho menos pequeño, le impresionó la ciudad: los automóviles, los edificios altos, las ropas de los viandantes y aquella luminosidad apabullante. El joven de Fregenal anduvo un buen rato sin rumbo y cuando quiso acordarse estaba en el muelle de Levante, junto al río Odiel, que a él le pareció el mar. Se metió en un tabernucho, poblado a esas horas de estibadores y otros trabajadores del puerto. Los parroquianos se giraban a su paso por el tufo que desprendía camino del lavabo, que estaba tan sucio como el resto del local. Allí se aseó como pudo, saciando su sed en el grifo. «*Puag*, qué agua más mala»; escupió parte de ella.

Comparó su escuálido caudal con el precio de los bocadillos escrito en la pizarra; también le daba para un café. En un santiamén había devorado los arenques, que le supieron a poco. De la pared del fondo colgaba el calendario de una compañía marítima, con el santoral de mayo de 1921, anuncios de licores y ofertas de empleo. Estaba ojeándolas cuando sintió una mano en el hombro. Su pulso se aceleró.

–¡Muchacho! ¿Quieres ganarte unas monedas? –le dijo sin preámbulos el hombre trajeado del puro en la boca.

–¿Yo? ¿Qué hay que hacer? –respondió Agustín confuso.

El del traje le explicó que se trataba de descargar un barco.

–Cuatro pesetas y, si lo haces bien, hay trabajo para mañana –le propuso con marcado acento andaluz.

Agustín asintió sin dudarlo, de manera que pasó la mañana desollándose las manos y moliéndose los riñones junto a hombres de toda condición; entre ellos su aspecto penoso no llamaba la atención. Uno de su edad le recomendó una pensión *apañá* en los aledaños del puerto y, tras instalarse en ella, comenzó su nueva rutina vital.

Cada madrugada se postulaba en los muelles y, con lo que iba saliendo, pudo comer caliente y hacerse con alguna ropa. Por la tarde acudía a la biblioteca provincial a consultar los periódicos y entretener el tiempo con algún libro. Al tercer día encontró la noticia en «El Diario de Huelva»: «Muere uno de los jóvenes que participaron en la intrusión a un cortijo del término de Fregenal de la Sierra. La Autoridad apresó a uno de sus acompañantes y no se descartan nuevas detenciones». Agustín reconoció el rostro orondo de Julito y dedujo que el detenido era El Junco. «¿Me habrá delatado?», se preguntó.

Un pesar amargo y la sensación de culpa se apoderaron de él. Sintió asco y desprecio por los serviles que le habían quitado la vida a su amigo y que, seguro, no recibirían castigo por ello. Se malició que el pobre novillero cargaría con todo y hasta consideró entregarse, aunque no lo hizo por miedo y vergüenza. Necesitaba pensar, de manera que abandonó la silenciosa sala con el recorte del periódico en un bolsillo.

Camino del puerto le llamó la atención el pasquín en la puerta del cuartel de infantería. El dibujo mostraba la figura de un militar de uniforme pardo, que destacaba gallarda contra un cielo amarillento: «Alistaos en el Tercio de Extranjeros», decía el reclamo. Las referencias al ejército, a la gloria y la vida de campaña que contenía el texto encendieron su imaginación juvenil. Le dio por pensar que se trataba de una señal y entró a informarse. Acababa de cumplir los dieciocho, el mínimo exigido, y no pedían papeles, aunque el banderín de enganche más cercano estaba en Ceuta. Desde allí se dirigió a la estación de tren; necesitaba conocer la manera de llegar al punto de cruce del estrecho, Algeciras. Las calles estaban muy concurridas cuando el sol comenzaba a declinar; también los cafés y sus terrazas exteriores.

El operario de la taquilla, en cuya gorra brillaban las siglas de la compañía de ferrocarriles andaluces, lo miró con gesto hosco y se puso a recitar la información con desgana: «Tienes que ir hasta Sevilla, luego cambias de tren para llegar a Algeciras a través de Bobadilla». También le facilitó la tarifa del trayecto completo. El billete más barato era inasequible para su bolsillo; tendría que buscar una alternativa.

Como de costumbre volvió a la pensión por el muelle del Tinto, uno de sus lugares favoritos. Desde allí contempló los últimos reflejos del sol sobre las impresionantes pasarelas metálicas, las arterias por las que fluía el fruto de las minas hasta los barcos. A esas horas pululaban ya las prostitutas y los mosquitos atraídos por las farolas del puerto. Algunas se ofrecieron insinuantes a su bisoñez sexual: «Guapito, ven conmigo». «Anda niño, que te voy a hacer hombre»... Él apretaba el paso para ocultar la timidez. Más tarde, en la soledad de su cuarto rememoraría con excitación la propuesta carnal. A su edad cualquier estímulo de esa naturaleza desata un torrente de fluido sanguíneo.

Esa noche durmió mal, no tanto por la pléyade de mosquitos tenaces como por el recuerdo de la desventura de Julito y de El Junco. Echaba de menos a su familia y a El Gacho; les escribiría cuando llegara el momento.

La patrona despertaba a Agustín a las cinco en punto, cuando el sol ni se insinuaba, tras lo cual ponía a calentar la leche en la que este migaba pan. Ya en la puerta de salida le entregaba el bocadillo para el almuerzo como una madre solícita; el desamparo del joven había ganado su corazón. Sobre las seis se iniciaban las tareas de descarga, extenuantes cuando el sol se hacía notar. Pepe, un estibador de patillas de hacha conocedor del propósito de Agustín, fue el que le habló de la posibilidad de embarcar en uno de los cargueros que atracaban en Algeciras. Incluso le facilitó un nombre de contacto: «Si tienes la pasta te colará». Frotó el índice contra el pulgar con un gesto significativo.

La noche del dos de junio, el joven de Fregenal aguardaba en el muelle de Levante junto a la pasarela del «Tartessos». La brisa húmeda del Atlántico le puso la carne de gallina; no tenía prendas de abrigo. Al poco apareció el fogonero al que le había entregado una cantidad a cuenta; llevaba un chaquetón de paño muy gastado y un enorme petate gris. El cómplice hizo la seña convenida al marinero de cubierta y cruzó la pasarela con el polizón, tras lo cual lo condujo a un cuartucho de las bodegas.

–*Puede dormí* un poco, te *avizaré* cuando *lleguemo* –le dijo con sequedad.

Siendo su primera travesía, Agustín no vio el mar en todo el trayecto. Además, el bamboleo, el aire viciado y el olor a rancio le produjeron un mareo brutal. Tras vomitar sintió el alivio de su cuerpo hueco y pudo amodorrase sobre unos sacos.

Comenzaba a amanecer cuando una mano, tan recia como salpicada de hollín, agitó su cuerpo.

–Arriba, *shico*; hay que *zalí ante* de que *ze* despierte *er ofisiá*.

El joven, desorientado y pálido, pagó a su compinche el resto de lo convenido y desembarcó en Algeciras.

–*Zuerte* –se despidió el fogonero.

Agustín llenó sus pulmones de aire limpio y miró al océano por primera vez. Frente a él, a poco más de quince kilómetros, se distinguían las luces de la costa africana. El joven se fijó en los resplandores titilantes de las barcas de pesca que retornaban a la costa con su botín de lubinas, congrios y salmonetes. También le llamó la atención el graznido de las gaviotas, que volaban inquietas en busca de alimento.

Al alejarse del muelle pudo ver las obras de ampliación del puerto y las enormes grúas que alimentaban de pertrechos de guerra y medicamentos las bodegas de los cargueros militares. Camino del pueblo sintió la punzada del hambre y el azar lo condujo hasta un bar cercano a la estación de ferrocarril. Entre humo de tabaco y de aceite quemado se zampó dos raciones de churros junto a militares de armas diversas y operarios madrugadores. A la salida se fijó en un grupo de jóvenes sentados en el suelo; todos tenían la mirada perdida, las ropas ajadas y aspecto de derrota. Uno de ellos, el menos tímido o el que tenía más ansiedad, le pidió tabaco:

–Perdona, hace días que salí de casa y no me queda ni una hebra. –El tono del muchacho era lastimero.

–Claro, chacho; a nadie se le niega un pitillo. –Agustín le alargó la petaca y papel de liar. El otro percibió la curiosidad en sus ojos.

–Gracias, amigo. Me llamo Julián y vengo desde Ciudad Real para incorporarme al servicio militar. Estos también. –Señaló a sus compañeros de fatigas–. Dos días llevamos a la intemperie en espera del embarque.

Agustín miró al resto y, al percatarse de su expresión, le dijo al manchego que les pasara la petaca, aun a riesgo de agotar su contenido.

–¿Y cómo habéis llegado hasta aquí? ¿No se ocupa el Ejército de todo?

Se escucharon las risas de algunos jóvenes, que se habían animado por el gesto rumboso del desconocido.

–Eso pensábamos cuando nos citaron. Hace cuatro días que nos dieron los papeles en la caja de reclutas y desde entonces no hemos parado de cambiar de tren, con los cubiertos de latón que nos entregaron en Córdoba y 75 céntimos diarios para la comida.

–Joder, pues eso no da para mucha pitanza –les sonrió Agustín–. ¿Vais a Ceuta?

–Sí, a un regimiento de infantería. Los destinados a Melilla embarcan en Málaga y los de Larache en Cádiz. ¿Y tú?

Agustín respondió que iba a visitar a unos parientes de Ceuta; no quería dar demasiada información, ni siquiera su nombre. Tras desearles suerte recogió la exhausta petaca y se despidió. Según la ley de 1912, los jóvenes reclutas tenían tres años de servicio por delante y las peripecias del viaje no eran nada comparadas con lo que les esperaba en tierras africanas.

***

A las diez estaba embarcado en el vapor de la Transmediterránea. Había invertido sus últimas pesetas en el pasaje. Esta vez pudo disfrutar de la brisa marina desde la cubierta, acompañado de hombres de negocios, militares y familias de Ceuta. Tres horas después deambulaba con su hatillo por el puerto de esa ciudad, que por entonces albergaba unas 35.000 almas. Bajo el sol tórrido se movía una multitud abigarrada, mezclándose coloridos ropajes marroquíes, atuendos claros de europeos y uniformes de todas las tonalidades de caqui. Tras informarse de la ubicación del Cuartel del Rey se introdujo por un laberinto de callejas estrechas pobladas de llamativos comercios, en las que percibía olores desconocidos para él. El joven fue a desembocar en la playa de la Ribera, donde consumió su última existencia de tabaco mientras escuchaba el rumor de las olas. «Si pudierais verme»; pensaba en su familia. Ya estaba frente a la fachada del cuartel, donde predominaba el estilo colonial y los balcones de forja resaltaban sobre la blancura de los muros.

Cuando estaba a punto de traspasar esa nueva línea de su vida percibió la humedad del sudor que se deslizaba por su rostro y la tenaza de los nervios que presionaban su cuerpo. Aspiró con fuerza antes de plantarse en el arco de la entrada, donde montaban guardia dos soldados. Acompañado por un tercero recorrió un pasillo largo, de cuyas paredes colgaban escudos de armas de diferentes unidades y pinturas que mostraban escenas militares. Al final del corredor se hallaba la oficina del Tercio de Extranjeros, con su emblema en la puerta: una ballesta y un arcabuz en aspa, con una pica truncada que, según supo después, había diseñado el capitán Juan Pardo.

La sala recibía la luz del exterior por un balcón ancho desde el que se podía divisar el mar de Alborán. En las paredes se exhibían anuncios de reclutamiento y una bandera de España. Tras el mostrador trabajaban dos soldados asediados por papeles, sellos y ficheros; del perchero de la esquina colgaban sus gorras. Lo recibió un militar que portaba en los hombros una divisa amarilla de tres franjas. Era de tez tostada y su bigote negro estaba bien recortado; tendría unos treinta años.

–¿Qué quieres, muchacho? –preguntó el sargento con sequedad.

–Yo, yo venía a alistarme –expresó en un susurro.

–¡Más alto, coño! Que pareces una gallina.

–Soy Agustín Lobo y quiero alistarme. –Ahora el tono sonó enérgico.

El del bigote negro lo miró de arriba abajo; el joven de Fregenal tenía un aspecto lamentable.

–Llena estos formularios. –Al sargento le agradó que el aspirante escribiera con soltura–. Cobrarás trescientas cincuenta pesetas de prima de enganche y cuatro pesetas diarias de sueldo.

Ante la media sonrisa que esbozó Agustín, el militar le aplicó lo que se conocía como el martilleo:

–Piénsatelo bien; esto es durísimo, cometes una locura. No te hagas ilusiones, chaval; aquí se viene a morir –y otras cosas por el estilo le dijo. El joven insistió en seguir adelante; cualquier cosa le parecía mejor que ir a la cárcel.

Esa tarde, el jefe del Tercio hablaría a los nuevos reclutas antes de que pasaran el reconocimiento médico.

–Señor, no tengo dónde comer ni dormir –le manifestó avergonzado al sargento.

–Vienes tieso, como la mayoría. Te haremos un pase para que puedas comer y alojarte en el cuartel. Si firmas el enganche no tendrás que preocuparte por esas cosas. ¡Ah! Y a partir de ahora me dices «mi sargento» –le aclaró el militar.

Agustín pensaba en la soldada, un dineral para los cánones de su pueblo. «Además, con techo y comida», se decía. Comenzaba a sentirse seguro y creía, presa de la ingenuidad, que la alusión a la muerte era una baladronada para impresionar a los novatos.

En el patio del cuartel formaban los treinta y dos aspirantes a legionario: ex combatientes de la Gran Guerra, aventureros, morenos y rubios, extranjeros y españoles. El teniente coronel Millán-Astray contemplaba a ese puñado de hombres heterogéneos que se iban a fundir en el Tercio. El jefe rondaría los cuarenta años. Su figura enjuta se coronaba con un cabello repeinado y bigote fino, y pendía de su pecho la orden de María Cristina, por su valor en Filipinas. El gallego elevó la barbilla de forma marcial y se dirigió a ellos:

–Aspirantes, ¡bienvenidos a la Legión! Aquí encontraréis cariño y amparo, una familia. Se os pide ser bravos y disciplinados. Entráis en un cuerpo glorioso; encontraréis fatigas y privaciones, también ascensos y recompensas. ¡Que Dios os bendiga!

»El que se arrepienta de haberse alistado, el que tenga miedo a morir, al pasar el reconocimiento médico diga 'me duele la garganta' y no será alistado; podrá marcharse –añadió antes de finalizar su intervención.

Agustín estaba como hipnotizado por la arenga. Sentía que iba a formar parte de algo grande, que tenía una nueva familia. El pequeño universo de Fregenal empezaba a difuminarse en la lejanía.

Terminaba otra mañana de instrucción agotadora con armamento y el equipo de campaña completo. Los reclutas estaban cubiertos de sudor y polvo tras el recorrido a marchas forzadas por los áridos terrenos que circundaban Dar Riffien, el acuartelamiento del Tercio en Ceuta. Ahora escuchaban el vozarrón del sargento Meyer, un alemán rubicundo curtido en las trincheras de Francia:

–¡*Señoggitas!* El teniente les regala una *hogga* libre en el mar. *Fuegga* ropa y al agua –les dijo.

La cincuentena de novatos atravesó a la carrera la estación del tren Ceuta-Tetuán para zambullirse en la playa que lamía el mar de Alborán. Agustín disfrutó como un chiquillo de su primer baño marino entre el griterío y los chapoteos de sus compañeros. La inmensidad del horizonte le producía sensación de libertad. Notaba el escozor curativo en las rozaduras y llagas de su cuerpo, junto a un frescor que lo anestesiaba. Al salir del agua le llamó la atención el cuerpo del sargento: no tenía una gota de grasa ni un palmo sin cicatriz. Junto a los que, como él, no sabían nadar, fue sometido a un aprendizaje forzoso en las siguientes jornadas. Los empujaban a aguas profundas con el único asidero de las pértigas que los instructores sostenían desde las barcas; tras superar el pánico inicial y mediando varias ingestas de agua salada eran capaces de flotar con decoro.

Solo hacía unas semanas que había cruzado el estrecho y hasta su propia familia tendría dificultad para reconocer a Agustín; no era solo el uniforme o el corte de pelo severo, ni la piel requemada. En sus andares se percibía ya la oscilación soldadesca y, unas cuantas hostias y novatadas de por medio, hablaba la jerga cuartelera y comenzaba a adoptar los gestos de los veteranos.

Ese sábado estrenaría el caqui verdoso de paseo; era su primera salida ociosa.

–Oye, *pisha*, ¿tú *sabe ahónde* nos va a llevar el *sarhento*? –le preguntó el compañero gaditano, al que a veces le costaba entender.

–Yo qué sé, Quique, ayer se puso muy pesado. Quería saber si ya había catado hembra –contestó Agustín.

Esa tarde, Meyer pastoreó por los tabernuchos del cercano poblado a la decena de novatos escogidos. Una vez macerados por el alcohol y el tabaco se dirigieron a la barriada conocida como «*Love Street*» por el gremio allí asentado. Tan militarizados estaban los lupanares que sus regentes daban novedades a los jefes militares. Las tarifas estaban bien reglamentadas: cinco pesetas el «ratito» y veinticinco la noche o dormida.

Los muros encalados de la casa no anticipaban nada del negocio que acogía su interior. Nogales, un cabo pelirrojo que parecía la sombra del sargento, interrogó a los novatos:

–Supongo que llevaréis la pomadita de calomelanos. Que luego nos crujen los de Sanidad si llegáis con el pito chungo.

Tras golpear con la aldaba la puerta tachonada se abrió una ventanilla de la que emergieron dos ojos escrutadores.

Después de una comprobación rutinaria, les franquearon el acceso.

Agustín se estremecía, más por timidez que por temor, mientras atravesaba el corredor en penumbra que desembocaba en el salón principal. El espacio circular estaba iluminado por decenas de espejos multiformes que se hacían eco de las lámparas y faroles orientales. Ya había clientes en el interior, la mayoría militares. Algunos charlaban acodados sobre la barra, otros se solazaban con las chicas del lupanar entre cojines de colores vivos y, los más discretos, se perdían con ellas por algún pasillo. El olor de las vaharadas de grifa se mezclaba con aromas de azurea y patchouli.

A un gesto de La Murciana, la *madame* y meretriz, solo al alcance de la alta oficialidad, aparecieron las pupilas con sus túnicas *saidi*. Las transparencias porosas y las aperturas de la tela revelaban una amplia gama de pieles, desde el negro ébano al blanco caucásico.

—¡Caballeros legionarios! Toca elegir —sonó el acento germánico del sargento entre risotadas—. ¡Tú no! —frenó con su manaza al joven de Fregenal—. A este llévalo con Daniya —le pidió a la *madame*.

A sus dieciocho, Agustín no había pasado de escarceos torpes con las chicas del pueblo, que nunca llegaron a mayores. A pesar de sus esfuerzos por aparentar calma notaba la debilidad en las piernas cuando el camarero de tez oscura lo conducía al habitáculo del placer.

Se desprendió del *chapiri* mientras giraba el picaporte. La estancia estaba a oscuras, excepto por la lamparita de luz anaranjada junto a la cama en que yacía la meretriz. Estaba envuelta en gasas y tras el suave velo se adivinaban unos labios carnosos; los cabellos eran tan negros como sus ojos, perfilados por una fina línea azul. Su cuerpo brillaba donde recibía la luz, sin duda por efecto de algún aceite perfumado.

–Ponte cómodo, guapo. –La voz sonaba profunda y cálida. Con el mismo acento extranjero le indicó una silla de patas curvas como ropero.

El debutante se desvistió con la torpeza propia de su zozobra. Su timidez le impidió quitarse los calzones reglamentarios. Su cuerpo, delgado y con escasas muestras de lanosidad masculina, quedó a la vista.

–¡*Uy*, qué jovencito! Ven con Daniya; déjate llevar –eligió entre las frases de su repertorio profesional.

Embriagado por los aromas dulzones y el deseo, sus manos inexpertas resbalaron por los pechos lubricados para terminar en las nalgas de la meretriz. Su erección estaba a punto de estallar por la excitación de la novedad mientras la profesional del amor le besaba los labios con fruición y mordisqueaba su cuello transportándolo a un éxtasis colorido. Él buscaba impaciente el pozo en que descargar su virilidad, mientras ella le susurraba que aguantara un poco más.

Enlazados como piezas carnosas de un puzle juguetearon unos minutos, hasta que, por fin, la diestra del legionario logró incursionar en la geografía del pubis, topándose con un obstáculo imprevisto, una especie de protuberancia pétrea y cálida. Se quedó paralizado al instante, luego comprendió el hallazgo y su entusiasmo se desinfló de golpe.

–¡Me cago en mis muertos! –exclamó, a la vez que daba un brinco y se despegaba de la meretriz.

–Ah, ¿pero no te dijeron? –Daniya alargó una mano para calmarlo.

–No me toques, maricona, que te doy una hostia –reaccionó violento, consciente ya de la celada.

Lanzando imprecaciones y con el orgullo herido se colocó el uniforme con la dificultad que imponía la penumbra. Al salir del cuarto, con el ridículo pintado en la cara, le aguardaban las bestiales carcajadas: del sargento, del cabo pelirrojo y de los otros novatos.

–Bueno, ¡*puej* ya *tas estrenao*! –sentenció Meyer con un brillo de picardía en los ojos.

La víctima, al principio enfurruñada, terminó por sumarse a las risas del grupo.

–A la *ziguiente* va la *güena* –lo animó Quique.

Ceuta 2 de julio de 1921
Amigo Manuel,

Después de mucho aplazarlo, hoy me siento a ponerte unas letras y no sé por dónde empezar.

Tras lo de aquella noche fatal acabé llegando a Huelva como pude. Por el periódico supe lo del pobre Julito y lo de El Junco; qué pena más grande. Sus padres estarán 'destrozaos'. Espero que tú hayas tenido mejor suerte; yo me he sentido muy solo y me he 'acordaó' mucho de mi familia y de vosotros.

Trabajé en el puerto de Huelva y allí se me ocurrió alistarme en el Tercio de Extranjeros, donde hacen pocas preguntas y pagan bien. Me he 'comprometío' por tres años y me han destinado a la 4ª compañía de la II Bandera. Aquí la vida es trabajosa; estamos moviéndonos casi todo el día, pero se come bien (el chorizo y el tocino casi a diario). Tengo buenos compañeros, aunque algunos eran delincuentes antes de alistarse.

Llevo un mes en el cuartel de Ceuta y en cualquier momento podemos entrar en acción. Estoy asustado, aunque los oficiales nos dicen que los legionarios no deben temer ni a las fatigas ni a la muerte. Espero salir con bien de esta.

Por favor, diles a mis padres que los quiero y que estoy bien, pero no les refieras mi paradero, que bastante tienen ya. Les escribiré más adelante.

Espero impaciente tus noticias; mi dirección está en el sobre. Te echo de menos, amigo; muchas veces pienso que a lo mejor me precipité al huir del pueblo, pero ya no hay marcha atrás. Ahora me esforzaré por volver entero a casa.

Un abrazo de tu amigo Agustín

El Gacho recibió la carta una semana después. Tras los sucesos de la trágica noche taurina había vivido un auténtico calvario; el remordimiento por el infortunio de sus compañeros, el temor a que El Junco hablara y la preocupación por el destino de Agustín lo torturaban. Solo halló alivio al sincerarse con su padre, que lo amonestó disgustado y luego se condujo con la sensatez que lo caracterizaba.

–Parece mentira, Manuel. No vas a ganar nada con entregarte, pero tienes que hablar con el padre de Agustín; estarán muy preocupados. –Don Rogelio hizo una pausa y miró a los ojos de su hijo–. En cuanto a El Junco ese, lo hablaré con nuestro abogado. A ver qué puede hacer.

El encuentro con el padre de su amigo era un mal trago inaplazable. Lo esperó una noche a la salida de la taberna; no se atrevía a enfrentarse al resto de la familia. La temperatura era alta a pesar de la hora; el inclemente sol de julio caldeaba las calles de Fregenal.

Álvaro «el de las minas», que así lo llamaban en su pueblo, rondaría los cincuenta años, aunque su rostro cuarteado le añadía algunos más. La etapa en la explotación de Río Tinto y las labores del campo habían hecho mella en su salud y su piel. Era enjuto de carnes como Agustín, aunque un poco más bajo y con menos letras; como tantos de su generación, no había conocido la escuela.

–¿Me permite un momento, Álvaro? –El Gacho estaba serio y azorado por los nervios.

–¡Hombre, *Manué*! –Le tendió la mano–. Te veo un poco *murrión,* ¿qué pasa?

El joven le transmitió al padre el mensaje de Agustín y este lo abrazó emocionado; la familia no sabía qué pensar sobre el paradero del menor de los hijos. Álvaro lió un cigarrillo; le habían entrado ansias de fumar. Miró al joven con los ojos enrojecidos y le espetó:

–¡Quiero saberlo *to*! No *pueo volvé* a casa *asín*. –La mirada glacial expresaba que no aceptaría medias palabras.

No tuvo valor para callar; él pensaba que la familia tenía derecho a saber, así que le relató a «el de las minas» el motivo de la desaparición de su hijo. También el contenido de la carta.

–Por favor, sean discretos. Si no hablé antes fue por protegerlo, por nuestra amistad –finalizó El Gacho.

–¡Mereces una buena *guantá*! ¿Tú *sabe* lo que *hemo sufrío* estas semanas? Te libras porque sé que no hay mala fe –expresó con enfado visible–. Si en unos días no tenemos carta del chico, mi Andrés te pedirá las señas donde escribirle.

Los dos volvieron ceñudos y cabizbajos a casa, el uno por no mantener el secreto de su amigo y el otro por imaginar a su hijo en situación de peligro. A «el de las minas» le quedaba el expediente de contarlo a la familia. «El que de niño come sardinas, de viejo caga espinas», se acordó del refrán.

***

Esa mañana, tras las prácticas de tiro bajo un sol abrasador, los de la Cuarta compañía depositaron la ropa de faena en las literas de su pabellón y se dirigieron formados a las duchas.

Junto a los compañeros de su sección, Agustín dejó la toalla y los calzones en la percha metálica de la entrada, entrando jabón en mano en la sala de baldosines blancos. Los chorros de las tuberías del techo chocaban contra los cuerpos desnudos y dos regueras laterales conducían un agua tan espumosa como oscura hasta los sumideros. En su caso, al sudor de la instrucción se unía otro más frío durante los tres minutos de ducha. El recluta de Fregenal se situaba de perfil con una mano sobre la entrepierna y miraba de soslayo al resto del grupo que, exento de pudor, reía y proclamaba bromas obscenas. «Tengo que hacer algo», se decía jornada tras jornada.

La segunda vez que visitó el lupanar de La Murciana lo pasó peor que en la primera, encontrando más dolor que placer al culminar su prueba de hombría, aunque se abstuvo de contarlo a sus compañeros. En los siguientes días, el sudor de la instrucción le producía molestos escozores en el pene y el aspecto del mismo lo intranquilizaba. No se atrevió a revelarlo ni a su camarada Quique, al que le causó extrañeza que el joven Lobo se negara a acompañarlo en la siguiente jornada de asueto.

Agustín era conocedor de que su unidad podía entrar en acción en cualquier momento, con lo que perdería la ocasión de solucionar su problema. Las ampollas de los pies le brindaron la excusa, lo habló con el sargento y esa misma tarde estaba en el dispensario militar. A medida que se aproximaba su turno crecía el ritmo de los tambores de su pecho, sus manos se humedecían y un par de veces hizo amago de marcharse. Miraba al ventilador de techo y se repetía lo que iba a decirles a los sanitarios. «Si al menos le hubiera preguntado a mi padre, pero con él no se hablaba de esas cosas», pensaba. Durante la espera jugó a adivinar la causa que llevaba allí a los otros pacientes. «Puede que a alguno le pase lo mismo», pensó. Acababa de pisar la colilla de su segundo cigarrillo cuando se abrió la puerta y el sanitario pronunció su nombre.

Las sienes le ardían y las palabras se negaban a salir. Fue más duro mostrarlo que la propia intervención. «Otro para despellejar», dijo con fastidio el médico. Tres noches de mal sueño con el temor de que saltaran los puntos, unidas a las previsibles chanzas castrenses, zanjaron la cuestión. La cicatriz, si no de guerra, cerraba el combate interior del joven. El veintiuno de julio, las tropas del comandante militar de Tetuán descansaban en Rokba el Gozal, situado en la cabila de Beni-Aros. Se preparaban para atacar el enclave de Tazarut, refugio de Muley Admed. Este, más conocido como El Raisuni, era el jerife de las tribus de Yebala y se había levantado frente a la autoridad del sultán de Marruecos. La compañía de Agustín se unió a la I Bandera para reforzarla. La misma estaba al mando del comandante Francisco Franco, al que algunos llamaban «Franquito».

El joven de Fregenal no se había estrenado en combate; por el momento le asignaban servicios de acemilero y trincheras. «¿Quiénes son esos soldados de tan bonitos sombreros? El Tercio de legionarios que llena sacos terreros», les cantaban jocosos los regulares. Su primera acción de fuego real fue la toma del zoco el Jemis de Beni Aros; allí recibió el fustazo de un oficial por exponer su cabeza a la puntería de «los pacos», como denominaban a los tiradores enemigos. Así de inmediata era la sanción a cualquier indisciplina o descuido en el Tercio.

A pesar de los ronquidos de sus treinta compañeros de sección y del enjambre de mosquitos despiadados, Agustín había logrado enganchar el sueño esa noche; tras una dura jornada estaba libre de servicio y reinaba la quietud en el campamento.

La misma madrugada, en la zona oriental del Protectorado español de Marruecos, las tropas del general Silvestre, comandante general de Melilla y uno de los favoritos de Alfonso XIII, estaban copadas por los rebeldes rifeños en la base de Annual. Habían llegado hasta allí en su intento de alcanzar Alhucemas, tras un avance que con el tiempo se juzgaría temerario, o cuando menos imprudente. Se acababa de perder la cercana posición de Igueriben que, durante más de un mes, defendieran el comandante Benítez y sus 355 hombres; apenas sobrevivieron veinte. Silvestre estaba hundido y comenzó a tomar decisiones contradictorias. Desde la estación de radio se las comunicaba al general Berenguer, alto comisario en Marruecos: tan pronto le pedía refuerzos como solicitaba acorazados para embarcar a sus tropas en la costa, incluso la extensión de la línea de ferrocarril, lo que llevaría semanas. Berenguer, nacido en Cuba como Silvestre, se encontraba esa noche en Rokba el Gozal. Al recibir los telegramas angustiosos de su subordinado comprendió la gravedad de la situación, por lo que se hallaba reunido con su Estado Mayor ante un mapa de la zona en conflicto. Si caía Annual, los guerreros del líder rifeño Abd el-Krim se podían plantar sin obstáculos ante Melilla, cuya guarnición se juzgaba escasa para frenarlos.

–¡Señores, la situación es desesperada! Hablen con todas las comandancias del Protectorado para que envíen a Melilla las unidades de las que puedan prescindir. Esta es la prioridad absoluta –dijo el alto comisario, que deslizaba dos dedos por su largo bigote en una especie de tic.

–Mi general, ¿cómo llevaremos los refuerzos hasta allí? –preguntó un coronel, conocedor de las dificultades de la orografía del territorio a atravesar.

–He solicitado al Gobierno que envíe a Ceuta todos los barcos disponibles; en su puerto embarcaremos a las tropas. Hasta allí tendrán que llegar como puedan. –Señaló con el índice el punto en el mapa– sin perder un minuto. Díganselo así a los jefes de las unidades.

La noche del veintidós, el general Álvarez del Manzano, comandante general de Ceuta, ordenó la salida urgente de una de las dos banderas del Tercio que combatían en la zona de Yebala. Debían dirigirse a Tetuán vía El Fondak de Ain Yedida y desde allí tomar el tren hasta Ceuta. Serían las dos de la madrugada cuando el jefe de la Legión hizo que despertaran al comandante de la I Bandera.

–Paco, lo antes posible tiene que partir una Bandera para el Fondak. Como no sabemos para qué es ni a dónde va, sortéalo con el comandante de la otra. Lo mismo se trata de una acción de guerra que de guarecer cualquier puesto de retaguardia –le dijo Millán-Astray con gesto de preocupación.

A la Bandera de Franco le correspondió salir la primera. Enseguida se escuchó el toque de generala, convirtiéndose el acuartelamiento en un torbellino ruidoso: voces, imprecaciones, chocar de hebillas, taconazos y movimiento de pertrechos.

Agustín dio un respingo y saltó del catre azuzado por la mano del sargento Meyer. Todavía atolondrado, escuchó los cornetines y la ritual voz de ¡a formar, a formar! Habían ensayado ese tipo de alarmas durante su adiestramiento, aunque algo en el ambiente le decía que esta vez iba en serio. En no más de quince minutos estaban envueltos por la oscuridad de la explanada exterior, en posición de firmes. Su compañero gaditano formaba junto a él con el correaje desmadejado y una expresión de susto en la cara, la misma que él mostraba en la suya. El silencio se podía tocar cuando el capitán se dirigió a su compañía de fusileros:

–¡Legionarios! El peligro nos llama de nuevo. En veinte minutos quiero el campamento desmontado, los pertrechos cargados y el arma al hombro. ¡Salimos ya con la I Bandera! No quiero rezagados –les gritó con el pecho hinchado y una energía impropia de alguien que se acababa de levantar.

Ni tuvieron tiempo de saborear un cigarrillo. Al poco, más de un millar de hombres estaban sobre la pista dura y guijarrosa, la tropa avanzaba a pie y los oficiales de mayor rango a caballo. Caminaban de tres en fondo, cargados con el fusil, la impedimenta y doscientos diez cartuchos cada uno.

El reto de cien kilómetros que tenían por delante pondría a prueba la capacidad de sufrimiento de los legionarios.

–¿Cómo va, *Aguztín*? Yo estoy *descuajeringao*. Tengo *lo pie* como sardina en espeto –rezongaba el camarada gaditano tras diez horas largas de marcha.

–Yo estoy molido también. Aguanta, Quique; seguro que paramos pronto. Ah, y que no oigan tus quejas; están muy mal vistas en el Tercio.

El cabo Nogales cortó la conversación en seco:

–¡Menos cháchara y más brío, peleles! –les espetó, al tiempo que les dedicaba una mirada turbia y escupía a sus pies.

El sudor les pegaba la camisa al cuerpo; el polvo del camino era como una segunda piel. Las cinchas de la mochila y los correajes del uniforme les producían rozaduras dolorosas, mientras el arroyo salado que descendía de sus cabezas les hería los ojos. El sol de mediodía aumentaba la nitidez del peso del fusil y la impedimenta.

Los exhaustos hombres del Tercio se detuvieron a descansar en un lugar llamado Al-Yhudl, donde comieron sus raciones y se bañaron en el río que pasaba por allí. Seguían llegando los rezagados por lesiones o agotamiento; el ritmo infernal de la marcha no estaba al alcance de todos.

–¿Cómo vais, legionarios? No os levantéis –les frenó Meyer.

Al alemán se le veía muy entero. Si no hubiera sido por el polvo fino que cubría sus botas se podría decir que regresaba de un paseo apacible por el campo. Tras inspeccionarlos desde sus ojos verde oscuro les aconsejó cambiar de calcetines y cubrir con trapos el correaje para evitar la fricción. El sargento exigía mucho a sus hombres y los cuidaba de igual forma.

–¿Es ese el comandante Franco? No le imaginaba tan *chiquenino* –expresó Agustín al ver pasar frente a ellos su figura menuda y joven.

–Cuidado, novatos, que ese gallego los tiene bien puestos, como decís aquí. No ha cumplido los treinta y es un jefe competente, aunque un poco quisquilloso con la disciplina. Y si no que se lo digan al austriaco aquel –atizó el sargento la curiosidad de sus hombres.

–¿Qué *e ezo der auztriaco,* mi *sarhento*? –se interesó el de Barbate.

–En la guarnición de Uad Lau, un legionario grande y rubicundo se negó a tomar «esa mierda de rancho»; así lo llamó. El capitán, tras probarlo, le ordenó que se lo comiese. –Meyer hizo una pausa antes de proseguir–. El austriaco dio un manotazo al plato y parte del contenido cayó en el uniforme del oficial. Informado Franco de la insubordinación, al legionario díscolo se le pasó por un Consejo de Guerra ese mismo día y a la mañana siguiente lo fusilaron. Toda su compañía estaba formada para ver la ejecución.

La disciplina era sagrada en el Tercio; la menor vacilación o laxitud se sancionaba en el acto. Tener el fusil sucio podía bastar para que un legionario fuera enviado al pelotón de castigo durante un mes.

Poco después retumbó la orden a lo largo de la columna, «¡Legionarios, en marcha!». Los aguardaban otras nueve horas de polvo, fatiga y sed. Llegó un momento en que, como autómatas, se movían impulsados por algún resorte que les impedía parar. Con el organismo sometido a una prueba extrema ahorraban palabras y cualquier otro esfuerzo inútil; solo pensaban en llegar. Los rezagados aumentaban; Agustín se enteraría después de la muerte de dos legionarios por agotamiento.

Confundida por la oscuridad, la vanguardia de la columna se equivocó de pista y hubieron de hacer varios kilómetros adicionales. Un aire huracanado golpeaba a los legionarios cuando, a medianoche, llegaron a los muros del Fondak Ain Yedida. Estaban tan extenuados que ni montaron las tiendas y apenas hicieron caso de la comida. Se derrumbaron en el suelo seco y durmieron a la intemperie, aun a riesgo del veneno de los alacranes y las víboras cornudas que se prodigaban por la zona.

Tras la cabalgada apremiante en busca de la I Bandera, al caballo se le había formado una espuma blanquecina en el cuello y el vientre. Sería la una de la madrugada cuando el jinete puso pie en tierra y pidió que lo llevaran a la tienda del jefe de la columna. Tenía que entregarle las nuevas órdenes sin dilación; ya se ocuparía de refrescar al animal.

Cuando el teniente de guardia entró a despertarlo, Franco dormitaba vestido en su catre. A la luz de una linterna leyó el mensaje escueto de su superior: «Deben estar en Tetuán la mañana del 23 de julio, sin demora». Sus hombres apenas habían descansado; el comandante era consciente de ello y también de lo que exigía el cumplimiento del deber. «Algo muy grave debe suceder», supuso, y convocó en su tienda a la oficialidad de la Bandera.

–A las tres y media se tocará diana y en quince minutos deberemos estar en marcha. Hay que llegar a Tetuán cuanto antes –dijo con su voz atiplada y les dedicó una mirada fría.

Los oficiales hicieron el saludo militar y, conscientes de que el gallego no iba a aceptar excusas, se dispersaron por el campamento para movilizar a sus hombres. La calma nocturna se disipó y el engranaje de la unidad se puso a funcionar con precisión de relojería. Hubo que despertar a los soldados sin contemplaciones; la fatiga les hacía figurarse que los toques de cornetín eran parte del sueño.

–¡No *pueo ma, Aguztín*! Me duele *hazta* la encía –expresó Quique con el rostro desencajado–. ¿Quién me mandaría apuntarme al *Tersio*?

–Venga, hombre, solo un poco más. Aquellas luces deben ser de Tetuán –lo animó Agustín, que notaba en la planta de los pies la humedad de las ampollas reventadas.

La mezcla del sudor con el polvo que levantaba la vanguardia de la columna había formado una especie de costra sobre los rostros de los legionarios. Continuaban la caminata porque desconocían la casi imposibilidad de lo que hacían; pesaban más las órdenes que sus limitaciones. A esto debía referirse el «obedecer hasta morir» del credo legionario.

Serían las diez cuando la columna entró en las calles de Tetuán, a la vez que lo hacían gentes de los campos próximos: mujeres que transportaban haces de leña en burros enanos, campesinos tirando de sus carros y moritos de cara sucia que miraban con descaro a los soldados y les soltaban un «*paisa, ¿trai* pirra?» para solicitarles monedas. Al llegar a la estación de ferrocarril, en servicio desde 1918, les confirmaron que el general Silvestre había muerto en Annual. Pudieron descansar lo que tarda en consumirse un cigarrillo; enseguida los formaron para embarcar en el tren. «¡Arriba, legionarios!», les gritó Meyer, haciéndose eco de la orden del teniente. La gravedad del momento y la sensación de urgencia podían leerse en los rostros de los oficiales; la tropa ignoraba su destino por el momento.

Poco después, la locomotora Alco Miramar hacía sonar su silbato vaporoso e iniciaba la marcha hacia Ceuta. Los esperaban ocho estaciones y cuarenta kilómetros al ritmo cansino que imponían los vagones repletos. Animados por oficiales y sargentos, los legionarios entonaban sus canciones rituales, que contribuían a destensarlos y elevar su moral. El tren se detuvo únicamente en la estación de Dar Riffien, sede del Tercio, donde embarcaron más tropas y pertrechos.

–Mira nuestra playa, *Guztín*; ¿quién pudiera *eztá* ahí? –El de Barbate añoraba la vida cuartelera.

–Me vendría cojonudo para las plantas de los pies, que las tengo *espachurrás* –respondió su camarada.

Los dos legionarios divisaron poco después la fachada de la estación ceutí, con sus arcos de herradura culminados por aleros de tejas verdes y almenas. En la comandancia militar de la ciudad estaban reunidos el general Sanjurjo y Millán-Astray.

–Salimos con una columna de socorro a Melilla. Venís Santiago González, con dos tabores y una compañía de ametralladoras, tus legionarios con dos Banderas, una batería, ingenieros e intendencia. El general Silvestre se ha suicidado –añadió el general.

Tras la agotadora marcha desde Rokba el Gozal, los legionarios se trasladaron al Cuartel de Rey para descansar unas horas. Había cola en la enfermería: pies destrozados, picaduras, pieles quemadas y otras lesiones menores que debían ser curadas con urgencia. Las tropas pudieron asearse y lavar sus ropas, además de tomar el primer rancho caliente en días.

A las ocho de la tarde, las dos Banderas formaban en la dársena del puerto para embarcar en el vapor Ciudad de Cádiz, junto a los pertrechos y el ganado necesario. Allí los arengó el jefe del Tercio:

–¡Legionarios! De Melilla nos llaman a su socorro. Ha llegado la hora de los legionarios. La situación allá es grave; quizá en esta empresa tengamos todos que morir. ¡Legionarios! Si hay alguno que no quiera venir con nosotros, que salga de la fila, que se marche; queda licenciado ahora mismo. ¡Legionarios! Ahora jurad: ¿juráis todos morir, si es preciso, en socorro de Melilla?

–Sí, juramos –respondieron a coro con energía.

–¡Viva España! ¡Viva el rey! ¡Viva la Legión! –exclamó Millán Astray.

Agustín había gritado el «sí, juramos» con fuerza y convicción; apenas llevaba dos meses en el Tercio y sentía un gran cambio en su interior. A sus dieciocho años le exigían la vida y, sin embargo, estaba dichoso: «Vamos a salvar Melilla», pensaba, aunque le costaría situarla bien en el mapa. Sí sabía, porque lo dijo el sargento Meyer, que en esa ciudad les esperaban cuarenta mil españoles en peligro.

Las noticias sobre Annual habían introducido el desasosiego y la incertidumbre en la población de Melilla. Se rumoreaba que las harcas rifeñas avanzaban hacia la ciudad. En el puerto se produjeron algunos conatos de motín y los escasos soldados y marineros que lo custodiaban se vieron desbordados por las multitudes de civiles que intentaban encontrar barcos para abandonar la ciudad; la idea de que Adb el Krim la ocupase les producía pánico.

VII. Infierno y gloria

El «Ciudad de Cádiz», tras rebasar el cabo de Tres Forcas, avanzó por la costa huérfana de vegetación; se divisaban ya las casas blancas de la ciudad vieja. Esa mañana de julio el gentío se había concentrado en la muralla del puerto; ya se distinguían desde el barco las figuras diminutas y el aleteo de pañuelos que daban la bienvenida a sus salvadores. Algunos legionarios se encaramaron a los palos del buque y agitaban sus banderines, los músicos entonaban «La Madelon» y la tropa la cantaba con entusiasmo. Era como si una compañía artística saludara a su público.

Por respeto a las víctimas de Annual desembarcaron en silencio y, acompañados por la banda militar y los estandartes, desfilaron por la ciudad entre los vítores de miles de civiles. Los balcones lucían banderas y estaban atestados de melillenses. En las calles, oleadas de vecinos abrazaban emocionados a los legionarios, mientras los niños imitaban su paso marcial.

El alto comisario había llegado a Melilla el día anterior y de inmediato ordenó evacuar las posiciones costeras de Sidi Dris y Afrau. Además, desembarcaron otros catorce mil hombres entre oficiales y tropa, organizándose las unidades en columnas para cada uno de los tres sectores en que se dividió Melilla. Enseguida se reforzó el perímetro de la ciudad, ocupándose el veinticinco de julio las faldas del monte Gurugú, la península de Tres Forcas, Sidi Ahmed el Hach y el Atalayón. Pocos días después se incorporaría el general Cavalcanti para sustituir a Silvestre como comandante general de Melilla.

A la ciudad afluía un goteo continuo de supervivientes de Annual y de las numerosas posiciones que cubrían la ruta hacia el corazón del RIF. Todos testimoniaban la magnitud del desastre militar. El Estado Mayor conocía la desesperada situación del general Navarro, sitiado junto a unos tres mil soldados en el campamento de Monte Arruit, a menos de cuarenta kilómetros de Melilla. También estaban copadas las cercanas plazas de Zeluán y Nador, absteniéndose el alto comisario de socorrerlas para no desguarnecer Melilla.

Sin apenas munición, agua y alimentos, el nueve de agosto se autorizó a Navarro para negociar la capitulación de Monte Arruit. Abd el-Krim se comprometió a respetarles la vida a cambio de la entrega de sus armas, pero una vez indefensa la tropa española, los guerreros rifeños consumaron una orgía de sangre; apenas salvó la vida un puñado de españoles, entre ellos el general Navarro. La vil matanza abría el camino a una guerra total y provocó la caída del Gobierno de España, formándose uno de concentración nacional bajo la presidencia de Antonio Maura.

Esa tarde de agosto de 1921, Agustín y Quique bebían en una de las cantinas próximas a su cuartel de Melilla. El local estaba muy concurrido por soldados de diversos cuerpos que, en bancadas sucias o en el mostrador húmedo, libaban vino, cerveza y licores de dudosa calidad, de esos que primero te vacían el bolsillo y después las tripas. Desde las paredes y el mobiliario, las moscas participaban en las tertulias sin invitación; olía a sudor rancio, a tabaco y al alcohol derramado en el suelo alfombrado de colillas.

Los dos legionarios se aproximaron con sus cervezas a un corro que escuchaba al cabo de la venda en la frente. Su uniforme estaba impecable en contraste con su rostro, en el que se podían leer las secuelas del sufrimiento.

–Nos dejaron tirados en el blocao durante dos semanas. ¿Sabéis lo que es eso? No podíamos salir a por agua, ni a mear, ni a nada. Los invisibles *pacos* estaban al acecho y disparaban al primer incauto que asomaba la crisma.

–¿Cuántos erais en la posición? –preguntó un soldado del regimiento de cazadores con la lengua espesa por el alcohol.

–El sargento y veinte más. Claro, además de las ratas, las chinches y los piojos. Esas plagas traicioneras que acompañan a la guerra. –El cabo hizo un mohín de asco.

–¿Y de agua y comida? –se interesó Agustín.

El relator dio un trago de vino y se puso en la boca el cigarrillo que llevaba sujeto en una oreja. Después miró al de Fregenal; el resto del corro aguardaba expectante.

–Mira, legionario. De comer no nos faltó, pero lo que padecimos por falta de agua no se lo deseo a nadie. Bueno, a esos moros cabrones sí. Cuando se acabó la provisión nos bebimos la sangre de dos cabras, luego el petróleo de las lámparas y finalmente nuestros propios orines, eso sí, camuflados con azúcar.

–¡Ay, leche, dejad mi culo tranquilo! –dijo, al sentir el pellizco la cantinera que pasaba el trapo por la superficie de una mesa cercana.

La joven de carnes prietas sabía que esas groserías espontáneas formaban parte de los riesgos laborales en esos tabernuchos de clientes ayunos de hembra. Su comentario arrancó una carcajada sonora de la soldadesca.

El cabo de la venda en la frente prosiguió su relato ante las demandas del corro.

–Carentes ya de munición decidimos abandonar el blocao una noche sin luna. Los rifeños cazaron a diez de los nuestros en la huida, incluido el sargento y, a pesar de estar herido, me tocó asumir el mando de esa tropilla enflaquecida. Al amanecer nos unimos a la riada de soldados de Annual que avanzaban en desbandada hacia Melilla.

Según les dijo el cabo, algunos grupos mantenían la disciplina con sus oficiales al frente, mientras que otros caminaban como sonámbulos, guiados solo por el instinto de supervivencia. Los moros les daban caza sin tregua y solo detenían su avance para despojar a los cadáveres de las armas y los objetos de valor.

–Vi a mujeres y viejos de los poblados rematar a los heridos para robarles. ¡Los muy hijos de puta! –Al vaciarse su vaso, el cabo lo chocó contra la mesa. Enseguida se lo rellenaron–. Cuando llegamos al Igán, un río con el cauce más seco que un bacalao, los teníamos ya encima. Creíamos que era el final, cuando de repente escuchamos clarines de nuestra caballería –dijo Esteban, que así se llamaba el cabo, con un punto de emoción en sus ojos claros.

–¿Caballería? –El que preguntaba pertenecía a esa arma.

–Los del Regimiento Alcántara, que venían de la base de Dar Drius. Cargaban como diablos y lograron frenar a nuestros perseguidores. Al parecer terminaron peleando pie a tierra; solo sé que gracias a ellos logramos llegar hasta Batel.

–Según le oí a mi capitán, cayeron casi todos los del Alcántara, hasta veterinarios y cornetas; chiquillos de no más de catorce años salidos de la inclusa –añadió el soldado de caballería con un cerrado acento gallego.

–¿Y cómo te llegaste a Melilla, *pisha*? –habló Quique, que ya apuraba su segunda cerveza.

–Fui en camión hasta Tistuti; había perdido mucha sangre. Desde allí me evacuaron en tren junto a civiles y otros heridos. Algunos de ellos iban medio desnudos y deliraban como locos. Tuve mucha potra; los moros cortaron la línea al día siguiente. –Se interrumpió unos segundos y prosiguió acongojado–. Mis compañeros del blocao se quedaron en Batel, con el general Navarro.

Todos conocían ya la suerte que habían corrido ese general y sus tropas, por lo que mantuvieron un silencio respetuoso. Otro de los del corro animó al cabo: «Bebe, que tú estás para contarlo. Ya verás, los vengaremos a todos». Envueltos por la nube de tabaco, el resto secundó el vaticinio.

Tras la tercera ronda, Agustín le propuso a su camarada gaditano volver al cuartel; al día siguiente tenían servicio de patrulla. La calle era un hervidero de uniformes variopintos y vehículos que transportaban pertrechos desde el puerto. Se rumoreaba que la ofensiva para asegurar Melilla y recuperar el territorio perdido estaba próxima. Ya había oscurecido y desde la calle se podían divisar las hogueras de los rifeños sobre la cumbre del monte Gurugú, que dominaba las alturas de la ciudad. Con los fuegos hacían alarde de su número y convocaban a nuevas harcas a la guerra.

Caminaron unos minutos en silencio. El relato del cabo les había hecho sentir la proximidad de la muerte; intuían que pronto tendrían ocasión de encararla. Agustín reparó en que apenas sabía nada del que consideraba su mejor camarada.

–¡Para un momento! Vamos a echar un pito –le propuso, y sacó la cajetilla del bolsillo de la camisa.

Estaban junto a la playa de la hípica, de donde procedía la brisa húmeda que aliviaba el bochorno estival. El gaditano no se quejaba nunca del calor; se ve que las jornadas de pesca en Barbate lo habían preparado para África. Era algo más alto que Agustín y seco de carnes, destacando de su rostro agraciado el hoyuelo en el mentón y los ojos grises.

–Invita tú, eh, que yo estoy tieso de *picaura* y *parné*. –Quique sonrió de esa manera tan suya que achinaba sus ojos hasta dejarlos en una fina línea.

–¿Te das cuenta de que iremos a primera línea en cualquier momento? –Agustín se había quitado el *chapiri* y el viento jugaba con su cabello–. Yo sé por qué vine a parar aquí, pero tú ¿cómo dejaste la mar por esto?

–Yo nunca te he *preguntao na*. Hay cosas que *mehor* no *recordá*. –La sonrisa de Quique había desaparecido–. ¿Por qué *quiere sabé* ahora?

El de Fregenal dio una calada y se rascó la oreja antes de responder.

–¡Joder! Porque voy a jugarme la vida y me gustaría saber con quién. Si lo prefieres te cuento yo primero.

La franqueza de Agustín desarmó al gaditano. El tono de sus ojos se había oscurecido cuando levantó la vista.

–Lo que te voy a *desí* no debe *sabelo naide*. Me tiene que *da* tu palabra de caballero *lehionario*. –Agustín lo hizo sin dudar.

–¡Maté a uno de mi pueblo! Yo me *hasía* cada *madrugá* a la mar *felí* como un niño *shico*, a *pescá* lubinas, melvas, *jurele*, *sardina* y *to* lo que caía. Y en primavera a por lo *atune*; que daba gloria de verlos. –Sus palabras estaban preñadas de nostalgia–. ¡*Mardita* sea mi estampa, *to* eso lo he *perdío*!

Su compañero lo animó a proseguir:

–¿Por qué lo hiciste, amigo?

–El muy hijoputa *forsó* a mi hermana Carmen. Solo *tié dieciseí* primavera, casi una niña. Cuatro *cuchillás* le metí al *papafrita*, que *ademá* era *alguasil*. ¿Qué podía *haser* yo, *Guztín*? –Se interrumpió como si aguardase una respuesta–. Por *sierto*, sí que me llamo Enrique, pero Ramírez Aguilar y no *lo apellío* que tú *conose*.

Agustín estaba impresionado; le costaba imaginar a su camarada en ese trance y pensó que lo suyo era una nimiedad frente a la tragedia de Quique. Algo en su interior lo impulsó a abrazarlo; luego le contó su historia. A partir de esa noche el vínculo de los dos jóvenes sería de hermandad.

Camino del cuartel les llamó la atención la presencia del cabo Nogales junto a un portal del casco viejo. El legionario hablaba con un morito joven y, por los gestos cariñosos que se prodigaban, parecían tener confianza. El desabrido pelirrojo no los vio, ni ellos se aproximaron.

Melilla, 10 de septiembre de 1921

Queridos padres y hermanos:

Espero que estéis bien al recibo de la presente.

En su última carta, El Gacho me dijo que conocéis mi situación. Lo primero es pediros perdón por marcharme sin dar razón de mi paradero. Me asusté por lo que pasó; solo pensaba en alejarme para evitar la vergüenza y la cárcel.

Desde junio me honro en ser legionario, aunque no pensé que me meterían en una guerra tan pronto. He aprendido muchas cosas desde que ingresé en el Tercio y tengo buenos camaradas, algunos extranjeros. Mi nueva vida se compone de instrucción, marchas y disciplina. La paga es buena y la comida también; además, siento el orgullo de luchar por mi patria.

Os echo mucho en falta; también a los amigos y a mi querido pueblo (ahora estaréis en fiestas), aunque aquí no queda mucho tiempo para pensar. Padre, siento no poder ayudarte en las labores y me duelen las lágrimas que habréis echado por mí. Lo que hicimos fue sin malicia, una travesura de juventud que acabó mal.

Mi Bandera sale mañana para el frente; al parecer se quieren recuperar Nador y Zeluán. Tengo lo justo de miedo, como los demás, pero no os preocupéis que sabré cuidarme. Me consolaría pensar que me habéis perdonado. En el sobre va una foto que me hicieron junto al cuartel y las señas a las que podéis escribirme.

Besos y abrazos de vuestro Agustín.

El joven se sintió aliviado cuando entregó el sobre en la estafeta, al igual que Quique, para cuya familia escribió una carta. Como tantos otros soldados, su amigo era analfabeto y le avergonzaba confesarlo.

La confirmación de Agustín como legionario acaeció en el Zoco Arbaa. Todo el cuerpo le temblaba en los momentos previos a la acción; su boca estaba tan seca que era incapaz de articular palabra y sus pocos años de vida pasaron como un relámpago por su mente.

–¿Estáis listos? –La mano de Meyer se posó sobre su hombro–. ¡A por ellos! –gritó el sargento.

El de Fregenal mató a su primer hombre de un tiro limpio; lo tenía casi encima. «Era el moro o yo»; la pelea no dejaba espacio para la reflexión. La sangre enemiga le salpicó el uniforme cuando entraron a la bayoneta en Nador. Le costaba sacar el acero de las costillas del infeliz de chilaba parduzca, tanto que tuvo que apoyar la bota alpargata sobre su abdomen mientras el otro le miraba atónito. Cuando se enteraron de que habían herido a Millán Astray en el barranco de Amadí, los legionarios se cegaron por la ira y cometieron atrocidades.

Al anochecer, arrimados al calor del fuego y bajo el cielo límpido del Rif, los soldados referían los incidentes de la jornada y recordaban a los caídos. En el Tercio confluían hombres de toda condición, muchos de pasado inconfesable, pero el uniforme, el código marcial y la sangre vertida en combate los igualaba a todos. Se decían novios de la muerte y la cortejaban a diario con pasión.

Esa noche, el sargento Meyer y su inseparable Nogales hacían la ronda por el recién conquistado aeródromo de Tauima. El alemán iba provisto de la botella de coñac que se había agenciado en Intendencia; pensó que sus hombres lo merecían.

–¡Legionarios! –se dirigió a la decena que rodeaba la hoguera y con un gesto les hizo apear el saludo reglamentario–. *Paggece* que hace rasca. A ver, esas tazas.

–*Joé, sarhento, uzté zí que zabe* –dijo Quique y acercó la suya, que todavía conservaba restos de vino.

–Hoy le habéis *echao güevos*; vosotros dos parecéis veteranos. –Meyer señalaba al gaditano y al de Fregenal.

–Gracias, sargento. Aunque eso de quemar casuchas, cortar cabezas y –se interrumpió un instante– hasta matar mujeres, no me parece de caballeros legionarios –intervino Agustín, al que la carga de lo sucedido le pesaba en el ánimo como una bala de cañón.

–¡Te mereces una buena hostia por blando! –dijo Nogales aproximando su cara a Agustín hasta echarle su aliento etílico. El cabo se sentía aludido.

–¡Quieto! –El brazo nervudo del sargento se interpuso entre ellos–. Escuchadme todos. –Cuando se hizo el silencio en el grupo, continuó–. El enemigo nos ha hecho cosas peores y las guerras se ganan con terror. Los rifeños respetan solo al fuerte y nuestros jefes lo han comprendido.

Repartió con generosidad el licor entre sus hombres y propuso un brindis por la toma del Gurugú:

–Ha costado su precio en sangre –les dijo. También les anunció que, en cuanto llegaran refuerzos y suministros, se lanzarían a la conquista de Monte Arruit. Entretanto, Nogales miraba con indisimulada inquina al joven de Fregenal; se cumplía el dicho de que puedes encontrar a los peores enemigos en tus propias filas.

Base de Monte Arruit, 26 de octubre de 1921
Amigo Gacho:

Espero que tu familia y tú estéis bien al recibo de la presente. Te supongo al tanto de que escribí a mis padres, aunque todavía no he recibido respuesta.

Tras machacar nuestros aviones la posición, hace dos días tomamos Monte Arruit, el campamento en el que se rindió el general Navarro con sus hombres. En cuanto soltaron las armas, esas alimañas rifeñas los masacraron sin piedad. Lo que he visto allí no sé cómo describirlo; era peor que el infierno con el que nos asustaban en la catequesis. Había cientos de cadáveres sin sepultar, la mayoría mutilados. Los rostros, secos y negros, salían como vides retorcidas de los jirones de los uniformes. Los transportaron en camiones a una gran fosa común; no puedes imaginar el hedor que desprendían. Hasta tuvimos que protegernos con pañuelos empapados en alcohol. Aunque llevo dos meses de combates horribles, no había visto nada parecido. A la mayoría nos cuesta conciliar el sueño; a ratos quieres desaparecer de aquí y en otros la sed de venganza se apodera de uno. Es como un veneno y su único antídoto es la sangre enemiga. Amigo, dudo que pueda olvidar este día en lo que me quede de existencia.

Tengo miedo de acabar como esos pobres desgraciados. Siento que mi vida ya no me pertenece y solo queda luchar por la supervivencia. He matado y volveré a hacerlo; ya somos más bestias que hombres y repetimos las barbaridades del enemigo. Ansío volver a pisar Fregenal, abrazar a la familia y a los amigos, respirar un aire libre de pólvora y olor a muerte, ser persona de nuevo.

En las peores situaciones me agarro al recuerdo de los buenos momentos que hemos pasado juntos y a la esperanza de los que viviremos. Perdona la dureza de lo que te cuento; necesitaba sacarme tanta suciedad de encima.

Pronto avanzaremos hacia el río Kert; seguro que podrás seguir nuestra marcha por los periódicos.

Por favor, no cuentes nada de esto a mi familia. Saluda a tus padres; sabes que los aprecio. Escríbeme cosas de los amigos y del pueblo.

Un abrazo de tu amigo Agustín.

En la zona occidental del Protectorado, Agustín afrontaba sus primeras navidades lejos de casa. Los últimos días de diciembre, su Bandera participó en el abastecimiento de las posiciones de Magán y Tesguisas, cercadas por los rifeños. La noche del veinticuatro, un rancho especial y el coñac rompieron la rutina, aunque no lograron alejar la nostalgia del hogar; los legionarios celebraban seguir vivos. No hubo guitarras ni villancicos; el enemigo estaba cerca, pero una copla lastimera brotó de los labios del joven extremeño provocando las lágrimas de esos hombres endurecidos. En Fregenal, los padres de Agustín compartían mesa con Reme y su familia. La sombra del menor de los Lobo pesaba sobre sus corazones.

A comienzos de 1922 se desataron las consecuencias de Annual, y no solo por la causa abierta contra el Alto Comisario Berenguer, sino por el cambio de estrategia del Ejército español, que parecía decidido a terminar con la rebelión del Rif y controlar el Protectorado. En los siguientes meses se incrementaron los efectivos de soldados profesionales, creando nuevas banderas, tabores y harcas.

Por otra parte, se adquirieron carros ligeros Renault, fusiles ametralladores Hotchkiss y, sobre todo, aviones de combate. En cuanto a la artillería, se dio la orden de emplear proyectiles rellenos de gases tóxicos. La bandera de Agustín gozaría de unos meses de relativa tranquilidad en cuanto a los combates, que se emplearían en completar el adiestramiento de los nuevos reclutas.

En septiembre de ese mismo año se puso en marcha la ofensiva para la conquista de Igueriben y Annual. Más de treinta mil hombres avanzaron en dos columnas paralelas desde las posiciones de Dar Quebdani y Dar Drius. El veintiocho de octubre cayó la posición clave de Tizzi Azza; allí ganó su ascenso a cabo Agustín. Cuando los rifeños intentaron la reconquista, más de cien defensores perdieron la vida y él se destacó en la lucha cuerpo a cuerpo para proteger una de las ametralladoras. El Gobierno paró la ofensiva ante el temor a las críticas del Parlamento, pues en esas fechas se estaban discutiendo las consecuencias del calificado como «Desastre de Annual». En diciembre cayó el gabinete de Sánchez Guerra y lo sustituyó el de Manuel García Prieto, partidario de la negociación con los rebeldes rifeños, que se iniciaría recién estrenado el año 1923.

Tras los primeros contactos y previo pago de cuatro millones de pesetas, a finales de enero, el líder rifeño liberó a los 326 cautivos de la campaña de Annual. En abril se acordó un alto el fuego, aunque las conversaciones se interrumpieron al no reconocerse la autoproclamada República del Rif. Tras la ruptura, Abd el-Krim comenzó a golpear la vanguardia española.

La situación volvía a ser crítica en la posición de Tizzi Azza; los guerreros rifeños impedían la entrada de suministros en la misma. Esa tarde de junio, el jefe del Tercio, teniente coronel Valenzuela, se dirigió a los hombres de las tres banderas que formaban en el campamento de Tafersit:

–¡Caballeros legionarios! Mañana salvaremos a nuestros compañeros de Tizzi Azza. Mañana entrará el convoy o pereceremos –los arengó el jefe.

Al día siguiente los recibió el escurridizo enemigo que, oculto tras pozos de tirador, arbustos y rocas, paqueaba a conciencia a los tabores de Regurales desde el barranco de

Iguerimen. Tras el sacrificio de estas fuerzas de choque llegaba el turno de los legionarios.

Por el momento, los asaltos ladera arriba solo provocaban el agotamiento y la sangría estéril de los hombres del Tercio. El sol abrasaba, el aire olía a pólvora, las ametralladoras hervían sin resultados visibles y las voces de mando se mezclaban con los gritos angustiados de los heridos. Los supervivientes recordarían la jornada como un infierno de fuego y acero.

El bisoño cabo Lobo ascendía con dificultad por el terreno pedregoso; el sudor resbalaba por su rostro y la polvareda que levantaba la vanguardia de su sección enturbiaba la vista. De repente, delante de él cayó el sargento Meyer como un fardo y una sombra parduzca apareció de la nada; sin duda se disponía a rematarlo. Agustín se impulsó por instinto hacia el bulto y adelantó su fusil como un autómata, de manera que el filo que lo coronaba rasgó el costado del sorprendido rifeño, quien movió con rapidez el arma que portaba en la diestra. La hoja curva de la gumía hizo carne en el hombro del legionario, que ahora enfrentaba los ojos hundidos y la dentadura cariada de su oponente; incluso sentía su aliento. Agustín lo derribó de una patada en el estómago.

La bayoneta, casi cuarenta centímetros de metal, penetró hasta tres veces en el pecho del caído y emergió teñida de rojo; entonces reparó Agustín en el escozor y en el líquido que humedecía su camisa. Gotas gruesas comenzaban a dibujar un reguero en la arena cálida. El cabo aplastó un pañuelo contra su herida y se acuclilló junto a su sargento, que tenía los párpados caídos y apretaba una mano sobre el muslo izquierdo para contener la hemorragia.

—¡*Sigge,* cabo, *sigge*! —gritó Meyer sofocado, como si quisiera expulsar el dolor por la boca.

Tras dudar un instante, Agustín lo puso a cubierto y prosiguió el avance sin volverse; supuso que los camilleros se ocuparían. Minutos después, parapetado cuerpo a tierra intentaba recuperar el resuello. Entonces, como una saeta sonora, se clavó en sus oídos la inconfundible orden de repliegue. Al bajar de la loma, con precipitación y la cabeza gacha, no distinguió el corpachón del sargento alemán.

Ya habían despejado las alturas; ahora unas nubecillas blancas delataban el fuego de los rifeños desde el fondo del barranco. Fiel a su compromiso y al credo legionario, el teniente coronel Valenzuela miró a sus hombres y luego a la posición enemiga antes de ordenar el «paso de ataque», tras lo cual desenfundó su pistola para situarse en la vanguardia del quinto asalto. Valenzuela cayó a tierra al recibir dos disparos, el que impactó en su cabeza y el que le perforó el vientre. Una veintena de sus hombres se lanzaron como fieras a recuperar el cuerpo del jefe y varios de ellos perecieron para evitar que el enemigo exhibiera como trofeo las dos estrellas de ocho puntas de la guerrera del teniente coronel. Los ojos de este, cerrados ya para siempre, no verían la huida de los rifeños ni como a la mañana siguiente entraba el convoy de pertrechos en Tizzi Azza.

El tajo del hombro de Agustín era superficial, no así la herida de Meyer, lo que los privó de un mando competente y supuso el ascenso a sargento del cabo pelirrojo. Desde ese momento no habría servicio malo que no le fuera asignado a Quique o a él, ni bronca que les fuera ahorrada.

Ese domingo, franco de servicio para ambos, los periódicos informaban del pronunciamiento de Miguel Primo de Rivera, capitán general de Cataluña. Alfonso XIII interrumpía sus vacaciones en San Sebastián y le nombraba jefe de Gobierno y presidente del Directorio Militar. Como primeras medidas se declaró el estado de guerra, se suspendieron las garantías constitucionales y se disolvió el Parlamento. En las salas de banderas y en las cantinas de tropa no se hablaba de otra cosa. Tras dar buena cuenta de un chocolate con churros en la ciudad vieja, decidieron visitar al sargento Meyer. Agustín y Quique caminaron desde la playa de San Lorenzo a la del Hipódromo, la más cercana al Hospital Militar de Melilla. Le llamaban «El Docker», por los bloques de madera que se emplearon en su precipitada construcción tras la matanza del barranco del Lobo en 1909.

Los soldados de guardia echaron una mirada respetuosa a sus uniformes y les franquearon la entrada, la Legión se lo había ganado a base de coraje y sangre. Al acceder al décimo pabellón percibieron el olor inconfundible de esos recintos, mezcla de desinfectante, medicamento y sudor.

–*Zeñorita, venimo a vé a Meye* –le soltó Quique a la enfermera que transportaba las vendas usadas.

La sanitaria, tras dejar el cesto en el suelo, se recogió el flequillo rubio que había escapado de la cofia.

–¿Quién? –inquirió, extrañada ante el acento del legionario.

–Sargento Meyer –intervino Agustín.

–¡Ah sí! En la cama del fondo, junto a la ventana. Por favor, no hagan ruido, que algunos duermen. –Para acompañar la petición situó el dedo índice en sus labios finos y desprovistos de maquillaje.

Al adentrarse por el pasillo, una voz llamó la atención de los dos jóvenes: «¡Legionarios!». Procedía de su derecha. Al girarse lo vieron; resaltaba como el carbón en la nieve. Era el cabo Matías Reyes, un fornido negro dominicano al que se le consideraba el mejor boxeador de su bandera.

–¡Grandullón! No sabía que estabas aquí. –Agustín se impresionó al ver a ese titán doblegado.

–La herida no es buena, chicos, me temo que... –La voz le temblaba, al igual que la mano con que levantó la sábana para mostrar el vendaje aparatoso de su pierna.

–No te *preocupe*, moreno. *Verá* cómo te ponen una de *maera* y *sale* como nuevo –dijo el diplomático gaditano, lo que provocó la sonrisa del herido–. Toma un pitillo, me *cagüen la leshe*. –Le pasó a Matías el último de la cajetilla.

Unas camas más allá alguien se había percatado de la presencia de los visitantes.

–¿Antón, qué cojones pintan aquí el paleto y el andaluz? –El pelirrojo se dirigió a Meyer con gesto de fastidio–. Son unos entrometidos –añadió.

–Pues uno de ellos me salvó la vida, así que *¡achtung!* Cuidado con ellos, Adolfo. –Utilizó malhumorado el nombre de pila del otro.

Agustín y Quique acortaron la visita a su apreciado sargento por la incómoda presencia de Nogales, también por el calor y las moscas que se enseñoreaban del pabellón. Antes de irse le preguntaron por lo de Primo de Rivera.

–Según algunos oficiales, el general es un abandonista. Seguro que negocia con los malditos moros –expresó el teutón, como si alcanzar la paz supusiera un contratiempo para él.

Fregenal, 14 de marzo de 1924

Amigo Agustín:

Confío que al recibo de la presente estés bien. En el pueblo se siguen con interés las noticias de Marruecos. Por lo que leemos parece que el Directorio Militar quiere ponerle fin a la guerra, lo cual nos alegraría mucho por ti. El otro día lo hablaba con tus padres, que vinieron a la tienda. Creo que ya has tenido suficiente y deberías pensar en la licencia. Aquí ya nadie se acuerda del asunto por el que te marchaste.

Por mi casa todos bien. Yo he finalizado mis estudios de comercio, lo que ha dejado a mi padre muy satisfecho. Quiere que el negocio quede en buenas manos cuando se haga viejo, aunque todavía queda para eso.

Por fin me llegó la hora de cumplir con la patria. Mis padres tenían miedo de que me tocase África, de manera que han pagado cuatrocientos duros e iré como soldado de cuota a Badajoz. El 1 de abril me tengo que presentar en el cuartel de San Francisco el Grande. Según me dijeron, en cinco o seis meses habré terminado el servicio. No estoy orgulloso de este privilegio, pero ni tengo vocación militar ni creo que se me haya perdido nada en esa guerra lejana. Para héroe ya te tenemos a ti. Vuelve pronto; tienes que sacarles partido a los galones con las chicas de Fregenal, que cada día están más guapas.

Para que te acuerdes de tu tierra te envío con esta 'El miajón de los castúos', un libro de Luis Chamizo, un poeta de Guareña. Espero que te guste; trata sobre la forma en que hablamos los de aquí.

Cuídate mucho y vuelve pronto,

Un abrazo de tu amigo Manuel .

A pesar de sus deseos de regresar a casa, esa tarde de junio Agustín y Quique firmaron los papeles del reenganche. Salían del cuartel con los bolsillos bien provistos por la prima recién cobrada; llevaban el uniforme limpio y ganas de celebrar: que estaban vivos, que la guerra daba una pausa y que seguían en el Tercio.

El andén de la estación de Dar Riffien rebosaba de legionarios, el humo de tabaco formaba una neblina densa, se hablaba en diversos idiomas y el sonido de las risotadas delataba las ganas de juerga. Todos aguardaban al tren de Ceuta, ciudad en la que se desparramarían por los numerosos cafetines, tabernas y lupanares, pues esa jornada tenían licencia hasta el toque de diana.

Veintiún años había cumplido Agustín la semana anterior. Aun con el bigotillo y el castigo de la piel por las inclemencias, permanecían los rasgos juveniles en su rostro moreno. Los galones rojos daban un toque de autoridad a su estampa; el primer ascenso era el más complicado en el Tercio. Quique sentía la protección de su amigo, el mejor que había tenido.

Los dos camaradas de armas bebieron en las tabernas del puerto rodeados de uniformes multicolores. El de Barbate piropeaba con gracia a toda fémina con la que se cruzaban, provocando más sonrisas que desplantes. Tenían hambre de comida y de hembra. En «Casa Jiménez» les sirvieron un vino más que aceptable para acompañar al bistec de ternera con patatas, también fruta fresca y café. El contraste con las rutinarias raciones de campaña les hizo sentir como niños en una tienda de caramelos.

–*Quillo,* esto es *vía*. Ahora *a rematá* la faena. –Guiñó el ojo izquierdo con picardía.

Tras atizarse un par de copas se plantaron en «El Cielo Azul», el lupanar que les había recomendado un catalán de su compañía.

–*Queremo lo mehor* –saludó el de Barbate a la mujer madura que les franqueó la entrada–. *Traemo* guita –le dijo mientras se palpaba el bolsillo del pantalón.

El local olía a las velas aromáticas distribuidas por sus rincones. Eligieron sin prisa a sus contrincantes y, tras meses de tensión bélica, dedicaron una hora a solazarse con las dos jóvenes de ojos oscuros y carmín rojo. Desahogaron en ellas sus deseos y sus miedos, dando por bien empleadas las doce pesetas, tarifa elevada para lo que se acostumbraba.

–¡Cómo se movía la morita, *Aguztín,* y qué labios!

–Tampoco era manca Faiza, y cómo gemía –alardeó el cabo.

Antes de marcharse les sirvieron una copa de cortesía; «para los caballeros legionarios» expresó la *madame*, satisfecha del negocio. Luego se lanzaron a la noche, alegres como colegiales al salir de clase. Encendieron un cigarrillo frente al mar, arrullados por la brisa marina, que unida a las fragancias de los jardines y las macetas de los balcones casi los embriagaba tanto como el alcohol. Camino de la estación decidieron tomar una última copa. La ciudad dormía ya, las farolas alargaban sus sombras y, junto al rítmico pisar de sus alpargatas, se podían escuchar los maullidos de los gatos ceutís.

De repente, un grito agudo llegó nítido a sus oídos. Ya estaban alerta cuando escucharon el segundo, el que los orientó sobre la procedencia del mismo. Solo tuvieron que mirarse y, sin mediar palabra, apretaron el paso hacia una callejuela situada a su derecha. Enseguida distinguieron las sombras que se movían en un solar próximo. Al acercarse se clarificó la situación: tres soldados forcejeaban con una mujer. El más alto le tapaba la boca con una mano y con la otra la retenía por el pecho, otro le desgarraba el caftán, mientras que el tercero se bajaba los pantalones.

–No te resistas, zorra, que te va a gustar. –Se colocó frente a la víctima.

–¡Quietos, hijos de puta! –Agustín dio un empujón violento al de los pantalones en los tobillos y este se cayó hacia atrás.

Repuesto de la sorpresa, el que sujetaba a la mujer los invitó a seguir su camino.

–Solo es una morita, coño –les dijo con la voz gangosa por el exceso de alcohol. El agredido comenzaba a incorporarse mientras Quique palpaba en su bolsillo la navaja que lo acompañaba siempre. La hostia súbita restalló en el rostro del más alto, que retrocedió dos pasos soltando a la «morita».

El hombre que se la había propinado señalaba sus galones con el índice:

–¿Sabéis lo que es esto? ¡A cuadrarse! –les gritó el cabo Lobo. Ante la enérgica orden, los tres se pusieron firmes; bien conocían que los legionarios no bromeaban. La jovencita contemplaba la escena en silencio, tratando de componer sus ropas.

–¿Así se comporta un soldado español? –Agustín posó sus iracundos ojos pardos en cada uno de ellos.

–Es que... –comenzó a decir el de los pantalones en los tobillos; ya se los había subido.

–¿Quién te ha dado permiso para hablar? –le cortó el cabo–. Aunque es posible que os hayáis jugado la vida en esta guerra sois unos mierdas. Esta vez no voy a dar parte, pero sabed que nunca olvido una cara. ¡Largo de aquí, borrachos!

Ninguno de los tres osó responder; se les había apagado la libido y regresaba la sobriedad. Se alejaron sin mirar atrás y al poco arrancaron a correr. Quique estaba impresionado por el proceder de su camarada, casi tanto como Agustín. «¿Qué magia tendrán los galones?», se preguntaba el de Barbate.

–Gracias, *siñores* –les dijo Badra con la voz temblorosa. No tendría más de dieciséis años y el miedo todavía se podía leer en sus ojos color avellana.

–Pero, *shiquilla*, ¿qué *hase* a *ezta* hora en la calle? –Quique le alargó un pañuelo para que se limpiara la cara.

Badra les explicó que venía de buscar una medicina para su madre enferma; vivía muy cerca de allí. La acompañaron hasta la puerta de una casita baja y, al despedirse, la muchacha les dedicó una mirada intensa, de esas que nunca se olvidan. Los dos legionarios reemprendieron su camino en silencio, sumidos en sus pensamientos.

***

Tras la celebración del reenganche, no tardaría mucho el Tercio en reclamar su coraje y experiencia. En agosto volverían a la acción; su bandera se desplazaba a Larache.

Las negociaciones de paz tuvieron éxito con el Raiusi. No así con Abd el-Krim, por lo que Primo de Rivera decidió que las tropas se replegaran a un perímetro defensivo en torno a Tetuán; la denominarían Línea Estella, por el marquesado que ostentaba el dictador. Los militares africanistas, conocedores de la idiosincrasia de los nativos del Protectorado, lo consideraban un error. En cuanto se olieran que el ejército español abandonaba el territorio las cabilas se sublevarían.

En una nota pública se anunció la retirada de las guarniciones de Lau y Xauen en otoño, la estación en que las lluvias enlodazaban el terreno y los caminos. El quince de noviembre salió de Xauen el general Castro Girona con la vanguardia de las tropas destinadas en esa plaza. La retaguardia, cuatro banderas de la Legión, lo haría al día siguiente al mando del teniente coronel Franco. Los rifeños dominaban las alturas circundantes de la ciudad, por lo que este recurrió al viejo ardid de colocar monigotes de paja con uniformes en las aspilleras de los parapetos. Por la noche dejaron sus posiciones en el mayor sigilo: prohibidas luces y fumar, no hablar ni disparar, los cerrojos de los fusiles y utensilios metálicos cubiertos para evitar el brillo y el ruido. Las fogatas de las guardias de los rifeños servirían de referencia para orientarse.

Al clarear el día los harqueños enemigos descubrieron el engaño; para entonces los legionarios habían alcanzado la posición de Dar Akoba sin sufrir bajas. Tras la retirada de las tropas españolas Abd el-Krim entró en Xauen al frente de 20.000 de sus guerreros. El repliegue hacia Tetuán ordenado por Primo de Rivera se culminó en diciembre; le había costado unas dos mil bajas al Ejército español.

En enero del veinticinco culminaba el repliegue en el occidente del Protectorado. La retirada supuso abandonar territorios que poco después habría que reconquistar y, sin embargo, no garantizó la seguridad en el territorio controlado por los españoles. La intervención de la aviación no evitó que los soldados de Abd el-Krim llegaran a las puertas de Ceuta ni que bombardeasen Tetuán desde las alturas circundantes. Así las cosas, se apostó por una operación en la bahía de Alhucemas.

No obstante, hubo otro intento de negociar con el líder rifeño, que se saldó con un fracaso. Fue entonces cuando este cometió su gran error: atacar la zona francesa. El quince de abril se produjo la batalla de Uargan y, tras la victoria, cuatro mil rifeños se lanzaron contra una línea de posiciones débilmente defendidas por fusileros senegaleses y argelinos. Entre junio y julio se celebró la Conferencia de Madrid, donde los representantes de los Gobiernos español y francés concluyeron que no sería posible el acuerdo con Abd el-Krim mientras los rifeños no sintieran el peso abrumador de las armas. Era necesario que el desembarco se simultaneara con una ofensiva francesa desde el sur, por lo que Francia envió al héroe de Verdún, el mariscal Pétain.

En el muelle de Ceuta había un movimiento inusitado ese sábado de septiembre del veinticinco. No cesaba la carga de pertrechos en los buques de guerra y en los mercantes que iban a apoyar la operación de Alhucemas. Bajo un cielo muy azul, los militares españoles se deslizaban por las pasarelas de los transportes asignados, que los engullían como hormigueros flotantes. La multitud de ceutíes que había asistido a despedirlos tremolaba banderas y pañuelos al viento, mientras los soldados sacudían eufóricos sus gorras, impulsados por los gritos de ánimo y las marchas que interpretaban las bandas de música.

Los sanitarios habían repartido a las tropas tabletas para el mareo, que se rebelarían inútiles contra el temor a navegar de algunos. Los oficiales distribuyeron a sus subordinados por los reducidos espacios de las naves. Ahora comenzaba la lucha contra el tedio, el mareo y la ansiedad que precede al combate. Estaba previsto que dos días después, el siete, saltaran a las playas de Alhucemas cerca de veinte mil hombres.

–¿Aquí donde *ze* mea, mi cabo? –preguntó Quique, uno de los que no necesitaba tabletas para enfrentarse a los movimientos de la embarcación.

–Las letrinas están en la popa. ¿Hay más preguntas? –se dirigió Agustín a los de su escuadra. El día anterior les dieron instrucciones para responder a esta y otras contingencias.

Por indicación del cabo Lobo, sus hombres comenzaron a engrasar las armas; había que mantenerles ocupados para evitar que su mente les jugara malas pasadas antes de llegar al punto de desembarco.

Poco a poco se fue perdiendo de vista la orilla, se apagaron los vítores y la música. Enseguida llegó el malestar para los menos avezados; tanto a babor como a estribor la borda se pobló de uniformados que, entre arcadas, se vaciaban en el mar. Más adelante aparecerían los naipes y el alcohol. Mientras la escuadra avanzaba, en los riscos que dominaban la bahía, los guerreros rifeños habían ocultado sus baterías en pequeñas cuevas naturales o socavadas a pico y pala. Hacía días que transportaban proyectiles montaña arriba con mulas y borricos. Asimismo, se había excavado la dura tierra para los nidos de ametralladoras y las trincheras de los fusileros. No menos de nueve mil guerreros se concentraron para defender el corazón del Rif y su capital, Axdir.

La noche aliviaba el calor en los buques y la brisa barría los malos olores que provocaba la saturación de pasajeros. Tras engullir el rancho caliente y un cuartillo de vino, Agustín estiraba las piernas por la cubierta en busca de un hueco en la borda para fumar. Se giró al notar un toque en la espalda.

–¿Qué tal, cabo? –saludó Meyer con el cabello rubio mecido por el viento salino. Hacía tres meses que le dieron el alta y había ascendido a suboficial.

–¡A sus órdenes, mi brigada! ¿Qué tal esa pierna?

–Otra cicatriz, Lobo; en eso consiste la vida del soldado y yo no sé hacer otra cosa. –Hizo una pausa–. Tú eres muy joven, ¿vas a quemar aquí tu vida? Desconozco lo que te trajo a África, pero sé que no te gusta matar.

El aludido meditó unos instantes; también se había hecho esa pregunta y no encontraba una respuesta clara. Quizás la incertidumbre de lo que le esperaba fuera de esa hermandad guerrera, que así consideraba Agustín al Tercio.

–No lo sé, Meyer; de momento hay que ganar esta guerra, y luego ya veremos.

La flota se agitaba frente a la bahía. Un temporal de levante daba de bofetadas a los cascos blindados enviando ráfagas de agua hacia las cubiertas. Los soldados apretujados en el interior disimulaban su inquietud bajo las luces mortecinas. Sabían que era la mañana elegida para saltar a las playas y se preparaban para transbordar a las barcazas tipo *K* compradas a los británicos, las mismas que se utilizaron en la costa turca durante la Gran Guerra. A la vista del temporal, el mando supremo de la operación, Primo de Rivera, contactó con Pétain desde el Alfonso XIII: «*Monsieur Le mariscal*, hoy no hay nada que hacer. Aguantaremos aquí y mañana se verá».

A las once del día siguiente, cuando los soldados llevaban más de cuarenta horas como sardinas en lata, se dio por fin la orden. El silencio matinal se quebró con violencia por el estampido simultáneo de cientos de cañones que, desde los buques españoles y franceses, vomitaban sus proyectiles sobre las posiciones de los rifeños. Entre los claros del humo de la artillería se podía apreciar el campo de batalla, un terreno amplio flanqueado a la izquierda por los cabos de Morro Viejo y Morro Nuevo, y a la derecha por el monte Malmusi. El objetivo eran las playas de Ixdain y la Cebadilla, que ese día se cobrarían un alto tributo de sangre española.

Los legionarios del coronel Franco fueron los primeros en subir a las unidades *K*, que iniciaron la aproximación a la playa acompañados del estrépito de sus motores. A pesar de la cobertura naval y los picotazos de las escuadrillas aéreas, el fuego artillero y la fusilería rifeña hostigaban la progresión de las barcazas. Serían las doce cuando las más adelantadas vararon a unos cincuenta metros de la orilla y a uno de profundidad, bajándose de inmediato las planchas de desembarco. El cabo Lobo y los otros trescientos ocupantes del lanchón saltaron al escuchar la orden: «Adelante, legionarios. Por España». Con el agua a la altura del pecho y los fusiles en alto, los soldados avanzaron contra la resistencia de la marea. A los pocos minutos pisaban la orilla de la playa de Ixdain que, a diferencia de la Cebadilla, no estaba minada. No iban a contar con el apoyo de los blindados Renault, incapacitados para atravesar aguas tan profundas.

–¡Corred joder, corred! No dejéis de moveros –les gritó Agustín a sus hombres, que apenas lo oían con el estruendo de los cañones y el tableteo de las ametralladoras.

Por la arena hormigueaban los legionarios, que empezaron a desplomarse por doquier. Corrían en zigzag hacia el flanco izquierdo; su objetivo era posicionarse cerca de la playa de la Cebadilla, por donde debían llegar refuerzos.

–¡Sígueme con los tuyos! Han minado la playa –le gritó un teniente al cabo Lobo.

Mientras los zapadores se ocupaban de detonar las bombas, los hombres de la escuadra del cabo y dos servidores de una ametralladora debían devolver el fuego a los rifeños, que les estaban diezmando desde los acantilados. El ruido era ensordecedor; al cruce de obuses y balas se unía el lamento desgarrado de los heridos, los silbatos y las voces de mando.

Para impedir la acción de los zapadores emergieron de las alturas decenas de turbantes blancos. En ese momento el teniente dio la orden de fuego a discreción, segando el plomo muchas espigas rifeñas, aunque el resto no se detenía. Un proyectil impactó en la cabeza del oficial, que cayó cual tronco seco, otro deshizo la rodilla derecha de Quique; les tenían casi encima.

–¡A la bayoneta! –ordenó Agustín por hábito, lanzándose con un puñado de hombres hacia el enemigo, mientras la ametralladora seguía escupiendo fuego.

El choque fue brutal. La sangre de un rifeño salpicó el rostro del cabo. Cuando este quiso progresar se abalanzó sobre él otro guerrero, cayendo los dos a la arena. Forcejearon en el suelo hasta que el enemigo se encaramó a su pecho; ahora presionaba la garganta de Agustín con su fusil y él lo sujetaba con ambas manos. El de Fregenal buscaba en todas direcciones cuando vio un objeto blanco. Estiró el brazo derecho hasta alcanzarlo y clavó la afilada caracola en uno de los ojos del atacante. El aullido fue horrible, llevándose el rifeño las manos a la cara, lo que aprovechó el cabo para zafarse de él y hundirle el molusco en el tórax con saña.

–Ya está muerto –le dijo el capitán que había acudido con los refuerzos–. ¡Arriba, cabo! –Lo ayudó a incorporarse.

Agustín tenía el uniforme y la cara cubiertos de la sangre del contrario y de la que manaba de su ceja. Le escocía la mano derecha y tras mirársela dejó caer la caracola enrojecida. Los pocos turbantes supervivientes se filtraban ya por las oquedades de los acantilados.

Al finalizar la jornada habían logrado desembarcar diez mil hombres y dos mil toneladas de pertrechos. El cabo Lobo se ocupó de que trasladaran a Quique y al resto de heridos al buque hospital, y el capitán de redactar el informe que le valdrían a Agustín los galones de sargento.

Tres semanas después, superarada una encarnizada defensa y silenciados los cañones emplazados en las crestas, las fuerzas desembarcadas alcanzaban la meseta de Axdir. El dos de octubre las tropas de choque entraban en la capital del Rif, donde llevaron a cabo una dura razia que incluyó el incendio de multitud de viviendas, entre ellas la casa de Abd el-Krim. Ese mismo día, Primo de Rivera pisaba la playa de Sfiha, frente a Axdir, donde fue vitoreado por las tropas.

–Me van a *lisensiá, Guztín* –expresó el convaleciente legionario de Barbate. Se apoyaba en unas muletas y su mirada eran un pozo de tristeza–. Ahora que le había *cogío guzto* a la cosa.

–¿Y qué piensas hacer, Quique? –se interesó su amigo.

–No *pueo vorvé* a mi pueblo. Si la *cohera* me lo permite faenaré en Ceuta, y *zi* no, a lo que *sarga* –dijo.

Los dos camaradas se dieron un abrazo prolongado; las lágrimas empañaron sus ojos de hombres duros. Ambos sabían que sus caminos se separaban.

–Te voy a echar mucho de menos. –Agustín dejó al gaditano sentado en un banco del jardín del hospital.

Desde Targuist, su cuartel general en la montaña central del Rif, Abd el-Krim mantendría en jaque a españoles y franceses unos meses más. En mayo del veintiséis se rendiría al Gobierno francés, que lo confinó en una isla del océano Índico. Todavía continuarían las hostilidades contra cabilas rebeldes de las zonas de Gomara y Yebala, pero en julio del año siguiente se daba por concluida la guerra de Marruecos, finalizando así dieciocho años de conflicto en el Protectorado español.

***

Meyer lucía con orgullo sus estrellas de teniente en la cena de celebración de la paz. Lo acompañaban una docena de incondicionales, entre ellos los sargentos Nogales y Lobo; este último había comunicado ya su decisión de licenciarse. Tras el cordero y el vino de Montilla apareció el humo de los puros, no tan nocivo como el de la batalla.

–Sargento, ¿estás seguro de tu decisión? –Se rascó Meyer su última cicatriz, la de la frente.

–Demasiada muerte a las espaldas, mi teniente. Es momento de volver a casa, a la de verdad. Quiero dejar esto atrás –se interrumpió Agustín–. No sé si me entiende.

–Pues claro, hombre, y me alegro de que tengas un hogar al que volver, una familia. A mí no me queda nada de eso en Alemania. –La nostalgia ensombreció el rostro de Meyer–. Ha sido un honor servir contigo; *espeggo* que nuestros caminos vuelvan a encontrarse.

–A este le faltan *güevos* para seguir en el servicio –intervino el procaz sargento pelirrojo, impaciente por molestar.

Aquella vez no le saldrían gratis sus palabras; el de Fregenal no supo contenerse cuando se encontraron tras la cena. Con un vendaje en la barbilla, Agustín embarcaba una semana después rumbo a Algeciras. Según le dijeron al despedirse, Nogales seguía sin presentarse en el cuartel.

VIII. Amor y conciencia de clase

Dos semanas llevaba Agustín en Fregenal, después de seis años de ausencia. Tiempo sobrado para el reencuentro con los suyos, aunque insuficiente para enfriar su tensión bélica tras la licencia. Su familia estaba muy orgullosa de él y encantada con su vuelta.

–Vamos, madre, que llegaremos tarde. –El ex sargento se ajustaba la corbata carmesí frente al espejo.

Álvaro, el padre, aguardaba en el zaguán de la puerta, protegiéndose del sol con la visera nueva y cuidadoso de no manchar los zapatos de piel que le había regalado su hijo. A las dos tenían apalabrada mesa en una de las tabernas de la feria.

–Ya estoy –dijo Simona y salió de la casa ataviada con la blusa blanca de seda, una falda negra de paño fino, las zapatillas de charol sin tacón y un abanico de carey que movía con donaire.

Bajo el toldillo azul y blanco del quiosco los esperaban su hermana Reme, la mayor, y su marido. Esta le llevaba cinco años a Agustín y, al poco de desaparecer su hermano, hubo de casarse por las evidencias de su preñez, las mismas que ahora delataba su cuerpo. Tomás, su marido, era cartero y disimulaba su oronda barriga con un chaleco gris. Los acompañaba Pepito, su único hijo, un pilluelo de seis años con gorrilla de paja, que no perdía de vista a los gigantes y cabezudos que se retiraban tras el desfile, algunos ya sin zancos.

–¡Dale un beso al tito! –lo empujó Reme.

La fiesta de San Antón, a la que precedía la de la Virgen de la Salud, era el acontecimiento más señalado del año. Los frexnenses echaban la casa por la ventana esa semana de septiembre, sin que faltasen la corrida de toros, los pasacalles y la verbena.

En la plaza del Ayuntamiento se escuchaba el rumor de voces del gentío, los cascos de los caballos engalanados, la música folclórica y los cohetes. El aire olía a boñiga, pólvora, dulces y fritanga. Bajo las tiras de bombillas desfilaba una multitud colorida: curas de sotana, guardias de uniforme, parejas del brazo, soldados de permiso, gitanos, feriantes y familias de todos los estratos sociales. Entre conversaciones ruidosas de las mesas vecinas, la familia Lobo se refrescaba con porrones de vino y limonada, saludándose con los conocidos que pasaban por allí: «No hay quién te conozca, chacho», le dijo más de uno a Agustín.

Alegre y dicharachera, la familia disfrutó del jamón de bellota, del gazpacho fresco y de un guiso de mandanga con su cordero, sus revoltillos y su morcilla lustre. El cartero comió como un lambuzo; no había manera de saciarlo.

Agustín, feliz entre los suyos, empleaba rumboso los ahorros de su soldada. La guerra de Marruecos había finalizado dos meses atrás y el sargento Lobo, aunque se trajo cicatrices en el cuerpo y el alma, quería festejar que estaba vivo. Agobiado por el calor acomodó su chaqueta de lana fresca en el respaldo de la silla. El traje beis se lo hicieron en «Monistrol e hijos»; era el primero que estrenaba en su vida. El panamá para los toros era de la sombrerería «Morcillo». En la mesa no faltaron café portugués, pestiños, flores, granizados y licor a los postres. «Hijo, que te va a costar mucho la *convidá*», decía su madre; él se limitaba a sonreír.

La sobremesa se alargó con historias familiares: la boda de su hermano Andrés y su marcha a Madrid, la muerte de la tía Pura, y cigarrillos; los puros se reservaban para la corrida. El cuñado, medio adormilado, no asistiría a la plaza; su afición era la siesta. Tampoco acudirían las mujeres. Agustín observaba a la gente de las mesas cercanas, forzándose a recordar caras y nombres. En este trance su mirada acabaría cruzándose con la de una muchacha que la retiró de súbito. «Quién será la dueña de esos carbones brillantes y de las pestañas rizadas que los custodian», se preguntó el joven.

A las cuatro y media, bajo un cielo despejado y con una temperatura que invitaba a recogerse, padre e hijo se dirigieron al coso del castillo templario. Este había ampliado su capacidad a cargo de algunos notables del pueblo, encabezados por la condesa de Campo-Espina. El cartel de la tarde: Pepe Algabeño, Bejarano y Gitanillo de Triana, con seis toros de Moreno Santamaría. Las localidades: tendido de sombra para ellos dos y su amigo Manuel.

En el recinto no entraba un alma más; la corrida atraía aficionados de toda la comarca. En la estrechez de sus gradas se apretujaban trajes de señores, mantillas de damas y sombreros protectores, adornándose los dueños con pulseras relucientes, anillos con piedra y relojes de cadena al bolsillo. En el palco se acomodaban las autoridades y en las partes altas, las más expuestas al sol, los humildes de visera o pañoleta. Entre «olés» y «arrímate más» sonaban los pasodobles interpretados por la banda de la plaza. Al legionario se le erizó la piel cuando tocaron *El gato montés*; esa pieza siempre le recordaba a su pueblo. También se emocionó al servirles El Junco agua de cebada entre faena y faena.

–Agustín, cuánto tiempo –le dijo con una sonrisa tan franca como mellada.

–La corta estancia en la cárcel cerró su etapa de novillero –comentaría después El Gacho.

Tras concluir la corrida, en la que destacó la valiente faena de Gitanillo, Álvaro Lobo y su hijo caminaban por los adoquines ardientes de vuelta a casa. A «el de las minas» le molestaban las rozaduras de los zapatos nuevos; sus pies estaban hechos a la alpargata. Durante un tiempo arrastró la vergüenza por la fuga de Agustín, mientras que ahora lo exhibía ufano ante los vecinos. El bochorno vespertino inclinaba a guarecerse hasta la noche.

Tras un par de horas de reposo, Agustín sumergió su cara en el agua fresca de la palangana, después se quitó el sudor del torso y las axilas. Tras peinar su cabello, pasó al arreglo del bigotillo que adornaba su tez tostada, atisbando en el espejo la reciente cicatriz del mentón. En su hombro derecho se apreciaba el azul del tatuaje con las armas del Tercio.

–Hijo, cena antes de salir –se oyó decir a Simona desde el hogar.

–No tengo hambre, madre; ya tomaré algo por ahí –respondió con fastidio; era la tercera vez que se lo decía.

Agustín se puso una camisa limpia y el traje que ella había repasado con la plancha de hierro. Cogió la billetera y la petaca de tabaco, prescindiendo de la corbata y el sombrero.

–Volveré tarde –dijo a modo de despedida.

Al salir recibió la caricia sensual de la brisa nocturna. Mientras caminaba al encuentro de su amigo podía escuchar el taconeo de sus zapatos lustrados y los ecos de la música de la fiesta. En la puerta del comercio Barredo, El Gacho aguardaba hecho un pimpollo; su cabello rubio resaltaba sobre el azul marino del traje. Tras el saludo ritual, los dos amigos se dirigieron sonrientes a la verbena.

La mayoría de los vecinos del pueblo estaba en el recinto: los niños en el tiovivo multicolor, los jóvenes en el carrusel, en la barca o las barracas de tiro, y los más maduros en las mesas. Las guirnaldas de papel, los farolillos y las bombillas de colores componían una atmósfera de dulce irrealidad. Algunas parejas se fotografiaban tras cartones artísticos: flamenca y torero, militar y dama. Otros consumían cucuruchos de altramuces, porciones de membrillo o de turrón de Fregenal. Todos se mezclaban alegres en el jolgorio y lucían esa noche sus mejores avíos.

Agustín y Manuel ocuparon plaza en la barra de un carro de feria, donde les dieron a probar manzanilla de Sanlúcar y buñuelos de bacalao. Exhibían palmito frente a la calle principal del recinto, por la que paseaban en grupo las muchachas solteras. La orquesta estaba próxima y un poco más allá, en los muros del mercado de abastos, se juntaban los corros de apuestas al «cara o cruz». En la fiesta se permitían, lo que llevaba a la ruina a más de uno.

–¿Quién es la morena del vestido blanco? –le preguntó Agustín a su amigo.

–¿Cuál, la que se toca el pelo? –dijo este.

–Esa misma.

–Tienes buen ojo, bribón –sonrió El Gacho–. Se llama Andrea y gasta genio; vaya si lo tiene. –Agitó la mano en un gesto significativo–. Es hija de Abilio, El Portugués. ¿No te acuerdas de ella? Bueno, sería casi una niña cuando te fuiste del pueblo.

–La hermosura ha llegado a la verbena. ¿Queréis probar los buñuelitos? –les propuso Agustín a las tres mozas.

–¿Y quién es el *mezucón* que lo pregunta? Vamos, si puede saberse –respondió Andrea con los brazos en jarras y una sonrisa que le formaba hoyuelos en las mejillas.

El menor de los Lobo contempló la piel de canela de esos diecinueve años, su figura torneada, el dibujo bermejo de sus labios y esos ojos que destilaban misterio. Los mismos con los que se había topado durante la comida.

–Soy un paisano que viene de lejos al que le encantaría invitar a las mujeres más bonitas de su pueblo –contestó con una sonrisa y los ojos clavados en la hija de El Portugués.

Al ver que se detenían, Agustín se arrancó con una coplilla de las que cantaba su madre; eso se le daba bien:

–La Virgen de los Remedios es morena y muy bonita, por eso a las extremeñas les gusta ser morenitas...

Su voz derritió cualquier resistencia y al poco estaban los cinco en una mesa intercambiando charla, sonrisas y miradas furtivas. La vital juventud del grupo llenó la noche. Disfrutaron de las atracciones y tras los refrescos terminaron en la pista de baile; incluido El Gacho, que tenía novia formal en Zafra. Las campanas anunciaban ya la hora límite para las muchachas y los dos amigos las acompañaron a sus casas. Al llegar a la de Andrea, Agustín hizo un aparte con ella.

–¿Cómo he podido vivir tanto sin conocerte? –le susurró, tomándole una mano con las suyas.

–¡Quieto, galán! –contestó ella, zafándose con suavidad y gracia de la presa.

–¿Cuándo podré ver esos ojos de nuevo?

–Sin prisas, que todavía queda feria –se despidió enigmática para entrar en la casa, donde se atisbaba una silueta al trasluz. El padre, seguro.

Desde que comenzó a vislumbrarse el fin de la contienda en Marruecos, Agustín soñaba despierto con la vuelta al hogar. Las tediosas guardias cuarteleras se prestaban a ello. Pensaba, en su ingenuidad, que la condición de veterano de guerra le ayudaría a conseguir un empleo adecuado a sus méritos. Habían pasado tres meses de su retorno y no lograba que se concretara nada. Rechazó ser vigilante en uno de los cortijos más extensos; no había dejado el Ejército para volver a coger las armas, y menos contra sus paisanos. El Gacho le ofrecía un puesto en su comercio, que rehusó agradecido; no se veía en oficio tan sedentario. Hasta pensó probar fortuna en Madrid, como su hermano, pero un sentimiento nuevo lo ataba con nudo tierno a Fregenal.

Álvaro Lobo, «el de las minas», como lo apodaban, tenía en aparcería dos fanegas de tierra de cereales y un puñado de olivos, con lo que salía adelante si la cosecha venía regular. Un borrico viejo y los aperos de labranza eran su patrimonio, a lo que había que añadir la casa familiar, de una sola planta, herencia de sus suegros. Agustín comenzó a ayudarlo en las labores, como hacía en el pasado, aun consciente de que la parcela nunca daría para dos familias.

–Mira, hijo, *tiés* que buscarte otra cosa. La tierra es tan dura como el frente y casi siempre de menos provecho –le dijo un día al terminar la tarea.

–Lo he intentado, padre; no es tan fácil como creía. Además, siento el campo más dentro de lo que pensaba. Si tuviera mi propio pedazo para cultivar me daría por satisfecho. –Le pasó a «el de las minas» el botijo que descansaba a la sombra–. En fin, ya se verá –cerró la conversación.

Al terminar la faena, Agustín solía acudir a la taberna del Tío Benito, muy frecuentada por jornaleros agrícolas. Entre chatos de vino, naipes y piezas de dominó hablaban de los asuntos de su actividad y también de política, esto último con la cautela que imponían las restricciones de la dictadura de Primo de Rivera. El dueño se jactaba de su pasado de banderillero y había dado sabor taurino a la taberna, en cuyo interior se exhibían la cabeza de un morlaco negro, carteles de festejos antiguos y un par de banderillas en panoplia. La decoración se completaba con una barra larga de madera de olmo, cuatro mesas con sus sillas y los tapetes para el juego, además de dos estantes ocupados por frascas de vino y botellas de licor. En la cocinilla habilitada en la trasera del mostrador, su mujer preparaba tapas de las delicias locales: higadillos, aceitunas *machacás* y migas, entre otras. El tío Benito acostumbraba a fiar a los parroquianos en los malos tiempos; también a invitar a los guardias civiles cuando se dejaban caer por allí.

Una de esas tardes Agustín jugaba al tute con Mariano El Cobrizo de compañero. No se apostaba dinero; solo la consumición y la mofa molesta de los ganadores. Un par de ojos negros lo observaban con atención desde hacía un buen rato; los de Juan Arroba, el hermano mayor de su amigo Julito. Grande y voluminoso como el difunto, no gastaba en cambio la afabilidad de aquel, sino algo de mala sangre. Tras pimplarse el cuarto vino, Arroba se decidió a hablar:

–¡*Cuidao* con ese! que es cobarde y tramposo –voceó el grandullón a los compañeros de partida del legionario, mientras lo señalaba con su vara de pastor.

Los de la mesa y el resto de parroquianos volvieron la vista hacia el provocador, adueñándose un silencio espeso del local, lo que hizo barruntar lío al antiguo banderillero. El aludido levantó la cabeza por encima de los naipes para mirar al mayor de los Arroba, al que apenas reconocía después de tanto tiempo. Juan no estaba en casa el día que Agustín visitó a los padres de su difunto amigo, los cuales lo acogieron con una inesperada frialdad:

–«Tu presencia nos trae malos recuerdos», –le soltó el padre.

–¿Te refieres a mí? –preguntó el ex-sargento en tono calmo tras posar las cartas sobre la mesa, lo que exacerbó más al otro.

–No veo más gallinas por aquí. ¿O cómo se *pué* llamar al que deja *tirao* a un amigo cuando *vién* mal dadas? –La alteración estaba en la voz y el rostro encarnado de Arroba.

Los presentes contemplaban expectantes la evolución de la querella, aunque casi nadie conocía la causa de la misma.

–Tengamos la fiesta en paz, chacho. Aquello fue cosa de críos, no pudimos hacer nada por tu pobre hermano –contestó Agustín con la sinceridad en las pupilas.

Al gordo le venían azuzando sus parientes desde que se conoció la vuelta de Agustín, de manera que sentía el deber de darles satisfacción. En realidad, no tenía nada contra él ni contra El Gacho, que también escapó de la finca aquella noche. Tan nervioso como confundido se fue a por Agustín y lo atizó con la vara en la mejilla derecha, poca cosa para un soldado curtido. Repuesto de la sorpresa, la patada al tablero del veterano del Tercio golpeó al atacante y, sin darle tiempo a reaccionar, metió un puño en el estómago fofo del agresor, lo que le hizo boquear como un pez fuera de su elemento.

Cuando Agustín se disponía a golpearlo de nuevo, varios brazos lo detuvieron y este se resistió hasta percatarse de la indefensión de Arroba. Recobraba la calma, pidió que lo soltaran.

–*Cagüen* mis muertos –exclamó mientras se pasaba la mano por el rasguño que la vara le había dejado en el rostro.

–No merece la pena; es un *calabazón* y además está medio *candongo* –dijo uno de los que lo sujetaron antes–. Déjalo estar, Lobo.

–¿Quizás me conoces, chacho? –preguntó curioso a ese hombre de rostro amigable, mientras algunos parroquianos sacaban al gordo del local.

–Pues claro, Agustín, desde que eras chico. Soy Marcelino Rodríguez. Tu padre y yo trabajamos juntos en las minas, y después como yunteros –añadió.

Disuelta la partida, bebieron juntos, lo que aprovechó Marcelino para hablar de su actividad sindical en la UGT y de la situación del campesinado en la provincia.

–¡Aquí hay mucha miseria e injusticia! La dictadura nos quiere domesticar con eso de los comités paritarios, que solo sirven para evitar huelgas y para que los amos se salgan con la suya. Te lo digo yo. –El sindicalista se expresaba con vehemencia.

Estas cuestiones resultaban extrañas para Agustín; los años de régimen castrense lo habían alejado de la realidad social del país. Su padre tenía una perspectiva muy limitada de la situación; jamás se quejaba de los recursos escasos, del poder de los intermediarios ni de las arbitrariedades de los terratenientes.

–Debes hacerte con una yunta, se gana más que de bracero. Yo podría ayudarte a empezar –aconsejó el sindicalista a Agustín antes de despedirse.

De vuelta a casa sentía que algo despertaba en él; pensó en las estrecheces con las que había crecido, al igual que la mayoría de sus conocidos, y las comparó con la vida de los oficiales con los que trató en Marruecos. Al igual que su amigo El Gacho, muchos de ellos procedían de familias acomodadas, lo que les daba un aire de seguridad que parecía fluir por sus venas. Nunca los vio comer con ansia. «Seguro que jamás les faltó el alimento», reflexionaba.

Al final de la semana volvió a verse con Andrea. No había día en que no pensara en ella y a menudo se hacía el encontradizo para no tener que aguardar al baile de los domingos en la sala Morasol; los más pudientes iban al del casino. Cuando esa semana se cogieron de las manos para la primera pieza, ella aludió a lo de la pelea:

–No te críes fama de pendenciero, que ya no eres militar –le reprochó con dulzura mientras apretaba su mejilla contra la de Agustín.

Él trató de explicarse, aunque solo lo justo, pues prefería disfrutar de su aroma y del baile.

***

Aquel sábado de noviembre, Agustín había quedado con Andrea y sus padres en el cine «Riocabo», el único del pueblo.

El domingo anterior, en la casa de ella, se oficializó su noviazgo, paso necesario para dejar de verse a escondidas. Abilio, el padre de origen portugués, y Lorenza, la madre, cubrían los flancos de la pareja para garantizar el decoro en la oscuridad de la sala; de esta guisa disfrutaron de *Malvaloca*, del director Benito Perojo. Acompañados de los acordes del piano del cine y con la orientación que proporcionaban los rótulos de la película, siguieron la historia de aquella mujer de vida alegre a la que su pasado le presentaba factura. Evitaron cualquier muestra de intimidad, ni un simple roce de manos; la vigilancia paterna y la de los espectadores emboscados no lo aconsejaban.

Al Portugués, como conocían al de Campo Maior, y a su mujer les agradaba el novio. En palabras de Abilio, que ejercía como herrero, su paso por el Tercio demostraba «Que los tenía bien puestos». «Su familia es buena gente», decía la madre. Convinieron con el pretendiente que podía visitar a Andrea una tarde entre semana y llevarla los domingos al baile o de paseo. Eso sí, en compañía de la acostumbrada carabina, papel que le correspondió a Lucía, la hermana menor. María, la hermana mayor, se había casado con un muchacho del pueblo de su padre, estableciéndose en Portugal.

Desde tiempo inmemorial, la supervivencia de los pueblos extremeños dependía del aprovechamiento de las grandes fincas que los rodeaban. Algunos propietarios invertían en mejoras y realizaban una explotación intensiva, lo que precisaba gran cantidad de mano de obra, cuyos jornales fluían por las venas de la localidad. Otros las dedicaban a pasto para ganado y algo a las encinas, lo que apenas generaba algún puesto de pastor y unos pocos de peones o carboneros, de manera que los pobladores de la zona se veían obligados a emigrar o desplazarse lejos de casa para ganarse el pan.

Agustín viajó a la feria de Zafra acompañado de su padre y Marcelino; había decidido emplear sus ahorros en la compra de dos mulas y un arado con regadera. Elegir esos animales, cruce de burro y yegua, tan negados para la reproducción como sufridos y fuertes para el trabajo, no era labor fácil. Como tampoco lo era negociar con los tratantes de ganado.

El viejo chalán llevaba la chambra negra, como correspondía a su veteranía, así como una varita de nogal para ordenar la reata. Sin manifestarlo en modo alguno, ya se había fijado en Agustín y sus acompañantes. El de la varita volvió a encender la toba del puro y, tras ajustarse la visera, se dirigió a ellos.

–Buenas las tengan, señores. Por como miran a mis mulas se nota que entienden. –Les regaló una sonrisa zalamera–. Han tenido suerte, ya voy con prisa por acabar.

–Pues nosotros no tenemos ninguna –respondió Marcelino con picardía. Sus acompañantes le encomendaron la negociación.

Los Lobo se habían fijado en dos ejemplares negros que se ajustaban a las recomendaciones del yuntero avezado: cola gruesa, cascos pequeños, cabeza enjuta y patas fibrosas. Eran las más resistentes para el trabajo.

–Ustedes verán. Yo a estas –señaló con su varita a una pareja de cabezonas castañas de patas gruesas– se las dejaría por cuatrocientos duros y casi pierdo dinero –dijo el chalán con el ojo izquierdo medio cerrado por el humo del puro.

–Queremos esas dos negras, jefe, y no vamos a soltar más de trescientos cincuenta –lanzó su órdago Marcelino, a la vez que sacaba una cartera gruesa y descolorida del bolsillo.

El chalán prorrumpió en lamentos teatrales: mesaba sus cabellos, se estiraba la chambra y dirigía los ojos a su ayudante en busca de apoyo.

–A las negritas les tengo yo ley, ¿qué menos que cuatrocientos cincuenta por separarme de ellas? –les intentó conmover.

–¡Cuatrocientos duros! Con los arneses y los papeles en orden. Nos damos la mano o buscaremos en otro sitio –zanjó Marcelino la operación.

Ambas partes quedaron algo insatisfechas, como debe ser, y los de Fregenal bebieron para celebrar la compra.

Cada mañana, muy temprano, Agustín tiraba con sus mulas para el tajo. Coincidía en el camino con otros yunteros, los más con borriquillos y arados arcaicos, incapaces de apartar la tierra como los de regadera. Trabajaban de sol a sol, con parada para una comida mísera y los humos de un cigarro. A fuerza de labrar con tenacidad dejaban la tierra, a veces muy dura, en condición de que recibiera el agua necesaria para producir. Con la siega podía venir la desilusión de los campos ralos o con pocos haces de mies.

Terminada la tarea, a desuncir la yunta y a reposar para volver al día siguiente. Pronto aprendió el joven yuntero que entre los parias también había estratos. Los más afortunados regresaban al amor de sus casas de muros resistentes y ajuar, mientras que otros lo hacían a chozos, con camas y muebles de piedra, y la hoguera en el centro para guisar. La peor parte la llevaban los peones de temporada procedentes de otros lugares. Estos solían compartir habitáculos míseros de estructuras incompletas, con canastos de saco para dormir, cepos para las ratas y raquíticas luces de quinqué. Las más de las veces, su cena consistía en algo de sopa, pan, aceite y poco más; de cuando en cuando un puñado sardinas. Por eso, los jóvenes de estas familias valoraban tanto las comidas del Ejército cuando les tocaba hacer el servicio.

Así pasaban los días y las semanas, con una rutina gris que solo se rompía los domingos o por algún desplazamiento para laborar en campos alejados. El trabajo era agotador. «Lo bueno es que nadie te dispara mientras lo haces», pensaba Agustín, que abrió cartilla con Andrea en la Caja Rural para preparar su futuro en común. De la mano de Marcelino optó por afiliarse a la UGT, que en esa época de dictadura se movía en la clandestinidad. Su conciencia obrera se reforzó con las lecturas que este le aconsejaba y por las injusticias que ahora conocía en su cruda realidad.

–Mira, Agustín, tú haz lo que quieras. Los anarcosindicalistas son unos idealistas poco prácticos y tiran de violencia a la menor. En cuanto a los sindicatos católicos que se ha sacado de la manga Primo de Rivera, son para paniaguados al servicio de los señoritos –le explicó Marcelino.

–¿Y los socialistas? –preguntó el profano.

–Eso ya es otra cosa. Hacemos sindicalismo desde el siglo pasado, con organización y realismo. Ahora nos tienen acogotados esos militares, pero más pronto que tarde volveremos, y con fuerza. Tú hazme caso.

–¿De verdad crees que se pueden cambiar las cosas? Sabes que los campesinos llevamos siglos así.

–Claro que sí, chacho, aunque solo si estamos unidos y nos movilizamos. Desde luego tendremos que pagar un precio; los que ahora lo tienen todo no se van a estar quietos –sentenció Marcelino.

El invierno resultó tan frío como lluvioso; la primavera trajo la boda de El Gacho. Era domingo, una mañana soleada de abril, y se ofició en la iglesia más importante de Fregenal, la de Santa Ana. Un edificio de estilo renacentista, con muros de piedra parda y tres gárgolas que custodiaban la torre del campanario. La novia era hija de don Gustavo Millares, el boticario más prestigioso de Zafra, por lo que en el templo se congregaba un buen puñado de las clases pudientes de esa localidad y de Fregenal. Frente al retablo del siglo XVI comparecían los jóvenes dichosos: Amparo de blanco crudo, Manuel con traje y chaleco negros. Había amor además de conveniencia; bastaba con fijarse en las miradas que se dirigían los novios.

Agustín asistió a la iglesia con Andrea, no así a la posterior celebración en la finca del boticario. No era fácil llegar hasta allí y, aunque su amigo insistió, pensaba que estarían fuera de lugar entre esa gente. Se fijó en la manera en que Andrea miraba a la novia; no resultaba difícil leer su pensamiento.

–Manuel, ¡enhorabuena! Cuida a esta chica tan guapa y a disfrutar del viaje. –Lo estrujó con un abrazo que hablaba por sí solo.

–Ya sabes quién será el siguiente, granuja. –Sonrió el amigo con los ojos iluminados por la felicidad del momento–. ¡Cómo ha pasado el tiempo, Agustín! Aquí me tienes, creando mi propia familia.

Los novios visitarían Madrid y de allí viajarían a París, algo solo al alcance de los más privilegiados.

Pasaron otros dos inviernos. Agustín había sustituido los callos del uso de las armas por los de las faenas del campo y la cartilla de ahorros engordaba con los sudores del trabajo y la buena administración de Andrea. También había crecido el espíritu sindical del joven en paralelo a la presión de los amos de la tierra. A comienzos del año treinta finalizaba la dictadura de Primo de Rivera, que moriría poco después en su exilio de París, sucediéndole la llamada «dictablanda» del general Berenguer. En España se sentían los efectos de la crisis económica mundial iniciada en el veintinueve tras el *crack* de la Bolsa de New York, la monarquía perdía prestigio a marchas forzadas y soplaban vientos de cambio.

Una tarde de febrero Agustín fue a visitar a El Gacho a su comercio. Este doblaba telas en el mostrador; a esas horas apenas entraban ya clientes. Vestía el guardapolvo gris y debajo, como de costumbre, la impecable camisa blanca y una corbata bien anudada.

–¡Hola, negociante! –saludó con una sonrisa–. ¿Te echas un pito conmigo?

–¡Joder qué susto, Agustín! Ahora mismo salgo. –Hizo una seña al dependiente para que lo sustituyera.

El Gacho echó un vistazo a su amigo, que mostraba las trazas distintivas del yuntero: la visera apergaminada por los elementos, el rostro curtido, las manos encallecidas, el chaquetón de pana gruesa y los zapatos terrosos.

–Toma uno de estos. –Le alargó un Lucky.

–Bueno, fumaré ese rubio burgués para darte gusto –bromeó Agustín–. Tengo que contarte algo importante.

–Tú dirás; espero que sea bueno.

–Según se mire –creó expectación–. Manuel, me caso a primeros de abril. Hemos *apalabrao* una casita cerca de la fuente de los Grifos y Andrea la está apañando. Así que estáis invitados. –Una chispa alegre brilló en los ojos del yuntero.

–Ya era hora, Dantés. Tu novia es un encanto; me alegro mucho por los dos. Por supuesto, cuenta con nosotros. –El Gacho le dio un abrazo a su amigo.

***

Andrea resplandecía en su vestido negro de novia cuando entró en la iglesia de Santa Catalina del brazo de su padre. Aunque Agustín no quería una boda católica, no le costó mucho ceder para dar satisfacción a la novia, sus padres y sus suegros. Lo consideraba un pago magro en comparación con su felicidad futura. Simona, la madrina, miraba con orgullo a su hijo menor camino del altar: «Siempre fue su ojito derecho», comentaba su hija Reme.

Los primeros bancos los ocupaban los padres y las hermanas de Andrea; también la familia del novio, incluso Andrés y su mujer, que acudieron de Madrid con sus dos hijos. Por supuesto, asistieron El Gacho y su familia, Marcelino y otros compañeros del sindicato. Había amanecido lluvioso y el interior del templo exigía ropa de abrigo, a pesar de lo cual el párroco alargó la ceremonia a conciencia: recordó las obligaciones que implicaba el sacramento y, cómo no, insistió en la procreación. El novio se irritó cuando le vinieron a la mente imágenes de las espantosas condiciones de miseria que sufrían los hijos de los humildes, muchos de los cuales no llegaban a la edad adulta y apenas la mitad lograba superar el analfabetismo.

La celebración continuó en la casa de los padres de Andrea donde, a su costa, los invitados pudieron disfrutar de un buen perolo de caldereta, embutidos, quesos y vino de pitarra; también del jamón que les regaló El Gacho. Los novios fueron al estudio de Samuel para hacerse la foto que colocarían en su dormitorio; la pagó el padre de Agustín, cuya economía escueta no daba para mucho más. También les ofreció unos duros por si querían viajar a Badajoz, aunque los novios decidieron posponerlo para tiempos mejores. Con el gramófono y los discos que aportó El Gacho improvisaron un baile en el patio de la casa, donde los novios se marcaron el pasodoble inaugural; allí no se estilaba el vals.

—¡Qué feliz me siento, Agustín! Mira qué contentos están todos. —La novia apoyó su mejilla húmeda contra la de su marido.

—Hoy es el primer día de nuestro futuro. Te voy a querer más que mucho, tesoro —susurró al oído de su mujer y la estrechó contra su pecho.

Todos bailaban y reían alegres; de cuando en cuando se escuchaban vivas a los novios y sus padres. El brandy, el anís y los puros, también cortesía de El Gacho, menguaban en paralelo al sol, hasta que los consuegros pusieron fin a la celebración.

–Ale, ahora *pa* su casa –dijo «el de las minas» con una sonrisa pícara.

–Venga sí, vamos a completar la entrega. –Dio una risotada El Portugués, bastante achispado a esas alturas de la celebración.

Agustín estaba descorbatado y en mangas de camisa, mientras Andrea, que tenía los pies hechos migas por los zapatos de la ceremonia, le pidió unas zapatillas a su madre. Al salir al fresco de la noche, fue consciente de que iba a compartir lecho con su marido, invadiéndole una sensación de zozobra teñida de deseo. Apenas iba armada con unos pocos consejos de su madre y las amigas casadas. Su intimidad con Agustín no había pasado de besos, caricias y escaramuzas apresuradas en las ocasiones en que lograban burlar a la carabina. Él se había baqueteado en África, sobre todo en lupanares, con el ansia de saber que la muerte aguardaba a cada nuevo día. Incluso desbrozó la bisoñez de la hija de un directivo de las minas del Rif con la que mantuvo una breve relación.

Por fin traspasaron el umbral de la casa que le habían arrendado a un conocido del sindicato. Andrea le había impedido visitarla a su hombre hasta ese momento, mientras que ella iba a diario, a veces con su madre, otras con sus hermanas o su suegra. Antes de encender la luz le tapó los ojos con sus manos cálidas.

–¡Marido! Déjate conducir. Sin miedo. –Lo empujó un poco.

Agustín, que ya había apreciado el encalado de la fachada y comenzaba a respirar el aroma a limpio, dio unos pasos. Le encantaban las travesuras de Andrea; se tiraría a un pozo si ella se lo pidiera. «La quiero con todo mi ser. Que no me falte nunca», se decía a menudo.

Andrea retiró sus manos al llegar al hogar, que ocupaba el centro de la estancia. Así pudo ver su marido el fogón de ladrillo impoluto y los pulidos utensilios de latón colgados encima del mismo. Sobre la mesa un paño blanco, tejido por ella seguro, un jarrón con flores frescas y un cuenco con castañas. A sus pies, el suelo rojizo cubierto por una estera de esparto y al fondo del pasillo la puerta del patio entornada, de la que exhalaba la fragancia de las flores y la higuera. Ya se había apagado el eco de las voces y risas de sus acompañantes cuando ella lo cogió de la mano para conducirlo al dormitorio.

El cabecero de bronce era regalo de sus suegros; la lámpara de cerámica y forja fue el de los hermanos de Agustín. Sobre la única mesilla, dentro de un marco de madera pintada, estaba la foto que les hicieron en la plaza mayor y, junto al armario ropero, un espejo que devolvía la imagen de sus rostros jóvenes. El olor a romero se desprendía de las macetas del quicio de la ventana, donde se alineaban con las de orquídeas abejeras y jaras.

–Eres lo mejor que me ha pasado en la vida –expresó él emocionado. Luego la atrajo hacia sí con sus manos rudas y abordó con avidez los labios acarminados.

Lo demás vino con la mayor naturalidad. Ella no llegó a estrenar el camisón ni él su pijama; los cuerpos se fundieron en un torbellino de emociones cálidas, jadeos gozosos y ternura. La noche de bodas fue larga; no había prisa y sobraba el amor.

A los dos meses tuvo Andrea la primera falta y uno después la confirmación:

–Aquí crece nuestro futuro. –Se señaló el vientre. Agustín estalló de alegría, luego lloraron abrazados.

El verano se presentía ya en Fregenal, los tallos casi habían perdido el verde y los granos adquirían la consistencia necesaria. Se aproximaba la recolección de una cosecha que se preveía abundante. Agustín iba camino de la casa de Marcelino; acababa de regresar del congreso de UGT celebrado en Madrid.

–Pasa; mi marido te espera en el corral –lo recibió Consuelo con una ristra de ajos en la mano.

Al pasar junto a la cocina saludó a Margarita, la hija mayor, que faenaba entre pucheros, verdura y patatas. La adolescente era tan generosa de carnes y simpática como su madre.

El padre estaba sentado en un taburete junto a una mesa de madera de encina, sobre la que descansaban un fajo de papeles, la garrafa de vino y dos vasos. Tenía revuelto su cabello crespo y veteado de canas prematuras, las mismas que aparecían bajo la prenda de tirantes que marcaba su barriga. Al escucharle entrar levantó la mirada y señaló el otro taburete.

–Hola, chacho; qué bien te sienta la camiseta. Hasta deja pasar el fresco –dijo el visitante mientras señalaba los agujeros de la prenda vieja.

El aludido rio con ganas y le sirvió vino a su amigo.

–Tengo mucho que contarte, compañero. Por Madrid las cosas están tan calientes como hierros de marcar; por fin se toman en serio los problemas del proletariado del campo.

Marcelino le refirió la constitución de la Federación Nacional de Trabajadores de la Tierra como una rama de UGT y la directriz de crear secciones locales por toda la provincia. Se olfateaban cambios políticos y había que estar preparados.

–Han *nombrao* secretario general a Lucio Martínez, uno de los del PSOE que trabajan en la reforma agraria. *M'an dao* papeles con datos de Badajoz que ni nosotros conocíamos –añadió.

El joven yuntero seguía con atención las palabras del mentor que tanto le había enseñado sobre el oficio de la tierra y la defensa del mismo.

–¿Qué datos son esos? –Agustín expresó su curiosidad mientras sacaba la petaca de tabaco del bolsillo.

Marcelino cogió los documentos de la mesa y comenzó a desgranar cifras de hoja en hoja.

–En las tierras pacenses viven del campo el 65 % de los trabajadores y la agricultura supone el 81 % de la economía. Además, casi tenemos monocultivo: los cereales ocupan el 53 % y el resto se reparte entre legumbres, olivos y dehesas. Por eso el paro obrero es tremendo en las épocas de no laboreo. Según estos papeles, aquí apenas ha entrado la maquinaria agrícola. En toda la provincia solo hay 64 desgranadoras de mies y 31 tractores.

–¿Tractores dices? Pero si aquí la mayoría sigue con arados romanos; ni siquiera les da para comprar los de reja y vertedera –apostilló Agustín.

–Nos informaron de que faltan tanto carreteras como kilómetros de ferrocarril, no se invierte en abonos y los sistemas de riego son anticuados. Seguimos con norias, cuando se necesitarían pantanos. Y con todo, lo peor es el reparto de la tierra, los malditos latifundios –expresó ceñudo el de la camiseta de tirantes.

El veterano sindicalista detalló que había más de 300.000 fincas que no llegaban a las 10 hectáreas, casi de subsistencia; se repartían entre unos 60.000 propietarios, mientras que estaban censados 1.500 dueños de fincas con más de 250 hectáreas, el 62 % de la tierra. Muchos de los terratenientes tenían vínculos familiares entre sí.

–Si no empujamos nos tendremos que resignar a que nada cambie, a seguir en la miseria –sentenció Marcelino con la firmeza pintada en el rostro.

Su interlocutor lo miró a los ojos y dio un trago de vino; la información le había impactado.

–¿Y qué podemos hacer? –demandó un Agustín acostumbrado a la acción directa que aprendió en la Legión.

–De momento vamos a transformar nuestra Sociedad Agrícola y de Oficios Varios en asociada de la FNTT, y para eso te voy a necesitar. Además de carácter tienes buen manejo de las letras y los números.

Al mes siguiente, los afiliados del sindicato elegían a Marcelino Rodríguez presidente y a Agustín Lobo secretario de la agrupación local. Esto no gustó nada a su mujer, para la cual entrar en política suponía complicarse la vida y significarse frente a los poderosos.

Entre atenciones de su marido y de los futuros abuelos, el embarazo de Andrea avanzaba parejo a la crisis de la Monarquía. Diciembre del treinta vino frío y trajo la fallida sublevación de Jaca liderada por los capitanes Galán y García Hernández, que se convertirían en mártires tras su fusilamiento. A raíz de esta crisis dimitió el general Berenguer, designando el rey al almirante Aznar como presidente de un Gobierno de concentración. Este convocaría, para el doce de abril, las elecciones municipales que habrían de convertirse en un plebiscito sobre monarquía o república.

***

El cielo estaba cubierto ese veintiséis de marzo. Nubes enlutadas se aproximaban por el oeste del camino de Higuera la Real cuando Agustín inició su trabajo en El Arroyal, una finca de treinta hectáreas que pertenecía a la familia Mencía. La tierra estaba seca, por lo que el arado avanzaba con dificultad para voltear los terrones y abrir los surcos que habían de favorecer la entrada del sol y el oxigenado. A media mañana notaba deslizarse el sudor por sienes y frente, y su boca estaba seca y pastosa, por lo que decidió hacer una parada e invitó a sumarse a El Cobrizo, que laboreaba a unos cien metros de él.

Sentado con la espalda apoyada en la cerca de piedra, por la que se movían con agilidad las lagartijas, el yuntero abordó el botijo con ansia hasta notar en su garganta el descenso del torrente fresco. Tras secar su rostro con el pañuelo arrugado comenzó a liar un cigarro, alargando la petaca a El Cobrizo cuando lo tuvo a su altura.

–Poco cunde con este suelo *torcío*, chacho –se quejó el pelirrojo, que venía sofocado por el esfuerzo. Su yunta era de borricos y el arado romano estaba mellado.

–No te apures, que la lluvia lo ablandará. Fumemos; luego ya se verá –respondió Agustín, cuya mente la ocupaba Andrea, que ya había salido de cuentas.

Los ojos de los yunteros se fueron tras el vuelo majestuoso de un milano real, que parecía escrutar el terreno en busca del alimento móvil.

–Ese sí que vive bien; no tiene que pelearse cada día con la tierra para ganarse el sustento. Cuando tiene hambre sale y ¡zas! –comentó El Cobrizo.

–Bueno, no creo que lo tenga tan fácil en invierno, aunque también le envidio su libertad. Por cierto, mañana hay reunión sobre lo de las elecciones municipales –dijo Agustín y le dio una calada al cigarro.

De repente, los dos hombres escucharon el rebuzno de una mula; era «Melilla». La vieron patear y moverse inquieta, como si intentara zafarse de la yunta. Agustín corrió hacia ella, aunque le costó acercarse por las coces que tiraba. Cuando el animal se calmó un poco pudo ver bajo sus patas la cabeza machacada de una víbora. La pisoteó con rabia tras descubrir las marcas diminutas de su picadura por encima de una pezuña.

–¡Me *cagüen* en *to*! La muy puta me la ha mordido –gritó con ira mientras su compañero se aproximaba.

–Desengánchala de la yunta y déjame tu navaja –le dijo El Cobrizo con decisión–. Corre, ve a buscar al veterinario mientras yo intento sacarle el veneno.

Agustín subió a lomos de «Ceuta», su otra mula, y se dirigió a Fregenal. Los nubarrones estaban ya sobre el jinete y comenzaron a soltar su carga densa. En pocos instantes tenía la ropa empapada y el sendero estaba embarrado. La mula se encabritó por la tormenta y su dueño tuvo que bajarse antes de que lo descabalgara. El esfuerzo de tirar del animal, los resbalones constantes y la preocupación por la vida de «Melilla» le hicieron sentir que el camino hasta el pueblo no tenía fin; era como nadar contra corriente.

Sentía un frío atroz en todo el cuerpo cuando llegó a la casa de don Jacinto, el veterinario con el que tenía la iguala. La consulta estaba en su vivienda y disponía de un portón por el que se accedía al corral de los animales. Golpeó con la aldaba de bronce y un minuto después repitió con más fuerza. Al poco escuchó un «*vaaá*» en el interior y enseguida el chirrido de la puerta maciza al abrirse.

–Vaya facha, chacho; estás chorreando –lo saludó Vicente El Chupao, el ayudante del albéitar.

–Necesito ver a don Jacinto con urgencia; una bicha me ha *picao* a la «Melilla» –dijo con cara de pocas bromas.

El Chupao le informó de que el veterinario había salido a primera hora para una visita.

–Creo que volverá para la comida, aunque ya sabes como son estas cosas –añadió sin comprometerse.

–Anda; mete a «Ceuta» en el corral mientras me acerco a cambiarme. Vuelvo en un rato –se despidió el agobiado yuntero.

Había escampado y, tras avanzar unos pasos, Agustín se giró; dudaba de que un tipo tan esmirriado fuera capaz de hacerse con la mula. Comenzó a sentir escalofríos y toser camino de su casa; tenía ganas de ver a su mujer.

Al entrar en la vivienda se encontró con su suegra, que dado el estado de Andrea la acompañaba cuando él salía a la faena. Lorenza era guapa; a pesar de su madurez conservaba trazos de la mujer de bandera que fue. La hija había heredado sus ojos y su fortaleza de carácter. Le cerró el paso a la habitación y compuso con el índice un gesto de silencio.

–La niña duerme; está muy cansada, Agustín –le explicó–. ¿De dónde vienes tan *mojao*?

–Ahora le cuento. ¿Cómo va Andrea? –Se quitó la chaquetilla goteante.

–No te preocupes, está bien, aunque ya han comenzado las contracciones. De hoy no pasa que seas padre –sonrió con ternura.

–¿Me tengo que quedar? Es que me ha surgido un problema con una mula –dijo Agustín.

–No hace falta, pero da *recao* a tu madre para que venga. Cuando llegue el momento, alguien tendrá que avisar a la Fructuosa –se refería a la partera.

Mientras Lorenza intentaba sin éxito que comiera algo, su yerno le refirió lo de la víbora. Tras cambiarse de ropa Agustín se asomó al dormitorio, donde Andrea dormía con una respiración acompasada. Compuso una sonrisa al mirarla con arrobo y olvidó por un momento el grave problema que le había llevado allí.

Agustín y el veterinario llegaron hasta El Arroyal en el coche de este, que regó de salpicaduras embarradas a los pocos transeúntes. El Cobrizo los recibió con el rostro tenso; le había atado una cincha a «Melilla» por encima de la mordedura y ahora, tendida, gemía sin fuerza. Don Jacinto limpió sus gafas con el pañuelo y, tras examinar la pata, se aproximó al cuello para escuchar la respiración. Después de mirar los ojos del animal cabeceó en silencio.

–Lo has hecho bien –se dirigió a El Cobrizo–. Espero que el veneno no se haya extendido. Le voy a administrar un medicamento y veremos cómo reacciona. –Tras hablar, el veterinario consultó su reloj de cadena.

–¿Y qué hago mientras tanto? –dijo Agustín angustiado.

–Cúbrela bien; las próximas horas serán decisivas. Yo volveré por la mañana.

Agustín regresó al pueblo con el veterinario. El Chupao le prestó unas mantas viejas, que introdujo en los serones de la «Ceuta» y a lomos de esta se dirigió presto a la finca. Los escalofríos volvieron con intensidad; le castañeteaban los dientes y la fiebre no tardaría en aparecer.

Con unas correas le ajustó a la «Melilla» las telas protectoras; el animal respiraba con dificultad y tenía los párpados caídos. Le acarició las crines y el cuello con suavidad; casi era un miembro más de la familia. Tras mirar el movimiento de las nubes por el cielo se acercó hasta el lugar donde araba El Cobrizo.

–Mariano, tengo que marcharme; mi Andrea está de parto. Échale un ojo a esta antes de irte. –Señaló a «Melilla» con la mirada–. Y gracias por todo, compañero.

–Descuida. Y que sea *pa* bien, Agustín –sonrió el yuntero–. Cuando termine me llego a tu casa y te cuento.

De camino al pueblo, que estaba a poco más de una legua, la zozobra y el malestar le pesaban. Intentó fumar y a las dos caladas la tos le hizo desistir. Al divisar la blancura de Fregenal le invadió la dicha por su próxima paternidad. Fue consciente de que eso era lo que importaba y se puso a tararear una coplilla alegre.

Tras guardar a «Ceuta» en el corral se lavó las manos y la cara antes de acceder a la casa. De repente escuchó gritos angustiosos en el interior y aceleró el paso hasta toparse con su padre en la puerta.

–Espera, las mujeres están adentro; se conoce que la criatura viene ya. –Álvaro posó sus manos encallecidas en los hombros de su hijo.

–Y mi Andrea, ¿está bien? –inquirió el joven con impaciencia; sus ojos mostraban ya un brillo febril.

–*Paici* que sí, ya vino la Fructuosa y ahora toca esperar. Anda, vamos a echar un trago –propuso el padre.

El hogar estaba encendido y Agustín aproximó su silla al fuego; temblaba de frío. Álvaro sirvió dos vasitos de cazalla y se acomodó frente a él. Hablaron largo del incidente de la mula. Después, «el de las minas» le recordó las circunstancias de su nacimiento:

–El parto duró toda una noche; se conoce que no querías venir a este mundo. Fue el domingo más largo de mi vida. –Dio un trago de licor.

La casa estaba en penumbra cuando Simona salió de la habitación:

–Hola hijo, vaya tos tienes. Anda pasa, que tu mujer ha *preguntao* por ti –le dijo, y puso agua a calentar en una cacerola grande.

Al entrar en el dormitorio aspiró un olor intenso que no supo identificar. Lorenza tenía cogida una mano de su hija, mientras que la partera aplicaba un ungüento en la tripa de esta. Andrea tenía el cabello empapado de sudor, al igual que el camisón blanco, sobre el que destacaba la medalla de plata de la Virgen de los Remedios. Se agitó al ver a su marido.

–¡Agustín! Me duele, me duele mucho –se desahogó.

Este se aproximó por el lado opuesto al de Lorenza para besar con ternura los labios y la frente de su mujer. Estaba asustado, nunca la vio así; desde que se casaron no había padecido ni un simple constipado.

–No te preocupes, mi tesoro; ya queda poco –le susurró al oído.

Al poco percibió la seña que le hacía la partera con sus dedos veteados por las manchas de la vejez, besó de nuevo a Andrea y salió de la habitación. Su suegra mostraba un rostro sereno, y Simona, que esperaba fuera, clavó sus ojos color avellana en los de su hijo. Después le acarició la mejilla como solo una madre sabe hacer, insuflándole seguridad al instante.

–¡Estás ardiendo, «Tinín»! –Utilizó el diminutivo de su infancia y le tocó la frente.

Aunque Agustín le restó importancia, su madre le hizo acomodarse en el único sillón de la casa y lo cubrió con su toquillón. Al yuntero lo rindió el sopor tras beberse la taza de caldo caliente. Al poco llegaba su suegro, pero él no se enteró.

La mano de Álvaro lo sacó de las sombras del sueño, de las imágenes y sonidos incongruentes producidos por la fiebre. Llevaba casi dos horas amodorrado y le dolía el pecho.

–¡Despierta, hijo! ¡Te ha *nacío* un macho! –le sonrió emocionado «el de las minas».

El flamante padre se incorporó con torpeza y se fue para el dormitorio. En la puerta estaba su suegro y junto a la cama las tres mujeres. Andrea sujetaba al recién nacido en su regazo y lo contemplaba absorta.

–¡Mira, nuestro hijo, Agustín! –musitó con voz débil y una palidez desacostumbrada.

El marido se acercó a Andrea y la abrazó con mimo. Le pareció muy pequeña e indefensa entre las ropas de cama.

–Cógelo –lo animó Lorenza y él tomó al bebé entre sus brazos, con temor y reverencia a la vez.

–Tiene tus ojos, mi amor. –La emoción bajó húmeda por las mejillas de Agustín.

–Bueno, pues servidora está ya de más –se despidió Fructuosa–. Es un niño *mu* bonito; que sea enhorabuena y se os críe bien.

La partera salió con su hatillo a la noche cerrada; ya había cobrado el servicio tras dejar sus consejos a las abuelas. Nadie era consciente de la hemorragia desatada en las entrañas de Andrea, pues no sentía dolor mientras su vida se escapaba con el fluido carmesí. Poco después se marcharon Simona y los dos abuelos, que quedaron en regresar por la mañana.

A ambos lados de la cama, Agustín y Lorenza velaban a la parturienta. Él, con una fiebre abrasadora que parecía añadir plomo a sus párpados; ella, pendiente del menor movimiento de la hija y el nieto. Serían las dos cuando Andrea pidió agua y su madre prendió el quinqué para llegarse al cántaro. A su luz observó una mancha circular en la colcha blanca y, al acercarse, distinguió su color.

–¡Agustín, espabila! –Le agitó el cuerpo con la mano libre–. ¡Está cubierta de sangre!

Este, aturdido, encendió la lámpara eléctrica para descubrir horrorizado la nube roja sobre la tela. Con avidez, levantó la ropa de cama y al instante comprendió lo evidente. Andrea gimoteaba sin fuerzas y su frente desprendía fuego. Vio el miedo en los ojos de Lorenza.

–¡Rápido! Avisa a la Fructuosa; yo le pondré unas compresas.

Agustín buscó su tabardo y salió a toda prisa; las sienes le retumbaban con cada pisada, sentía escalofríos y vértigo. Varios accesos de tos agitaron la negrura de sus pensamientos en los pocos minutos que duró el recorrido. La vieja partera vivía sola; hubo de insistir en la puerta hasta que respondió.

Al llegar a la casa, Lorenza los esperaba con el rostro desencajado; estaba muy asustada. La hemorragia no se detenía y el bebé lloraba en demanda del pecho de su madre. Tras examinar a Andrea, Fructuosa se volvió hacia Agustín con gesto fatalista.

–La cosa *s'a complicao*. Vete a buscar a don Emilio; esto es ya cosa de médicos. Yo haré lo que pueda mientras llega. –Agustín vio la alarma en sus ojos acuosos–. Calienta agua, y trae unos paños –le indicó a Lorenza.

El doctor Garrido vivía al otro extremo del pueblo. A pesar de la fiebre y la lluvia, Agustín corrió; el temor de perder a su mujer le había hecho olvidar el problema de la mula y hasta a su hijo. De camino se entretuvo en avisar a sus padres; Simona se fue a casa de su hijo, mientras Álvaro cogió un paraguas para acompañarle. La imponente casa del médico estaba a oscuras y, tras mucho insistir con el timbre, abrió el criado. La lámpara de carburo iluminaba su rostro somnoliento.

–¡Que *querís* a estas horas! –dijo malhumorado.

–¡Rápido, avisa a don Emilio! Es una urgencia –le respondió Agustín.

–Le daré *recao* cuando se despierte. Dime dónde vives –remoloneó el criado.

La respuesta acabó de enervar a Agustín, que lo agarró de la pechera con ímpetu y acercó sus ojos febriles a un palmo de los del otro; el criado podía sentir el aliento caliente.

–¡Malnacido! Llámalo ahora mismo o te parto el alma –le espetó con ira, la misma que expresaba el rostro tenso de Álvaro.

Media hora después acompañaban al médico en su automóvil y le ponían al tanto por el camino. El repiqueteo en el techo avisaba del aguacero que se había desatado. Cuando entraron en el dormitorio, la partera le aplicaba gasas a Andrea mientras las abuelas se persignaban desconsoladas. También estaba allí El Portugués.

–¡Salgan todos de aquí! –impuso su autoridad don Emilio–. Tú quédate –le dijo al marido

Andrea estaba consciente; las últimas fuerzas las había empleado en dar de mamar al pequeño. El médico sacudió el termómetro y lo introdujo en una axila, luego le tomó el pulso. Al observar la veloz ascensión del mercurio se desprendió de la chaqueta y arremangó la camisa. Tras el examen ginecológico se aplicó a retirar fragmentos de la placenta y a darle masajes uterinos sin lograr que la hemorragia cesara. Agustín no perdía detalle y, de soslayo, miraba al bebé dormido.

–Le voy a administrar una ampolla, aunque no creo que pase de esta noche –le dijo con resignación y crudeza–. ¡Si eres creyente busca un sacerdote!

–¿Qué dice, doctor? –Agustín cerró los puños con fuerza–. ¿Es que no se puede hacer nada más? –inquirió preso de una impotencia demoledora.

El joven abrazó a su mujer entre gimoteos, la cubrió de besos: en la frente, en los labios, en las mejillas. Ella no encontró las fuerzas para responder.

–Aguanta, mi vida, mi tesoro; no me dejes –le susurraba al oído con los labios ardientes y pesadez en la cabeza.

–Agustín... Agustín. Cuida de nuestro hijo –dijo con un hilo de voz y la intuición del final en sus ojos–. Estoy tan cansada –añadió.

Ya se filtraban las primeras luces por los visillos cuando Andrea expiró rodeada del silencio respetuoso de los suyos. Agustín no se había vuelto a separar de ella y le apretaba una mano, las abuelas secaron sus lagrimales y sus maridos estaban doblados por la tristeza. No compareció cura alguno y don Emilio lo hizo para certificar lo inevitable. El bebé, ajeno a todo, comenzó a llorar como si quisiera sumarse al duelo, aunque lo que sentía era hambre.

El Cobrizo se pasó en cuanto pudo.

–La «Melilla» respira –le dijo al viudo desconsolado y luego lo estrechó en un abrazo viril. –Lo siento mucho, compañero. Ya sabes, para lo que necesites –sonaba sincero.

Más de una semana estuvo encamado Agustín, consumido por la fiebre y la pena. Solo se levantó para asistir al entierro, del que volvió destrozado. Simona fue a instalarse en su casa y le prodigó todo tipo de cuidados. Del niño se ocuparían los abuelos maternos, que enseguida le buscaron un ama de cría, una tal Caraba. «El de las minas» sustituyó a su hijo en el laboreo con la yunta; el dueño de la finca no quería oír excusas. No hubo tarde en que el viudo no recibiera la visita de su amigo El Gacho; en cuanto cerraba el comercio aparecía en su casa y se sentaba junto a él. Si no tenía ganas de hablar el amigo permanecía a su lado en silencio.

Agustín era una sombra de sí mismo cuando volvió a sus rutinas. Demacrado y pálido, le faltaban las fuerzas, y sobre todo el ánimo. Solo hallaba consuelo con su hijo en los brazos. Le llamarían Mateo, como deseaba Andrea. Aunque vio morir a muchos compañeros en Marruecos, nadie le había preparado para la pérdida de su mujer. No concebía el futuro sin ella; era como si hubiera penetrado en un túnel sin salida.

–Ha *llegao* el momento de sacar tu hombría. Aunque la vida te golpee, hay que seguir. *Tiés* un hijo que sacar adelante, considera –le dijo Álvaro cuando regresaban del laboreo a lomos de las mulas.

–Ya, padre. Si hubiera avisado antes al médico... –se lamentó Agustín.

–No quiero volver a escucharte eso –mostró su enfado «el de las minas»–. Lo *pasao, pasao* está y punto.

Por esas fechas, Fregenal y toda la provincia bullían ante las elecciones municipales del domingo doce de abril. La conjunción republicano-socialista, fruto del pacto que cocieron los líderes antimonárquicos en San Sebastián, apostaba fuerte. De hecho, la convocatoria se había convertido en un plebiscito sobre la monarquía y el agotado régimen de la restauración. Marcelino Rodríguez y el resto de compañeros de la FNTT se habían volcado en la campaña electoral.

Agustín acudió a votar con el brazalete negro que su madre le había cosido en la chaqueta, recibiendo el pésame de compañeros y vecinos. Apenas se había dejado ver desde la pérdida de Andrea. Se respiraba un ambiente de emoción y esperanza entre las clases populares. Los promotores de la

República habían hecho muchas promesas de cambio, entre ellas la reforma agraria, tan anhelada en aquellas tierras. Salió a su encuentro Marcelino, que vestía un traje de pana verde para ocasión tan señalada; apenas se habían visto desde el entierro de Andrea.

–¿Cómo estás, compañero? ¡Hoy va a ser un día grande! –Estrechó su mano con fuerza.

–Algo mejor, chacho, aunque hay días que no encuentro motivos para salir a la calle. Si no fuera por mi hijo... –Agustín mostraba su tristeza en los ojos y la voz.

–Anda ven, que te voy a presentar a nuestro futuro alcalde. Es del Partido Republicano Radical. Luego, si te convence, lo votas. –Sonrió el del traje verde.

Poco después se proclamaba la República en España, desencadenándose una explosión de júbilo no vista en años, sobre todo en las grandes urbes. Las candidaturas de la conjunción republicano socialista, a pesar de no conseguir la mayoría de los votos, se había impuesto con rotundidad en cuarenta y tres capitales de provincia. Se produjo la dimisión del almirante Aznar, presidente del Gobierno, y el rey, ante la falta de apoyos, decidió marchar al exilio. En la noche del 14 al 15 de abril partía de Cartagena en el crucero de la Armada Príncipe de Asturias con destino a Marsella. El Comité Revolucionario se transformaba en Gobierno provisional bajo la presidencia de Niceto Alcalá Zamora, el que fuera ministro durante la monarquía.

El 17 de abril se publicada en la portada del *ABC* la despedida de Alfonso XIII: «*...quiero apartarme de cuanto sea lanzar a un compatriota contra otro en fratricida guerra civil. No renuncio a ninguno de mis derechos... Mientras habla la nación suspendo deliberadamente el ejercicio del poder real y me aparto de España, reconociéndola así como señora de sus destinos...*».

Un día antes se constituía en Fregenal el nuevo Ayuntamiento. El alcalde electo era el líder de la candidatura monárquica, Pedro López Navarrete. Sin embargo, tras la proclamación de la República se creó una comisión gestora a instancia del gobernador civil, celebrándose nuevas elecciones a finales de mayo, de las que saldría como alcalde el republicano Manuel Sánchez Romasanta.

El nuevo régimen juzgó de la máxima urgencia abordar los problemas de los trabajadores del campo, entre otros, el desempleo crónico, el parasitismo de los intermediarios y las tierras improductivas. El Gobierno provisional comenzó a tomar medidas de inmediato. En abril del treinta y uno aprobó el Decreto de Términos Municipales, que obligaba a los propietarios y grandes arrendatarios de fincas rústicas a contratar con prioridad a los obreros del término municipal en que se ubicaba la tierra objeto de laboreo. Posteriormente, en mayo, entró en vigor el Decreto sobre Laboreo Forzoso, que imponía a los propietarios o arrendatarios el cultivo de las fincas rústicas según los usos y costumbres de la región. Si no se cumplía este mandato las tierras podían ser cedidas a las sociedades y organizaciones campesinas.

Ese mismo mes se crearon los jurados mixtos para regular las condiciones de trabajo en los sectores de industria y agricultura, publicándose el Decreto sobre Prohibición de Desahucios y Revisión de Contratos de Arrendamiento, en virtud del cual muchas organizaciones sindicales pidieron autorización para concertar arrendamientos colectivos. Estas medidas suponían la antesala de la prometida reforma agraria, cuyo objetivo primordial era corregir los efectos negativos de la desigualdad extrema en la propiedad de la tierra. Como cabía esperar, los capitalistas rurales se organizaron para defender sus intereses, creando a escala nacional la Agrupación de Propietarios de Fincas Rústicas.

El cambio de situación política ayudó a Agustín a emerger del pozo anímico. Entre los humildes se difundió la esperanza de un futuro mejor y el joven viudo encontró su propósito vital en la defensa de los intereses del campesinado. Mateo se criaba sano bajo las atenciones de sus abuelos y el mimo de sus tías. El niño vivía con la familia de Andrea y su padre lo visitaba cada día. Aunque no pudiera entenderlo, le hablaba al bebé de su madre y sus sueños: «Tú has de llevar otra vida; vas a estudiar y a sacudirte el yugo de la tierra», le auguraba. Agustín antepuso la ilusión de los abuelos a sus creencias y en julio lo bautizaron. «A fin de cuentas, no es más que una ceremonia», se decía.

Una tarde, al regresar a casa tras la faena se encontró con Álvaro en el poyete de la puerta de casa. Fumaba a la sombra, cambiando a cada momento de postura, y tenía la frente anegada por el sudor. El sol vespertino de julio caldeaba las calles y los ánimos.

–Agustín, hijo. *Que'l* amo no me *quié* renovar la aparcería. –Su rostro estaba congestionado y la desesperación aparecía en sus ojos.

–¿Qué dice, padre? Si lleva más de diez años y siempre ha cumplido. Ande, pase y cuéntemelo todo. –Le franqueó la entrada.

Bebieron agua fresca y se acomodaron a la sombra de la higuera del patio. Álvaro le contó que esa mañana se había presentado en la parcela el administrador del propietario.

–Ese mal bicho de Armengol –lo calificó.

–Me dijo que tenían otros planes *pa* las tierras, que con la recogía de la cosecha terminaba el arriendo. Así, sin más ni más.

–¡Hijos de perra! Eso no puede ser, padre. ¿Tiene usted papeles?

–¿Qué? Eso se hizo de palabra; siempre fue así. *M'enterao* que desde lo de la República les han hecho lo mismo a otros aparceros.

–¿Y qué dice madre?

–La verdad, ni *m'atrevío* a referírselo.

Agustín se maliciaba de que lo sucedido tenía que ver con su militancia sindical, así que calmó a su padre como pudo y le dijo que él se ocuparía. Antes de separarse le preparó un paquete de higos; sabía que le ayudarían a pasar el caldeo.

Esa tarde, en vez de visitar a su hijo fue a buscar a Marcelino y lo encontró en la taberna de costumbre. El veterano yuntero compartía vino y tabaco con otros tres compañeros del sindicato. Agustín acercó una silla y se sentó con ellos.

–¡A las buenas, compañeros! Vengo *endemoniao* –captó la atención de los contertulios–. A mi padre le quieren quitar la aparcería. –Dio un palmetazo en la mesa.

Los de la mesa compusieron gestos de desaprobación. Marcelino pidió un vaso para su amigo y quiso conocer los detalles.

–Así reaccionan esos miserables a los decretos de la República. ¿Qué piensas hacer? –El presidente del sindicato lo miró expectante.

Agustín llenó su vaso y dio un trago antes de responder; necesitaba serenarse.

–Iré a ver al tal Armengol; lo de mi padre es ilegal. Espero que se atenga a razones –expresó, sin demasiada convicción.

–No seas ingenuo; esos *malnacíos* no darán su brazo a torcer. Solo saben que mandar –dijo El Cobrizo con una mueca de desprecio.

–Este tiene razón –intervino Marcelino–; solo con palabras no van a ceder. Y si te metes en pleitos te empapelarán; tienen abogados y el asunto puede alargarse años. ¡Vas a visitarlo, sí, pero con nosotros! –Repasó con la mirada al resto.

En menos de una hora los cinco estaban ante la casa del administrador, tan sofocados por el asunto que los llevaba allí como por la calorina. La sirvienta entró a consultar y a la vuelta, algo azorada por las miradas duras de esos hombres, les transmitió que el señor no podía recibirlos.

–No te escondas, Armengol; de aquí no nos movemos hasta que salgas –gritó Marcelino y puso un pie en la puerta, tras lo cual comenzaron a hacer ruido los compañeros.

El administrador los observaba desde la ventana y, al ver que la calle se poblaba de curiosos, optó por atenderlos. La valentía no era una de sus cualidades, pero tampoco deseaba jaleo a la puerta de su casa.

Las paredes del despacho estaban revestidas con maderas nobles y el techo mostraba un artesonado de relieves dorados. El mobiliario atestiguaba el origen aristocrático de la vivienda, con la que Armengol se había hecho en una dudosa subasta. Los recibió en chaleco y mangas de camisa. Dio un manotazo al gato acomodado en el alféizar de la ventana antes de sentarse al escritorio y, aunque los invitó a hacer lo propio, tres de ellos permanecieron de pie.

–Pues ustedes dirán qué se les ofrece. –Al reconocer a Agustín, intuyó de qué se trataba.

–Soy Agustín Lobo, hijo de Álvaro. Mi padre me ha contado que no le quieren prorrogar la aparcería, sin considerar los años que la trabaja y que siempre ha pagado en plazo –le soltó con una mirada fría; sus cuatro compañeros estaban al quite.

Armengol se colocó las diminutas gafas sobre la nariz, de la que emergían pelillos tan hirsutos como desagradables. Rebuscó en los cajones y extrajo el documento de una carpeta azul.

–Aquí lo dice: «La aparcería se prorrogará de año en año por acuerdo de las partes, salvo que el arrendador preavise al aparcero con una antelación no inferior a un mes sobre el vencimiento». –Tras la lectura, se sacó las lentes–. Todo es legal, dado que el contrato vence este septiembre.

–¡Déjate de papeluchos! Queremos saber el motivo de esta decisión –intervino Marcelino con voz enérgica.

–Eso es cosa del amo; no tiene por qué justificarse. –Estaba seguro del argumento legal, pero se equivocó al esbozar una sonrisa inoportuna.

Sin poder contenerse más, Agustín dio un manotazo brusco a los objetos apoyados sobre el cuero repujado de la mesa y lo agarró del cuello. Estaba a un palmo del rostro del administrador, que se quedó paralizado.

–¡Pedazo de sanguijuela! Dile a tu señor que mientras pague lo pactado mi padre seguirá con la tierra, ¿está claro? ¿Que si está claro? –Las virutas de saliva impactaron en la cara de Armengol.

La palidez y la expresión de pánico del administrador daban a entender que sí lo había comprendido.

–Espero que lo arregles, si no te va a quedar poco que administrar. Vámonos –ordenó Marcelino.

Por un tiempo ganaron la partida, aunque en el año 1934, crecidos los patronos durante el Gobierno de la CEDA y los radicales, terminaron por expulsar de la parcela a Álvaro, que caería enfermo poco después.

Ante el grave estado de salud del patriarca Lobo, sus tres hijos se reunieron en el pueblo. Andrés, tras más de doce horas de tren, llegó de Madrid el día anterior; su mujer se había quedado con los hijos en la ciudad. Tras visitar al enfermo, el médico se dirigió a los tres hermanos y fue muy claro:

–Los pulmones de vuestro padre no aguantarán más de una semana. –Dictó la sentencia inapelable. Los hermanos pasaron al dormitorio, donde Simona acompañaba a su marido, ocupándose Reme de abrir la ventana para que el aire tibio de junio despejara la atmósfera viciada por el confinamiento.

La luz filtrada por la cortina permitió a Andrés ver el rostro macilento de su padre, con los ojos medio entornados y la barba descuidada. Su respiración era dificultosa y cada poco emitía un ronquido sibilante. A punto de cumplir los sesenta, ya parecía un anciano. Agustín notó la sorpresa de su hermano.

–En tres meses se ha consumido –le informó.

–Esto le viene de las minas. –Reme tenía los ojos hinchados por el llanto y la noche en vela–. Fueron muchos años de respirar malos aires –apostilló.

Los hijos pasaron aquella noche en vela junto a su padre. Tuvieron mucho tiempo para hablar y recordaron su infancia en Nerva, junto a las minas de Río Tinto. El padre, como otros 11.000 españoles, trabajaba para la británica RCTL, que explotaba las piritas de cobre de la cuenca. En 1913, tras una huelga salvaje por las condiciones económicas y de salubridad, hubieron de regresar a Fregenal casi con lo puesto.

Álvaro, al que empezaron a llamar «el de las minas», no volvió a ser el mismo. Tenía la impresión de haber desertado del conflicto; la necesidad lo devolvía al yugo del campo, del que creía haber escapado. Su mujer no opinaba lo mismo; en Huelva se sentía como una extraña y pensaba que la mina acabaría arruinando la salud de todos.

Simona penetró en la habitación con una taza humeante, la dejó en la mesilla y puso la almohada en posición vertical, tras lo cual incorporó a su marido para que tomara el caldo. Trataba de mostrarse fuerte ante lo inevitable.

–¡Anímate, hombre! Que están aquí tus hijos. Anda, bebe una *miajita*; te sentará bien. –Le acercó la taza a la boca.

–No *pueo,* mujer –respondió con un hilo de voz–. Dile a Agustín que se acerque y *ejalnos* solos.

Simona le hizo un gesto a Reme y a Andrés para que salieran con ella; obedecieron resignados.

Cuando padre e hijo se quedaron a solas, «el de las minas» pidió que le liara un cigarro:

–Será el último. Total... –le dijo. Agustín, tras cerrar la puerta de la habitación, obedeció de mala gana.

–Pero, padre; le va a sentar fatal y madre me regañará con razón –expresó con poca convicción.

«El de las minas» parecía haber recuperado algo de energía; quizás la chispa engañosa que suele preceder al momento final.

–De esta *la diño*, hijo, lo sé. Tu hermano hace su vida en Madrid y Reme bastante *tié* con el lambuzo de su marido y los críos –se interrumpió por un acceso de tos–. La que me quita el sueño es tu madre; se queda solita y *apretá* de perras. –Agustín le puso en la boca el cigarro encendido.

El hijo leyó en los ojos de Álvaro la impotencia y el sentimiento de vergüenza por dejar en precario a su compañera de siempre. Entendía que le tocaba recoger el testigo y, con la mirada, le expresó su compromiso al moribundo. Un par de caladas después, tras acomodar a su padre lo mejor que pudo, salió de la habitación. Ignoraba que no volvería a verlo con vida.

Una novedad vendría a consolar a la viuda poco después. Cuando volvían del entierro de su marido, su consuegro la cogió del brazo:

–Nos volvemos los tres a Campo Maior; no me gusta cómo se están poniendo las cosas en España –le confesó compungido. El yerno portugués le había ofrecido trabajo y «su María» los reclamaba para que la ayudasen a criar a sus dos hijos. Costó mucho convencer a Lorenza; la mujer se sintió morir el día que se tuvo que alejar de Mateo y de Fregenal. A partir de ese momento el niño se instalaría con Simona.

IX. Madrid

La última tarde de septiembre, tras dos semanas de huida, Agustín salía del hervidero de gente de la estación de Atocha para introducirse en las entrañas de la ciudad. En los vagones de la línea 1 del Metro se apretujaban madrileños de mirada triste, foráneos empujados a la capital por las columnas rebeldes y milicianos camino de sus casas o cuarteles. Tras la batalla de Talavera y la reciente caída de Toledo, el millón de almas que poblaba la urbe intuía la llegada del ejército africano. Los andenes, plagados de eslóganes de partidos y sindicatos, se convertirían pronto en el refugio solidario frente a la lluvia mortífera de los bombarderos.

Agustín, agobiado por el gentío y la novedad, temía perderse. Se apeó en la estación de Alvarado, desde la que emergió a la calle Bravo Murillo, rebautizada como Avenida de la Libertad desde la llegada de la República. Recibió con alivio el aire fresco y extrajo de un bolsillo un papel arrugado para mostrarlo a la señora que vendía tabaco frente a la boca. Estaba acomodada en una silla de tijera, con la maleta de la mercancía abierta sobre sus piernas. Por el gesto de la mujer de la pañoleta negra entendió que no sabía leer, así que preguntó de palabra.

–Se ha bajado antes de tiempo, señor. Mire usted; aquello es el cine «Europa». Continúe por esa acera y cuando pase la boca de Tetuán tire a mano derecha –señaló la cigarrera con su índice huesudo y áspero.

Agustín le dio las gracias y aprovechó para surtirse de picadura y papel de liar con sus últimas monedas.

En la puerta del cine había dos milicianos armados, que lo miraron indiferentes bajo sus gorras rojinegras. Las columnas de sacos terreros apilados protegían la fachada de lo que se había convertido en cuartel de los anarquistas, a la vez que en Ateneo libertario. Paradojas de la vida, en ese mismo edificio se había cantado por primera vez el Cara al Sol durante un mitin de Falange.

El de Fregenal apuró el paso; tenía el estómago vacío y estaba impaciente por llegar. En el barrio de Tetuán de las Victorias pudo ver numerosos carros de tracción animal que sembraban el pavimento de deposiciones, junto a los que circulaban ruidosos camiones erizados de fusiles y automóviles con las siglas de partidos y sindicatos en la chapa; todos a velocidad excesiva, según le pareció. Las terrazas de los bares rebosaban de jóvenes uniformados. Le sorprendió ver tantas mujeres con mono azul y correajes. La suciedad de la indumentaria identificaba a los que bajaban a dormir desde el frente de la sierra norte. Dobló una esquina, la de la fuente pública y la zapatería con el escaparate casi vacío, y se adentró en la pendiente de la calle San Martín. Anduvo junto a una sucesión de bloques de ladrillo visto, con macetas en las ventanas y balconcillos de forja. Los vecinos charlaban al fresco en sillas caseras, con el botijo a mano, escena que le recordó a su pueblo. Tras comprobar el número del portal, el dieciséis, penetró en el patio que compartían las casitas humildes. Varios niños jugaban en el suelo del recinto, que olía a humedad y pucheros, y él buscó en sus caras el aire familiar de sus tres sobrinos, a los que aún no conocía.

El corazón se le aceleró al golpear la puerta de contrachapado; no veía a su hermano desde la muerte del padre. Al poco abrió una mujer rubia, blanca de piel y con la mirada celeste; en el mandil blanco exhibía las huellas de los afanes domésticos. Su cuñada Rosa lo miró con extrañeza; costaba reconocerlo por su delgadez, la barba de días y las ropas ajenas.

–¡Agustín! –exclamó antes de plantarle dos sonoros besos en las mejillas–. ¡Andrés, sal! –llamó con fuerza a su marido. El menor de sus hijos, que estaba en el interior, alzó la vista.

Se escuchó ruido de cachivaches al fondo de la vivienda, donde trabajaba el marido. Enseguida apareció en la cocina el hombre de la casa, algo cargado de espaldas y más grueso que Agustín, pero con sus mismos ojos.

–¡Hermano! –exclamó el mayor de los Lobo, y lo estrechó con un abrazo casi violento.

Las lágrimas saltaron al rostro de los dos; tardaron un rato en separarse. Agustín ansiaba esos gestos de cariño; había acumulado demasiada soledad en los últimos días.

Su hermano llamó a sus otros hijos:

–Andresín, Paquito; ha venido el tito Agustín. –Luego se dirigió a su mujer–: Nena, saca vino y algo de comer –le dijo sonriente.

Entre cigarrillos y tragos, los Lobo se quitaban la palabra, pues era mucho lo que tenían que contarse. El mayor habló de la preocupación que sintió al saber que Fregenal había caído en poder de los facciosos; conocía por la prensa lo de las escabechinas de las tropas de Yagüe en Badajoz.

Andrés mostró su casa al hermano: cuatro piezas contenidas en apenas cuarenta metros, incluido el pequeño taller en el que reparaba radios y otros artilugios para ganarse la vida. Finalmente, se atrevió a preguntarle a su hermano pequeño.

–¿Has sabido algo de madre y de tu hijo? Aquí no llega correo de las zonas ocupadas.

–Hace un par de días telefoneé a nuestro cuñado Tomás. Solo me dijo que estaban bien y cortó. No es que me dejara muy tranquilo. –Los párpados de Agustín cayeron tras contestar.

Andrés miró a su hermano de frente; tenía que expulsar la duda que le oprimía.

–Perdona que te diga esto: ¿de verdad era necesario que los abandonaras?

La silla cayó con estruendo al levantarse Agustín; lívido de ira encaró al hermano. Sus ojos parecían escapar de las órbitas y la cicatriz de la barbilla brillaba muy cerca de la cara de Andrés.

–¡Desgraciado! –espetó–. ¿Cómo te atreves? Si no me hubiera ido ahora estaría en una fosa. No entiendes el riesgo que suponía. Ni te imaginas las condiciones en que salimos de allí.

Su cuñada se interpuso entre ellos, los niños miraban asustados. Andrés se sentía avergonzado; sujetó con las manos el rostro de su hermano mientras sus ojos imploraban el perdón. Le pidió que se sentara; el ofendido había hecho amago de irse.

–Lo siento mucho, Tinín. –Utilizó el diminutivo de la infancia–. Esta guerra maldita nos pone a prueba. Por favor, no me lo tengas en cuenta.

–No me fui por gusto, tampoco cuando lo de la Legión. A ti, en cambio, no te costó nada dejar a padre en el peor momento; el campo era poco para ti y ni aguardaste a mi vuelta de África –se desahogó.

Andrés ni se defendió; no quería discutir. Tras una pausa explicó a sus hijos lo valiente que era el tito:

–Luchó en la guerra de Marruecos y hasta le hicieron sargento.

Agustín se recompuso y, durante la cena, les relató las peripecias de su huida, mostrándoles la herida del brazo. Evitó mencionar a Amalia; quizás no lo entendieran y podía comprometerla.

–¿Y qué piensas hacer ahora? –le preguntó su cuñada mientras le servía más guiso de patatas.

–Pues combatir, Rosa. La única manera de volver con los míos es ganar esta guerra, no hay otra. –Miraba a sus sobrinos, que le recordaban dolorosamente a Mateo.

–Bueno, mañana hablaremos de eso, hermano. Vamos a terminar de cenar y te apañamos una cama, que estarás cansado –dijo Andrés mientras le rellenaba el vaso.

Los niños no quitaban ojo a su tío, la gran novedad de la jornada.

Ese mismo día, las campanas de la iglesia mayor Nuestra Señora de Granada tocaban a boda en Llerena. El templo de la plaza de España lindaba con la que fue casa del pintor Zurbarán y no estaba lejos del palacio de los Zapata, sede del Santo Oficio durante tres siglos. La mañana amenazaba lluvia y el pueblo daba una tregua a la tensión bélica.

Aunque don Rafael hubiera preferido una ceremonia discreta en la capilla del cortijo, su mujer y el novio presionaron para que todos se enterasen de la alianza nupcial de los Almenares y los Esquivel. Ofició el padre Amador, auxiliado por un párroco joven, ambos con las mejores galas de ceremonial. Lorenzo Almenares, que estrenaba uniforme de alférez provisional, sonreía como si el mundo le perteneciese cuando entró a la iglesia del brazo de su tía Isabel. Esta se lamentaba de que la madre no pudiera verlo en ocasión tan señalada. Amalia vestía de blanco inmaculado con bordados circulares de plata; una gasa fina desvelaba sus brazos delgados. El cuello de la novia se adornaba con la gargantilla de oro heredada de su abuela; los pendientes de perlas se los regaló su madre. Junto a ella, con chaqué negro y chaleco gris claro, don Rafael mostraba un rostro tan sombrío como el de su hija.

El altar se había decorado para el sacramento con ramos de rosas blancas y orquídeas azules. Frente al mismo, en la primera fila, comparecían el padre del novio, de chaqué como su consuegro, la madre y la hermana de la novia; Rafaelito estaba en el frente de Toledo. No faltaron ni Diego Correa ni los miembros de la nueva corporación municipal; tampoco el jefe militar de la plaza, comandante Gómez Covián, un hombre alto que compartía con el novio la afiliación a la Falange.

El sí quiero de la ojerosa novia sonó melancólico y resignado. Su pensamiento, ajeno a la ceremonia, buscaba a aquel hombre de ojos pardos y cicatriz en la barbilla. Imaginar su pérdida le resultaba insoportable. Se limitaba a cumplir el pacto oprobioso que la ataba al novio con una cadena invisible.

Se festejó en la Vega Ancha con abundante carne y no tanta alegría. Los invitados degustaron los mejores caldos de la bodega; no hubo baile so pretexto del respeto a los que se jugaban la vida «por la salvación de España». Ni doña Teresa ni su hija Beatriz conocían la pócima venenosa que amargaba esa boda.

–Es mejor así; dudo que supieran mantener el secreto –le dijo Amalia su padre.

La novia se esforzaba por mantener la compostura ante los invitados, aunque una desazón interna se apoderó de ella a medida que se acercaba el final de la celebración. Su hermana se la encontró en el baño, sofocada y con las lágrimas atacándole el maquillaje.

–¿Qué tienes, Amalia? ¿Te encuentras mal?

–Nada, hermana –se interrumpió unos instantes–. Debe ser la emoción, la pena de separarme de vosotros –mintió.

El coche nupcial aguardaba a los novios en la puerta; el chófer de Gómez Covián los llevaría hasta el caserón del notario. La luna de miel no duraría más de 48 horas; el alférez Almenares debía incorporarse al frente de inmediato.

–No quiero perderme la gloriosa toma de la capital. Ya te compensaré –le dijo a su esposa.

–¡Hija! Qué feliz soy. Vas a tener un matrimonio venturoso. –Doña Teresa la besó en las mejillas en el momento del adiós; tenía el brillo de la emoción en sus ojos.

Su padre, descompuesto por el sacrificio de Amalia, estaba casi ebrio cuando la abrazó.

–Espero que la guerra nos libre de ese miserable –le susurró al oído.

La consumación del matrimonio solo emocionó a Lorenzo. La novia aceptó con resignación; ya había tenido la primera falta y necesitaría de una coartada si el embarazo se confirmaba. La práctica de la equitación justificaba la ausencia de la sangre virginal.

Remedios Lobo parecía el retrato joven de su madre: el mismo pelo, sus ojos, su manera de moverse y la mano para la cocina. A diferencia de ella, aprendió a leer en sus pocos años de escuela. Su hijo mayor había cumplido trece años y su marido lo afilió a la Falange, igual que había hecho él. Las mellizas acababan de cumplir nueve.

La última mañana de septiembre Remedios salió temprano de casa. Llevaba una blusa fina y el pañuelo gris en la cabeza. En la bolsa de tela iba el auxilio para su madre: garbanzos, judías verdes, una punta de tocino, un chusco de pan duro y un tarro mediado de aceite. Las calles del pueblo estaban tan limpias de vecinos como repletas de las banderas bicolores de las tropas ocupantes. Aunque le pareció ver a El Gacho en el interior de su reabierto comercio no se detuvo. En un lateral del castillo se cruzó con un grupo de soldados a caballo; cuatro hombres los seguían amarrados y con el rostro contraído por la desesperación. Conocía a alguno de ellos, pero apartó la mirada.

–Buenos días, hija. –Simona barría la entrada de la casa con la puerta abierta.

–Hola, madre. –La besó–. Le traigo algo de comer.

Mateo se echó en brazos de su tía en cuanto la vio aparecer; llevaba el pijama que le había regalado esta. Tenía los ojos legañosos y un rastro de bigote lechoso tras el desayuno. «Cómo me recuerda a su padre», pensó Reme.

Mientras Simona se ocupaba del café, la hija vació en la despensa las viandas distraídas del control férreo de su marido. La cocina estaba ordenada y olía a romero; el fuego ardía ya en el hogar. Tras acomodarse las dos mujeres a la mesa, mandaron al niño a jugar fuera.

–¿Queda algo de azúcar, madre?

–Aún tengo una *miajina*. –Simona cogió un cuenco pequeño de la alacena–. Ya sabes que yo no le pongo.

Con la taza caliente en sus manos, Reme le contó que su marido había sabido de Agustín:

–Le preguntó por nosotros; dijo que estaba bien. Así que, de momento... –suspiró.

Los ojos de Simona se humedecieron por la buena noticia; era mucha la tensión y angustia acumuladas desde la partida de su hijo menor.

–¿Y dónde está, que más le dijo? –preguntó mientras se secaba las lágrimas con un pañuelo.

–No lo sé, madre. Tomás tuvo que cortar; no ve que están *controlaos*. –Hizo una pausa–. Al niño ni mencionárselo; si lo cuenta nos puede comprometer.

–Mateo me pregunta por su padre; los días se le hacen largos, aunque alguna tarde le ha sacado El Gacho a merendar en su casa. –Simona se interrumpió para dar un sorbo de café–. Me ha dicho que no me preocupe y que acuda a él si necesitamos algo. Es un buen hombre y aprecia mucho a tu hermano.

En sustitución de Victoriano Cordero, las autoridades militares habían impuesto como alcalde a Manuel Guridi y El Gacho se había integrado en la corporación municipal. Tras la reclusión sufrida y la muerte de su padre entendió que no era momento de rechazar la propuesta.

–Parece que en octubre se abren los colegios, aunque entre los que huyeron y los que han *represaliaó* no sé de dónde van a sacar maestros. Los niños estarán *recogíos* y no verán tantas cosas malas por las calles –bajó la voz Reme–. Cada día sacan gente; dicen que «a por romero», y no regresa ninguno.

–Mi vecina Carmen me contó que han *matao* al alcalde Victoriano; parece que los falangistas lo cogieron en un cortijo; mira que le dijeron que no se quedara. También a La Chata Carrera; se dice que la forzaron en el cementerio. Malos tiempos corren, hija.

–¿Antonia Regalado, La Chata? Pobrecilla, si no tendría más de veinte años. –Reme hizo una pausa–. Aún la recuerdo a caballo, cuando daba mítines por los pueblos en defensa de las mujeres. Menos mal que Agustín se marchó a tiempo; por cierto, creo que La Caraba está *detenía*.

Antes de marcharse, Reme le contó a su madre que los nacionales –que así empezaban a llamar a los rebeldes– habían tomado Toledo y, según su marido, pronto se harían con Madrid.

A pesar de la estrechez de la cama y de los caracoleos de Gabriel, el más pequeño de sus sobrinos, aún dormía Agustín cuando la luz solar comenzó a colarse por el ventanuco del cuarto. No descansaba así desde hacía semanas. Al despertar, sus ojos recorrieron la estancia que a duras penas contenía dos camitas y un armario. Al incorporarse buscó el orinal bajo de la cama; por la cortina que hacía de puerta se filtraban los vapores olorosos de la cocina.

Con los faldones de la camisa fuera del pantalón holgado se asomó a la pieza contigua. Su cuñada, de espaldas, se ocupaba de aderezar un guiso mientras Gabriel jugaba en la mesita; sus hermanos debían estar en la escuela.

–Buenos días, Rosa –saludó Agustín.

La mujer se dio la vuelta y limpió sus manos en el delantal; el niño no le quitaba la vista a su tío.

–Has dormido como un bendito; se ve que estabas agotado. Ahí tienes una palangana, por si te quieres asear.

Agustín preguntó por su hermano y su cuñada le dijo que debía estar al caer; había salido temprano a entregar unos encargos. Se lavó cara y axilas frente al espejuelo colgado en la pared de la entrada y tras humedecer su cabello revuelto lo aplastó hacia atrás con las manos; la barba incipiente casi ocultaba la cicatriz de la barbilla.

Mientras Rosa calentaba la leche, su cuñado sentó a Gabriel en sus piernas. Tendría unos tres años y sus ojos, un tanto rasgados, le recordaban a los de su hijo.

–¿Y tú cómo te llamas, moreno? –Le rascó la cabeza con cariño.

–Gabi –dijo, y a continuación miró a su madre.

–El tío tiene un niño un poco mayor que tú; se llama Mateo.

Escucharon el rasgar de una llave en la puerta y a continuación apareció Andrés. Se cubría con visera gris y vestía una chaquetilla de faena azul, en el brazo derecho cargaba un aparato de radio y traía un junco con churros en la mano izquierda.

–Buenos días, familia. ¿Descansaste, Tinín? –El brillo de sus ojos delataba la emoción de tenerlo allí.

–Hola hermano; he dormido como un bebé. Muchas gracias a los dos por acogerme.

Tras el desayuno, que disfrutó sin prisas, Agustín pidió consejo a su hermano sobre su idea de incorporarse a las milicias.

–No sé qué decirte. Aquí se han formado milicias de multitud de actividades: de artistas, de peluqueros, de estudiantes, hasta una de extremeños, según oí. Y, por supuesto, de todos los partidos de izquierda. Según dicen, los comunistas del Quinto Regimiento son los que están mejor organizados. Sus compañías salieron a las calles de Madrid y a los frentes de la sierra desde el primer momento –contestó Andrés.

–¿Y dónde puedo encontrar a esos del Quinto? –se interesó Agustín.

–Tienen su cuartel en el colegio de los Salesianos de Estrecho, no muy lejos de aquí.

Andrés le prestó algo de ropa limpia y se rieron al recordar que en su infancia siempre fue así; la madre la adaptaba para el pequeño.

La calle Bravo Murillo registraba mucho movimiento esa mañana: mujeres con bolsas en busca de los alimentos que comenzaban a escasear, camiones de obreros para las fortificaciones del Manzanares y otros con milicianos armados. Los campesinos pugnaban con las mulas para llevar sus carros al mercado de las Fuencarraleras, próximo a la casa de Andrés.

Tras quince minutos de paseo bajo los toldos de los comercios del barrio, los hermanos llegaron al cruce con la calle Francos Rodríguez. Desde allí se podía ver la cúpula semiesférica de la iglesia de San Francisco de Sales, coronada por una cruz de hierro forjado que la elevaba hasta los cuarenta metros de altura. Inaugurada en 1931, formaba parte del colegio salesiano de San Juan Bautista, predominando en sus muros el ladrillo visto y la decoración neorromántica en la construcción.

La noche del veinte de julio, tras el asalto al cuartel de la Montaña, Juan Modesto, el responsable de las Milicias

Antifascistas Obreras y Campesinas recibió una orden de la dirección del PCE: debía concentrar a todos los milicianos en el colegio de los Salesianos, de donde habían sido expulsados los miembros de esta comunidad. En este contexto se organizó el Quinto Regimiento.

–Sabes que simpatizo con la República, como casi todos los de este barrio, pero no puedo alistarme y dejar a mi familia desamparada. Y eso que pagan bien –se justificó Andrés–. Voy a resolver unos asuntos; nos vemos aquí en una hora.

Agustín se dirigió al colegio-cuartel.

Habían clavado el letrero de «Oficina de reclutamiento» en una de las entradas de la nave octogonal. A ambos lados del mismo aparecían carteles con el «No pasarán», el eslogan que se había popularizado y reproducido hasta la saciedad tras el discurso de La Pasionaria del 19 de julio: «¡Viva la República del pueblo! ¡Los fascistas no pasarán!», terminaba el mismo. Dos jóvenes uniformados con mono de trabajo y correajes custodiaban la entrada con el fusil al hombro. Saludaron puño en alto y, tras conocer el propósito de Agustín, le franquearon el paso.

La oficina mostraba una actividad frenética; mujeres y hombres se movían con carpetas en la mano, otros hablaban por teléfono o escribían entre ficheros metálicos. Desde las ventanas interiores se divisaban los ejercicios de los milicianos en la explanada del patio escolar; algunos eran apenas adolescentes, lo que le trajo a la memoria su llegada al cuartel de Dar Riffien. En el mostrador lo atendió una joven miliciana de uniforme ceñido, melena suelta y nada de maquillaje.

–¿Qué deseas, camarada?

–Vengo a alistarme, morena. –Agustín acompañó su respuesta con una sonrisa.

–No te pases de listo, guapito. –La joven hizo un mohín gracioso–. Anda, rellena esto. Sabes escribir, ¿no? –El solicitante asintió–. Luego lo entregas en la oficina del fondo.

Agustín tocó a la puerta de la Sección de Organización sin recibir respuesta, por lo que se decidió a entrar. Era un despacho sin ventanas donde olía a tabaco y a la deficiente higiene de sus pobladores y visitantes. Un hombre, sería de su edad, estaba inclinado sobre los papeles que inundaban su mesa, en realidad un pupitre alargado. De su camisa caqui destacaban los cercos de sudor a la altura de las axilas; el pecho lo cruzada una correa marrón. Del respaldo de su silla colgaba una cazadora de cuero negro, mientras que la gorrilla cuartelera con la estrella roja de cinco puntas descansaba en la base del flexo. Junto al del pupitre, un miliciano deslizaba los dedos con soltura por el teclado de la Hispano Olivetti negra. Un pitillo apagado le colgaba de los labios cuando alzó la cabeza y miró a Agustín con expresión de desgana.

–Ginés, tenemos un cliente –le dijo al responsable, que ya lo había advertido.

El aludido alzó la vista con parsimonia, encontrándose Agustín con un rostro enjuto punteado por barba de varios días. Tras las gafas redondas de montura metálica, un par de ojillos negros lo escrutaban. Desde el cartel de Stalin fijado a la espalda de Ginés, los ojos del soviético parecían mirarlo también.

–Buenos días, compañero. Traigo la hoja de alistamiento. –Le alargó el impreso.

–Habla solo cuando te lo indique, ¡camarada! –Remarcó el saludo comunista, lo que provocó el gesto de fastidio del solicitante.

El de las gafas redondas echó un vistazo a la solicitud. Su rostro se mostraba inexpresivo hasta que leyó lo de la Legión; entonces compuso una mueca de desagrado.

–¿Tienes papeles que justifiquen lo que dices aquí? –Posó el índice sobre el impreso.

Agustín sacó de un bolsillo la acreditación de la FETT, arrugada y casi ilegible; luego se desabotonó la camisa para mostrar con insolencia el brazo en el que azuleaba el tatuaje del emblema del Tercio.

–Si tienes acceso a los archivos del Ministerio podrás encontrar mi expediente –dijo el de Fregenal.

–Joder, Esteban. –Ginés miró al escribiente–. ¡Tenemos un legionario sindicalista! ¿Sabes que tus amigos africanos masacran a nuestros camaradas? ¿Qué coño pintas tú aquí?

Agustín no estaba dispuesto a encajar más provocaciones; se sentía orgulloso de su pasado militar. Con tono de sorna preguntó si podía hablar y el de las gafas asintió. Entonces dio un paso adelante y, apoyándose con las manos en la mesa, se fue inclinando hasta que su rostro quedó a pocos centímetros de los ojos de Ginés.

–Me dan ganas de hostiarte aquí mismo, camarada. –Desglosó las cuatro sílabas del tratamiento–. No me tientes. –Al notar que el escribiente hacía amago de levantarse, lo frenó en seco con una mirada glacial–. Es posible que tus jefes valoren mi experiencia militar más que tú.

El de las gafas redondas, que tenía todas las trazas del miliciano de retaguardia que comenzaba a proliferar, estaba lívido y balbuceó un «no te lo tomes así». Después, ya recompuesto, le ofreció un pitillo a Agustín.

–¡Cobrarás diez pesetas diarias! Preséntate pasado mañana aquí mismo. Entretanto haremos las comprobaciones oportunas. –Ginés dio por terminada la entrevista.

Al salir del cuartel, Agustín pensaba que iba a entrar en un ejército de aficionados y que sería difícil ganar esa guerra; conocía muy bien la profesionalidad del enemigo. Anduvo hacia la esquina, donde vio su imagen en el espejo de una peluquería. Le costaba reconocer como suyos esa cara demacrada y el cuerpo que cubrían las ropas ajenas; se sintió sucio y desmoralizado.

Tras un pitillo de espera llegó Andrés y juntos se dirigieron a los cercanos baños públicos de Bravo Murillo. Tras aguardar una larga cola de civiles y milicianos, el empleado municipal le facilitó la toalla y una pastilla de jabón comida por el uso. Agustín accedió a una de las cabinas de baldosines blancos donde, junto con la suciedad que arrastraba el agua caliente, se deslizaron penas y melancolía; el guerrero que llevaba dentro emergió entre los vapores.

De vuelta a casa pasaron cerca del cuartel de la Remonta, donde Andrés había cumplido el servicio militar; fue en aquella época cuando conoció a su mujer. También se asomaron a las ruinas de la plaza de toros de Tetuán.

–¿Los bombardeos? –se interesó Agustín.

–Qué va. La habían convertido en un almacén de pólvora y municiones, y no se sabe si fue algún despistado o un saboteador quien hizo que todo estallara. Ocurrió en agosto y la explosión hizo retumbar las casas del barrio –dijo Andrés.

–¿Y la de las Ventas? –Agustín soñaba con asistir a una corrida en la primera plaza de España.

–Desde que empezó esto no hay fiesta. Ahora en el coso plantan patatas y hortalizas –respondió su hermano.

En septiembre del treinta y seis, Largo Caballero, el veterano líder socialista, acababa de ser nombrado jefe del Gobierno de la República, dando entrada en el mismo a todos los partidos del Frente Popular y a los sindicatos CNT y UGT. Largo impuso como prioridad la formación del Ejército Popular Regular, lo que suponía integrar en el mismo a todas las milicias armadas. Así, se decretó el encuadramiento en el Ejército de los oficiales de la milicia y la movilización de las quintas de 1932 a 1935, con lo que el acceso al Ejército dejaba de ser voluntario para los nuevos reemplazos. En octubre, el propio Largo se pondría al frente del Ministerio de Defensa Nacional, asumiendo el mando de todas las Fuerzas Armadas. Poco después se creó el Comisariado de Guerra con objeto de dar moral a los soldados y asegurar su cooperación con los oficiales de alto grado. Aunque esta medida incomodaba a los militares profesionales, ayudó a que los diferentes partidos y sindicatos aceptaran el nuevo Ejército.

El dieciocho de octubre se organizaron las seis primeras Brigadas Mixtas, unidades que en lo sucesivo iban a integrar las fuerzas milicianas. Se inspiraban en el modelo de la guerra de Marruecos, de manera que a los batallones de infantería los apoyarían, entre otras armas, la caballería motorizada, la artillería y los zapadores.

***

–¡Agustín! Enseña a esos novatos cómo se carga a la bayoneta, que llevan los fusiles como escobas –ordenó el comandante Oliveira al sargento instructor.

En cuanto comprobaron su historial de guerra reconocieron al de Fregenal el grado que ostentaba en el Tercio; no estaba el Quinto Regimiento como para despreciar a combatientes fogueados. Hacía dos semanas que adiestraba reclutas, tanto en el patio del colegio como en el parque de la Dehesa de la Villa, entre cuyos pinares piñoneros y carrascos realizaban las maniobras. Tanto los ejercicios como el desfile de los milicianos por la calle Francos Rodríguez eran seguidos con expectación por los vecinos de la zona, sobre todo por los chiquillos. Frente al gran parque estaba el colegio para huérfanos de la Paloma, del cual un grupo de alumnos se había incorporado a la Octava Compañía de Acero. Por su origen los bautizaron como «Los Palomos».

Oliveira, portugués exiliado en España, insistía en retener a Agustín pese a su petición reiterada de incorporarse al frente: «Yo soy un hombre de primera línea, no un maestro», argumentaba este.

El sargento de milicias se había instalado en una pensión próxima a la casa de su hermano. La regentaba la viuda de un contratista de obras, la *señá* Esperanza, a quien ayudaba Julita, su única hija. «Gente de Renovación Española y de iglesia, pero de fiar», le dijo Andrés a su hermano. Agustín acudía al cuartel cada mañana y al acabar el trabajo volvía a la pensión, cuya comida era excelente a pesar de la carencia de suministros que acusaba la ciudad. La viuda de Pozo y su hija le hacían sentirse como en casa. «Ni mi madre me tendría tan limpia la habitación y la ropa», pensaba el huésped. Julita, la hija, rondaba los veinte y podía cortarte el aliento con solo mirarla. Su cabellera negra y rizada contrastaba con la claridad marina de sus ojos, «como los de su padre», decía la *señá*. Sus salidas a la academia de mecanografía y al mercado eran acompañadas de giros de cabeza y requiebros de los numerosos militares que poblaban las calles en esas fechas.

Más de una tarde, Agustín se dejaba caer por la casa de su hermano. Se había encariñado con sus sobrinos, que admiraban al «tito militar». Aquel día, sin embargo, decidió salir con sus compañeros de armas. A pesar de las trágicas circunstancias, Madrid ofrecía diversiones variadas para jóvenes con dinero en el bolsillo y ansias de vivir el momento. Iban de uniforme cuando entraron en «El Loro», un garito de Cuatro Caminos que al anochecer se poblaba de luces, hombres y busconas de necesidad más que de oficio. A las bisoñas se las conocía por su ropa humilde y la impericia del maquillaje de seducción, mezclándose las madrileñas con las llegadas de los pueblos; en ambos casos habían perdido su manera de ganarse la vida. Estas mujeres trajeron a la memoria del sargento Lobo las moritas de los aduares de Marruecos y se compadeció de ellas. «La dignidad no se recupera de golpe cuando terminan las guerras», pensó.

Acodado en la barra húmeda Agustín apuraba el segundo coñac; algunos de sus compañeros ya se habían esfumado en compañía de gachís, cuando se le acercó Fabián, otro sargento del Quinto.

–Lobo, te voy a presentar a un veterano del regimiento –le dijo.

Al girarse vio al oficial de milicias, un joven fibroso cuya mirada imponía respeto.

–Capitán Justo López, del Batallón de Acero. –Le extendió una mano; con la otra sostenía una copa.

–Sargento Agustín Lobo, Unidad de Instrucción. –Le correspondió con un apretón firme.

El capitán le habló de su Asturias natal, de sus inicios como albañil en Madrid y de su filiación comunista.

–Ya ves, todo un oficial de carrera –sonrió con ganas.

–Yo estuve en el Tercio hasta el veintisiete; aún me queda algún recuerdo –señaló con el índice la cicatriz de su barbilla.

Entre tragos y humo de tabaco, Justo le habló de las acciones contra las tropas de Mola en Cercedilla y Peguerinos. También se interesó por el historial de guerra del sargento, quien sació su curiosidad y no desaprovechó la ocasión para transmitirle su deseo de pasar a primera línea.

–Dalo por hecho; te incorporarás a mi batallón. Yo me encargo de Oliveira –le dijo al despedirse. Fuera le esperaba el automóvil y el miliciano que lo custodiaba.

Agustín escuchaba el taconeo de sus botas de vuelta a la pensión. Bravo Murillo era un desierto a esas horas; pocos días después llegarían el sonido de las alarmas y las carreras hacia los refugios. El aire de la noche otoñal le aliviaba del embotamiento etílico; su frescor le aconsejó subirse el cuello de la guerrera. Al pasar frente al «Cinema Europa» le llamó la atención un frenazo brusco; entonces pudo ver como sacaban a un hombre del coche y lo introducían a empellones en el cuartel anarquista. Según le contaron, en su interior funcionaba una de las checas más activas de la ciudad. Al percatarse de que uno de los milicianos de guardia lo miraba, decidió apurar el paso. Ese tipo de acciones y los cadáveres que aparecían cada mañana en diversos puntos de la ciudad le repugnaban; comenzaron a llamarles «besugos» por la expresión de sus ojos. No podía entender que el Gobierno hiciera la vista gorda. «¿En qué nos diferenciamos de los del otro bando?», se preguntaba Agustín.

Introdujo la llave con sigilo en la puerta de la pensión y se descalzó. Desde el pasillo se distinguía una claridad tenue en la cocina y, al entreabrir la puerta, pudo ver la silueta a la luz cálida de la vela. La bata, desabrochada, dejaba a la vista parte del camisón. El leve chirrido hizo que Julita se volviese y alzara el candil de cobre.

–Ah, Agustín –susurró–. Creí que todos dormían.

Estaba deslumbrado por el fulgor azulado de los ojos y las formas que se adivinaban tras la fina tela; la expresión de su cara delataba su reacción.

–¿Qué haces levantada a estas horas? –le preguntó a la joven.

–Pues ya ve; me costaba dormir y salí a tomar una infusión. ¿Y usted? –Compuso un mohín pícaro.

Desinhibido por el efecto etílico y la penumbra, sintió deseos de comérsela. Cuando estaba a punto de dar el paso, un «quizás te arrepientas luego» lo frenó desde su interior.

A mediados de octubre cayeron en manos de los rebeldes Illescas y Navalcarnero; la tenaza se cernía sobre la capital. La mañana del veintitrés, Junkers de la Legión Cóndor bombardeaban Getafe y Madrid; las fuerzas republicanas apenas contaban con defensas antiaéreas y aviones para oponer. A partir de ese día la guerra entró en las casas de los madrileños, que ahora salían a las calles pendientes del cielo y se acostaban con el temor de tener que correr hacia los refugios en mitad de la noche.

–Andrés; hazme caso: a partir de mañana no llevéis a los niños al colegio. Esos fascistas no respetan nada –le aconsejó Agustín.

–Ya lo había pensado, hermano; la cosa se está poniendo muy mal. La tienda de un amigo ha quedado destrozada por las bombas y uno de sus dependientes ha muerto sepultado por los escombros.

Rosa los escuchaba mientras preparaba la cena; miró a sus hijos, que jugaban en la salita contigua. Estaba de acuerdo con lo propuesta de su cuñado y así se lo diría a su marido. Hasta ese momento la guerra le parecía algo lejano, una molestia violenta pero pasajera; ahora podía sentir su aliento. Ese mismo día los vecinos habían organizado las guardias para avisar de los bombardeos. «En caso de alarma, tocáis todas las puertas hasta que os respondan y salís pitando para el metro de Tetuán. Dejad preparadas mantas y botellas de agua», los aleccionó Felipe, que trabajaba en el Ayuntamiento.

***

Durante la cena, cuando los niños se fueron a la cama, Agustín les habló de su reciente incorporación al Batallón de Acero.

–Mañana entramos en acción; no puedo deciros cuándo volveré. Llegó la hora de la verdad. –Esbozó un gesto de preocupación y luego cambió el tono–. Por cierto, cuñada, estas lentejas están cojonudas.

–¿No sientes miedo? Yo estoy muy asustada.

Andrés miraba expectante a su hermano.

–¡Pues claro, mujer! Igual que los toreros antes de salir al albero y pese a ello hacen su faena. Aunque temo más por vosotros y por los que he dejado en el pueblo. A fin de cuentas, ya he pasado por estas situaciones.

Al despedirse, los hermanos se dieron un abrazo más largo de lo habitual; el sargento introdujo algo de dinero en el bolsillo de Andrés. Este se resistió un poco.

–Lo necesitáis más que yo, no seas cerril –insistió su hermano.

Agustín acababa de afeitarse y revisó el contenido de su mochila: guantes de lana, tabaco, dos latas de sardinas, un chusco de pan envuelto en papel de periódico, un par de calcetines, un cuadernillo y el lápiz. Volvió a mirar la fotografía de la mesilla de noche; estaba muy sobada. En ella aparecía Mateo con su flequillo rebelde y el gesto serio de las fotos de estudio; ahí tenía cuatro años. Tras besarla se la guardó en un bolsillo de la guerrera.

Al salir de la habitación se cruzó con don Fausto, un huésped maduro y de papada flácida. Ya estaba en la pensión cuando se instaló Agustín y vestía siempre de gris. «Buenas tardes», lo saludó con su acostumbrado tono ceremonioso y, al verlo con la mochila, le deseó suerte. El sargento pensó que el otro también la necesitaría pues, aunque se presentaba como representante de comercio, su forma de hablar y los movimientos de sus manos delataban al cura que llevaba dentro. «No seré yo quien lo denuncie», se dijo.

En la cocina, la *señá* trajinaba con una chaqueta de lana gruesa; los primeros días de noviembre traían ya el frescor de la sierra.

–Hola, Esperanza. –La patrona se limpió las manos en el delantal–. Voy a estar unos días fuera –dijo Agustín.

La mujer lo miró de arriba abajo y comprendió. Una nube de emoción se asomó a sus ojos; apreciaba a ese militar serio y respetuoso. Su acento extremeño le hacía gracia; a su juicio era un buen hombre.

–Cuídese mucho. ¿Quiere que le prepare un café? Hoy he conseguido del bueno.

Él consultó el reloj recién comprado en una chamarilería de la calle Marqués de Viana; el viejo de bata azul le aseguró que había pertenecido a un militar. En el reverso de la esfera figuraba una fecha; Agustín solo preguntó el precio.

Mientras degustaba el café y fumaba un cigarrillo, informó a la *señá* de su partida. La hoja del calendario colgado en la pared marcaba el cuatro de noviembre y en la franja del santoral aparecía san Carlos Borromeo.

–La niña estará al llegar. Salió a comprar hace un buen rato y sentiría no poder despedirse. –El tono empleado por la patrona dio que pensar al sargento.

–No puedo entretenerme más, dele mis saludos.

***

A las siete se presentó a Ortiz, el teniente de su compañía; era hombre de trayectoria sindical, como él.

–Esto se pone jodido, Lobo. –En el cuartel lo llamaban por su apellido–. Los facciosos han tomado esta mañana Alcorcón, Leganés y Getafe. Al parecer, los refuerzos enviados a esos pueblos apenas podían atravesar la caravana de civiles que venían huyendo de aquella zona. –El teniente mostró un rictus de contrariedad.

–¿Y el comandante? –Agustín se refería a Justo López, que había recibido el mando del batallón al ser nombrado su antecesor jefe de la 4ª Brigada Mixta.

–Está en Aravaca, con los de la octava compañía; salimos hacia allí para reforzarla. Ocúpate de que los hombres recojan la bolsa con la cena y suban a los camiones. –Ortiz, que ya se iba, se giró–: Ah, y diles algo que los anime; la mayoría se estrena en el frente.

El sargento recordó sus arengas sindicales y las que escuchó de sus mandos legionarios. Sabía que los novatos estarían pendientes de él. «Se sentirán solos en los momentos críticos; el recuerdo de mis palabras puede significar la diferencia entre caer o vivir otro día», le dictaba la experiencia.

En el patio formaban los cuarenta hombres de la sección en posición de firmes. A la luz de los focos observó los rostros serios que lo miraban casi sin pestañear; apenas conocía los nombres de un puñado de ellos.

–¡Soldados! Ha llegado el momento. Vamos a demostrar a esos facciosos de qué material están hechos los del Batallón de Acero. Vuestros padres, vuestras novias y la República confían en vosotros. –Hizo una pausa para observar el efecto de sus palabras–. Si cumplimos con nuestro deber y aprovechamos bien las balas, el enemigo saldrá con el rabo entre las piernas.

»¡Que no os paralice el miedo! Yo también lo siento. También los que tendremos enfrente, no te jode. Sabed que ese miedo os mantendrá alerta y desaparecerá en cuanto entréis en acción. Recordad los ejercicios: correr en zigzag, tener a punto el fusil, no sacar la cabeza del parapeto ni volver la cara ante la carga del enemigo. Y, sobre todo, cumplid mis órdenes. ¿Alguna pregunta? –Agustín terminó su intervención.

Todos permanecieron en silencio; de sus bocas salía solo el vaho del aliento, de manera que les ordenó subir a los transportes.

Los doce camiones cruzaron Cuatro Caminos con los faros apagados y se dirigieron al puente de San Fernando para atravesar el Manzanares sobre sus ojos de granito; después ascenderían por la Cuesta de las Perdices. Entre el traqueteo de la marcha, los milicianos divisaban los lejanos fogonazos de los bombardeos sobre la ciudad; les sorprendía su intensidad. Según supieron después, los Junkers no se limitaron a visitar el Ministerio de Defensa Nacional, la Telefónica y otros objetivos militares, sino que aguijonearon con saña los barrios obreros.

Desde la cabina, el sargento Lobo escuchaba el eco sordo de las explosiones y su mente voló a las casas de su hermano y de la *señá*. Esta guerra era diferente a la que él conoció. «¿Qué hay que tener en las entrañas para hacerles esto a civiles indefensos, a tus propios compatriotas?», preguntó al atónito conductor.

De repente el convoy se detuvo. Las nueve y doce marcaba su reloj cuando salió de la cabina en busca del teniente Ortiz. A unos doscientos metros aparecían las primeras casas de Aravaca envueltas en la oscuridad. A su izquierda, a la luz de linternas y fogatas, se podían distinguir las siluetas de milicianos ocupados en ahondar las trincheras.

–Al parecer, cuando vinieron los de la octava, las zanjas apenas llegaban a la cintura de los hombres. –Esbozó Ortiz un gesto de fastidio–. Justo se ha marchado a Boadilla; en esta zona no hay rastro de los facciosos.

–¿Y eso por dónde queda, mi teniente?

–A veintitantos kilómetros en dirección oeste. Cenaremos aquí y luego nos uniremos al capitán. En media hora salimos, Lobo.

Sobre las once entraban en Boadilla del Monte, un reducido núcleo de casas rodeado de tierras de cultivo y bosquecillos. El comandante del batallón los esperaba en el palacio del Infante Luis de Borbón, donde se había acuartelado con sus hombres, además de ocupar el convento de la Encarnación y las entradas del pueblo. Reunió a los oficiales en un despacho ornamentado con ricos tapices y mobiliario dieciochesco. A un lado de la chimenea de piedra que, a falta de leña, encendieron con astillas de mesas y sillería, se podía ver el retrato que Goya le hizo a la condesa de Chinchón; al otro, un cuadro firmado por Murillo. El comandante los recibió en mangas de camisa; su guerrera reposaba en el respaldo de un sillón estilo imperio y sobre la mesa de caoba había desplegado un mapa militar. A su derecha, junto a una taza con estos de café, un cenicero rebosaba de colillas.

–Vayamos al tajo. Están aquí. –Indicó con un lápiz la posición del enemigo en Villaviciosa de Odón, diez kilómetros al suroeste–. Ayer tomaron el pueblo. Los del Estado Mayor piensan que intentarán pasar por esta zona en dirección a la carretera de La Coruña. Ya he enviado a cincuenta hombres a fortificar una loma que domina la entrada sur; en tres horas los sustituirá el relevo. Antes de que salga el sol quiero las ametralladoras posicionadas y al resto del batallón ocupando las alturas. –El comandante pasó la vista por la media docena de oficiales presentes–. ¿Alguna pregunta?

–¿Dónde alojamos a los hombres, Justo? –preguntó el teniente Zaldívar, militar retirado y antiguo instructor de milicias antifascistas.

–Aquí mismo, en las dependencias del palacio. Decidles que tengan cuidado con las obras de arte y que se abstengan de visitar la bodega. Si a alguno se le ocurre arramplar con algo le cortaré los huevos yo mismo. –Hizo un gesto con el canto de la mano y todos rieron la ocurrencia–. No más tarde de las siete os quiero en la posición; aprovechad para descansar.

Agustín se acomodó junto a sus hombres en la capilla del palacio; las alfombras que sacaron de otras salas los aislarían del frío suelo de mármol. De este material, de bronce y estuco, se componía el espacio litúrgico, que mostraba guirnaldas, ángeles y flores en sus arcos, además de pechinas, cornisas y bóvedas. Le llamó la atención el sepulcro de piedra encajonado entre dos columnas de estilo griego. Según pudo leer en una placa, allí reposaban los restos de María Teresa de Borbón, I condesa de Boadilla del Monte y XV condesa de Chinchón. Se trataba de la hija del infante Luis, que casó muy joven con Manuel Godoy. Los ojos del sargento no habían contemplado jamás tanto lujo y oropel, aunque lo intuía tras las fachadas de algunas casas palacio de su tierra. «¿Cómo se pueden dar diferencias tan monstruosas en la forma de vida de los hombres?» se preguntaba. Una voz interrumpió sus pensamientos.

–Sargento ¿dónde se *pue* uno aliviar? –Algunos milicianos rieron la ocurrencia, aunque tuvieran la misma necesidad.

–Os respondo a todos para que no haya más cachondeo. –Miró serio al muchacho, aunque le hacía gracia su espontaneidad–. Por aquella puerta se sale al jardín, que es muy grande y recibirá agradecido el abono.

La capilla era como una gran nevera; los hombres combatían el frío a base de mantas y tragos de coñac peleón. «Avisadme a las cinco y media», le ordenó al servicio de imaginaria, luego se quitó las botas para tenderse junto al altar; su mochila haría de almohada. Tras encender un cigarrillo contempló los bultos de los jóvenes en la oscuridad; comenzaban a escucharse respiraciones profundas y ronquidos. Sus familias se estarían acordando de ellos. «¿Cuántos lograrían volver?».

Tras la noche de sueño inquieto, al sargento le dolían la espalda y el cuello. La blanda cama y las sábanas limpias de la pensión le habían quitado el hábito del reposo duro. Entre bostezos estiró sus miembros y, tras revisar su Astra 400, encaminó sus pasos a las cocinas del palacio. Allí obtuvo el premio de un café caliente y se encontró con el teniente Ortiz.

–Buenos días, Lobo. ¡Joder, qué frío hace en este caserón!

–Dentro de un rato entraremos en calor, mi teniente. ¿Un pitillo?

Comentaron los detalles de la operación y se desearon suerte.

–En tres cuartos de hora salimos; prepara a los hombres –ordenó Ortiz.

Tras el rancho frío y la revisión del armamento, los milicianos formaban en la explanada del palacio; la humedad que se filtraba por los uniformes producía escalofríos, que se unían a los que sentían ante la inminencia del combate. De fondo escuchaban los ladridos de los fieles cancerberos de casas y rebaños; pronto se les uniría el canto de los gallos.

–Caminaremos una media hora hasta la loma; no perdáis la formación ni hagáis ruido. En marcha –ordenó el sargento Lobo.

Cubiertas por la niebla baja avanzaban trescientas sombras armadas que apenas podían distinguir lo que había dos metros por delante. Un rumor metálico comenzó a propagarse por la quietud de los campos. Antes de iniciar el ascenso pasaron junto a una casa solariega, donde apostaron a algunos hombres en la huerta y en el corral para garantizar el rancho. Al coronar la loma distinguieron el contorno del pueblo que delineaban las luces difusas de las casas. Sobresalían la mole rectangular del palacio y los vómitos de humo de las chimeneas.

Los milicianos se distribuyeron por la trinchera zigzagueante, en cuyos extremos se perfilaban unas ametralladoras pesadas capaces de escupir cien disparos por minuto. La ascensión de las acémilas resultó penosa bajo el peso de los morteros Valero de última generación, que podían deshacer al enemigo a dos kilómetros de distancia.

El comandante y sus oficiales oteaban con sus prismáticos cualquier signo de movimiento en el suroeste, hacia donde se habían destacado patrullas. La esfera solar asomaba ya por su izquierda, iluminando los rostros tensos por la incertidumbre. ¿Vendrían los nacionales y cuándo? se preguntaban los tres centenares largos de hombres.

Sobre las diez, los de las trincheras escucharon el tronar de los cañones, acusando los primeros impactos de los obuses. Los miembros de las patrullas se replegaban a la carrera hacia la posición de la loma; algunos no la alcanzarían. El movimiento de nubes de polvo delataba la proximidad de los vehículos enemigos, de los que surgió un enjambre de gorras verdes y turbantes blancos que se desplegó con rapidez por el bosquecillo de encinas que precedía a la loma.

El comandante ordenó que hablaran los morteros y que, en cuanto se mostrase el enemigo, las ametralladoras batiesen en abanico la ladera.

–Ya los tenemos aquí. Tranquilos; disparad cuando os lo indique. Apuntad bien; no os precipitéis –repetía el sargento Lobo a sus hombres, mientras caminaba a sus espaldas con el fusil terciado. –Y tú, tira el pitillo, coño. –Se lo quitó al soldado de un manotazo.

Decenas de alondras y abubillas se elevaron al cielo tras los primeros morterazos, cuya metralla despedazaba árboles y carne. Entre el ruido atronador se abría paso el silbido de los obuses rebeldes, que se cobraron la primera cosecha de sangre republicana; muchos de los milicianos ni siquiera tenían casco.

Cuando entendieron que su artillería había hecho efecto, los atacantes se precipitaron hacia la elevación. Los *chapiris* de los legionarios ascendían por el flanco derecho, mientras los turbantes y *tarbuchs* de los regulares trepaban por el izquierdo. Los alaridos de guerra de las dos compañías de asalto helaban el corazón de los defensores y, en no pocos casos, los paralizaba. Los del ejército de África corrían, se agachaban y reptaban hasta cubrirse en cualquier accidente del terreno, disparando sus armas con precisión de relojero.

En la loma se podían escuchar los lamentos e imprecaciones de los heridos de uno y otro bando, que iban en aumento. Los mandos del Batallón de Acero se desgañitaban para imponer la disciplina y transmitir temple a sus hombres, mientras las filas de la trinchera comenzaban a clarear por las bajas. Cuando los nacionales estaban a menos de cien metros se ordenó fuego a discreción y las culatas golpearon sin piedad los hombros de los tiradores; el metal candente de los fusiles quemó decenas de mejillas.

La maniobra de envolvimiento, tantas veces repetida por las columnas rebeldes en su avance hacia Madrid, se detuvo en seco por las ametralladoras y la firmeza de los hombres del Batallón de Acero. Las granadas Lafitte lanzadas por los atacantes les hicieron mella, aunque no lograron ponerlos en fuga. Un miliciano corpulento se desmoronó como una marioneta junto al sargento Lobo, que ni recordaba su nombre; el joven tenía la cabeza destrozada. Agustín ocupó el hueco y su Máuser se movió en busca de objetivo; había donde elegir. Enfiló a un oficial de la Legión que alentaba a sus hombres pistola en mano; algo en él llamó la atención del sargento. Cuando le tenía a tiro dudó un instante; había reconocido a Meyer. De repente le vio caer; el dedo de otro no titubeó en el gatillo. Varios legionarios intentaron arrastrarlo, pero les espantó el fuego de la trinchera. Al poco los atacantes comenzaron a retirarse monte abajo, dejando en la ladera decenas de cuerpos, no menos que en la posición republicana.

Tras el repliegue enemigo, el comandante envió a sus heridos al hospital de la Cruz Roja de Cuatro Caminos; los sanitarios del batallón no tenían medios para atender a tantos. También ordenó que un piquete de voluntarios se ocupara de los supervivientes del otro bando.

–Morales, no bajes la bandera blanca –le advirtió el sargento Lobo a uno de los diez hombres que salieron de la trinchera con él. Luego se fue directo al punto donde había caído su antiguo superior.

Meyer tenía la cabeza descubierta y un rictus de dolor en el rostro. Bajo las tres estrellas de su rango manaba sangre de una herida en el pecho, la que teñía de sangre su guerrera. Su pistola reposaba a un metro de él y cuando vio acercarse al sargento estiró el brazo en busca del arma, que el otro desplazó con el pie.

–Mi capitán. –Le miró unos segundos–. No me reconoce, ¿verdad? –El sargento se puso en cuclillas junto a él y se quitó la gorra.

–Tu *egges* –dudó unos instantes hasta que la fisonomía y la voz encajaron en su memoria– Agustín Lobo –pronunció, a la vez que los recuerdos venían a su mente.

–El mismo, Meyer. Otra bala para su colección –sonrió–. Saldrá de esta como de tantas. –Hizo una seña a los camilleros más cercanos–. Subid a este con cuidado; es un prisionero valioso.

Informó de su hallazgo al comandante, que tenía salpicaduras de sangre en el uniforme y un corte fino en el pómulo derecho. Este le miró a los ojos y no dijo nada. Después ordenó trasladar los prisioneros al palacio.

–Se hará lo que se pueda; no vamos a saturar nuestros hospitales con estos –añadió.

–Por cierto, Lobo, te toca hacerte cargo de la compañía, Ortiz está camino del hospital con un balazo en el vientre. Tiene muy mala pinta. –Esbozó un gesto sombrío.

–Qué putada, Justo. –Agustín apeó el tratamiento–. El teniente los tiene bien puestos. –Cerró los puños y apretó la mandíbula.

***

El resto de la jornada aguardaron el ataque que no llegaría a producirse. El comandante había solicitado refuerzos. «Tienes que aguantar con lo que te quede, no hay más hombres», fue la respuesta del Estado Mayor. Su jefe, el teniente coronel

Rojo, dosificaba los efectivos con tacañería en espera del previsible ataque a la capital.

Ese mismo día, Largo Caballero formaba un nuevo Gobierno de unidad nacional, dando entrada a tres ministros anarquistas y a representantes de los nacionalistas catalanes y vascos. El socialista Prieto se negaría a aceptar la cartera de guerra y no se contó con Julián Besteiro, el político más querido por los madrileños. Los rebeldes pisaban ya los arrabales de Getafe y Carabanchel, ante lo cual se publicó un bando con medidas severas para la población: «*Cualquier acto que implique espionaje, subversión, señales luminosas, difusión de rumores derrotistas y otras conductas consideradas perjudiciales por las autoridades, se castigará de acuerdo al Código de Justicia Militar*».

Cuando, a la hora acostumbrada, se escucharon los motores de los bombarderos rebeldes, se produjo el hecho insólito de la jornada. Por el este aparecieron varios puntos negros que atravesaban el cielo grisáceo como relámpagos; las ráfagas de esos aviones republicanos ahuyentaron a los panzudos Junker-52. Los madrileños, por su morro corto, denominarían «chatos» a estos pequeños cazas pilotados por voluntarios soviéticos y los vitorearían en los sucesivos combates aéreos.

Las nuevas brigadas mixtas del ejército republicano se preparaban para acudir en ayuda de Madrid, tanto la XI Brigada Internacional desde Albacete como la I Brigada que, integrada por unidades del Quinto Regimiento, se puso bajo el mando de Enrique Líster, su comandante en jefe.

Ya había anochecido cuando el sargento Lobo entró con los restos de su compañía en el palacio cuartel. Su relevo les concedía unas horas de descanso. Tras ocuparse de que les sirvieran el rancho a sus hombres se encaminó al dispensario improvisado en la sala de baile, en el que se atendía a los heridos leves del Batallón de Acero y a los prisioneros. El espacio rectangular estaba en penumbra; las lámparas se concentraban en el quirófano raquítico. Había una cama en el fondo custodiada por un miliciano; supuso que era la de Meyer. El sargento le pidió que les dejara solos. El herido tenía los ojos abiertos y un vendaje con manchas secas le cruzaba el pecho.

–¿Cómo se encuentra, capitán? –Bajó la voz.

–Jodido, sargento. Aunque han cortado la hemorragia, el plomo sigue dentro. –Hablaba de forma entrecortada. El sudor en su frente y el brillo de los ojos denotaban un estado febril.

«Si no se actúa pronto tiene las horas contadas», se dijo Agustín. Encendió dos pitillos y puso uno en la boca de Meyer, que tosió con la primera calada.

–Otra vez con los moros enfrente, como en los viejos tiempos. –Meyer señaló a dos regulares que ocupaban las camillas contiguas, esbozando una sonrisa antes de volver a toser.

El antiguo legionario elucubró un plan mientras recorría el pasillo interminable que conducía al puesto de mando. «Se lo debo», pensó.

***

–¿Un canje? No me jodas, Lobo. Eso es muy complicado; tendría que consultarlo con los de arriba –opuso Justo.

–Está moribundo, y podríamos recuperar a alguno de nuestros hombres. ¿Quién lo va a recriminar por eso, mi comandante?

Su batallón no contaba todavía con comisarios políticos, de manera que tras obtener más detalles del sargento y una reflexión corta, lo puso a cargo del intercambio.

–Tres de nuestros milicianos por el capitán o no hay trato. –Justo dijo lo que quería escuchar Agustín.

En menos de dos horas, uno de los camiones del batallón cortaba la oscuridad en dirección a Villaviciosa de Odón. Además del capitán legionario y el conductor, dos milicianos y un prisionero con el brazo en cabestrillo acompañaban al sargento Lobo. A pesar del somnífero que le habían administrado, los baches de la carretera secundaria mortificaban a Meyer. El vehículo se detuvo cuando estimaron que el campamento de los rebeldes estaba cercano.

–Legionario –se dirigió el sargento al del brazo en cabestrillo–, entrega esta carta a tus superiores. Aguardaremos aquí dos horas. ¡Nada de trucos! Está en juego la vida de tu capitán.

Tras asentir, el soldado se perdió en las sombras, mientras el resto iniciaba una espera tensa. Agustín fue a comprobar el estado del herido y ordenó a sus hombres que permanecieran junto al camión; él se adelantaría por cautela.

–Al primer disparo que oigas pisas a fondo hasta Boadilla, sin vacilar, ¿entendido? –El sargento miró a los ojos al conductor, que en la vida civil se ocupaba de transportaba frutas y verduras.

Luego de unos doscientos metros, Agustín se parapetó en una peña elevada desde la que controlaba la carretera. Tras consultar su reloj encendió un cigarrillo y al poco comenzó a sentir la humedad bajo su capote, adueñándose el frío de sus manos y pies. Nada perturbaba la quietud de la noche, aunque el viento expandía sonidos que se le antojaban voces y pisadas, la misma sensación de las guardias en el Protectorado de Marruecos. Las manecillas se movían con pereza por la esfera amarrada a su muñeca izquierda. Sin pretenderlo le vino a la cabeza la breve conversación mantenida con Meyer: «¿Sabías que Nogales apareció muerto al poco de licenciarte?». El alemán escrutó los ojos del sargento en busca de sinceridad y la escueta respuesta de este fue que «a lo mejor se lo merecía». Meyer lo animó a pasarse con ellos: «Tu sitio está en la Legión», le dijo y él ni se molestó en contestar.

Su mente viajó a la casa de su madre. Imaginaba el hogar encendido y a Simona compartiendo la mesa de la cocina con Mateo. Su hijo jugueteaba con la cuchara en el tazón de caldo y la abrumaba a preguntas; era un niño muy curioso. Casi podía sentir el calor que el fuego regalaba a la pequeña estancia y ver la pericia con que su madre troceaba la hogaza para las migas.

Volvió a mirar la hora y se frotó las manos; quedaban pocos minutos para finalizar el plazo cuando oyó un rumor sordo que se aproximaba desde el sur. Instantes después pudo distinguir la masa oscura que acometía una cuesta prolongada y echó a correr hacia el camión republicano con el arma larga al hombro.

–¡Soy Lobo, tranquilo! –le voceó al miliciano que encaraba el fusil en su dirección–. Ya se acercan; pon el motor en marcha. Vosotros dos, *parapetaos*.

Se acercó a la trasera del vehículo; Meyer estaba consciente y emitía quejidos apagados.

–Vienen, capitán. Espero que cumplan –le dijo.

Los faros del vehículo sanitario alargaron la sombra del sargento antes de detenerse; este mostró sus manos desarmadas al teniente que descendió de la cabina. El oficial se detuvo cerca de él y ejecutó el saludo castrense.

–Teniente médico Esquivel –se identificó; el sargento sintió una sacudida al escuchar el apellido. Aunque solo había visto una vez al hermano de Amalia, la huella de los rasgos de don Rafael, unida al acento de la tierra, lo sacaron de dudas. No parecía que Rafaelito lo hubiera reconocido a él.

–Quiero ver a los hombres del canje; después podrán llevarse al herido.

–Antes me gustaría ver al capitán. –El médico le mantuvo la mirada.

–Asómese a la trasera y que los suyos permanezcan en su sitio. –El sargento indicó a un miliciano que abriese la portezuela posterior.

El silencio se podía cortar mientras Rafaelito hacía sus comprobaciones, después sacaron a Meyer en camilla mientras los tres milicianos rescatados hacían el camino en sentido contrario. Tras comprobar su identidad se dio por terminado el canje.

–Una última cosa, teniente –interrumpió Agustín dubitativo–. Conocí a su familia en Llerena, cuando las ocupaciones de fincas de marzo. Don Rafael se portó muy bien con nosotros; también su hermana Amalia –mintió.

–¿Mi padre? –Arqueó las cejas.

–Espero que ambos estén bien y que los salude en mi nombre.

–Lo están. Amalia se casó hace poco. –Esquivel se arrepintió en ese mismo momento de su imprudencia. Desde luego no imaginaba el castigo que acababa de infligirle al sargento republicano–. Lobo, ¿no?

***

Con las primeras luces del día los nacionales desataron una tormenta artillera sobre la loma, a la que no pudieron responder los del Batallón de Acero, ayunos de cañones y con la aviación concentrada en los cielos de la capital. La metralla achicharró a los defensores, extendiéndose la zozobra entre ellos.

–Ni un paso atrás –repetía Justo López a sus hombres–. Preparaos para la acometida –los exhortaba mientras recorría la trinchera de un extremo a otro.

Lo propio hacía Agustín con su menguada compañía:

–Al que se vuelva le doy un tiro. –Por experiencia sabía que habían de temerlo más a él que al enemigo.

El ímpetu del primer asalto causó estragos entre los ocupantes de la trinchera. En el segundo, las bayonetas de legionarios y regulares estuvieron a punto de desalojar la posición, que se salvó *in extremis* por la eficacia de las ametralladoras y la lluvia que había embarrado la ladera de ascensión. A media mañana, los atacantes parecieron desistir y los exhaustos defensores de la loma solicitaron autorización para replegarse.

–En cuanto anochezca nos marchamos a Madrid. Dejad algunas gorras y palos para despistarlos –ordenó el comandante, cuyas ojeras y voz reflejaban las dos noches de insomnio.

Los milicianos, con los hombros amoratados por el retroceso de sus fusiles y los miembros entumecidos por el frío, se acoplaron en los camiones con el recuerdo lacerante de los compañeros perdidos. Al sargento Lobo le punzaba más la boda de la mujer amada. La amargura por lo que consideraba una traición encendió una rabia ciega en su ánimo. «La señorita se ha divertido con el gañán ingenuo», se decía, lejos de imaginar el sacrificio de Amalia.

***

Llegó a la pensión pasadas las once de la noche; lo habían citado en el cuartel para la mañana siguiente. Estaba tan cansado como hambriento cuando Julita abrió la puerta.

–¡Qué alivio, Agustín! Mi madre y yo estábamos muy preocupadas.

El guerrero miró a la joven sin pronunciar palabra. Llevaba el cabello suelto y una blusa clara que dejaba entrever el sostén que acunaba sus pechos firmes. Le conmovió lo que parecía un interés sincero.

–Estoy bien, Julia. –Sin pensarlo, le había otorgado tratamiento de mujer y pasó al tuteo–. ¿Puedes preguntarle a tu madre si tiene algo de comer?

–No está; ha ido a ver a su hermana al hospital. A mi tía la hirieron ayer en un bombardeo. Yo le prepararé algo –ofreció solícita mientras sus dedos enredaban en la melena negra con coquetería.

El sargento se desprendió de la guerrera y las botas en su habitación, después se aseó un poco antes de dejarse caer en la cama; olía a sábanas recién cambiadas. Un sopor oscuro le llevó a la modorra, con la imagen de Amalia en su pensamiento. «*Toc, toc, toc*», se escuchó en el cuarto y, al no hallar respuesta, la joven entró. El sargento dormía como un niño y, tras un momento de duda, se inclinó sobre él para despertarlo.

–Agustín, ya está la... –le susurró al oído y él se incorporó con un sobresalto, sin dejarle terminar la frase. Tras mirarla, su mano atravesó la penumbra para posarse en la tibia mejilla de la joven.

Sin decir nada la atrajo hacia sí y su boca buscó con premura los labios de Julia, disfrutando del frescor de su lengua y la fragancia de su piel. Ella mostró más sorpresa que rechazo y, conducida por las manos expertas del militar, se sintió tan intensamente viva como vacía de pensamientos. Los cuerpos a medio vestir se anudaron jadeantes hasta que alcanzaron el culmen del deseo, intensificado por el carácter furtivo del encuentro. Solo en ese momento recobró el sargento la compostura y fue consciente de su acto impulsivo. La cabeza de ella reposaba en su pecho y él la acarició con suavidad, sin prisa. Así permanecieron largos minutos, en silencio, como evitando despertar de un sueño.

–Perdóname, no he debido... –El dedo de la mujer en sus labios le impidió continuar.

–No se disculpe; quizás lo deseaba tanto como usted –suspiró.

En la cocina, tras devorar unos huevos fritos con patatas, Agustín le habló:

–Mañana vuelvo al frente; olvida lo sucedido. Eres muy joven y yo un hombre sin futuro, ¿entiendes? –No sabía qué añadir. Ella permanecía de pie y lo miraba con arrobo, más centrada en el recuerdo del encuentro carnal que en sus palabras; había sido su primera vez.

–Por favor, de esto ni una palabra a tu madre. –«Qué guapa es», pensó Agustín al mirarla.

Horas después, cuando se cruzó con la *señá* en el portal, pretextó urgencia para no pararse. La quemazón de culpa y vergüenza lo acompañaría hasta el cuartel de los Salesianos.

Al sur de la ciudad caían las bombas madrugadoras de los nacionales, como denominaban ya a las tropas de Franco, y una multitud histérica de civiles cruzaba el puente de Toledo en busca de refugio; además de sus colchones, cargaban con los objetos más inverosímiles. Un grupo de mujeres soliviantadas acechaba a los milicianos de poco coraje que escurrían el bulto entre esa masa humana; a gritos ponían en duda su hombría, llamándoles cobardes a la cara. Muchos de esos hombres, avergonzados, volvían a primera línea. Una de esas voces de la conciencia, anarquista, escribiría:

Por las puertas de Toledo
va en aluvión la canalla
en busca del enemigo:
ciegos los ojos de lágrimas,
prietos los dientes de ira,
chocando al aire las armas.
¡Madrid, Madrid, mi Madrid!
Haremos una muralla
De carne humana y de fuego
Y a ver qué guapo la salta.

Largo Caballero reunió al Consejo de Ministros esa mañana y, considerando más que probable la pérdida de la capital, decidió trasladarse a Valencia de forma inmediata; el presidente de la República se había instalado en Barcelona semanas atrás. Antes de partir, Largo Caballero encargó al general José Miaja «defender Madrid a toda costa», consciente de que pedía un milagro.

Tan seguro estaba Franco de la inminente toma de Madrid que designó a Alberto Alcocer como nuevo alcalde. Este había ocupado el mismo cargo durante la dictadura de Primo de Rivera y, junto a sus concejales, aguardaba en Talavera de la Reina la noticia de la caída de la capital. El sillón de la Casa de la Villa estaba vacío tras la partida de Pedro Rico a Valencia. En Tarancón los anarquistas lo obligaron a retornar a Madrid y el alcalde se asiló en la embajada de México, por lo que hubo de constituirse una nueva corporación municipal, con el socialista Cayetano Redondo al frente.

Los defensores de Madrid estaban obsesionados por la «Quinta Columna» aludida por Mola, el general que avanzaba con las tropas rebeldes desde el norte. La posibilidad de que los reclusos tildados de facciosos se integrasen en el ejército de los nacionales generó las visitas nocturnas a cárceles de Madrid, como las de Porlier, San Antón o la Modelo. Centenares de presos, muchos de ellos militares, fueron extraídos por milicianos de Vigilancia de Retaguardia y conducidos en autobuses a la carretera de Barcelona. De madrugada se los fusilaba en las afueras de Paracuellos del Jarama o en las cercanías de Torrejón de Ardoz, a más de veinte kilómetros de la capital.

X. El frente y la retaguardia

Ante la inminente ofensiva de los nacionales, Miaja ordenó taponar todos los accesos a lo largo de la ribera del Manzanares, fijándose el puente de Toledo como centro del dispositivo defensivo. Al general Varela, jefe del ejército asaltante, le presionaba la impaciencia del «Generalísimo», el nuevo tratamiento de Franco. Sus tropas acechaban la capital en un arco que iba de Majadahonda a Vallecas.

Aquella mañana de noviembre, la primera con el Gobierno republicano fuera de la capital, el cielo estaba despejado y un viento desapacible barría las calles de Madrid. Los vecinos madrugadores libraban su batalla diaria por los alimentos, buscando en los lugares más insólitos lo que ya no ofrecía el mercado; la ciudad mostraba los primeros síntomas de escasez.

Los restos del Batallón de Acero formaban en la plaza de Cibeles. Las urgencias habían sumado a sus filas voluntarios poco instruidos, y en no pocos casos, carentes de armas. Tensos, los milicianos aguardaban los tranvías de la línea que llegaba hasta el frente del barrio de Usera, la que cruzaba el Manzanares por Legazpi; los pocos camiones disponibles se reservaban para las municiones y los pertrechos. El sargento Lobo observaba los trabajos de protección de la fuente. Los sacos terreros ocultaban ya a los leones; aún se podían ver los desperfectos que la metralla había ocasionado en la nariz de la diosa de la naturaleza. En breve se habilitaría un refugio antiaéreo bajo su estructura.

El contingente militar tenía que relevar a las tropas de los comandantes Líster y El Campesino en las posiciones dispuestas en el sur de Madrid, entre Carabanchel y Entrevías. Usera, el barrio del municipio de Villaverde construido una década antes por el militar y empresario Marcelo Usera, se había poblado de barricadas y trincheras. El batallón se desplegó por los altos de la colonia del Zofío, con el Manzanares a sus espaldas.

–Lobo, de aquí no pueden pasar los fascistas, tú me respondes –le dijo el teniente Isidro Barrio, su nuevo jefe.

La posición a defender estaba situada junto a la Panificadora de Usera, propiedad de un tal Blanco Folgueira, según rezaba en la fachada.

–Al menos comeremos pan reciente –bromeó uno de los milicianos.

–¡Esta barricada es una mierda! Cabo, reforzadla con sacos terreros y lo que encontréis por ahí. Vosotros cuatro, apostaos en las ventanas del primer piso; subid una ametralladora y munición –ordenó Agustín.

El teniente coronel Tella, con la VIII Bandera de la Legión, se aproximaba a marchas forzadas desde la carretera de Toledo. Confiaba en desalojar a los defensores de Usera sin dificultad, como había ocurrido en su avance desde Talavera.

–Ya están ahí, sargento –avisó uno de los vigías desde el tejado de la panificadora.

–¡Ni un paso atrás! Son hombres como nosotros. El que retroceda se las verá conmigo –amenazó Agustín con la pistola desenfundada, de forma que sus hombres lo entendieran.

El choque resultó brutal. En todo el barrio se combatió calle a calle y hasta en el interior de las casas. Las granadas de mortero hacían jirones las barricadas y a los hombres, lo que aprovechaban milicianos de la segunda línea para hacerse con un fusil. Las ametralladoras ardían por el uso a destajo. «Esos rojos cabrones se han endurecido», se quejaba un oficial de los nacionales. Entre el humo y el polvo de las fachadas derruidas se disparaba a quemarropa, se peleaba a la bayoneta y hasta con las manos desnudas. Al finalizar la jornada, los republicanos eran dueños del barrio. A costa de coraje y sangre habían frenado el ímpetu de las tropas de choque, cobrándoles un peaje mortal.

En otro sector del Manzanares, la defensa de Madrid tuvo un golpe de suerte. Un capitán de los nacionales había muerto en su carro de combate Ansaldo y en el interior del mismo se halló la orden de operaciones dictada por el general Varela para el asalto a Madrid. Cuando se la llevaron al Estado Mayor, el teniente coronel Rojo no daba crédito; de inmediato se modificaron los planes de defensa, lo que dio a la ciudad un respiro tan necesario como imprevisto.

El sargento Lobo había logrado mantener la posición a costa de perder un tercio de sus hombres y sin que se produjese desbandada alguna. El teniente Barrio le prometió unos refuerzos que él no vería llegar, pues la mañana siguiente moriría por disparos de fusil; en esos días no daba tiempo a consolidar relaciones.

Los legionarios consiguieron penetrar en la Casa de Campo por la puerta de Batán, ocupando el cerro Garabitas. Desde esa posición se dominaba gran parte de Madrid y allí emplazarían la artillería que habría de castigar sus calles en lo sucesivo. Ante el peligro de que cruzaran el Manzanares, el general Miaja ordenó minar los puentes.

Por el sureste de la ciudad, procedente de Albacete, entraba el general Kleber al frente de la XI Brigada Internacional. Los voluntarios extranjeros vestían cazadoras negras y boinas azules; sus cánticos y el choque firme de las botas sobre el pavimento arrancaban los vítores emocionados de los transeúntes. También llegaron los camiones que transportaban a la columna anarquista de Cipriano Mera. Madrid no

estaba sola y el ocho de noviembre finalizó sin que los nacionales lograran pasar su río.
Diez días llevaba Agustín en el frente de Usera, con salidas esporádicas para reforzar posiciones en Villaverde y los Carabancheles. Sometidos al fuego de fusilería de los atacantes, los milicianos comían y descansaban sin horarios. También soportaban los bombardeos artilleros y aéreos, ahora solo nocturnos por la acción de los cazas rusos: «chatos» y «moscas». Se protegían del intenso frío al calor de las hogueras, aun a riesgo de los disparos de francotiradores pacientes. El uniforme del sargento, como el de sus hombres, se había convertido en una piel costrosa de polvo, barro seco y manchas sanguinolentas; no había tiempo ni condiciones para la higiene, martirizándolos los piojos sin descanso. Las municiones y la comida se administraban con avaricia, ya que los transportes de pertrechos desde Valencia llegaban a emplear cuatro días para llegar a Madrid.

Días atrás, en el puesto de mando del batallón, Agustín pudo escuchar parte del mensaje radiado del general Miaja: «La República os exige este esfuerzo para garantizar sus libertades; lo exige el decoro del pueblo español que odia la tiranía, y lo exigen nuestros hermanos caídos en la lucha y las mujeres y los niños sacrificados inhumanamente. Pensando en ello sabréis poner vigor en el ataque y perecer antes que dar un paso atrás. Con esta misión y una fe ciega en nuestros ideales, la victoria será nuestra». Se le erizó la piel cuando escuchaba al general; sentía que ese hombre era el líder que necesitaba la defensa de Madrid. Hizo un esfuerzo para memorizar las palabras a fin de transmitírselas a sus milicianos.

Muerto el jefe de su compañía, Agustín lo sucedió con el grado de teniente, que debía confirmarse por la Comandancia de Milicias para su equiparación en el ejército regular. En aquellas dramáticas circunstancias, los ascensos se producían de manera tan vertiginosa que civiles sin experiencia militar llegarían a comandar brigadas y divisiones.

El puente de Segovia reventó bajo las bombas de la aviación nacional; el de los Franceses y el de Galicia los volaron sus defensores. Esto no impidió que algunas compañías de legionarios y regulares cruzaran el río a la altura de la Ciudad Universitaria, ocupando la Escuela de Arquitectura. De estos movimientos se percataron los vigías republicanos instalados en el observatorio del cine «Capitol», cundiendo la alarma al saberse que los nacionales habían puesto sus botas dentro del perímetro del Manzanares.

–Lobo, tienes que llevar a tu compañía a la Universitaria. Te unirás a otra que han sacado de Vallecas –le ordenó su superior, cuyo rostro estaba tan grisáceo como el cielo otoñal–. Debemos expulsarlos de esa cuña cuanto antes.

–Saldremos de inmediato, mi comandante, pero esta posición se queda en cuadro –advirtió.

–No te preocupes; nos van a enviar voluntarios andaluces y extremeños. Aquí se curtirán pronto. –Sonrió.

Agustín se había instalado en la única dependencia de la panificadora que se mantenía en pie. Junto al cajón de municiones que le servía de mesa se podía ver el catre metálico y sus objetos personales. Besó la foto de su hijo antes de guardarla y, tras recoger los prismáticos de campaña heredados del teniente Barrio, se puso en marcha junto a sus hombres para alcanzar el puente de Legazpi, donde los esperaban los camiones.

–Que caminen en fila india y pegados a los edificios –les ordenó a los dos sargentos que le quedaban en la compañía.

Al pasar por la Puerta del Sol, al de Fregenal le impresionó la brecha gigante que dejaba al descubierto los raíles del metro.

–Anoche tiraron una bomba de las gordas y mató a cerca de cien personas en la estación –le dijo el conductor. La Gran Vía estaba plagada de socavones, edificios mellados y cristales rotos; sobre todo por efecto del cañoneo desde Garabitas. También le informó de que bordearían el hospital Clínico, en cuyo interior se combatían con saña. Atravesaron el barrio de Argüelles, donde apenas quedaban edificios intactos; hasta el palacio de Liria había sido destruido por bombas incendiarias. Los vecinos deambulaban por la calle de la Princesa con paso cansino y la desesperación pintada en las caras; unos cargaban con niños y los más empujaban carritos repletos de enseres. Poco antes de desviarse hacia el noroeste de la ciudad contemplaron los estragos de los bombardeos en los muros, el torreón y las garitas de acceso a la cárcel Modelo. El día anterior se había evacuado a los reclusos ante el riesgo de que las instalaciones fueran ocupadas. A la vista de tanta destrucción se acordó de su hermano y sus pensamientos se tornaron sombríos; no había vuelto a saber de la familia desde que partió al frente.

***

Nada más aprobarse la Ley de Ciudad Universitaria en 1931 se inició la construcción de sus instalaciones en terrenos de una finca de la Moncloa cedida a la Corona en 1866. Su inauguración estaba prevista para octubre de 1936, coincidiendo con el centenario del traslado de la Universidad Complutense a Madrid. El inicio de la guerra paralizó las obras en el verano de ese mismo año.

Cuando el teniente Lobo se presentó a Palacios, su nuevo superior, este le mostró sobre el plano los edificios ocupados por los nacionales, entre otros, el Instituto de Higiene, las escuelas de Agrónomos y Arquitectura, el asilo de Santa Cristina y el palacete de la Moncloa.

–Esto ha sido un baño de sangre. Los anarquistas que no cayeron bajo el fuego huyeron en desbandada hacia el Parque del Oeste –dijo el comandante con una mueca de desprecio–. Menos mal que vinieron los de la XI Brigada Internacional y lograron frenar a los fascistas en la Facultad de Filosofía y Letras.

Lo que desconocía Palacios era la escena que había protagonizado Miaja junto a dicho parque. El general salía del observatorio de la Modelo cuando hubo de frenar, pistola en mano, a un grupo de milicianos a la fuga; estos, como alumnos avergonzados por su maestro, volvieron a las trincheras entre los álamos destrozados por la metralla.

–Pues en Usera tampoco ha faltado diversión. –Sonrió el teniente–. ¿Dónde nos posicionamos, mi comandante?

–Reforzaréis el perímetro de la Escuela de Agrónomos. Espera. –Palacios hizo una seña al hombre que pasaba cerca–. Te voy a presentar a vuestro comisario político.

Agustín se quedó mirando al comisario; no se podía creer a quién tenía enfrente. Estaba más delgado y las botas altas estilizaban su figura; el uniforme con la estrella y el cordón rojo en la bocamanga le conferían un aspecto imponente.

–¡La madre que me parió! Marcelino –exclamó emocionado. El abrazo de los amigos fue entusiasta.

Llevaban dos meses sin verse, que para ellos semejaban lustros. Silenciados por las brutales explosiones y el tableteo de las ametralladoras se dirigieron a la posición asignada. Ya encontrarían la ocasión de hablar; a ambos les costaba controlar el deseo de contar y saber.

Agustín y el capitán Núñez, militar de carrera que mandaba la Compañía de Vallecas, supervisaban la construcción de trincheras y la distribución de los hombres por el perímetro de Agrónomos. Una lluvia, tan fina como tozuda, empapaba los uniformes de los milicianos empeñados en las excavaciones. Mientras el comisario político hablaba a los soldados de la importancia de la disciplina e incluso los aconsejaba sobre el manejo de la pala, los jefes de las compañías hicieron un aparte.

–¿Un pitillo, mi capitán? –Agustín se puso a resguardo bajo un olmo.

–Claro, teniente. Por el momento no hay mucho más que hacer. No creo que los de enfrente se muevan con este barrizal.

Núñez era segoviano y le confesó que no tenía experiencia de combate. En el momento del alzamiento estaba destinado en una caja de reclutas y, por su condición de militar profesional, lo miraron con lupa antes de asignarle un mando.

–Algunos de mis compañeros fueron a parar a la Modelo y no he vuelto a saber de ellos –expresó el capitán con pesar–. A mi mujer y a mis tres hijas las evacuaron a Valencia en cuanto comenzaron los bombardeos.

Agustín le habló de su etapa en Marruecos y de las dificultades para manejarse con soldados tan bisoños.

–Valor no falta, pero nos la jugamos contra un enemigo temible, y lo digo con conocimiento. –Dio una última calada y tiró el cigarrillo al barro.

A media tarde dejó de llover y recibieron la sorpresa de un rancho caliente, que palió el hartazgo de sardinas y carne enlatada. Las trincheras estaban listas; hasta consiguieron tablones para hacerlas más habitables. Desde las defensas se podía distinguir el fulgor de las detonaciones procedentes del hospital Clínico, el lugar donde se luchaba con más denuedo. El mismo en que esa mañana de otoño hirieron de bala al carismático Buenaventura Durruti, el líder de las milicias anarquistas procedentes de Aragón que fallecería al día siguiente en el hospital de sangre instalado en el hotel Ritz. Como si la parca quisiera mantener un cruel equilibrio, ese veinte de noviembre fusilaron en Alicante a José Antonio Primo de Rivera, el joven jefe de la Falange.

Sería medianoche y Agustín descansaba en el catre de su tienda, que habían montado tras un talud terroso, cuando asomó por la lona la cabeza de Marcelino Rodríguez.

–¡Pasa, viejo! –lo invitó con un gesto de la mano–. Te busqué esta tarde.

–Ya sabes; los comisarios no descansan nunca. –Se rio con ganas–. Mira lo que he conseguido. –Se sacó de la pelliza una botella de coñac empezada.

Entre humo de tabaco y sorbos de brandy intercambiaron sus peripecias desde la salida del pueblo. Así supo el teniente que, junto con su mujer, sus dos hijas y un centenar de huidos, Marcelino cruzó la frontera lusa por Barrancos, a no muchos kilómetros de Fregenal. Cerca de allí, en la hacienda de la Coitadinha, se había creado un campamento de refugiados al mando del portugués Augusto Seixas, teniente de la Guardia Fiscal. Desbordada su capacidad, el teniente dirigió a los recién llegados al campo clandestino de Russianas, donde se juntarían cerca de trescientas personas.

–El oficial, actuando al margen de sus superiores, se la jugó por nosotros. Sobrevivimos gracias a Seixas y a la solidaridad de los vecinos de Barrancos. –El recuerdo puso un punto de emoción en los ojos del comisario.

–¿Y qué pasó después? –Agustín quería saber más.

–Nos llevaron a Lisboa. Seguro que por las presiones del Gobierno de la República. Allí embarcamos en el vapor Nyassa sin que nadie nos informara del destino.

–¿Ibais muchos a bordo?

–No sé, cerca de dos mil. Se decía que entre los pasajeros estaba Granados, el gobernador civil de Badajoz, y yo mismo vi al coronel Puigdengolas, el comandante militar de la plaza. Salimos el 10 de octubre y dos días después desembarcábamos en Tarragona –dijo Marcelino.

–Tuvisteis mucha suerte; a la mayoría de los que huían a Portugal los entregaron a los fascistas del otro lado de la frontera. –Agustín pasó la botella a su amigo–. ¿Y cómo acabasteis en Madrid?

–Solo he venido yo –se interrumpió el comisario–. A pesar de que Consuelo y las chicas insistieron para que no me moviera de Valencia sentí que mi puesto estaba aquí.

–¡Que *güevos* le echas, Marcelino! ¿Y cómo te reclutaron con tu edad? –Le guiñó un ojo.

–Oye, que no soy tan mayor. Tengo mis contactos en la UGT y para comisario sí les servía mi experiencia.

Agustín, sin omitir nada, le refirió su azarosa odisea desde Fregenal; tal era la confianza con su paisano. Este maldijo al enemigo y se emocionó al conocer los detalles de la emboscada de la Alcornocosa, pues muchos de los caídos eran amigos o conocidos suyos.

–Mi teniente, son las tres –avisó un miliciano.

Un viento húmedo recorría la madrugada cuando los dos amigos salieron abrigados hacia las trincheras. La botella vacía quedaba en el suelo de la tienda como un testigo mudo del reencuentro.

El alférez Almenares deliraba en su camilla bajo los efectos de la morfina; el día anterior lo habían herido en la Casa de Campo y acababan de amputarle la pierna izquierda por debajo de la rodilla. Durante su estancia en el hospital habilitado en Griñón su condición de mutilado lo atormentaba y el odio hacia los enemigos lo carcomía. Casi tres meses después, tras una jornada de tren interminable, llegaba a la estación de Llerena con una medalla al valor prendida del pecho.

En el andén lo esperaban su padre y Amalia, pesarosa por el reencuentro con Lorenzo. Habían cruzado cartas desde la marcha de este, en las que el marido percibía más formalidad que pasión. El anuncio del embarazo de su mujer lo llenó de felicidad y esperanza. «Un hijo nos unirá», quiso pensar.

Tras descender del vagón con el auxilio de un soldado se aferró con firmeza a las muletas, mientras su acompañante se ocupaba del equipaje. Don Vicente se precipitó para abrazarlo; el sacrificio en el frente borraba pasadas faltas de su hijo, como si de travesuras infantiles se tratara. Amalia se estremeció al ver la pernera del pantalón flácida; sus ojos captaron la mirada huidiza del alférez. Lo besó en las mejillas. Aunque había deseado con todas sus fuerzas que saliese de su vida, sintió compasión. Durante la ausencia del marido se había hecho con el control de la casa del notario, que estaba muy atareado con los cambios de propiedad que favorecían a los oportunistas de nuevo cuño. En la soledad del dormitorio conyugal había añorado las caricias fogosas de Agustín; el temor de no volver a verlo la devoraba.

Don Rafael había vuelto a Mérida con su mujer; pensaba que el ejercicio de la medicina y el alejamiento mitigarían su pena por la situación de Amalia. Su hija pequeña insistió en permanecer en el cortijo. «Cerca de mi hermana», les dijo. No les habló, sin embargo, del cortejo iniciado por Diego Correa, el nuevo jefe local de Falange. Fue de los primeros en visitar al alférez mutilado tras su regreso, escuchando el relato de su experiencia en el frente de Madrid.

–¿Qué planes tienes, Lorenzo? –Correa se había arrellanado en uno de los sillones del salón con el habano entre los dedos.

–De momento, mi recuperación. Que terminen la maldita prótesis para poder mostrarme. –Compuso un rictus de amargura en sus labios.

–Y en... –se interrumpió–. Bueno... en tu situación, ¿podrás continuar en el Ejército? –El jefe de la Falange le prefería lejos del partido.

–Tengo intención de incorporarme al cuerpo jurídico. Cuando esto termine va a haber muchas responsabilidades que depurar y se necesitarán fiscales con criterio. Ya me entiendes –apostilló Lorenzo.

Hablaron de la situación en Llerena.

–El comandante Gómez Covián ha limpiado la comarca de rojos. A los dudosos los ha puesto a trabajar las tierras, a algunos en «La Cigüeña». ¿No querían ocuparla? –dijo Correa con sorna.

También aludió a los escarceos con su cuñada Beatriz y a la posibilidad de que llegaran a emparentar:

–La familia Esquivel tiene para todos –soltó con malicia, y el alférez hubo de tragarse la puya.

–Hablando de dudosos; tienes que hacerme un favor. –Lorenzo bajó el tono de voz, no lo bastante para evitar que su mujer lo escuchara; llevaba un rato tras la puerta apenas entornada.

En el corazón de Amalia la rabia latente sustituyó a la compasión; lo que logró escuchar le hizo comprender que nada había cambiado, que la trama canalla de su marido seguía su curso. Esa noche, durante la cena, se mostró incluso cariñosa con él; a la mañana siguiente se desplazó a La Vega Ancha. El cielo estaba tan negro como sus pensamientos; un aguacero la acompañó por el camino embarrado. Al bajar del coche se encontró con el capataz Sayas, que gobernaba el cortijo con mano dura. Este la saludó antes de cubrirla con el paraguas; su mirada penetrante le hizo pensar que conocía el motivo de la visita.

***

–Hola Beatriz. –Hacía tiempo que no visitaba a su hermana–. Tenía ganas de verte. –Amalia mintió con el aplomo de los que han de fingir a menudo.

Camila les sirvió té en el comedor.

–Qué guapa está señorita, eso es la maternidad –le dijo con la ternura de quien la había visto crecer.

–Ya es señora, no lo olvides –la recriminó Beatriz. Las hermanas hablaron de cosas triviales, hasta que Amalia dejó caer el nombre de Diego Correa, provocando el rubor de su hermana.

–Me han dicho que se le ve mucho por aquí. –Sonrió con picardía antes de llevarse la taza a los labios.

–Bueno, ya sabes que es amigo de la familia. –Beatriz bajó la mirada, para enfrentarla luego a la de su hermana–. A ti no te puedo engañar; me ha pedido relaciones. Eres la primera en saberlo.

–Piénsatelo bien; es mucho mayor que tú y ya conoces su fama de mujeriego. –«Por no hablar de la de matón», estuvo a punto de añadir Amalia.

–Eso son habladurías de la gente. Tiene una buena posición y le aprecio; supongo que el cariño llegará con el tiempo. –La hermana menor zanjó el tema.

Amalia pidió un paraguas.

–Voy a buscar algo de miel; va muy bien para los enfriamientos de esta época –se justificó.

El apicultor estaba instalando unas cubiertas metálicas para proteger las colmenas de la lluvia. Llevaba botas de goma y un impermeable gris. Se volvió al escuchar el chapoteo que producían las pisadas de Amalia. La sorpresa se reflejó en el azul de sus ojos; no la había vuelto a ver desde los sucesos de septiembre.

–Ezequiel tienes que marcharte de aquí cuanto antes– dijo ella muy seria al entrar en la cabaña del apicultor–. Tu vida peligra.

–¿Marcharme, señora? ¿Qué ocurre?

–Sé que no has hecho mal alguno. Se trata de aquel herido que acogimos. Mi marido no quiere testigos, ¿lo entiendes?

Amalia lo urgió a que partiese ese mismo día sin despedirse de nadie.

–En Mérida te ayudará don Rafael. –Le entregó algo de dinero y una carta para su padre.

Ese mismo día, al entrar Diego Correa y el capataz Sayas en la cabaña se encontraron al apicultor colgado de la viga central, con el rostro amoratado y los ojos muy abiertos. Separarlo de sus abejas era como arrancarle el corazón; las cenizas de la carta para don Rafael reposaban en la chimenea.

El concejal de Abastos, Manuel Barredo, gestionaba con tanta eficacia como honradez los suministros de alimentos para Fregenal, también los de gasolina. La cualificación y religiosidad probadas, unidas a su cautiverio y el de su padre a manos de los rojos, le habían conferido autoridad. El Gacho aparentó ceguera cuando los militares rebeldes eliminaron a decenas de sus vecinos; tampoco quería escuchar.

–Los han *enterrao* en fosas comunes, boca abajo para mayor agravio –trató de contarle otro concejal. Aceptó como inevitable su afiliación a Falange; «a fin de cuentas, se trata de un movimiento patriótico», se decía sin convicción.

Su esposa y su madre estaban a salvo y el comercio Barredo había reabierto sus puertas; esas eran sus prioridades.

–No quiero que ese niño venga más por aquí. Nos va a comprometer –le espetó Amparo con el rostro crispado.

–Mateo es el hijo de mi mejor amigo –trató de apaciguarla El Gacho.

–Su padre es un sindicalista radical; todo el pueblo lo sabe. Que se ocupen de él la abuela y la tía.

Las palabras y la actitud de su mujer herían su corazón como aguijones envenenados, aunque sabía que no le faltaba razón en ese contexto de miseria moral que propagaba el enfrentamiento civil. Días después le pidió a la hermana de Agustín que hablase con su madre.

–Yo los auxiliaré a través tuyo. Nadie debe enterarse, lo comprendes, ¿verdad? –La decepción estaba en los ojos de Reme, quien le confió que su hermano menor había logrado llegar a zona republicana sin añadir nada más. Un sentimiento de culpa y deslealtad lo acompañaría desde entonces, «Agustín lo entenderá cuando se lo explique», se repetía El Gacho sin hallar consuelo.

A comienzos de diciembre la compañía del teniente Lobo recibió la orden de regresar a Usera. Tras sangrientos combates, el frente de la Ciudad Universitaria se había estabilizado. A los supervivientes, agotados cuando no enfermos, les habían concedido dos días de permiso. Un pesar carcomía a Agustín cuando dejaron esas posiciones, sin que su deber de oficial lo consolara de aquella decisión crítica. Cierto que el muchacho huyó ante la acometida del enemigo, también que lo avisó dos veces antes de disparar; con todo, no merecía morir así. Era un precio demasiado alto para que el resto aprendiera la lección; a sus dieciocho años, Enrique Martínez apenas había comenzado a vivir.

–Olvídalo ya; son cosas de la guerra. Hiciste lo que debías –intentaba aliviarlo Marcelino camino de la pensión de la *señá*, donde pensaba alojarse.

Su amigo no contestó; miraba el deterioro producido en el barrio de Tetuán durante su ausencia. El sol matinal mostraba las ruinas humeantes de los comercios y viviendas arrasados por los bombardeos; de fondo se oía el zumbido de las sirenas de las ambulancias. Piquetes de bomberos y voluntarios desenterraban cuerpos de entre los escombros ante la mirada resignada de familiares y vecinos. En las aceras, que algunos perros famélicos olisqueaban en busca de alimento, se apilaban los pocos enseres que se habían podido salvar. «Tengo que saber de mi hermano», le vino enseguida a la mente.

El portal de la pensión estaba ennegrecido por las cercanas llamas y desconchado por la metralla; olía a humo sucio y desolación. Tuvieron que reiterar la llamada antes de que en la puerta apareciera el rostro de Julia. Agustín se fijó enseguida en las pupilas dilatadas y los churretes grisáceos que surcaban sus mejillas.

–¡Se han llevado a mi madre! ¡Dios mío, no sé qué hacer! Vinieron unos hombres, la insultaron. –Las palabras de la joven brotaban atropelladas mientras los dos militares la observaban en silencio.

Agustín le cogió las manos para calmarla. Ya en el interior, tras presentarle a Marcelino, le pidió todos los detalles.

***

Julia les contó lo ocurrido la noche anterior. Cuando ya estaban acostadas se escucharon golpes atronadores en la puerta. La *señá* se puso la bata y salió a responder. «Abra o tiramos la puerta», la amenazaron y cuando lo hizo se encontró a tres hombres uniformados; llevaban gorras rojinegras. Los acompañaba otro de paisano al que llamaban «doctor»; portaba una pistola al cinto.

–¿Y qué ocurrió después? –dijo Agustín mientras le servía un vaso de agua.

–Desde el pasillo vi como la empujaban sin contemplaciones. Se colaron con los fusiles y le ordenaron que despertase a los huéspedes. Uno de ellos me miraba interrogante hasta que mi madre les aclaró mi identidad.

–¡Malditos anarquistas! ¿Te hicieron algo?

–No, a mí no. Al poco salió don Fausto en pijama y la viuda a medio vestir. Apenas la conozco; tan solo llevaba una semana en la pensión. Debieron registrar sus habitaciones. Poco después oí sus risotadas y vi como los sacaban al pasillo a empellones y entre insultos groseros.

–¿Y qué más? –intervino Marcelino, impaciente por conocer el final.

Julia prosiguió con el relato:

–Cuando creíamos que se marchaban, el que parecía el jefe se dio la vuelta. «A esta puta también, por encubrir a fascistas». Señaló a mi madre. Yo me aferré a ella con fuerza; no podía creer lo que ocurría. Entonces, uno de los soldados la empujó al suelo y el jefe clavó en mí sus fríos ojos: «¿Quieres venir tú también?». Me apuntó con su pistola.

–¿Le podrías reconocer si le ves de nuevo? –dijo Agustín con el rostro crispado por la indignación.

–Nunca olvidaré esa cara chupada, la cicatriz que le cruzaba el labio y su mirada bestial. Mi madre me contuvo; dijo que todo se aclararía. Desde la ventana vi cómo los subían a un automóvil muy grande. No había gente en la calle; tampoco vino a interesarse ningún vecino.

Aunque su cuerpo demandaba reposo, Agustín comprendió que debía moverse con celeridad; esas dos mujeres lo merecían. Marcelino se ofreció a acompañarlo.

–Un comisario siempre impone, chacho. –Se palpó los distintivos de la guerrera.

Tras comprobar los cargadores de las pistolas dirigieron sus pasos hacia la checa anarquista más cercana, la de Bravo Murillo 160.

El sol invernal era engañoso; un viento triste se filtraba por los uniformes y sus orejas desprotegidas sentían el castigo helado. Grupos de obreros se arremolinaban en hogueras improvisadas y algunos niños correteaban entre los cascotes mientras sus madres hacían largas colas en las tiendas de comestibles. Un muro de obra había sustituido a los sacos terreros alrededor del cine «Europa»; la bandera de la CNT ondeaba en la marquesina.

–¿Qué queréis? –preguntó con gesto desconfiado uno de los milicianos confederales que hacía guardia en la puerta el edificio modernista.

–¿Aquí no se saluda a los superiores? –Agustín mostró las dos barras doradas de su rango–. ¿Quién se ocupa de los detenidos?

El miliciano, confundido por la reacción del teniente, buscó con la mirada al responsable de su grupo, que así se organizaban los confederales. El jefe de guardia abrió la elegante puerta de cristal y los invitó a pasar. La cazadora gastada apenas contenía su barriga prominente; rondaría los cuarenta y llevaba la cabeza descubierta. El vestíbulo estaba abarrotado de obras de arte: cuadros antiguos, relojes de pared y muebles de los estilos más variados, el fruto de las requisas voraces a palacios e iglesias de Madrid. El anarquista les sugirió esperar en el tresillo *art déco*, tapizado en verde botella. De cuando en cuando se escuchaban detonaciones, pues en el solar contiguo se realizaban prácticas de tiro.

Minutos después sintieron las pisadas procedentes de la escalera de acceso al entresuelo. Un hombre con la camisa cruzada por correajes y la cartuchera de la pistola rebotando contra la pernera avanzaba hacia ellos; lo seguían dos confederales armados.

–¡Salud! –Emitió el saludo, seco y cortante–. ¿Qué os trae por aquí, camaradas? –dijo el joven de rostro caballuno y cabello peinado hacia atrás.

–Soy el teniente Lobo, del Quinto Regimiento, y él es Rodríguez, el comisario de mi compañía. –Hizo una pausa–.

Buscamos a una mujer de este barrio; anoche la detuvieron algunos de los vuestros.

–Aquí solo traemos a traidores y quintacolumnistas. –El anarquista alzó la barbilla con arrogancia–. Si queréis saber, pasaos por Gobernación.

La ira refulgía en los ojos de Agustín; hasta la cicatriz de su rostro estaba tensa. Marcelino, que intuía una reacción desmedida, decidió intervenir.

–¿Cómo dijiste que te llamabas, camarada? –El comisario utilizó un tono amable.

–Mingarro, Santiago Mingarro. ¿Necesitas saber algo más? –añadió chulesco.

–Escucha, Santiago. Buscamos a Esperanza García; se trata de una amiga de confianza. ¿Te importa que echemos un vistazo en los calabozos? –El comisario sondeó los ojos de su interlocutor como si quisiera penetrar sus pensamientos–. Hoy por ti, mañana por mí –añadió sin pestañear.

Había inoculado la duda en el tal Mingarro; los confederales que lo acompañaban permanecían a la expectativa. «Tampoco es cuestión de chocar con el Quinto Regimiento», pensó el de la quijada equina.

–Seguidme –dijo al fin y los condujo a los sótanos del «Europa», donde se ubicaba el almacén del cine antes de convertirlo en centro de detención.

Según descendían comenzaba a llegarles el olor a cerrado, tabaco y deposiciones. Varias lámparas amarillentas colgaban del techo y tres hombres jugaban a las cartas en la única mesa de la sala, sobre la que podía verse una botella de vino, algunos vasos y una Star de 1919 con cachas negras. De la decena de calabozos habilitados llegaban quejidos lastimeros.

–¿Trajeron anoche a alguna mujer? –inquirió Mingarro sin más explicaciones, seguro de su autoridad.

–Los del doctor bajaron a dos –respondió el miliciano que usaba gafas.

–Muéstraselas a estos camaradas, ¡ya! –La voz imperativa rompió el gesto dubitativo del confederal.

Tras descolgar de una columna el racimo de llaves, el aludido se dirigió al fondo de la sala seguido del teniente y el comisario. A la tenue luz de la celda pudieron ver a la mujer acurrucada contra la pared. Descalza, vestía ropas negras y, cuando los miró sorprendida, distinguieron las marcas de los golpes bajo su cabello enmarañado. En el siguiente cuartucho encontraron a la *señá*, que se había puesto en pie tras escuchar las cercanas voces y el chirrido del cerrojo. Estaba aterida de frío bajo la bata fina. Después de una noche de penumbra la luz de la bombilla empequeñecía sus pupilas.

–¡Agustín! –acertó a decir–. Sáqueme de aquí. Yo no he hecho nada –suplicó con el lagrimal a punto de desbordarse y el rostro tumefacto por los golpes.

El teniente se volvió hacia Mingarro:

–Yo respondo –expresó con firmeza. «Seguro que don Fausto también está aquí», pensó, aunque supuso que interesarse por él levantaría sospechas.

–Tendría que consultar –pretextó el anarquista para ganar tiempo.

–No hay tiempo para eso; yo mismo te firmaré un recibo –intervino Marcelino con la autoridad que le conferían el cargo y las canas. ¿O prefieres que intervenga el Comisariado General de Guerra?

El farol, unido a las quejas por el estado de la prisionera, surtió tal efecto que hasta los llevaron a la pensión en el Rolls Royce negro que utilizaba para sus correrías el denominado Grupo de Defensa; el doctor lo había requisado en el palacete de un noble.

–Felipe, no me quedó más remedio; esos comunistas no amenazan en vano –se justificó ante el cabreo del veterano anarquista que lo escuchaba al teléfono.

Al otro lado de la línea estaba Felipe Sandoval. Este madrileño rondaba casi medio siglo de una vida azarosa, en la que había alternado los trabajos de albañil con los de sirviente en casas acomodadas de París. En los años veinte se convirtió en un agitador revolucionario entre los emigrados españoles en Francia, por lo que la Policía terminaría expulsándolo del país. Tras un periodo en Barcelona, donde se codeó con lo más granado del anarquismo local, volvió al barrio de Lavapiés. Tras el atraco a un banco en el año treinta y dos comenzaría a conocérsele como «Doctor Muñiz», dando con sus huesos en la cárcel Modelo de Madrid, donde lo sorprendería el golpe militar de julio, aunque la paliza que le deformó el rostro la recibió en una prisión de Barcelona. Enseguida fue liberado por las milicias y su antigua amistad con García Oliver, ministro de Justicia en el Gobierno de Largo, acabó aupándolo a responsabilidades policiales. Los posteriores sucesos del incendio provocado en la Modelo y los millones requisados en la casa de los banqueros Muguiro le otorgaron prestigio en la CNT.

–Te has *rajao*, Santi, no me jodas. Si hubiera *estao* yo me los cargo allí mismo –le respondió Sandoval desde el piso que se había incautado en el barrio de Salamanca–. Luego me darás sus nombres; esto no les va a salir gratis –zanjó la cuestión.

***

Julia vio acercarse el Rolls desde la ventana, de la que apenas se había separado desde que salieron Agustín y Marcelino. Le impresionó el aspecto de su madre al descender del imponente automóvil. El reencuentro resultó muy emotivo; ambas se demoraron en romper el abrazo.

–Aquí ya no están seguras –expresó sombrío Agustín–. Es muy probable que los anarquistas vuelvan. Quizás no hoy ni mañana, pero lo harán.

–No podemos dejar esta casa; es nuestro hogar, nuestra forma de vida. –La *señá* lo miraba angustiada.

–Solo por un tiempo, mujer; deje que se olviden –terció Marcelino.

Madre e hija acordaron instalarse en la casa de la hermana de la *señá*; vivía sola y le sobraba espacio. Agustín y Marcelino se quedarían en la pensión para preservarla. Cuando se despidieron, la forma en que Julia miró al teniente expresaba mucho más que agradecimiento; él se la mantuvo, lo que no le pasó desapercibido a la madre.

Una vez solos, Agustín sirvió dos copas del anís con que lo obsequiaba la *señá*.

–Un quita penas *pa* dormir –agradeció Marcelino. El teniente posó sus ojos en los del comisario y se desahogó sin medias tintas.

–¿Para esto hacemos la guerra? ¿Para que una banda de delincuentes pueda cometer sus tropelías sin freno? ¿Esta es la revolución que defendíamos? –Le ahogaba la indignación.

–Estás cansado, compañero. Esos tipejos no nos representan; son los aprovechaos que surgen en estas situaciones. Los socialistas no somos así –respondió Marcelino con voz calma.

–Ah, ¿no? ¿Te crees que no hay checas de UGT y del PSOE? Si quieres te cuento lo que hacen en la que han *montao* en un palacio de la calle Fuencarral. Al parecer la dirige un antiguo albañil de la confianza de Largo, muy aficionado al asesinato de cualquier «desafecto». ¿O prefieres que te hable de la Brigada del Amanecer? Esa que manda el compañero Agapito García Atadell.

–Bueno, Agustín. De alguna manera hay que defenderse. ¿O *t'as* olvidao de lo que hicieron los fascistas en nuestra tierra?

–Chacho, no me jodas; yo creía que éramos diferentes. Una cosa es hacer justicia y otra la venganza ciega. Ocupar tierras y buscar un futuro para los obreros no tiene nada que ver con los crímenes en la retaguardia. El problema es que hay muchos que lo justifican, como tú.

–Joder, no me malinterpretes. Tampoco me gustan algunas cosas que veo, pero hay mucho odio suelto y ganas de revancha por *to* lo que hubo que tragar. Lo único que importa ahora es ganar la guerra –se defendió el comisario.

Esa misma noche los dos se fueron a visitar al hermano de Agustín. Por el camino se enteraron del terrible bombardeo del mercado de las Fuencarraleras el día anterior, que dejó decenas de muertos y heridos entre sus ruinas. El teniente sentía una fuerte presión en el pecho; ignoraba lo que podía encontrar en casa de su hermano. Descendieron por la calle San Martín, donde vivía este, esquivando los escombros de las viviendas afectadas. Se libraron de la angustia cuando Andrés abrió la puerta; su mujer estaba detrás de él.

–¡Agustín y compañía, qué sorpresa! –Los recibió entusiasta con el uniforme de trabajo; hacía demasiado tiempo que no sabía de su hermano.

–¿Estáis todos bien? No hay más que escombros por la calle.

–Sí, sí, no te preocupes; los niños están en la sala –respondió su cuñada, que llevaba puesto su sempiterno delantal. Agustín les presentó a Marcelino.

–Sí, coño, lo tienes que haber visto alguna vez con padre. Trabajó con él en las minas –le dijo a su hermano y continuó en tono más serio–: No podéis seguir aquí. Tetuán es un barrio señalado por su izquierdismo; la gente se muda a distritos más seguros o manda a la familia a Levante. –Miró al matrimonio.

–Yo no me voy a separar de mi mujer y mis hijos. Además, tengo un nuevo empleo. Nadie se ocupa ya de las reparaciones y mis clientes han cerrado sus negocios –respondió Andrés.

–Entonces os ayudaremos a buscar otra casa. –Agustín miró a Marcelino y luego a su hermano–. ¿Qué trabajo es ese? –recordó de repente.

Andrés le explicó que se había colocado como operario en una fábrica y depósito de municiones.

–Trabajamos en el interior del metro, entre las estaciones de Goya y Diego de León. Nos pagan lo mismo que a los milicianos –apostilló.

Los niños estaban encantados de ver a su tío; no dejaron de insistir hasta que les enseñó su pistola.

–Las armas no se tocan; son tan peligrosas como pisar una serpiente –bromeó Agustín con ellos. Durante la cena hablaron de las novedades de la guerra, además de recordar viejas historias de Fregenal, de donde no tenían noticias.

–Te sientan bien las barras de oficial, Lobo –lo saludó Justo López, el asturiano que comandaba el Tercer Batallón del Ejército Popular de la República, que en eso se habían transformado las compañías de Acero.

Comentaron los combates de la Universitaria, en cuyas obras había trabajado Justo como albañil, y la situación en el frente de Usera-Villaverde, la que defendía su unidad.

–Por mis contactos he sabido que en enero me van a confiar el mando de la 36ª Brigada Mixta. Voy a necesitar oficiales de confianza. –El comandante hizo énfasis en esta última palabra y lo tanteó con sus ojos oscuros.

–Por supuesto, puedes contar conmigo –respondió el teniente sin titubear.

–¡*Niquelao*! –exclamó Justo satisfecho–, pero hagamos las cosas bien. Antes pasarás por la academia de guerra del Quinto Regimiento. La dirige Oliveira; ya lo conoces.

Agustín se resistía a dejar el frente.

–Serán un par de meses. Para ganar la guerra se necesita técnica; el valor ya lo has demostrado –sentenció el asturiano.

Cuando el teniente salía del puesto de mando con la carta de recomendación en el bolsillo le pareció distinguir una figura familiar. Vestía de soldado, la gorra sobresalía del bolsillo de la pelliza y el viento agitaba los rizos de su cabello; le pareció que cojeaba levemente.

–¡Ciriaco! –El soldado se paró, cuadrándose al ver sus galones–. Joder, qué sorpresa, ¿ya no te acuerdas de los compañeros de viaje? –El de Villafranca lo miró con extrañeza hasta reconocerlo, después dio unos pasos para abrazarlo.

–Chacho, ¿pero eres tú? Ya *m'as alegrao* el día. ¡*T'as* hecho teniente! –dijo con admiración.

Se acercaron a la cantina del batallón, cuatro paredes de chapa protegidas por sacos terreros y un techo de maderos que vibraba con cada racha de viento. Al ver al teniente, el viejo cantinero extrajo del anaquel el vino menos malo y limpió dos vasos en el agua de la tinaja. Sentados en los incómodos taburetes, los antiguos camaradas rememoraron lo sucedido desde su separación a orillas del Guadiana.

–¿Cómo escapaste de los moros? Esos no suelen hacer prisioneros. –Agustín le hizo un guiño.

–*Pos* tuve la suerte de que el oficial era español y además paisano. –Hizo una pausa–. Tras curarme la pierna malamente me trasladaron a Guareña. Pasé un par de semanas allí y, al no encontrarme marcas de haber usado un fusil, respetaron mi vida; eso sí, me pusieron a trabajar en las fortificaciones.

Esta era la versión que contaba Ciriaco; ni al de Fregenal se atrevía a confesarle que al despertar en el lugar de su captura no encontró más que cadáveres desguazados, charcos de sangre y vísceras por doquier. Tampoco que se hizo con la pistola del oficial y cruzó a pie el puente ferroviario de la Zarza. Desde allí lograría llegar a Medellín, donde tomaría el tren para Madrid.

Mintió a Agustín al referirle su huida nocturna de Guareña, junto con otros dos presos, y las penurias para llegar a la capital. Ciriaco comenzaba a sospechar que él mismo era el autor de aquellas salvajadas.

El de Fregenal se tragó la historia y le hizo un resumen de la suya; lo importante era verle vivo.

–¿Sabes algo de tu familia? –dijo Ciriaco antes de apurar el resto del vino.

–No he vuelto a tener noticia desde que salí de Guareña. –Ensombreció la mirada el teniente–. Aunque me he reencontrado con mi hermano, que vive en Madrid.

Agustín se interesó por la situación del reaparecido y le dio las señas de la pensión antes de despedirse.

–Estaré un tiempo alejado del frente; si necesitas algo búscame aquí. –Le estrechó la mano con fuerza. Desconocían si volverían a encontrarse; así de incierto era el tiempo que les tocaba vivir. Aunque ninguno hizo alusión a ello, el episodio del *lobisome* estaba en sus pensamientos.

***

Agustín comunicó a Marcelino que, al día siguiente, se incorporaba a la academia de guerra en los Salesianos de Estrecho. Ya iría a visitar a su hermano y a Julia para contárselo.

A las nueve, los cuarenta y tres alumnos se incorporaron al aula del colegio cuartel. Aunque el crucifijo había desaparecido, se conservaban la pizarra, los pupitres de madera y hasta un globo terráqueo, lo que los devolvería a la infancia por un tiempo. Durante la mañana, si no les interrumpían los bombardeos, se adentraban en la teoría militar: tácticas, maniobras, disciplina, armamento y otros conocimientos necesarios para el mando de tropas. Bajo la dirección de Oliveira tuvieron como docentes a la crema de los comandantes del Quinto Regimiento: Manuel López Iglesias, Eutiquio Arellano y José Antonio Pérez Heredia, entre otros. Tras la comida, que les servían en el propio cuartel, estudiaban los cuerpos auxiliares, como sanidad o comunicaciones y, el que más atraía a Agustín, servicios de información militar. El profesor de esta materia era el comandante de Estado Mayor al mando del SIEM, Manuel Estrada. Militar de carrera, ese joven de calvicie prematura poseía una mirada inteligente que parecía leer el interior de los alumnos. Un día por semana realizaban prácticas castrenses en la Dehesa de la Villa y en ocasiones visitarían los frentes de Madrid para aprender sobre el terreno.

Entre los que llegarían a jefes de compañía y batallón se encontraban hombres curtidos en los movimientos obreros, militares que habían ratificado su lealtad a la República y agitadores políticos; estos últimos se inclinaban por el Comisariado de Guerra. Los alumnos tenían en común su juventud y el probado temple en combate. En los descansos y tras las clases debatían con pasión sobre política, guerra y, cómo no, sobre mujeres. No había ninguna en el curso; a la mayoría de ellas se las había retirado de primera línea.

Serían las siete cuando llegó al portal de la pensión; el agua nieve que cayó durante el trayecto le había helado hasta las ideas. Espantó el frío de las manos con un cucurucho de castañas asadas; la guerra no amedrentaba a las mujeres de bata negra que las vendían junto a las bocas del Metro. No veía el momento de sentarse al amor de la mesa camilla para repasar el manual de teoría; el curso resultaba un desafío para quienes no tuvieron o habían perdido el hábito de estudio.

Aunque las escaleras se mantenían en penumbra por los bombardeos, a la luz de su mechero de gasolina pudo distinguir una figura en el rellano del segundo; estaba apoyada en la puerta de la pensión y cubría su cabeza con un pañuelo. En un acto mecánico, Agustín desabrochó la funda de su pistola.

–¿Quién anda ahí? –preguntó.

Al desanudar la suave tela del pañuelo, la mujer dejó a la vista su cabellera rizada.

–Tranquilo, soy yo.

–¿Qué haces aquí? –Al reconocer la voz de Julia ascendió hasta su altura.

Agustín abrió con presteza la puerta y la invitó a pasar.

–No es conveniente que te vean por aquí. Los vecinos son indiscretos –le susurró.

–Estás calado. –El tono era maternal–. Anda, ven que te seque. –Julia lo condujo de la mano por el largo pasillo.

Camino del baño, la joven dejó el paraguas y una bolsa en la cocina, mientras él se quitaba el abrigo, del que cayeron los copos adheridos. Ella desabrochó los botones metálicos de la guerrera y se puso a frotarle la cabeza con una toalla. Agustín le dejaba hacer en silencio mientras aspiraba su aroma dulce; era como si un hada carnal hubiera llegado a su rescate. Logró contenerse justo hasta el momento en que la mirada azulada de Julia lo acarició de frente. Fue lo último que contempló antes de cerrar los ojos y besarla con furia, como si el único oxígeno vital estuviera en su boca. A trompicones y manteniendo el nudo de sus brazos llegaron al dormitorio. Seguros en la oscuridad, con movimientos tan torpes como apasionados se deshicieron de las ropas y giraron entre las sábanas frías. Hicieron el amor hasta el límite de su energía mientras jadeaban, gemían e intercambiaban palabras tiernas.

Tras la batalla gozosa, pecho contra pecho, se miraban de frente. En esos momentos no existía guerra, ni familia, ni frío; solo ellos y la fatiga placentera.

–Te he echado mucho de menos. –Agustín hizo una pausa reflexiva–. Más de lo que me convendría. –Su mano viril le apartó el pelo de la cara para posarse en la mejilla cálida.

–Y tú no sabes cómo he anhelado tus caricias, lo que he padecido al imaginarte en peligro. –Los ojos de la joven se humedecieron mientras hablaba.

Ya en la cocina, recuperadas las ropas y la realidad, Julia sacó de la bolsa la cazuela de barro y un chusco de pan.

–El guiso lo ha preparado mi madre. Está muy agradecida; casi te considera de la familia. –Lo puso a calentar y él sonrió al preguntarse si la *señá* estaría al tanto de lo suyo.

Sin considerar las protestas de Julia se empeñó en acompañarla a casa. A pesar de las instrucciones de la Junta de Defensa, aún proliferaban los controles arbitrarios en las calles de Madrid. Esa noche no estaba para teoría militar; su mente mezclaba a capricho el sentimiento que se abría paso hacia Julia con el recuerdo de Amalia. Amor y despecho mezclados. «¿Se puede querer a dos mujeres a la vez?», se preguntaba en la cama, agotado tras otro día azaroso. Le invadió un sentimiento de culpa cuando reparó en que hacía días que no miraba la foto de su hijo. «Mi querido Mateo, qué mala es la distancia, ¿qué nos deparará el destino?». La congoja subió desde su pecho y le hizo hipar hasta caer en un llanto lastimero. Se sintió muy solo hasta que el sueño lo oscureció todo.

Ese mismo día, a los acordes del *Giovinezza*, desembarcaba en Cádiz el primer contingente de los voluntarios italianos que mandaba el general Roatta. Cuatro mil camisas negras, a los que se unirían nuevas expediciones de inmediato. Junto a los hombres llegaban blindados Ansaldo, bombarderos Savoia, cazas Fiat y todo tipo de armamento para reforzar a los nacionales.

Ya estaba próxima la primera Nochebuena de la guerra y Julia lo invitó a celebrarla con ellas.

XI. Cambio de rumbo

El salón principal de la Vega Ancha estaba engalanado para la cena de la última noche del treinta y seis. Se sacrificó una ternera y en los hornos se cocían las gambas y lubinas procedentes de Huelva. Don Rafael y su esposa habían ido a pasar las Navidades desde Mérida; Rafaelito llegó el día anterior con una semana de permiso.

A media tarde se escuchó en la entrada el rugido metálico del Hispano Suiza de Lorenzo Almenares. Iba al lado del chófer; detrás, su mujer y don Vicente. Todavía no habían adaptado el automóvil a su disfunción. Poco después llegaría Diego Correa, el invitado de Beatriz. Las mujeres lucían trajes de noche en tonos oscuros y los hombres ternos grises acordes con la sobriedad de los momentos que se vivían.

En el saloncito del reloj, al que llamaban así por el espléndido carrillón que el padre de don Rafael trajo de Francia, la presencia de Rafaelito y el fuego de la chimenea propiciaban el calor familiar. Todos buscaban la conversación del teniente médico, que sostenía una copa de Jerez en la mano. Había adelgazado, un bigote fino enmarcaba sus labios carnosos y su cabello castaño brillaba por efecto del fijador.

–¡Qué guapo estás, hermano! Te sienta bien el ejército –dijo con ternura Amalia, en cuya estilizada figura se adivinaba ya la curva del embarazo.

–Eso es porque me he dado un buen baño y llevo ropa limpia –sonrió Rafaelito–. Tenías que verme en mi salsa, sin afeitar, con la bata ensangrentada y las botas sucias.

Don Rafael lo miraba con orgullo al saber que había lidiado con la muerte y las espantosas heridas de los soldados.

«Parecidas a las que traté en la Melilla de 1909, esas que aceleran tu maduración como médico o te expulsan de la profesión», pensaba.

Lorenzo aguantaba de pie a pesar de las molestias que le producía la prótesis recién estrenada. Aunque sus movimientos eran tan dubitativos como los del bebé que comienza a caminar, poco a poco recuperaba la confianza necesaria.

–¿Empezaremos el nuevo año en Madrid, o qué? –inquirió el cuñado a Rafaelito.

–Entraremos, aunque no tan pronto como se cree. Los rojos comienzan a tener un ejército y a base de derrotas se han endurecido. –Miró la medalla que exhibía Lorenzo en su chaqueta–. En las últimas semanas se multiplicó el número de heridos que me tocaba atender.

Diego Correa se hizo eco del rumor que le había llegado.

–Se dice que esos rojos de mierda han fusilado a José Antonio en la cárcel de Alicante. Si es así, lo pagarán caro –comentó airado. Beatriz hablaba con su madre frente a la chimenea, lo que aprovechó don Rafael para hacerle una seña discreta a Amalia y ausentarse del saloncito junto a esta.

Ya en el despacho, padre e hija comentaron la trágica muerte de Ezequiel. Amalia dudaba sobre la versión del suicidio; que lo encontrara Sayas no le inspiraba confianza, tampoco que aquella noche estuviera en el cortijo Diego Correa. Don Rafael le recomendó discreción, pidiéndole que se sentara.

–Tengo algo que contarte. –Al ver la inquietud en los ojos de su hija, la previno–. No es nada malo; para nada quiero que te alteres en tu estado.

Amalia se acomodó en un sillón; no acertaba a adivinar de qué podría tratarse.

–Tu hermano me lo refirió esta mañana. Resulta que, por azares de la guerra, tuvo que hablar con un sargento del otro bando. Este le dio a entender que nos conocía a ti y a mí. –El padre miraba a los ojos de su hija.

–¿Agustín? –Amalia dio un respingo sobre la piel repujada.

–Baja la voz, insensata. Sí, se trata de él, aunque yo he negado conocerlo. Eso mismo debes hacer tú si se da el caso.

–Dios mío, está vivo –susurró con calidez, mientras su pensamiento buscaba la imagen del sindicalista.

Tras dejar que ella asimilara la noticia, el padre prosiguió:

–Hay algo más. El lenguaraz de Rafaelito le contó que te habías casado, todavía no me explico por qué.

Hasta hacía unos instantes pensaba que no volvería a saber del hombre que ocupaba su corazón; ahora intuía que el de Agustín se habría quebrado. «¿Qué sentiría yo si, como él, no conociera las circunstancias del enlace?», pensó. La conversación se interrumpió al entrar Beatriz en el despacho.

–¿Qué hacéis aquí? Os buscaba –les dijo la menor de los Esquivel.

Aunque los dos hicieron ademán de levantarse, Beatriz los frenó con un gesto de las manos y fue a sentarse junto a su hermana; la ocasión que esperaba se había presentado sola. Estrechando una mano de Amalia, decidió poner a prueba a don Rafael. Era como si el año se resistiera a marcharse sin dar una última novedad.

Beatriz anunció a su padre el interés de Diego Correa por hablar con él. Según el canon acostumbrado, era lo que procedía antes de formalizar el noviazgo. Ella y su hermana escrutaron la reacción del patriarca, que había demudado el color. «Dos falangistas en la familia es demasiado», fue lo primero que le vino a la mente. El hombre caminó hacia la ventana con las manos enlazadas en la espalda, un gesto habitual cuando meditaba. Observó el reflejo de su imagen en el cristal. La noche era cerrada y costaba ver las estrellas;

tampoco era fácil dar una respuesta. Don Rafael conocía a Correa de antiguo y barruntaba otra unión desgraciada. «Tan pendiente estuve de Amalia que me olvidé de la pequeña», lo sacudió la culpa. Así pasó un par de minutos, luego se volvió.

–¿Estás segura, hija? –fue lo único que salió de sus labios.

En ese momento tocaron a la puerta y apareció la testa encanecida de Camila.

–Me manda la señora; que pasen al salón para la cena. –Se retiró en silencio.

Al pasar la medianoche se brindó por el fin victorioso de la guerra, por los familiares y amigos caídos. También por el futuro que llevaba Amalia en su vientre, el que Agustín, su progenitor, quizás no llegase a conocer.

El nacimiento del año treinta y siete fue saludado en Madrid por doce cañonazos de la artillería franquista emplazada en Getafe. En eso consistió la perversa felicitación y el recordatorio de que la guerra proseguía. Las explosiones en el centro de la ciudad provocaron la actividad frenética de sanitarios y bomberos de servicio en esa madrugada pródiga en heridos y muertos.

El dieciséis de la calle San Martín se situaba en los arrabales del norte, de manera que los reunidos en la casa de Andrés no acusaron recibo de los obuses.

En esa noche especial, Rosa se había esmerado al máximo en la cocina. Para la ocasión había conseguido un pollo de buena talla, al que no le faltó la guarnición de puré de patata, ni el acompañamiento de dos botellas de vino de Utiel. A los postres se abrió una lata de melocotón en almíbar con etiqueta de la Rioja y, para rematar, tenían anís de Chinchón. La mesa, a la que se había arrimado una tabla con caballete, ocupaba al completo el saloncito, dando cabida a los seis adultos y tres niños congregados. Agustín se trajo a la *señá* y a su hija; también estaba allí la madre de Rosa, viuda desde hacía años.

—Supongo que madre y tu hijo cenarán en casa de Reme —se dirigió Andrés a su hermano.

—No me los quito de la cabeza. Si hubiera alguna manera de saber de ellos...

Al calor del brasero esa noche olvidaron la triste realidad que los rodeaba. El mayor de los Lobo contó que, por mediación de su jefe en la fábrica, le habían asignado un piso en los bloques militares de la calle Maudes.

—Sí, hombre, al lado de Cuatro Caminos. Parece que por allí bombardean menos —dijo Andrés satisfecho.

Pasada la medianoche, tras acostar a los niños brindaron con anís por los ausentes: el padre de los Lobo, los de Rosa y Julia, la madre de Mateo y la familia de Fregenal.

Agustín se arrancó con una copla que le surgía de las entrañas:

A su niño moreno quiere cantar,
un padre con el corazón 'encogío'
no sabes lo que ha 'sufrío'
al no poderte abrazar.
No pienses que te ha olvidado
la vida entera daría
por tenerte un solo día
y disfrutar a tu lado»

Su voz se fue espesando hasta que emergieron las lágrimas contenidas, lo que provocó las del resto.

—Un hijo duele mucho —afirmó la *señá* compungida. Tras reírse con algunos chistes, expresaron su deseo de que terminara pronto la guerra fratricida.

–Que pensar diferente no es como para matarse –apostilló Rosa.

Los dos hermanos salieron a fumar al patio. Desde allí se escuchaban las celebraciones de los vecinos, aunque ese año se había roto la costumbre de felicitarse de casa en casa. La desconfianza se había instalado en los corazones y un muro defensivo protegía la intimidad familiar.

–Es muy guapa la hija de tu patrona, «Tinín». No te ha quitado la vista en toda la noche, galán. –Le hizo un guiño.

–Si yo te contara... –Al teniente Lobo le brillaban las pupilas.

–Pues habla, leche, que soy tu hermano mayor.

Agustín dio una profunda calada e hizo una pausa. La necesidad de sacar lo que llevaba dentro le oprimía y la desusada ingesta de alcohol terminó por aflojarle la lengua; había recuperado a su hermano y de él se podía fiar.

–Conocí a una señorita en Llerena, la hembra más hermosa que te puedas imaginar. Y ahora he encontrado a esta morena que no le anda a la zaga.

Sin mencionar nombres le relató su estancia en el cortijo, la decepción al conocer la noticia de la boda y sus escarceos con Julia. Embebidos en la conversación, olvidaron el frío de la madrugada y solo se interrumpían para rellenar sus copas.

–Agárrate a lo real. Lo otro es un sueño imposible, y tú lo sabes –aconsejó Andrés.

En Fregenal un niño lloraba en su cama. La imagen del tío Tomás con sus primos le recordaba demasiado a su padre. Las carantoñas de la abuela Simona y la tía Reme no lograron paliar la sensación de orfandad de Mateo. Su cerebro infantil había comenzado a censurar a Agustín por la ausencia.

Desde los Estados Unidos, los Reyes Magos trajeron dos regalos envenenados al Gobierno de la República. En esa festividad firmó el presidente Roosevelt la ley que prohibía vender armas a los contendientes de la guerra de España, mientras que la norteamericana Texaco decidía suministrar al bando rebelde todo el combustible que necesitara.

Los nacionales apretaban Madrid por la carretera de La Coruña, a donde fueron enviados desde Villaverde los voluntarios gallegos de la 1ª Brigada Mixta. El comisario político de la misma llevó hasta el frente a Rafael Alberti para renovar la moral de los soldados. Se hizo un silencio respetuoso cuando el poeta apareció sobre el suelo escarchado. El comisario lo ayudó a subir a un cajón de municiones, desde el que repasó con sus ojos oscuros las caras avejentadas de los soldados. Un viento gélido movía el cabello del poeta cuando comenzó a recitar para ellos:

Madrid, corazón de España,
late con pulsos de fiebre.
Si ayer la sangre le hervía,
hoy con más calor le hierve.
Ya nunca podrá dormirse,
porque si Madrid se duerme,
querrá despertarse un día
y el alba no vendrá a verle.

Alberti continuó hasta terminar el *Romance de la defensa de Madrid*, con el tono épico que requería la ocasión. En dos minutos había hecho florecer el orgullo y la emoción de la tropa, que prorrumpió en aplausos y vítores: a la República, al inspirado gaditano y a su batallón, el Cuarto. Era como si las palabras portaran un bálsamo de energía y coraje.

Los soldados se quedaban en el frente, mientras el poeta regresaba al palacio de los condes de Heredia Spínola, incautado como sede de la Alianza de Intelectuales Antifascistas. Allí se alojaba Alberti con Teresa León, su compañera, y otros intelectuales. Las fiestas en el caserón y los excesos en las mismas avergonzarían a Miguel Hernández, el llamado poeta del pueblo.

Los encuentros vespertinos de Agustín y Julia se habían convertido en algo cotidiano. Marcelino ya estaba al tanto y la *señá* lo intuía por las salidas sistemáticas de su hija y la expresión de sus ojos al volver. No eran momentos para el remilgo; se vivía tan rápido como se moría. A finales de enero Julia se sinceró con su madre y las dos mujeres volvieron a instalarse en la pensión.

–Agustín, voy a hablarle como padre y como madre, que eso soy para mi hija. –Había gravedad en la mirada y en el tono de voz de la *señá*–. Julia es mi tesoro, lo que más quiero en este mundo.

El teniente la escuchaba expectante, sin intuir hacia donde derivarían sus palabras. Con la mirada y su silencio la invitó a seguir.

–No me importa que os comportéis como marido y mujer –lo tuteó por primera vez–; así se lo he dicho a mi hija. Solo te voy a exigir que la cuides y que jamás le hagas daño; en eso no voy a transigir. ¿Estamos?

–Esperanza, yo... –La patrona lo interrumpió.

–No necesito explicaciones, solo tu palabra de hombre. –Estrecharon sus manos para sellar el compromiso.

–Solo iba a decirle que quiero a su hija, aunque de momento no puedo ofrecerle un futuro –le dijo Agustín.

Una tarde gris de mediados de febrero, Agustín y sus compañeros de promoción de la Academia comparecían en el Palacio de Buenavista. La antigua residencia de los duques de Alba se había reconvertido en la sede del Ministerio de la Guerra a partir de 1847 y durante los primeros meses de la guerra pasó a serlo de la Junta de Defensa de Madrid. El grupo atravesó los jardines exteriores y el responsable de protocolo los condujo a una estancia abovedada. Las paredes estaban enteladas en un rojo vivo que contrastaba con las puertas lacadas en blanco; se encontraban en el Salón de Embajadores. Mientras esperaba el inicio del acto de clausura, Agustín se entretuvo en contemplar las pinturas de los laterales, una serie de representaciones del Ejército y de la Armada a través de sus grandes personajes. A cada momento se estiraba el uniforme encargado en una sastrería de la Plaza Mayor, que Julia había planchado con esmero. El nuevo capitán miraba con orgullo las tres barras doradas de la bocamanga y el brillo de sus zapatos. De repente le vino a la memoria su primer traje, el que estrenó en las fiestas de Fregenal. Aún vivía su padre y ese mismo día conoció a Andrea, la que sería su mujer. «Si pudierais verme», se dijo con un punto de nostalgia.

Los componentes de la promoción ofrecían un aspecto marcial, muy diferente al que mostraban la noche anterior tras la etílica celebración del final de curso. Al poco, ocuparon sus puestos las autoridades militares que presidían el acto. Allí estaban los líderes de la defensa de Madrid: Miaja, con su aspecto bonachón, Rojo, con sus gafas de profesor y el comandante Líster, un mito del Quinto Regimiento. Los acompañaba Oliveira, el director de la Academia, y algunos de los profesores, entre ellos el comandante Estrada. La bandera tricolor los contemplaba desde un mástil imponente.

El discurso de Miaja los conmovió: «Sois la esperanza de este nuevo ejército, que ha de ser el muro contra el que choquen los fascistas», dijo entre otras inspiradoras frases. El acto, interrumpido en varias ocasiones con vivas a la República, estaba finalizando cuando hubieron de abandonar el salón con urgencia para precipitarse a los refugios del propio palacio; las sirenas avisaban de un ataque aéreo.

–¡Enhorabuena, capitán Lobo! –Estrada le tendió la mano.

–Muchas gracias, mi comandante. –Agustín admiraba al militar que los introdujo en las normas aprobadas «para la organización y funcionamiento del Servicio de Información».

El jefe del SIEM se desprendió de la gorra de plato y dejó al descubierto su calvicie, que le daba un toque de madurez e inteligencia. Tras ofrecer un cigarrillo al capitán, clavó en él su mirada incisiva.

–¿Y ahora qué, Lobo?

–Pues vuelvo a Usera, a la Brigada 36ª. Al parecer, los nacionales siguen empeñados en entrar por ese barrio.

–Espero que en estas semanas hayas comprendido la importancia de la información para ganar batallas. Por ejemplo, Madrid habría caído en noviembre de no haber sido por los planes encontrados en una tanqueta enemiga. Por si te interesa, estamos formando servicios especiales en cada brigada –lo sondeó Estrada.

Agustín dio una calada para ganar tiempo; no sabía qué esperaba de él.

–Me debo a Justo López, el comandante de la brigada; él me dio esta oportunidad.

–Te debes a la República, no lo olvides nunca. Si cambias de parecer búscame en el Palacio Real; allí trabaja mi unidad. Ah, y no dejes que te maten; se necesitan hombres como tú –se despidió el militar, enigmático.

En el refugio de Buenavista se comentaba la batalla en torno al río Jarama. Los nacionales habían iniciado una ofensiva desde el este. «Esos cabrones quieren cortar las comunicaciones con Valencia y Barcelona. Se han enviado con urgencia varias Brigadas Internacionales», le dijo a Agustín un capitán de Estado Mayor.

***

Llovía con furia cuando Agustín se apeó del coche militarizado en el puesto de mando de la brigada. Un barro parduzco salpicó sus botas nada más pisar el suelo de Usera, donde los obreros se afanaban para terminar las fortificaciones que habían de frenar el ímpetu de los nacionales. Mientras algunos soldados descargaban munición de los camiones, otros la transportaban al polvorín subterráneo.

El guardia de la entrada del fortín se cuadró ante el capitán Lobo; la disciplina calaba día a día en el Ejército Popular. El jefe de la brigada, delgado y ojeroso, hablaba con uno de sus ayudantes mientras sostenía en la mano una taza de café.

–A sus órdenes, mi comandante. –Agustín se llevó la mano a la frente.

–Coño, Lobo, ¡enhorabuena, capitán! Por cierto, más vale que te acostumbres a saludar con el puño si quieres prosperar en este ejército.

Ante el gesto de extrañeza de su interlocutor, Justo López fue más explícito.

–No estaría de más que te afiliaras al partido comunista, como la mayoría.

El comandante le puso al día sobre los combates del mes anterior:

–Los facciosos pelearán de nuevo por el control de las posiciones críticas: Casa Derruida, Trinchera de la Muerte y Vértice Basurero. –Se las señaló en un mapa. También le hizo saber que la brigada estaba integrada en la 4ª División, la que mandaba Juan Modesto.

–Te vas a hacer cargo de un batallón. Allí vas a encontrar a muchos veteranos del Quinto Regimiento.

–¿Un...? ¡Joder, eso son casi mil hombres! –Su rostro se tensó–. ¿No te parece demasiado para quien hace nada era sargento?

–Pues figúrate una brigada para alguien que, prácticamente anteayer, trabajaba como albañil. –Justo soltó una carcajada–. En esta guerra todo va rápido; lo harás bien.

–Una petición, mi comandante. Me gustaría traerme al comisario Rodríguez; necesitaré a alguien de confianza cerca.

Se sentía atribulado por la responsabilidad; eran muchas vidas a su cargo. Una cosa era portar galones y otra conducir hombres. Decidió aplicar las técnicas aprendidas en la Academia y el sentido común. Enseguida reuniría a los jefes de las compañías para fijar sus principios de mando.

Esa mañana de primavera, Julia ascendía hacia el exterior de la estación de Cuatro Caminos. Los andenes del Metro estaban repletos de civiles que los habían parcelado con sus pertenencias, haciendo del subterráneo su casa. Ante los bombardeos diarios, miles de personas optaron por esa solución. Su resistencia a la evacuación los empujaba a vivir como ratas hacinadas, en condiciones higiénicas espantosas. El humo de los pucheros circulaba por los túneles y decenas de niños legañosos jugaban en los pasillos. En la salida se cruzó con mujeres que acarreaban cubos de agua hacia la caverna metropolitana, mientras muchachas con el brazalete del «Socorro Rojo» agitaban sus huchas metálicas ante los viandantes.

Hacía semanas que frecuentaba a diario la avenida del 14 de Abril, antes Reina Victoria, en dirección al hospital de la Cruz Roja. El edificio de estilo gótico neomudéjar, creado para asistir a sirvientas, se utilizó con posterioridad para acoger a los soldados procedentes de Marruecos. Ahora albergaba a los heridos de la contienda civil. Tras rebasar el monumento a la Duquesa de la Victoria, Julia exhibió su documentación al centinela.

Engracia, la dama enfermera auxiliar con la que había adquirido confianza, la paró en la puerta del cuarto pabellón, que expedía el olor denso y dulzón de las salas de convalecencia.

–Esperaba tu llegada. Anoche despertó –le dijo la enfermera.

Julia, sorprendida, hizo ademán de avanzar hacia la cama de Agustín, reteniéndola Engracia con suavidad.

–Está muy débil; procura que no se fatigue –le aconsejó.

La explosión de aquella granada en el Vértice Basurero, además de perforarle un pulmón, le produjo conmoción cerebral. La rapidez del traslado de Agustín al hospital de sangre salvó su vida.

El capitán estaba pálido; su recia barba negra contrastaba con la blancura de la ropa de cama. Bajo las patas metálicas reposaba una cuña. El pijama azulado no ocultaba la venda aparatosa que rodeaba su pecho. Ya amarilleaba el hematoma de la frente, en cuyo interior oscurecía el gusanillo que dibujaban los cinco puntos de sutura. Sus párpados, caídos, reaccionaron al aspirar el perfume de la visitante.

–¿Julia? –expresó con un hilo de voz, protegiéndose con la mano de la claridad que se filtraba por la ventana.

–Sí, mi amor. Soy yo. –Se inclinó para besar sus labios resecos.

–Me han dicho que llevo aquí cinco semanas. Cuando desperté no sabía ni mi nombre. ¿Y mi familia y tu madre? –Le costaba hablar.

–Tranquilo, están todos bien. No te fuerces. –Julia le acarició la mejilla, esforzándose por evitar el llanto.

Le contó que su hermano y Marcelino habían ido a verlo.

–El comisario nos trae comida siempre que puede; es una buena persona. También ha venido Justo López; me dijo que no olvidase decírtelo. Se ve que te aprecia. –No se atrevió a contarle que, según el médico, la lesión del pulmón le impediría volver a primera línea, aunque en realidad ella se alegraba.

–¿Y de la guerra? –Agustín no pudo evitar la convulsión por la tos, que le provocaba un dolor agudo en el pecho. Julia le ayudó a beber agua.

–No estoy muy al tanto, aunque en todas partes se comenta que les hemos dado una buena paliza a los italianos en Guadalajara. –La joven había hecho suyo el bando de su hombre.

La conversación de la pareja se interrumpió cuando escucharon un llanto desgarrador al otro extremo de la sala, donde un hombre de mediana edad trataba de consolar a la mujer menuda que gritaba «mi hijo, mi hijo», aferrada al joven sin vida. Lo desalojarían rápido de allí, pues faltaban camas. Lo más probable es que lo enterraran envuelto en un sudario, ya que apenas quedaban ataúdes en la ciudad.

Julia salió radiante del hospital; Agustín estaba fuera de peligro y la brisa suave invitaba al paseo, también a desprenderse de la chaqueta de punto. La Junta de Defensa había logrado desterrar los controles indiscriminados, por lo que caminaba tan tranquila como abstraída de las huellas de miseria y destrucción que la rodeaban. Los carteles de propaganda, producidos a destajo en el taller de la Gallofa, cubrían las paredes de la ciudad. Proliferaban los del «No pasarán» en diferentes versiones, también unos del «Ejército Popular», los que mostraban el casco de un soldado adornado con banderas, de la República, de las autonomías vasca y catalana, además de la roja con la estrella blanca. Le llamó la atención el pasquín que incitaba a la delación de los fascistas: un rostro con un ojo muy abierto y una oreja enorme que se asomaba a una esvástica. Las autoridades se comunicaban con la población a través de ese tipo de consignas.

Recordó las palabras de Agustín al despedirse: «Gracias por haber velado por mí. Cuando me recogieron en la camilla pensé que moriría solo, sin volverte a ver, sin abrazar a mi hijo». Julia pensó que tenía que haber alguna manera de contactar con la familia de Fregenal.

En la escalera, camino de la pensión, se cruzó con un hombre vestido con ropa azul de trabajo. Esa cara y los cabellos de un blanco níveo le resultaban familiares. Tuvo la sensación de que la indumentaria no encajaba con él; era como un orangután con ropa interior. De seguirle, sus pasos la habrían llevado hasta la sede de la Embajada de Chile en la calle del Prado.

Al entrar no encontró a su madre ni en la cocina ni en el salón. Tras llamarla en voz alta, escuchó ruido en su habitación y la *señá* salió de allí con una expresión extraña. Evitaba mirarla a los ojos componiendo el gesto de los niños que ocultan algo. No le dio importancia y, entusiasmada, le contó la buena nueva de su novio.

Según el calendario católico era el Viernes Santo del treinta y siete, aunque en la zona republicana no aparecían signos visibles de la conmemoración. Ya no había procesiones, ni festivos; tampoco contención en los espectáculos, ni curas para celebrar la liturgia. También desaparecieron los taxis de las calles de Madrid; todos habían sido requisados por partidos, sindicatos o el Ejército. Marcelino, en su condición de comisario de batallón, se hizo con un vehículo militar para recoger a Agustín en el hospital; ese día recibía el alta y aún no estaba en condiciones de aguantar las incomodidades del metro. El doctor había sido claro: «Capitán, puede hacer vida normal, aunque sin someterse a esfuerzos extremos. Su pulmón no lo aguantaría. Usted decide». La sentencia le produjo un estremecimiento interior, una sensación de vulnerabilidad que le costaba encajar. «Ya nunca serás el mismo», le repetía su yo pesimista.

El comisario se ocupó de animarlo durante el trayecto.

–No te la juegues, compañero; podrías poner en peligro a tus hombres en el momento decisivo. Tú eres listo; puedes ser muy útil en otras tareas.

–¿De veras lo crees? –contestó Agustín con un rictus de amargura.

–Vendré a verte la próxima semana. Descansa y medita sobre lo que te he dicho. El comisario evitó comentarle que, una vez estabilizado el frente de Madrid, había decidido volver a Valencia con su familia.

Tampoco le iba a contar Julia la escena vivida noches atrás cuando sorprendió a su madre a la escucha de Unión Radio Sevilla, la emisora en que se explayaba a diario Queipo de Llano, uno de los generales sublevados. Ante la explicación balbuceante de la *señá*, a la hija le vino a la memoria el hombre del cabello níveo. «Claro, era ese amigo de papá, el de Renovación Española», recordó al fin. Después miró a la *señá* con desprecio, reflejándose en el azul glacial de sus ojos la traidora, no la madre.

–¡Tenemos que hablar! Y no me mientas –exigió Julia.

A sus cincuenta recién cumplidos, Esperanza era una mujer fuerte en lo físico y lo mental. No fue una infancia fácil la suya en aquel pueblecito segoviano, ni la juventud al servicio de casas burguesas de Madrid. Se asustó de veras ante la reacción de su hija; no podía perderla, a ella no.

–Siéntate, Julia.

–Estoy bien así –respondió la joven con desdén–. ¿Qué tienes que ver con ese hombre?

–Sebastián es un buen cristiano. Se portó muy bien con tu padre y le debemos favores. Solo me ha pedido que haga de correo.

–¿Cartera de los fascistas? –Julia estaba fuera de sí.

–Te voy a hablar como la mujer que ya eres, al menos para llevar vida de casada. –Clavó a Julia el dardo de su situación–. Agustín ha estado a punto de dejarnos y, según parece, la República va a perder esta guerra. ¿Te has preguntado qué será de nosotras después?

Los argumentos sembraron la duda en la hija. Tenía claros sus sentimientos por el capitán y deseaba que ganasen los suyos, más por él que por cuestiones ideológicas. Lo que había visto en el Madrid de las milicias no le agradaba, y menos desde lo que le pasó a su madre. Le hizo prometer a la *señá* que no haría nada que pudiera comprometer a Agustín. Después se le ocurrió la pregunta.

–Mamá, ¿crees que a través de ese hombre se podría hacer llegar una carta a Fregenal?

***

Al llegar a la pensión, el recibimiento de Julia y su madre consiguió que Agustín volviera a sentirse en casa. Marcelino le había dejado las últimas ediciones de *Claridad* y el *Socialista*; así pudo saber que las tropas de Mola cercaban Bilbao y que, ante la tenaz resistencia de Madrid, los nacionales habían decidido hacerse con la industria y los puertos del norte. Tras unos días de paz y cuidados, la moral y la salud del capitán comenzaron a mejorar; sentía deseos de aprovechar la nueva oportunidad que le daba la vida.

–Julia, mañana nos vamos al cine. Quiero salir, que nos vean juntos. –Le cogió la mano con cariño–. Te mereces todo. Dile a tu madre si quiere acompañarnos.

Julia no lo hizo; recelaba de ella y además no quería compartir a su novio con nadie.

El cine «Capitol» ocupaba las plantas inferiores del edificio Carrión, en plena Gran Vía. A pesar de los bombardeos había mantenido su actividad al igual que otras cuarenta salas de Madrid. A través del celuloide la gente se evadía de la terrible rutina del asedio. El estilo *art decó* del cine, su elegante *hall* y las marmóreas escaleras de caracol, junto al rojo de sus cortinajes y las dos mil butacas, lo convertían en el más lujoso de la capital. En la cúpula del edificio de catorce plantas funcionaba un observatorio militar.

El vestido de cuadritos azul cielo con bolsillos de parche blancos y ribetes del mismo color en las mangas, resaltaban la cabellera azabache y el carmín bermellón de los labios de Julia. Esa tarde soleada taconeaba las calles con el brillo de unos zapatos negros, a juego con el color de su bolso. El de Fregenal, con su uniforme de oficial impoluto, iba hinchado como un pavo. Recién afeitado, caminaba despacio del brazo de la joven y, ocasionalmente, su mirada se cruzaba con la de otros hombres a modo de desafío silencioso. Gastó diez pesetas en las mejores localidades y algo menos en los cafés con tarta que tomaron antes de entrar.

Al apagarse las luces de la sala apareció en la pantalla una esfera de reloj con las manecillas en movimiento y, sobre la misma, el título de la película: *Tiempos modernos*, de Charles Chaplin. «Una comedia anticapitalista. Charlot canta», le dijo quien se la recomendó a Agustín. Durante algo más de una hora la pareja se carcajeó con las evoluciones del cómico en la fábrica, emocionándose con la ternura de su relación con la joven que interpretaba Paulette Godard. En la oscuridad del patio de butacas sus manos entrelazadas se transmitieron calor y cariño. Ni la aviación enemiga osó romper la magia de la sesión.

–¿Qué te ha parecido, Julia? –Él ya se había pronunciado con aplausos durante la proyección.

–No sé, me siento tan feliz. –Se agarró de su brazo con fuerza y lo besó en los labios.

Caminaron por la principal arteria del centro, la deteriorada «Avenida de los obuses», como habían bautizado los castizos a la Gran Vía por el castigo artillero al que estaba sometida. Los numerosos establecimientos comerciales y las cafeterías protegían sus entradas y escaparates con sacos terreros. Pasaron frente al imponente rascacielos de la Telefónica, en cuyos subterráneos se refugiaban sus empleados y los transeúntes sorprendidos por las alarmas. Por la puerta del hotel Gran Vía vieron salir a un grupo de hombres con aspecto extranjero. Uno de ellos, fornido y con lentes, iba del brazo de una mujer tan rubia como alta, ataviada con pantalones varoniles y botas. «Es Hemingway», dijo alguien, y enseguida se formó un corrillo frente a la pareja. Al parecer, el americano escribía sus crónicas de guerra en la cafetería del hotel. Agustín había oído hablar de sus visitas a las trincheras.

Cruzaron de acera a la altura del bar «Chicote», la famosa coctelería, que había sido incautada por la CNT al inicio de la guerra y de la que era asiduo el escritor americano.

–Venga, dame media docena –aceptó el capitán la oferta de la gitanilla que anunciaba «rosas de pasión» a la puerta del bar. Nunca le había regalado flores a una mujer; ahora su paga se lo permitía.

Antes de plantarse una flor en el pelo, Julia lo besó de nuevo. Quería mostrar a todos su alegría de sentirse, por fin, como una novia. «No me cambiaría por una reina», pensaba.

Enseguida llegaron a la cervecería Baviera, que imitaba a sus homólogas alemanas: paredes de friso rematadas con listones, techos de vigas vistas y profusión de lámparas. Las perchas estaban repletas de gorras y correajes, los militares del frente y la retaguardia, gastaban sin freno en compañía femenina. Era un milagro el que en medio del asedio pudieran ofrecer sus afamados canapés de *foie-gras*, las tortillas al gusto y esas jarras coronadas por espuma blanca.

Cuando pudieron conseguir mesa se les acercó el camarero de chaquetilla blanca y pañuelo rojo al cuello. Pasó el trapo húmedo por la superficie y dijo la frase ritual: «¿Qué va a ser?».

–¿Sabes que nunca había probado la cerveza? –La espuma compuso un bigotillo blanco sobre su carmín.

–No imaginas la de veces que he pensado en una tarde como esta. –Agustín miraba con ternura a los ojos de su novia.

Julia llevaba todo el día dándole vueltas a una idea; quería ofrecer ese regalo a su hombre. Por fin, cuando el líquido dorado estaba a un dedo del fondo de la jarra, encontró la resolución necesaria. Él fumaba satisfecho; le acababan de servir la segunda cerveza.

–Es posible que puedas enviarle una carta a tu familia. –Soltó la bomba.

Agustín apartó los labios de la bebida y la miró sorprendido. No estaba seguro de lo que había escuchado y no era precisamente por el murmullo del ambiente.

–¿Cómo has dicho? –quiso confirmar.

Julia, tras mirar con disimulo en derredor suyo, adelantó la cabeza hacia él para hacerse entender; la paranoia de los oídos indiscretos dominaba a los madrileños. Le habló del contacto que su madre tenía en una embajada, desde la que podían hacer llegar correspondencia a la otra zona.

–¿No es maravilloso? –dijo con expresión alegre.

–¿Un contacto, dices? –El tono de su voz y la dureza de la mirada cortaron la sonrisa de la joven. Agustín quería saber más.

Al marcharse no se percataron de la mirada del hombre de cara chupada que compartía mesa con algunos milicianos anarquistas.

–Así que ese es el tal Lobo –le dijo al compañero de mesa que lo había señalado, el del rostro equino.

–¿Otra ronda, doctor? –le propuso este.

Pasados unos días, Agustín se sintió con fuerzas para desplazarse al Palacio de Oriente, denominado Nacional desde la llegada de la II República. El impresionante complejo estaba considerado como el más grande de Europa y había sido habitado por los Borbones, desde Carlos III a Alfonso XIII. En el año treinta y seis se instaló en el mismo el nuevo presidente de la República, Manuel Azaña, habilitándole unas dependencias en la planta primera. Desde los balcones de su despacho, orientado al Campo del Moro, pudo observar los primeros compases de la guerra: tanto el asalto al cuartel de la Montaña como los lejanos fogonazos de la sierra madrileña. En octubre de ese año se trasladó a Barcelona, aposentándose en el palacio algunas unidades administrativas y militares.

Al atravesar la Plaza de España, que ocupaba el solar del antiguo cuartel de San Gil, Agustín se fijó en la posición artillera instalada junto a la emblemática estatua de don Quijote y Sancho. Los cañones apuntaban a la Casa de Campo y, a intervalos, respondían a las andanadas que la artillería enemiga lanzaba desde el cerro Garabitas. Después caminó por la calle Bailén en paralelo a la barandilla que daba a las caballerizas reales, cuyas obras de transformación en parque público se habían paralizado al inicio de la guerra. Camufladas entre esas edificaciones pudo apreciar dos baterías antiaéreas.

En la puerta principal, los alabarderos de la monarquía habían sido sustituidos por guardias de asalto. Se cuadraron ante el capitán Lobo, indicándole la forma de llegar a la oficina del teniente coronel Estrada. Ya en el interior tuvo que atravesar pasillos interminables, cuyas paredes exhibían cuadros de pinceles afamados, bustos de personajes notables y cortinajes gruesos que opacaban la luz primaveral. Los civiles y militares con los que se cruzó parecían fuera de lugar en aquellas estancias regias; se movían como si temieran contaminar el lujo con su presencia. Junto al despacho del jefe apreció una sala ocupada por operadores con auriculares, dedicados, sin duda, a la escucha y cifra. Entre ellos había mujeres, cuyos perfumes retrocedían ante los efluvios de café y tabaco. Un ordenanza se encargó de verificar la identidad del capitán.

La puerta estaba abierta y Estrada, al teléfono, le hizo una seña para que entrara. Durante la espera se fijó en los diplomas de la pared: el de Estado Mayor como ingeniero topógrafo y cartógrafo, junto al de la Escuela Superior de Guerra, en la que había ejercido como profesor de Matemáticas y del Servicio de Información. En el cenicero de metal posado en el escritorio se había formado un montículo de colillas; de la percha de pie colgaban la guerrera, la gorra y el cinturón de cuero negro con la pistolera.

–¡Capitán Lobo! Parece que ya estás recuperado. –Estrada se levantó para estrecharle la mano. Sus ojeras se habían pronunciado desde el último encuentro.

–A sus órdenes, mi teniente coronel –se cuadró Agustín–. ¿Sabía usted lo de mi herida?

–Esto es el Servicio de Información –sonrió–. Por favor, tutéame; aquí casi todos lo hacen.

Mientras tomaban café, Agustín le habló del veto para regresar al frente y su deseo de ser útil a la causa en otras tareas. Omitió otro de los motivos: este servicio podía darle la oportunidad de acercarse a la familia de Fregenal. Se notaba que Estrada estaba acostumbrado a escuchar; era como si hurgara en los pliegues del cerebro de su interlocutor mientras hablaba.

–No quiero que te hagas una idea equivocada. Esta tarea puede ser más dura que la primera línea. –El jefe de espías hizo una pausa y lo miró a los ojos–. ¿Estás dispuesto a cumplir órdenes que no comprendes? ¿Serás capaz de matar a sangre fría? Y, cuando faltes de casa días o semanas sin explicación, ¿sabrás mantener el silencio ante la familia y los amigos?

Mientras ponía a prueba al candidato, el teniente coronel estaba atento a sus reacciones. Sabía calibrar a las personas por detalles casi imperceptibles; así había reclutado a sus colaboradores.

–Estoy dispuesto a todo lo que ayude a ganar esta guerra –respondió Agustín sin vacilar, luego le vino un golpe de tos que le provocó dolor en el pecho.

–Te quiero aquí el lunes; nos ocuparemos de los papeles de tu traslado. Mantendrás el rango, aunque casi siempre actuarás de paisano. A partir de este momento reserva absoluta sobre tu destino y –se interrumpió– cuídate esa tos, Lobo.

Camino de la salida, el capitán Lobo se cruzó con varios agentes del Servicio de Información Especial, controlado por los anarquistas en aquel tiempo. Bajo el mando del coruñés Manuel Salgado, instalado en el Ministerio de Hacienda, se ocupaban de la neutralización de espías enemigos, sobre todo quintacolumnistas. Este pequeño ejército de guerra sucia recurría en ocasiones a ex-convictos o delincuentes comunes para nutrir sus filas, aprovechándose algunos del amparo oficial para cometer sus tropelías.

XII. Reencuentros

—Dos cartas, Sebastián; no habrá más –el monárquico hizo amago de rechazar los sobres–. Si quieres que continúe colaborando ocúpate de que salgan –amenazó la *señá*.

La valija diplomática y los contactos en zona nacional obrarían el milagro para Agustín. Una carta iba dirigida a su cuñado Tomás, la otra a don Rafael Esquivel; Julia desconocía esta circunstancia.

Al entregárselas a la *señá*, el capitán le advirtió que debía cortar la relación con el enemigo:

–Si continúas nos comprometes a todos y no pienso hacer la vista gorda ¿entendido? –expresó con firmeza.

11 de abril de 1937

Querida familia,

Cuando escribo estas letras me tiembla la mano por la emoción. Espero que al recibo os encontréis todos sanos. Yo estoy bien, Andrés y su familia también, a pesar de las calamidades que se pasan por la guerra. No os imagináis lo que añoro a mi hijo y a vosotras, lo que daría por abrazaros. Espero que podáis responder y contarme cosas de mi pequeño (igual que hago yo, no pongáis nombres en la carta). Decidle al niño que su padre no lo olvida y sueña con volver pronto junto a él.

Imagino que la primavera habrá reverdecido los campos de nuestro pueblo, casi los puedo ver y hasta oler.

Cuñado, gracias por ocuparte de la carta. Deshaceos de ella enseguida; podría comprometeros. Por favor, cuida de la familia; yo te lo sabré agradecer.

Besos y abrazos del que os quiere y no os olvida.

Si podéis, hacedle saber a mi mejor amigo que estoy vivo.

La carta llegó a la estafeta de Fregenal el veintiséis de abril, el mismo día que Guernica fue bombardeada por la Legión Cóndor.

–Reme, hija, léemela otra vez. –Simona tenía anegados los ojos. Sus hijos y sus nietos estaban vivos.

–Claro, madre, ¿qué le decimos al niño? –Mateo estaba en el colegio.

–Ni una *miajina*, si cuenta lo de la carta tendremos fatigas. Lo *q'ay qu'acer* es contestar pronto.

El Gacho se alegró mucho de saber de su amigo; cuando pensaba en él no podía esquivar un sentimiento de vergüenza por su conducta acomodaticia al nuevo estado de cosas. Le pidió a Simona que devolviera el saludo a su hijo, empeñándose en regalarle una docena de huevos y un litro de aceite, lujo al alcance de pocos en aquel tiempo.

***

11 de abril de 1937

Estimado señor

Espero que al recibo de esta su familia y usted estén bien. Sé que su posición y sus ideas ponen distancia entre nosotros, pero yo le considero un hombre justo y nunca dejaré de agradecerle lo que hizo por mí. Le debo la vida.

A esta carta le acompaña otra para su hija mayor. Mi deseo es que se la entregue, pues no hemos vuelto a tener contacto. Actúe usted en conciencia; entenderé lo que decida. Pueden contestarme por este mismo medio.

Un respetuoso saludo de este hombre que lo aprecia.

El sobre no llevaba remite y se entregó en la Vega Ancha, por lo que no estuvo en poder del Dr. Esquivel hasta que, en mayo, asistió a la boda de su hija Beatriz con Diego Correa. Dudó mucho antes de decidirse; el embarazo de Amalia estaba muy avanzado.

Las espigas de «La Cigüeña» verdeaban a merced del viento; las ondulaciones anunciaban una cosecha digna de esas tierras feraces. El paseo en coche condujo a don Rafael y a Amalia hasta una loma desde la que se contemplaba la finca. El sol los acariciaba, regalándoles la soledad de esa mañana dominical una intimidad oportuna; les hubiera encantado llegar hasta allí a lomos de sus caballos.

Tras desplegar las dos sillas de caza, don Rafael se sentó frente a su hija. La observó en silencio: algunas pecas se distribuían entre su frente y sus pómulos, su piel parecía más húmeda y brillante, los labios más carnosos. Amalia tenía esa mirada entre calma y sabia de las embarazadas.

—Pareces feliz —dejó caer el padre.

Al retirarse el pelo de la cara, Amalia pudo apreciar el encanecimiento de don Rafael, también el poso de tristeza en sus facciones.

—Lo único que me liga a la vida es esto —se tocó el vientre—. Es lo que me da esperanza. De lo demás mejor no hablar, ¿o prefieres que entre en detalles?

—Entiendo, hija. Tengo algo para ti; espero que no te altere. —Extrajo la carta de un bolsillo de la chaqueta y ella lo miró extrañada—. No la he leído— añadió.

11 de abril de 1937

Querida mía,

Ojalá llegue esta carta a tus manos. Si es así tendré algo más que agradecerle a tu padre. No sé cómo describir lo que te he extrañado estos meses, tanto en el peligro de las trincheras como en las noches en vela y en los momentos de paz con mi familia de la capital. Aunque la guerra me ha endurecido el corazón, la noticia de tu boda me lo quebró de dolor. Del sentimiento del amor pasé a la amargura de la traición, nublándose mi mente por la ira y los celos. Necesité tiempo para comprender que lo nuestro fue un suspiro en el vendaval de estos tiempos, que no tenía derecho a exigirte sacrificio alguno. Te debo gratitud eterna por lo que hiciste por mí, por lo que me regalaste.

Quiero que sepas que te deseo toda la felicidad que mereces y que siempre irás en mi corazón como el dulce recuerdo de lo que pudo ser. Espero sobrevivir para recuperar a mi hijo y para decirte esto en persona algún día.

Un beso del hombre que tanto te quiso y que el destino apartó de tu amor.

El verde de sus ojos cambió de tonalidad por las lágrimas, a la vez que una luz de esperanza iluminaba su rostro. Respiró cada línea de la letra recta y limpia. «¿Y si él conociera lo ocurrido? Sin saberlo me perdona. Me quiere; quizás algún día...», se dijo Amalia, mientras don Rafael la contemplaba.

Su marido se incorporó ese mes a la Fiscalía Militar de Sevilla con el grado de teniente. «De momento iré solo; ya habrá tiempo de reunirnos cuando des a luz», le dijo, y ella recibió la noticia con alegría.

Tras una estancia de dos semanas en el frente del norte, donde le sorprendió su treinta y cuatro cumpleaños, el agente Lobo regresaba al piso franco que le habían asignado en la calle Velázquez. A pesar del seguimiento a dos oficiales que trataban de pasar los planos de las fortificaciones de Bilbao al ejército franquista, el ingeniero Goicoechea logró hacerlo, facilitándoles la toma de la ciudad. Agustín hubo de embarcar *in extremis* con destino a Levante. En las últimas semanas, no solo había caído Vizcaya sino también el avión del general Mola en un monte perdido de la provincia de Burgos y el Gobierno de Largo Caballero tras los sucesos sangrientos de Barcelona. «Con este nos irá mejor; se entiende con los comunistas», le diría Estrada sobre el nuevo presidente del Gobierno, el ex ministro de Hacienda Juan Negrín.

Después de visitar a su amigo Marcelino en Valencia, el agente regresó a Madrid en automóvil, lo que se tradujo en ocho horas agotadoras por carreteras secundarias. El vehículo, que había compartido con otros tres militares, lo dejó junto al Panteón de Hombres Ilustres de Madrid. Movido por la curiosidad, el de Fregenal se adentró en el edificio erigido sobre las ruinas del antiguo convento de Nuestra Señora de Atocha. A los pocos metros pasó del calor de la tarde de junio a las suaves temperaturas de las salas de techos altos y muros aislantes. No había nadie más en el interior, de manera que recorrió en semi penumbra los monumentos funerarios de varios próceres de la política, en los que la belleza trágica de la muerte se había modelado en mármol o en bronce y oro. Allí reposaban, entre otros, los restos de Cánovas del Castillo y Sagasta, los paladines del régimen de la Restauración, que se extendió hasta la llegada de la II República. Al pasar al jardín interior pudo admirar el mausoleo conjunto de otros héroes militares y civiles del siglo XIX; los nombres de Palafox y Prim le sonaban. La garita circular le pareció hermosa, sobre todo la figura femenina que la coronaba, recordándole a la estatua de la Libertad de Nueva York que había visto en alguna ilustración. Cuando fumaba un cigarrillo bajo los arcos porticados le invadió una agradable sensación de paz. Se entretuvo en imaginar la reacción de esos patriotas del panteón si conocieran la situación que se vivía en España. «Aunque no es la primera vez que nos matamos entre nosotros», pensó al recordar las guerras carlistas. De repente le sobresaltó un contacto húmedo en la mano; se trataba del lamido de uno de los numerosos perros huérfanos que merodeaban por Madrid. Sus orejas caídas y la mirada de desamparo de esos ojos legañosos le encogieron el corazón, como si fuera su propio hijo el que implorase su cobijo.

Se echó la americana al brazo y asiendo la maleta ligera se fue en busca de las sombras del Retiro. En el gran parque urbano, una brigada trabajaba en la prolongación del refugio subterráneo junto al Viena Park, el salón de té que en tiempos de Fernando VII ocupara la llamada Casa del Contrabandista. Los claros repletos de tocones se explicaban por la tala furtiva de arces, cedros y cipreses; la noble madera ayudó a los vecinos a combatir los rigores del invierno anterior. Alguien le habló a Agustín sobre la desaparición de ejemplares de la Casa de Fieras con destino a los pucheros vacíos, e incluso del sacrificio de algunos fascistas arrojados por milicianos a las jaulas de los felinos. Cerca del estanque se cruzó con algunas parejas en busca de los setos más discretos. «La pasión puede más que el temor a los bombardeos»; su pensamiento le provocó una sonrisa.

Cuando salía por la puerta de O'Donnell un guarda del parque se descubrió con respeto, como si la inercia de años lo impulsara a repetir el gesto ante la clase señorial; sin duda, el traje burgués de Agustín lo había activado. En ese momento fue consciente del cambio operado tras su adiestramiento intensivo como agente. «Ni los del pueblo me reconocerían con esta pinta de señorito», pensó. No solo lo habían instruido en técnicas de memorización, psicología práctica e interpretación de mapas; también le enseñaron a vestir y a comportarse para camuflar su origen y condición. Se puso en manos del sastre, aprendió a conducir, a soltar mentiras con aplomo y a seleccionar comida y vino en un restaurante. Nadie de su entorno debía saberlo; incluso Demetrio, el portero del inmueble de Velázquez, pertenecía al servicio. Era preciso guardar su identidad y la de otros vecinos especiales.

Se adentró en el portal y subió la escalinata flanqueada por dos leones pétreos.

–Buenas tardes, Miguel –lo saludó el portero desde la ventana de su zaguán por el nombre con que se le conocía allí–. Me han dado esta carta para ti.

–¿Todo bien? –El agente observó sobre la mesita el periódico con el crucigrama a medio rellenar y las gafas del portero.

–Salvo por la *gusa*, todo tranquilo. –Hizo una pausa y se rascó la cabeza–. Bueno, el otro día vinieron a indagar unos tipos de Servicios Especiales. Tras identificarme los mandé a preguntar a su madre. No te jode. –A Demetrio le desagradaba que husmearan en su territorio.

Nada más entrar en el piso Agustín disfrutó de una cerveza fresca, privilegios del oficio, tras lo cual se tendió vestido en la cama y leyó el contenido del sobre. «Preséntate a reportar el jueves por la mañana», finalizaba la misiva, lo que le concedía una jornada de asueto.

A la mañana siguiente, vestido de militar, entraba con su llave en la pensión. Su novia lo situaba por Albacete y Valencia en tareas de inspector de aprovisionamientos, su supuesta función tras el alta médica. Agustín se acercó con sigilo hasta la cocina, donde Julia, de espaldas a la puerta, colocaba algo en la despensa. Ella experimentó un sobresalto al sentir las manos que le tapaban los ojos, aunque reconoció enseguida el aroma de su colonia.

–Tonto, me has asustado –le dijo al girarse y compuso ese mohín que tanto le gustaba al capitán.

Sus brazos la rodearon y la besó en los labios, primero con suavidad y después dando rienda suelta al apetito acumulado. La *señá* había ido a visitar a su hermana, lo que aprovecharon los novios para saciar su pasión sin atender a los ruidos que provocaban.

–Loco, me has destrozado una media con la hebilla del cinturón –sonreía Julia al recomponerse la ropa.

Mientras hervía el café del paquete que trajo su novio, Julia fue a buscar las dos cartas que le entregó su madre, ambas a nombre de Agustín y sin remite. Cuando las puso sobre la mesa el destinatario notó que su corazón se aceleraba; una especie de vahído bajó a sus piernas en forma de temblor.

–¿No las vas a abrir? –dijo ella.

–Sí, claro. Es que ya había perdido la esperanza. –La voz del capitán surgió débil.

La caligrafía de uno de los sobres era irregular, sin duda el escrito por Reme. En la grafía del otro reconoció las curvas características de colegio de monjas, la que recordaba de las misivas de Amalia; rasgó primero el de su familia.

28 de abril de 1937

Hijo de mi corazón

La de lágrimas que hemos 'echao' por ti. Esperamos que sigas con salud; por aquí todos la tenemos, aunque el pueblo está 'mu' triste por tanto muerto y tanto preso. El niño está 'mu crecío' y se acuerda de ti cada día. Va contento a la escuela y no le falta de 'na'. Tu amigo y tu hermana nos ayudan; ella y su familia bien gracias a Dios. Tu casa está 'cerrá', pero las mulas y los aperos los han 'requisao'. No te preocupes; ya te apañarás otras.

Tu cuídate y vuelve cuando esto acabe, que aquí te esperamos. En el pueblo, los de la Falange dicen que será pronto y que los que no tengan sangre en las manos no 'tien' nada que temer.

Dale besos a tu hermano y a los suyos; los niños estarán ya 'mu' grandes. Me alegro de que podáis estar juntos y os ayudéis.

Muchos besos y abrazos de tu familia, que no deja de pensar en ti.

Tu amigo te manda recuerdos.

Julia vio la sonrisa que componían los labios de Agustín y el retorno del brillo a sus ojos pardos, como si las letras contuvieran una pócima milagrosa. Él le comentó el contenido:

–Fíjate, han evitado los nombres, como les pedí. Me quedo más tranquilo. –Dobló el papel y lo metió en el sobre.

–¿Y la otra carta? –inquirió Julia al ver que se la guardaba en la guerrera.

–Es de mi amigo. Ahora no tengo tiempo; me esperan en el cuartel –mintió mal a pesar de su aprendizaje como agente.

Agustín salió de la pensión con un deseo incontenible de beberse la carta de Amalia. Julia se quedó pesarosa; intuía que le ocultaba algo.

La terraza del café Negresco estaba muy concurrida esa mañana soleada. En su fachada de mármol y granito destacaba el nombre del local en grandes letras, la «g» y la «o» melladas tras una explosión. En la calle Alcalá, desde su mesa, Agustín divisaba el imponente edificio del Círculo de Bellas Artes, que mantenía la actividad cultural a pesar de las circunstancias. En cuanto le sirvieron la cerveza, «de la fábrica del Águila en Madrid» según el camarero, miró con disimulo a su alrededor y extrajo del sobre la ansiada carta.

24 de mayo de 1937

Amor mío,

Resulta difícil expresar con palabras la alegría que sentí al recibir tu carta. Después de tantos meses de silencio mi esperanza se había quebrado. Es cierto que me casé al poco de tu marcha, con un hombre al que no quiero. Un canalla que, informado de tu presencia en el cortijo, nos chantajeó a mi padre y a mí. Podrás imaginar el sufrimiento.

Quiero que sepas por mí que seré madre el próximo mes. Mi marido está lejos de sospechar que la criatura no es suya. Solo tú conoces el secreto; tienes derecho como padre.

En tu carta dices que me quisiste. Si se fue tu amor no te lo reprocharé, nada me debes. Si se mantiene, lucha por sobrevivir con todas tus fuerzas, como lo haré yo, con la esperanza de rehacer nuestras vidas en un futuro.

Para expresarte lo que siento he elegido un poema de Bécquer. Por favor, no te rías de mi cursilería:

'Podrá nublarse el sol eternamente;
podrá secarse en un instante el mar;
podrá romperse el eje de la Tierra
como un débil cristal.
¡Todo sucederá! Podrá la muerte
cubrirme con su fúnebre crespón;
pero jamás en mí podrá apagarse
la llama de tu amor'.

No sé cuándo podremos comunicarnos de nuevo, ni si la vida nos dará otra oportunidad; yo rezaré por que así sea.

Con todo mi corazón.

«¿Un hijo?», dijo en voz baja. En la mente de Agustín la zozobra se mezcló con la indignación y esta con la alegría. Dio un buen trago del vaso antes de releer la carta. Ajeno al entorno, rememoraba el rostro de Amalia tratando de imaginar su vida. ¿Quién sería el marido? ¿Habría dado a luz?, se preguntaba. «Tengo que verla como sea», resolvió. Esa tarde puso al corriente de todo a su hermano; necesitaba desahogarse.

–Hiciste un buen trabajo en las Vascongadas, aunque el mando no se tomará en serio nuestros informes, como de costumbre. –Estrada mostraba ese día su tono fatalista–. También han suspendido *sine die* el Plan Extremadura.

–¿Y qué plan era ese? –Se despertó el interés de Agustín.

–¿Tu tierra, no es así? Se trataba de ocupar Mérida y la región de Oropesa en la confianza de conseguir un levantamiento en masa. Allí hay muchos de los nuestros. Quizás más adelante.

El teniente coronel le explicó que su sección, la segunda, se había reorganizado en tres negociados: Información Militar General, Información Militar Especial (servicio secreto) y Contrainformación Militar Especial (contraespionaje). También aludió a las presiones para que la sección se ubicase fuera de Madrid, junto al Gobierno.

–Prieto nos quiere cerca de él. –Se refería al ministro de Defensa Nacional.

–Si vuelve a surgir algo en Extremadura, cuenta conmigo –dejó caer el de Fregenal, que no cesaba de pensar en Amalia y en su hijo.

Estrada meditó un momento; trataba de penetrar sus intenciones. Luego encendió el enésimo cigarrillo de la mañana.

–¿Y en Sevilla? –Agustín asintió–. Se trata de un asunto de contraespionaje; lo hablaré con Sayagués. –Se refería al responsable de este negociado.

Julia no volvió a preguntarle a su novio por la carta del amigo. Le notaba distante, como si su mente estuviera en otro sitio; él pretextaba motivos laborales. De forma inconsciente, Agustín guardaba una especie de fidelidad que Amalia no le había solicitado; de nuevo se sentía confuso. En las siguientes jornadas se ocupó de estudiar planos del suroeste de Madrid, también de interrogar a «pasados» del enemigo y a refugiados procedentes de pueblos de la zona. «Se prepara algo gordo», le había comentado su jefe. Semanas después supo que se trataba de la ofensiva sobre Brunete.

El teniente Prudencio Sayagués lo recibió en una dependencia del Ministerio de Hacienda. Este palentino delgado, de frente despejada y ojos vivaces, estaba acompañado por un hombre con atuendo civil, que miraba a Agustín de arriba abajo.

–Siéntate, Lobo. –El teniente señaló una silla frente a él–. Te presento a Sandoval, aunque otros le dicen doctor Muñiz. –Al aludido no pareció hacerle gracia el comentario.

Al asociar el alias con ese rostro enjuto, la mandíbula cruel y la cicatriz en la boca que Julia le describió en su momento se le revolvieron las tripas. Hubo de aplicar la técnica de jugador de mus para mantener su gesto imperturbable. El otro le extendió la mano mientras componía una sonrisa ladina.

–¿Nos conocemos? –lo tanteó Sandoval.

–No lo creo –fue la parca respuesta de Agustín.

Sayagués se remangó la camisa por encima de los codos y abrió la carpeta gris que tenía sobre la mesa:

– Maldito calor. –Se secó la frente con un pañuelo.

–Tenemos la oportunidad de liquidar a uno de nuestros peores enemigos, ese cabrón sanguinario que socava la moral a través de la radio. –El palentino miró a Sandoval como invitándolo a intervenir.

–Mis hombres interrogaron la pasada semana a un quintacolumnista. Salió el nombre de Queipo de Llano. Al parecer, tiene una puta fija en Sevilla y cuando la visita –el anarquista compuso un gesto soez– lleva una escolta mínima.

Agustín se sirvió agua de la jarra y, tras dar un trago, extrajo de la carpeta la foto de aquel general. Todos le consideraban republicano antes de la guerra, incluido el ex presidente Alcalá Zamora, su consuegro. Al ver el rostro de Queipo de Llano se acordó de la emboscada a la columna de Fregenal, que este había ordenado desde Sevilla.

–Es una misión suicida, aunque supongo que ya lo sabéis –dijo Agustín mientras alzaba la vista hacia Sayagués.

–No te lo niego, es arriesgado, pero el objetivo merece la pena. Les daríamos a los fascistas donde más duele y el resto de sus generales se pondrían nerviosos. Tienes que responderme ahora, si no buscaremos a otro. –El teniente lo retaba con la mirada.

Entraron en los pormenores de la operación tras aceptar el agente Lobo la misión. Se introduciría en zona nacional por Villanueva de la Serena y, amparado por un salvoconducto como periodista de agencia, atravesaría por la provincia de Badajoz hacia su destino.

–Estaré fuera unos días –le dijo a Julia tras el desayuno. Ella aclaraba las tazas en el fregadero y su madre estaba en otra pieza de la casa.

–¿Otra vez a Albacete? –Había desconfianza en el tono de la joven.

–¿Y qué más da? Es trabajo.

–Eso me parece, que te da igual todo. –Julia había elevado el tono de voz y comenzaba a lagrimear–, que no te importo. Desde que recibiste esas cartas apenas me hablas, ni me tocas.

Agustín no esperaba esa reacción, a pesar de reconocer que a ella no le faltaban motivos. Tenía que aclarar sus ideas, aunque ese no era el momento. «Mejor cuando regrese», pensó.

–Tonterías, eso son cosas tuyas. Ahora no tengo tiempo para esto... –Asió la maleta, la misma que Julia había abierto la noche anterior en busca de la carta que la obsesionaba. Cuando su novio intentó besarla, ella apartó la cara–. Adiós, Esperanza –se despidió desde el pasillo.

La *señá* había escuchado la discusión y, en cuanto sintió cerrarse la puerta, fue a consolar a su hija.

–Son cosas de pareja; no te preocupes, mujer. –La joven se limpió la nariz con el pañuelo que le había pasado su madre.

–Estoy muy asustada. Sé a dónde va y me imagino para qué. –La carta no estaba en la maleta; lo que encontró Julia fue la carpeta gris.

Agustín se pasó por la calle Velázquez para cambiarse. Entre las ropas de su maleta se acomodaba la Astra-400 y el silenciador. Demetrio lo despidió con un gesto de la mano y volvió a su crucigrama. El Ford V8 negro estaba aparcado junto al portal; apoyado en la chapa lo aguardaba el sargento que lo acompañaría hasta el límite de la zona republicana.

–A sus órdenes, mi capitán. En cuanto me diga salimos –saludó Román, efusivo.

–Es mejor que prescindas del tratamiento. Ahora soy Adrián Soria, periodista. No lo olvides. –Al capitán le llamó la atención la escasa estatura del conductor; se preguntaba si esas piernas tan cortas llegarían a los pedales y sonrió para sus adentros.

El sol fundía hasta el asfalto cuando salieron de la ciudad. Habrían de dar un rodeo hasta Tarancón para tomar desde allí la carretera de Andalucía, pues el tramo de Madrid a Aranjuez estaba bloqueado. Ya habían superado el primer control militar cuando se detuvieron a comer en Ocaña, convertida en capital de Toledo desde que los nacionales ocuparon la ciudad del Alcázar. Eligieron una mesa a la sombra de los soportales de la coqueta Plaza Mayor; las otras estaban ocupadas por funcionarios de la Administración provincial, militares y personal del penal, transformado ahora en hospital militar. En aquel ambiente pasarían desapercibidos.

–Envuélvame un pedazo de queso para llevar –pidió Agustín. Le recordaba al de su tierra y Román lo había alabado durante la comida.

Los campos de cereales amarilleaban en tiempo de recolección. Las mujeres, con sus sombreros de ala ancha y los faldones amplios, hundían sus hoces de siega y acarreaban los fardos ante la escasez de brazos masculinos. Ellas, calladas y duras, habían acumulado nuevas cargas sobre sus espaldas doloridas. Caravanas de camiones con escolta transportaban toneladas de grano para llenar el inmenso estómago de los frentes.

Ya se aproximaban a Tembleque, por firmes cuajados de baches, cuando les sorprendió el vuelo bajo de un Potez con bandera republicana en la cola; ambos desconocían la ubicación de dos aeródromos militares en las inmediaciones. Mientras repostaban en Puerto Lápice vieron pasar un convoy militar; es muy probable que se dirigiera a suplir las bajas ocasionadas por la ofensiva de Brunete.

La temperatura en el interior del automóvil resultaba insoportable, irrumpiendo por las ventanillas un aire tórrido, lo que no incitaba a la conversación. Estaban a la altura de Daimiel cuando Agustín ordenó parar a Román; necesitaba aliviarse. El pueblo, que tenía sus orígenes en un castillo construido por los invasores musulmanes, había crecido gracias a la política de repoblación aplicada en su momento por la orden de Calatrava. Las jóvenes sentadas junto a la fuente de la Fortuna miraban con curiosidad a los hombres que se apearon del Ford, también los parroquianos que se refugiaban del sol vespertino en las mesas sombreadas de la taberna. Algunos se cubrían con visera y otros con boina; todos tenían las manos nudosas y requemadas por el mismo sol que había apergaminado sus rostros. Pertenecían al colectivo de campesinos y ganaderos que se ocupaban de alimentar a las unidades del Ejército Popular asentadas en la Mancha.

—Buenas tardes, señores —saludó Román, y los hombres le respondieron con un movimiento desganado de sus cabezas.

Enseguida apareció el tabernero; su camisa estaba salpicada de lamparones de alcohol y grasa.

—No tenemos cerveza; les puedo ofrecer vino de Valdepeñas. Es bueno —se anticipó a la demanda de los forasteros.

—¿Vienen ustedes de Madrid? —Rompió el silencio un vecino al que le faltaban varias piezas dentales y lucía rastros de nicotina en el resto. Seguramente había identificado el acento del diminuto Román.

—No, de Ocaña —se adelantó a responder Agustín—. Somos funcionarios de la Diputación —mintió.

Sin entablar mayor conversación apuraron con presteza sus vinos y las aceitunas; querían llegar a Ciudad Real antes del anochecer. Cuando el Ford abandonaba el pueblo les sobrevoló una bandada de garzas reales que dirigían sus picos anaranjados al humedal de las Tablas. Agustín decidió coger el volante; debía practicar antes de pasar a la otra zona. Volvió a tentarle la idea que revoloteaba en su mente desde que le encargaron la misión.

La tarde declinaba cuando llegaron a la capital de la provincia manchega, rebautizada como Ciudad Leal. Accedieron por la Puerta de Toledo, una de las supervivientes de la antigua fortificación. Junto a la mole de piedra de sillería se toparon con un control militar; la barra metálica cerraba el paso entre dos pilas de sacos terreros y uno de los uniformados se acercó a la ventanilla del conductor.

–Documentación –demandó el cabo mientras los escrutaba.

El del control se cuadró al saberse frente a un capitán; el salvoconducto con el sello de la Sección Segunda le había intimidado.

–Cabo, nadie debe saber que estamos aquí, ¿entendido? –le advirtió Agustín mirándolo a los ojos. El único frente de aquella provincia era el de la retaguardia; en sus pueblos se habían refugiado numerosos huidos de la vecina Badajoz.

El hotel «Guadiana» se abrió en 1915 para dar servicio a los viajeros que acudían a la feria de ganado o a los eventos taurinos de la capital manchega. Tras el levantamiento militar, los sindicatos habían incautado el establecimiento; ahora la mayoría de sus clientes vestía uniforme. Los dos agentes rellenaron las fichas que les extendió la miliciana de la recepción.

–Creo que hoy funcionan las duchas. Si tenéis paciencia, claro –dijo la mujer.

Decidieron cenar algo en la propia habitación; no les convenía excitar la curiosidad de los residentes del hotel, ni aventurarse a las calles de una ciudad desconocida. La ducha de agua fría los alivió del entumecimiento por las largas horas de carretera. Después se refugiaron bajo el ventilador de techo, pues ni la noche aplacaba el bochorno estival.

–A ver, vamos a repasar. –Los agentes se habían sentado en una de las camas–. Tenemos unos doscientos kilómetros hasta Villanueva de la Serena, no menos de cinco horas por esas carreteruchas –aventuró Agustín.

El capitán se interrumpió al escuchar unos golpes en la puerta ocultó su pistola en la parte posterior del pantalón y le dijo a su compañero que abriera. Román puso un ojo en la mirilla, a la que llegaba con dificultad, y abrió. El camarero, cubierto con una gorra cuartelera, dejó la bandeja con los bocadillos, una frasca de vino y servilletas sobre una mesilla de noche, tras lo cual efectuó una indisimulada inspección ocular, como si perteneciera al gremio de sus ocupantes.

–A las diez hay que apagar las luces –les recordó cuando salía.

Los agentes acordaron partir al amanecer; había que aprovechar el frescor de las primeras horas. Estimaron que el depósito de gasolina aguantaría hasta su destino.

A pesar del cansancio de la jornada, a Agustín le costaba conciliar el sueño, y no precisamente por los ronquidos del sargento. Calculó lo que le demoraría llegar a Sevilla si se desviaba por Llerena. Aunque era consciente de que podía poner en peligro el objetivo encomendado, la tentación era poderosa. «¿Y si no puedo volver a verla?» se justificaba en su particular soliloquio. Salió a fumar a la ventana y desde allí pudo observar al grupo de milicianos que arrastraba a un hombre a empellones; este braceaba en un esfuerzo inútil. «¿Es que aquí no se han terminado los paseos?» se preguntó indignado.

Todavía reinaba la penumbra en la habitación cuando una mano le agitó el hombro:

–Las seis y diez –susurró Román, y el capitán dio un respingo. Agustín tardó unos segundos en comprender dónde se hallaba. La infusión oscura que les sirvieron en el comedor del hotel le supo a café, algo que en Madrid se había olvidado.

Telefonearon a Silvestre, su contacto en el punto de destino, quien protestó por la hora.

–Llegaremos a mediodía –dijo lacónico Agustín y el otro confirmó el lugar de la cita.

–Aunque cascarrabias, es de confianza –aclaró Román, que lo conocía de otra misión.

Los pasajeros del Ford se internaron por la carretera de segundo orden en dirección oeste. En el paisaje desierto, que comenzaba a recibir el saludo de los rayos del sol, nada recordaba a la guerra. Los únicos pobladores visibles eran los conejos que salían de las matas por el ruido del motor y las perdices rojas que campaban descuidadas por la ausencia de cazadores. El aire fresco traía el aroma de las jaras, que abundaban por aquella comarca, al igual que los torviscos, las encinas y los alcornoques.

–Capitán, ¿le importa que pasemos por Talarrubias? –se atrevió a plantear Román–. Apenas nos desviaríamos de la ruta.

–¿Y eso?

–Es un favor a un compañero de armas. Él y su hermano dejaron el pueblo en agosto del año pasado; desde entonces no se han comunicado con su familia. Su padre es el alcalde. –El conductor giró la cabeza en busca de respuesta.

Agustín no podía negarse; incluso interpretó la propuesta como una señal favorable a sus propias intenciones.

–Bien, pero nos detendremos lo justo. –Buscó la foto de su hijo en la cartera; sentía la necesidad compulsiva de mirarla.

El pueblo pertenecía a la comarca de la Siberia extremeña, donde las tropas sublevadas no pudieron llegar al ser rechazadas a la altura de Medellín.

Grupos de cigüeñas sobrevolaban los tejados rojizos de Talarrubias. Al detener el Ford junto a la iglesia de Santa Catalina de Alejandría avistaron sus nidos en la torre mudéjar;

el reloj del campanario marcaba las diez y media. Cuando los dos agentes atravesaban la plaza del Ayuntamiento fueron objeto de las miradas descaradas de los pocos transeúntes; en el pueblo no era frecuente la presencia de forasteros ni de automóviles.

Hubieron de esperar una media hora a Bernardo Cabello, el alcalde socialista. El guardia de la entrada, gorra azul y palillo en boca, los condujo a una salita presidida por el retrato del presidente Azaña.

–Buenos días, señores. Ustedes dirán. –El alcalde tendría cerca de sesenta años. Su tono de piel atestiguaba la relación con el campo y su sonrisa parecía franca. Detrás de él asomaba el uniforme del guardia.

–Venimos de parte de su hijo Valentín –dijo Román.

Al percibir el cambio de semblante del regidor, el sargento se apresuró a hablar.

–No se preocupe; sus hijos estaban bien cuando los vi esta semana. El mayor me dio esto para usted. –Le entregó la foto que mostraba a dos jóvenes de uniforme. El más alto echaba el brazo sobre los hombros del otro.

Los ojos de Bernardo se humedecieron mientras leía la dedicatoria del anverso. Al terminar abrazó al sargento.

–Anda, tráete a mi mujer enseguida –ordenó el alcalde al guardia–. Por favor, cuénteme. Casi habíamos *perdío* la esperanza. –Sus ojos estaban enrojecidos.

Román habló sobre todo de Valentín, su compañero. Se había desempeñado con valor en el Manzanares y el Jarama.

–Es sargento, como yo. Puede estar muy orgulloso de sus hijos –dijo de corazón.

Una mujer de pelo canoso y vestida de negro apareció en el umbral de la puerta. Venía sin resuello y dos regueros húmedos surcaban su rostro, tan seco como blanquecino.

–¡Mis hijos! –A pesar del mensaje tranquilizador del guardia, la preocupación estaba en las facciones de la esposa del alcalde.

Aunque el matrimonio insistió mucho, los agentes hubieron de rehusar la invitación a comer. Sin embargo, aceptaron unas morcillas de la tierra y la botella de vino.

–Veréis qué bien os caen –dijo la mujer, que no soltaba la foto de sus hijos. Su marido se abstuvo de preguntarles por el motivo del viaje.

Siguiendo las indicaciones del alcalde, a pocos kilómetros de Talarrubias vadearon el Guadiana en la barcaza de Manolo «El Torcío». Pocos días antes, lo había hecho la 109ª Brigada Mixta en dirección a Miajadas. Por fortuna para ellos, en esas fechas el caudal iba menguado.

Minutos más tarde dejaban a su espalda la cercana localidad de Casas de Don Pedro y se dirigían a la comarca de las Vegas Altas. El sol estaba en lo más alto y la chapa del automóvil hervía, cuando algunos kilómetros después volvieron a cruzar el Guadiana, esta vez por el puente nuevo que franqueaba el acceso a Villanueva de la Serena. En la margen izquierda se había construido un fortín y se cavaron trincheras sobre el cerro de la Barca. La defensa de la ciudad estaba encomendada a efectivos de la 20ª Brigada Mixta, en su mayoría murcianos fogueados en las campañas de la provincia de Córdoba.

Cuando les hicieron descender del automóvil para identificarse les llamó la atención el griterío procedente del río, donde un enjambre de chiquillos desnudos chapoteaba despreocupado cerca de la orilla. Cerca de ellos, algunos soldados combatían el calor en las templadas aguas y otros fumaban relajados bajo la arboleda.

–El bar que buscáis está en el centro, cerca de la estatua del conquistador. –El soldado se refería a Pedro de Valdivia, el villanovense que llegó a gobernador de Chile.

Los agentes del Servicio de Información Especial Periférico (SIEP) tenían la misión de informar sobre la retaguardia inmediata del enemigo, distinguiéndose tres tipos entre ellos: residenciales, viajantes y reservados. Silvestre era de los primeros, pues vivía de forma permanente en Valdetorres, en poder de los rebeldes desde octubre del treinta y seis. El agente andaría cerca de los sesenta y se dedicaba al pastoreo de ovejas, jactándose de cobrar cien duros mensuales por su labor informativa.

Cuando llegaron al bar «La Higuera» el pastor ocupaba una silla en el exterior del local y asía por el mango de cuero una vara fina, la que usaba para redireccionar a las ovejas con golpes certeros. Un sombrero oscuro ocultaba su calvicie y hacía resaltar el blanco de sus canas en sienes y patillas. A pesar del calor vestía un chaleco grueso sobre la camisa gastada. Bajo la costra de polvo resultaba difícil de identificar el color original de sus albarcas.

–¿Cómo estás, Silvestre? –lo saludó Román.

–Usted debe ser Adrián. –Se dirigía al agente Lobo y les tendió la mano a ambos.

Al capitán le sorprendió la aspereza de la palma; de sus manos habían desaparecido ya los callos de la yunta.

–Cuantos menos nombres mejor, compañero. –Agustín miró hacia los ocupantes de una mesa cercana.

–Vámonos. –Silvestre se levantó de la silla.

En el recorrido hacia las afueras del pueblo pasaron junto a casas derruidas por los bombardeos aéreos de junio.

–Esos pajarracos fascistas vienen de cuando en cuando desde el aeródromo de Azuaga –les informó Silvestre. Agustín recordó que ese era el destino de la columna de Fregenal en septiembre del treinta y seis; un mes después lo tomaron las tropas rebeldes.

Guardaron el Ford en la cochera del caserón incautado a un industrial local. En esta propiedad tenía el pastor su base operativa y en la misma guardaba las ovejas que le daban cobertura. También vivían allí el hijo mayor y su familia; Silvestre era viudo. Al llegar al patio emparrado disfrutaron del frescor de la estancia sombreada; la calorina del exterior resultaba insoportable.

–Úrsula –gritó el pastor y al poco apareció una joven menuda, cuyo pelo azabache se recogía en un moño. La nuera lucía un delantal muy limpio sobre un vestido gris. Su marido estaba destinado en la posición de Medellín y el bebé, clavado al padre, dormía en ese momento en la cuna.

–¡Niña, pon de comer! –Tras dedicar una mirada a las visitas, Úrsula regresó al interior sin decir nada.

Las moscas mostraron su hospitalidad molesta a los visitantes, mientras que un gato de ademán perezoso los observaba desde el murete del pozo. Los agentes de Madrid bebieron agua del botijo antes de que Silvestre les sirviera sendos vasos de vino.

–¿Cuál es el plan? –rompió su silencio Agustín. Tras encender un cigarrillo, acercó la cajetilla al anfitrión, que hizo un gesto de rechazo.

El pastor se limpió la calva sudorosa con el pañuelo antes de responder. Sus movimientos eran tan lentos y precisos como los de un felino al acecho.

–Aguardaremos aquí hasta que anochezca y después nos dirigiremos a Valdetorres por la ruta de Don Benito, así evitaremos el Guadiana.

–¿Valdetorres? –se extrañó Agustín.

–Es mi pueblo. No hay más que un cabo y cuatro guardias. Mi casa está en los arrabales; no llamaremos la atención. –Las manos de Silvestre, agrietadas por la intemperie, acompañaban con un movimiento pausado a la voz ronca.

Román salió de la casa para telefonear mientras los otros dos agentes conversaban. Al poco hubieron de interrumpir la charla al escuchar el llanto poderoso del bebé.

—Este *joío* quiere que lo cojan —dijo el abuelo con un remedo de ternura en los labios y se fue a por él. «Estas cosas no salen en las películas de espías», se decía Agustín. Después, con un movimiento súbito, aplastó la mosca posada en su antebrazo.

A su regreso, el sargento confirmó al capitán que el plan seguía adelante.

—El jefe me ha dicho que mañana a la noche debes encontrarte con esta mujer en Sevilla. —Román le extendió un trozo de papel con los datos que debía memorizar.

Ya degustaban las bogas asadas que les sirvió Úrsula cuando Silvestre, con el nieto en una de las rodillas, aportó el resto de información.

—Adrián, mañana partirás hacia Sevilla por la carretera de Mérida. El sureste lo tienen más vigilado por la cercanía de nuestras tropas de Pozoblanco —dijo mientras acariciaba la cabeza del bebé.

Cuando el sol terminaba su turno la temperatura comenzó a resultar amigable; para entonces ya habían dado buena cuenta de las morcillas y el vino de Talarrubias. Rellenaron el depósito de gasolina con el bidón adquirido en el último repostaje y Román extrajo su equipaje del maletero, pues tenía previsto tomar el primer tren que partiese hacia Madrid. Agustín y el pastor se pondrían en marcha de inmediato para aprovechar la noche.

—Buena suerte, mi capitán; Adrián, quise decir. —La mirada del sargento siguió al automóvil hasta que se perdió en la oscuridad con sus dos ocupantes.

Circulando por una vía pecuaria evitaron Don Benito; después cruzaron el río Ortiga a su paso por Mengabril. A partir de ese pequeño municipio se podían considerar en zona nacional.

–Si nos paran dices que soy tu tío y vas a hacer noche en mi casa. Por cierto, allí tienes una prima, Isabel –aleccionó Silvestre al conductor.

Agustín sintió una inquietud súbita; a partir de ese momento habría de mentir con naturalidad y utilizar las palabras rituales del enemigo: cruzada, Generalísimo, Dios y España, entre otras.

–¿Tienes más hijos? –se interesó el de Fregenal. «Guareña-15 km», pudo leer en el indicador de la carretera.

–Aparte del mayor y de Isabel, tenía otro. Era el menor y me lo mataron en Guadalajara. –No añadió comentario alguno y el conductor se abstuvo de hacer más preguntas.

Poco después giraron hacia el norte por un camino de tierra y grava que serpenteaba entre campos de cereales; el silencio era espeso en el exterior. A lo lejos se distinguía el perfil de la iglesia de Nuestra Señora de la Asunción y la luz difusa de la casa-cuartel. Se desviaron por un sendero tortuoso y enseguida escucharon unos ladridos:

–Calla, perra latosa –ordenó Isabel, que desde la casa había distinguido los faros que ahora la deslumbraban.

–La trasera está abierta, padre. –La hija se cubría con una mantilla de lana merina, pues a esa hora de tránsito a la madrugada refrescaba de veras.

Dejaron el automóvil junto al pozo del amplio corral. Los olores, la higuera y los cachivaches dispersos por el espacio irregular retrotrajeron a Agustín a su casa del pueblo. Silvestre lo invitó a entrar en la vivienda, parca en mobiliario y apenas iluminada por un candil de aceite. Desde la penumbra, Isabel observaba con interés al invitado; no tenía costumbre de tratar con extraños y menos de aspecto señorial. No hubo saludo afectivo entre padre e hija, que hasta en eso escatimaban.

–Buenas noches, señorita –saludó Agustín.

–Señora –corrigió Silvestre–. El *marío* tuvo que dejar el pueblo y no hemos vuelto a saber de él.

La hija, de nariz muy chata y algo más de treinta abriles, inclinó la cabeza con respeto.

–Señor, *l'apañao* una cama en el cuarto de mi hermano; debajo encontrará el orinal. –Al sacarse Isabel la mantilla se evidenciaron unos pechos más que generosos.

–Mañana te despertaré temprano. A partir de ahí *y'as* cosa tuya –anunció el pastor a su invitado.

«Tengo que verla como sea». Con esa idea fija se durmió Agustín aquella noche.

XIII. La misión

Tras el caldo caliente que le sirvió Isabel, recibió los últimos consejos del padre:

–Figúrese que es un señorito; no se muestre amable con los inferiores o sospecharán. –Al despedirse, Agustín volvió a sentir la rugosidad de la mano del pastor y le dedicó una mirada tierna a su hija.

Mientras avanzaba en dirección a Guareña se repetía la nueva identidad: «Adrián, Adrián Soria Fernández. Calle Arapiles 24, de Cáceres. Soltero». La máquina de escribir del supuesto periodista iba en el maletero y sobre el asiento del copiloto reposaban la cartera de cuero y un sombrero color crema que, junto al traje beis, lo pasaportaban como burgués. Dos mil pesetas en moneda nacional y varias cajetillas de rubio americano completaban su nueva identidad.

Al rebasar Guareña recordó su peripecia del año anterior. Ahora, la presencia de las banderas rojo y gualda en los edificios atestiguaba la identidad de los nuevos amos del pueblo, guarnecido por el Regimiento Castilla-16, el mismo en el que había servido su amigo El Gacho. Según la guía Michelin tenía algo más de 80 kilómetros hasta Llerena. Agustín recorrería a la inversa la ruta de su huida de aquella localidad. De la herida del brazo solo quedaba la cicatriz; la del corazón estaba abierta y su mente se concentró en la posibilidad del encuentro con Amalia. Su referencia era el cortijo, donde solo le podía reconocer algún criado de confianza.

Al abrir la ventanilla los aromas de los campos vinieron al encuentro de la memoria olfativa del agente, haciéndole sentir en su tierra. Los jinetes con que se cruzó llevaban los aperos en los serones de sus cabalgaduras; se había segado y los silos estarían repletos de grano. Al pasar por Hornachos le inquietó una pareja montada de guardias civiles, pero estos miraron indiferentes el paso del vehículo; su camuflaje se revelaba adecuado. Tenía a la vista la torre del homenaje del castillo de Villagarcía cuando el Ford comenzó a vibrar y dar bandazos. Al frenar, el automóvil se deslizó hasta una reguera lateral; había pinchado. Salió del Ford con el corazón acelerado por la contrariedad; el sol de julio lo saludó con calidez.

Se remangó la camisa hasta los codos antes de descolgar la rueda trasera. Su bisoñez en asuntos de mecánica le generaba dudas, de manera que sufrió hasta ubicar el gato bajo la chapa, arañándose una mano con los dientes metálicos de la herramienta. El sudor bajaba copioso por su nuca y comenzaba a dibujar cercos a la altura de las axilas, mientras el polvo había manchado la pernera de su pantalón.

–*¿Pueo* ayudarle, señor? –Agustín no le había oído acercarse y se sobresaltó.

Al comprobar que solo era un viejo, le respondió sin abandonar su posición de cuclillas.

–Gracias, paisano, ya casi está. –Continuó con las tuercas del neumático.

–¿No tendrá usted un pito? –El lugareño había reconocido el acento de la tierra.

Agustín guardó las herramientas sin perderle de vista y, después de secar el sudor de la cabeza y limpiarse las manos con un pañuelo, le alargó la cajetilla.

–¿Voy bien para Fuente de Cantos? –Evitó mencionar su destino real.

El viejo cogió el cigarrillo sin filtro, que se veía minúsculo entre sus dedos gruesos. Olisqueó el aroma por sus fosas de pelambrera blanca:

–Estos no los conozco –dijo con media sonrisa mientras buscaba el chisquero. Luego aspiró despacio y la tos le vino al expulsar el humo.

–*Tié* que pasar por Llerena y *d'aí* por el camino de la sierra. –Hizo una pausa y lo miró a los ojos–. Buen viaje tenga y ¡*cuidao*! Los señoritos no cambian ruedas.

Agustín lo tomó como una advertencia, recordando las últimas palabras de Silvestre. «Cuesta mucho comportarse como un pez si no se ha nacido en el agua», pensó.

El camino de acceso al cortijo le sorprendió; solo lo había transitado de noche y entonces no pudo apreciar los limoneros y encinas que jalonaban la tierra parda. Junto a la entrada estaba el escudo de la heredad: bajo una corona real, dos caballos blancos apoyaban sus patas en un alcornoque de la dehesa. Debajo, el nombre en letras doradas, «La Vega Ancha». El portalón de forja estaba cerrado y, desde el bolardo lateral, un abejaruco vestido de verde y amarillo le observaba curioso.

Se ajustó la corbata y se puso las gafas de pega antes de bajar. Al tocar la campanilla su corazón vibró junto a esta; no sabía lo que iba a encontrarse. Durante lo que le pareció una eternidad encontró refugio en la sombra de la palmera que dominaba la parte interior del murete. El hombre que abrió el portalón se cubría con un sobrero de paja y de su hombro colgaba una escopeta de caza; no había rastro de la vida confiada de otros tiempos.

–Buenos días, señor. –El criado lo miraba con dos ojos tan pequeños como negros. El lujoso automóvil, aunque polvoriento, daba la medida de la importancia del forastero.

–Quería ver a don Rafael. –Su voz salió segura, sin concesiones, sin explicaciones añadidas.

–El señor está fuera. ¿Quiere que le de algún recado?

–¿Y su hija Amalia? Soy conocido de los dos –dijo el visitante.

–La señora estará en su casa de Llerena. Digo yo. Ya no vive aquí –informó el criado.

Agustín extrajo de su chaqueta la cajetilla de rubio y ofreció al de la escopeta, que aceptó el pitillo complacido, al igual que la lumbre del encendedor de plata.

–¿Llerena? –Confiaba en que el tabaco soltase la lengua del cancerbero del cortijo.

Cuando iba a incorporarse a la carretera hubo de frenar ante el caballista que apareció de frente. Este le observó mientras bloqueaba el paso, provocando que Agustín sacara la cabeza por la ventanilla.

–¿Nos conocemos? –dijo el capataz Sayas, a la vez que forzaba la memoria. Algo en el rostro del conductor la había excitado.

–Lo dudo. Apártese, tengo prisa. –Imaginaba que, en cuanto viese al criado de la escopeta, lo iba a freír a preguntas.

Sayas se desplazó con calma y, sin dejar de mirarlo, se llevó la mano al sombrero a modo de despedida.

–¿Quieres ganarte una peseta? –El niño lo miraba desconcertado. Tenía la cara sucia y desplegó su mejor sonrisa al escuchar la tentadora oferta.

Salió raudo con la nota que le dio Agustín para entregarla en la casa del notario. «Doña Amalia Esquivel», leyó en el sobre el mensajero infantil. Mientras callejeaba por Llerena hacia el lugar de la cita, el de Fregenal rememoró el baile de la fiesta de San Isidro. Se sentó a fumar a la sombra de la puerta de Montemolín, bajo cuyo arco vio pasar carros de carga, mujeres con cántaros en la cabeza y soldados de la guarnición. No muy lejos quedaba la Maltería, lugar de concentración de los prisioneros procedentes de la columna de Fregenal. El paso del tiempo había apagado el eco de las descargas que los diezmaron, aunque la memoria de las víctimas permanecía en los corazones de los vecinos y en las fosas comunes del cementerio.

Al acceder a la capilla de la iglesia de Santiago, Agustín sintió el frescor que proporcionaban los gruesos muros. Enseguida pudo aspirar el humo fragante del incienso en pugna con el acre de la cera quemada. La luz solar se filtraba por los amplios ventanales y las sutiles llamas de los cirios iluminaban la imagen del apóstol. En la primera fila, una anciana enlutada bisbiseaba un rezo con las manos entrelazadas, mientras, a su izquierda, una mujer de aspecto humilde susurraba a través de la rejilla del confesionario al párroco encajado en el estrecho habitáculo de madera labrada.

El agente fue a sentarse en un banco del fondo, el menos expuesto a la luz. No pisaba una iglesia desde el bautizo de su hijo. Miró el reloj. «Las 12:15, ¿vendrá?», se reconcomía. Al aclimatarse sus ojos a la penumbra, pudieron recorrer el interior de la iglesia fundada por el gran maestre de la Orden de Santiago, aquel Alonso Cárdenas del que hablaba la inscripción del atrio. El altar mayor atrajo su atención; asemejaba una gran águila dorada bajo cuyas alas se acomodaban Santiago y otras figuras secundarias. En los pasillos laterales se acumulaban los retablos y las pinturas expuestas en marcos gruesos. «Todo esto a mayor gloria de Dios. El mismo que permite la crueldad de esta guerra y que no ha protegido ni a sus devotos servidores». Se acordó de don Fausto, el de la pensión, y de tantos otros religiosos sacrificados a la ira anticlerical desatada entre los republicanos.

De repente tuvo la sensación de una presencia a su lado, ese extraño fenómeno que se produce cuando alguien nos mira con intensidad y que la ciencia no sabría explicar. A esa impresión le sucedió el aroma de agua de rosas; entonces giró la cabeza. Estaba parada a unos dos metros de él, un velo de encaje negro cubría su cabeza y la incredulidad conformaba su expresión. Sin pronunciar palabra se acomodó a una distancia prudente del hombre del traje. La mujer y el hombre se miraron a los ojos y al alma durante unos segundos, disfrutando de ese instante de felicidad antes de que las palabras lo difuminaran.

–Agustín –se decidió Amalia–, estás cambiado. –Había alegría en su tono de voz.

–¡Qué guapa estás! –susurró él. La rotundidad de los pechos de la mujer, la curva de las caderas y el vientre delataban su reciente maternidad.

–Vámonos, este lugar no es seguro –sugirió ella.

El Ford se perdió por un sendero polvoriento en busca de la arboleda, las manos de sus ocupantes iban entrelazadas mientras la conducción lo permitía y una calidez dulce circulaba por sus torrentes sanguíneos. Cuando el motor se detuvo, sus bocas se buscaron con urgencia, como se aspira el oxígeno al salir de la inmersión. Las lágrimas se mezclaron con el sudor mientras se besaban.

–Nuestra hija nació el dos de julio. –Fuera del automóvil, la sombra de un alcornoque los cobijaba–. Está sana y es muy bonita –dijo la madre.

–Entonces ha salido a ti –sonrió Agustín–. ¿Cómo se llama esa belleza?

–Catalina. Tiene el pelo negro, como su padre. –Introdujo sus dedos en el cabello de este y lo volvió a besar.

Agobiados por la falta de tiempo, se dijeron lo imprescindible; Amalia debía regresar de inmediato. Él prometió volver en unos días, expresando su deseo de llevárselas a Madrid.

–Por ahora no tengo mucho que ofrecer, pero estaremos juntos. Piénsalo. –Se despidieron a las afueras del pueblo.

Agustín la vio alejarse desde el automóvil, sin dejar de mirarla hasta que su vestido azul se perdió tras la muralla.

«Amalia está más hecha como mujer. Catalina, bonito nombre. Catalina», se repetía embelesado por el reciente encuentro. Tuvo que esforzarse para volver a la piel del agente Lobo y retomar la misión que justificaba su presencia en Badajoz. «Alicia llevará una flor en el pelo. Te espera a las nueve en el puente de Triana», repetía el contenido del papel que había quemado. Tenía más de cien kilómetros por delante y, aunque el cosquilleo del hambre se insinuaba, decidió no detenerse para evitar complicaciones. El habitáculo del Ford conservaría el aroma de Amalia hasta que el calor le forzó a abrir las ventanillas. Decenas de mosquitos se estampaban contra el cristal delantero lo que, unido al reflejo del sol, dificultaba en extremo la conducción.

Cerca de Monesterio se detuvo en una fuente abrevadero, donde pudo calmar su sed y despejar de insectos la luna delantera. Apenas circulaban coches a esas horas, los campesinos reparaban fuerzas a refugio del sol inclemente y el resto se acogía al ritual de la siesta. El paisaje se tornó agreste al internarse en la sierra de Aracena. Media hora después atravesaba Santa Olalla del Cala, ya en la provincia de Huelva. Cuando Agustín se decidió a adelantar al convoy militar, alguno de los conductores lo saludó con el claxon y una extensión marcial del brazo derecho. Tardó un poco en reaccionar para hacer lo propio a través de la ventanilla del copiloto. «Concéntrate, esto no es un juego», se dijo al rebasarlos. El sudor serpenteaba por los pliegues de su frente cuando paró a aliviarse junto a Guillena que, como Fregenal, albergaba una plaza de toros en el interior de su castillo. Cuando las tropas rebeldes tomaron ese pueblo en julio del año anterior lo encontraron casi vacío, pues su alcalde y más de mil vecinos habían huido hacia Llerena. Las últimas cinco leguas de viaje discurrieron por tierras llanas. «Parecen tan estériles como el vientre de una anciana», pensó.

Al atisbar el puesto militar sabía que el Regimiento de Infantería Granada nº 6 estaba de guarnición en Sevilla. Lo que ignoraba era que el Servicio de Información Militar de la plaza, «el Cuervo» lo llamaban, estaba en alerta; la primavera anterior habían detenido a dos espías que tenían por misión atentar contra Franco.

–Documentación –demandó el soldado mientras su compañero enfilaba su arma hacia el conductor del Ford.

El joven revisó con detenimiento el salvoconducto con la firma del Gobierno Militar de Cáceres. El supuesto periodista, que bombeaba sangre fría para aparentar normalidad, acercó la cajetilla de tabaco al soldado, quien extrajo un par de pitillos.

–¿Motivo de la estancia? –preguntó, aunque ya lo había leído en el documento.

–Vengo a hacer un reportaje para mi agencia. Me alojaré en el «Simón». –Desde ese hotel salió Queipo de Llano para Capitanía con ocasión del golpe militar.

El soldado anotó sus datos en el parte de entradas:

–Puede continuar. Ah, deme otro de esos para el compañero. –Le hizo una seña al otro para que bajara el fusil.

De inmediato colocó en el salpicadero la «hoja de requisa» falsificada. Desde el mismo día del alzamiento, Queipo de Llano había ordenado requisar todos los coches y camiones de Sevilla; ningún vehículo podía circular sin portar ese documento oficial. Camino del hotel pudo observar que la ciudad se había teñido de azul falange y rojo requeté; sus afiliados poblaban las terrazas de los bares, los jardines y las calles. Ante las miradas desafiantes de los fascistas uniformados, los civiles no tenían más remedio que apartarse y saludar brazo en alto. El recepcionista del «Simón», que mostraba el yugo y las flechas en la solapa de su chaqueta gris, le espetó el «¡Arriba España!» protocolario, al que Agustín respondió con lo justo de entusiasmo.

–La cédula, por favor –dijo el empleado con el sudor en el rostro por el ambiente cálido.

Después se puso a cumplimentar la ficha con letra muy aseada, levantando la mirada al llegar a la dirección: «Arapiles. Ahí vive mi primo Fernando; quizás lo conozca. Tiene un bar en la misma calle». Lanzó el anzuelo al aire.

–Pues no caigo en este momento. –«Cerdo entrometido», pensó el supuesto Adrián Soria–. Es que no soy muy de bares.

–Para ser de Cáceres, no tiene usted acento de *mangurrino*. –En la mirada negra del recepcionista había destellos de desconfianza.

–Oye, ¿acaso eres catedrático de Lengua? Estoy cansado y hambriento, camarada. ¿Me vas a dar la llave o seguimos con mi biografía? –Agustín usó el tratamiento falangista, además del tuteo y el tono de los acostumbrados a mandar.

Como cabe esperar de los sujetos con personalidad de lombriz, el aplomo del cliente espantó la fingida autoridad del empleadillo, quien mudó a su registro más obsequioso.

–Acaban de poner toallas limpias, señor. Si quiere le pueden preparar algo en la cocina. Tenga, es la 205. –Agustín le dio una buena propina al mozo del equipaje y se inclinó por permanecer en el hotel hasta la hora de la cita.

El agente Lobo comió un plato de fiambre en la cafetería mientras hojeaba uno de los ejemplares del *ABC* para clientes. En sus páginas se elogiaba «la actuación heroica de las tropas nacionales en la batalla de Brunete»; sin embargo, no se decía nada sobre la paralización de la ofensiva franquista en el norte. Volvió a consultar su reloj y, tras retorcer la colilla contra el fondo del cenicero, se dispuso a abandonar el hotel sin percatarse de que el recepcionista lombriz descolgaba el teléfono en cuando le vio salir al exterior. El agente notaba el contacto de la pistola contra el corazón, cuyo ritmo se mantenía bajo control; la chaqueta holgada disimulaba el bulto.

Sintió una emoción intensa al contemplar la plaza de la Maestranza, ese templo del toreo por el que había pasado la aristocracia de la lidia. La fachada estaba recién pintada y en el balcón de la entrada principal lucía la enseña de la España nacional. Junto a las taquillas cerradas se mantenía el cartel de la corrida «patriótica» del once de julio: «Lidiarán los hermanos Mejías Bienvenida: Manuel, Pepe y Antonio». A la memoria de Agustín vino el sabor de los festejos de su pueblo y la imagen del amigo que nunca llegó a tomar la alternativa. «¿Qué será de El Junco?», se preguntó; fue uno de los que se quedaron en Fregenal.

Se paró para orientarse y se puso en la boca otro Lucky –se estaba acostumbrando al sabor de las hebras de Virginia–. Una voz distrajo su atención.

–Ayuda, señor, por *cariá*. –La mujer llevaba un bebé apoyado en la cadera. Su faldón viejo, los pómulos descarnados y los brazos de alambre eran la viva imagen de la desesperanza. Había visto muchos casos así en Madrid.

Le vinieron deseos de abrazarla, de escuchar su historia, aunque se limitó a poner unas monedas en su mano y preguntarle por el puente de Triana; antes de proseguir su camino acarició el pelo sucio de la niñita. Las gaviotas posadas en una farola cercana batieron sus alas ante la presencia del hombre que observaba la escena desde la misma. El calor húmedo había pegado la camisa al cuerpo de Agustín y su traje claro atraía a las nubes de mosquitos que anunciaban la proximidad del río. Esa tarde no corría una brizna de aire.

Estaría a la mitad de los cinco arcos de hierro colado del Puente de Isabel II, que todo el mundo conocía como de

Triana por el nombre del barrio al que daba acceso. Redujo el paso y ojeó el contorno con estudiado disimulo: el tipo de la visera fumaba apoyado en la barandilla, dos chiquillos correteaban tras un aro junto a la anciana que ofrecía cucuruchos de cacahuetes y un fotógrafo ambulante limpiaba el objetivo de su cámara.

–No te *pare*, Adrián. Camina hasta *er finá* del puente. –La voz femenina y el conocimiento de su nombre cortaron el sobresalto inicial del agente.

El mercado de Triana estaba cerrado a esas horas. Ella le indicó que entrara en una tasca de la Plaza del Altozano, casi en el mismo lugar donde se alzó un día el castillo de San Jorge. Se sentaron en una mesa al fondo del local, cuyos muros gruesos los aislaban de la calorina; en el interior olía a vino derramado y fritanga. Apoyados en la barra, dos parroquianos saturados de fino intercambiaban frases ininteligibles; uno de ellos intentaba liar un cigarro con sus manos temblorosas.

Apenas pasaría Alicia de los treinta y algunas hebras de seda blanca trepaban ya por su cabellera castaña. Con un gesto delicado se deshizo del clavel identificativo y, antes de que sus labios desprovistos de carmín comenzaran a moverse, miró al agente con la negrura de su ojo sano.

–¿Qué esperaba, un cuadro de Romero de Torres? –El ojo izquierdo de la mujer estaba cerrado y huero; lo cruzaba una cicatriz gruesa que se iniciaba en el párpado.

–¿Qué te pasó, compañera? –dijo con respeto mientras se desprendía de las gafas de pega.

–Prefiero no recordarlo. *Bebamo argo.*

Acababan de servir las cervezas cuando, el hombre que había espantado a las gaviotas, entró en la tasca embutido en una camisa de Falange. Alicia tranquilizó a Agustín con un gesto de su mano. El intruso se limpió el sudor de la cara y la papada con un pañuelo enorme. Estaba muy grueso y el seguimiento realizado; en realidad cualquier movimiento le resultaba fatigoso.

–Todo *espejao*. Me llamo Macario, aunque me *disen* Mantecas –se presentó al enviado de Madrid, esbozando una sonrisa que reducía sus ojos a una ranura mínima–. ¡Ponme! –voceó al joven de la barra. Al poco, el camarero les sirvió con su única mano una tapa de *papas aliñás* más que generosa.

–¿Y ese uniforme fascista? –Agustín se fijó en los cercos de sudor que oscurecían el azul mahón de la prenda.

–Así *vamo* ahora los *funsionario* del Ayuntamiento. *Ademá*, evita preguntas incómodas por la calle.

Aunque Sayagués le había facilitado información sobre el general golpista, el agente les pidió más detalles sobre su objetivo. Sus colaboradores sevillanos se miraron y, tras relamerse por el trago de la cerveza, fue El Mantecas quien tomó la palabra.

–Queipo de Llano, al que llaman «El Virrey», tiene cuatro *visios* principales: el culto a su imagen, matar rojos, el dinero y las mujeres. –Miró a Alicia en busca de confirmación–. Casi todos *aparesen* en sus ridículas emisiones de radio.

El Mantecas, anarquista convencido que, paradojas de la vida, trabajaba en el negociado de tasas municipales, entró en detalle.

–El virrey tiene un servicio de propaganda muy potente, de manera que su fotografía puebla las dependencias oficiales, los escaparates de los comercios y las aulas de las escuelas. Hasta han fabricado ceniceros y vasos con su jeta de fondo. –Hizo una pausa para limpiarse el sudor del rostro–. Por supuesto, el *ABC*, los diarios falangistas y de los requetés se hacen eco de las supuestas hazañas del general –les dijo.

–Continúa, por favor –pidió el de Fregenal al falangista impostado.

–Queipo de Llano no acepta de buen grado la jerarquía de Franco; le llama despectivamente «Paca ‘La Culona’».

–Sonrió El Mantecas–. En cuanto al exterminio de rojos, el general se ha rodeado de una camarilla de sádicos oportunistas, como el delegado de Orden Público, al que le ha dado poderes ilimitados para detener y fusilar a voluntad. Tras los primeros meses en el poder, en un arranque de pudor, hubo de prohibir las ejecuciones de menores de quince años –añadió .

La expresión de Agustín se iba cuajando de indignación al recordar la masacre del cerro de la Alcornocosa, una de las hazañas del virrey. Necesitaba saber más.

–¿Y cómo anda de codicia? –Conocía poco de ese rasgo del personaje.

–Actúa como si fuera el amo de Andalucía, se incauta de lo que le place y fríe a la gente a suscripciones, sobre todo a los de su propio bando. A los taxistas les redujo las tarifas un 50 % porque se habían negado a contribuir; fue un aviso para el resto. –El Mantecas hizo una pausa para dar otro trago de cerveza–. El mes pasado le organizaron un homenaje con ocasión del aniversario del alzamiento; el coronel Aramburu lo coordinó con todos los gobernadores civiles. El *cartonsito* alusivo, que a todos convenía mostrar en el pecho; se vendía en las mesas instaladas en la calle, donde señoras acompañadas de falangistas y requetés acosaban a los transeúntes. Según el porte del «voluntario» se lo colocaban a tres o cinco pesetas. –El tono de voz del anarquista se había endurecido–. Por un ordenanza del coronel supe que habían recaudado cerca de tres millones, ¿para alguna obra social, para el ejército? No, para el bolsillo del generalote.

La del ojo huero, que asentía mientras hablaba Macario, le quitó la palabra para referirse al cuarto vicio.

–Ese matarife es un putero meapilas. No hay más que oír como habla de las mujeres en la radio, incitando a sus soldados a la violación para que «las que predican el amor libre sepan lo que son hombres de verdad». –Una chispa candente atravesó su ojo útil–. Hasta su hija Ernestina, que está casada con el hijo de Alcalá Zamora, debe estar avergonzada en el exilio.

–Ahí puede tener un punto débil –apuntó Agustín mientras El Mantecas terminaba con las *aliñás*.

–Explícate, compañero –se interesó Alicia.

Interrumpieron la conversación al ver entrar a un soldado en la tasca. Este pidió un vaso de agua fresca, que el camarero sirvió de mala gana. Aguardaron a que saliera del local antes de proseguir.

–Tiene una querida en Sevilla, una tal Celia Jiménez. Suele ir los martes y los jueves después de soltar toda esa mierda por Unión Radio –expresó Agustín con desprecio.

–¿*Sabe* su *domisilio*? –La mujer hizo una seña para que trajeran más cerveza.

–Según me dijeron está por el barrio de San Bartolomé; la fulana del general vive con una criada vieja. Al parecer, cuando la visita lleva una escolta mínima.

–Aquello es un laberinto de callejas que *pué fasilitar* la huida –añadió Alicia, que acompañaba sus palabras con movimientos de sus delicadas manos–. Pasado mañana es jueves; si el viejo verde acude tendrías tu *oportuniá*.

–Necesito que me consigáis la dirección de esa mujer. Creo que lo mejor sería esperar al virrey dentro. –Hizo una pausa y miró a los colaboradores sevillanos–. ¿Podréis?

–Déjame *haser*. –La mujer no precisó el cómo.

–En cuanto a la huida, me temo que cortarán todas las carreteras de inmediato. –Agustín sacó la cajetilla de tabaco y les ofreció.

El Mantecas sonrió ante el pitillo rubio; ella no fumaba. Tras dar una calada larga se volvió a secar el sudor que la cerveza había restituido.

–*Quisás* haya una forma –reflexionó el grueso anarquista unos segundos–. Podrías salir por el río; estará menos vigilado. Conozco a alguien en el muelle de *Delisias*.

El camarero manco plantó en el centro de la mesa una bandeja de fritura de pescado cuyo aroma hizo salivar a los tres.

–*P'acompañá* esto os voy a *traé* una *mansanilla* que quita el *sentío*. –Dicho lo cual volvió a la barra como si hiciera el *paseíllo*.

–¡*Ere* grande, «Miguelín!» –lo jaleó El Mantecas con el nombre de su etapa taurina–. Este fue de la cuadrilla de Pepe El Algabeño; por eso se salvó cuando lo detuvieron en el Moscú sevillano –añadió .

–A El Algabeño lo vi yo en la plaza de Fregenal; aún recuerdo cómo entraba a matar –dijo Agustín.

–Eso se le daba *mu* bien al torero falangista. Al inicio del golpe se hizo *amigacho* del virrey. –Alicia hablaba con dificultad por el boquerón que aún tenía en la boca.

–*Peaso* de fascistón –entró al quite el Mantecas–. Hasta José Antonio vino a su boda. Tras el alzamiento, junto a otros señoritos caballistas se dedicaba a perseguir por los campos a los peones de izquierdas; a *ma* de uno *alanseó* con la garrocha. Le mataron el año pasado en el frente de Jaén. ¡Ojalá se pudra en el infierno!

Tras mirar de soslayo su reloj, Agustín liquidó la cuenta y se fue al hotel; habían quedado para el día siguiente en el mismo lugar. Cuando pasó por recepción, «la lombriz» había sido relevada por un joven de cara ratonil. Le costó conciliar el sueño; pensaba que Amalia le estaría dando vueltas a su propuesta, que él mismo juzgaba ahora como descabellada. Antes de cerrar los ojos recordó la frase que había leído en alguna parte: «Atentar es fácil si se está dispuesto a perder la vida en el empeño».«¿Lo estoy yo?», se preguntó.

Tras la ducha y un afeitado lento se anudó la corbata frente al espejo: «Adrián Soria, periodista», repitió varias veces hasta ajustar su mente con la imagen que le miraba desde el cristal. Bajó a desayunar al comedor de la planta baja, donde no había muestra alguna de escasez pues, según le contó El Mantecas, el tránsito de mercancías desde la frontera lusa era constante. El camarero le aseguró que el café era de Brasil. El pan blanco con aceite de oliva despertó la memoria culinaria de Agustín.

De la concurrida sala llegaban a su mesa los ecos de varias lenguas foráneas, distinguiendo con facilidad la portuguesa y la italiana, más musical esta y acompañada de gestos exagerados. La que escuchó del grupo de rubios corpulentos sonaba tan enérgica como tajante; debía tratarse de esos alemanes cuya presencia negaban los franquistas. A algunos de los foráneos los acompañaban las damas, que probablemente habían amenizado su noche, como así lo insinuaban sus tonos de carmín y el exceso de abalorios que lucían.

Un comandante del ejército hojeaba el diario en la mesa más cercana a la de Agustín. A la misma se aproximaba un oficial que, aunque erguido, no conseguía ocultar una leve cojera. Por el cuello de la guerrera asomaba el inconfundible azul de su camisa; en su diestra portaba una cartera de cuero. Dada la cercanía, el de Fregenal pudo escuchar sin esfuerzo el saludo del superior:

–¿Qué tenemos hoy, Almenares? –El nombre le provocó un estremecimiento doloroso. «Tiene que ser él», pensó al instante. Amalia le había hablado de su destino en la fiscalía de la II División.

Sin mirar a los militares abandonó la mesa camino de la recepción.

–¿Tiene algo para mí? Habitación 205 –preguntó al hombre lombriz y este lo miró pensativo.

–Ah, sí –se volvió a los casilleros–. Lo acaba de traer una mujer. –Le pasó un sobre donde no había nada escrito.

Agustín lo abrió en la calle: «Tuve un golpe de suerte. Plaza de Doña Elvira, 3», decía el escueto mensaje sin firma. Se puso el sombrero y decidió curiosear la vivienda de la tal Celia. De nuevo, el recepcionista de la insignia de falange utilizó el teléfono.

No había terminado el primer cigarrillo cuando le pararon una Margarita y un Pelayo, el chaval hizo sonar su hucha con gracia; apenas tendría nueve años. Le convenía sonreír y pagar el peaje.

–Gracias, señor, y arriba España –fue el recibo a cambio de las monedas. El pequeño le trajo a la mente a su Mateo; llevaba casi un año sin verlo y la tentación de sacarlo de Fregenal lo visitaba a menudo. «Demasiado riesgo para todos. Quizás más adelante», pensaba.

Se veía mucha gente por el centro de Sevilla, incluso turistas. Los escaparates de las tiendas estaban surtidos, la ciudad limpia y viva. Hacía meses que no aparecían cadáveres por las calles, aunque El Mantecas le dijo que, en medio de una paz impostada, se mataba con discreción. De repente escuchó motores de avión, alzando su cabeza como un resorte. Le deslumbró el brillo plateado de las alas y pudo escuchar los vítores del gentío mientras la escuadrilla se alejaba en dirección norte; allí no se bombardeaba, los aparatos eran mero espectáculo.

Tal y como le aconsejó El Mantecas, había dejado la pistola en el hotel pues los cacheos eran habituales; sin embargo, no olvidó echarse al bolsillo la libreta de periodista. De vez en cuando paraba a tomar notas; supuestamente había ido a realizar un reportaje sobre la vida en la capital de Andalucía. En la libreta ponderaba todas las ventajas de la «Nueva España» por si alguien curioseaba en sus páginas. «Adrián Soria, periodista», se repetía. «Por más que lo intentes resulta muy complicado jugar a ser otro; puedes mudar la vestimenta, el peinado y la marca de tabaco, pero no así tus rutinas o reacciones, prestas siempre a delatar tu naturaleza», reflexionaba Agustín. A pesar del calor y la humedad del agosto sevillano evitó desprenderse de la chaqueta; los señores no acostumbraban a hacerlo.

Según caminaba por el barrio de Santa Cruz le vino a la mente el marido de Amalia. «Aunque ahora esté alejado de ella volverá a explotar su propiedad». Su pensamiento era una negra mezcla del veneno de los celos y la ira de la impotencia. Atravesó varios pasajes estrechos hasta encontrar la plaza de Doña Elvira, donde algunos naranjos frondosos custodiaban el jardín que humedecía una fuentecilla de piedra. Mientras se refrescaba la cara observó el entorno con disimulo para identificar los eventuales puntos de huida. Al norte se situaba la catedral, al sur los Reales Alcázares, al oeste el río y al este una especie de embudo. Se fijó en el hombre de sombrero gris y bigote acicalado que hacía plantón en el portal de la querida del virrey; no se percató en cambio del que simulaba la tarea de cartero en la esquina opuesta.

Tras pasar junto al Archivo de Indias se detuvo en la terraza de un café, donde comenzó a pergeñar el plan mientras se hidrataba. «Lo haré mañana. Debo comunicarlo a Madrid», decidió.

«Limpia, señor», se ofreció el lisiado de rostro renegrido.

Esa tarde se dirigió al lugar de la cita por el puente de San Telmo, el mismo que habían utilizado las tropas de Queipo para acceder a Triana. Recorrió la calle Betis en paralelo al río; todavía se apreciaba en las fachadas las huellas de los disparos y el cañoneo desde la otra orilla. Un muro de zapata protegía los estrechos edificios de las crecidas fluviales, en los poyetes del cauce algunos hombres fumaban el producto del *colilleo* y, cerca de ellos, un grupo de niños descalzos jugaba con una pelota de trapo.

Agustín se entretuvo en limpiar la humedad de sus gafas de pega; después subió los peldaños de la escalinata de Tagua hasta que apareció a su vista el cartel amarillo de la farmacia Aurelio Murillo. La plaza del Altozano mostraba su actividad habitual y el agente no apreció signo alguno de amenaza. Enseguida distinguió a su colega tuerta en la puerta de la tasca; no exhibía flor alguna en el pelo y su ojo sano escrutaba el horizonte en todas direcciones. Algunos soldados bebían en la terraza de un bar y una pareja de sacerdotes entraba en la capilla del Carmen; de El Mantecas no había rastro.

Estaría a veinte pasos de Alicia cuando escuchó el grito:

–¡Corre, es una trampa! –Después oyó el disparo que hizo caer de bruces a la mujer y, por último, el chirrido del vehículo negro al frenar frente a él.

–¡Alto a la autoridad! –escuchó y luego todo fue oscuridad. Tras derribarlo de un culatazo, la sangre de la brecha humedecía en el pavimento sus gafas y su libreta. El Mantecas, que se había frenado en seco al escuchar el tumulto, regresó de inmediato a la otra orilla.

Al recobrar el conocimiento sintió una sed pavorosa y un taladro en el interior de la cabeza. Le escocían las muñecas y los párpados le pesaban como el granito. Oía voces cercanas, sin ser capaz de interpretarlas. El puñetazo en el estómago lo dobló como a un junco, provocando la apertura de la boca y las fosas nasales; se asfixiaba y despertó de golpe. La luz de la bombilla del techo quemó sus ojos como si fuera una brasa; veía a los hombres del habitáculo como sombras sin matices.

–Parece que despierta el rojo. Ya era hora –dijo el de la camisa remangada, que sujetaba con tirantes su pantalón de guardia civil.

Agustín estaba desnudo con las manos atadas a una viga; su ropa y la documentación se amontonaban en una mesa. Al aclararse su visión sintió vergüenza y rabia; se había dejado atrapar como un pardillo e imaginaba lo que vendría a continuación. Detrás del de la camisa remangada pudo ver a un hombre con ropas de civil; era alto y en su rostro lucía la erosión de la viruela. Un guardia con galones de sargento era el tercero en la sala.

–Dale agua, que engrase la lengua. –Su acento no le decía nada, su mirada era fría–. ¿Cómo ha podido un legionario mezclarse con esa canalla? –El tatuaje delataba los antecedentes del detenido–. Si hablas todo será más fácil –fue lo último que dijo el de la viruela antes de abandonar la sala.

–Ya has oído al comandante. Empecemos por tu nombre. –Ahora preguntaba el sargento, que tenía unas cejas tan pobladas como un maizal sin cosechar.

La lengua de Agustín estaba como una lija y hubo de generar saliva para contestar. El agrio olor a orines y sudor le provocaba náuseas.

–Adrián Soria. –La bofetada restalló como un látigo y su cabeza fue a dar contra la viga. Un hilillo de sangre apareció en su nariz.

–Vamos a comenzar de nuevo –dijo el interrogador con suavidad mientras se desprendía de la guerrera del uniforme.

A las cuarenta y ocho horas de su detención, la cara de Agustín era una mancha sanguinolenta; tenía dormidos los brazos y el hambre lo martirizaba. El dolor y la falta de sueño suelen acabar con la resistencia de cualquier hombre. La tozudez de Agustín no se basaba en principios heroicos ni en la lealtad a su bando; en su mente pesaban las repercusiones para la familia de Fregenal. «A fin de cuentas no vas a salir vivo; aguanta y salva a los tuyos», se decía en una especie de delirio.

–¿Qué hacías por la plaza de Doña Elvira? –El sargento era consciente de quien vivía allí.

En su sede de la calle Alcalá, la sección de contraespionaje bullía de agitación. La ofensiva del ejército republicano había fracasado en Brunete y llegaban noticias de que las tropas franquistas acosaban Reinosa camino de Santander. El teniente Sayagués recorría el largo pasillo con una carpeta bajo el brazo; sus ojos mostraban el ayuno de sueño y su bigote un descuido desacostumbrado. Cuando el sargento Román le saludó a su paso, el oficial pareció recordar algo y se detuvo.

–¿Qué se sabe de Lobo? –Hacía días que habían perdido el contacto con él y sus compañeros de misión.

–Nada, mi teniente, solo que llegó a Sevilla. Nuestros hombres indagan.

–Infórmame de cualquier novedad. –Sayagués siguió su camino.

Tres días después supieron de El Mantecas. Había logrado huir de Sevilla y no pudo comunicarse hasta llegar a Almería. Al descifrar el mensaje, conocieron el fracaso de la operación: «16 de agosto de 1937. Alicia muerta. Adrián detenido antes de proceder. Nos estaban esperando.»

–¡Me cago en la pena negra! Lo más probable es que lo hayan fusilado ya. –Sayagués golpeó la mesa con el puño–. Hablaré con Estrada.

Todas las noches escuchaban la alocución del virrey en Radio Sevilla. En los últimos días su voz aguardentosa había mencionado al «Grasiento» –Indalecio Prieto–, al «Verrugas» –Manuel Azaña–, y se refirió a los avances de los nacionales hacia la cordillera Cantábrica. En ningún momento aludió a un atentado contra él.

–Una de dos; o Lobo no ha cantado o lo ocultan para no dar ideas –reflexionó Estrada–. Hay que informar de la desaparición a su familia. Sin que se mencione el lugar ni las circunstancias –ordenó a Sayagués.

Al salir de la boca del Metro Andrés se protegió los ojos con una mano; el sol vespertino castigaba sus pupilas tras otra jornada de trabajo subterráneo. La glorieta de Cuatro Caminos se hacía eco de la algarabía de los chiquillos que, ajenos al hambre y al miedo que atenazaba la ciudad, chapoteaban en la fuente central. En uno de los cruces de calles se podía ver a los artilleros de la pieza antiaérea. Sus rostros tenían expresión de fastidio; uno de ellos bebía del botijo. Cuando llegó al portal de la calle Maudes sus dos hijos mayores jugaban a las canicas con otros niños. Nada más verlo, echaron a correr hacia él con sus piernas de alambre:

–¡Papá, hay un señor en casa! –dijo Andresín.

–¿Un señor?

–Un militar. Vino en ese coche. –El vehículo con el distintivo del Ejército Popular había estacionado a pocos metros de allí.

Enseguida le vino a la mente su hermano, precipitándose escalera arriba hasta el tercero. No encontraba la llave y tocó el timbre; los segundos se hicieron eternos hasta que abrió Rosa. Esta, en la fase final de su embarazo, caminaba con dificultad; tampoco le sobraban las fuerzas por lo escaso de la dieta familiar. Al entrar en el saloncito, Andrés vio sentado al hombre de uniforme, que reveló su escasa estatura al levantarse.

–Buenas tardes. Soy el sargento Román. –Apretó con firmeza la mano de Andrés.

Ante la ansiedad del hermano, el sargento fue directo al asunto.

–Hace días que no tenemos noticias de Agustín; sospechamos que lo han capturado. Por el momento no puedo dar más detalles –expresó con esa voz ronca que equilibraba su falta de talla. Sobre la mesa de la cocina había un paquete de provisiones abierto. –Les dejo esta tarjeta para el economato militar. Si puedo ayudarles en algo, hágamelo saber. –Román le dio un número de teléfono. Rosa abrazó a su marido, que comenzaba a sollozar: «Tinín, Tinín». Al sargento le pareció que era el momento de dejarles solos.

Andrés se acercó esa misma tarde a la pensión. Julia estaba fuera y la *señá* se afanaba con la cena.

–Cada vez es más complicado traer algo al puchero –dijo, y le pidió que esperara allí–, mi hija no tardará ya. –Sacó una botella. En cuanto se terminó el vaso de vino, el visitante dejó caer la noticia como un plomo.

–Agustín ha desaparecido. –La *señá* estaba de espaldas, por lo que Andrés no pudo ver la extraña expresión de su cara.

–¿Y eso qué quiere decir? –Se había vuelto y miraba al atribulado hermano.

–Quizás le hayan capturado, no saben. Estaba fuera de Madrid.

La patrona imaginó el impacto de la noticia en Julia. Esta había comenzado a colaborar con el Servicio General Internacional, dedicado a canalizar los socorros del Comité Suizo de Ayuda a los Niños de España, al que se conocía como «la ayuda suiza».

–Mi hija trabaja en el centro de refugiados de García de Paredes –le contó a Andrés.

Aunque Julia insistía en su deber de ayudar a los necesitados, la *señá* temía que esa actividad la señalara para el futuro, al igual que su relación con Agustín.

Andrés iría por el tercer vaso de vino cuando escuchó puerta; la patrona servía ya la cena. Al asomarse al pasillo la vio. Julia llevaba el pelo recogido en una coleta y ni una brizna de maquillaje en su rostro; tenía aspecto de cansada. El brillo de sus ojos se apagó nada más verlo. «¡Agustín!» fue lo primero que salió de sus labios. No pudo contener el grito cuando el hermano se lo contó. Hubiera caído desvanecida de no estar prestos los brazos de este. La *señá* acudió enseguida; traía un puchero en la mano y su mirada esquivó la de Julia.

–Qué pena; sabíamos que esto podía pasar. –La declaración de la madre sonó fría. Su hija no entendía el tono.

–¿Si hay noticias me ...? –Andrés asintió cuando se despedía de Julia.

Catalina succionaba con ahínco el pecho de su madre mientras su tía Beatriz hablaba de su vida de casada. Tras la boda se habían instalado en el cortijo de Diego Correa, a una docena de kilómetros de Llerena.

–Está impaciente por verme encinta, pero como yo le digo, «si estás siempre fuera». Entre las reuniones en Badajoz y los viajes a Lisboa, casi siempre estoy sola. –Había reproche en el tono.

–Bueno, esta noche vendrá. Lorenzo os ha invitado a cenar. –La pequeña estaba ahíta; su madre la separó del pecho con suavidad–. Anda, coge un poco a esta tragona.

–Mi morenilla, qué bonita eres. –Beatriz arrulló a su sobrina con dulzura–. Yo quiero una así. –Miró a su hermana.

El teniente fiscal tenía dos días de permiso y aprovechó para ver a su mujer y su hija, por la que sentía auténtica devoción.

–Me han asignado una casa en condiciones; os vais a venir a Sevilla de inmediato –le comentó a su mujer. También le dijo, muy ufano, que el auditor de guerra Bohórquez le había encargado lo de la conspiración contra el general.

–De esto ni una palabra a nadie. Si lo hago bien me compensarán. –Lejos estaba Amalia de imaginar el objeto de su trabajo. El tiempo transcurrido y la ausencia de noticias habían minado su esperanza en el reencuentro con Agustín. En cuanto a la posibilidad de acompañarlo a Madrid, no acababa de tener claro lo de jugarse todo a una carta, con el agravante de arrastrar a su pequeña en esa aventura incierta.

Lorenzo no reveló la identidad del detenido; desconocía su vínculo con Amalia. Tampoco le dijo que Agustín seguía con vida por un gesto romántico del virrey.

–¡Coño! Un sargento de la Legión que estuvo en Alhucemas. Sacadle los nombres de los cómplices y lo conserváis para un intercambio. –El fiscal Almenares había conocido a Agustín en la comisaría de Jesús del Gran Poder y el rostro de esa piltrafa no le decía nada. Sí lograron identificar a la mujer tuerta, que en realidad se llamaba Clara y había perdido el ojo en el bombardeo de «Casa Cornelio», la taberna sevillana en la que se reunían los anarquistas.

Simona baldeaba la entrada de su casa cuando los vio llegar. El cabo se dirigió a ella con frialdad, mientras un guardia entraba en la casa con la pistola desenfundada.

–Tiene que acompañarnos. Coja sus cosas. –Mateo estaba en el interior. De nada sirvieron las súplicas ni las alusiones a su nieto.

–No *pueo* dejarle solo –dijo la abuela.

–Pues que se venga. Lo dejaremos en casa de su hija.

–Es que... –intentó hablar la mujer, y el cabo la derribó de una bofetada. Mateo, asustado, se inclinó para ayudar a su abuela.

El paso de la comitiva por el pueblo fue seguido por los cuchicheos y las miradas de la gente. Al ser domingo había muchos vecinos por las calles, aunque ninguno se atrevió a abrir la boca ni a recoger la zapatilla que perdió Simona al trastabillarse por el empellón de un guardia; así estaban las cosas en Fregenal.

Al llegar a la casa de Reme, uno de los guardias golpeó la puerta con la culata del fusil; detrás venía el tropel de curiosos, algunos con la insignia del yugo y las flechas prendidas de su ropa.

Abrió el marido que, con la camisa a medio poner, se preparaba para asistir a misa.

–¿Qué ocurre? –Su corazón se aceleró al ver a su suegra y su sobrino en manos de la Guardia Civil.

–Dile a tu mujer que salga. Se viene con nosotros. –Las palabras sonaron como una sentencia que derribaba la supuesta invulnerabilidad del funcionario afiliado a la Falange. Reme apareció a su espalda; detrás estaban los hijos.

–Esto tiene que ser un error. Somos afectos a la causa; todo el mundo lo sabe –argumentó Tomás.

–Cumplimos órdenes; no se resista o le llevamos por delante –lo amenazó el cabo.

Al poco, entre llantos de las mellizas y la preocupación de su hijo mayor, Reme salió de la casa con un hatillo de tela marrón. Su marido la abrazó entre sollozos.

–Todo se aclarará pronto. Vosotras *n'habeis* hecho *na*.

–¿Dejamos a este aquí? –El guardia señaló a Mateo. Su tío asintió y sus primas lo cogieron de la mano.

El cartero visitaría más tarde al jefe local de Falange, del que solo pudo sacar que las llevaban a Sevilla. El fiscal Almenares había tenido la brillante idea.

–La presencia de su familia le soltará la lengua –le dijo a su superior sobre Agustín.

Tras el penoso viaje, madre e hija llegaron esa misma tarde a la prisión de la Ranilla. Las ligaduras hacían sangrar sus muñecas y la sed acentuaba el tormento de la incertidumbre. Ninguna acertaba a explicar el motivo de la detención; juntas lloraron por lo que dejaban atrás. Cuando las bajaron en la penitenciaria provincial de Sevilla, Reme pudo leer el lema que Victoria Kent hizo colocar a la entrada de la misma en el año treinta y tres: «Odia al delito y compadece al delincuente», resumía el ideario de la entonces directora general de Prisiones. Ambas mujeres fueron obligadas a entregar sus aretes de oro y los anillos de casada. En un nuevo giro de crueldad las llevaron a celdas diferentes, aunque igual de hacinadas. El olor del cuartucho era espantoso, como correspondía a la convivencia de diez mujeres en un espacio concebido para dos.

***

El piso de los Almenares era amplio y con vistas al río, no muy lejos de la Capitanía General desde la que ejercía su poder el virrey. Además de a Catalina, Amalia había llevado de Llerena a su doncella de confianza y varios baúles con el ajuar. En Sevilla se reencontró con Marta Jimeno, su amiga de siempre, casada con un directivo de la cervecera local. Ni de lejos podía imaginar que Agustín estuviera tan cerca.

Por la mañana, con las botas relucientes y el uniforme recién planchado, Lorenzo se dirigió a la comisaría de Jesús del Gran Poder en un vehículo militar. Tras el alzamiento, la antigua residencia de los jesuitas acogió la Delegación de Orden Público, cuyas improvisadas mazmorras rebosaban de los considerados desafectos. En la cola que se formaba en la entrada se veían mujeres de todas las edades y hombres maduros, que aguantaban horas bajo el sol para conocer la suerte de familiares y amigos. Algunos mozalbetes pasaban la noche allí y luego vendían su puesto en la fila.

Tras identificarse el fiscal, acompañaron a este al lugar de reclusión del «espía rojo», que así identificó el policía a Agustín.

–¿Las han traído? –preguntó Lorenzo Almenares y el otro asintió.

Los sótanos exhalaban una especie de gas pútrido, mezcla de sudor, orines y rancho carcelario, que obligó al fiscal a llevarse un pañuelo a la nariz. Cuando abrieron la puerta de la celda apenas percibió un bulto en la penumbra; la claridad que se filtraba por la rendija superior quedaba por encima del camastro.

–¡Levanta, cabrón! Tienes visita. –El carcelero enfocó el rostro del detenido con la linterna. Este se incorporó despacio, protegiendo con una mano sus ojos.

La puerta quedó abierta y el agente al acecho, porra en mano. Al adaptarse sus ojos a la oscuridad, el fiscal pudo contemplar el estado lamentable del detenido: cuajarones de sangre en el rostro, el ojo derecho semicerrado, barba de días y una especie de harapos sucios sobre el cuerpo enflaquecido.

–Así que es usted el tal Lobo. ¿Un cigarrillo? –Extendió su pitillera de plata y la mano temblorosa tomó uno. Lorenzo se inclinó con precaución y le acercó el encendedor.

La débil llama le permitió identificar al fiscal. «Puto destino, ¿sabrá algo?», pensó Agustín mientras aspiraba el tabaco con ansia. Los interrogatorios habían cesado dos días atrás, lo que le hizo temer que le diesen CAFÉ, el acrónimo de Camaradas Arriba Falange Española, con el que el virrey gustaba denominar a las ejecuciones.

–Te has resistido a hablar; eso te honra. Ahora te voy a dar una última oportunidad de salvar a tu familia. –Lorenzo se interrumpió para calibrar el efecto del golpe. El traslado de las mujeres se había realizado a instancia suya.

La confusión se apoderó de Agustín; no recordaba haber confesado su nombre auténtico: «¿Qué pueden saber de los míos? ¿Será una trampa?», pensó.

–¿Mi familia? –acertó a pronunciar con voz débil.

–Tu madre y tu hermana están aquí, ¿quieres verlas? –Sin aguardar respuesta, el fiscal ordenó que las trajeran.

«Hijos de puta. Piensa, Agustín, piensa», se decía durante la espera. Enseguida se escucharon pasos en el corredor. Al introducir a las dos mujeres en la celda estas se abalanzaron sobre el ser querido, fundiéndose los tres en un abrazo desesperado: «Hijo mío», «hermano», «madre», salieron de sus gargantas. Un «ya está bien», y los brazos de los guardias rompieron el nudo humedecido por las lágrimas.

–¿Cómo está mi Mateo? –Un brillo de ternura se instaló en el ojo sano del preso.

–*Mu* guapo y *mu* listo. ¿Qué *t'han* hecho, hijo? –balbuceó una Simona dominada por la congoja. Los ojos de Reme expresaban una pena densa.

Agustín miró a su madre y a su hermana durante un minuto eterno, tras el cual sus labios expresaron la respuesta decidida.

–Está bien, teniente. ¡Ha de garantizarme que no sufrirán daño! –Su puño crispado se alzó al aire. Un «Agustín» lastimero fue lo último que escuchó mientras se llevaban a las dos mujeres.

El fiscal Almenares saboreaba su victoria, que todavía habría sido más placentera de haber conocido el gran secreto que guardaban su mujer y el tal Lobo. Ahora tocaba rematar la faena.

XIV. El retorno

Cuando el coronel Cuesta asomó al despacho del virrey, este repasaba las últimas instantáneas enviadas por los hermanos Burgos. Los fraternales fotógrafos reproducían escenas de personas fusiladas, a las que se mutilaba o quemaba a conveniencia para conseguir un efecto macabro. Queipo tenía un álbum donde guardaba este tipo de instantáneas, cuyo destino era mostrar en España y en el extranjero las atrocidades de las «hordas rojas».

–¿Da su permiso, Excelencia?

–Pasa, Pepe –respondió el espigado general.

José Cuesta Monereo había sido nombrado jefe de Estado Mayor del Ejército del Sur por Queipo de Llano, que lo consideraba su mano derecha. El coronel de frente despejada y mirada inteligente aguardaba en posición de firmes hasta que su jefe alzó la vista.

–El legionario rojo ha cantado –dijo Cuesta.

–¿Y? –fue la lacónica respuesta del general.

–Nada que no supiéramos o imagináramos: que su jefe es el coronel Estrada, que la operación la planeó un anarquista llamado Sandoval. Poco más, salvo... –se interrumpió un momento.

–Habla, coño, ¿salvo qué? –La paciencia no era la principal virtud del virrey.

–Se ha ofrecido a trabajar para nosotros si respetamos a su familia. Al auditor de guerra le parece una añagaza; está loco por condenarlo. Yo lo veo de otra manera –dejó caer Cuesta.

Queipo de Llano dispuso dos vasos en la mesa y sirvió de la botella de Glenlivet; le gustaba el escocés de malta. Luego se atusó el bigote, gesto con el que solía iniciar sus reflexiones.

–El tío demuestra cojones. Si le tenemos pillado con los suyos puede resultarnos útil. Llama a Ungría, a ver qué le parece –se refería al coronel jefe del Servicio de Inteligencia Militar ubicado en Burgos.

La prótesis laceraba su piel de modo insoportable esa tarde. Lorenzo se desprendió de ella en cuanto llegó a casa y, tras lavar el muñón, se aplicó unas friegas de crema protectora. Ayudado de las muletas se desplazó al comedor, donde Amalia bordaba junto a la cuna de Catalina. Esta percibió la inquietud en la mirada del marido, que ni siquiera había besado a la niña.

–Hola, Lorenzo. ¿Mal día? –Había más formalidad que ternura en el tono; ni levantó la mirada de la labor.

–¡Se están volviendo blandos! Después de tanto trabajo sueltan a ese rojo de Fregenal. –Al arrellanarse en el sillón emitió un *¡uff!* de alivio.

El nombre del pueblo había suscitado la curiosidad de su esposa; ahora sí lo miraba.

–¿De Fregenal? Como el marido de Marta. –Amalia no solía interesarse por su trabajo.

–Sí, un tal Lobo. –La andanada penetró en el corazón de su mujer, a la que se le cayó una aguja al suelo. El marido no era consciente del efecto provocado–. Bueno, a mí me han felicitado por la operación; eso es lo que importa.

Ella no se atrevió a preguntar más. En ese momento intuyó que no volvería a ver al padre de Catalina; la niña sería su recuerdo de aquel sueño efímero. El destino había decidido por Amalia.

Simona y Reme llegaron de noche a su pueblo; las dos acordaron no contarle la verdad a la familia. Les habían prohibido salir de Fregenal hasta nueva orden; a partir de ese momento estarían vigiladas. «Al menos está vivo. El tiempo dirá», se decía Simona en el trayecto de vuelta.

El día que embarcaron a Agustín en Huelva, las tropas nacionales acababan de tomar Santander; la euforia cundía entre sus filas. Estaba agotado cuando se tendió en la litera del mercante y le dolía el pecho; en realidad todo el cuerpo. Tras dormir cerca de doce horas sintió un vacío doloroso en el estómago. La brisa mediterránea acarició su rostro tumefacto cuando salió a cubierta y, trastabillándose por la debilidad y el balanceo, pudo llegar al comedor de la marinería.

–*Buona sera* –fue el saludo del italiano orondo que se movía entre cazuelas y sartenes. Le bastó una mirada para comprender lo que necesitaba Agustín–. *Siediti qui.* –Señaló un banco corrido.

A la pescadilla la acompañaba un pan aceptable y el vino italiano terminó de reanimarlo. Enzo, el cocinero, le regaló unos cigarrillos para completar su resurrección. Su salvador le dijo que navegaban a la altura de Almería y que al día siguiente tenían previsto llegar a Valencia.

Agustín contempló desde la barandilla de estribor las aguas azul cielo que contrastaban con las montañas peladas del cabo de Gata. «¿Y ahora qué?» se preguntaba; «no puedo traicionar a la causa. ¿Y mi familia? Estos son capaces de todo». De nuevo se sentía en una encrucijada y pensó que en esta ocasión no podría resolverla alistándose en el Tercio.

El puerto estaba a plena actividad cuando desembarcó en Valencia. Las gigantescas grúas sacaban la carga de dos buques de bandera soviética: cañones, vehículos, cajas de munición y otros pertrechos se apilaban en el muelle; Stalin alimentaba al hambriento Ejército Popular. Agustín dirigió sus pasos hacia la casa de Marcelino Rodríguez, guiándose por los recuerdos de su visita anterior. «Cerca de la Malvarrosa y con una farmacia en la esquina», se decía.

Varios niños jugaban a soldados junto al portal, se disparaban con sus palos e imitaban con sus bocas los sonidos de las detonaciones. Se detuvieron cuando pasó junto a ellos; su aspecto daba miedo. Cuando la mujer de su amigo abrió la puerta apenas pudo contener el grito. «Consuelo, soy yo, Agustín», se identificó. Tras observarlo unos instantes, le dejó entrar; del interior salieron sus hijas, que se pararon extrañadas al ver a ese hombre.

Consuelo se interesó por el estado de su paisano y le dijo que su marido no llegaría hasta la tarde.

–Puedes lavarte, chacho. –Le mostró la bañera–. Te sacaré algo de ropa, aunque te venga grande. –La mujer apreciaba al amigo de su marido y conocía su tragedia familiar.

El comisario había vuelto a ganar peso; en la capital levantina no se sufrían las carencias de Madrid. Al verlo, Agustín se sintió como el niño que encuentra el amparo de su padre. Entre cigarrillos y coñac le abrió su corazón a Marcelino; lo necesitaba. Arrancó a llorar y su amigo le dijo que no se contuviera:

–Te hará bien, compañero.

Tras conocer los detalles de la azarosa situación de su paisano, el comisario se pronunció:

–Tienes que ver a Estrada; él sabrá encontrar una solución.

–¿Tú crees? –Marcelino asintió; su mujer se acercaba ya con la perola de la cena.

Al día siguiente, el comisario hizo sus averiguaciones: «Al teniente coronel Estrada y a su servicio los han trasladado a Barcelona. Parece que el Gobierno de la República considera mudarse allí». Marcelino percibió el gesto de contrariedad de su paisano.

Agustín se recuperaba en la casa de su amigo mientras este se ocupaba de conseguirle la documentación necesaria para viajar a Cataluña. Aquel hubo de contactar con un agente de los nacionales en Valencia para acreditar su presencia en la ciudad y recibir instrucciones; no iban a dejar de recordarle su situación de libertad condicionada. Durante su estancia en Valencia meditó mucho sobre su detención y la muerte de Alicia: «¿Por qué no estaba El Mantecas? ¿Cómo conocían el lugar de la cita?» se preguntaba. La hipótesis de la traición se abría camino y el rostro torvo del doctor Muñiz aparecía en la corta lista de candidatos. También reflexionaba sobre sus sentimientos; se dio cuenta de lo mucho que añoraba a Julia y pensó que debía olvidarse de Amalia. «No puede ser, Agustín; por ella sientes la atracción de la fruta prohibida», se decía. Tentado estuvo de contactar con Julia y con Andrés, pero evitó dar pasos en falso.

Tras despedirse de Consuelo y sus hijas, que lo habían mimado como a un colegial, metió su petate en el coche militar que los llevaría a la estación del Norte. Tanto su uniforme como la documentación lo acreditaban como soldado del Ejército de Levante formado el mes anterior a las órdenes del coronel Hernández Saravia. Gozaba de un permiso por heridas de guerra y tenía que reincorporarse al frente del Maestrazgo en pocos días. Nadie sospechaba en ese momento que sería la antesala de la toma de Teruel.

Pilas de sacos terreros protegían la fachada principal de la estación; además, se había emplazado una batería antiaérea en la esquina que daba a la plaza Monumental de Valencia. El nudo ferroviario recibía a menudo el castigo de la aviación franquista, por lo que se habilitó un refugio en el ala izquierda de la estación.

Anochecía cuando los amigos se despidieron frente a la entrada.

–En el petate llevas algo de comida y tabaco. Ten mucho cuidado. –Marcelino introdujo unos billetes en el bolsillo de la guerrera de su amigo y le dio la dirección de la oficina de Estrada. Tras una larga espera, Agustín presentó sus papeles en el control militar y pudo acceder al andén. Abrió los ojos con asombro ante la locomotora blindada; jamás había visto nada parecido. Estaba pintada de gris y llevaba adosado un ténder con una cúpula piramidal; después supo que allí estaba el puesto de mando. Detrás iba el vagón artillado, con dos torretas en los extremos del techo y una ametralladora en el centro; otro vagón similar cerraba el convoy. Mientras buscaba su coche no paró de hacer el saludo militar a los oficiales y sargentos con los que se cruzaba; apenas había pasajeros civiles. Cuando el monstruo metálico inició la marcha el reloj de la estación marcaba las diez treinta. El suyo se lo habían arrebatado en Sevilla.

Compartió departamento con otro soldado y dos funcionarios civiles. También el queso y la frasca de vino que Consuelo había dispuesto en su petate. Uno de los civiles puso el coñac. Comentaban las novedades de la guerra –también sus supuestas heridas en el frente– y fumaron hasta hacer irrespirable el compartimento. El tren paró en Sagunto y en otras estaciones principales, aunque no pudo contarlas; a partir de Castellón el cansancio y el alcohol habían sellado sus párpados.

Se sobresaltó cuando lo despertaron; el sol naciente se reflejaba en la ventanilla.

–Estamos en Tarragona y hemos de cambiar de tren. –El soldado hablaba con marcado acento catalán.

–Gracias, Joaquín –respondió el de Fregenal.

Tomaron un sucedáneo de café en la estación y una hora después salían rumbo a Barcelona. Las desiertas playas mediterráneas trajeron a la memoria de Agustín los chapoteos en la costa de Dar Riffien; le parecía que hubiera ocurrido en otra vida. Cuando avistaron la estación de Francia le preguntó a Joaquín por la dirección que le había proporcionado el comisario.

Las primeras gotas cayeron sobre su uniforme; las nubes negras que ensombrecían las calles comenzaban a soltar su carga. Poco después se puso a resguardarse en un portal; sentía debilidad en las piernas y comenzó a toser. Algunos viandantes corrían en busca de refugio mientras los relámpagos iluminaban las montañas tras la ciudad.

–*Bon día* –lo saludó el hombre de pelo blanco que salía del inmueble; llevaba un impermeable negro y paraguas del mismo color.

–Buenos días –correspondió Agustín.

–Perdón, creí que era usted de aquí. –Su mirada bondadosa ocupaba un rostro de pajarillo. Se percató de que el soldado estaba empapado–. Si quiere puedo acompañarlo; aquí cabemos los dos. –Abrió el paraguas.

Al pasar por la plaza de Cataluña, el soldado se interesó por el edificio blanco que ocupaba una de las esquinas; lo coronaba una cúpula verde. El benefactor del paraguas le explicó que se trataba de la Telefónica.

–Ahí se iniciaron los sucesos de mayo pasado. Una sangría tremenda. –Agustín había leído sobre los enfrentamientos de CNT y POUM contra el PCE y las fuerzas gubernamentales. El Gobierno republicano hubo de enviar miles de guardias de asalto desde Valencia y Madrid para hacerse con la situación. También barcos de guerra.

–No se puede usted figurar; las calles estaban llenas de barricadas y había tiroteos por toda la ciudad. La *meva dona* murió camino del mercado –dijo con la resignación pintada en sus ojos acuosos–. Siga por esa calle; no tiene pérdida. –El viudo plegó el paraguas; la tormenta daba una tregua.

Tras darle las gracias, Agustín le ofreció tabaco.

–¿Queda cerca su destino? –preguntó a modo de despedida.

–En realidad no voy a ningún sitio –contestó el viudo–. Cada día salgo de casa solo para comprobar que no me queda nadie aquí. No tuvimos hijos, y mis amigos, o se han marchado o han muerto. –Hizo una pausa y tras encender el pitillo miró a los ojos del soldado–. Si no fuera tan cobarde me habría quitado ya la vida.

La soledad del viejo le caló más que el agua de lluvia. «Otra vida truncada», se dijo. Al poco se identificaba ante el guardia que custodiaba la entrada del edificio. En la oficina reinaba el desorden; por el suelo se veían pilas de cajas sin abrir y los funcionarios se afanaban en colocar carpetas en los estantes.

–El jefe lo recibirá enseguida. –El carmín que usaba la joven era tan contundente como sus formas.

–¡Lobo! –Estrada se dirigía hacia él con la guerrera abierta y signos de sueño en sus ojos.

–A sus órdenes, mi teniente coronel. –Dio un taconazo marcial.

–Joder, tienes la cara como un cristo. Anda, pasa. –Lo condujo con el brazo a su despacho y pidió café para los dos.

Agustín dejó el petate junto a un tresillo, en el que la almohada y la manta desordenada delataban la obsesión del jefe por el trabajo. Sobre el escritorio se podían ver tacos de papeles, un par de tazas usadas, la cajetilla de tabaco y dos teléfonos. Estrada abrió el ventanal para despejar el ambiente; desde esa altura se apreciaban los húmedos tejados del casco antiguo.

–Cuéntame hasta las veces que has cagado. –El teniente coronel se había arrellanado en el sillón de cuero y fijaba su atención en él. Era como si el mundo se hubiera detenido en ese momento; tal efecto causaba la capacidad de escucha de aquel hombre.

El agente Lobo se afanaba en relatar los detalles de la misión y los pormenores de su captura; de vez en cuando el jefe lo paraba para aclarar algún punto. Las colillas se iban amontonando en el cenicero metálico; solo un par de llamadas y una visita al lavabo interrumpieron la larga entrevista. Por más que Agustín se esforzaba en interpretarlo, el rostro ojeroso de su interlocutor no adelantaba ninguna conclusión.

–¿Eso es todo? –Estrada parecía estar dentro del cerebro de su agente y quebró su resistencia; su mirada causaba dolor.

–Bueno, hay algo.... –Las palabras de Agustín mostraron el hilo.

–¿Sí? –El teniente coronel tiró del ovillo.

El agente le contó a Estrada su paso por Llerena y la historia que había detrás, sintiéndose tan avergonzado como en las duchas del cuartel de la Legión. Estrada dio unos pasos por el despacho sin decir nada. Encendió un pitillo frente al ventanal, de espaldas a Agustín. «Puta guerra, ¿debería mandarle fusilar? ¿Qué habrías hecho tú en su lugar?», se preguntaba. El teniente coronel observó a los guardias que cacheaban a un transeúnte, después lo obligaron a arrodillarse a punta de fusil; entonces se volvió.

En el viaje hacia la capital, Agustín rememoraba las palabras de Estrada: «Tendrás que desaparecer. Vuelve a Madrid y suéltales carnaza a los fascistas para ganar tiempo. En breve tendrás noticias mías». De cara a la familia, hablaría de un accidente y del tiempo que pasó en el hospital. Para Sayagués y los compañeros de contraespionaje reservaba la versión de su fuga; a nadie debía mencionarle el encuentro con su jefe.

Demetrio lo saludó desde su garita del portal, extrañándose por el uniforme de soldado que vestía el inquilino del cuarto. ¿Lo habrían degradado?

–¡Miguel! Qué alegría. Me dijeron que quizás no volviera.

–Pues a punto estuve –sonrió Agustín–. ¿Siguen mis cosas aquí?

–Eso ni se pregunta. –El acento castizo volvió a arrancar la sonrisa del agente.

En el piso no había comida; solo pudo tomar una copa de coñac. Tras bajar las persianas de la habitación se tendió vestido; el largo viaje le pesaba. Al despertar le dolían la cabeza y el pecho; no sabía la hora. «He de hacerme con un reloj», pensó. La ducha fue de agua fría y, al rasurarse frente al espejo, pudo comprobar que su ojo derecho se había recuperado, en tanto que las marcas de la cara habían transitado del morado al amarillo. Enfundado ya en el uniforme de capitán, tras utilizar el peine volvió a reconocerse. «De momento has burlado a la muerte; a ver qué te depara el destino», se dijo antes de salir a la calle.

Tras su estancia en ciudades alejadas del frente, las montañas de escombros, la miseria de las gentes y el olor a desesperación que se respiraba en Madrid le resultaron más nítidos. El ritmo de sus latidos aumentaba al aproximarse a la pensión; sentía un malestar denso. Sin resultar de su agrado, tendría que simular y mentir, como si estuviera en otra misión.

Cuando se acercaba a la puerta salió un huésped con ropas de civil.

–No cierre –le pidió Agustín.

Al ver la cocina vacía continuó hasta el salón. La *seña* distribuía servilletas y cubiertos sobre la mesa cuando el capitán golpeó la puerta entreabierta; ella giró la cabeza al instante.

–¡Agustín! –En los ojos de la patrona había sorpresa, también miedo, incluso alivio. El remordimiento y la duda la devoraban tras la delación. No estaba muy segura de haber hecho lo correcto. Todo le daba vueltas, sus piernas se desinflaron y cayó al suelo como un fardo.

Cuando Julia llegó a casa, su madre se había restablecido y charlaba con Agustín en la cocina. La joven dio un grito al ver a su novio y, al lanzarse sobre él, a punto estuvo de derribarlo de la silla.

–¡Déjame que te vea! ¿Qué te ha pasado en la cara? Abrázame. –El torrente verbal no dejaba resquicio para la réplica.

La joven llevaba un traje chaqueta gris y el brazalete del SCI, lo que le otorgaba un toque de autoridad; al capitán le pareció más atractiva y madura.

Agustín relató la misma versión que había ofrecido a la *señá*, quien, por razones obvias, supo que mentía. Acompañado de Julia se presentó en la casa de Andrés, donde la sorpresa fue mayúscula.

–Tinín, lo hemos pasado muy mal. ¿Qué te ha pasado? –preguntó el hermano. Agustín hubo de esforzarse por ocultarle lo de Simona y Reme. «Bastante tiene con lo suyo y lo que viene como para inquietarlo más», se dijo. Su cuñada, que ya había salido de cuentas, le habló de la ayuda que les había proporcionado el sargento Román.

–Mi madre está muy rara últimamente. Apenas habla y cuando lo hace esquiva mi mirada –comentó Julia de vuelta a casa cuando él le refirió el desvanecimiento que había sufrido la *señá*.

El capitán no supo qué decir, aunque también le había extrañado la conducta.

–Pensé mucho en ti durante mi recuperación; temí no volver a verte. –Se detuvo a besar a Julia a la luz mortecina de una farola. Ella respondió con vehemencia y apretaron el paso para llegar a casa cuanto antes.

Cuando Agustín despertó, ella no estaba. Esa noche habían hecho el amor como antaño y se durmieron mirándose a los ojos.

Sayagués tuvo una grata sorpresa al recibir la llamada del agente Lobo; se citaron para esa misma tarde. «No le digas nada al doctor Muñiz», le pidió este. Cuando llegó a la cita, ya lo esperaban el jefe del servicio y el sargento Román, que le saludó con un abrazo recio. Agustín había repasado el relato de su fuga al detalle; no podía titubear. Les habló de la muerte de Alicia, de su detención y tortura, del salto desde el camión que lo trasladaba a la prisión provincial. También de la salida de Sevilla por el Guadalquivir y del embarque como polizón.

–Llegué a Valencia moribundo y pude recuperarme en casa de un amigo. –Sayagués esperó a que finalizase.

–¿Y por qué cojones no nos llamaste desde allí? Te dábamos por perdido y hasta se lo comunicamos a tu familia. –En los ojos del teniente había un destello de desconfianza. Román deseaba que la respuesta de su compañero fuera satisfactoria.

–Después de lo que ocurrió no me fío ni de mi sombra. Estoy convencido de que nos vendieron y no quería dar pasos en falso. Aparte de nosotros, ¿quiénes estaban al tanto de la operación? ¿Por qué no apareció Macario en la cita? –El rostro del agente estaba crispado.

–Macario fue testigo de vuestra detención y escapó de Sevilla. También sospecha de una delación. ¿Has informado a alguien más? –Agustín negó; la duda había sustituido al recelo en la mente de Sayagués.

–¿Entonces? –intervino el sargento.

Agustín les expuso su intención de visitar por sorpresa a Sandoval, el otro conocedor del plan.

–Es un anarquista sanguinario, pero no creo que sea un traidor –dijo Sayagués–. Llévate a Román y, diga lo que diga, no lo mates. Si dudas lo traéis aquí.

El teniente les informó de que el «doctor» andaba ahora en una comisión de requisas.

–Se ocupan de objetos de arte de iglesias y palacios. Los de mayor valor se envían a París para su venta en el mercado negro. –Después les facilitó la dirección del anarquista.

Comenzaba a oscurecer cuando Agustín y Román salieron del automóvil frente al marmóreo portal de la calle Jorge Juan. Sandoval vivía en un piso requisado, al igual que otros dirigentes de sindicatos y partidos políticos.

–Si no te estás calladito, ajustaremos cuentas a la salida –le dijo Román al portero mientras le mostraba su pistola. Este optó por desaparecer durante un buen rato.

Tras pulsar el timbre percibieron que la mirilla se abría.

–¿Qué quieren? –La voz era de mujer.

–Somos compañeros de Felipe. Le traemos un recado –respondió Agustín.

–Mi hijo no está en casa. –Había recelo en el tono.

–Abra, por favor. Tenemos órdenes de esperarlo. –El de Fregenal se imaginó a su madre en el mismo trance y sintió algo de pudor–. No tiene nada que temer, señora –insistió y al poco escucharon el desplazamiento de la cadenita.

Al acceder al recibidor, la imagen de los dos agentes se reflejó en un espejo ovalado. Detrás de la madre había una mujer más joven, quizás la nuera. Les hizo un gesto para que la siguieran y todos desembocaron en el típico salón burgués: sillones de cuero, lámparas de cristal, reloj de pared, candelabros y otros adornos de plata, además de cuadros con motivos diversos. Román, por pura fórmula, solicitó permiso para fumar; pensaba hacerlo de cualquier manera. Las dos mujeres salieron de la estancia.

–Ojo con hacer tonterías –advirtió Agustín.

El sargento se apostó en el balcón que permitía controlar la entrada del edificio; entre tanto el capitán se dedicaba a curiosear la estancia. Se fijó en las fotos enmarcadas de la repisa: en una de ellas, Sandoval aparecía junto a Buenaventura Durruti, en otra con Juan García Oliver. Debían corresponder a la etapa en que vivió en Barcelona. En una instantánea más antigua se le veía joven, sin cicatrices y con un traje de buen corte. Al fondo se distinguía el Arco del Triunfo; vivió en París algunos años.

–¿Te das cuenta, Román? Estos anarquistas, mucha lucha contra el Estado y los poderosos, mucha solidaridad obrera y, en cuanto tienen ocasión, imitan la vida de los ricos. Seguro que hasta tienen servicio –sonrió Agustín.

–No solo los anarquistas. En este mar revuelto se ha desatado la codicia por la ausencia de ley y control. Si no, mira el caso de García Atadell. –El sargento se interrumpió–. Un coche se ha detenido en el portal –le dijo a su superior.

Tras quitar el seguro de sus pistolas, los agentes se situaron a ambos lados del recibidor. Poco después escucharon el rasgueo de la cerradura y la puerta se abrió con brusquedad.

–¿Quién coño...? –El fuerte empujón cortó la frase del anarquista. Este se golpeó la cabeza contra el canto del espejo antes de caer y, cuando movía una mano hacia el interior de su chaqueta, sintió la presión metálica en la sien.

–Quieto, Sandoval; levántate despacio. –La voz del pequeño sargento sonó contundente.

Cuando el anarquista pudo incorporarse, un hilo de sangre descendía por su abombada cabeza y el agente Lobo estaba frente a él. Lo identificó al instante y se mantuvo frío, pues había conocido muchas situaciones parecidas en su agitada vida.

–Te hacía en Sevilla. ¿Cómo os atrevéis a entrar en mi casa? –Sandoval sacó un pañuelo y se lo puso en la brecha.

–Vengo en busca de respuestas, y más te vale que me satisfagan. ¡Siéntate! –Agustín indicó un sillón con la pistola–. Trae a las mujeres –le ordenó a Román.

Un aire de preocupación invadió el rictus pétreo de Sandoval; su madre y su compañera debían ser su punto débil. El sargento les hizo sentarse en un tresillo bermejo y permaneció junto a ellas.

Agustín le habló al anarquista sobre la trampa que les tendieron en Sevilla y sus consecuencias; por supuesto omitió lo referente a su familia de Fregenal.

–Solo tú y Sayagués conocíais los detalles. Habla; de ti depende que estas dos sigan vivas cuando nos marchemos. –El interrogado las miró antes de dirigirse al agente Lobo.

–Yo no tengo nada contra ti. Si por mi fuera habría ido en persona a cargarme al carnicero de Sevilla. Puede que no te gusten mis métodos, pero estamos en el mismo bando. –Sandoval respiraba con dificultad; la tuberculosis carcomía sus pulmones desde hacía tiempo.

La madre lloraba en silencio; su único hijo estaba en apuros. Nunca se acostumbró a su vida azarosa, repleta de desapariciones, estancias en la cárcel y fugas. Su Felipe había cumplido ya los cincuenta sin concederle siquiera la alegría de los nietos. La otra mujer mostraba una actitud más serena, se diría incluso que desafiante.

Agustín dudaba, por lo que decidió apostar fuerte. Acercándose a la madre le apoyó el cañón de su pistola en la nuca.

–Te voy a dar otra oportunidad, la última. –Sandoval lo miraba ahora con odio, mostrando prieta su brutal quijada.

–Si no me crees, mátame. Ellas son la única familia que tengo; no tienen nada que ver con mis actividades. –Al anarquista se le había hinchado la vena del cuello; sonaba veraz–. Puede que lo que buscas esté tan cerca de ti que no eres capaz de verlo.

Las enigmáticas palabras impactaron en el interrogador, que apretó la nuca de la mujer con el acero:

–¡Explícate o le salto los sesos! –le gritó.

–La de la pensión, esa por la que te tomaste tantas molestias, tiene contactos con los fascistas. La seguimos desde hace tiempo. –Sandoval evaluó el efecto; le parecía recobrar la iniciativa–. Se suele encontrar con un viejo.

Agustín había bajado el arma; no encontraba resquicios de duda en los ojos del anarquista.

–Vámonos. Si miente sabemos donde encontrarlo –le dijo a Román.

El sargento no comentó nada en el trayecto de vuelta; su compañero iba absorto en sus pensamientos. «¿Cómo podía saber Esperanza lo de la misión? ¿Qué motivos tendría para delatarlo?». Sentía escalofríos al pensar que Sandoval pudiera tener razón, también la vergüenza de haber amenazado a su madre.

–Informa tú al teniente –le dijo a Román al bajar del coche–. Nos vemos mañana a primera hora.

Cuando se apeó en la calle de la pensión no dejaba de darle vueltas a las palabras del anarquista; necesitaba despejar la terrible duda; le iba su futuro en ello.

La *señá* jugaba al parchís en el salón con un par de inquilinos, mientras Julia lo esperaba en la cocina. Besó a su recuperado novio y enseguida notó la inquietud que lo embargaba. Entonces él cerró la puerta.

–¿Confías en mí? –El tono era grave y los ojos de Agustín indagaban en el celeste de los suyos–. Te voy a preguntar algo y necesito la verdad.

–Pues claro. Me estás asustando. –Se retiró el flequillo de la cara.

–Cuando salí para mi última misión, ¿tú conocías a dónde me dirigía?

–¿Cómo lo había de saber? –Julia esquivó la mirada de su novio.

–La pregunta no es esa. –Los dedos de Agustín giraron la barbilla de la joven para ver sus ojos–. ¿Lo sabías o no? –El tono era más duro.

En ese momento se abrió la puerta.

–¿No habéis escuchado la alarma? ¡Hay que ir al refugio! –La *seña* llevaba la rebeca de lana y los zapatos de calle. Los inquilinos descendían ya las escaleras para dirigirse a la boca del metro.

–Salga usted; ya vamos –dijo Agustín y la hija le hizo un gesto para que siguiera.

Una vez solos, Julia respondió la pregunta que había quedado en suspenso.

–Sí, a Sevilla. –Iba a seguir, cuando sonó la tremenda explosión que hizo vibrar la casa. Los cristales de las ventanas exteriores saltaron hechos añicos, se fue la luz.

Tras el chillido de Julia, él la agarró del brazo y salieron del piso; después encendió su mechero. Cuando iniciaban el descenso, aspiraron la nube de polvo y humo que subía por la escalera. Al llegar a la planta baja tropezaron con un amasijo de metales y cascotes. Se escuchaban los gemidos de un hombre malherido y, al enfocar la pequeña llama en su dirección, observaron un brazo que sobresalía de los escombros. Julia reconoció al instante la alianza de su madre; el resto del cuerpo estaba sepultado. A pesar de los esfuerzos de Agustín, de Julia y del vecino que los ayudó, no se pudo hacer nada. El cráneo de la *seña* estaba hundido y un charco de sangre lo rodeaba.

Dada su escasez en Madrid, hubo que recurrir a contactos influyentes para conseguir el ataúd con que la enterraron en el cementerio del Este, en cuyas tapias se había asesinado con frenesí los primeros meses de la contienda. Los acompañaron Fuencisla, la hermana de Esperanza, y Andrés. La mujer de este no estaba para moverse; de hecho, su hija nació al día siguiente.

La ropa, tan oscura como su pelo, resaltaba la palidez de una Julia destrozada. Otra huérfana que añadir a la larga lista de la capital. «Si hubiera salido unos segundos antes», se repetía mecida por una ola de culpa y soledad. Agustín la sujetaba del hombro mientras echaban las últimas paladas de tierra negra; no había retomado la conversación interrumpida por el bombardeo ni pensaba hacerlo. La pareja se instaló en el piso de la calle Velázquez en espera de noticias de Barcelona. Agustín decidió que no habría secretos entre ellos, a excepción de su relación con Amalia, pues no quería añadir sufrimiento a la mujer de la que ahora se sentía más responsable que nunca.

Mientras las tropas franquistas avanzaban con decisión por Asturias, la rutina gris gobernaba las calles de Fregenal. Los frentes quedaban lejanos, las cosechas se habían recogido y, aunque en muchos hogares se lloraba a los muertos y los desaparecidos, el instinto natural de supervivencia hacía su trabajo.

Esa mañana de septiembre había más de una docena de personas enlutadas en la casa de Remedios Lobo. La muerte giró visita a Simona y su corazón cansado no supo resistirse; había una expresión de paz en sus facciones. La amortajaron con la blusa blanca y la falda que utilizaba en las fiestas;

también llevaba sus zapatos de charol. La velaban familiares, allegados y vecinos entre llantos y chascarrillos. En la mesa de la sala había pastas y vino dulce. Reme sentía la ausencia de sus dos hermanos, mientras que Mateo lloraba inconsolable en una habitación. «Padre, padre ¿dónde estás?», se preguntaba. Para el niño, era su madre la que se marchaba; de eso había ejercido su querida abuela.

Bajo su traje y la corbata negra se distinguía la camisa azul. El Gacho, en contra de las recomendaciones de su mujer, había asistido. Tras dar el pésame a los familiares pidió un aparte con Reme y esta lo llevó con discreción al patio interior.

–Me enteré de vuestra detención –susurró el comerciante–. No pude hacer nada; las órdenes venían de muy arriba.

–Ya lo imagino; siempre te has *portao* mu bien con nosotros. Aunque no me has *preguntao*, te voy a decir algo. –Hizo una pausa y lo miró con los ojos hinchados por el llanto–. En Sevilla vimos a Agustín.

Una corriente de emoción sacudió al amigo de su hermano, que ahora necesitaba saber más.

–¿Dónde? ¿Cómo está? –Hablaba fuerte.

–Baja la voz, nadie debe saberlo –le dijo Reme.

Le explicó las circunstancias del encuentro y la amenaza que las atenazaba.

–Espero que siga vivo; le vi muy mal. Por favor, no trates de indagar; nos pondrías en peligro. –Él la cogió las manos con fuerza.

–¿Qué pensáis hacer con Mateo? –A El Gacho le preocupaba su futuro.

–Se vendrá con nosotros; es de nuestra sangre –respondió de manera automática, pues aún no lo había hablado con su marido.

–Lo entiendo, Reme, aunque yo estaría muy honrado si me permitieras ocuparme de él. Viviría en nuestra casa hasta que regresara su padre; no le faltaría de nada. –El tono era sincero, casi de súplica.

La tía del niño lo miró sorprendida, pues intuía la resistencia de la mujer de El Gacho. Cuando se disponía a responder, él se anticipó:

–No me contestes ahora; espera a que terminen los funerales. Piénsalo con calma.

El Gacho tuvo ocasión de saludar al amigo novillero; El Junco, tan flaco como siempre, había encontrado trabajo en el cementerio. También estaba allí La Caraba, cuyo rostro, ojeroso y triste, reflejaba la resignación de los vencidos y la nostalgia de Agustín.

«Si tú supieras, amigo. Fregenal no es ya el pueblo en el que nos criamos. El odio y la venganza corren por las venas de los vecinos. Ojalá tuviera valor para marchar lejos de aquí; quizá algún día», pensaba El Gacho camino de su casa. Su mujer se había negado a asistir. «No te mezcles con esa gente», le dijo. «¿Dónde había quedado aquella joven alegre y generosa de la que se enamoró?», se preguntaba él. Era consciente de que llevar a Mateo a su casa no le iba a salir gratis, aunque esta vez no estaba dispuesto a claudicar.

Agustín sabía que los quintacolumnistas se agrupaban en células triangulares, de manera que cada agente conocía solo a su jefe y sus dos subordinados. La red, coordinada por la Inteligencia militar desde Burgos, se había extendido por Madrid como una telaraña. Recogió el mensaje en el quiosco que le indicaron al ponerle en libertad. La cita era esa tarde y no le quedaba más remedio que acudir; su familia estaba en juego.

Cubierto ya el socavón sobre la estación del Metro, los tranvías seguían circulando por la Puerta del Sol. Todavía se conservaba la guardia en la Real Casa de Correos, sede de la

Gobernación, aunque al inicio de los bombardeos hubo que trasladar sus dependencias al barrio de Salamanca. El café y botillería de Pombo, punto escogido para el encuentro, se ubicada en la calle Carretas y era famoso por haber acogido la tertulia literaria de Ramón Gómez de la Serna. Para la ocasión Agustín vestía su uniforme de capitán.

Al adentrarse en el establecimiento, la mayoría de las mesas de mármol y las estilizadas sillas de madera estaban ocupadas por clientes. El humo de tabaco flotaba sobre el local de techo abovedado y los espejos de las paredes reflejaban las imágenes más variopintas: militares, obreros, oficinistas y dependientes de comercio. Al fondo, con uniforme de ferroviario, tal y como decía la nota, lo esperaba un hombre con gafas gruesas y de calva pespunteada de pelillos blancos. Bebía un líquido de color amarillento.

–¿Alfil? –preguntó Agustín.

–Usted debe ser Torre. –El acento parecía catalán–. Siéntese, por favor.

–¿Le parece que este es el lugar apropiado? –dijo Torre.

–Cuanta más gente mejor. No se preocupe; apenas se entiende lo que se habla. Cada uno está a lo suyo.

–¿Qué es eso que toma? Parece orina con hielo. –La figura ajedrecística de movimiento diagonal sonrió ante el comentario de su interlocutor.

–Se llama Aloja y es muy refrescante. Lleva miel, canela y pimienta. Pruébelo. –Hizo una seña al camarero, aunque Torre optó por una cerveza.

–¿Y bien? –El quintacolumnista miraba con todo interés a su confidente.

–Alfil, o como se llame, sabe que no hago esto por gusto. Asegúrese de comunicar a sus jefes mi colaboración. –El fastidio indisimulado de Torre no perturbaba a su compañero de mesa.

–Dependerá de lo que me cuente, capitán. –Acentuó con énfasis su graduación.

Agustín dio un sorbo de su vaso y miró con discreción las mesas más cercanas.

–Se está preparando una gran ofensiva para diciembre. El objetivo es Teruel. –Dio esa información porque pensaba que los nacionales debían sospecharlo ya. Además, si reforzaban Teruel bajaría la presión en el frente norte, que a fin de cuentas era el objetivo de esa ofensiva.

–Teruel... ¿Quién se va a ocupar del ataque? –Alfil le ofreció un cigarrillo a Torre.

–Prefiero de los míos –rehusó este.

–El coronel Hernández Saravia. Dispone de tres cuerpos de ejército.

–De momento me sirve, aunque me van a pedir informes más detallados. –Alfil hizo una pausa al acordarse de algo–. ¿No fue ese coronel el loco que repartió armas al pueblo de Madrid? –Enseguida notó la incomodidad del capitán.

–¿Cómo se atreve? –alzó la voz Torre–. Había que defenderse del golpe fascista. –El otro hizo un gesto para que bajara el volumen–. En unos días viajaré a Valencia; a la vuelta traeré más datos.

Ya se había levantado para marcharse cuando hizo una última pregunta:

–¿Sabe si mi madre y mi hermana están bien?

–De eso no me han informado –mintió Alfil, que sabía lo de su madre. «Que no se entere; una soga doble aprieta más», le habían dicho.

***

Julia Pozo había madurado a pasos forzados con la guerra. Al comienzo de esta era una joven estudiante de mecanografía, sin agobios económicos y con la protección de una madre fuerte. En poco más de un año se había quedado huérfana, trabajaba fuera de casa y convivía maritalmente con un hombre. La pensión había cerrado como tal y ella se ocupaba de seleccionar las pocas pertenencias que iba a rescatar de allí: joyas de su madre, el aparato de radio, su ropa y las fotos familiares. A pesar de las atenciones de Agustín, sentía una melancolía aguda. «¿Qué será de mi vida si él me falta?». Esa posibilidad la atormentaba.

–Hola, mi amor. –El novio la besó en los labios–. ¿Cómo te encuentras?

–No muy bien. –Julia tenía en la mano un marco con la fotografía de sus padres–. Estas cosas me traen muchos recuerdos.

–Venga, vamos a cenar algo –trató de animarla. Ella no tenía ganas de nada.

Agustín echó un vistazo a los desperfectos del salón, después pasó a relatarle la entrevista que había tenido lugar entre piezas de ajedrez. La joven sonrió con esa ocurrencia propia de novela de espías.

–Lo he pasado fatal. Aun sabiendo que no me queda otro remedio, me enferma comportarme como un traidor.

–Le dije a mi madre adonde ibas. También le hablé de las fotos y los papeles sobre el general de la radio. –Julia necesitaba sacarse esa espina incómoda–. No creo que llegara a utilizar esa información; ella te quería.

Agustín agradeció su sinceridad y optó por olvidar el tema; ya le daba igual. Ahora le impacientaba la falta de noticias de Barcelona. Ella se abstenía de preguntarle.

XV. Ultramar

Esa mañana de finales de septiembre la oficina de la sección de Contraespionaje estaba poblada de gestos cariacontecidos. A pesar de la voladura del puente de hierro sobre el río, las brigadas navarras del ejército franquista habían tomado Ribadesella. Al estrecharse la soga sobre Gijón, la semana anterior había zarpado de su puerto un buque que evacuaba niños con destino a la Unión Soviética. Casi ninguno de ellos sería capaz de situarla en un mapa, ni de saber si volverían a ver a sus familias.

–Buenos días, capitán. Tienc un mensaje de Barcelona. –Al entregar la nota a Agustín, Román mostraba una hosquedad inhabitual–. Si no ordenas nada... –dijo, mientras desaparecía por la escalera.

«Comunicación telefónica. Coronel Estrada. 11:00 horas», leyó en el escueto texto. Dos horas de espera parecen una eternidad cuando hay tanto en juego. Sin saber por qué Agustín se detuvo frente al mapa de España fijado en la pared; lo poblaba un bosque de tachuelas de colores y sus ojos se fueron al suroeste. «Mateo estará ahora en la escuela. ¿Se acordará de su padre? ¿Debería saber que tiene una hermana?», se decía mientras trataba de localizar el puntito negro de Llerena. No había dejado de pensar en Amalia y en la hija de ambos, aunque hubiera descartado el reencuentro; no podía evitarlo.

Apuraba el segundo café de achicoria cuando le avisó un cabo de comunicaciones:

–Llamada de Barcelona, cabina tres.

–Lobo, escucha con atención; no tengo demasiado tiempo. –Era la voz de Estrada.

La propuesta era tan ingeniosa como desconcertante; tenía que hablarlo con Julia de inmediato. El reloj de su futuro se había puesto en marcha.

–Gracias, Estrada. Nunca olvidaré la oportunidad que me brinda.

–Ya me lo cobraré –se escuchó la sonrisa del maestro de espías–. Ahora, celeridad y discreción.

Al salir del edificio se encontró a Román; fumaron juntos.

–¿Qué te ocurre, sargento? –Este negó con un movimiento de cabeza–. Habla, coño; quizás te pueda ayudar. –Apreciaba a ese hombre, tan pequeño como leal.

–Se trata de mi hijo mayor. Solo tiene diecisiete años y se ha alistado por su cuenta. Su madre está destrozada; apenas es un niño grande.

–Podemos anularlo, no tiene la edad exigida. –Al capitán le conmovía la mirada acuosa de su compañero.

–Ya lo he pensado, pero hay muchos así en el frente y se hace la vista gorda. Lo hizo con sus amigos del barrio; sería una humillación para él.

Agustín recordó su irresponsable e ingenua entrada en la Legión.

–Lo siento, amigo; solo puedo desearte suerte. –Se estrecharon las manos.

Con paso vivo, Agustín se internó por el barrio de Chamberí, recorriendo la calle Santa Engracia entre cristales rotos y charcos provocados por las tuberías reventadas. Notaba pinchazos agudos en el pecho y su respiración se hacía dificultosa. «Debe evitar esfuerzos prolongados y consumir menos tabaco», le recomendó el médico de la Cruz Roja. Se detuvo ante el local de las columnas de madera roja y los baldosines de cerámica, «Bodega Ardosa, viñedos propios», se leía en el frontal. Tenía sed.

–Hoy no hay cerveza, aunque tenemos buen clarete de Consuegra. –El camarero debía pasar de los sesenta y lucía un mostacho blanquecino.

–Primero un vaso de agua. Después probaré ese vino.

Al otro extremo de la barra, frente a una botella casi vacía se acordaba un hombre de mediana edad; su ropa estaba arrugada y exhibía una mirada vidriosa. Un niño con el pelo casi al cero, tendría unos diez años, le tiraba de la manga.

–Vamos a buscar comida, que madre se va a enfadar.

–Calla, mocoso. –Su padre lo derribó de un guantazo–. ¿Con qué *parné*? –La voz sonaba pastosa.

Cuando quiso darse cuenta, Agustín había agarrado al padre del niño por la chaqueta, recibiendo la bofetada de su aliento agrio y etílico.

–¿No te da vergüenza? *Desgraciao*. –El borracho tenía el rostro congestionado y un temblor agitaba sus piernas, en las que apareció una oscura mancha húmeda. Su hijo dio una patada a la bota del militar.

–Suelte a mi padre. –Lo miró desafiante.

–No te preocupes, chaval. No le voy a hacer daño. –Tras soltar al sujeto extrajo de su cartera dos billetes de cinco pesetas de su cartera y se los dio al niño–. Llévatelo y compra comida con esto –le dijo.

–Perdone, no he podido evitarlo –le dijo Agustín al camarero del mostacho–. ¿Queda cerca la calle García de Paredes?

En la puerta había dos camiones con el rótulo: «Ayuda Suiza», la que se solicitaba para los niños españoles en las tiendas de la Confederación Helvética. En ese momento descargaban varias cajas marcadas con el escudo del cantón de Berna. El caserón que albergaba la agencia contaba con un refugio antiaéreo en los sótanos y acogía a numerosas familias desplazadas de los pueblos por la guerra. Julia le había contado a Agustín que la organización de los servicios tenía la precisión de los relojes que fabricaban los suizos.

La recepcionista miró con atención al militar; sus ojos podían ser los de cualquiera, también la graciosa apertura de sus orejas. Lo que confirmaba su identidad era la cicatriz de la barbilla; su compañera le había hablado tanto de su novio que no tuvo duda.

–Puede encontrar a Julia en la segunda planta, capitán. –La joven de lentes gruesas le sonrió con picardía.

Agustín se cruzó con mujeres embarazadas por la escalera. Allí las proveían de leche en polvo, medicamentos y ropa. También se ocupaban de evacuarlas a localidades alejadas de los frentes de guerra.

Junto a un ventanal situado al fondo de la oficina, Julia escribía a máquina y él se paró a contemplarla unos instantes. Se había recogido la frondosa cabellera con una horquilla y, de cuando en cuando, con ese gesto tan personal hacía aparecer su lengua entre los labios, lo que le confería un atractivo especial. Un hombre de aspecto extranjero se detuvo a su lado para recoger unos folios mecanografiados y ella le sonrió. Otros hombres se movían por la oficina, Agustín jamás se había parado a pensar en eso.

Con el sigilo de un felino se situó a su espalda para aspirar su perfume, luego le sopló el pelo con suavidad hasta que ella se giró.

–¡Agustín! ¡Qué sorpresa! –El cielo de sus ojos sonreía por primera vez desde la pérdida de su madre.

Kurt, el jefe de la delegación, les cedió su despacho para que hablaran.

–Salimos mañana para Barcelona. Me han buscado un destino en México. –La perplejidad en sus ojos y el temblor súbito en sus labios mostraban el impacto recibido por Julia–. No me interrumpas por favor –le pidió Agustín.

Le explicó que serviría como agregado militar en la embajada en sustitución de dos oficiales de aviación que habían sido reclamados por el ministro de Defensa.

–Han aceptado que vengas conmigo. No quiero que nos separemos. –Le apretó las manos mientras aguardaba su respuesta. Antes de hacerlo ella se limpió las lágrimas.

–¡México! ¿Estás seguro? –Lo miró con la intensidad del que pone su vida en manos ajenas.

La respuesta de él consistió en besarle los labios y acariciarle la mejilla con ternura.

–¡Hay algo más! –Agustín hizo una pausa–. Simularán mi muerte haciendo que llegue a conocimiento de los fascistas. Es la única manera de proteger a mi familia. Nadie debe saberlo, ni siquiera mis hermanos, ni mi hijo. –Notó un nudo en la garganta.

Julia pensó en la reacción de su tía y de sus compañeros cuando la echaran en falta, también en su madre y la soledad de los cementerios.

–Agustín, serás toda mi familia, la razón de mi existir. Que pase lo que tenga que pasar, pero juntos. –Las palabras brotaban de lo más profundo de su ser.

Cuando, pasados unos días, Román se presentó en la casa de Andrés, la alegría por el nacimiento de su hija María Rosa se trocó en tragedia. El sargento lloró como uno más junto a ellos, pues le habían transmitido como cierto el fallecimiento de Agustín al ser derribado sobre los Picos de Europa el avión que lo trasladaba a Asturias. Los cadáveres del piloto y el agente habían quedado carbonizados. La noticia se hizo llegar de manera conveniente a Alfil, que lo transmitiría a los servicios de Inteligencia franquista y a la Fiscalía militar.

***

El matrimonio Esquivel había llegado a Sevilla acompañado de su hija Beatriz. Esa tarde, mientras aguardaban a Lorenzo para la cena, todos se disputaban la atención de la pequeña Catalina. Amalia, la anfitriona, no le había referido al padre su encuentro con Agustín. Las relaciones de don Rafael con su yerno se suavizaron desde el nacimiento de su nieta, aunque apenas rebasaban lo protocolario. Por fin irrumpió el fiscal, caminando tan engallado como oscilante sobre sus botas altas.

Durante la cena el abuelo refirió los bombardeos de julio en Mérida.

–Rafaelito ha ascendido a capitán, –comentó doña Teresa con indisimulado orgullo, restregándole a su yerno la superioridad del hijo.

A los postres, Beatriz golpeó con la cucharilla su platillo hasta ganar la atención de los comensales, después soltó la noticia que le quemaba como un fósforo.

–¡Familia! Voy a ser madre. –Sus ojos brillaban y en las mejillas apareció un rubor sutil.

–¡Otra vez la última en enterarme! –La abuela miró a todos en busca de signos de complicidad. Su marido y Amalia negaron con gestos.

Los familiares le transmitieron su enhorabuena con efusividad y brindaron por los futuros padres.

–Solo lo sabía Diego, mamá. Está muy contento y convencido de que será un niño. «El primogénito de los Correa», se pavonea.

–¿Y dónde está el gran hombre? –El fiscal se interesó por su amigo.

–Tenía unos asuntos en Fregenal de la Sierra. Con suerte mañana estará por aquí.

La mención del pueblo suscitó el comentario de Lorenzo a su mujer, la única de la mesa que estaba al tanto.

–Por cierto, me han dicho que ese espía rojo, el que dejamos libre, ha muerto. «De justicia divina», lo calificó mi jefe.

–¿Quién? –respondió Amalia distraída.

–Sí, mujer. Ese que fue legionario, Lobo –dijo al recordar por fin su apellido.

Hay situaciones en que la sangre parece coagularse en el interior de las venas y una especie de lodo negro penetra en el cerebro, como si cuerpo y mente se asfixiaran a la vez. Eso es lo que experimentó Amalia, que solo volvió en sí cuando su padre le refrescó la cara con agua. Estaba en el suelo al abrir los ojos. «Un golpe de calor», diagnosticó don Rafael, pidiéndole a la doncella que abriese las ventanas del salón. «Ya habrá tiempo de comentar el asunto con la niña», pensó el médico al recordar el nombre del sindicalista.

***

No lloró Mateo cuando el tío Manuel, como llamaba a El Gacho, vino a recogerlo. Había agotado su reserva de lágrimas tras la muerte de la abuela Simona; la otra se había ido de Fregenal años atrás y apenas se acordaba de ella. Reme le humedeció las mejillas al besarlo en la puerta. «Ya sabes dónde está tu casa, mi niño», le dijo emocionada. La decisión había resultado dolorosa para ella; Tomás terminó de convencerla. El sobrino tendría las oportunidades que ellos no podían ofrecerles a sus hijos. Además, su marido valoraba en esos días una propuesta de traslado como subjefe de la estafeta de Zafra.

Cuando Mateo entró en la casa le esperaba la mirada fría de Amparo, la esposa del tío Manuel. Su habitación era amplia, con ventana al exterior. Enseguida le llamó la atención la fotografía de la mesilla: su padre y El Gacho, diez años más jóvenes, sonreían desde sus trajes de fiesta con la insolencia de la juventud pintada en los ojos. Levantó el marco con sus manitas y lo contempló unos instantes; tras besar la imagen de Agustín se la llevó al pecho. Casi había olvidado su voz cálida.

–Tu padre es un gran hombre y volverá, no lo dudes –le dijo El Gacho con las manos apoyadas en sus hombros, aunque no estaba nada seguro de eso, dado que la guerra pintaba mal para los republicanos.

El calor húmedo de la Ciudad Condal sorprendió a Julia; tan solo había salido de Madrid para ir al pueblo de su madre. Le agradó la caricia de la brisa nocturna en el paseo por la playa de la Barceloneta, también la sensación de pisar descalza el agua tibia del Mediterráneo. Dos barcos de la Armada republicana se refugiaban en el cercano puerto ante la amenaza de la flota rebelde; el submarino «General Sanjurjo», cedido por los italianos, y el crucero pesado «Canarias» acechaban la costa catalana. En las dársenas, a modo de prisiones flotantes, los vientres del «Uruguay» y el «Argentina» hacinaban cientos de militares y civiles considerados desafectos a la República. La elegante sede del Club Náutico se había convertido en centro de detención y torturas por el que, entre otros, pasarían algunos de sus distinguidos socios.

En el hotel Oriente pudo reponerse la pareja del agotador viaje desde Madrid. El establecimiento, que funcionaba desde hacía más de un siglo en las Ramblas, había sido colectivizado por la CNT en el treinta y seis. Ahora tenía un uso mixto: hospital de sangre y alojamiento para los periodistas que cubrían el conflicto, condición en la que los había inscrito Estrada. El lujo del interior los deslumbró; por momentos tuvieron la sensación de estar en viaje de novios. Cenaron en el propio hotel, las carencias del menú se compensaban por el uso de la sofisticada vajilla. Antes de irse a la cama disfrutaron de una bañera enorme, en la que desahogaron su excitación cubiertos de espuma.

Rodeados de hombres de acento extranjero desayunaron con café aceptable en el salón principal. Los camareros, además de sustituir la pajarita por el pañuelo rojo, tuteaban a los clientes.

–Espérame aquí, Julia. No salgas de la habitación. –Agustín vestía de civil para la cita con Estrada.

–¿Y a dónde iba a ir en esta ciudad extraña? Anda, ve con cuidado y vuelve pronto –le sonrió ella.

La joven del carmín intenso lo reconoció enseguida.

–Tienes mejor aspecto, hasta pareces guapo –le dijo con descaro y un mohín de picardía. Dos hombres discutían al fondo de la oficina. «Putos rusos», escuchó Agustín con claridad.

Le hicieron esperar junto a una mesa en la que se apilaban diarios de la zona nacional: *ABC*, *El Norte de Castilla* y *Amanecer*, entre otros. Al poco, un hombre de cara aniñada le pidió que lo siguiera; tanto su voz como sus ademanes le resultaban familiares. Una vez en el despacho se presentó como Carmelo Estrada, jefe del servicio de Criptografía.

–Mi hermano Manuel está fuera. Aunque todavía no es oficial, el Gobierno se va a trasladar a Barcelona y hay mucho de que ocuparse para garantizar la seguridad. –Su acento tenía matices murcianos y sus ojos idéntica profundidad que los del hermano.

Tras ofrecer asiento a Agustín sacó del cajón un sobre abultado. Lo primero que extrajo fueron los pasaportes:

–José Cano Torrado; esa es tu nueva identidad. Julia conservará la suya, –le explicó. También estaban los pasajes para el barco que zarparía de Burdeos y una cantidad de francos que había de resultar suficiente para los gastos.

El de Fregenal encendió un cigarrillo; se sentía cómodo en presencia del joven criptógrafo.

–¿Cano? Así se llamaba un maestro de mi pueblo. ¿A quién debo presentarme en México?

–A Félix Gordón, el embajador. Es el único que conoce tu verdadera identidad.

–¿Y qué voy a hacer allí? No creo tener madera de diplomático. –Compuso una sonrisa y Carmelo lo secundó.

–En estos momentos la principal tarea de la Embajada es conseguir alimentos y armas para la República. Seguro que podrás ayudar.

–¿Crees que la guerra durará mucho? –se atrevió a preguntar Lobo, ahora Cano.

Tras meditar unos instantes, Estrada lo miró a los ojos como si tratara de descifrar sus pensamientos. Luego le habló con sinceridad.

–Algunos, los más informados, empezamos a pensar que nuestra causa está perdida, aunque Negrín se empeña en alargar el conflicto en espera de que se desate la guerra en Europa. –Había un deje de resignación en sus palabras–. Quizás nos tengas que hacer un hueco a los hermanos Estrada en ese país amigo.

El joven no imaginaba lo proféticas que resultarían sus palabras. Al despedirse se desearon suerte; un «viva la República» resonó en el despacho.

***

Las marquesinas metálicas mostraban los destrozos producidos por los bombardeos sobre la estación de Francia. En cuanto la pareja atravesara el impresionante suelo de mármol del vestíbulo debería afrontar el último filtro para llegar al expreso que aguardaba en las vías. Un agente de la Guardia Nacional acababa de rechazar la documentación del hombre que los precedía, colocando a su mujer y su hija en la tesitura de continuar solas. A pesar de sus ruegos la familia quedó dividida:

–Id vosotras; yo os alcanzaré cuando aclare mi situación –su expresión facial denotaba falta de fe en sus propias palabras.

Cuando llegó el turno de Agustín y Julia, el agente de semblante adusto repasó al detalle sus pasaportes.

–¿Motivo del viaje?

–Negocios –contestó él mientras su compañera bajaba la mirada.

–¿Y ella? –Julia alzó la cabeza; le temblaban las piernas.

–Es mi mujer. Suele acompañarme. –Agustín miraba al agente con aplomo.

–Adelante –les indicó el de la Guardia Nacional.

La locomotora piafaba como los caballos que presienten el inicio de la carrera; la bruma que despedían sus pulmones mecánicos se filtraba por el andén.

El Gobierno de la República había nacionalizado los ferrocarriles al inicio de la guerra y desde entonces funcionaban bajo el control de los comités de ferroviarios. En el compartimento de Julia y Agustín viajaban las mujeres que habían dejado atrás al cabeza de familia. Estaban desconsoladas y y les pesaba un sentimiento de traición. La vida les había obligado a decidir en segundos.

–Mi marido trabajó con el Gobierno de Lerroux. Es republicano –les dijo la mujer. A pesar de las recomendaciones de Agustín, madre e hija se apearon en la estación fronteriza de Puigcerdá.

Aquel y Julia sintieron un hormigueo de alivio al adentrarse en territorio francés, aunque al capitán le producía desazón pensar en esa especie de abandono egoísta de su causa.

–Te quiero –le dijo Julia antes de dormirse apoyada en su regazo y con las piernas estiradas hacia la ventanilla. Agustín le acariciaba el cabello mientras pensaba en su familia y en los compañeros que dejaba atrás.

La estación Saint Jean de Burdeos, inaugurada a finales del XIX, se había convertido en la principal terminal de la capital de Aquitania. Gendarmes de impecable uniforme azul patrullaban los dos niveles del vestíbulo principal. La luz que se filtraba por la gran claraboya de cristal hacía brillar la botonadura y los distintivos de sus kepis esa tarde de octubre. Confundidos entre ciudadanos de caminar confiado y aspecto saludable, la pareja experimentó una extraña sensación de libertad. Cuando su taxi giró hacia el puerto de la Luna divisaron el puente metálico sobre el Garona. «*La Passerelle Eiffel*», dijo el conductor.

Embarcaron en el «Mexique», de la *CGT French Line*; se podía leer en letras doradas sobre el casco. Tras comprobar los pasajes, un oficial espigado y de uniforme impoluto los recibió: «*Bonsoir, bienvenues*». El camarote era de primera clase. «Estrada se ha portado», pensó *Monsieur* Cano. El barco tenía previsto zarpar a la mañana siguiente; harían noche en el mismo. Estaban demasiado cansados para visitar el barrio del puerto.

***

Tomaron una cena ligera en el comedor de cubierta, regada con el afamado vino de la región. Las mesas estaban concurridas de pasajeros, casi todos de aspecto burgués. Su entrenado instinto inclinó al agente Lobo a realizar una discreta inspección visual, sin que nada lo inquietara. Julia estaba deslumbrada por lo que veía; ahora le preocupa lo escaso de su equipaje; la travesía duraba dos semanas. El camarero mexicano que los atendía les contó que en el mismo buque viajaron los niños españoles que había acogido su país.

–Muy lindos; eran más de cuatrocientos. Parece que los llevaron al estado de Michoacán. –Desplegó una sonrisa amplia ante la pareja.

La mañana siguiente, cuando se adentraron en el golfo de Vizcaya, Agustín envió un telegrama a Barcelona, tal y como le habían indicado. Julia se fue al camarote tras el desayuno; no se encontraba bien y terminó por vomitarlo. Pensaba que se debía al balanceo y al olor a combustible que impregnaba los pasillos. No reparó en el hecho de que llevaba dos meses sin menstruar. El rostro que se reflejaba en el espejito del baño estaba pálido y humedecido por un sudor frío; optó por meterse en la cama.

Durante la travesía disfrutaron del confort del barco. Había servido como hospital durante la Gran Guerra para reconvertirse después en transatlántico de lujo: bares, teatro y hasta tiendas, en las que pudieron ampliar su vestuario. Las comodidades y la intimidad oceánica hacían pensar en una luna de miel sin boda previa.

–¿Una instantánea, muchachos? –les ofreció un simpático argentino que se ocupaba de este menester. La foto de pareja enamorada los acompañaría siempre. Se amaron sin tasa en esas noches largas, en las que se atrevieron a trazar planes de futuro. Julia no se decidía a confesar la sospecha de lo que germinaba en su interior. Evitaron las relaciones sociales tan usuales en este tipo de singladuras; consideraban poco seguro mencionar sus nombres y destino. A falta de ocupaciones, Agustín pudo dedicar tiempo a la lectura. Llamó su atención un libro de la biblioteca de a bordo, *La historia verdadera de la conquista de Nueva España*, de Bernal Díaz del Castillo, uno de los aventureros que acompañaron a Cortés en la conquista de México. Por las tardes, acomodados en cubierta, le comentaba a su novia los pasajes que consideraba interesantes.

–Julia, figúrate lo que hicieron un puñado de españoles bajo el mando de mi paisano. ¡Qué valor! –Estaba entusiasmado por el origen del país al que se dirigían.

Ya habían desaparecido los irritantes mareos cuando el buque fondeó en el puerto de La Habana para el repostaje. La pareja aprovechó para callejear por esa ciudad tan vital: la diversidad racial de sus gentes, la elegancia de los edificios coloniales, los almacenes «El Encanto», los autos americanos. Jamás hubieran imaginado tanta prosperidad en la antigua posesión española, ni el cariño de sus vecinos al conocer su españolidad, con ese acento dulce que te envolvía como una caricia. Ambos descubrían atónitos las dimensiones de un mundo que les hacía sentir tan pequeños como ignorantes.

–¿Has recogido todo? –Agustín estaba nervioso; acababan de dar la orden de desembarco en el puerto de Veracruz.

–Que sí, pesado. Y llevo el pasaporte a mano.

Los ruidosos saludos de las gaviotas y la brisa húmeda los recibieron al descender por la pasarela. Después, casi una hora hasta pasar el control de la aduana. La lengua que llegaba a sus oídos les resultaba familiar, aunque el acento era muy diferente al suyo, y al de La Habana. Muchos hombres lucían cuidados bigotes y los ojos de las mujeres brillaban tanto como la plata de sus pendientes. Todos tenían la sonrisa presta.

«Señor José Cano» estaba escrito en el cartel que portaba un gigantón de traje y sombrero blancos. Al identificarse Agustín, el del cartel se descubrió la cabeza prominente.

–Cipriano Manrique, para servirlos. –Acomodó el equipaje en el Cadillac V12 del treinta y dos, que relucía como cuando salió de la fábrica de Detroit.

En el viaje hasta Ciudad de México, unas cinco horas en automóvil, Julia y Agustín se asombraron con los paisajes que descubrían a través de las ventanillas. A sus ojos les costaba abarcar los picos de volcanes, que superaban los cinco mil metros, de nombres tan impronunciables como Popocatépetl o Iztaccíhuatl. Al pasar por este último, el gigantón detuvo el Cadillac y les mostró su semejanza con la forma de una mujer yacente con un manto blanco, la nieve. Cerca ya de la sede de la embajada, tampoco dejó de impresionarles el monumento del Ángel de la Independencia, con un pedestal repleto de figuras heroicas sobre el que una gruesa columna sostenía una victoria alada, cercano ya a la sede de la embajada. Aunque no lo comentaron entre ellos, los modales suaves y ceremoniosos del titán Manrique les provocó la sensación de estar en manos de un aristócrata refinado. Era como si el amo sirviera a los criados.

La tarde otoñal languidecía cuando el automóvil diplomático traspasó las verjas del palacete que alojaba la representación. La temperatura resultaba muy amigable y la bandera tricolor de la fachada de estilo ecléctico les produjo sensación de seguridad. Mientras Manrique descargaba el equipaje, Julia volvió la vista hacia el lugar del que emanaban los aromas de las diversas especies del jardín. Le resultaban familiares las orquídeas mezcla de blanco y violeta, también las rosas rojas, pero no así las hojas de maguey de pulque, los arbustos de Tepozán, los cedros blancos y los ahuejotes, tan distintas de la flora castellana. La joven madrileña estrechó la mano de Agustín con fuerza, sintiendo la firmeza y el calor que irradiaba, luego alzó la vista hacia el cielo rojizo que teñía en sus estertores su nuevo hogar. Él le acarició el cabello y sostuvo con los dedos su barbilla bien dibujada para mirarla con ternura; era como si captara sus pensamientos.

–Buenas tardes –fue el saludo de la mujer menuda que apareció tras los setos del jardín. Llevaba un delantal de hule sobre el vestido y unas tijeras de podar en la mano–. Soy Consuelo Carmona, la esposa del embajador.

El acento andaluz, la nariz chata y la sonrisa franca de la diplomática consorte los ganó al instante.

–Encantado, señora. Capitán José Cano a sus órdenes –se cuadró–. Y ella es Julia, mi mujer. –Así la consideraba.

La joven iba a esbozar una suerte de reverencia cuando la señora la detuvo y besó sus mejillas con familiaridad espontánea.

–Bienvenidos a México y, por favor, conmigo pocas formalidades. Somos compatriotas y estamos muy lejos de casa ¡Vamos dentro!

Consuelo les dijo que su marido estaba de viaje y no llegaría hasta la mañana siguiente; luego les mostró su habitación.

–La hemos acondicionado lo mejor posible. Os instalaréis aquí hasta que os encontremos una casa.

El cuarto era espacioso y la ventana miraba al jardín. Los dos armarios parecían más que suficientes para su vestuario y al amplio aseo se accedía desde el propio dormitorio. «Tiene bañera completa», susurró emocionada Julia, que sintió ganas de llorar cuando la señora le mostró la campana para llamar al servicio.

–Os dejo para que os acomodéis; en una hora servirán la cena en el salón de abajo. –Dijo Consuelo antes de salir.

A pesar del confort del dormitorio y del deseo, estimulado por la calidad de la cena, esa noche la pareja se abstuvo de hacer el amor. Ella estaba cohibida por el lujo de las impolutas sábanas.

–Si tú lo dices –contestó él, resignado, y se dio la vuelta.

***

Agustín se puso su mejor traje y mostraba el esmero de su rasurado cuando llegó al despacho del embajador. El joven secretario de este introdujo al nuevo agregado militar, luego se retiró con discreción. El jefe de la legación estaba inclinado sobre una montaña de documentos; aparentaba unos cincuenta años y vestía un chaleco gris sobre la camisa azul. La pajarita, roja y con topitos blancos, estaba bien anudada. Algunas vetas blancas trepaban por su cabello peinado hacia atrás. Enseguida levantó la cabeza y, tras enroscar el capuchón de la estilográfica, le invitó a tomar asiento con un gesto.

–Bienvenido, señor Lobo. Perdón, a partir de ahora será mejor que utilicemos el apellido Cano por su propia seguridad. –La voz y la mirada tenían el tono del mentor que se dirige a su discípulo–. Su historial resulta interesante. –Esgrimió una carpeta roja con el nombre de su interlocutor en la tapa.

–En efecto; deberé acostumbrarme a mi nueva identidad. Gracias por la acogida, señor embajador; su mujer ha estado encantadora con nosotros –dijo Agustín.

–Félix o señor Gordón resultará más cómodo. Antes de hablar de sus funciones necesito saber algo. –El diplomático se apoyaba ahora en una esquina de la mesa; su rostro estaba muy cerca del de su interlocutor–. ¿Es usted comunista? –Su mirada se había enfriado.

«¿Será una pregunta trampa?». Agustín recordó que, a pesar de las recomendaciones de Estrada y otros compañeros, no se había afiliado al partido. «Di la verdad pase lo que pase», le insinuó más su corazón que su cerebro.

–No, señor. Solo he militado en la rama agraria de la UGT y soy republicano por convicción. –Ansiaba un cigarro–. ¿Le importa si fumo?

–Eso facilitará las cosas. –Esbozó una sonrisa–. Fume, fume. Aunque, por lo que he leído en su informe, no es lo más recomendable para su lesión.

Al salir al jardín, los dos hombres se explayaron. El interés del embajador por los asuntos pecuarios y la agricultura –era veterinario y había gestionado estas competencias en la Administración de la República– se cruzó con la experiencia práctica del sindicalista campesino. El vínculo se había establecido y la conversación no se detuvo hasta que apareció Julia del brazo de una joven más o menos de su edad. Era Ofelia, la hija menor de los embajadores.

–A comer, señores, que ya es hora –los reprendió con gracia.

La calle Artículo 123, llamada así en honor al artículo de la Constitución que recogía los derechos de los trabajadores, estaba ubicada en la colonia Centro, no muy lejos de la Alameda Central. Además de una hermosa cocina, el departamento de la tercera planta tenía cinco piezas. Las ventanas del salón permitían contemplar el bullicioso movimiento de la arteria comercial, también la fachada ennegrecida de la «Arena Nacional», el templo del boxeo y la lucha libre que había sido devorado por un incendio ese mismo año. El propietario de la vivienda se mostraba un tanto remiso a que un «gachupín» lo alquilara; el aval de la embajada eliminó los obstáculos para la pareja española. El mobiliario era discreto y demasiado colorido.

–Ya le daremos nuestro toque. El piso está muy bien, Agustín. –Ella no se acostumbraba a llamarlo José, ni siquiera en público.

Tras unas primeras semanas de despiste y zozobra, de acomodación a los acentos y costumbres locales, las hojas del calendario parecían volar. La curva de la maternidad de Julia así lo denotaba. Su marido, que ya lo era tras celebrar una ceremonia civil en la propia legación diplomática, la cuidaba con el mimo que nunca pudo dedicarle a Amalia en semejante circunstancia. Desde la Compañía de Transportes Aéreos del Pacífico, creada desde la Embajada como tapadera para la adquisición de armamento, Agustín andaba ocupado en desatascar el envío de los aviones comprados para el Ejército Popular, que dormían en los muelles de Veracruz a la espera de permisos que nunca llegaban. La mano del tío Sam era muy larga y los viajes a Washington junto al embajador Gordón no lograban ablandarla. Tampoco los sobornos a funcionarios, ni las añagazas de supuestos envíos del material a terceros países como Grecia solían evitar el bloqueo establecido en nombre de la política de neutralidad.

Tras las primeras Navidades en México de Julia y Agustín, celebraron junto al personal de la Embajada el comienzo del año treinta y ocho. Las tropas republicanas acababan de tomar Teruel en condiciones espantosas, con combates casa por casa y cientos de soldados congelados por un frío brutal. La victoria sería efímera; el ejército franquista recuperaba esa capital a finales de febrero. La terquedad del Generalísimo no admitía ni un paso atrás. Poco después, Agustín comentaba con el embajador la nueva derrota del ejército de la República.

–¿Queda esperanza para nuestra causa, Félix? –Agustín le preguntaba desde la confianza adquirida en aquellos meses de estrecha colaboración y convivencia casi familiar.

–¿Quieres la respuesta oficial o la mía? –El diplomático leonés se frotó la cuenca de los ojos con los dedos.

El agregado militar lo miraba a los ojos como si fuera el juez que va a dictar sentencia, sin dejar resquicio para los juegos de palabras ni la especulación.

–Ya ves que las grandes democracias nos niegan el pan y la sal. Solo nos mantienen las armas soviéticas, cada vez más escasas. Creo que la guerra está perdida, aunque todavía daremos algún susto final. El Gobierno de Negrín quiere prolongar la contienda hasta el límite, en la confianza de que se inicie la guerra en Europa. –La opinión del embajador coincidía con la que expresó Estrada en Barcelona.

A Agustín le costaba asumir la cruda realidad y sentía la impotencia de no poder estar en primera línea. Gordón le ofreció una copa de coñac auténtico; la bodega de la legación estaba bien surtida.

–¿Sabes por qué me hice republicano? –Gordón dio un trago corto de la copa y chasqueó la lengua ante la mirada expectante del agregado militar–. Tendría yo unos catorce años cuando, un día que esperaba a un familiar en la estación de León, contemplé unas escenas que me conmovieron para siempre. Los vagones venían hasta arriba de soldados repatriados tras la Guerra de Cuba; algunos descendieron del tren. Esos hombres llevaban la derrota en los ojos, muchos de ellos estaban mutilados o enflaquecidos por las fiebres tropicales; sus uniformes de rayadillo eran ya andrajos. Y todo por el empeño de la reina regente y sus Gobiernos de no acordar la independencia de esas provincias lejanas.

–¿Entonces?

–Entonces veremos tragedias parecidas cuando esta salvaje guerra termine; hemos de prepararnos para ese momento. Ya he comenzado a gestionar con discreción el problema de los refugiados que vendrán.

Al llegar a casa no le dijo nada a Julia y optó por disfrutar de la tortilla de patata que había preparado para la cena.

–Bien cuajadita, como te gusta –la ensalzó ella. Esa noche le costó conciliar el sueño; si el embajador estaba en lo cierto, las esperanzas de regresar a España y unirse a su familia se alejaban. Quería volver a ser Agustín Lobo; la etapa de México la consideraba un paréntesis.

–¿Qué te pasa, mi amor? –Julia sabía reconocer cuando algo le inquietaba.

Él acarició los mechones que le tapaban parte de la cara y, tras mirarla un instante, besó sus labios.

–Cosas de la guerra. Vamos a dormir. –Agustín cambió de postura y puso una mano sobre el vientre materno, en el que podía sentir la maduración de una nueva vida.

***

Los últimos meses del embarazo de Julia habían transcurrido con celeridad. Esa noche de junio el marido recorrió cientos de metros por el pasillo de la maternidad del Hospital General Dr. Eduardo Lizaga, orgullo de la Sanidad pública. En plena madrugada, Julia había sentido las evidencias de la llegada del parto y el gigantón Manrique, siempre solícito, los llevó hasta el amplio edificio de la colonia Doctores. Cinco horas de espera acaban con la paciencia y los cigarrillos de cualquiera; el hombretón se empeñó en quedarse y permanecía de pie, como un coloso en su pedestal.

–Estará en buenas manos; no se preocupe, *mijo* –les comentó don Ignacio Chávez, el director del hospital, cuando acudieron al reconocimiento de Julia. La recomendación de la Embajada pesaba.

A las diez de la mañana de ese dos de junio, un hombre de bata blanca entró en la sala de espera con andar parsimonioso.

–Ha sido niño, señor. Todo ha andado bien. –Los nervios del padre se desanudaron y abrazó con ímpetu al médico y luego a Manrique, cuya espalda no lograba abarcar.

–Le llamaremos Álvaro, como mi padre. –«Aunque tendré que hablarlo con Julia», pensó Agustín.

Muy lejos de allí su hijo Mateo se había despertado con un sabor metálico en la boca; el diente de leche cayó sobre las sábanas al incorporarse. Su padre se iba a perder otro de los hitos infantiles, esos sucesos íntimos que entrelazan las cuerdas de la relación familiar. El niño contemplaba la mella en el espejo y realizó algunas muecas frente al mismo.

Ese mismo jueves se pondría una nota de alegría en el hogar sevillano de los Almenares.

–Vamos a ser padres de nuevo –le comunicó Amalia a su marido.

–¡Será niño! –vaticinó el fiscal con orgullo. Confiaba en que en esa ocasión surgiera el parecido familiar.

XVI. El fin de un sueño

Cualquiera diría que por la sede de la Embajada había pasado un huracán. Esa mañana de abril del treinta y nueve, en la chimenea y en un rincón del jardín se quemaban cientos de documentos. Mientras uno de los criados empaquetaba los libros de Gordón, su mujer y sus hijas llenaban maletas con ropa y objetos personales. La noche anterior se había reunido todo el personal de la legación en torno al aparato de radio. En el salón comedor escucharon la transmisión del parte que anunciaba el fin de la guerra y lloraron juntos por la derrota de la República. La desazón y la incertidumbre los atenazaba; solo el embajador parecía mantener el tipo. «Compatriotas, amigos. Por fin ha llegado la paz, aunque no sea la que nos hubiera gustado. Nuestro deber y nuestra lealtad a la República nos exigen que se efectúe el relevo con orden y dediquemos nuestros esfuerzos a facilitar la acogida de los refugiados que vendrán. Esas son las últimas instrucciones de nuestro Gobierno». La congoja le impidió terminar el mensaje. Una vez que Azaña hubo presentado su dimisión al presidente de Las Cortes, a finales de febrero, Gordón se sentía liberado de su compromiso con aquel. Si aguantó en su puesto fue por petición expresa de Álvarez del Vayo, el ministro de Estado.

Julia amamantaba al pequeño Álvaro cuando su marido llegó a casa. Traía el rostro demudado y las ojeras de una larga noche de tensión; su traje venía tan arrugado como su ánimo. Sentado frente a ella se quitó los zapatos; estaba exhausto.

–Me tenías muy preocupada; te he esperado toda la noche. –No había reproche en su tono, más bien tristeza. El bebé seguía a lo suyo.

–Julia, todo ha terminado; ahora toca pagar el precio amargo de la derrota. –La voz de Agustín temblaba, también la mano con la que trataba de encender el pitillo–. No sé qué haría si no os tuviera conmigo.

La madre se ajustó el sujetador y puso al niño en brazos de su marido.

–No fumes, que no te hace bien. Voy a prepararte un café; lo necesitas. –Álvaro le sonreía a su padre; unas gotitas de leche resbalaron por las comisuras de sus labios carnosos. El pelo y el rostro ovalado eran los de Mateo, los ojos claros un calco de los de Julia. «¿Podrás conocer a tu hermano? ¿Y a tu hermana? Lo intentaremos, ¿verdad que sí?», le dijo como si pudiera entenderle.

–¿Qué va a ser de nosotros, Agustín? –Su mujer depositó la taza humeante en la mesita de madera maciza; el pequeño dormía acurrucado en el pecho del padre.

–El alquiler está cubierto hasta junio y nos han adelantado el sueldo de tres meses. A cambio tendremos que trabajar para el SERE, un servicio creado para ayudar a la evacuación de compatriotas; hay miles de ellos confinados en Francia.

–¿Y luego? –Al sentido práctico de la mujer no le bastaba un horizonte tan corto.

–¡Y yo qué sé, Julia! Estamos vivos y somos libres, ¿qué más quieres? A los que han escapado por los Pirineos los han metido en campos infames y España se va a convertir en una prisión gigantesca. –Agustín estaba tan irritado como confundido–. Me voy a la cama, no puedo más.

La calle San Martín aparecía a los ojos de la familia Lobo como un amasijo de escombros, viviendas ennegrecidas y socavones infestados de ratas cuando dobló la esquina de Bravo Murillo. Paquito llevaba a su hermano Gabriel de la mano; la madre cargaba con Rosita y un hatillo que contenía la cubertería, mientras el padre portaba el colchón grande sobre los hombros. Andresín, el hijo mayor, cerraba la procesión con el carro de mano repleto de enseres y ropa. Ese dos de abril, con las calles de Madrid ocupadas por los nacionales, habían abandonado el piso de la calle Maudes y se sumaron a la riada de perdedores que retornaban a sus lugares de origen. Antes de salir, el cabeza de familia quemó el uniforme militar que había utilizado las últimas semanas de la contienda, cuando movilizaron a su reemplazo. A todos los miembros de la familia les venían holgadas sus ropas por el severo régimen alimenticio de los postreros meses de asedio, en los que conseguir cualquier alimento suponía un milagro cotidiano.

Tras dos años de ausencia, al cruzar el portal del número dieciséis recibieron un impacto demoledor. Numerosas baldosas del patio vecinal estaban levantadas y por las grietas aparecían brotes de hierbajos. El olor a humedad y basura dificultaba la respiración. Dos gatos con cuerpo de faquir los observaban desde el tejadillo de su vivienda. De repente, por la primera puerta de la derecha apareció Felipe, el del Ayuntamiento. El vecino se había transformado en un anciano desde su último encuentro; su uniforme municipal estaba tan raído como su pelo. Al reconocerlos buscó el abrazo de Andrés, que hubo de apoyar el colchón en la pared.

—¡Qué alegría! ¡Estáis todos! —La emoción apareció acuosa en sus ojos.

—¿Y vosotros? —Andrés apreciaba a ese vecino tan servicial.

Felipe bajó la cabeza.

–Amador... –No pudo acabar la frase. Fina, su mujer, salió al umbral con el luto en la ropa y los ojos.

–Nuestro hijo murió en el Ebro el año pasado. Las chicas están bien –dijo con aplomo, luego besó a Rosa y a los niños con ternura–. ¿Quién es esta ratita? –Fina no conocía a la hija pequeña.

–¡En vuestra casa hay gente! –Ahora miraba a Andrés.

–¿Quién? –El sorprendido vecino miró hacia la puerta del que fuera su hogar.

–Llegaron no hace mucho, ni conozco su nombre. Otros se metieron en la casa de Eloy, aunque ese no creo que vuelva por aquí –completó la información Felipe, algo recompuesto de ánimo.

Los niños miraban expectantes a su padre, más cabeza de familia que nunca, pues la madre llevaba un tiempo aturdida por la melancolía. Se palpó la navaja en el bolsillo del pantalón, tras lo cual aporreó la puerta con decisión. Alguien los observaba desde la ventana lateral, aunque no podían distinguirlo. Al poco la puerta se entornó dejando a la vista a un hombre tan alto como enjuto. La manga del brazo mutilado oscilaba al aire, su rostro mostraba el ayuno de afeitado de varios días y unos tirantes de lona pinzaban los sucios pantalones de militar. Tras de sí se apreciaban los rostros de una mujer joven y otra mayor, ambas con el miedo en los ojos. Un soniquete metálico delataba la ebullición del caldo en el puchero.

–Soy Andrés Lobo y esta es nuestra casa, compañero. –No había agresividad en el tono.

–Mariano Lapetra es el nombre de este soldado mutilado en defensa de la República. La abandonasteis y ahora nosotros vivimos en ella. No nos vamos a mover de aquí. –Elevó el faldón de la camisa con su única mano para mostrar la pistola sujeta en la cintura; la desesperación de sus ojos se reflejó en los de Andrés.

La partida de la vida se resuelve en unas cuantas jugadas críticas; cada decisión actúa como el mecanismo del cambio de vías. Te lleva a una estación u otra sin billete de vuelta. Un torrente de adrenalina se disparó en el cuerpo de Andrés; la tremenda patada en el pecho dio en tierra con Lapetra, que arrastró en su caída a la mujer joven. Los gritos no detuvieron al agresor, que puso su pie en el brazo sano del otro y le arrebató la pistola. Rosa y Felipe se habían aproximado a la escena, mientras el mutilado yacía en posición fetal bajo la mesa de la cocina.

–¡Hijo de puta! Yo también he luchado y mi familia no se va a quedar en la calle. Sacad vuestras cosas o te mato aquí mismo. –Todos lo miraban sorprendidos; Andrés no era un hombre violento.

La posguerra venía cargada de miedo, odio y resentimiento. Quedaba la incertidumbre sobre la posible represalia de los vencedores, el temor de que un día girasen visita a los derrotados para echar cuentas.

Un domingo de mayo de ese mismo año, el Jesús del Gran Poder venerado sobre el manto de romero regresaba a su basílica en el barrio de San Lorenzo. Tras el fin de la Guerra Civil había recibido un triduo sacro en la catedral de Sevilla como acción de gracias. Desde su notable estatura, Queipo de Llano presidía la comitiva, rodeado de sus lugartenientes del Ejército del Sur y de José Mejías, representante de la hermandad, todos ellos descubiertos. Ante una multitud entusiasta se abría paso el escuadrón de caballería de la Guardia Civil seguido de la banda de música del Ayuntamiento de Sevilla y de una compañía del Regimiento de Infantería Granada Nº 6. A su salida por la puerta de San Miguel, la imagen fue recibida brazo en alto por el gentío; era la primera vez que procesionaba con música.

Al balcón de su casa asomaban el fiscal Almenares, ya capitán, su mujer con Lorencito en brazos y los suegros, venidos de Mérida para la ocasión. La familia saboreaba el triunfo desde el confort del hogar, mientras los del otro bando penaban su derrota hacinados en cárceles o escondidos tras los muros de sus casas. El padre de Lorenzo no vivió para ver el final de la guerra; la cirrosis se lo había llevado la Navidad anterior. Su hijo confiaba en ganar la vacante de notario en las oposiciones «patrióticas», como él mismo las calificó, que se habían convocado.

–Mira, Amalia. Allí va el coronel Bohórquez junto a Queipo. –El fiscal se refería al jefe del Cuerpo Jurídico–. Hombres como ellos han despejado el futuro para nuestros hijos.

Si hubiera podido penetrar los pensamientos de su esposa habría vislumbrado horrorizado los apelativos de carnicero y asesino que reservaba para sus héroes. También la imagen del espía Lobo, a quien ella solía recordar cada vez que miraba a su hija Catalina.

–Sí, van muy gallardos –comentó la mujer sin entusiasmo.

Don Rafael no había olvidado la bajeza de su yerno, mas ¿qué podía hacer? Ahora era el padre de sus nietos. Aunque no comulgaba con sus ideas políticas, Lorenzo parecía tratar a su hija con respeto. No le había contado el miserable comportamiento de su yerno ni a doña Teresa ni a sus otros hijos. Rafaelito sentó plaza en la Sanidad militar de Madrid, mientras que Beatriz formaba su familia con aquel falangista.

Cuatro días antes del fin de la guerra, Mateo celebró su octavo cumpleaños junto a El Gacho y Amparo –la tía Reme y su familia se habían ido a vivir a Zafra–. Hubo tarta y obsequios: el balón de cuero, un libro de cuentos clásicos y la bola del mundo con colores muy vivos. Aunque él suspiraba por otro regalo: saber de su padre. «Haré todo lo posible para encontrarle. No pierdas la esperanza», le había dicho el tío Manuel.

Mateo se había adaptado con prontitud a su nuevo hogar; El Gacho se esforzaba por llenar el vacío familiar y su mujer, al principio con desgana, asumió la situación. El hijo de Agustín era despierto y sorprendió por su precocidad a don Emilio, su maestro.

–Haría bien en darle estudios, Sr. Barrero –le comentaba a El Gacho cuando tenía ocasión. Este, desde su respetada posición en el nuevo régimen, había ampliado sus negocios al porcino y a las importaciones de productos vía Portugal, de manera que el «Comercio Barrero» empezaba a quedarse pequeño.

Aprovechando la festividad de San Isidro, El Gacho y Mateo fueron a visitar a los tíos de Zafra. Estos se habían instalado en una casita de la calle Tetuán, entre el Arco del Cubo y la iglesia de la Candelaria. A Tomás le iba bien en su nuevo destino.

–Reme, tengo intención de escribir a tu hermano Andrés y ponerle al tanto de la situación. El pobre no debe saber lo de vuestra madre. –El Gacho hizo un gesto para que le dejara terminar–. Si lo hacéis vosotros puede resultar comprometido.

La tía apreciaba mucho los cuidados que le prodigaba a Mateo; siempre había confiado en el amigo de Agustín. Se fijó en las entradas de su cabello rubio y en sus ojeras, las mismas que la dureza de lo vivido repartió a tantos españoles.

–Te lo agradecería mucho, Manuel. Dios mío, ¡pienso tanto en ellos! Ojalá estén bien.

Días después, unos golpes en la puerta asustaron a Rosa. Tenía aún fresca la imagen de su marido cuando aquellos dos falangistas lo detuvieron a la vista de sus hijos. Andrés estaba a la espera de juicio en la prisión de San Antón; el auxilio de algunos vecinos y la comprensión de los tenderos del barrio ayudaban a salir adelante a su familia. Su primogénito se prodigaba en pequeños trabajos para aportar algo a la casa.

–Carta, señora –fue el escueto mensaje del funcionario de uniforme gastado.

El nombre de su marido estaba garabateado por la fina letra de estilográfica, «D. Andrés Lobo García», y como remitente figuraba Manuel Barredo. El sello de una esquina superior del sobre mostraba el perfil del nuevo amo de España, con el escudo de su régimen de fondo. La zozobra se apoderó de Rosa; habían pasado años desde la última carta y las manos humedecidas le temblaron. Tras secárselas con un paño de cocina se sentó a leerla; los chicos no estaban en casa y Rosita dormía.

Fregenal de la Sierra, 16 de mayo de 1939. Año de la Victoria

Apreciado Andrés,

Espero que al recibo de la presente tu familia y tú estéis bien. Ya imagino las penalidades que habréis sufrido por efecto de la guerra que, a Dios gracias, ha finalizado.

Como amigo de la familia, la primera y triste noticia que me cumple comunicarte es la muerte de tu madre en el otoño del treinta y siete. Fue por causa de enfermedad y estaba acompañada por tu hermana Reme y el resto de la familia del pueblo. Su mayor pena fue irse sin conocer la suerte de sus hijos varones.

Tras el doloroso suceso, que coincidió con el traslado de tu cuñado y la familia a Zafra, Mateo se instaló en mi casa.

El niño está bien y, aunque añora a su padre, hemos tratado de que la sienta como un verdadero hogar. Crece sano, sin que le falte de nada en lo material.

Tanto a tu hermana como a mí nos gustaría saber de vuestra situación y la de Agustín, pues no hemos vuelto a tener noticias suyas desde el treinta y seis. Ojalá pueda ayudaros en lo que preciséis.

Mi dirección está en el remite y la de tu hermana te la escribo a continuación: C/ Tetuán, nº 7; Zafra.

Aprovecho para transmitirte el pésame por la pérdida de tu madre, que en gloria esté, y para pedirte nos escribas pronto.

Un afectuoso abrazo,

Manuel Barrero Díaz

***

Casi un mes le llevó a Rosa conseguir el permiso para visitar a Andrés en prisión. Su vecino Felipe, cesado en el Ayuntamiento, la acompañó junto a sus hijos Gabriel y Rosita. Además de las noticias de la carta le llevaba dos paquetes de picadura, papel de liar y tres huevos cocidos envueltos en un trapo. La cárcel de San Antón había entrado en servicio al comienzo de la guerra, aprovechando los céntricos edificios de las Escuelas Pías de San Fernando; la gran paradoja consistía en que instituciones creadas para formar personas se utilizaran ahora para deshacerlas. Al llegar a la puerta principal, en el chaflán de las calles Hortaleza y Santa Brígida, les indicaron que las visitas accedían por la calle Farmacia. La fachada había desafiado los bombardeos; hasta conservaba la fuente de los Delfines, aunque sus bocas estaban tan secas como los corazones de los funcionarios que vigilaban la cola de la entrada. Dos horas hubieron de aguardar en la hilera trágica. Felipe se ausentó con Gabriel para buscar agua; el calor resultaba insoportable a medida que el sol de junio se elevaba sobre los tejados del barrio. Los visitantes salían con gesto contenido, aunque algunos no lograban evitar el estallido sentimental tras conocer la pérdida del ser querido o al recordar el estado lamentable del mismo.

–Familiares de Andrés Lobo. –Rosa se aproximó con los niños tras escuchar al funcionario–. Quince minutos, ni uno más. –Le indicó el camino a la sala de visitas.

Andrés los esperaba al otro lado de la sucia cristalera. Tenía el pelo y la barba descuidados y adelantó una mano como si pudiera tocarlos. La niña se acababa de dormir y Gabriel miraba a su padre muy serio, sin soltar la mano de la madre, que luchaba por aparentar fortaleza.

–¿Cómo os las apañáis, Rosa? –Su mirada era un reflejo de la impotencia que amargaba sus horas. Sufría más por las carencias de su familia que por su miseria cotidiana; ellos eran su razón para sobrevivir.

–No te preocupes, mi vida; de una manera u otra salimos adelante. ¿Qué tal tú? He traído unos huevos y algo de tabaco; no he podido conseguir más. –Andrés trataba de aparentar normalidad; le pidió que no se preocupasen por él–. Ahora déjame que te cuente; no tenemos mucho tiempo. –Miró de soslayo al carcelero situado dos metros detrás de su marido.

Le relató a Andrés el contenido de la carta, a este se le crisparon el rostro y los puños cuando llegó a lo de su madre.

–Debes contestar cuanto antes. Cuéntales la pérdida de Agustín, sin dar detalles, y pide a El Gacho que interceda por mí; algunos compañeros han salido por el aval de gente importante. Dile que estoy aquí por error, que no soy más que un obrero. La censura abre las cartas –fue lo único que pudieron hablar antes de que el funcionario diera por terminada la entrevista.

Como despedida, los labios de Andrés se posaron en el cristal para componer un beso.

Cuando las dos chimeneas del «Sinaia» aparecieron por la bocana del puerto de Veracruz, la alegría se desató entre los miles de mexicanos y españoles que lo aguardaban en el muelle. A las tres cubiertas del buque se asomaban la práctica totalidad de los mil seiscientos refugiados españoles, exhibiendo grandes pancartas. «¡VIVA MÉXICO! ¡VIVA ESPAÑA! ¡VIVA CÁRDENAS! ¡VIVA NEGRÍN!», decían algunas de ellas. El barco, construido en los astilleros de Glasgow, había partido el veinticinco de mayo desde la localidad francesa de Sète. Tras diecinueve días de singladura sus ocupantes iban a pisar tierra por fin, ya que no se lo permitieron en las escalas de Madeira y Puerto Rico. El hacinamiento, el miedo y la incertidumbre habían sido sus compañeros de viaje; también la esperanza.

Durante el trayecto fallecieron algunos exiliados y vino al mundo una niña, Susana Sinaia Caparrós. Las duras condiciones a bordo se amenizaron con la música de una banda del ejército derrotado, que endulzaba con pasodobles las veladas nocturnas. También se entretenían con las páginas del *Diario de la primera expedición de republicanos españoles*, que, editado bajo la dirección de Isidoro Enríquez Calleja, relataba las vivencias de la travesía. Los vientos marinos despertaron las musas para los hombres de letras de la expedición; el poeta comunista Pedro Garfias escribió los versos que, entre lágrimas y suspiros, recitaban hombres y mujeres al alejarse de su patria:

Qué hilo tan fino, qué delgado junco
de acero fiel nos une y nos separa
con España presente en el recuerdo,
con México presente en la esperanza.
Repite el mar sus cóncavos azules,
repite el cielo sus tranquilas aguas
y entre el mar y el cielo ensayan vuelos
de análoga ambición, nuestras miradas.

España que perdimos, no nos pierdas,
guárdanos en tu frente derrumbada,
conserva a tu costado el hueco vivo
de nuestra ausencia amarga.
Que un día volveremos, más veloces,
sobre la densa y poderosa espalda
de este mar, con los brazos ondeantes
y el latido del mar en la garganta.

Y tú, México libre, pueblo abierto
al ágil viento y a la luz del alba,
indios de clara estirpe, campesinos
con tierras, con simientes y con máquinas;
proletarios gigantes de anchas manos
que forjan el destino de la patria;
pueblo libre de México:
como otro tiempo por la mar salada
te va un río español de sangre roja
de generosa sangre desbordaba.
Pero eres tú esta vez quien nos conquistas,
y para siempre, ¡oh vieja y nueva España!

***

La brisa de ese trece de junio acariciaba la piel de los miles de personas que daban su bienvenida solidaria a los hermanos que agitaban sus pañuelos en las cubiertas, preñados de lágrimas los ojos ante la acogida que les brindaban. Junto a la tribuna de autoridades, sonrientes mujeres mexicanas transportaban canastas repletas de fruta tropical, mientras hombres de toda condición sostenían pancartas y lanzaban sus sombreros al aire. Allí estaba el ex embajador Gordón, muñidor, con la complicidad del presidente Cárdenas, de los corredores humanitarios que permitirían la llegada de miles de españoles. Junto a él, con su cabello ondeando al viento, Ignacio García Téllez, secretario de Gobernación de la nación amiga, que se dirigió a los recién llegados con tono emotivo:

«No os recibimos como náufragos de la persecución dictatorial a quienes misericordiosamente se arroja una tabla de salvación, sino como a defensores aguerridos de la democracia republicana y la soberanía territorial que lucharon contra la maquinaria opresora al servicio de la conspiración totalitaria universal. El Gobierno y el pueblo de México os reciben como exponentes de la causa imperecedera de las libertades del hombre. Vuestras madres, esposas e hijos encontrarán en nuestro suelo un regazo cariñoso y hospitalario».

No se atrevieron a aparecer por el puerto ni los seguidores del sinarquismo, el conservador movimiento mexicano que se oponía a la entrada de los refugiados republicanos, ni los españoles partidarios de Franco y afincados en México, que veían con malos ojos la llegada de los del otro bando.

Agustín estaba en el puerto esa mañana histórica en calidad de agente del Comité Técnico de Ayuda a los Refugiados Españoles. Lo acompañaban Ezequiel Flores, el representante de México, y el titán Manrique, que seguía al servicio del ex embajador y había acudido a petición de este.

–Hoy es un día muy especial para mí. –El español miró al mexicano con un brillo alegre en los ojos–. En ese barco llega una familia a la que aprecio mucho.

–*¡Órale* pues! Vete a abrazarlos; yo me encargo de los papeles –le dijo Flores.

Agustín recordaba el momento en que descubrió el nombre de Marcelino Rodríguez Mejía y familia entre los internados del campo de Argelès-sur-Mer. También la frase de Gordón, cuando le autorizó a incluirlos en la lista de pasajeros del buque: «Si tú los avalas me basta; no necesito saber más». «México quiere agricultores españoles y este es de los mejores; te lo aseguro», respondió él. Esa noche hubo celebración en su casa.

El de Fregenal exhibió su pase del SERE para abrirse paso entre la muchedumbre que abarrotaba la pasarela de desembarco. El cigarrillo le temblaba en los labios y al poco notó la emoción húmeda en las mejillas. Las escenas de júbilo de sus compatriotas desataron su vena sentimental. Para evitarle la impresión a Marcelino, Agustín se había ocupado en su momento de que conociera la identidad de su benefactor.

Tras media hora de espera distinguió al amigo sindicalista, que se cubría la cabeza con una visera azul. De su brazo descendía una joven, en la que creyó reconocer a Soledad, su hija pequeña, y tras ellos a Margarita, la mayor. Sin embargo, no lograba localizar a la madre. Cuando los tenía más cerca comenzó a agitar su sombrero de ala ancha con vigor.

–¡Marcelino, Marcelino! –les gritó con toda su alma, y se fue hacia ellos–. ¡Chacho! Ya estáis aquí. –Tras reconocer al paisano, las hijas se lanzaron a sus brazos. El padre dejó la maleta grande a un lado y, al sacarse la visera, apareció la cabellera prematuramente encanecida.

–¡Agustín..., Agustín! –Esa voz no era la del Marcelino que él recordaba. Su abrazo resultó flácido, como el del boxeador que se sujeta en el contrario.

Se apartaron a un lado para no obstruir el paso y un Agustín cariacontecido se interesó por la ausente:

–¿Y Consuelo?

La hija mayor se encargó de contestar; su padre no tenía ánimo.

–Nuestra madre murió en las playas de Argelès-sur-Mer; la pobre no pudo resistir ni el frío ni el hambre. Hace un mes que la enterramos y mi padre parece haberse ido con ella. Ya lo ves. –En los ojos de Margarita había una tristeza seca.

–Cuánto lo siento; la apreciaba mucho. –dijo Agustín–. ¡Malditos franceses! Nos dejaron tirados en la guerra y en la derrota.

Del «Sinaia» desembarcaron aproximadamente doscientos menores de quince años, cuatrocientas mujeres y mil hombres. De estos últimos destacaban por su número los ex combatientes, seguidos de intelectuales, científicos y políticos. El Gobierno mexicano los iba a distribuir por la geografía del país a fin de evitar que la concentración de colectivos politizados alterase la convivencia social. Mexico también venía de una guerra civil y tenía sus propios problemas. En un rasgo de generosidad, el presidente Cárdenas ofreció la concesión de la nacionalidad mexicana en 48 horas a quienes la solicitaran, además de los permisos necesarios para el libre ejercicio de la profesión.

Marcelino y sus hijas se habían llevado la sorpresa de la travesía cuando supieron que Agustín estaba vivo. Aprovechando el viaje a la capital, este les puso al tanto de las circunstancias de su llegada a México, mientras el ex comisario le refirió la penosa marcha hasta la frontera de Portbou en el mes de febrero y las espantosas condiciones del campo al que los llevaron.

–Los gendarmes y los senegaleses nos trataban peor que a perros. En la playa no había más que arena, piojos y crueldad. Allí vi a mujeres que enterraban en la arena a sus hijos por falta de abrigo y muchos cadáveres insepultos de compatriotas –dijo con el atisbo de energía que generaba el odio acumulado–. De no haber sido por mis hijas me habría quitado la vida cuando perdí a Consuelo –añadió emocionado.

Durante el trayecto, Marcelino y sus hijas admiraron la intensa naturaleza de su hogar de acogida, como le había ocurrido casi dos años antes a su pareja de amigos españoles.

El sol buscaba el ocaso hacia el Pacífico cuando el automóvil se detuvo en la calle Artículo 123 y los pasajeros fueron saludados por el fresco aire vespertino. Julia, que llevaba rato asomada al ventanal del salón, bajó a recibirlos con Alvarito; el pequeño había aprendido a andar pocos días atrás.

–¡Marcelino! –Besó sus mejillas–. Y estas deben ser tus hijas. –Se llevaban pocos años con la mujer de Agustín.

Su marido no le dio tiempo a preguntar.

–Consuelo falleció en Francia poco antes de salir ellos. Una tragedia. –Julia abrazó a las chicas y les dio el pésame; luego hizo lo propio con el padre, al que después le hablaría de la pérdida de la *señá*.

Los recién llegados se disputaron al niño durante la cena. Alvarito estaba excitado por la novedad e hizo gala del catálogo de habilidades desarrolladas en su primer año de vida. Logró sacar la primera sonrisa del día a Marcelino, que lo miraba embobado.

–Es Mateo con ojos azules. Qué guapo *qu'es* –les dijo a los padres.

–Este pescado está buenísimo. –Soledad mostraba su dentadura perfecta cada vez que sonreía, que era muy a menudo.

–Los mexicanos le llaman *lobina* y es de río. Echaréis en falta algunas comidas nuestras, aunque muchos platos de aquí os sorprenderán. A mí me gusta la comida local, sin picante claro –sonrió Julia, que estaba feliz de tenerlos allí y de escuchar acentos como el de su marido.

Ya era tarde cuando las hijas de Marcelino se retiraron al cuarto que habían preparado para los tres; el departamento no era muy grande. Julia se fue a su dormitorio con Alvarito y los hombres se quedaron frente a una botella de tequila.

–Qué suerte has tenido, perillán. Julia es una gran mujer; la que te conviene, amigo. –Marcelino elevó su copa para brindar.

–Tienes razón. Llegado el momento no dudó ni un instante en seguirme hasta aquí. Ella y el niño me han ayudado a soportar la lejanía de Mateo, de mi familia. A menudo me pregunto qué será de ellos.

El ex comisario le relató sus vicisitudes del último tramo de la contienda, su participación en la batalla del Ebro y el repliegue hacia Cataluña.

–Ahí pudo cambiar el curso de la guerra. Pero ¿qué podíamos hacer sin aviación? La huida hacia Francia resultó una pesadilla: carreteras atascadas de civiles y fusilamientos de fascistas a la desesperada, sangre estéril. No había nada que hacer desde mucho antes, y los jefes lo sabían. –Echó otro trago del licor mexicano.

Agustín le habló de su labor en la Embajada española y del gran hombre que era Gordón.

–Te encantaría conocerlo. A pesar de haber sido un pez gordo en la República se comporta con sencillez y entiende de campo –expresó con admiración.

–¿Y qué planes hay para nosotros? –Marcelino se decidió a abordar la espinosa cuestión, aunque se le veía agotado.

–Si quieres lo hablamos mañana. Ya es muy tarde –propuso Agustín.

–¡Se nos murió nuestro sueño! –dijo con tristeza su mentor sindicalista antes de retirarse.

–En realidad solo duró de marzo a julio del treinta y seis. Lo demás fue una pesadilla, amigo –concluyó Agustín.

En los andenes de Camino de Hierro, como denominaban a la estación de ferrocarril de Veracruz, se agolpaban más de trescientos españoles ese día de septiembre de 1939. El primer contingente destinado a la Colonia Santa Clara tenía que viajar al norte del país, primero hasta la capital del estado de Chihuahua y desde allí a la localidad de Namiquipa. Se trataba de una explotación agrícola, ganadera y forestal proyectada por el Comité Técnico de Ayuda a los Republicanos Españoles. A tal efecto se habían adquirido tractores y maquinaria para la colonia, cuyas tierras se trabajarían en régimen de cooperativa.

Marcelino estaba muy recuperado tras vivir dos meses en casa de sus amigos y, aunque valoró otras alternativas laborales, optó por la actividad que mejor conocía: «Trabajar nuestras propias tierras de forma colectiva, lo que defendíamos en Extremadura. Es como un traje a medida», expresaba con entusiasmo. Solo lo acompañaría su hija Margarita. La pequeña había decidido quedarse a trabajar con Julia en el negocio que tenía en marcha. El padre no se opuso; sabía que la dejaba en buenas manos.

Los ferrocarriles mexicanos habían sido expropiados por el Gobierno de Cárdenas en 1937, adjudicándose su administración a los sindicatos del ramo. El viaje hasta Santa Clara se haría muy largo, tanto por los casi dos mil kilómetros de recorrido como por las deficiencias del servicio ferroviario.

Agustín acompañó a sus amigos hasta Veracruz; por nada se hubiera perdido la despedida. Antes de decirse adiós pasaron a tomar café en la atestada cantina del vestíbulo.

–Estos mexicanos no saben prepararlo; con el buen grano que produce esta tierra –le dijo a Marcelino con fastidio. De repente alguien llamó su atención hasta conseguir que se girase. Frente a ellos apareció una sonrisa blanca que contrastaba con la piel cetrina y aquella narizota que no pasaba indiferente. Tardaron unos segundos en reaccionar; hacía tres años que no se veían.

–¡Joder, estás vivo! –dijo Agustín al reconocer a El Cachorro, como llamaban a Gregorio Murillo.

Al fondo de la barra, dos mexicanos se quejaban: «Cómo gritan estos gachupines».

–¡Tú también! Joder, qué alegría. –A Gregorio le vino a la mente la imagen del amigo herido en el cerro de la Alcornocosa–. Dame un abrazo, compañero.

Marcelino se unió a la celebración. Los tres eran paisanos y militantes de la FETT.

–¡Cómo has crecido, niña! –saludó Gregorio a Margarita. México resultó un lugar de encuentro para familiares y amigos que pasaron la guerra sin saber los unos de los otros.

El Cachorro venía solo; desde que salió de Fregenal no había vuelto a saber de su mujer y sus dos hijos. Vino a Mexico junto a otros cientos de españoles en el buque «Ipanema».

–Salimos de Pauillac en Burdeos. Los medio chinos de la tripulación nos han *tratao mu* bien, aunque no se les entendía ni papa. El calor era lo único malo; tuvimos que subir las colchonetas a cubierta, dentro del barco no se *poía* estar.

Desde la cantina escucharon unos silbatos estridentes; los ayudantes del jefe de estación anunciaban la salida del tren.

–Nos vamos en cinco minutos *nomás*.

–Apuraos, que este no espera. Escribidme según lleguéis. –A Agustín se le escaparon algunas lágrimas cuando los vagones comenzaron a empequeñecerse en el horizonte.

El dueño estaba trabajando en su despacho cuando el cartero asomó al Comercio Barrero. «Siete de junio de 1939», se podía leer en la hoja del almanaque, San Isaac de Córdoba. Para El Gacho señalaba la fecha del cumpleaños de su mejor amigo.

–Con permiso, don Manuel. –El dependiente le pasó un sobre.

Su pulso se aceleró al leer el remite y, antes de rasgar el cierre con el abrecartas plateado, cerró la puerta con llave. Después extrajo el papel acunado en su interior.

Aunque más de una vez había barruntado un final trágico para Agustín, la confirmación de su muerte lo golpeó como martillo de herrero. «Amigo, ¡qué dura ha sido la vida contigo! ¿Cómo se lo cuento a tu hijo?», se decía mientras la congoja trepaba por su pecho.

En cuanto a lo de su hermano Andrés, de inmediato realizaría gestiones con sus contactos en Madrid. «Es lo menos que puedo hacer por su familia», se dijo.

Remedios Lobo se sobresaltó cuando su marido trajo la carta de la estafeta y, presa de los nervios al leer el nombre del remitente, desgarró el sobre. Estaba fechada el veintiséis de mayo y le tranquilizó saber que, aunque encarcelado, Andrés y su familia habían sobrevivido. El grito al enterarse de lo de Agustín hizo estremecer a Tomás.

–¡Tinín, Tinín! Hermano. Tu Mateo no volverá a verte –exclamó presa de un dolor seco y duro. Su hijo pequeño la miraba sin comprender lo que ocurría.

«*Tuvimos una niña en el treinta y siete, Rosita. No sé cómo podré sacar adelante a nuestros cuatro hijos sin Andrés. Las cosas están muy mal. En Madrid no hay más que hambre, miseria y llanto.*

Besos de tu hermano y de tu cuñada, que os quieren

Rosa».

–Hay que hacer algo por ellos, Tomás. –Las lágrimas bañaban sus mejillas.

–Claro que sí, mujer. –El marido estaba conmovido ante el dolor de Reme.

Aunque no fuera precisamente un romántico, quería a la madre de sus hijos. A Tomás le asustaba dar pasos en falso; en febrero se había promulgado una Ley de Depuración de Funcionarios que se utilizó para apartar del servicio a cualquier sospechoso de relación con el enemigo.

***

La capital despertó gélida esa mañana de diciembre. Rosa tenía ateridos los pies, mientras que sus brazos le quemaban por el peso de su hijita, a la que llevaba envuelta en una manta tosca sobre papel de periódico. Su vaho se unía al de los otros infelices que hacían cola en la calle Farmacia. Para las diez estaba prevista la excarcelación de su marido; algo más de un semestre habían tardado en hacer efecto los avales de El Gacho y sus conocidos del nuevo régimen. Durante ese tiempo el dinero del providencial paisano salvó de la inanición a la familia de Andrés. Si aceptaban trasladarse a Fregenal había una oferta de trabajo para él.

El enflaquecido marido se lanzó a los brazos de Rosa con la energía que sintió al respirar la libertad. Besó a madre e hija con ansiedad, humedeciéndolas con sus lágrimas.

–¿Los niños? –fue lo primero que dijo. Sus pómulos sobresalían de la palidez de su rostro y los ojos parecían haber retrocedido en sus cuencas. Su mujer le anudó una bufanda gruesa, la única prenda de abrigo que pudo conseguir. Sin mirar atrás caminaron hacia la parada de tranvía de Recoletos. Por el cristal trasero pudo observar Andrés la fuente de Cibeles, enladrillada durante la guerra y ahora cubierta de hielo. También los rostros tristes de aquellos que viajaban en el tope del tranvía,un recurso improvisado en ese tiempo de escasez.

–Rosa, este no es ya nuestro Madrid –dijo cuando se bajaron los jóvenes que habían obligado a los pasajeros a realizar el saludo fascista. De sus pellizas emergían los picos de camisas azules.

XVII. La esperanza

Corría el mes de diciembre de 1942 y, tanto Julia como Sole andaban muy atareadas esa tarde. El hostal «La Esperanza» celebraba la tercera Nochebuena desde su fundación. El establecimiento, ubicado sobre la vivienda de la familia Lobo, había ido ampliando su capacidad y contaba ya con doce habitaciones para huéspedes, la mayoría compatriotas.

Por el hostal pasaban numerosos españoles con cualificación que se empleaban en oficios ocasionales a la espera de poder acceder a sus ocupaciones originales. Así, un profesor de Matemáticas vendía dulces y pistachos en los cines, el juez Jiménez distribuía aspirinas y otros medicamentos, mientras que un presidente de sindicato textil cargaba bultos en una empresa de mudanzas. Era de admirar la dignidad con la que solían asumir su nueva situación. Las mujeres sacaban provecho de su buena mano para labores de costura, bordado y tejido o se empleaban como dependientas de comercio.

–Habrá que poner otros dos cubiertos. Agustín me ha dicho que vendrá a cenar un amigo con su mujer.

–Yo me encargo; no estás para esfuerzos –le dijo Sole a Julia; esta había entrado en su noveno mes de embarazo.

La bandera republicana presidía el salón, del que se habían apartado sillones y aparadores para dejar espacio a un par de mesas rectangulares. Esa noche no faltarían ni el cordero ni el besugo al horno. También disponían de vino español, de botellas de anís «La Castellana» y de coñac «Veterano» que le compraron a un marino mercante. Carmen, la cocinera, era una viuda valenciana que llegó al exilio con su hijo adolescente.

–¡Sacadme a este de aquí! –se le oyó decir en referencia a ese terremoto de tres años que era Alvarito.

–Julia, ¿qué hacemos con el Belén? –En los belenes mexicanos se incluían figuras de su cultura, como aguadores o taqueras.

–No lo quites, Sole. Aunque la mayoría de nuestros huéspedes presumen de ateos les encantan las tradiciones. Además, al niño y a mí nos gusta.

La puesta en marcha del negocio que Julia conocía desde su infancia no hubiera sido posible sin el préstamo del JARE, la junta creada por Indalecio Prieto para gestionar las ayudas a los republicanos del exilio. Este órgano se oponía al SERE, fundado por Negrín con el mismo propósito y que terminó difuminándose al no conseguir los fondos del buque «Vita», más de 160 maletas repletas de joyas, metales preciosos y otros objetos de valor incautados por el Gobierno de la República al final de la guerra. El socialista Prieto se haría con el control del botín tras convencer al presidente Cárdenas, reproduciéndose así los enfrentamientos del PSOE y los comunistas a lo largo de la Guerra Civil. El JARE creó a partir del treinta y nueve una serie de empresas para proporcionar empleo a los exiliados, entre ellas la Cooperativa de Construcción Pablo Iglesias, a la que Agustín se incorporó cuando cesaron sus servicios para la Embajada.

–Me temo que sé poco de construcción –le dijo a Hernández Rizo, el administrador, cuando se entrevistaron.

–Su experiencia en el mando de hombres y las referencias del embajador Gordón son suficientes; lo demás se puede aprender –le respondió este.

En los tres años transcurridos se había convertido en uno de los capataces de obra más valorados por Azorín, el arquitecto jefe. La cooperativa, que promovía la construcción de viviendas baratas para obreros, era una réplica de la que funcionó en España con el mismo nombre.

Como era costumbre en esa fecha, la jornada de trabajo del veinticuatro de diciembre concluyó de manera anticipada. Al terminar, Agustín lo festejó con los hombres de su cuadrilla, la mayoría compatriotas. El vino y la cerveza hicieron aflorar la nostalgia de la tierra que todos acusaban. «El año que viene en España», brindó el vasco; «que se muera pronto el enano cabrón», lo hizo un andaluz; «por los familiares y amigos que han quedado allí», alzó su vaso Ginés El Madriles. Se despidieron con abrazos efusivos, deseándose lo mejor para sus familias; la distancia de la patria evaporaba las diferencias políticas y encendía los sentimientos solidarios.

En el tranvía, de vuelta a casa, el pensamiento de Agustín buscó a la familia de España. Dos años atrás había recibido las primeras noticias, cuando su amigo Marcelino escribió a un pariente de Fregenal; él lo había hecho como José Cano y las cartas dirigidas a sus hermanos volvieron con el sello de «domicilio desconocido». Cuando Marcelino lo telefoneó desde Chihuahua tuvo una sensación agridulce: lloró de pena por la muerte de su madre y de alegría al saber que su hijo estaba con El Gacho. Su amigo sindicalista no volvería a actuar como mensajero; la melancolía del exilio y la dureza del clima de Namiquipa se llevaron a Marcelino seis meses después. Tras recibir el triste telegrama, el amigo y Sole consiguieron llegar *in extremis* al entierro del padre. A ambos les consoló saber que Margarita, la hija mayor, no iba a quedar desamparada. Tanto las miradas como las atenciones entre ella y El Cachorro anunciaban lo que después se confirmaría: estaban juntos, aunque el matrimonio de él en España les impedía dar un paso más.

–No llores, Catalina –escuchó decir a la mujer que ocupaba el asiento de delante en el tranvía.

–¡Dámela! –requirió el hombre que iba a su lado.

«Catalina», pronunció Agustín en silencio y trató de imaginársela; solo la había visto una vez. «¿Qué sería de ella y de Amalia? La niña crecerá sin saber quién fue su padre», pensaba. Salió de la abstracción al darse cuenta de que llegaba su parada y, de camino a la salida, hizo una carantoña a la niña, ya calmada. Al bajarse alzó el cuello de su cazadora; la tarde estaba fría para lo que acostumbraba en la ciudad. Había anochecido y la gente se apresuraba hacia sus hogares con bolsas de comida y regalos. El de Fregenal encendió el cigarrillo que solía durar las cinco manzanas que lo separaban de su portal y esbozó una sonrisa al acordarse del amigo invitado a cenar.

–La retirada por Gerona fue un auténtico desastre, Lobo. Pasé la frontera a pie de chiripa. –El coronel Estrada fumaba distendido tras el primer plato.

El maestro del espionaje había llegado a México a finales del cuarenta uno junto a Lola, su mujer, una joven de Portugalete a la que conoció en Francia.

–Es dura y chispeante, como el pedernal; le mataron dos hermanos en la guerra –decía de ella Estrada, que estuvo encarcelado en Marsella, con el temor de que lo aplastara la bota nazi.

–Mi coronel, ¿cómo ve la marcha de la Guerra Mundial? –Al igual que la mayoría de los republicanos, Agustín cifraba en la victoria de los aliados la posibilidad de retornar a España. Pensaban que estos harían caer a Franco.

–El cordero estaba de muerte; mi felicitación para quien lo haya cocinado. –Estrada se dirigía a Julia. Después dedicó al anfitrión su mirada penetrante.

–¡Ya es hora de que me llames Manolo, amigo! –Abrió su confianza al antiguo agente–. Este año ha resultado nefasto para los alemanes: USA ha entrado en la guerra, han perdido un ejército completo en Stalingrado y el África Korps ha sufrido una tremenda derrota en el Alamein. A partir de ahora jugarán a la defensiva, aunque Hitler va a agotar todas sus reservas antes de rendirse. –Percibió la expresión optimista en el rostro de Agustín–. Ahora bien, no des por seguro que echen a Franco tras vencer a los alemanes.

«Viva la República», gritó uno de los comensales; el resto lo coreó con entusiasmo. Alvarito, sentado en las piernas de Sole, repitió el viva con su media lengua; sus ojos claros no perdían detalle de la celebración.

Al ver entrar a la cocinera y su hijo con las bandejas de besugo humeante toda la mesa prorrumpió en aplausos. Según disminuía la provisión de vino español aumentaba el entusiasmo de la isla de refugiados que compartían mantel y sentimientos esa noche. Poco después aparecerían el café, los licores y la caja de puros cubanos que se había agenciado Estrada.

Julia abrió el balcón para ahuyentar los nubarrones de humo; hacía tiempo que Agustín no se mostraba tan risueño y decidió pedírselo.

–¡Cántanos algo, marido! Que estos amigos no te han escuchado nunca. –Para ella y su hijo lo hacía en contadas ocasiones.

Él, sorprendido, trató de excusarse. Pronunció un «no» dubitativo, aunque el ambiente y el unánime «que cante, que cante» lo terminaron de convencer. Tras apurar el resto de coñac de la copa miró al techo en busca de inspiración. Al ponerse en pie, el ruido del comedor se tornó en silencio respetuoso. Se saltó las primeras estrofas del pasodoble; no las recordaba bien:

El vino de nuestra tierra
bebimos en tierra extraña.
Qué bien que sabe ese vino
cuando se bebe lejos de España.
Por ella brindamos todos
y fue el fin de aquella cena.
La Nochebuena más buena
que soñar puede un español.

Se interrumpió al notar un nudo en la garganta: «Sigue, sigue», lo animaron los presentes.

Y oyendo esta música
allí en tierra extraña.
Eran nuestros suspiros
suspiros de España.

Olés, bravos y vivas a España estallaron en el aire; todos lloraban salvo el niño, que a esas horas dormía. Julia besó a su marido con ternura; los corazones de la sala latían al unísono.

–He querido dedicar esta canción al maestro Penella, su compositor, que murió en este país en el treinta y nueve. Y ahora –Agustín se pasó la manga de la camisa por los ojos– todos a bailar, salvo los que quieran ir a la misa del gallo. –Arrancó una carcajada general.

El embarazo de Julia no aconsejaba movimientos bruscos, de manera que se retiró con Alvarito a la vivienda, dejando a los invitados al son de los acordes que brotaban del aparato de radio. Agustín formó pareja de baile con Sole, con la mujer de Estrada y hasta con la cocinera; era como si esa noche hubieran resucitado sus olvidadas aficiones. Cuando aún le quedaba un atisbo de sobriedad hizo un aparte con el coronel, que fumaba apoyado en la barandilla del balcón.

–Mi coron... Manolo, ¿crees que ya es momento de comunicarme con mi familia? Hace cinco años que me consideran muerto. –La duda laceraba como una rozadura en el corazón.

Tras sacudir la ceniza, Estrada se giró hacia el interior.

–No sé qué decirte, Lobo. –Su voz sonaba más ronca por efecto del alcohol y el tabaco–. Yo esperaría un tiempo. –Hizo una pausa–. Si te resulta insoportable escribe a tu pariente de más confianza y mide lo que dices; por lo que sé la censura se mantiene y los vencedores no tienen ganas de olvidar.

–Estrada, estoy cansada –los interrumpió su esposa, que gustaba de llamarlo por el apellido.

–Mucha suerte, pareja. Hacedme saber vuestro paradero –dijo Agustín al despedirse, y el coronel se comprometió a ello.

Esa velada resultó agotadora para el anfitrión; al acostarse sentía dolor en el pecho y le apretaba la incertidumbre. Con las primeras luces de la mañana de resaca había tomado su resolución y cuando Julia despertó a su lado la compartió con ella.

–Si crees que te vas a sentir mejor, no lo demores, mi vida. Anoche, cuando cantabas, sentí tanto amor como pena por ti. –Agustín recibió la mirada de su mujer como una caricia azul.

Ciudad de México, 24 de enero de 1943

Señor Barrero:

Usted no me conoce; su referencia me la dio un español que reside en México desde hace años. Al parecer coincidieron ustedes en la escuela y compartieron su afición por 'El conde de Montecristo' y la tauromaquia. Si no hubiera per-

dido el contacto con él le daría su nombre; solo puedo decirle que tiene intención de volver a España cuando sus negocios se lo permitan.

Como supongo conocerá, la colonia de refugiados en mi país ha aumentado en los últimos años. Estos demandan productos de su tierra, en especial, vino, aceite y jamón. Su conocido me aseguró que usted es un comerciante de fiar, por lo que le agradecería me indicara sus posibilidades de exportación de los productos citados.

Atentamente, se despide de usted

Cipriano Manrique
Importaciones Metropolitanas

El comerciante releyó la carta. «No puede tratarse de una broma. ¿Quién jugaría con algo tan serio? ¿Será posible que Agustín esté vivo?». Decidió no hablar con nadie del asunto. Mateo había ingresado ese curso en el mejor internado de Sevilla con el apoyo de la familia Lobo y de Amparo. No le parecía que alarmar a su esposa fuera lo más prudente. Tras la resistencia inicial había brotado en ella el instinto maternal no satisfecho. Idolatraba a Mateo; ya no podía imaginar su vida sin su presencia. El sentimiento del niño era similar. Desde la recepción de esa carta, a El Gacho le costaba disimular su inquietud cada vez que se encontraba con Andrés Lobo. El veneno del miedo había penetrado en su mente.

Las heridas de la guerra iban cicatrizando. A finales del cuarenta y dos se había excarcelado a más de la mitad de los presos del bando republicano, ya fuera con indultos o mediante la redención de penas por trabajo. Los aliados presionaban a Franco para que adoptara una neutralidad inequívoca y retirase a los voluntarios españoles que combatían junto a los alemanes en el frente soviético.

En España no se moría ya por las bombas, sino por la terrible hambruna que asolaba el país. Este fue el caso de Felipe El Junco, que no logró sobrevivir al duro invierno del cuarenta y uno.

Agustín no llegó a recibir respuesta de la primera carta; tampoco de las otras dos firmadas por el titán Manrique. Sí se recibió, en cambio, la remitida a la familia Esquivel por la llamada División Azul. «Su hijo ha caído como un héroe en la batalla de Krasni Bor. Les transmito mis condolencias. Emilio Esteban Infantes, general en jefe».

El comandante médico no había cumplido los treinta y cinco cuando la metralla lo alcanzó en los arrabales de Leningrado. Ni siquiera pudieron repatriar el cuerpo. Tras despedir un ataúd vacío en el panteón de los Esquivel en Llerena, la familia se reunió en la Vega Ancha.

–¡Rafaelito! Ni siquiera has dejado un hijo que recuerde tu memoria –repetía como un mantra su madre, que se negaba a comer desde que conoció la noticia.

Su marido, cuyo níveo cabello contrastaba con el luto de su terno, le tenía cogidas las manos.

–Te vas a tomar el caldo que ha preparado Camila. No puedes seguir así, mujer –expresó con la mayor ternura.

Catalina se aproximó a sus abuelos; no entendía lo que pasaba.

–No llores, abuela. –Acarició con su manita carnosa la mejilla húmeda de doña Teresa y esta se la besó. Lorencito, agarrado a las faldas de su madre, los miraba con mucha atención.

–Comandante Rafael Esquivel García-Barreda, ¡presente! –levantó su copa Lorenzo Almenares.

–¡Presente! –se escuchó el vozarrón de Diego Correa, mientras su suegro lo miraba con una indignación muy cercana al odio.

–¡Malditos fanfarrones! Ya veis a donde le ha llevado el fascismo a mi hijo. A morir como un perro en una guerra lejana –dijo don Rafael visiblemente alterado.

Todo el grupo miraba sorprendido al patriarca de la familia, que había expulsado de golpe la bilis acumulada durante años. Despreciaba a los padres de sus nietos; también a la España que representaban. Tras la consolidación del nuevo régimen, el médico veía desaparecer su escenario vital; se sentía fuera de lugar.

–¡Don Rafael, no le tolero! –El suegro no le dejó finalizar la frase a Lorenzo. Su yugular estaba hinchada como una babosa, su rostro congestionado.

–Tú no te atrevas a hablar, miserable. ¿O quieres que todos sepan quién eres? –Almenares, amenazante, alzó el bastón de puño de marfil que utilizaba para apoyarse. En ese momento, su suegro se llevó las manos al pecho para desplomarse a continuación sobre la alfombra en medio de convulsiones.

El forense certificaría después que «la falta de oxígeno había provocado la muerte de las células cardíacas...». El letal infarto sumió a la familia de don Rafael en un pozo negro del que doña Teresa no saldría nunca. Por supuesto, de puertas afuera nadie conocería las circunstancias que desencadenaron la tragedia. Amalia y su marido eran los únicos que entendían el significado de las últimas palabras del difunto. Cuando el notario Almenares se acercó a consolar a su mujer, esta lo partió en dos con su lengua:

–No me vuelvas a tocar en tu vida. –La mirada de Amalia le hizo sentir un miedo desconocido.

El tiempo pasaba con una monotonía placentera para Julia y Agustín. Esa mañana soleada de septiembre de 1945 se convirtió en un momento muy especial para ellos, ya que su hijo Alvarito iniciaba su primer curso en el colegio Madrid. La institución se había fundado cuatro años atrás a instancia del Gobierno republicano en el exilio para acoger a los hijos de los refugiados españoles.

Al entrar al patio de la mano de su madre, el niño miraba al resto de alumnos con la timidez del primerizo. Con la otra mano sostenía la cartera de cuero recién estrenada, al igual que el juego de lápices que albergaba el plumier con olor a barniz y un cuaderno de anillas espirales. Comería en el propio colegio, encargándose su padre de irlo a buscar por la tarde. Espe, su hermana menor, lloraba en el interior del automóvil familiar, un Ford *coupé* del cuarenta y dos que Agustín le había comprado a su jefe; no hubo manera de hacerle entender la separación de Alvarito.

El de Fregenal miraba a su hijo con orgullo; iba a tener una educación de la que él solo recibió migajas. Recordó la conversación de la semana anterior con el director del colegio.

–Los educamos con el sistema español, de manera que no tengan retraso el día que regresemos. –Jesús Policarpo era un defensor de los métodos de la Institución Libre de Enseñanza y, al igual que la mayoría de los refugiados españoles, pensaba que, concluida la contienda mundial, el régimen de Franco tenía los días contados–. Aquí formamos ciudadanos con espíritu crítico, librepensadores. Créame, señor Cano. –Agustín mantenía ese apellido en los documentos oficiales.

El de Fregenal se había convertido en uno de los hombres de confianza del propietario de «Construcciones Vizcaya», Bernardino Echevarría. Al industrial vasco se lo recomendó el mismísimo Indalecio Prieto.

–Estrada me aseguró que no vas a encontrar tipo más leal y trabajador. Fue uno de los agentes a su servicio –dijo el dirigente socialista.

También prosperaba el hostal «Esperanza» gracias a la dedicación y el ingenio de Julia, que había planeado una nueva ampliación de las instalaciones en el año cuarenta y cinco, el de la paz mundial y la reconstrucción del Gobierno republicano en el exilio. Solo un mes antes se habían reunido las Cortes en la sala de Cabildos del antiguo Ayuntamiento de México, nombrándose jefe del Gobierno a José Giral, el eminente químico del círculo de Azaña, que ya lo había presidido en España los primeros días de la contienda civil.

Desde el año cuarenta y tres Agustín se reconcomía ante el silencio de El Gacho. «No han devuelto las cartas; ¿qué habrá ocurrido?» se decía. Aunque volvió a escribir a sus hermanos, tuvo idéntico resultado que la vez anterior, por lo que Julia encomendó a la tía Fuencisla, esta seguía viviendo en Madrid, que visitara la casa de Andrés. En la casa de la calle San Martín no le supieron dar el paradero de la familia Lobo. Agustín propuso entonces que Fuencisla viajara a Fregenal.

–¿Mi tía? Está medio sorda y es muy corta; metería la pata, seguro –desaconsejó su mujer.

«Mi patria está donde se encuentre aquel pájaro luminoso que vivió hace ya tiempo en mi heredad (...). Donde vuelva a encontrarlo, allí estará mi patria», escribiría León Felipe, el poeta que ejerció como agregado cultural en la Embajada coincidiendo con Agustín. Los españoles del exilio encontraban esa patria en los cafés del Distrito Federal, donde discutían de política, voceaban rememorando sus hazañas de la guerra y suspiraban por la siempre inminente caída del dictador. Agustín gustaba de acudir al «Tupinamba»; el suave aroma de su grano se escapaba por la calle Bolívar incitando a entrar a los viandantes. Otros optaban por el café «Do Brasil», justo enfrente.

La niebla era densa la tarde en que el de Fregenal se había citado con Estrada en su café favorito; hacía tiempo que no se veían. Tras dejar la gabardina en el perchero de la entrada lo buscó con la mirada; Manolo era muy puntual. Para llegar hasta su amigo hubo de pasar junto a la tertulia de la baja torería, muy fiel a ese local: picadores, banderilleros y mozos de espadas recreaban faenas con movimientos llenos de plasticidad, como solía hacer su amigo El Junco. El antiguo maestro de espías leía el *Universal* con la ayuda de sus gafas. En la mesita de mármol blanco humeaban la taza de café y el cigarrillo acomodado en el cenicero. Sus ojos emergieron por encima del diario cuando intuyó que lo miraban.

–No has perdido facultades –sonrió Agustín.

–Siempre alerta, Lobo, no lo olvides.

Tras ponerse al día en cuestiones de familia –dos años había cumplido ya el hijo del coronel– y laborales, Agustín inició la aproximación al tema que lo traía allí.

–¡Por fin cayó el lunático criminal! –Su comentario tenía que ver con *Hitler en la luna*, el libro satírico que Estrada escribió sobre el líder nazi.

–Sí, aunque le costó la vida a demasiada gente. Alemania tardará generaciones en recuperarse. Anda, háblame de lo que tienes en mente –se anticipó el avispado Estrada.

–Tráigame lo de costumbre –le respondió Agustín al mesero que se había aproximado. Luego se dirigió a su compañero de mesa.

–Siempre supiste leerme la mente; contigo no hay ocultación posible. Te supongo enterado del decreto de indulto que ha sacado Franco. –Aprobado el mes anterior, el indulto comprendía a los condenados por rebelión militar hasta el uno de abril del treinta y nueve.

–Por supuesto; en el centro no se habla de otra cosa. –Se refería al Centro Republicano Español de México–. ¿Y? –Estrada le dio un sorbo a su taza.

–Manolo, necesito ir a España. Quiero traerme a mi hijo y no puedo esperar a que caiga el dictador. Por lo visto eso va para largo. –Agustín pensaba en la fallida invasión del Valle de Arán del otoño anterior y en el poco ánimo que mostraban los aliados por remover a Franco.

De la mesa del fondo llegaba el rumor de una acalorada discusión entre partidarios de Negrín y Giral.

–Parece que estos gachupines comen lengua –refunfuñaba el mesero, que vino a reponer sus cafés y el agua.

–Técnicamente, en España estás muerto. Ahora te llamas Cano y tu nacionalidad es la mexicana. En mi opinión, si decides ir puedes tropezar con dos problemas: llevarte a tu hijo si no lo facilita quien tenga la custodia del menor; y el segundo, nada improbable, que te reconozcan y acaben deteniéndote. –Estrada miraba muy serio a su interlocutor.

Agustín había contado con esos inconvenientes que su ilusión había empequeñecido y la lógica de Estrada agigantaba. Al poco llegó Carmelo Estrada que, al igual que su hermano mayor, se había refugiado en México. Conservaba los rasgos aniñados, aunque su alopecia iba pareja a la de Manolo.

–¿Qué tal, pareja? –saludó con su habitual simpatía, señalando la esfera de su reloj al hermano.

–Ya sé que nos tenemos que ir. –Miró de soslayo a Carmelo y, adelantándose al de Fregenal, dejó unos pesos en la mesa–. Piénsatelo, amigo; ya me contarás.

«Nueve años sin verlo», se repetía entre la bruma húmeda, camino de casa. «Soy un cobarde, no tengo excusa», se mortificaba. Aguardar a que Mateo fuese mayor de edad no resultaba una opción aceptable para un padre.

Acomodados en el primer nivel del gigantesco cine «Encanto», los niños no despegaban sus ojos de la pantalla. Cuando el disparo del cazador segó la vida de la mamá del cervatillo, las lágrimas le brotaron a Alvarito. Espe se abrazó a Julia y al padre le vino a la mente el desamparo de su hijo Mateo; el tal Disney sabía tocar la fibra de los espectadores. La familia abandonó sonriente esa catedral de la cinematografía que, por unos pocos pesos, acercaba fantasías, dramas y aventuras a las gentes de la capital mexicana.

La pequeña se durmió en el coche a pocas manzanas de casa, mientras Alvarito no paraba de preguntar.

–Vosotros no os vais a morir, ¿verdad, papá? –Mientras lo decía apretaba la mano de su madre en el asiento posterior. «Para tu hermano ya estoy muerto», pensaba su padre, con una triste expresión envuelta por la oscuridad de la tarde invernal.

Al llegar a casa, Agustín estalló. Cada día le resultaba más insoportable su inacción con respecto a Mateo.

–Ahora o nunca. No voy a esperar a que me olvide del todo –le dijo a Julia.

–Aquí está tu familia. ¿Te lo vas a jugar todo a una carta? Espera a que la situación se aclare en España –opuso su mujer.

Las voces alertaron a Alvarito, cuya habitación estaba próxima. En la memoria del niño se grabó un nombre: Mateo. Julia conocía la determinación de Agustín, por lo que su noche se pobló de lágrimas y pesadillas.

***

–¡Vaya cara de funeral, chacha! –Sole Rodríguez conservaba el gracioso deje extremeño, más marcado que el de Agustín. Por aquel tiempo se había convertido en la mejor amiga de Julia.

–No es nada. Anda, vámonos a la Merced, que toca reponer. –Se refería al principal mercado minorista de la ciudad, al que acudían cada semana–. ¿Llamaste a tu novio?

Sin duda, Francisco Cruz era el taxista más simpático de la ciudad. Pequeño de talla y ancho de hombros, su sonrisa perenne dejaba ver unos dientes muy blancos. Un año duraba ya su relación con la joven de ojos de almendra y carácter tan fuerte como el chile. Cuando iban al mercado se encargaba de devolverlas a casa con la compra; así conoció a Sole.

–¿Qué te pasa? –volvió a preguntarle Sole en el tranvía. Julia iba tan silenciosa como un felino en busca de presa.

–Agustín quiere ir a España –dijo por fin; después expresó sus temores.

–Si no fuera por los niños iría yo misma. A él lo conocen. No sé si podré frenarlo –concluyó.

–Entiendo. –Sole apretó con sus dedos carnosos las manos de la amiga hasta que llegaron a la parada del mercado.

–¡Qué chulas me lucen esta semana! –Olegario, el carnicero panzón, les tenía preparados los arreglos para el cocido y media docena de pollos.

El ambiente multicolor del mercado era un regalo para la vista, tanto el de los vistosos ropajes de las mexicanas como el de la mercancía exhibida. Las dos españolas ya identificaban sin dificultad las frutas del país. Un tipo de cereza llamada capulín; la guanábana, tan apropiada para zumos y helados; la pitahaya, con su glamurosa cáscara fucsia y verde limón; o el tejocote con el que elaboraban todo tipo de dulces. También conocían la denominación local de las verduras de siempre: chícharo por guisante, o jitomate por tomate, y las específicas de esa tierra tan pródiga: el nopal del cactus, el chayote o el romerito.

Compraron vino y aceite español en el puesto de Maruja, una gallega afincada en México desde los tiempos de la revolución. De repente se coló en sus fosas nasales el aroma a grano arábigo del chiscón de café de Chiapas. Agustín lo prefería al robusta de Veracruz; también Sole.

–En el pueblo tomábamos el que traían de Portugal; es más intenso –comentó Sole. Luego, sin especial énfasis, dejó caer la bomba–. A España iré yo.

–¿Cómo dices? –Julia se lo hizo repetir.

–Si me proporcionáis los medios, viajaré al pueblo. Yo era una cría cuando nos fuimos; no tienen nada contra mí. Además, me servirá para arreglar los papeles de mi boda; mi galán quiere casarse por la Iglesia –añadió Sole con un mohín pícaro.

Julia no sabía qué decir; era como si un ángel le hubiera quitado la angustia con el movimiento de sus alas. No le comentaron nada a Francisco en el trayecto de regreso; antes había que prepararlo.

–Pero, niña... ¿Cómo vas a hacer sola un viaje tan largo? –le espetó Agustín al conocer su propuesta.

–¿Te parece más peligroso que nuestra huida a Portugal o que el camino a la frontera francesa con los aviones fascistas en nuestro culo? –contestó Sole para zanjar el asunto.

«Es digna hija de sus padres» pensó su paisano mientras deshacía la adustez de su rostro con una sonrisa.

–¿Por qué no te llevas a tu hermana? –Agustín buscaba alguna alternativa que lo dejara más tranquilo.

–Ah, que a ti no te lo he dicho todavía. Margarita está embarazada y sale de cuentas para primavera. Por cierto, a El Cachorro no le vendrá mal que averigüe algo de su familia, aunque creo que no tiene intención alguna de regresar.

Finalmente, Sole se fundió en un abrazo con el amigo de su padre, al que le embargaba la emoción. Se les unió Julia y acabaron como un trío de plañideras. El nombre del hijo mayor se volvió a pronunciar.

–¿Qué pasa, mamá? ¿Quién es Mateo? –Los ojos azules de Alvarito demandaban una respuesta.

Juzgaron que era demasiado pequeño para hablarle de su hermano. «Los niños no son muy dados a guardar secretos; ya habrá tiempo para ello», pensaron sus padres. El matrimonio se amó esa noche sin tregua, con la ligereza y el vigor que les proporcionaba la generosa decisión de Sole.

–Espero que todo salga bien; si le ocurriera algo no me lo perdonaría –susurró Agustín antes de dormirse.

A Sole le llevó menos tiempo tramitar su pasaporte que convencer a su novio de la necesidad de su viaje.

–¿Estás segura, palomita? Mira que allá las cosas están revueltas. ¿No habrá alguien en tu pueblo? –le dijo el taxista celosón.

Por supuesto, su novio se encargó de llevarla al puerto de Veracruz en compañía de Agustín. El barco finalizaba su singladura en Lisboa y después Sole viajaría en tren hasta Fregenal.

–¿Lo llevas todo? –preguntó por enésima vez Agustín–. No corras riesgos innecesarios; solo quiero que sepan que estoy vivo y mi deseo de recuperar a Mateo. Cuando...

–Lo sé –interrumpió Sole–. Te llamaré al teléfono de la empresa o enviaré un telegrama.

La sonrisa del taxista se esfumó cuando su novia ascendía por la pasarela del buque.

–Te haré responsable si le ocurre algún mal –le dijo muy serio a Agustín, con el que no cruzó palabra durante el viaje de regreso a la capital.

***

Tras una travesía de mar tranquila, acompañada por la incertidumbre de lo que podía encontrarse al llegar, Sole contempló desde la cubierta el estuario del Tajo. Era la mañana del veinticinco de marzo de 1945 y la joven recordó el aniversario de la jornada en que los agricultores extremeños ocuparon más de tres mil fincas. Su padre, orgulloso, se lo había relatado muchas veces. Llovía en Lisboa y la joven superó el control de pasaportes sin dificultad. «*Ben vinda, senhora*», le dijo el agente de aduanas al devolverle el documento. El taxi no tuvo más que seguir el curso del río para llevarla a la estación de Santa Apolonia, el deslumbrante edificio blanco de cuyos andenes partía el expreso hacia España.

Sole distrajo en la cafetería las dos horas que restaban para la salida de su *comboio*. No se resistió a probar un crujiente hojaldre de crema como el que había visto en la mesa de al lado, tampoco el llamado pastelito de Belem. Rodeada de hombres de negocios, mujeres de clase media y militares, retomó la lectura de *El miajón de los castúos*, el libro que Agustín le había prestado para entretener el viaje. «Mira, tiene la dedicatoria que puso El Gacho al regalármelo; él lo reconocerá», comentó al entregarle a la joven el manoseado ejemplar. Se detuvo en unos versos referidos al ferrocarril; el «bicho negro» lo llamaba el autor:

> *'Corre'l' tren retumbando por los 'jierros'*
> *de la vía. Retiemblan*
> *los recios alcornoques 'quésparraman'*
> *'al reor' del troncón de hojas secas.*
> *'Juyen' las yuntas 'cuando'l' bicho negro*
> *silbando, traquetea.*
> *'S'esmorona' un terrón, y el jumo riñe*
> *con las ramas 'd'encinas' que se 'enrean'...*

El libro le sirvió para rememorar los dichos y el habla de sus ancestros, de la gente del pueblo. Esa memoria oral que poco a poco se desvanecía en su vida mexicana.

Tal y como le aconsejaron realizó el cambio de divisas en la propia estación. Para ella suponía una pequeña fortuna, que repartió con sigilo entre su bolso de mano y la maleta. Sole experimentó la sensación de que la miraban de una manera especial, lo cual era cierto, aunque se debía más a su atuendo colorido y a los vistosos pendientes de plata y ónix con que se adornaba.

Evitó la conversación con los compañeros de compartimento, pues no entendía el portugués y evitaba llamar la atención. Se amodorró abrazada al bolso, donde iban el pasaporte y el dinero, mientras pinzaba la maleta con las piernas. El brusco frenazo en la estación de Elvas provocó el que sus ojos se abrieran; ante la proximidad de la frontera sus pulsaciones se aceleraron y notó un sudor que no respondía a la temperatura del vagón. Poco después pudo distinguir la bandera española.

–¡Puedo yo! –le respondió al hombre que se había ofrecido a bajarle la pesada maleta del tren.

Al incorporarse a la cola de control de entradas le flojearon las piernas. Se fijó en el uniforme gris de los policías armados, el nuevo cuerpo creado el año anterior; imaginaba que podían olfatear su miedo, como hacen algunos animales.

–¡Siguiente! –exclamó en tono rutinario el agente de patillas compactas, a la vez que le demandaba el pasaporte con un gesto de la mano.

Se lo entregó sin decir palabra ni bajar la mirada; notaba la boca pastosa y fuego en las mejillas.

–¿México? Allí hay mucho rojo *escondío*. –Ahora cotejaba su rostro con la foto del documento–. Abra la maleta, señorita.

No sin esfuerzo colocó la valija sobre la mesa de barniz gastado. Le costó liberar los cierres por el temblor de las manos.

–Sáquelo todo –ordenó el policía.

Solo había ropa y el par de zapatos extra en el interior. La humillación hizo presa de la joven cuando el de las patillas sostuvo el sujetador sobre su porra de cuero mientras la miraba con procacidad. A Sole le dieron ganas de sacarle los ojos con las uñas, pero no se atrevió a abrir la boca. Tampoco los pasajeros que aguardaban tras ella.

–Recoja esto y continúe. –Puso un sello en el pasaporte y la urgió con un movimiento de cabeza, por lo que introdujo sus cosas en la maleta de cualquier manera.

Camino de los lavabos, reflexionó sobre la inutilidad de su entrenamiento mental al enfrentarlo con la realidad. Por primera vez dudó sobre lo acertado de su decisión de viajar a España.

En el trayecto a Zafra se topó con la crudeza de la posguerra: vagones incómodos, gentes de ropa raída y mirada triste, soldados escuálidos, olor a sudor concentrado y tabaco de mala calidad. Se sentía como un cisne en una ciénaga. Aún tuvo que transbordar al tren de la línea que finalizaba en Huelva, lo que aprovechó para comer un bocadillo en la cantina. Al envolverla el acento de la tierra empezó a sentirse un poco en casa; casi diez años después volvía al lugar del que salió como adolescente. Que ella supiera, solo quedaba allí la tía Guadalupe, de la que no había vuelto a tener noticia.

La luz crepuscular iluminaba las dehesas que jalonaban las cerca de ocho leguas que restaban hasta Fregenal. La emoción comenzó a embargarla tras distinguir las primeras casitas blancas de su pueblo. «Padres, Margarita, si pudierais verlo...», pensó cuando el tren aminoraba la marcha anunciando la inminencia de la parada. A partir de ese momento aumentaban las posibilidades de ser identificada. La mujer delgada que se apeó junto a ella, la de la marca en la cara, no había dejado de observarla desde Zafra.

–¿Cuánto me llevas por acercarme a la Plaza de la Fontanilla? –El hombre acomodado en el pescante del carro la miró con la curiosidad que se reserva para los forasteros en cualquier pueblo.

–Cuatro pesetas, señorita –dijo el del carro.

–*Ea* –respondió Sole, y el cochero la ayudó a subir la maleta.

La penumbra envolvía a los escasos transeúntes; las restricciones energéticas obligaban a dosificar el alumbrado público. Al atravesar el empedrado de la Plaza Mayor escucharon un repentino rumor de voces. Algunas personas miraban a los ocupantes del carro, iluminados por la débil luz de su farol.

–Esos salen de la sesión de tarde –comentó Paco Galindo, el cochero.

Al finalizar la guerra, el «Cinema Bravo» retomó su actividad originaria. La gente se evadía en la oscuridad de la sala frente a películas de corte patriótico o melodramas tolerados por la censura.

Galindo dejó a su pasajera junto a una casa de la plaza de la Fontanilla. Tenía dos alturas y su fachada era blanca, como la mayoría del lugar. «Pensión Trinidad», se leía en la placa atornillada en la parte superior de la puerta de dos hojas.

–*Pa* lo que precise ya sabe dónde encontrarme, señorita –dijo el cochero, llevándose la mano a la visera a modo de despedida.

Sole utilizó dos veces la pesada aldaba con forma de herradura y enseguida se abrió la hoja superior. La luz de la lamparita de techo iluminaba los cabellos grises de Trinidad Navas, soltera que vivía con su madre octogenaria. Tampoco se casó su único hermano; lo tenía vedado por mor del ejercicio del sacerdocio.

–Buenas noches, señora. Necesito una habitación –expresó la joven.

–Pasa, hija; estarás cansada. Todos me llaman Trini. –La sonrisa acogedora de la mujer la alimentó casi tanto como la cena que le ofrecieron tras registrarse y dejar sus cosas en el cuarto.

La actitud de la patrona no cambió al conocer la identidad de sus padres.

–Pobres. Murió demasiada gente en ese tiempo –dijo Trini con tono sincero.

Poco después, Sole cayó agotada en el lecho. Custodiarían su sueño un crucifijo de madera y la imagen de Nuestra Señora de los Remedios.

A la mañana siguiente, mientras desayunaba, Sole coincidió con la madre de la patrona, Jacinta. Vestía de luto desde que murió «su hombre»; de eso hacía más de veinte años.

–Qué pendientes más bonitos, niña. Yo también quiero una *mijina* de café –le pidió a Trini desde su silla de mimbre, en la que pasaba la mayor parte del día.

–Ya sabe que no le conviene para la tensión, madre. Por cierto, a ver si viene pronto el de Olivenza; casi no queda grano. –El agua del puchero hervía ya y el olor a pan tostado llenaba la estancia.

–Eso son paparruchas de médico; yo estoy *mu* bien, a Dios gracias. –Mientras decía esto, Jacinta trenzaba con destreza su moño blanco.

Como supo Sole la noche anterior, los productos básicos estaban racionados y a veces no había más opción que el estraperlo para conseguirlos.

–Todo el que puede lo hace y la autoridad mira para otro lado: si los untan, claro –le aclaró Trini. La pertinaz sequía, como calificaban a la que padecía el país desde el cuarenta y cuatro, había aumentado la escasez; el aislamiento internacional y la falta de divisas hacían la situación insoportable. Al preguntarle Trini, Sole había justificado su viaje por la visita a parientes y la necesidad de arreglar papeles; decir algo más solo podía traer complicaciones.

–Bueno, señoras. Pues salgo a hacer mis cosas –dijo la joven tras desayunar.

–Toma, la mañana está como de lluvia. –Trini le ofreció un paraguas–. Aquí se come a las dos –añadió.

Sole se anudó un pañuelo a la cabeza; la prenda y los años transcurridos dificultarían su identificación. Tras respirar el aire húmedo saboreó el momento que había imaginado tantas veces. Camino del «Comercio Barrero» se detuvo frente a la que fuera su casa; parecía recién encalada y un hilo de humo escapaba de la chimenea. No quiso saber quién la ocupaba; prefería imaginarla con ellos dentro, como la última vez.

Pisaba segura por plazas y calles, como si hubiera dejado el pueblo el día anterior. Apenas apreciaba cambios, salvo el color de las banderas, los yugos con flechas y otros símbolos del nuevo régimen. Sí le llamó la atención la vecindad: demasiado ropaje negro, cabezas gachas, mirar esquivo y cuerpos enflaquecidos. Era como si el hambre y el miedo los hubieran encogido. A la entrada de la iglesia de Santa Ana vio a dos hombres en postura mendicante; al moreno le faltaba un brazo, al otro las dos piernas, por lo que apoyaba el tronco en un carrito de madera. Al aproximarse le pareció que este último era Ramón, el hermano de su amiga Raquel. «Qué pena, con lo *jaquetón* que era», se dijo. España estaba plagada de mutilados; a los de un bando se les llamaba «caballeros» y recibían todo tipo de ventajas; a los del otro se les calificaba de «jodidos lisiados», sufriendo la condena del desprecio y la miseria.

Cuando se internaba en la calle Marqués de Riocabo, el cielo comenzó a descargar. Allí seguía el «Comercio Barrero», tal y como lo recordaba. Al amparo del paraguas se detuvo frente al escaparate; las gotas se pegaban al cristal tras el cual apenas se veía género. Después de una respiración profunda se decidió a abrir la puerta, alertando el sonido de la campanilla al dependiente.

–Buenos días, señorita. ¿Qué se le ofrece?

Sole repasó los estantes con la mirada, apreciando que, donde en otro tiempo se amontonaban coloridas telas, solo quedaban monótonos tejidos. Luego se dirigió al hombrecillo del lapicero en la oreja; este sobresalía lo justo del mostrador.

–No tan buenos –sonrió, mientras señalaba con un dedo el exterior–. Me gustaría hablar con don Manuel.

–¿De parte de quién? –El dependiente no la identificaba como clienta habitual.

–Soy una conocida suya –respondió ella.

Poco después apareció El Gacho en el hueco de acceso a la trastienda. Estaba más grueso y las entradas mostraban una frente crecida, pero sin duda era él. A pesar de esforzarse, el dueño del comercio no la reconocía.

–Con quién tengo el gusto... –Hizo gala de su habitual educación.

–¿Le importa que hablemos en un lugar más discreto? –La joven miró de soslayo al del lapicero.

–Danielín, ordena un poco los anaqueles. –Con un gesto le indicó a Sole que lo siguiera y la condujo hasta un despacho con el rótulo de «Cárnicas Barrero». Sole se fijó en las dos fotos enmarcadas: una de Franco y otra de don Rogelio Barrero –la madre vivía aún–; también en el archivador de madera y la mesa que rezumaba papeles.

–Gracias, Gacho –dijo cuando la invitó a tomar asiento.

Esa familiaridad produjo una visible incomodidad en el hombre, que la miró de nuevo, como si intentara descifrar el enigma de su rostro.

–¿Quién eres? –Se dio por vencido.

–Cuando salí del pueblo era más chica. Mi padre fue Marcelino Rodríguez, el del sindicato.

–Entonces, tú.... –Tampoco prosperó ese intento del comerciante por recordar.

–Soy Soledad, la pequeña.

–¡Pues claro! –El Gacho se golpeó la frente con la palma de la mano–. Es que estás muy cambiada. ¿Y qué ha sido de tu familia? –Sus facciones se habían relajado.

Aunque Soledad estuvo a punto de entrar en los detalles de su historia, se impuso el sentido de misión que la había llevado hasta allí.

–Solo vive mi hermana. Pero hoy te vengo a hablar de parte de Agustín. –La mención del nombre tuvo el efecto de una coz en el pecho; el rostro del hombre se tornó lívido.

El Gacho extrajo un cigarrillo de la cajetilla y lo encendió con mano temblorosa.

–¿Agustín Lobo? Alguien me dijo que había muerto en la guerra. –Le vinieron a la mente las cartas de aquel mejicano a las que nunca contestó.

–Pues no es así; tu amigo vive en México, el país donde encontré refugio con mi familia. De eso he venido a hablarte.

El Gacho lo sospechaba desde hacía tiempo, aunque evitase pensar en ello.

–¿Estás segura? –acertó a decir.

–Y tanto, como que vivo en su casa con su familia. Por cierto, ¿qué sabes de Mateo y de los hermanos de Agustín? –El segundo torpedo acertó en la línea de flotación del comerciante.

A Julia le sorprendió conocer que El Gacho y su mujer habían adoptado a Mateo; también pudo aclarar el misterio de las cartas devueltas a Agustín: Reme vivía en Zafra y Andrés en Cumbres Mayores.

–El hermano trabaja para mí –añadió el comerciante.

–Agustín no va a encajar bien lo de su hijo. Ha sufrido mucho por la separación y solo piensa en recuperarlo. ¿Qué piensas hacer?

El Gacho se llevó las manos a la cara; le costaba continuar la conversación. En ese momento sonó el teléfono:

–Luego te llamo, estoy ocupado –le dijo a su mujer. La joven lo miraba a los ojos aguardando una respuesta.

–Soledad, te juro que me hace muy feliz lo de Agustín; en tiempos fuimos como hermanos. –Su mirada clara transmitía sinceridad–. Pero él ya tiene otra familia, una vida lejos de aquí. No puede pedirme que renuncie a Mateo. Ahora es nuestro hijo; mi mujer se moriría de pena. Como padre querrá lo mejor para su hijo; por eso debe sacrificarse y dejarle disfrutar de su porvenir. –El tono de El Gacho era implorante.

–Creo entender lo que sientes; seguro que tu amigo agradecerá lo que has hecho por el niño y por su familia, pero debes comprenderlo. No pretendía abandonar a Mateo; la guerra lo arrastró. Ni siquiera pudo estar aquí cuando murió su madre.

–Necesito pensar; esto me sobrepasa. Tengo que hablarlo con Amparo. –El Gacho parecía confuso.

–Estaré fuera un día o dos; cuando regrese vendré a conocer tu decisión –dijo la joven.

Manuel Barrero sintió en ese momento que el reloj del destino se había puesto en marcha.

–Danielín, voy a salir. Volveré antes de mediodía. –El dueño fue directo a su casa en cuanto Sole se marchó.

«Contacto realizado. Hijo y hermanos bien. Respuesta en dos días. Sole» decía el texto del telegrama que envió a Agustín. Aún tuvo tiempo de solicitar su partida de bautismo, lo que aprovechó el párroco meticón para someterla a un absurdo interrogatorio. El clero había reforzado su autoridad en la nueva España; se sentía cómodo en el papel de guardián de la moral y aliado de los vencedores de la cruzada nacional.

A la mañana siguiente Sole tomó el tren con destino a Llerena. Julia desconocía el otro encargo de su marido, el que llevaba a la joven a viajar a esa localidad. Los vistosos bordados de su chaqueta de lana llamaban la atención de los que aguardaban en el andén. Cualquier nota de color destacaba en esa sociedad tan oscura, en la que el negro, el gris, el caqui y el azul mahón representaban el nuevo arcoíris.

Ya ocupaba el incómodo asiento de madera cuando fue a sentarse frente a ella una mujer que ocultaba parte de la cara con su cabello. Colocó su maleta en la bandeja de la parte superior y el hatillo de tela negra bajo las piernas. A pesar de la marca que asomaba por el pómulo, a Sole le pareció una mujer atractiva.

–Creo que te conozco. –La de la marca se dirigió a ella tras comprobar que no había nadie cerca.

–¿Y usted quién es? –Puso distancia la joven.

–Me llamo Lola, guapa, aunque me dicen Caraba. ¿No era sindicalista tu padre? –La voz cálida y algo en su mirada que no sabría explicar inspiraron confianza a la joven.

–Sí, Marcelino Rodríguez.

–Claro, el yuntero, el de la FETT –susurró–. Aunque yo traté más con su amigo Agustín; siempre iban juntos. –La Caraba no había olvidado a su amante.

Sole no tuvo reparo en hablar de su familia; no así de Agustín ni de los motivos que la habían llevado a España. Confianza por confianza, La Caraba le refirió la entrada de los nacionales en el pueblo.

–No me libré de que me raparan ni de las palizas. Lo peor fue cuando me vertieron encima la sosa cáustica del barreño, la misma con la que preparaba jabón. Mira cómo me dejaron. –Al retirarse el pelo apareció la cicatriz de la quemadura.

La Caraba le confesó a la joven que malvivía del contrabando.

–Me traen café, tabaco rubio y otras cosas de Portugal. Lo vendo en los pueblos de la comarca. –Volvió a echarse el cabello a la cara.

–¿Y no tiene miedo de que la cojan?

–¿Qué quieres, hija? Ya lo han hecho alguna vez y me lo han quitado todo, además de darme buenas hostias. La existencia de una viuda sin hijos no es fácil, sobre todo si te tachan de roja. –La presencia del revisor en el pasillo cortó la conversación; en ese tiempo todos los uniformes imponían.

Cuando el tren se detuvo en Zafra, la joven ayudó a bajar la maleta de La Caraba; la mujer le caía bien.

–Gracias, Sole. *Ma gustao* mucho hablar contigo –le dijo al despedirse.

Había revuelo en el andén; una decena de guardias con uniforme gris verdoso custodiaba a un grupo de hombres desarmados, casi todos con el rostro sucio y la mirada huidiza. «¡Asesinos!», «¡muerte a los rojos!» y otras lindezas les gritaban algunos civiles. Sole pudo ver cómo les arrojaban objetos contundentes ante la actitud pasiva de los guardias.

–¡Cámbiese al siguiente vagón! –La orden del sargento de la Guardia Civil le sonó como un disparo.

Un pasajero le comentó que llevaban a los maquis a Mérida. Eran los últimos rescoldos de la guerra; aquellos que no la daban por terminada. La joven vertió unas gotas de perfume de guayaba sobre sus mejillas y su cuello antes de apearse en Llerena, tras lo cual pintó sus labios con un tono natural. Aunque coqueta, no quería significarse.

–¿Sabría decirme por dónde queda la casa del notario Almenares? –preguntó al salir de la estación.

XVIII. Fregenal

—Soledad Rodríguez Frutos –le respondió Agustín al funcionario que asistía a la reunión.

Gracias a las gestiones de Félix Gordón habían conseguido una cita en la Secretaría de Asuntos Exteriores de la República. Al joven taxista le imponía demasiado la presencia de un político tan conocido como Francisco Castillo, nombrado al frente de la misma el año anterior.

–Hable usted, señor Cano. Esto no es lo mío –le dijo el novio de la joven desaparecida al entrar en el edificio oficial.

El de Fregenal hubo de responder a las preguntas sobre el viaje de Soledad: fecha de salida, destino, último contacto con ella. El político de Durango estuvo muy cordial. «Es tan buen médico como diplomático, y mejor persona», le había dicho Gordón sobre Castillo.

–Ya saben, las relaciones con el Gobierno de Franco están suspendidas. Para nosotros, el legítimo es el de la República; no obstante, atendemos nuestros asuntos de España a través de legaciones de países amigos. –Sus ademanes resultaban elegantes–. Espero poderles dar buenas nuevas pronto; hasta entonces les recomiendo paciencia.

En la vivienda de la calle Artículo 123 cundió la alarma tras la primera semana sin recibir noticias de Sole. La segunda les encogió el corazón. Julia se ocupó del telegrama a la pensión de Fregenal, que recibió respuesta inmediata: «Srta. Soledad dejó equipaje y no volvió. Policía informada». En el siguiente, Julia se atrevió a pedir que preguntara en el comercio de los Barrero. «Han hablado con D. Manuel. No hay noticias de la señorita», fue la respuesta. Francisco los llamaba todas las tardes para interesarse; esa noche de finales de abril decidió plantarse en su casa.

Julia le ofreció una cerveza mientras esperaban a Agustín. El taxista mostraba su desesperación mientras hacían conjeturas sobre el paradero de su novia. Alvarito y Espe los miraban en silencio; su mente infantil intuía que algo extraño pasaba. Al oír la puerta corrieron al encuentro de su padre, que solía llegar a esas horas.

–¡Papá, papá! –gritaron al unísono.

Agustín se agachó para recibirlos con los brazos abiertos, ceremonia que se repetía a diario. Espe le quitó las gafas como de costumbre y él arrancó una carcajada infantil al simular que no veía nada.

–Ha venido Francisco. –Al escuchar al niño el semblante del padre cambió.

Tras besar a Julia le alargó su mano al taxista, que la estrechó con desgana.

–¿Alguna novedad? –El tono era duro; su mandíbula estaba crispada.

–Esta tarde me llamó el ayudante de Castillo. –Los labios de Agustín adoptaron la curva de la decepción–. La Policía va a cerrar el caso; al parecer no es una prioridad para ellos.

En un segundo, el novio transitó de la pena a la ira y, sin previo aviso, las gafas y la sangre de Agustín saltaron al recibir el puñetazo. Julia gritó mientras intentaba sujetar al agresor por detrás. Su marido no hizo esfuerzo alguno por defenderse; estaba abrumado por la culpa.

–Pendejo cobarde, ¿a qué la mandaste allí? –expresó Francisco, que mantenía los puños en alto–. Suélteme, Julia;

no voy a golpearlo más. –La voz estaba modulada por la vergüenza que comenzaba a invadirle.

–¡Sal de esta casa, desgraciado! –La mujer le señaló el pasillo, mientras Agustín se llevaba un pañuelo a la nariz.

–Espera, Francisco –le dijo el agredido–. Quizás yo hubiera hecho lo mismo en tu lugar. –El otro bajó la mirada–. No te vayas así.

Como el taxista no se movía, el de Fregenal decidió continuar la conversación.

–Por favor, saca de aquí a los niños. –Julia le hizo caso a regañadientes y se los llevó de la mano a la cocina.

–Tú sabes que Sole es una mujer valiente y de gran corazón. Viajó por propia voluntad, aunque ahora comprendo que no debí permitirlo. –Francisco se había sentado y lo miraba sin decir palabra.

–Discúlpeme; no pretendía darle una *madriza*. Sole lo es todo para mí; llevo días sin pegar ojo –dijo el joven.

Agustín recogió las gafas del suelo; uno de los cristales estaba atravesado por tres finos surcos. Después encendió un cigarrillo.

–Si con ello resolviéramos algo, la paliza sería bienvenida. –El rostro del agresor se había relajado–. Si no hay novedad en los próximos días, yo mismo iré a buscarla.

–Es hora de decirle algo a Margarita, ¿no? –sugirió Francisco. En consideración a su embarazo, habían mantenido a la hermana al margen.

Estaba sudoroso cuando estacionó su automóvil frente a las oficinas de la empresa, no tanto por el sol de finales de mayo como por el accidente en las obras del hotel que levantaban en el barrio de San Rafael. El albañil se había caído por el hueco del ascensor; costó sacarlo. Al parecer tenía la columna destrozada y a Agustín le tocaba comunicárselo a la familia. No hizo mucho caso de la carta que Valeria le entregó camino de su mesa.

–Búsqueme la dirección de Alfredo Hernández Flores –dijo malhumorado. A la secretaria le extrañó que no le diese los buenos días.

Tras encender un cigarrillo reparó en la letra manuscrita del sobre; había algo familiar en la inclinación y las elegantes curvas de la grafía. Lo volteó con avidez y al leer las iniciales «AE» en el remite, su corazón comenzó a galopar; el matasellos era de Llerena (Badajoz). Rasgó el borde con el abrecartas y desdobló su contenido sobre el cartapacio.

–Aquí tiene los datos. –La secretaría dejó la nota junto al teléfono, sin que él le prestara atención.

Llerena, 8 de abril de 1946

Querido Agustín:

Cuando la joven que enviaste me hizo saber que vivías sentí una alegría inmensa y hasta dolorosa, pues algo muy profundo se removió en mi interior.

Me ha costado mucho escribir esta carta; creo que soy cobarde. Si hubiera tenido suficiente valor puede que tu hija y yo estuviéramos compartiendo tu vida. Me alegro de que hayas formado una familia y lamento que estés tan lejos de tu hijo mayor.

Aunque Soledad te dará más detalles sobre los últimos años de mi vida, te adelantaré que tuve otro hijo, Lorencito, lo único hermoso que ha salido de mi matrimonio. ¡Qué poco tiempo tuvimos, Agustín! Y sin embargo no recuerdo horas más dichosas que las que pasamos juntos. Hace años que perdí a mi padre, el único que podía entender mi situación. Tras su muerte mi madre se vino a vivir conmigo.

Espero que puedas reunirte pronto con Mateo. No se te ocurra volver a esta tierra maldecida por la sangre de sus hijos. Agárrate a esa oportunidad que te dio el destino y no olvides nunca a ese pedazo de ti que es Catalina. Tampoco a esta mujer, a la que el miedo y el egoísmo cortaron las alas.

De todo corazón te deseo felicidad y una larga vida.

Tu Amalia

Posdata: La foto es de la primera comunión de la niña. Por favor, no me escribas; podría resultar peligroso.

Los ojos de Agustín recorrieron todos los detalles: de entre el vaporoso vestido de ceremonia y la curva de la toga emergía la carita morena de Catalina con el brillo de la inocencia en sus ojos y la sombra del hoyuelo al sonreír, tan gracioso como el de su hermana Espe. Después recorrió las líneas de la carta con las yemas de los dedos, como si pudiera atrapar el tacto de Amalia, acercando el papel a su nariz para rastrear el aroma de la mujer que fuera su sueño imposible. «O sea, que estuvo con ella. ¿Qué ha sido de ti, Sole?». Le vino a su mente el rostro alegre de la joven en el puerto de Veracruz.

–Julia, mi vida, tengo que ir. –Ella lo miraba desde su lado de la cama, envuelta por la oscuridad–. Dos meses ya sin noticias suyas. ¡Se lo debo!

Su mujer no le respondió; quería a Sole como a la hermana que nunca tuvo y estaba confusa. Se limitó a abrazarlo y acomodó la cabeza sobre su pecho. Así los sorprendió el amanecer de ese domingo. Agustín estaba en un duermevela cuando sintió la manita en su brazo. «Papi», susurró Espe. Miró el blanco de la sonrisa de la niña y le hizo un hueco a su lado; después aspiró el aroma de sus rizos.

–Sé que es mucho lo que solicito y entenderé cualquier decisión que tome. De sobra conoce que le estoy muy agradecido. –Agustín le mostró su determinación a Echevarría.

Mientras meditaba su respuesta, la poderosa cabeza del vasco descansaba en el respaldo del sillón de cuero; comprendía los motivos y no deseaba perder a uno de sus mejores hombres. Tras escucharse el golpeteo de nudillos en la puerta del despacho, asomó Valeria.

–Ya están todos en la sala, don Bernardino. –Con un gesto, el jefe dio a entender que iría enseguida.

–¡Diez semanas, ni un día más! Antes de irte le pasas lo del hotel a Santos. –Agustín se disponía a hablar, pero el vasco lo frenó–. Te anticiparé el salario de dos meses para el viaje a condición de que regreses –zanjó Echevarría antes de salir para la reunión.

La actitud de su patrón nada tenía que ver con la de los terratenientes con los que había lidiado en su tierra natal. En ese momento fue consciente de su ascenso social; nadie lo veía como al yuntero que fue. Algunos lo trataban de don y otros de señor, conducía su propio coche y jamás hubiera imaginado disfrutar una vivienda tan confortable. «América es tierra de oportunidades», pensó el de Fregenal.

Mientras Agustín se preparaba para su particular odisea, las blancas hebras de la madurez aparecieron en la barba que cubriría su cicatriz. Como Sole, eligió la vía de Portugal para su singladura. No se abstuvo de contarle sus propósitos a Estrada, quien le ofreció una serie de consejos prácticos: «Si te ves en una situación crítica contacta con este hombre. Trabajó conmigo y ahora lo hace en la Policía». En el papel figuraban un apellido y un número de teléfono. La despedida de Julia y los niños resultó dramática. Francisco Cruz se empeñó en llevarlo al puerto. A finales de julio, con pasaporte mexicano, José Cano Torrado embarcaba rumbo a su destino.

Se miró en el espejo del camarote: la barba y las gafas alteraban su fisonomía. Calculó que había ganado media arroba desde que saliera de Fregenal. Después extrajo de su cartera la vieja fotografía de Mateo. «Ya vas camino de los dieciséis, un mozo. ¿Nos reconoceremos?», se preguntó.

***

Barrero Millares eran los nuevos apellidos de Mateo tras la adopción. Cursaba sus estudios en el San Francisco de Paula. Ese colegio sevillano se fundó a finales del XIX con la influencia de la Institución Libre de Enseñanza y había sabido defender su carácter privado e independiente frente a las presiones ideológicas de la posguerra. Tanto el respeto como el valor del trabajo estaban entre sus principios, también la prioridad de las enseñanzas tecnológicas. Mateo formaba parte del pequeño grupo de alumnos que vivía en régimen de internado; sus brillantes calificaciones eran el orgullo de sus padres.

Esa mañana de julio preparaba su maleta, al igual que Gutiérrez, Pastor, Villanueva y los otros compañeros residentes. Bajo las claraboyas del pabellón, los sonrientes jóvenes se preparaban para el inicio de las anheladas vacaciones. Mientras hacía hueco a los ejemplares de *La República* de Platón y *La Ilíada* de Homero, el adolescente recordaba la reunión con el director: «Barrero, puede estar satisfecho del curso. Entréguele esta carta a su padre. Ahora a disfrutar del aire libre y de la buena lectura. Piense en el futuro; los profesores me han hablado de su potencial para las ciencias». Antes de abandonar el edificio echó una última mirada a la fuente y las columnas porticadas del patio central.

El reflejo en la ventanilla del tren devolvía la imagen de su uniforme, del cabello y los ojos oscuros; también la del bozo incipiente en el labio superior. «Si él pudiera verme...». Ahora pensaba en Agustín, aunque cada vez lo hacía menos.

El Gacho le hablaba a menudo de su padre, recordando sus correrías juveniles, su participación en la guerra de Marruecos y tantas otras cosas. Durante las vacaciones Mateo solía visitar a sus tíos paternos; sin embargo, había perdido el contacto con la familia de su madre. La aplicación en los estudios era su forma de mostrar agradecimiento a sus padres adoptivos y honrar la memoria de los naturales.

Al igual que otros veranos se instalaría en el cortijo del abuelo Gustavo, donde solía coincidir con sus primos. Entre parada y parada revivió en su mente la surtida biblioteca, los paseos a caballo y las sesiones de cine en Zafra. Ansiaba por encima de todo el reencuentro con Adela, la quinceañera que encendió su corazón el año anterior. Cuántas veces había rememorado aquel baño en el estanque, los ojos color miel y el brillo del sol sobre el cabello mojado de la adolescente.

Sus padres aguardaban ansiosos en el andén de la estación; la angustia se había apoderado de ellos desde la visita de Sole. Por otro lado, no sabían qué pensar sobre la desaparición repentina de esta. Que Agustín viviera lo cambiaba todo. ¿Debían contárselo a Mateo? Habían aplazado cualquier decisión y ahora abrazaban a su hijo, al que no veían desde la Semana Santa.

La fuerte tormenta a la altura de las Canarias obligó a fondear el barco en el puerto de Santa Cruz de Tenerife; ya no habría novedad hasta Lisboa. Durante las tres semanas a bordo, Agustín conversó con algunos hombres de negocios que hacían la ruta con frecuencia. Las relaciones diplomáticas entre México y el régimen de Franco estaban rotas, no así las oportunidades comerciales. España necesitaba de casi todo en aquellos momentos. Uno de estos pasajeros le habló del garaje de Badajoz donde alquilaban coches.

–El problema es la nafta, compadre; solo se consigue a base de plata. Casi nadie quiere vender a Franco. –El argentino le palmeó la espalda.

Agustín pasó del húmedo calor lisboeta al infierno seco del tren que le condujo a la capital pacense. El ambiente estaba viciado por el calor y los olores concentrados; si se abría la ventanilla entraba un aire abrasador. Finalizada la recolecta estival los campos aparecían tan ralos como amarillentos. Los campesinos azuzaban a las bestias para que arrastrasen la dentada tabla del trillo sobre la paja. Usaban sombreros toscos y se hidrataban con sus botijos de barro poroso.

Agustín tenía el cabello apelmazado por el sudor y la camisa adherida a la piel cuando le llegó el turno en la cola del control de la estación de Badajoz.

–¿Motivo del viaje? –expresó como un autómata el policía de rostro colorado.

–Negocios –dijo Agustín y le indicaron que siguiera.

Si el policía hubiera dispuesto de un oído más fino habría escuchado la sinfonía de tambores en el pecho del hombre de gafas y barba.

–¡Deme los cuarenta duros! La otra mitad esta tarde, cuando recoja el coche –lo apremió Pepe El Pájaro, que ya había anotado los datos del pasaporte de Agustín.

El mecánico llevaba un tercio de cigarrillo pegado a los labios. Vestía una camiseta de tirantes que dejaba a la vista un tatuaje de aspecto carcelario y un pantalón de trabajo con manchas de grasa de distintas añadas. Alquilar el viejo Citröen con sesenta litros de gasolina le costaría a Agustín algo más del salario mensual de un empleado corriente.

Dejó la maleta en el taller y anduvo despacio hasta la casa de comidas que le recomendó El Pájaro. Las altas temperaturas dificultaban su respiración, eran secuelas de su herida de guerra. Aún conservaba la ciudad cicatrices de los combates de agosto del treinta y seis, al igual que un buen número de sus vecinos. Tanto en la calle como en el «Mesón Tinajas» se cruzó con más lisiados de los que había visto en todo Ciudad de México.

Rodeado de obreros de la construcción, soldados y algunas sotanas, le sirvieron un gazpacho de primero y, al enfrentarse con el filete descubrió que tenía más nervios que él al cruzar la frontera. El vino raspó su garganta como la lija de un carpintero. Las parras del patio comedor daban una tregua a la calorina. Le emocionaba el acento de las conversaciones que llegaban a sus oídos. Se hablaba de la familia, del tiempo, de toros y fútbol. La política y las críticas estaban ausentes; el temor a la denuncia condenaba esos temas a la intimidad de los hogares.

Camino del garaje, a refugio de las escasas sombras pensó que se había confiado en exceso al dejar allí la maleta y pagar un anticipo. Su comportamiento se apartaba de lo aprendido en su etapa de agente de Inteligencia. «En lo sucesivo he de actuar con más cuidado», se decía, como si estuviera ante Estrada. Sin embargo, a la hora convenida le entregaron el coche: limpio, con las ruedas hinchadas y el depósito lleno.

–¿Y si lo necesito algún día más? –le planteó al de la colilla perenne.

–No *pue* ser; lo tengo que devolver a su dueño. Quizás otro coche, si es que lo tengo disponible. –Agustín le entregó a El Pájaro la mitad pendiente.

Tras anotarle el teléfono del garaje, el mecánico le preguntó por su destino.

–De entrada, Sevilla. Me han hablado muy bien de esa ciudad –mintió con naturalidad. Tras abrir una cajetilla –había llevado una buena provisión de rubio– introdujo el equipaje en el maletero y arrancó el motor. Tenía unos cien kilómetros por delante.

Las tórridas calles estaban vacías cuando dejó la ciudad en dirección sur. La carretera que llevaba a la Albuera estaba cuajada de baches; el último asfaltado debía datar de los tiempos de la monarquía. De los pocos automóviles que circulaban a esas horas le llamaron la atención los que llevaban adosado un aparatoso depósito. Después supo que se trataba del gasógeno, una solución autóctona para paliar la escasez de petróleo.

Tras rebasar Barcarrota decidió detenerse en Jerez de los Caballeros; necesitaba refrescarse y airear el radiador. Ascendió por las calles de la ciudad que los nacionales habían tomado a continuación de Fregenal. Algunos de sus vecinos huyeron a Portugal por Barrancos, igual que Marcelino Rodríguez y su familia. Detuvo el coche en la sombra que proyectaba la torre de la iglesia de San Miguel Arcángel y dejó abierto el capó.

Los hombres que jugaban a las cartas en el exterior de la tasca interrumpieron la partida al escuchar el motor; lo miraban con el mismo descaro que el perro tumbado a sus pies. Alzó el sombrero a modo de saludo y los presentes acusaron recibo, sin quitarle la vista de encima hasta que penetró en el local. El forastero se alertó al distinguir las siluetas de los dos guardias en la penumbra interior.

–Buenas tardes, señores –dijo con toda la naturalidad de la que fue capaz.

Agustín se despojó del sombrero y los de la Benemérita respondieron con una leve inclinación de cabeza.

–Usted dirá. –La papada del camarero temblaba como un flan; de su cintura colgaba un trapo de cocina.

–La cerveza más fresca que tenga. ¿Hay algún sitio donde asearse un poco? –El acento de Agustín sonaba a pastiche extremeño-mexicano, lo que dificultaba su clasificación.

Dejó el sombrero sobre la barra, dirigiendo sus pasos al cubículo señalado por el de la papada. Las moscas revoloteaban sobre la fetidez del inodoro turco; el lavabo ni recordaba la última limpieza decente y de su grifo salía un chorrillo de agua calentorra con la que se enjuagó la cara.

Al regresar lo esperaban el botellín y un platito de alcahueses. Uno de los guardias miraba al exterior desde el quicio de la puerta, posiblemente a su automóvil. La cerveza estaba fresca, que no fría, lo suficiente para aliviar la sequedad de su boca. Antes de encender un pitillo ofreció a los uniformados, que rehusaron.

Ya atravesaba la cortinilla de tiras hacia el exterior cuando el forastero escuchó la voz.

–*¡Zeñor!* –Agustín se volvió despacio–. El sombrero. –Sonrió el guardia andaluz al señalarlo.

–Este calor lo aplana a uno –se excusó por el despiste.

Junto al Citröen, dos niños jugaban descalzos con un aro de metal. Cuando Agustín les dio unas monedas mostraron las mellas propias de su edad y corrieron calle abajo; quizás hubiera suficiente para arreglar la cena de la familia esa noche.

Había cruzado el cauce del Ardila y el sol teñía de rojo los perfiles pétreos del castillo templario de Fregenal. Agustín detuvo el automóvil en cuando distinguió la torre del homenaje y las jorobas blancas de la iglesia de Santa María. El mismo viento tibio que movía su cabello le secó las lágrimas. «¡Mi pueblo! Diez años sin pisar tus calles, sin gozar de tus aromas, sin ver a mi gente ni visitar las tumbas de los que ya no están». Su memoria le ofrecía fragmentos de su existencia ligados a ese pequeño universo.

Cuando llegó al «Comercio Barrero», Danielín había echado el cierre y se aupaba para plegar el toldo. Agustín no lo conocía; era algunas quintas más joven que él.

—¡Buenas tardes tenga usted! —El dependiente lo miró sin soltar la manivela—. ¿Dónde puedo encontrar a don Manuel?

—Buenas, señor. —Sabía distinguir la calidad de un sombrero y el buen corte de un traje—. Tendrá que venir mañana; el dueño está fuera.

El primer impulso de Agustín fue llegarse al cementerio, donde reposaban los restos de sus padres. «Quizás esté cerrado; ya habrá ocasión». Se dio la vuelta cuando reconoció al hombre que venía de frente, uno de los que encerraron en el «Cinema Bravo» el verano del treinta y seis.

—Así que viene usted de México, como la señorita que desapareció —dijo Trini mientras anotaba sus datos para el estadillo de la Guardia Civil.

—Allí hay muchos españoles —contestó él sin mostrar mayor interés—. Necesitaría lavarme y comer algo. Sobre todo, lo segundo. —Le guiñó un ojo a la patrona. La madre de esta contemplaba al recién llegado desde su trono de mimbre; sostenía las agujas de punto en las manos.

En cuanto Agustín desapareció camino del baño, Jacinta susurró algo al oído de su hija, pues había otro huésped cerca.

—Yo conozco a ese señor, aunque no recuerdo el nombre.

Para el nuevo huésped resultó una larga noche de calor, mosquitos y pesadillas. La almohada estaba humedecida por el sudor, cuando la claridad y las voces procedentes de la Fontanilla lo despertaron esa manaña. Tras utilizar la palangana se puso una camisa limpia y, ya en la cocina, aceptó el café recién hecho, pero no así las rebanadas de pan frito; su estómago no andaba bien por la exagerada cena.

Luego de enviar el telegrama a Julia preguntó por su cuñado Tomás en la oficina postal.

—Hace años que marchó a la estafeta de Zafra. —La respuesta del funcionario de Correos despejaba una de las incógnitas.

No resistió la tentación de pasarse por su vivienda y por la de sus padres. Los vecinos del pueblo lo miraban con insistencia; en sus callejas no pasaban desapercibidos los forasteros de traje y sombrero, aunque ninguno se aventuró a preguntar. En la puerta de su antigua casa una madre amamantaba a su bebé; no la conocía y prosiguió su camino sin detenerse.

La vivienda de sus padres estaba descuidada: las paredes sin blanquear, cerradas la puerta y las ventanas. Alzó la vista al escuchar el maullido. «Los gatos serán ahora sus dueños», se dijo, recordando aquella lejana mañana de septiembre en la que su madre salió a despedirlo; Mateo dormía. Agustín no había reparado en la presencia de la mujer hasta que estuvo frente a él y lo miró con descaro. Ni la barba, ni las gafas y tampoco la indumentaria podían confundir a alguien que lo amó tanto. Aunque solo le había visto de espaldas cuando salía de la estafeta, su forma de caminar y el movimiento de los brazos le resultaron tan familiares que decidió seguirlo.

–¡Agustín! ¿Eres tú? –Los labios le temblaban al expresar esas pocas sílabas. Era como si dos linternas se hubieran encendido en el pozo de sus ojos.

Él recorrió el mapa de ese rostro de piel seca y pespuntes de finas arrugas. Se detuvo en la quemadura que iba del pómulo a la sien y dudó si responder. Su corazón decidió.

–¡Lola! –Al abrazarla sintió el pasado en la piel. Tardaron en deshacer el nudo del reencuentro.

–No es sitio para hablar; mejor en mi casa. Esta tarde –propuso la mujer.

Tras limpiarse los ojos con el dorso de la mano, los pasos de La Caraba se perdieron por la esquina más próxima. Él encendió un cigarrillo mientras la veía alejarse.

Agustín caminaba junto a las columnas que custodian el palacio del Marqués de Riocabado cuando el estrépito de cascos sobre el empedrado lo movió a girarse. Media docena de jinetes, los uniformes cubiertos de polvo, avanzaban en dirección suya a paso cansino. Los dos hombres atados a las grupas de los caballos tenían sangre seca en el rostro y trastabillaban, aunque sin rehuir las miradas de los curiosos. De las mulas que cerraban la marcha colgaban tres cuerpos sin vida, uno de mujer. Alguien dijo que eran del Maquis.

–Seguro que de la partida del comandante Ríos –concluyó el que parecía más enterado.

«¿Qué mueve a estos hombres a una lucha sin esperanza?», se preguntaba Agustín, que lanzó una mirada de desprecio a los curiosos que los insultaban y escupían a su paso. Las cabalgaduras parecieron responder al populacho al dejar un reguero de deposiciones junto a ellos.

Tenía frente a él la casa comercio de El Gacho. «Mi mejor amigo», se repetía. Aunque decepcionado por la falta de respuesta a las cartas, se forzaba a pensar que habría alguna justificación que lo aclarase todo.

–Aún no ha *venío*; puede que esté en casa –respondió Danielín, que en ese momento limpiaba el mostrador.

Agustín tocó la puerta de la vivienda, la siguiente a la del comercio, abriéndole una joven de uniforme gris.

–¿Quién pregunta? –La fámula cerraba el paso con su cuerpo.

–Dígale que Dantés. –Confiaba en que su amigo recordase aquel seudónimo de la infancia.

Hubiera pagado por ver la cara de Manuel al escuchar el apellido novelesco, y el dinero habría estado bien empleado. Al amigo le cambió el color de cara y el golpe de tos esparció el café sobre el mantel.

–¿Cómo es? –acertó a preguntar El Gacho.

–No sé decirle. Lleva gafas y gasta barba, don Manuel. –A la joven le extrañó su reacción.

El señor se limpió con la servilleta bordada y, precipitado, bajó la escalera. Ya tenía enfrente al hombre que lo buscaba. Era un poco más bajo que él y, cuando se sacó las gafas, aparecieron sus inconfundibles ojos.

–¿No me vas a invitar a entrar? –dijo el visitante.

–Esa voz... ¡Agustín! Pasa, pasa. –Le franqueó la entrada a su amigo.

–Ni que hubieras visto un fantasma. –Dantés se quitó el sombrero, tras lo cual se fundieron en un prolongado abrazo.

–¡Qué alegría tan grande! Me dijeron que tú, bueno... que no habías sobrevivido y yo.. Pero sube, por favor. –Le señaló la escalera que tantas veces usaron en su infancia, la que conducía al salón y las habitaciones–. ¿Has desayunado?

–Estás viejo, Manuel. –Este se tapó las entradas con las manos.

–¡Pues anda que tú! –Sonrió El Gacho con ganas.

–Necesito saber por qué no respondiste a las cartas de México; también lo que ha sido de la joven que vino en mi nombre. No me salgas con evasivas; he hecho un largo viaje. –La mirada de Agustín se había endurecido.

–¿La verdad? –afirmó el amigo con una inclinación de cabeza–. Por miedo, por el temor de perder a Mateo. Hace años que lo adopté como hijo. –El Gacho hizo una pausa para que el padre asimilara la novedad–. De la chica, la hija de Marcelino, no volví a saber. Ya se lo conté a los guardias.

Agustín sintió el dolor del golpe inesperado; nunca pensó en esa posibilidad.

–¿Adoptado? ¿Con qué derecho? –Se levantó con la mandíbula tensa–. En cuanto a Sole, espero que sea cierto lo que dices; comprenderás que he venido a por los dos. –Sus manos se apoyaron en el respaldo del sillón e inclinó el cuerpo hacia delante.

—Piensa en Mateo, en su porvenir. Era muy chico cuando te fuiste; ahora solo eres una sombra amable entre sus recuerdos. —El Gacho hablaba con la frialdad del comerciante que trata de colocar su mercancía. No era así el amigo que recordaba Agustín.

Agarró a Manuel por la pechera y tiró de él con furia.

—Hijo de puta. ¿Crees que sigo siendo el muerto de hambre que conociste? ¿En qué te has convertido? —El cenicero se fue al suelo con estrépito cuando la rodilla de El Gacho se golpeó contra la mesita.

—¡Señor...! —se escuchó la voz de la criada.

—No pasa nada —respondió tras sacarse las manos de su amigo de encima; las suyas temblaban.

—¡Que decida él! Ya tiene edad. —Agustín estaba lívido; no sabía qué decir.

—¿Cuándo le puedo ver?

—Está fuera. Le puedo traer pasado mañana —ofreció El Gacho.

—¡Mañana por la tarde! Ni una hora más —zanjó el padre carnal.

Antes de marcharse preguntó por sus hermanos. El Gacho le apuntó la dirección de los dos.

—Andrés trabaja para mí —añadió.

—Sin trucos, Manuel; no tientes a la suerte. —Dantés golpeó con el puño la pared de la escalera y desapareció por ella.

El habitáculo del automóvil le produjo a Agustín la misma sensación que una solana del Rif. Tras bajar la ventanilla partió hacia Cumbres Mayores.

Estaría a medio camino cuando divisó el indicador de la provincia de Huelva. «Quedarán unos diez kilómetros. A ver cómo lo hago para que no les dé algo al verme», pensó. Cuando se quiso acordar estaba frente a «Cárnicas Barrero», el criadero porcino en el que trabajaba Andrés. La peste cálida de las cochiqueras penetró en su nariz cuando caminaba hacia la oficina. Al entrar sintió el alivio del ventilador de techo, bajo el cual se guarecía un burócrata de corbata y manguitos impolutos; las ráfagas de aire movían a intervalos rítmicos los papeles de su mesa y el único mechón de su flequillo. Lo miró extrañado, se ve que apenas lo interrumpían en su reducto.

–Pregunto por Andrés Lobo. –El burócrata solitario dejó las gafas sobre la mesa y se aproximó al mostrador.

–¿Es usted familia? –Puede que encontrara similitud con los rasgos del empleado.

–No, un viejo amigo. Hace tiempo que no nos vemos –mintió Agustín.

–Lo encontrará en la nave tres, a la izquierda según sale. No le entretenga mucho; está de turno. –El de los manguitos volvió a sus papeles.

El sol estaba en lo más alto; podía notar su peso cuando salió al exterior. El hombre que descargaba el bidón de la carreta estaría a unos cincuenta metros; llevaba un peto azul y sombrero de paja. Casi percibía el bombeo adicional de sangre cuando el nombre de su hermano le brotó de lo más hondo como un desahogo. El del peto se giró y, tras limpiarse la frente y los ojos con su pañuelo, pudo ver al señor que se aproximaba.

–No te asustes, Andrés. –La voz le puso en alerta; cuando su hermano se quitó el sombrero ya no tuvo duda.

–¡Tú! No puede ser. –La incredulidad nublaba sus ojos oscuros.

–Sí, hermano. Aquí me tienes. –Agustín se acercó para que le viese mejor.

–¡Tinín! –El grito salía de su alma.

Aprisionó a su hermano con sus brazos sudados. Los dos compartieron llanto y confidencias en la sombra más cercana; tenían tanto que recuperar...

–¿Qué pensarías si te dijera que siempre dudé de tu muerte? Pregúntale a Rosa; ella lo sabe. –Apoyó su frente contra la del hermano; eran como niños el día de Reyes.

–Volveré cuando libres. Prepara a tu familia y, por favor, llama a Reme; no quiero que se asuste cuando me vea. –Al despedirse, revolvió el pelo de Andrés con su mano.

–Vete con ojo, Agustín; no te fíes ni de tu sombra –le aconsejó.

Su hermano no sabía nada de Sole, ni siquiera que había llegado a Fregenal. Agustín anduvo pensativo hasta la oficina y, tras ofrecerle un pitillo al de los manguitos, le solicitó un pequeño favor.

–Puede telefonear si abona la llamada. –El burócrata le señaló el aparato y la guía.

En la oficina del notario le informaron de que la señora vivía en la Vega Ancha; él se identificó como un conocido de Badajoz. Al oír la voz de la mujer por el auricular, su cuerpo estaba tan tenso como las cuerdas de una guitarra.

–Dígame, diga. –Ya iba a colgar cuando escuchó la voz de Agustín.

–Soy yo. –Los siguientes cinco segundos fueron eternos.

–¿Agustín? ¿Desde dónde llamas?

–Estoy en mi pueblo. No cuelgues, por favor. –Temía que se asustara.

–¿En España? –La voz de Amalia reflejaba su sorpresa.

–Llegué a Fregenal anteayer. Me gustaría verte. –Ante la falta de respuesta, prosiguió–: No temas; no quiero causarte problemas.

Amalia estaba confundida; no había previsto esa situación. No obstante, las brasas del pasado trepaban ya por sus entrañas y, cosa habitual en los humanos, el sentimiento se impuso a la razón.

–Mi marido está fuera. Suelo cabalgar hasta una lagunilla que hay junto al Arroyo de la Carrasca, al este del cortijo. Si vas mañana a mediodía me encontrarás allí.

–Ten por seguro que estaré –respondió Agustín con rotundidad.

Ella no percibió el ¡clic! ¡Cómo iba a imaginar que alguien escuchaba! El capataz Sayas había ganado galones desde la muerte de don Rafael. Además de atender con despotismo las propiedades de Lorenzo se ocupaba de los asuntos turbios del señor: una paliza a tiempo, la desaparición de un documento incómodo o la búsqueda de las mejores putas para al notario. El poder embriagaba a un tipo de su catadura que, salvo el de la pereza, incurría contumaz en los otros pecados capitales. Amalia no lo tragó nunca, y aunque el capataz se mostraba servicial con ella, no perdía ocasión de perjudicarla a sus espaldas. Sayas no había logrado saciar sus instintos con aquella joven que visitó a la señora. «La muy zorra no salió de rositas. Se me fue la mano», alardeaba con uno de sus hombres, casi tan brutal como él. Cuando Amalia le pidió llevar a Sole hasta la estación ignoraba el apetito salaz de ese energúmeno, auténtica pesadilla del servicio.

Sayas decidió no precipitarse; debía completar el rompecabezas antes de informar o no a su amo, según le conviniese. Sabía que no visitaba ya el dormitorio de la señora. «Quizás...», pensó. Siempre había deseado cobrarse esa pieza de caza mayor, como consideraba a Amalia.

Cuando Agustín accedió a la casa de La Caraba, todo parecía estar como él lo recordaba. Ella había corrido las cortinas y lo esperaba con una botella de cazalla sobre la mesa.

–¿Te acuerdas? –Le sirvió un vaso.

–Pues claro que sí, mujer. –Él se quitó la chaqueta.

–Qué raro estás con la barba, aunque me verás *mu* fea, ¿no? –Ella le acarició la mejilla.

–Tú siempre serás mi Lola. –Sonrió con ternura y le besó la frente–. Debiste huir del pueblo.

–Quizás. ¿Tienes mujer? Seguro que sí. –Le cogió las manos; estaban calientes.

Agustín sentía cariño por ella y su respuesta fue sincera, aunque sin mencionar a Amalia. También le habló de sus peripecias durante la guerra y del motivo de su regreso.

–Tu hijo está *mu* guapo; El Gacho y su mujer lo cuidan bien. Desde luego está mejor *alimentao* que con estas *chiqueninas*. –Lola señaló sus pechos, que amamantaron a Mateo al morir su madre. Después se desabrochó la blusa para mostrarle su hombro derecho.

–¿Qué te han hecho? –Agustín pasó el índice por la cicatriz abultada, de un rosa pálido–. Esto parece... –dijo mirando a Lola.

–Sí, a algunas nos marcaron como a reses. No debí quedarme. Si hubieras insistido.... –El tono era de reproche.

–Lola, sabes que no fue así.

La Caraba se levantó y atrajo la cabeza de Agustín contra sus senos; luego se puso de puntillas para besarlo en los labios, haciendo realidad el anhelo de esos años de ausencia. Él la separó con suavidad, mirándola como el que encuentra un recuerdo bonito en el desván.

–Lola, creo que no es buena idea. –Se mantuvo inmóvil.

–¿Ni por los viejos tiempos? –Ella intento cogerle una mano y él rehusó.

–No soy un hombre libre, ya lo sabes. Lo último que querría es hacerte daño –dijo antes de marcharse.

La Caraba estaba henchida de despecho, a pesar de lo cual hizo lo que tenía pensado.

–Agustín, aguarda un momento. –Al poco regresó con una caja de cartón, de la que extrajo un revólver oxidado, entregándoselo junto a un puñado de balas–. Un compañero me pidió que lo escondiese y no he vuelto a saber de él.

Agustín dudó un instante antes de guardarlo en un bolsillo.

–Quizás me puedas hacer un favor –se atrevió a decirle a Lola.

Las escasas farolas en servicio proyectaban la sombra de Agustín por las calles solitarias. El arma le pesaba como un ancla y le hacía sentir el vértigo de tiempos que creía haber dejado atrás. Se tranquilizó al entrar a la pensión, pasadas ya las once.

–Ya me tenía preocupada. –Trini llevaba una mantilla de lana sobre el camisón–. Le llamaron. –La mujer le entregó la nota pillada bajo el teléfono.

Tras rehusar el ofrecimiento de una cena fría, Agustín buscó refugio en la intimidad de su cuarto. «Pasado mañana no trabajo, te esperamos a comer», decía el escueto mensaje de Andrés. Abrió la ventana para fumar y el viento procedente de las serranías próximas le refrescó cuerpo y mente; intuía que se acercaban horas decisivas. Verse con Amalia lo consideraba una necesidad sentimental; además, suponía una oportunidad de dar con la pista de Sole. El reencuentro con su hijo era una exigencia vital que justificaba poner todo en riesgo; así lo sentía. Vinieron a su mente Julia y los dos pequeños, a los que no podía fallar; regresaría con ellos a toda costa. Antes de dormir reflexionó pesaroso sobre su encuentro con La Caraba. «Ella quería amor y yo le hubiera dado compasión», se dijo.

Se sobresaltó al oír golpes en la puerta. «Las ocho y media». Luego recordó su petición a la patrona. Cuando entró en la cocina, el café estaba recién hecho y las porras conservaban algo de calor.

–Es usted un sol. Ustedes –rectificó al reparar en la mirada de Jacinta, que ocupaba su trono de mimbre.

Después de enviar a Julia el telegrama del día se dispuso a viajar a Llerena. Un guardia civil miraba el coche de Agustín con curiosidad profesional. «La pistola en el maletero», pensó. Hubo de hacer tiempo hasta que vio marcharse al guardia con su benemérita pareja. Al arrancar se percató de que pronto necesitaría gasolina y se palpó la cartera instintivamente. Tras consultar su reloj tomó la carretera de Zafra.

XIX. MATEO

A mediados de agosto los campos de cereales estaban desiertos; era tiempo para las festividades de las vírgenes patronas. Los aperos se habían recogido y no volverían a aparecer hasta la siembra de octubre. Algunas cuadrillas saldrían en septiembre a vendimiar, en su pueblo o en otras localidades de la región. Era como si las tierras de labor durmieran una placentera siesta.

Había dejado atrás Zafra cuando tomó el desvío hacia un paraje solitario; después detuvo el Citröen junto a unos arbustos. Tras comprobar que estaba solo sacó el arma y el frasquito de aceite que le había facilitado la patrona. «Es para el coche», le dijo Agustín. Desmontó el revólver herrumbroso para engrasar cada pieza, tras lo cual introdujo las balas en los alveolos metálicos; el tambor giraba con soltura tras la operación.

Al pasar por Villagarcía de la Torre recordó el pinchazo del año treinta y siete, camino de aquella fallida misión. «El sanguinario Queipo estará tan pancho», se dijo. Una vez rebasada la estación de tren de Llerena se dirigió a la carretera de Córdoba; el desvío del arroyo no podía quedar lejos.

–Mamá, quiero ir contigo. –La niña de nueve años agarraba uno de los estribos con su manita morena, mientras su hermano Lorencito correteaba con un avión de madera en la mano; había cumplido los siete esa primavera.

–Hace demasiado calor. Mañana, un poco más temprano, saldremos las dos. –Catalina heredó la afición de su madre; ese año le habían regalado un caballo de pequeña alzada–. Por favor, ocúpate de ellos –le pidió Amalia a la doncella.

El capataz observaba la escena desde las cuadras. Su alazán tostado estaba ensillado y en la funda iba la escopeta. El señor había salido a primera hora para Badajoz.

Los paseos matinales a lomos de su cartujano blanco, supervisar la educación de sus hijos, la lectura y las conversaciones con su madre llenaban la vida de la infeliz Amalia. El marido dividía su tiempo entre la acumulación de dinero, la asistencia a cacerías y las citas con amantes; hacía años que no dormían juntos y se limitaban a guardar las apariencias. Lo que en otro país se hubiera solucionado con un divorcio, en este se sellaba con un cerrojo sin llave; era uno de los peajes de la España confesional. Los hijos y la imposibilidad de moverse sin la autorización marital condenaban a una vida insípida a la señora de Almenares.

Esa noche había soñado despierta con Agustín, aunque no se hacía ilusiones; la novedad de ese recuerdo aletargado había coloreado sus mejillas. Antes de salir se contempló en ropa interior frente al espejo; la imagen le confirmaba que el cuerpo, tan atractivo como inasequible para el notario, seguía ahí. El traje de amazona realzaba su silueta; con un maquillaje ligero completó su preparación para el encuentro.

***

Agustín se había apostado bajo uno de los robles que circundaban la lagunilla y se fijó en las bellotas. «Estarán maduras para septiembre», se dijo tras palpar algunas. Una nubecilla de polvo apareció en el horizonte. Al poco se podía distinguir la imagen de la amazona un tanto desfigurada por efecto del sol. El hombre se quitó el sombrero para ordenar su cabello frente al espejo del retrovisor; el azul claro del traje y la camisa blanca contrastaban con el tono moreno de su piel. El caballo transitó del galope al trote, adoptando el aire del paso cuando se aproximaba al lugar de la cita. Amalia acarició sus crines mientras intentaba ralentizar sus propias pulsaciones. Al reconocer a Agustín echó un vistazo a los alrededores antes de desmontar.

Sin dejar de mirarlo, amarró las bridas del animal a una rama; estaban a unos tres metros el uno del otro.

–¡Amalia! –La voz le salía de las entrañas y se aproximó a ella.

La mujer del notario buscaba tras la barba los rasgos del hombre añorado; este había dejado las gafas en el automóvil.

–¡Agustín Lobo! –Con un movimiento súbito se echó en sus brazos y las mejillas de ambos se apretaron en una mezcla de sudor y lágrimas.

Con las manos cogidas, permanecieron unos instantes en silencio. Ella sintió el cosquilleo de la magia que aparecía en sus encuentros; quiso pensar que a él le ocurría lo mismo. Luego buscaron la sombra, acomodándose en dos tocones de tala antigua.

–¿Para qué has vuelto? –Amalia se había quitado el sombrero de ala ancha y los rayos filtrados entre las ramas aclaraban el verdor de sus ojos.

–Es una historia larga, aunque solo por este momento repetiría el viaje. –Se desprendió de la chaqueta y la puso sobre sus rodillas.

Agustín la contó a grandes rasgos su peripecia vital desde el último encuentro. Por supuesto mencionó a Julia y a sus hijos, además de hablarle del deseo de recuperar a Mateo y de su desesperación por la falta de noticias de Sole.

–Al recibir tu carta entendí que su pista se perdía en la Vega Ancha. –Los ojos pardos del hombre demandaban respuesta.

–No sé qué decirte. –Ella lo miraba mientras trataba de recordar–. Bueno, Sayas se ofreció a llevarla a la estación.

–¿Sayas?

–Nuestro capataz. Me dijo que la había dejado allí.

–¿Es aquel tipo hosco que os acompañaba cuando lo de las ocupaciones? –Agustín tenía grabada su imagen.

–El mismo.

Amalia no podía saber que el aludido les tenía enfocados con unos prismáticos y anotaba la matrícula del automóvil. Aunque sin resultado, Sayas hizo un esfuerzo por identificar al hombre que acompañaba a la señora de Almenares.

–Me gustaría que hablaras con él; quizás pueda aportar algún detalle. Ahora necesito saber lo que ha sido de tu vida en este tiempo; ni te figuras la de veces que me lo he preguntado. –Extrajo un pitillo de la cajetilla y ella le pidió otro.

–De vez en cuando –respondió al gesto de extrañeza de Agustín.

Dos sorbos de agua de la cantimplora de Amalia y algún cigarrillo después era partícipe de la vida de la mujer a la que no llegó a olvidar. Lamentó las pérdidas que había sufrido, sobre todo la del padre.

–Siempre le estuve agradecido por lo que hizo –dijo tocándose la vieja herida del hombro.

Lo que enardeció a Agustín, removiendo su conciencia, fue conocer las consecuencias del chantaje de Almenares.

–Cerdo hijo de puta –fue su primer calificativo–. ¿Sabías que utilizó a mi madre y a mi hermana para hacerme hablar? –Ella respondió con una expresión de incredulidad.

–Ya no tiene remedio. ¿Quién podía imaginar? –Él la ayudó a levantarse y la abrazó con ternura.

–Amalia, perdóname. Si yo hubiera sabido.... –Ella no le dejó terminar.

–Nadie puede cambiar el pasado. –La mujer le miró de una manera especial, como si en realidad pensara lo contrario.

Agustín lo interpretó como una invitación al beso que ambos ansiaban. Había tristeza y culpa en ese chocar de labios, también esperanza y deseo. Al observar la acción, el capataz frunció el ceño en un arrebato de rabia y celos. Comenzó a especular sobre el beneficio que podía sacar de la indiscreción de la señora.

–Se está haciendo tarde. –Amalia desató las bridas.

–Me gustaría ver a nuestra hija antes de regresar a México –se atrevió a pedir él.

–Dame un teléfono donde pueda dejarte recado; no te prometo nada. –Ella le acarició la barba antes de subirse a la silla. Él le besó la mano y una idea comenzó a fraguarse en su interior mientras la veía alejarse.

Agustín repuso fuerzas en el colmado de un pueblecito cercano a Zafra; confiaba en que su hermano hubiese hablado con Reme. Al llegar a esa ciudad estacionó el coche junto al palacio de los Duques de Feria, internándose por uno de los arcos de piedra que daban acceso al centro. La siesta de estío había despoblado calles y plazas; le costó dar con la casa que buscaba. Antes de llamar limpió el polvo de sus zapatos con un pañuelo; después escucharía deslizarse la mirilla y, enseguida, el chirrido de la puerta al abrirse.

Reme se echó en brazos de su hermano menor, al que esperaba con impaciencia tras la llamada de Andrés. Agustín la llenó a besos.

–Cuánto os he añorado, hermana. –La encontró avejentada.

–Estos son Ascensión y Agustín. Se lo pusimos en tu memoria. –Reme acarició la cabeza de su hijo pequeño.

En el saloncito, el hermano se fijó en unas fotografías enmarcadas: en una aparecía un joven de uniforme, en la otra la familia al completo. Miró a su hermana.

–¿Pepito? –Reme entornó los párpados.

–Ya hace cinco años que marchó a Rusia con sus amigos falangistas; no hemos vuelto a saber de él. –La resignación estaba en sus ojos apagados.

También le habló de Simona, la melliza de Ascensión.

–Se casó hace un par de meses, con las mismas prisas que lo hice yo. Pronto seré abuela; ya ves, hermano.

El tío miró a Chon, así la llamaba todo el mundo, una morenaza de raza.

–Estarás hambriento. Saca algo de comer, niña. –Agustín negó con la cabeza.

–Me basta con un café o lo más parecido que tengas. –Besó a su hermana en la frente–. ¿Y Tomás? –quiso saber.

–¡Niño! Vete a dormir un rato, que vamos a hablar cosas de mayores.

–Jo, madre. –El pequeño desapareció con un tebeo bajo el brazo.

–Desde lo de Pepito, su padre no ha vuelto a ser el mismo. Se culpa de haberle *metío* en la Falange. Él también se apuntó por conveniencia, como tantos.

Chon apareció con una taza y un plato de rosquillas caseras.

–No, quédate –le dijo Reme cuando la hija hizo amago de irse.

Los hermanos no dejaron de quitarse la palabra durante un par de horas. Reme comprendió los motivos de la muerte impostada de Agustín. Su hija escuchaba con tanto interés como asombro las vivencias del tío.

–Espía, como los de las películas.

No le quitaba ojo. Incluso le pidió que interrumpiera la conversación cuando hubo de ausentarse para traer otra taza de café.

–Tengo que marcharme –dijo Agustín tras consultar su reloj–. Estoy impaciente por abrazar a mi hijo.

–Escucha antes a tu hermana. Conozco a Mateo mejor que tú. –Aguardó hasta conseguir la atención plena de Agustín–. Trata de ponerte en la piel de tu hijo: te perdiste su infancia, esa en que los padres son héroes, no le viste crecer, ni le velaste cuando estaba enfermo. Tampoco pudiste compartir su aprendizaje escolar; era El Gacho quien estaba allí. Con tu sola presencia no puedes recuperar de golpe la paternidad.

–Tú sabes que no tuve elección. –Las palabras de Reme habían puesto al ex legionario frente al espejo.

–Es un buen chico; te añoró mucho tiempo. Procura no agobiarlo.

–¿Puedo entrar ya, madre? –El hijo asomó la cabecita por la puerta.

–Sí, anda. Dale un beso al tito, que se va. –El pequeño compuso un gesto de fastidio y su tío lo alzó en brazos.

–La próxima vez hablaremos tú y yo, que para eso somos tocayos. –El de Fregenal besó a su hermana y a su sobrina; estas le desearon suerte.

Camino del coche su cabeza era como una olla a presión. Aceleró el paso hasta que sus pulmones le recordaron que no era buena idea. Encendió un cigarrillo, que tampoco lo era. «Tengo que ir al médico cuando regrese». Era el segundo aviso que recibía de su cuerpo en pocos días.

La mujer se había apostado en una esquina, a una distancia apropiada para controlar la entrada y los alrededores de la casa de El Gacho. Llevaba un cántaro vacío por si tenía que justificar su presencia en la calle y el pañuelo atado a la cabeza mostraba lo justo de su rostro. Lola, aunque defraudada por el rechazo de Agustín, no supo negarse a su petición; lo quería.

Ya estaba a punto de cambiar de observatorio, movida por el dolor de pies y el aburrimiento, cuando escuchó el ruido del motor. El Gacho iba al volante; no llegó a distinguir a la persona que lo acompañaba. El automóvil giró a la izquierda y el conductor bajó para abrir el portalón. Ella se mantuvo a la espera otros veinte minutos y, salvo al dependiente que salió a echar el cierre, no vio a nadie por allí. Agustín, dentro del Citröen, aguardaba en el lugar convenido. Lola se quitó el pañuelo al pasar junto a este, la señal acordada para indicar que el camino estaba expedito.

Tras un momento de duda, Agustín dejó el revólver en la guantera. Su ritmo cardíaco superaba al de sus pasos y sus ojos estaban al acecho de cualquier detalle anormal, como alguna presencia inesperada o un sonido inusual. Su mente repasaba las palabras que pensaba transmitirle a su hijo; las había elegido con cuidado para no errar el tiro.

La tarde languidecía cuando tocó a la puerta de la casa; abrió el propio Gacho.

—Pasa, Agustín. Mateo y Amparo están arriba. Ella se empeñó en venir —añadió, al ver el gesto de interrogación de su amigo.

Cuando accedieron a la planta superior, madre e hijo ocupaban el tresillo; los dos tenían las manos cruzadas sobre las rodillas. Agustín, con una ráfaga de adrenalina liberada tras reconocer a Mateo, avanzó hasta situarse a un metro de ellos.

—Hola, hijo. —Este vestía pantalón largo y camisa azul, de manga corta. Su rostro adolescente enfrentaba al de su padre con curiosidad—. ¿Qué tal, Amparo?

—Prefiero que me llame Mateo. —No supo discernir Agustín si la frialdad era impostada o natural. El Gacho y su mujer observaban la escena en silencio.

—¿Después de tantos años no me vas a dar un abrazo? —Abrió los brazos y en sus ojos apareció un brillo húmedo.

–Hijo, por favor –dijo El Gacho ante la pasividad del muchacho.

Tras titubear, el adolescente ofreció una mano temblorosa a su progenitor. Su aspecto era muy distinto al que Mateo recordaba, aunque el contacto con su piel le produjo una sensación de familiaridad, como si la epidermis tuviera memoria. Miró a Manuel y a Amparo antes de contestar.

–Ahora son mis padres. –Por más que hubiera ensayado, la voz le temblaba–. Aclarado esto, puede decirme lo que quiera. –Agustín se percató de la forma en que su hijo miraba al matrimonio Barrero–. Lo que tenga que decir también pueden escucharlo ellos.

El Gacho señaló una butaca a su amigo y todos se sentaron. Agustín recordaba los consejos de su hermana; le parecía vivir una escena irreal. «Las cosas casi nunca ocurren como uno las imaginó», le dijo y, tras quitarse las gafas, su mirada se fue a los ojos de Mateo, un calco de los suyos. Amparo acariciaba la mejilla del adolescente y envolvió con sus manos las de este.

–Ya te lo habrán explicado, seguro. Salí de este pueblo cuando el ejército sublevado estaba a las puertas. Mi vida corría peligro y te dejé aquí porque no quería poner en riesgo la tuya. –Todos escuchaban con atención–. Aquella guerra nos partió en dos, quitándonos lo que más queríamos; sobre todo a los perdedores. –Se tomó un respiro, la emoción le podía–. Espero tener la oportunidad de contarte muchas más cosas, de recuperar algo del tiempo perdido. ¡Escúchame bien, hijo! Jamás he dejado de añorarte y he vuelto a por ti en cuanto las circunstancias lo han permitido.

–¿Has terminado? –Las palabras de Agustín actuaban como un disolvente en la coraza de Mateo.

–Por favor, déjame continuar. Quiero recuperarte, que vengas a tu verdadero hogar, que vivas con tus dos hermanos. Permíteme devolverte lo que otros nos quitaron. –La voz había adquirido firmeza–. Y para vosotros –ahora se dirigía a los padres adoptivos– solo tengo agradecimiento por el cariño y las atenciones que le habéis dado. Si le queréis bien, os imploro que permitáis que me lo lleve conmigo. –El padre natural se arrodilló frente a ellos.

–¡Levanta, Agustín, por favor! –A Amparo le vino a la mente la imagen de aquel hombre destrozado tras la muerte de su mujer y la del bebé que fue su consuelo–. ¿Te has parado a pensar lo que significa Mateo para nosotros? –La voz sonaba desgarrada, sus ojos expresaban miedo.

Mateo la abrazó.

–No llores, mamá.

El Gacho cubrió con los brazos a su mujer y al chico, mientras un silencio incómodo se adueñaba de la atmósfera.

–A lo mejor ha llegado tarde, padre. –Mateo se limpiaba las lágrimas cuando le devolvió el tratamiento–. Lloré mucho por usted; todos le creímos muerto. Ellos son mi familia; me gustaría que lo comprendiera.

Durante unos minutos interminables, Agustín se hundió en el sillón con la cabeza gacha.

–En un par de días me iré. Me gustaría poder despedirme. –Miró a los otros tres con los ojos enrojecidos.

–Claro, amigo, aquí estaremos. ¿Quieres que te acompañe? –El Gacho sintió que una parte de su vida salía de la casa con su amigo; una especie de amputación dolorosa.

Esa noche el licor empujó a Agustín a desahogarse con su antigua amiga.

–¿Entonces? –La Caraba le sirvió otra copa.

–Son buena gente, Lola, lo quieren de verdad. Supongo que tendré que asumir la pérdida de Mateo –fue lo último que dijo antes de marcharse, un tanto achispado, hacia la pensión.

–Está mucho mejor así, *sa quitao* años de encima. –Trini le sirvió el desayuno mientras su madre asentía.

Agustín había despertado esa mañana con una agradable sensación de levedad, como si su cuerpo estuviera sumergido en el mar. Tras desprenderse de la barba se reencontró con su imagen frente al espejo, comprendiendo que la incertidumbre pesaba más que el acero.

–¿Dónde podría conseguir gasolina? –Iba a necesitar una ración extra para cumplir sus propósitos.

«He visto a Mateo y a mis hermanos. Volveré pronto. Os quiero», decía el telegrama que le envió a Julia. Cuando telefoneó a la notaría Almenares le dieron cita para el día siguiente. «A primera hora», insistieron. Antes de salir hacia Cumbres Mayores se pasó por la única agencia de viajes de Fregenal.

Curioso tipo el estraperlista que le vendió el combustible para el automóvil. Mientras exhibía dos gruesos anillos de oro al contar los billetes no paraba de decir que le hacía un favor y que se la jugaba para solucionar los problemas de la gente. «Las desgracias traen la plaga de las sanguijuelas», pensó Agustín al salir de ese antro que almacenaba un poco de todo. Del asiento trasero del Citröen venía el olor del queso y el sonido del roce de las botellas que le había comprado al de los anillos por un precio desorbitado, como el combustible.

La casa de Andrés estaba al sur del pueblo, no muy lejos de la estación. Según se aproximaba distinguió a una mujer que tendía ropa en las cuerdas de los postes clavados junto a la casita baja. Sentada en el poyete de la puerta, una niña rubia acariciaba a un perro más grande que ella. En cuanto se detuvo el automóvil, el animal corrió hacia este y se puso a ladrar a la puerta del conductor.

–Torete, ven aquí –dijo la pequeña, que iba tras él.

La madre de la niña se había girado y miraba la escena con una mano sobre la frente sudorosa. Al ver el coche imaginó de quién se trataba; pudo confirmarlo cuando el ocupante se atrevió a salir.

–¡Agustín! –Las pocas carnes de su cuñada se desplazaban sin control mientras corría hacia él. Rosita sujetaba al perro; sus ojos azules no perdían de vista al extraño.

El abrazo fue corto, no así la mirada posterior de la mujer.

–Para haberte muerto estás muy bien. –Sonrió con ganas.

–Qué color más sano tienes, cuñada; se ve que la vida de campo te favorece. ¿Y quién es esta preciosidad? –Agustín se acuclilló para ponerse a la altura de su sobrina.

–Me llamo Rosa, como mamá. –Mostró la simpática mella propia de su edad. El tío le dio dos besos mientras Torete gruñía a su lado.

–Anda, vamos a la casa. Tu hermano y los chicos estarán al caer; esta mañana se fueron al Arroyo del Sillo. –Agustín sacó los paquetes del automóvil y se fue tras ella.

Al entrar en la vivienda pudo observar el orden reinante, los muebles sobrios y las fotografías de familia. Olía a limpio y al guiso que hervía en la cocina; el conjunto daba la sensación de hogar.

–No te tenías que haber molestado. –Rosa guardó las compras en la despensa e hizo acomodarse a su cuñado a la sombra de una parra del patio. La niña se sentó frente a él. No tardaría mucho en regresar la madre con un vaso de vino y un cuenco de aceitunas. Los dos adultos tenían mucho que contarse, de manera que la conversación fluyó con las esporádicas interrupciones de la anfitriona para supervisar el puchero.

–¿Tienes alguna foto de tu familia? –decía ella.

–¿Y cómo fue lo de veniros aquí? –se interesaba él. La presencia de Rosita evitaba los detalles escabrosos; no había manera de sacarla de allí.

Por fin aparecieron Andrés y tres mocetes tan espigados como morenos, nada que ver con aquellos mocosos pálidos que conoció en Madrid. El hijo mayor era su padre hasta en el nombre; Paco tiraba a rubio y Gabriel era un calco de su primo Mateo.

–Vuelves a ser tú –le dijo Andrés señalando su cara rasurada.

Durante la comida, los muchachos frieron a preguntas al tío; la guerra y México resultaban temas sugestivos. Lo recordaban vagamente de su estancia en Madrid; venir de América, su traje y el coche de la puerta contribuían a engrandecer su aura.

Tras la sobremesa, larga y punteada de dosis de un licor de la tierra, los dos hermanos salieron a dar un paseo vespertino que les proporcionó un espacio para la intimidad.

–Joder, qué decepción con Mateo. –Andrés aplastó la colilla de su cigarro con rabia.

–Sí, esa fue mi primera reacción; ahora trata de ponerte en su lugar. Apenas vivió cinco años conmigo y los tendrá olvidados. –Su hermano lo miraba extrañado.

Agustín le refirió después la misteriosa desaparición de Sole, omitiendo toda referencia a Amalia. «Cuanto menos sepa mejor», se dijo.

–Parece que lleváis una buena vida aquí, aunque si las cosas se tuercen algún día, no olvides donde me tienes. Aquel es un país de oportunidades.

–El Gacho es un buen patrón y me ha prometido ayudar a los chicos. El tiempo dirá, hermano. –Andrés le echó una mano al hombro y continuaron el paseo.

Agustín anunció a la familia la inminencia de su regreso a México, tras lo cual hubo una despedida tan larga como emotiva. Los sobrinos enmudecieron cuando el tito Agustín le dio a su madre un billete de veinticinco pesetas para cada uno. «Ella os lo administrará bien». Andrés, junto a su familia, incluido Torete, vieron alejarse el Citröen entre una nube de polvo.

Al otro lado del Atlántico, Julia leía el último telegrama a sus hijos.

–Dentro de nada papá estará en casa. –Les sonrió, aunque estaba apenada por la falta de noticias sobre Sole. «¿Hay novedades?», le preguntaba el novio de esta casi a diario.

–Vino a verle don Manuel Barrero; dijo que volvería sobre las ocho. –Trini miró el reloj del recibidor–. Debe estar a punto de llegar.

Agustín pasó a refrescarse a su habitación. «Su dependiente le ha debido dar mi recado», pensó. Tras despedirse de su hermano, de vuelta a Fregenal había meditado su decisión.

–Buenas tardes, don Manuel. –La patrona lo condujo hasta la habitación del huésped y tocó en la puerta antes de desaparecer por el pasillo.

El Gacho se llevó una mano a la cara cuando le vio aparecer sin barba.

–Hola, Manuel. Anda, llévame a un sitio donde podamos hablar –le pidió a su amigo.

Este percibió que Agustín lo miraba como en los viejos tiempos, lo que hizo desaparecer la tensión que le había acompañado desde que recibió su mensaje. De nuevo caminaban juntos por las calles de su pueblo, como tantas veces en el pasado.

–¿Te acuerdas cuando nos asomábamos a los toriles? –dijo el Gacho al pasar por el castillo, y Agustín esbozó una sonrisa al reproducir esa imagen de la niñez en su mente.

En la barra de aquella taberna nueva se acodaba algún parroquiano; el resto jugaban a las cartas en un patio interior. El joven camarero saludó con familiaridad a «don Manuel» y los condujo a la mesa más alejada, volviendo enseguida con una botella de vino y dos vasos.

–Tú dirás, Agustín.

Tras encender un cigarrillo, El Gacho desplazó la cajetilla hacia su amigo. Este dio un trago, lo justo para humedecerse la boca antes de hablar.

–No quiero perder a mi hijo, eso lo entenderás ¿no? Tampoco perjudicarlo. He sido un mezquino, amigo –enfatizó la palabra–. Ni siquiera te he agradecido tu generosidad con Mateo y con el resto de mi familia. La distancia y mi propio sentimiento de culpa me ofuscaron. –La voz le temblaba, mientras en el rostro de El Gacho se veía el alivio que empezaba a sentir.

–Yo... –Agustín lo interrumpió con un gesto de la mano.

–Por favor, déjame terminar. Tengo intención de marchar mañana y me gustaría que me despidieras de Mateo y de Amparo. En adelante me limitaré a escribiros y, si algún día quisiera reunirse conmigo, espero que tu amistad y tu corazón de padre se lo faciliten.

Manuel y Agustín se miraban ya de otra manera; habían desempolvado su antiguo vínculo. El Gacho se explayó sobre las cualidades de Mateo.

–Es bueno para los estudios y muy responsable. Llegará donde se proponga. –Hizo una seña al camarero para que se acercase.

Agustín compartía el orgullo mostrado por el padre adoptivo. Al poco aparecieron en la mesa un plato de jamón de la tierra y otro de queso.

–Anda, háblame de tu mujer, de tus hijos. –El Gacho había recuperado la confianza para preguntar y su amigo lo complació.

Tan enfrascados estaban en la conversación que no se fijaron en el hombre que los observaba desde la barra. Asemejaba un toro fondón y cubría su calvicie con una visera sucia.

Su afición a la taberna se podía deducir del rostro enrojecido y el leve temblor de los dedos que sujetaban el vaso. Es probable que Agustín no fuera capaz de reconocer a Juan Arroba, el hermano de su amigo Julito, pero este sí lo había identificado a él. Arroba, al que nunca se le conocieron afinidades políticas, permaneció en el pueblo durante la guerra. Le había llegado el rumor de la muerte de Agustín, de ahí su sorpresa. «Puede que también le interese a la Guardia Civil», le dictaba su rencoroso pensamiento al abandonar el local.

***

Los dos amigos se despidieron con el abrazo que hasta el momento se habían negado.

–Saldré mañana; ya no pinto nada aquí. Espero que algún día conozcáis a mi familia –dijo Agustín.

–Claro ¿puedo hacer algo por ti? –se ofreció El Gacho. Su amigo dudó un momento.

–Si tienes mano con la autoridad, que no dejen de buscar a Soledad Rodríguez. No he logrado dar con ella. –Agustín evitó hablarle del lugar en que se había perdido su pista.

No había recado de Amalia cuando llegó a la pensión.

–Trini, mañana saldré temprano. Si quiere liquidamos ahora. –Se echó la mano a la cartera.

–¿No se irá sin desayunar? Yo madrugo siempre. –La patrona se dirigió al salón para interrumpir la partida de cartas de otros huéspedes; era tarde.

Al capataz Sayas no le gustó el tono empleado por la señora al preguntarle por Sole. «Sí, a la que llevaste a la estación», dijo Amalia. ¿Por qué salía ahora con esas? «Te vas a enterar», se dijo. Pensó que se había precipitado al regalarle los pendientes de plata y ónix a su novia de Llerena; tenía que recuperarlos cuanto antes. Esa mañana, un policía amigo le facilitó los datos del automóvil que conducía Agustín. El propietario vivía en Badajoz, pero su nombre no le decía nada.

–¿Alguna novedad, Ernesto? –Lorenzo Almenares acababa de regresar de un viaje y encontró al capataz en la puerta de la casa.

Aunque el notario había pretextado negocios, el único que funcionaba en agosto era el de su amante de turno; sus camaradas de Falange estaban a esas alturas en las playas del sur o en las más templadas de Portugal. Al día siguiente él pasaría por la oficina a cerrar los asuntos pendientes.

–Todo en orden, señor. Se puede decir que la cosecha de este año es la mejor desde el fin de la guerra –le informó Sayas.

–¿Qué parte reservamos para el Servicio Nacional del Trigo? –Lorenzo se refería a la obligación de vender toda la producción al Estado, que los propietarios solían eludir por la insuficiencia de los precios oficiales.

–Había pensado en un 40 % –propuso el capataz.

–Con un 20 % bastará; no van a alimentar a tanto parásito a mi costa. –A Sayas le pareció que su jefe estaba irritado. Pensó que el viaje no había ido tan bien como la recolección de cereales.

–Bueno, hay otro asunto. –El capataz hizo una pausa calculada–. Puede que sea mejor que lo hablemos en el despacho. –Se refería al de don Rafael.

–Mira que te gustan los misterios. ¿Qué coño pasa? –estalló Lorenzo.

–Se trata de la señora. Antes de ayer la vi con un hombre en la lagunilla. Estuvieron allí un buen rato. –El marido compuso un rictus expectante.

–¿Y? Desembucha, joder.

–En un momento dado se... bueno se besaron. No como los parientes o los amigos, más bien. –El señor lo cortó con un gesto de la mano.

–¿Estás seguro de que era ella? –No le encajaba que Amalia se comportara como él–. ¿Y el hombre? ¿Lo conoces?

Sayas se lo describió, poniéndole al tanto de sus pesquisas sobre el coche; a Lorenzo tampoco le decía nada el nombre del propietario.

–No indagues más, yo me ocuparé. Ni una palabra a nadie, ¿entendido? –El marido le miraba ahora como el fiscal implacable que fue–. Supongo que no te verían...

El capataz negó con la cabeza. «Jódete, puta», se dijo y esbozó una sonrisa ladina.

Agustín se despidió con dos besos de Trini, los mismos que dio a la madre, que los reclamaba con esa mirada de los niños que desean algo; la propina fue generosa. Al subir al automóvil echó un vistazo a la foto de Catalina y la besó como si el gesto le pudiera llegar; pensaba en Amalia al hacerlo. Según atravesaba Fregenal pudo escuchar el canto de los gallos, también las campanadas de las siete. Quedaba poco para el amanecer y al pasar junto a la estación de tren recordó a la muchedumbre que partió de allí aquel lejano verano del treinta y seis.

«Otra vez a hurtadillas, de nuevo sin mi hijo», pensaba camino de Llerena. Esa noche había dormido poco; la duda le giró visita y sintió la soledad y el temor de la víspera de las acciones de guerra. El sueño vino cuando logró alejar la incertidumbre aceptando como inevitables los hechos que había imaginado. «Poco puedo hacer por Mateo; he de cambiar la vida a Catalina y su madre», fue su último pensamiento consciente.

Desconocía el empeoramiento de la situación de Amalia, la brusquedad con que el marido había irrumpido en su dormitorio, las acusaciones de adulterio y el empeño por conocer la identidad de «ese hijo de puta». Tampoco imaginaba la firmeza de la mujer, a pesar de las bofetadas y amenazas recibidas. «Te voy a quitar a los niños», profirió Lorenzo entre otras. Amalia ni siquiera había gritado; los pequeños dormían cerca.

–¡Piénsalo! Todavía podemos arreglarlo si me cuentas la verdad –le dijo su marido con cinismo.

–Eres un demonio. –Los ojos de Amalia expresaban terror–. ¡Déjame sola!

Lorenzo omitió en todo momento su fuente informativa, de manera que su mujer pasó el resto de la noche entre especulaciones y dudas sobre lo que debía hacer. La influencia de su marido era larga y sus escrúpulos inexistentes, por lo que consideró que señalar a Agustín equivalía a ponerle una diana.

También había resultado larga la noche para Sayas. En la oscuridad de aquella quebrada pudo comprobar que el hoyo donde enterró a Sole permanecía cerrado, sin que se apreciaran signos de su acción criminal. Al pastor que dormitaba en una cresta cercana le extrañó ver luz por aquellos parajes. Cuando escuchó alejarse los cascos del caballo bajó a indagar.

–Vendré a comer; más vale que pienses en lo que te dije... –El marido dio un portazo y Amalia se quedó arrebujada contra el cabecero de la cama.

Luego, desde la ventana, pudo observar que Lorenzo hablaba con Sayas, tras lo cual subió a su automóvil. «¿Tendrá algo que ver el capataz?», pensó ella. Antes de que la vieran sus hijos disimuló las señales de su rostro con maquillaje.

***

–Quizás sea lo mejor en este momento; deja que el tiempo haga su trabajo. Yo hablaré con Mateo; me tiene ley. –Reme abrazó a su hermano menor.

Agustín tuvo ocasión de saludar a su cuñado antes de que se fuese al trabajo; el uniforme le venía ancho y bajo sus ojos tristones se le habían formado unas bolsas gruesas.

–No sabes cómo lamento lo de Pepito. Nunca perdáis la esperanza. –Le puso una mano en el hombro y Tomás alzó la mirada.

–Gracias, Agustín; me alegró mucho que volvieras. –Este apenas pudo oír el susurro, aunque le pareció sincero.

–Anda, dale un beso al tito, que se va. –Acercó a su hijo pequeño.

–Escríbenos, aunque sea como Cano. La censura funciona. –Reme le regaló una fotografía familiar, la que les hicieron al salir Pepito para el frente ruso.

En la soledad de la carretera, Agustín rememoraba las lejanas palabras de Estrada: «¿Serás capaz de matar a sangre fría?». Se preguntó si podía considerar así la muerte de aquel miliciano en las trincheras de Madrid. Ahora pensaba en Julia; mejor ocultárselo, no lo comprendería. El cielo se había oscurecido cuando rebasó el poste que anunciaba Llerena por la aproximación de la tormenta que ansiaban los campos resecos. Tras aparcar junto a los muros de la maltería, el almacén de cervezas utilizado para recluir a los prisioneros de la columna de Fregenal, se enfundó el mono de trabajo adquirido en Zafra; el revólver iba en la caja de herramientas. El notario estaba ya en su despacho; su oficial le había informado de la única cita de la mañana.

Al aparecer la secretaria en la puerta del caserón, Agustín tapó su boca con una mano y le puso el metal del cañón en las costillas. Las gafas de la mujer cayeron al resistirse; no pudo fijarse en el rostro que ocultaba el pañuelo atado a la nuca del agresor.

–Estate calladita y saldrás de esta –dijo el intruso y la llevó hacia el cuarto que se utilizaba como archivo.

Tras inmovilizarla con unas cuerdas consiguió averiguar la ubicación del despacho de su jefe y quién más había en la oficina; después le puso la mordaza.

Agustín se descalzó para ascender los peldaños de madera noble que conducían a la oficina del notario. Notaba el cosquilleo de las gotas de sudor que se deslizaban por su nariz; se las limpió con la manga del mono. Ahora podía escuchar el tableteo de la Olivetti; el oficial trabajaba de espaldas a la escalera. Al empleado lo aturdió el golpe seco de la culata; el segundo le hizo perder la consciencia, salpicando de sangre el folio apresado en el rodillo. Agustín hubo de esforzarse para arrastrarlo por las axilas hasta la alfombra; el tipo no se inmutó cuando le introdujo el trapo en la boca, ni al amarrar sus manazas a la pata de la mesa. Con el campo libre, el de Fregenal se deshizo del embozo y se calzó sin perder de vista la puerta del despacho. Tras respirar hondo secó el sudor de sus manos en la chaquetilla; al quitar el seguro del arma se dijo que no había marcha atrás. A esa misma hora, Julia y sus hijos dormían, una pareja de guardias civiles preguntaba a Trini sobre un tal Agustín Lobo y El Gacho refería a Mateo la conversación mantenida con su padre natural. Amalia estaba sumida en oscuros pensamientos, mientras que La Caraba transportaba su mercancía en el tren de las diez.

El notario consultaba su reloj de pulsera cuando escuchó los golpes en la entrada.

–Adelante. –Supuso que se trataba del cliente y se ajustó la corbata. Después sintió el batir violento de la puerta y, ante la inesperada imagen en el umbral, su torrente sanguíneo se aceleró. La mirada de Lorenzo se fue al metal que sostenía la mano del desconocido.

—No muevas un músculo o te salto los sesos —dijo Agustín al ver que el notario intentaba incorporarse del sillón. La amenaza lo paralizó como a la presa de una serpiente—. Ahora vamos a hablar tú y yo. —El de la pistola se acomodó en una silla frente al escritorio.

Durante unos segundos miró a Lorenzo en silencio. Los ojos del fedatario, hinchados por el exceso de alcohol, se esforzaban por encajar ese rostro en el registro de su memoria. Temblaba su labio superior bajo el bigotillo delineado con maestría, mientras diminutas gotas de sudor aparecían en su frente.

—¿De verdad no me conoces, fiscal Almenares? ¡Mírame bien, cabrón! —Agustín apartó de un manotazo la lámpara de cristal verde que se interponía entre ellos.

El notario, sobresaltado, se echó hacia atrás. Luego comenzó a hablar.

—¿Quién eres? ¿Qué tienes contra mí? —Se había acordado de la Luger oculta en el cajón del escritorio, la que le regaló un oficial de la Legión Cóndor.

—Agustín Lobo, Sevilla, ¿te dice algo? —No le quería matar sin que supiera el quién y el por qué.

Tras escrutar de nuevo el rostro de aquel hombre, Lorenzo reparó en la cicatriz de la barbilla y de repente lo comprendió todo. Los escrúpulos que mostraba el de la pistola lo movieron a ganar tiempo, pidiéndole permiso para fumar.

—No intentes jugármela —dijo Agustín.

—Ya, ya. Aquel espía, el que intentó lo de Queipo —dijo, mientras se fijaba en los objetos que había sobre la mesa: el abrecartas de plata, el tintero, el cartapacio de cuero, el código civil.

—¡Por fin! ¿Te acuerdas también de la detención de mi madre y mi hermana? —Esa imagen vino a la mente de Agustín mientras aguardaba la respuesta.

–Yo era fiscal militar, cumplía órdenes. Joder, estábamos en guerra. –Al ceder el miedo inicial, Lorenzo giró al terreno de la retórica jurídica. Solo esperaba un descuido para pasar a la acción.

–Claro, ¿y qué órdenes cumplías cuando chantajeaste a Amalia Esquivel y a su padre? Hijo de perra. –El dardo verbal hizo diana; el notario había enmudecido y hasta perdió el control de sus esfínteres.

Las piezas encajaron en el cerebro de Lorenzo como la soga en el cuello del reo.

–¿Tú eres el hombre al que vieron con Amalia? –Sus puños se crisparon al interpretar el silencio de su interlocutor como una confirmación–. ¿Qué tienes que ver con ella, rojo de mierda? –Apareció la vena fascista de Lorenzo; el sudor de su rostro se tornó copioso.

Aunque Agustín, como aficionado a los toros, entendió que era el momento de entrar a matar, no se quiso privar de un último pase.

–Además... –hizo una pausa y acercó la cabeza al notario–, Catalina es hija mía.

Al recrearse en la suerte, el de Fregenal reaccionó tarde al súbito movimiento de manos del marido ofendido. La tapa del cartapacio golpeó el cañón de su arma, luego escuchó el sonido del cajón al llegar a su tope, tras lo cual vino el clic del cerrojo de la Luger. Tres veces giró el tambor del revólver de Agustín: un proyectil hizo añicos el cristal de la ventana, otro se alojó en el marco de madera y el tercero reventó un globo ocular del notario. Este ni llegó a disparar su pistola, desplomándose como una marioneta sin hilos.

Con el olor a pólvora en la nariz y un ligero temblor en la diestra, Agustín colocó bajo el pisapapeles de mármol la carta que traía preparada. Después se acuclilló junto al cuerpo de Lorenzo para comprobar que su corazón no latía; un reguero de sangre anegaba el rostro del finado y su pierna ortopédica se había desencajado al caer. Al salir del despacho, el oficial estaba en la posición que lo había dejado y, al descender la escalera, escuchó los golpes procedentes del lugar de encierro de la secretaria. Oculto tras el visillo de una de las ventanas pudo contemplar el corrillo de curiosos, atraídos sin duda por el estrépito de los cristales caídos de la planta superior. Con la adrenalina disparada recorrió las estancias inferiores hasta encontrar una puerta de servicio, la que daba a la calleja trasera.

Al salir del caserón Agustín se ajustó la visera hacia delante antes de limpiar el sudor de sus manos y su cara. A pesar de sus latidos acelerados caminaba despacio, de manera que los diez minutos hasta el Citröen le parecieron la travesía del Atlántico. Le costaba respirar y tuvo la sensación de que las miradas de todos los transeúntes se concentraban en él. En cuanto tuvo ocasión arrojó el revólver y la caja de herramientas a un solar lleno de escombros; también se deshizo del mono de trabajo, que fue a parar a una alcantarilla. Ya en el automóvil se ordenó el cabello frente al retrovisor. «Tienes que largarte de aquí», le dijo a su imagen. «Cuando quieran reaccionar estaré en la estación de Zafra», calculó.

A pocos kilómetros de Llerena se detuvo y vomitó hasta vaciarse; la sensación de suciedad y vileza empañaba el resultado de su acción. «Amalia no debe saberlo nunca». Pensó que era la mejor manera de protegerla, de que pudiese disfrutar de su liberación sin remordimientos.

A las dos subía al tren en Zafra con destino a Huelva. A diferencia de aquella huida apresurada de juventud, Agustín viajaría en un compartimento de primera. El vehículo, con más polvo que el desierto, lo dejó junto al Pilar del Duque, la fuente de piedra en la que pudo saciar su sed. Aun consciente de comprometer a El Pájaro, no podía arriesgarse a devolver el automóvil. «Un tipo como él sabrá zafarse del embrollo», pensó. Salió a estirar las piernas cuando se detuvieron en la estación en Fregenal. Los vendedores voceaban sus productos desde el andén; «agüita con anís», servía el botijero por una moneda; «sandía fresca, diario *Hoy*», ofrecían unos niños con cara de viejo.

Sonó el silbato de la locomotora y la congoja se apoderó de él cuando el perfil urbano de su pueblo comenzó a empequeñecerse a la vista. «Puede que no vuelva a pisar tus calles». Sintió el vacío por la parte de su existencia que dejaba tras de sí.

Un matrimonio y sus dos hijos menores se sentaron en su compartimiento; el hombre con la insignia del yugo y las flechas en la camisa, ella con la cesta de mimbre sobre las rodillas y los niños cubiertos con gorrillas de paja. En el trayecto le ofrecieron parte de su merienda, informándole de que se dirigían a una residencia de la Obra Sindical Educación y Descanso. «Está cerca de la playa y sale económica». A Agustín le alegró comprobar que no todo era oscuro en esa nueva España.

Cuando el sargento y los guardias llegaron al caserón, el oficial de la notaría había liberado a su compañera. Mostraba un ojo cerrado por el hinchazón y sangre seca en la camisa; la cabeza le hervía de dolor.

–Está arriba –señaló la secretaria, sobre cuyos pómulos se habían dibujado dos churretes de maquillaje. Los dos empleados subieron la escalera junto a los guardias.

–Quédense aquí y no toquen nada. –El sargento revisó el despacho con cuidado de no alterar el escenario del crimen.

El cadáver del notario le sugería un muñeco roto; enseguida llamó su atención la carta apresada por el pisapapeles.

Sujetándola con un pañuelo, leyó la misiva firmada por el maquis; así se lo comunicó al comandante del puesto.

—El notario era cuñado del jefe de Falange. Habrá que avisarlo —le sugirió el sargento a su superior. El teniente al mando se había incorporado al puesto un par de semanas antes, por lo que aún no conocía al jerarca local.

Diego Correa y su mujer llegaron a la Vega Ancha antes que la Guardia Civil. Amalia estaba en el cuarto de juegos con sus hijos y doña Teresa. El rostro tenso de Beatriz asomó a la habitación y, tras saludarlos como una autómata sacó a su hermana de allí con una excusa trivial.

—Han disparado a Lorenzo —le dijo sin rodeos.

Al notar que sus piernas flaqueaban, la mujer del notario se apoyó en una cómoda; era incapaz de pensar.

—Pero, ¿cómo?, ¿dónde? —Amalia los miraba sin entender lo que decían; todo le daba vueltas.

El matrimonio la ayudó a acomodarse en un sofá del salón.

—Camila, trae un vaso de agua y azúcar —pidió Beatriz al verla en el pasillo.

Poco tardó en aparecer doña Teresa, que se había percatado del anómalo comportamiento de su hija menor.

—¡Beatriz! ¿Qué pasa? —dijo alterada.

Su hija le refirió lo ocurrido, completando su marido la información.

—Lorenzo ha fallecido.

—¿Qué ocurre, mamá? —Catalina estaba en el umbral de la puerta y Lorencito detrás de ella; ambos miraban a su madre expectantes.

Amalia permanecía en *shock*, por lo que Beatriz cogió a sus sobrinos de la mano y se los llevó de allí. «Ya veremos la manera de contárselo», pensó.

El vehículo de la Benemérita acababa de llegar al cortijo. Preguntaron por la señora y el capataz se ocupó de acompañarlos. En el salón de la casa los ánimos se habían serenado y todos ansiaban saber más.

***

–¿Me necesitan? –Sayas desconocía lo ocurrido a su patrón.

–Quédese, Ernesto –ordenó Amalia, que comenzaba a recuperar el color.

El sargento que había encontrado el cuerpo les contó lo indispensable, sin mencionar los detalles que pudieran afectar a la investigación. Doña Teresa lloraba desconsolada, no así la viuda reciente.

–Le agradecería que viniera esta tarde para identificar el cadáver. –El sargento se dirigía a Amalia.

Mientras Diego Correa se ofrecía a acompañarla, el capataz rumiaba en silencio: «Seguro que tiene que ver con la infidelidad de la señora; ya veré cómo jugar esta carta», pensó. También se lo preguntaba Amalia: «¿Tendrá algo que ver Agustín? Él no es así». Lo descartó enseguida. Sabía que esperaba noticias suyas, pero juzgaba arriesgado contactar en esos momentos. Aunque ella no se había planteado la muerte de su marido, esta llegó en el momento más oportuno.

En la Punta del Sebo, sobre la confluencia del Tinto y el Odiel, los treinta y siete metros del monumento a la Fe Descubridora miraban hacia el oeste. El entramado de vías y pasarelas comunicaba los trenes de carga mineral con los buques amarrados a los muelles de Huelva, los que daban salida al Atlántico.

Agustín sacó del bolsillo el pasaje adquirido en la agencia de Fregenal; el «Virgen de África» zarpaba esa misma noche. Nunca llegaría a saber lo cerca que había estado de ser detenido; ya navegaba por aguas internacionales cuando averiguaron la identidad del arrendatario del Citröen. La Guardia Civil encontró el automóvil tras denunciar El Pájaro que no había sido devuelto el día acordado. Tampoco pudo ver la decepción en los ojos de Mateo y en los de La Caraba cuando se enteraron de que se había ido sin despedirse. Se marchaba sin conocer el trágico final de Sole, aunque tiempo después sabría por El Gacho que el asesino no había quedado impune.

Desde la cubierta contemplaba la estela que dejaba el trasatlántico al alejarse de España y en ese momento comenzó a reemplazar las imágenes de Mateo, de Catalina y Amalia por las de la familia que le esperaba en México. Fue entonces cuando se hizo la pregunta que no podía responder: «¿Volverás a Fregenal?», tras lo cual lanzó la colilla al océano y se puso a susurrar una copla de regreso al camarote. Lejos de allí, como una premonición, Julia les mostraba a Alvarito y a Espe su foto preferida, aquella en que aparecían tan sonrientes, la que le hicieron junto a Agustín en la cubierta del «Mexique».

FIN

AGRADECIMIENTOS

A todos aquellos familiares, amigos y compañeros de aventuras literarias que me han animado a escribir esta novela, y en especial a los que me han ayudado con las correcciones y el prólogo: Manuel Pozo, Marta Prieto y Pedro Piqueras.

KOLIMA
BOOKS